国家出版基金项目
NATIONAL PUBLICATION FOUNDATION

國家『十二五』重點圖書出版規劃項目

新編元稹集

一

［唐］元稹 原著

吴偉斌 輯佚 編年 箋注

陝西新華出版傳媒集團
三 秦 出 版 社

图书在版编目（CIP）数据

新編元稹集 / (唐) 元稹原著；吴偉斌輯佚編年箋注. — 西安：三秦出版社, 2015.6
ISBN 978-7-5518-1051-7

Ⅰ.①新… Ⅱ.①元… ②吴… Ⅲ.①唐詩－選集②古典散文－散文集－中國－唐代 Ⅳ.①I214.232

中國版本圖書館CIP數據核字(2015)第156543號

新編元稹集

［唐］元 稹　原著
吴偉斌　輯佚編年箋注

出品人	支旭仲
責任編輯	高　峰　支旭仲
出版發行	陝西新華出版傳媒集團 三秦出版社
社　址	西安市北大街147號
電　話	(029) 87205121
郵政編碼	710003
印　刷	陝西博文印務有限責任公司
開　本	890×1240 mm　32開
印　張	280
插　頁	8
字　數	7016千字
版　次	2015年6月第1版 2015年6月第1次印刷
標準書號	ISBN 978-7-5518-1051-7
定　價	2600.00元（全16册）

網　址 http://www.sqcbs.cn

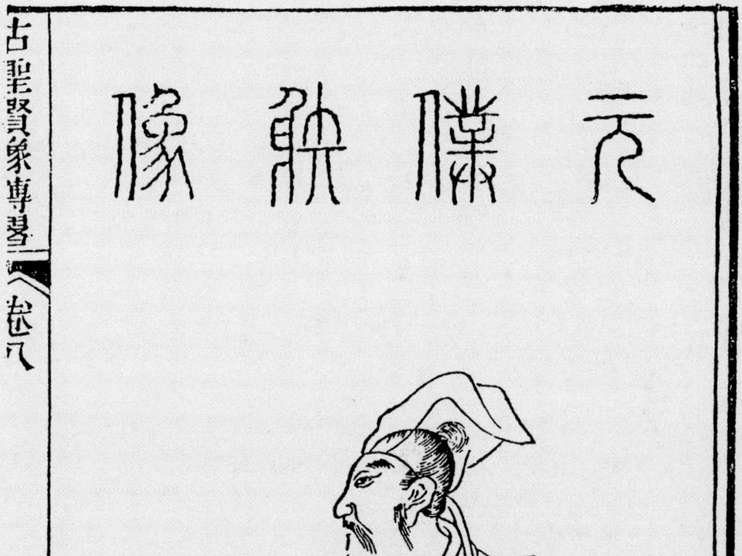

元稹像（録自《古聖賢像傳略》）

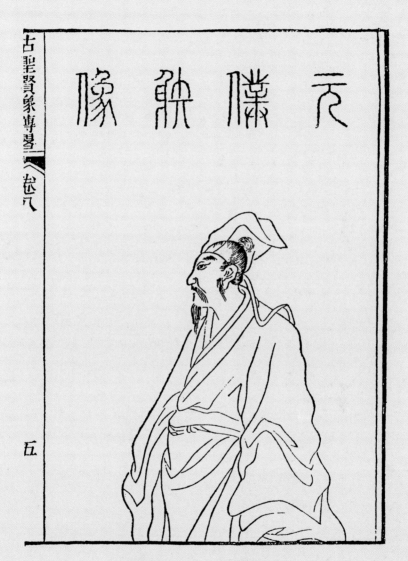

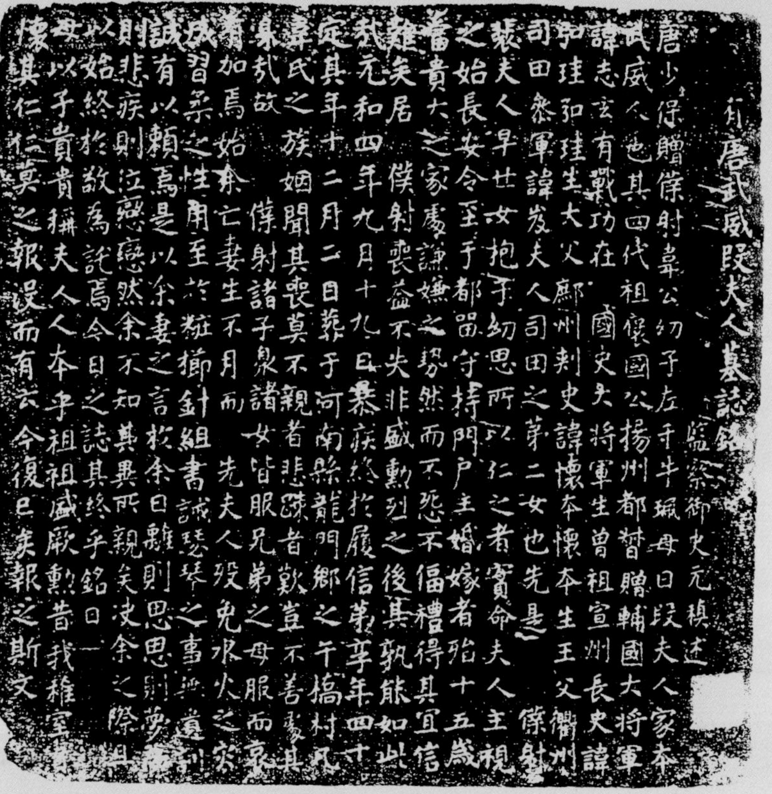

《有唐武威段夫人墓誌銘》(洛陽新出土唐誌拓片)

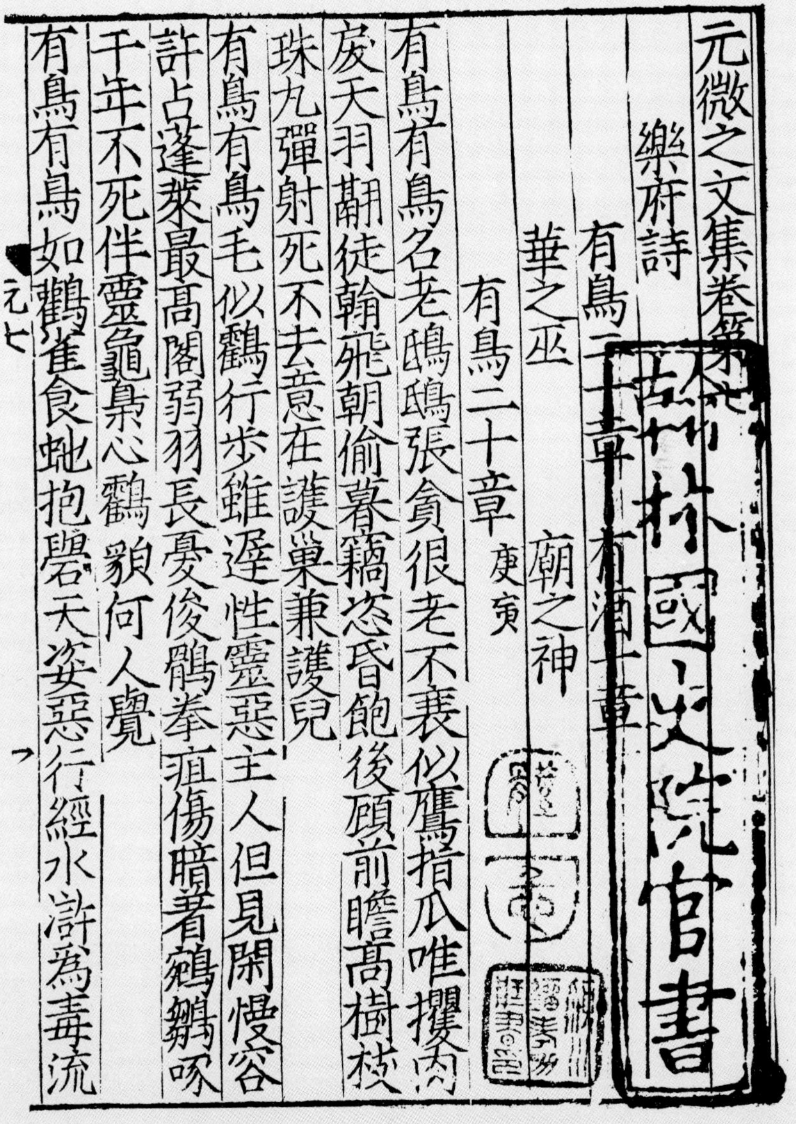

元微之文集卷第[illegible]

樂府詩

有鳥二十章　有酒十章

華之巫　廟之神

有鳥二十章 庚寅

有鳥有鳥名老鴟鴟張貪很老不衰似鷹指爪唯攫肉
戾天羽翮徒翰飛朝偷暮竊恣昏飽後顧前瞻高樹枝
珠丸彈射死不去意在護巢兼護兒
有鳥有鳥毛似鶴行步雖遲性靈惡主人但見閑慢容
許占蓬萊最高閣弱羽長憂俊鶻拳疽傷暗著鵝鶵啄
千年不死伴靈龜梟心鶴貌何人覺
有鳥有鳥如鸛雀食蚳抱礐天姿惡行經水滸爲毒流

元七

宋蜀本《元微之文集》（國家圖書館藏）

元氏長慶集卷第五十六

碑銘

故萬州刺史劉君墓誌銘

故工部員外郎杜君墓係銘

唐故使持節萬州諸軍事萬州刺史賜緋魚袋劉君墓誌銘

歲長慶之癸卯五月日乙亥處士祿汾以予友保極喪訃於予且告保極遺意欲予誌卒葬予哭泣受妻子賔友弔又哭泣退叙事保極諱頗姓劉氏漢燕王子孫之在其國者皆稱昌平人後世有清夷軍使拯爲清夷軍使時會侯希逸叛遼海側近軍郡守將皆弃走拯獨不弃軍軍亂害及拯朝廷忠之以平州刺史告其第平州生表裏表裏官至深州長史亦用忠戰死於軍長史生子騫子騫官至銀青光祿大夫唐州

楊本《元氏長慶集》(文學古籍刊行社 1956 年版)

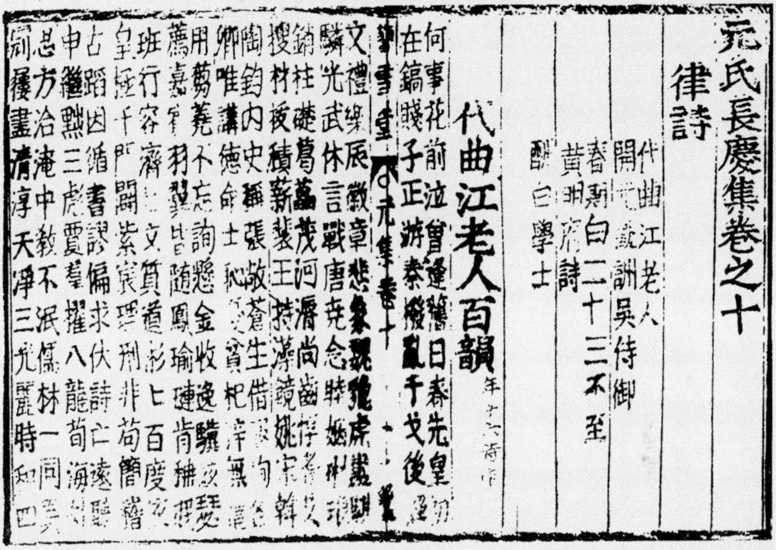

元氏長慶集卷之十

律詩

代曲江老人百韻 年十六時作

何事花前泣曾逢舊日春先皇初

在鎬賤子正游秦撥亂干戈後

蘭雪堂本《元氏長慶集》（國家圖書館藏）

元氏長慶集卷第十一

律詩

紀懷贈李戶曹　　荅胡靈之
酬許康佐　　送人之嶺南
酬段丞　　酬竇校書
泛江翫月　　病開幕中徵樂
酬支封話舊　　送王協律游杭越
送馬侍御迴

紀懷贈李六戶曹崔二十功曹五十韻

昔冠諸生首初因三道徵公卿碧雞會名姓白麻稱日月光
遥射煙霄志漸弘榮班張錦繡諫路賜牋藤便欲呈肝膽何
言犯股肱椎埋衝斗劍清徹瑩壺冰赤縣纔分務青驄已迴
乘因驚度海鶻擬殺蔽天鵰縛虎聲空壯連鼇力未勝風䬟

董氏本《元氏長慶集》（南京圖書館藏）

元氏長慶集卷第九

傷悼詩

夜閑 此後並悼亡

感極都無夢魂銷轉易驚風簾半鈎落秋月滿床明悵
望臨階坐沉吟遶樹行孤琴在幽匣時迸斷絃聲

感小株夜合

纖幹未盈把高條纔過眉不禁風苦動偏受露先萎不
分秋同盡深嗟小便衰傷心落殘葉猶識合昏期

醉醒

積善坊中前度飲謝家諸婢笑扶行今宵還似當時醉

馬本《元氏長慶集》（南京圖書館藏）

元氏長慶集卷第十二

律詩

酬盧祕書　戲贈韓舍人

和權相公行次臨闕　酬樂天東南行詩

和樂天送客　戲滎陽公

酬盧祕書并序

予自唐歸京之歲祕書郎盧拱作喜遇白贊善學士詩二十韻兼以見貽白時酬和先出予草感未暇皇頻有致師之挑故篇末不無憤辭其次用本韻習然也

偶有衝天氣都無處世才未容榮路穩先踏禍機開分久沉荆棘懸經厮栢臺理推愁易惑鄉思病難裁夜伴吳牛喘春驚朔鴈回北人腸斷送西日眼穿隤唯望魂歸去那知詔下來涸魚千丈水殭鷰一聲雷幽匣提青鏡衰顏拂故埃夢雲期紫閣厭雨別黃梅親戚迎時到班行見處陪文工猶畏忌朝士絕嫌猜新識蓬山傑深交翰苑材連投珠作貫獨和玉成堆劇敵徒相軋羸師亦自媒磨礱刮骨刃翻擲委心灰恐被神明笑憂爲造化災私調破葉箭定飲搴旗盃金寶潛砂礫芝蘭似草萊憑君毫髮鑒莫遣翳莓苔

見人詠韓舍人新律詩因有戲贈

喜聞韓古調兼愛近詩篇玉磬聲聲徹金鈴箇箇圓高疎明月下細膩早春前花態繁於綺閨情軟似綿輕新便妓唱凝妙入僧禪欲得人人伏能教面面全延之苦拘檢摩詰好因緣七字排居敬千詞敵樂天（侍御八兄能爲七言絕句贊善白君好作百韻律詩）殷勤閑太祝（張君籍）好去老通川（謂白）莫漫裁章句須饒紫禁仙

奉和權相公行次臨闕驛逢鄭僕射相公歸朝俄頃分途因以奉贈詩十四韻

帝下赤霄符搜求造化爐中台歸內座太一直南都黃霸乘軺入王尊叱馭趨萬人東道送六纛北風驅棧閣纔傾蓋關門已合繻貫魚行邐迤交馬語踟躕去速熊羆兆來馳虎豹夫昔憐三易地今訝兩分途別路環山雪離章運寸珠鋒鋩斷犀兕波浪沒蓬壺區宇聲雖動淮河孽未誅將軍遥策畫師氏密訏謨漢上壇仍築䆉西陣再圖公方先二虜何暇進愚儒

酬樂天東南行詩一百韻并序

元和十年三月二十五日予司馬通州二十九日與樂天於鄠東蒲池村別各賦一絕到通州後予又寄一篇尋而樂天貺予八首予時瘧病將死一見外不復記憶十三年予以赦當遷簡省書籍得是八篇吟歎方極適崔果州使至爲予致樂天去年十二月二日書書中寄予百韻至兩韻凡二十四章屬李景信校書自忠州訪予連牀遞飲之間悲咤使酒不三兩日盡和去年已來三十二章皆毀李生視草而去四月十三日予手寫爲上下卷仍依次重用本韻亦不知何時得見樂天因人或寄去通之人莫可與言詩者唯妻淑在旁知狀（其本卷尋時於峽州面付樂天別本都在唱和卷中此卷唯五言大律詩二首而已）

我病方吟越君行已過湖（元和十年閏六月至通州染瘴危重八月聞樂天司馬江州）去應緣直道哭不爲窮途亞竹寒驚牖空堂夜向隅暗魂思背燭危夢怯乘桴（此後每聯之內半述巴蜀土風半述江鄉物產）坐痛筋骸憯旁嗟物候殊雨蒸雷沸渭浪湧怒睢盱索綆飄蚊蚋蓬麻甃舳艫短簷苫稻草微俸封（去聲）漁租泥（去聲）浦喧撈蛤荒郊險鬭貙鯨吞近灔澦猿鬧接黔巫芒屩泅牛婦丫頭蕩槳夫酢醅荷裹賣醨酒水淋沽（巴氏造酒如淋醋法）舞態翻鸜鵒歌詞咽鷓鴣夷音啼似笑蠻語謎相呼江郭船添店山城木豎郛吠聲沙市犬爭食

四部叢刊本《元氏長慶集》（南京圖書館藏）

當用兵振旅之際事充政重之時必去煩苛存乎慈惠須岳牧令長以鎮撫者也且懲惡勸善激濁揚清尋有使車黜陟當備知之朕每命中官使諸山使所至郡縣妄宣口敕徵求賦斂便即奏聞不可容隱朕以軍政孔殷朝會未備禮猶闕於筐篚時且急於甲兵卿昭宣國令以示民庶履新之慶與卿等同之 至德二年正月三日

誡勵風俗詔

昔者卿大夫相與讓於列士庶人相與讓於㡬周成王

刑措不用漢文帝恥言人過真理古也朕甚慕焉中代以還爭端斯起掩抑其言則專弊誘掖其說則侵誣自乏責實循名不能彰善癉惡故孝宣必有敢告乃下光武不以詭辭遠行語稱訕上之非律有匿名之禁皆所以防三至之毀重兩造之明是以爵人於朝則皆勸刑人於市則皆懼罪有歸而當於事也末代偷巧內荏外剛卿大夫無進思盡忠之誠多退有後言之謗士庶人無切磋琢磨之益多銷鑠浸潤之譖進則諛言諂笑以相求退則羣居州處以相議留中不出之奏益發其陰私公論不容之談是生於朋黨擢一官則曰恩皆自我黜一職則曰事出他門比周之跡已彰尚稱獨介由徑之蹤盡露自謂貞方居省寺者不能以勤恪莅官而曰務從簡易提綱紀者不能以準繩檢下而多容奏風聞獻章疏者更相是非備顧問者互有憎愛苟非秦鏡照膽堯羊觸邪時君之德安得不惑參斷一謬俗化益訛禍發齒牙言生枝葉率是道也朕甚憫焉我國家貞觀開元同符三代風俗

歸厚禮讓偕行兵興以來人散久矣姑欲導之以德不欲驅之以刑然而信而未孚理有未至曾無恥格益用凋刓小則綜覈之權見侵於下輩大則樞機之重旁撓於薄徒尚多因而化之亦既去其尤者而宰臣等懼其寢泯未克澄清備引祖宗之書願垂誡勵之詔遂申告教頗用殷勤各當自省厥躬與我同底於道凡百多士宜體朕懷 長慶元年四月

令藩鎮侯詔方得入覲勅

《四庫全書·唐大詔令集》(南京圖書館藏)

而池館之崇幽星臺秀士月旦諸子嘉（一作春）青鳥之辰迎
火龍之始挾寶書與瑶琴芳蕙華而蘭靡乃掩白蘋藉緑
芷酒既醉樂未已擊青鍾歌淥水怨青春之萎絶贈瑶臺
之旖旎願一見而道（集作導）意結衆芳之綢繆寄余情之蕩
漾（集作瀁）獨青雲以增愁悵三山之飛鶴憶海上之白鷗且
曰群仙去兮青春頽歲華歇兮黄鳥哀富貴榮樂幾時兮
朱宫碧堂生青苔白雲兮歸來

姑蘇臺　釋皎然

古臺不見秋草淒却憶吳王全盛時千年月照秋草上吳
王在時幾廻望至今月出君不還世人空對姑蘇山山中
精靈安可覩轍跡人蹤麋鹿聚嬋娟西子傾國容化作寒

陵一堆土

司天臺　白居易

司天臺仰觀俯察天人際羲和死來職事廢官不求賢空
取藝昔聞西漢元成間下陵上替（集作上陵下替）謫見天北辰微
暗火光色四星煌煌如火赤耀芒動角射三台半見（集作上台）
半蔽中台坼是時非無太史官眼見心知不敢言明朝趨
入明光殿唯奏慶雲壽星見天文時變兩如斯九重天子
不得知不得知安用臺高百尺爲

連昌宫詞　元稹

連昌宫中滿宫竹歲久無人森似束又有墻頭千葉桃風
動落花紅蔌蔌宫邊老翁爲余泣少年選進（集作進食）因曾入

上皇正在望仙樓太真同凭欄干立樓上樓前盡珠翠炫
轉熒煌照天地歸來如夢復如痴何暇備言宫裏事初過
寒食一百六店舍無煙宫樹緑夜半月高絃索鳴賀老琵
琶定場屋力士傳呼覓念奴念奴潛伴諸郎宿須臾覓得
又連催特敕街中許燃燭春嬌滿眼（一作眠）睡紅綃掠削雲
鬟旋裝束飛上九天歌一聲二十五郎吹管逐逡巡大遍
梁州徹色色龜茲轟緑續李謩擫笛傍宫墻偷得新翻數
般曲平明大駕發行宫萬人鼓舞在途（集作途路）中百官隊仗
避岐薛楊氏諸姨車鬬風明年十月東都破御路獨（一作猶）
存禄山過驅令供頓不敢藏萬姓無言（集作聲）淚潛墮兩京
定後六七年却尋家舍行宫前莊園燒盡有枯井行宫門

閉（文粹作閫）樹宛然爾後相傳六皇帝不到離宫門久閉往來
年少説長安玄武樓成花萼廢去年敕使因破竹偶值門
開暫相逐荆榛櫛比塞池塘狐兔驕癡緑樹木舞榭欹傾
基尚在（集作存）文窗窈窕紗猶緑塵埋粉壁舊花鈿烏啄風
箏碎珠玉上皇偏愛臨砌花依然御榻臨階斜蛇出鷰巢
盤鬬拱菌生香案正當衙寢殿相連端正樓太真梳洗樓
上頭晨光未出簾影黑至今反挂珊瑚鉤指似（集作向）旁人
因慟哭却出宫門淚相續自從此後還閉門夜夜狐狸上
門屋我聞此語心骨悲太平誰致亂者誰翁言野父何分
別眼見耳聞爲君説姚崇宋璟作相公勸諫上皇言語切
變理陰陽禾黍豊調和中外無兵戎長官清強（集作平）太守

《文苑英華》（中華書局 1966 年版）

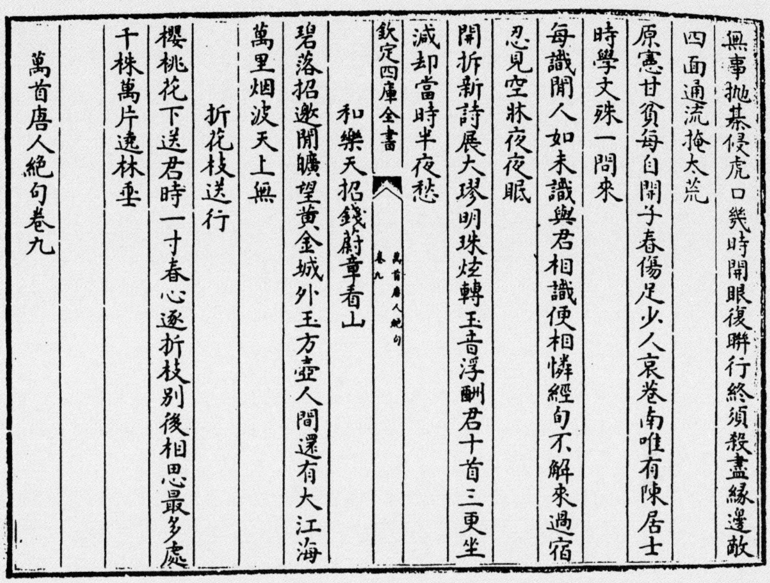

興事拋棊侵虎口幾時開眼復聯行終須殺盡緣邊敵
四面通流掩太荒
原憲甘貧每自開子春傷足少人哀巷南唯有陳居士
時學文殊一問來
每識閒人如未識與君相識便相憐經旬不解來過宿
忍見空牀夜夜眠
閑折新詩展大璆明珠炫轉玉音浮酬君十首三更坐
減却當時半夜愁

和樂天招錢蔚章看山
碧落招邀閒曠望黄金城外玉方壺人間還有大江海
萬里烟波天上無
折花枝送行
櫻桃花下送君時一寸春心逐折枝別後相思最多處
千株萬片遶林垂

萬首唐人絶句卷九

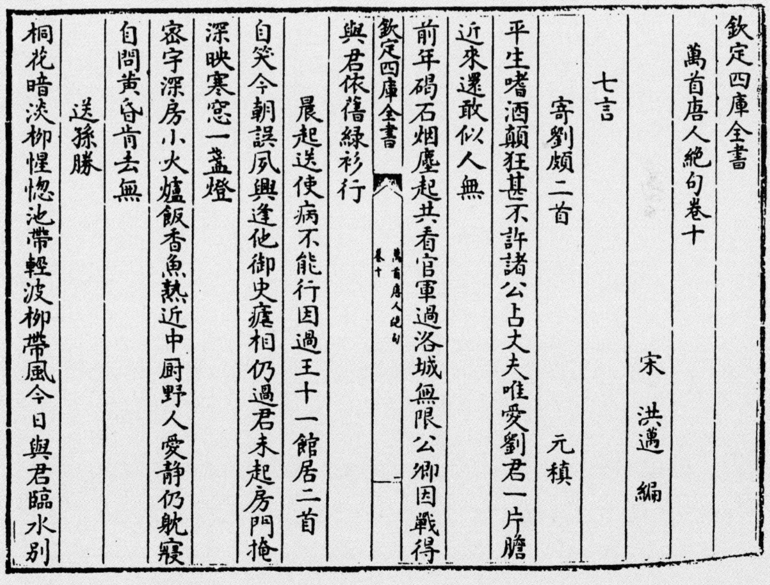

欽定四庫全書
萬首唐人絶句卷十
宋 洪邁 編
七言
寄劉頗二首 元稹
平生嗜酒顛狂甚不許諸公占丈夫唯愛劉君一片膽
近來還敢似人無
前年碣石烟塵起共看官軍過洛城無限公卿因戰得

與君依舊緑衫行
晨起送使病不能行因過王十一館居二首
自笑今朝誤夙興逢他御史瘧相仍過君未起房門掩
深映寒窓一盞燈
密宇深房小火爐飯香魚熟近中厨野人愛靜仍躭寢
自問黄昏肯去無
送孫勝
桐花暗淡柳惺憁池帶輕波柳帶風今日與君臨水别

《四庫全書·萬首唐人絶句》（南京圖書館藏）

自會稽拜尚書右丞到京未踰月出鎮武昌裴夫人柔之難之曰方歲杪到家鄉先春又赴任那禎贈詩

新秋

旦暮已淒涼離人遠思忙夏衣臨曉薄秋影入簷長前事風隨扇歸心燕在梁殷勤寄牛女河漢正相望

贈雙文

艷極翻含怨憐多轉自嬌有時還暫笑閑坐更無憀曉月行看墮春酥見欲消何因肯垂手不敢望迴腰

酬樂天東南行詩一百韻并序

元和十年三月二十五日予司馬通州二十九日與樂天於鄠東蒲池村別各賦一絶到通州後予又寄一篇尋而樂天貺予八首予時瘧病將死一見外不復記憶十三年予以赦當遷簡省書籍得是八篇吟歎方極適崔果州使至為予致樂天去年十二月二日書書中寄予百韻至兩韻凡二十四章屬李景信校書自忠州訪予連牀遞飲之間悲咤使酒不三兩日盡和去年已來三十二章皆畢李生視草而去四月十三日予手寫為上下卷仍依次重用本韻亦不知何時得見樂天因人或寄去通之人莫可與言詩者唯妻淑在旁知狀 其本卷尋時於峽州面付樂天別本都在唱和卷中此卷唯五言大律詩二首而已

我病方吟越君行已過湖（元和十年閏六月至通州染瘴危重八月聞樂天司馬江州）去應緣直道哭不為窮途亞竹寒驚牖空堂夜向隅暗魂思背燭危夢怯乘桴（此後每聯之内半述巴蜀土風半述江鄉物產）坐痛筋骸憯旁嗟物候殊雨蒸重沸渭浪湧怪睢盱索綆飄蚊蚋蓬麻甃舳艫短簷苫稻草微俸封（去聲）漁租泥浦喧撈蛤荒郊險鬭貙鯨吞近溟漲猿鬧接黔巫芒屩泅牛婦丫頭蕩槳夫酢醅荷裹賣醨酒水淋沽（巴民造酒法如淋醋法）舞態翻鸜鵒歌辭咽鷓鴣夷音啼似笑蠻語謎相呼江郭船添店山城木豎郛吠聲沙市犬爭食墓林烏獷俗誠堪憚妖神甚可虞欲令仁漸及已被瘧潛圖膳減思調

《四庫全書·全唐詩録》（南京圖書館藏）

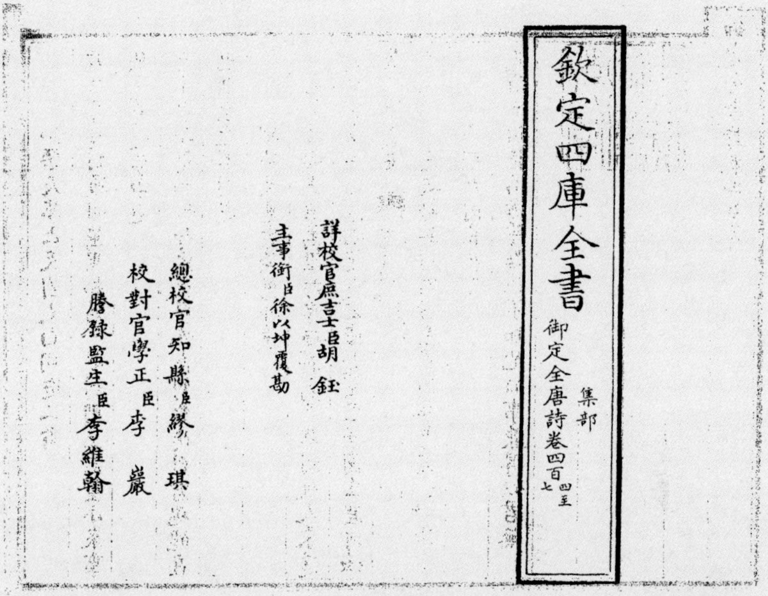
欽定四庫全書

集部

御定全唐詩卷四百四至四百七

詳校官庶吉士臣胡鈺

主事銜臣徐以坤覆勘

總校官知縣臣繆琪

校對官學正臣李巖

謄錄監生臣李維翰

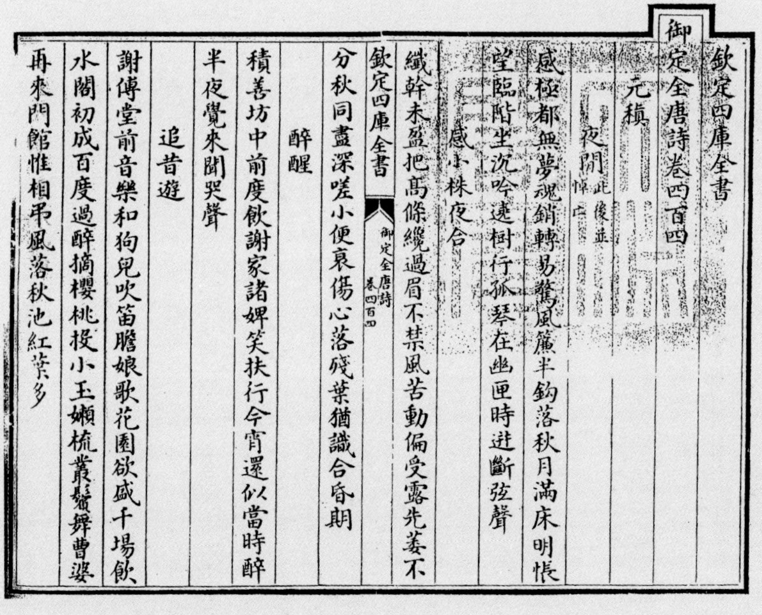
欽定四庫全書

御定全唐詩卷四百四

元稹

夜閒 此後並悼亡

感極都無夢魂銷轉易驚風簾半鉤落秋月滿床明悵望臨階坐沉吟遶樹行孤琴在幽匣時迸斷弦聲

感小株夜合

纖幹未盈把高條纔過眉不禁風苦動偏受露先萎不

分秋同盡深嗟小便哀傷心落殘葉猶識合昏期

醉醒

積善坊中前度飲謝家諸婢笑扶行今宵還似當時醉半夜覺來聞哭聲

追昔遊

謝傅堂前音樂和狗兒吹笛膽娘歌花園欲盛千場飲水閣初成百度過醉摘櫻桃投小玉嬾梳叢鬢舞曹婆再來門館惟相弔風落秋池紅葉多

《四庫全書·全唐詩》(南京圖書館藏)

翰林承旨學士廳壁記

舊制學士無得以承旨爲名者應對顧問參會旅次班第以官爲上下憲宗章武孝皇帝以永貞元年卽大位始命鄭公絪爲承旨學士位在諸學士上居在東第一閤乘輿奉郊廟輒得乘廄馬自浴殿由内朝以從揭雞竿布大澤則昇丹鳳之西南隅外賓客進見於麟德則止直禁中以俟大禮大誥令大廢置丞相之密畫内外之密奏上之所甚注意者莫不專受專對他人無得而參非自異也法不當言用是十七年間由鄭至杜十一人而九參大政其不

至者衞公詺及門而返事適然也至於張則弄相印以俟其病間者久之卒不與命也已若此則安可以昧陋不肖之稹繼居九丞相二名卿之後乎俛仰瞻睎如遺大賓每自誨其心曰以若之不俊不明而又使欲惡敧曲攻於内且決事於冥冥之中無暴揚報効之慮遂忿行私易也然而陰潛之神必有記善惡之餘者以君父之遇若如是而猶舉枉措直可乎哉使若之心忽而爲他人盡數若之所爲而終不自愧斯可矣昔魯共王餘畫先賢於屋壁以自警臨我以十一賢之名氏豈直自警哉由是謹述其遷授

書於座隅長慶元年八月十日記

重修桐柏觀記

歲太和己酉修桐柏觀訖事道士徐靈府以其狀乞文於余曰有葛氏子昔仙於吳迺觀桐柏以神其居葛氏既去復荒於墟墟有犯者神猶禍諸實唐睿祖悼民之愚乃詔郡縣厲其封隅環四十里無得樵蘇復觀桐柏用承厥初俾司馬氏宅時靈都馬亦勤止率合其徒兵執鋸鋁獨持斧鈇手締上淸實勞我軀稜稜巨幢桀桀流珠萬五千言體三其書置之妙臺以永厥圖不及百年忽焉而蕪蕪久

將壞壞其反乎神啟密命命友余徐徐實何力敢告俸餘俟用俞止俾來不虛曾未訖歲奐乎于于乃殿乃閤以廩以廡始自礎楝周於塲埒事有終始俟其識歟余觀舊誌極其邱區我識全圮孰煩錙銖克合徐志馮陳協夫

沂國公魏博德政碑

陛下以元年正月壬戌詔臣稹曰朕有臣宏正自魏入鎭魏人思之因守臣愬狀其德政乞文於碑爾司予言其文以付臣拜稽首退而奏書於陛下曰始安祿山以元宗四十三年盜幽州兵刼擊郡縣踰關據京天下掉撓肅宗征

《全唐文》(中華書局 1983 年版)

總　目

辨僞

附録

論證嚴密　新見疊出
——《新編元稹集》序

傅璇琮

吴偉斌同志是南京師範大學前輩學者唐圭璋先生和孫望先生七十年代的第一届研究生，在兩位先生的教誨下，嚴師出高徒，辛勤耕耘的吴偉斌同志成績斐然。在諸多的學術期刊上，年年都能看到他一篇又一篇的新作問世。出版於二〇〇八年的《元稹評傳》、《元稹考論》，更是頗得學界好評的兩部傑作，我曾應邀爲此兩書作序。近日，吴偉斌同志的又一部大規模著作《新編元稹集》已經完成，即將問世。這是一部唐代文學領域元稹研究方面非常重要的學術新成果，是值得學界今哲時賢關注的學術新著。本人欣喜之餘，提筆作序，表述吴偉斌同志元稹研究的特點，闡發《新編元稹集》的特色。

《舊唐書・文苑傳》將元稹與被後世稱爲"詩聖"的杜甫，與被譽爲"詩中有畫，畫中有詩"的王維，與被稱爲"燕許大手筆"的張説、蘇頲，以及與漢代晁錯、董仲舒相比"無以過之"的劉蕡等人相提並論，足見史學家對元稹文學才華的充分肯定。而據《新唐書・文藝傳》的描述，在唐代文苑裹元稹與張説、蘇頲、權德輿、李德裕等人並列其中，成爲"一世冠"。而從詩歌方面而言，元稹又列名唐代八大詩人之中，與杜甫、李白、白居易、劉禹錫、李賀、杜牧、李商隱等人的詩歌並列。本人以爲，這些評價無疑真實地反映了歷史的公正認同。在唐代文壇的横向權衡與歷史長河的縱向比較之中,《舊唐書·元稹白居易傳》的評價則更爲清晰:"元和主盟,微之、樂天而已。"但回過頭來大家再讀讀近一百年來出版的許多"中國文學史"著作,又有哪一部文學史能够像兩《唐書》的《文苑傳》、《文藝傳》那樣高度評價元稹的文學貢獻,又有哪一部文學史能够像《舊唐書·元稹白居易傳》那樣充分肯定元稹作爲"元和主盟"者而引領中唐文風的巨大作用?

而吴偉斌同志,正是在研究生學習伊始,就已注視到近百年以來一直被忽視、長期被歪曲的元稹評價問題,於是他將元稹研究課題作爲自己的畢業論文内容,置身於中唐文學大發展大繁榮的大環境之中。研究生學習期間,就着手從最基礎的詩文箋注做起,踏踏實實逐字逐句研讀,認認真真逐篇逐首研判,一心撲在研究元稹的工作中。就在研究生畢業前夕,他就發表《元微之詩中"李十一"非"李六"舛誤辨》一文,向名家的權威結論提出嚴正的商榷;此後商榷名家的論文不斷,提出了一個又一個新觀點。他前後耗時三十五年,先後撰寫《元稹評傳》、《元稹考論》、《元稹年譜》等著作,同時又完成了對元稹詩文的輯佚、校勘、註釋、箋證、編年、辨僞等等工作,編撰篇幅甚巨的《新編元稹集》,與《元稹評傳》、《元稹考論》一起,爲含冤千年的元稹翻案,向讀者交出了令人滿意的答卷,向學界奉獻了引人深思的新著,這或許是吴偉斌同志堅持三十五年研究元稹方方面面的意義所在吧!

我與吴偉斌同志相識於三十年前,緣由是元稹研究。三十年來,或見面交談,或通信敘情,或電話溝通,話題從來没有離開過元稹研究。儘管如此,當吴偉斌同志近著《新編元稹集》的初校樣放在我面前的時候,多多少少還是有點意外:校樣總字數在七百六十萬上下,纍高竟有九十公分左右。内容之豐富,自然不難想象;新見之疊出,更是可以想見。作者由此而付出的艱辛勞動,使我作爲也是古代文學研究者,確深有同感。這部書稿,在嚴密論證之下,不時糾正舊繆,考論新見。綜觀全書，吴偉斌同志盡心盡力，既遵循古籍整理之原有優良傳統，又在這樣的基礎上有所創新有所拓展。具體來説，我有如下觀感：

選本得當：元稹長慶四年所編《元氏長慶集》流傳至今，有兩種版本較爲完整：其一是明代弘治元年（1488）楊循吉據宋本傳抄的《元氏長慶集》，通稱"楊本"；其二是明代萬曆三十二年（1604），馬元調復刊本，通稱"馬本"。"楊本"面世較早，但闕漏不少。"馬本"雖然晚于"楊本"一百多年，但經馬元調多方搜索，增加了六卷補遺；六卷補遺雖然也雜有他人的少量詩文，但瑕不掩瑜，無疑比以前各本有較大的進步。故清代乾隆年間編行《四庫全書》，"馬本"即被作爲《元氏長慶集》的最佳刊本選入。吴偉斌同志此次選擇"馬本"作爲底本，我個人認爲是合適的、明智的。冀勤在中華書局出版的《元稹集》則以"楊本"爲底本，各取所長，當也無可非議。但楊軍近年問世的《元稹集編年箋注》"詩歌卷"以"楊本"爲底本，其"文章卷"又以"馬本"爲底本，我以爲考慮欠周，做法似可商榷。

輯佚全面：北宋末年劉麟父子所編《元氏長慶集》原有元稹詩文九百七十八點五篇，吴偉斌同志《新編元稹集》現輯有詩文二千五百六十六篇。其中經《才調集》、《全唐詩》、日本花房英樹以及吴偉斌同志自己的收集，共計輯佚篇目一千五百八十七點五篇，其中的一千二百八十三篇，已出版的《元稹集》、《元稹年譜》、《元稹集編年箋注》、《元稹年譜新編》等均没有採録，也没有編年，現爲吴偉斌同志獨家所輯佚，占全書稿的百分之五十，占所有輯佚篇目的百分之八十點八二。《新編元稹集》輯佚之全面，收集之詳盡，篇目之衆多，爲近年元稹研究中所僅見。尤其是長慶四年元稹親手編集《元氏長慶集》之後至元稹暴病身亡的大和五年的七年間，吴偉斌同志輯佚元稹散佚散失詩文三百七十一篇，占七年全部詩文的百分之九十五點三七，填補了元稹後期詩文創作的大段空白，非常寶貴。不僅如此，吴偉斌同志對散佚或散失在諸多古代文獻中的元稹作品，没有盲目跟進而不加辨别地收集，而是根據他自己掌握的元稹資料進行認真的甄别，去僞存真。如留存在《新編元稹集》附録中的六十八篇作品，一直被前哲或今賢，如《元稹集》、《元稹年譜》、《元稹集編年箋注》、《元稹年譜新編》等認定爲是元稹的作品，則是經過吴偉斌同志認真辨别之後排除在《新編元稹集》之外的詩文，避免了魚龍混雜、真假莫辨的誤失，更應該予以肯定。

校勘精細：校勘是一項繁瑣而又必須小心翼翼進行的工作，因爲它是古籍整理必不可少的基礎，是古籍整理的第一步。《新編元稹集》的校勘，不僅顧及《元氏長慶集》各種不同版本的異文，同時還兼及目前能够見到的有關元稹詩文的多種文獻資料。這樣，某一篇詩篇或文章，參與校勘的文獻往往多達十多種，除《元氏長慶集》的不同版本外，常見的《文苑英華》、《全唐詩》、《全唐文》、《唐大詔令集》、《册府元龜》當然要參與校勘，不常見的文獻如《增注唐策》、《文章辨體彙選》、《歷代名臣奏議》、《登科記考》、《容齋隨筆》、《唐人萬首絶句選》、《何氏語林》、《清波别志》等也參與校勘，工作量當然成倍增加，而精確度也相應得到提高。且傳統意義上的校勘，衹是出示某一作家在不同版本的詩文集間的異文，大多不表明自己的主張，由讀者根據提供的情況自行確定；《新編元稹集》的校勘不僅客觀上表示異同，而且以不同的方式表明自己的觀點，不避難就易，不把難題留給讀者。這樣認真的校勘，大大方便了不同層次讀者的不同需求，受到讀者廣泛歡迎應該是在意料之中。

箋注科學：箋注分"註"與"箋"兩個部分，《新編元稹集》的註釋不是簡單抄抄詞典，而是結合元稹的生平加以考察，深入而淺出，給出恰當解釋。如果吴偉斌同志没有數十年研究元稹的功力，則難以做到這一點。每個解釋之後，又附有書證加以證明。所取書證，既爲解釋詞義服務，同時又儘量以内容通俗、辭藻美麗的標準入選，以便與元稹的詩文互爲補充互爲映襯，充分展示我國古代文學花苑中的艷麗景象。這不僅有利於一般讀者對古籍的正確理解，也有利於我國傳統文化走出國門走向世界之國策的推行。作者結合三十多年的研究心得，在認真解釋詞義的同時，又時見吴偉斌同志得心應手之箋文。如《論教本書》箋文："綜觀《論教本書》全文，中心突出，結構嚴謹，脈絡清楚，層次井然，並無一節一句一字涉及王叔文王伾等人。既然如此，所謂元稹《論教本書》抨擊王叔文王伾反對永貞革新又從何説起？"可謂一語而中的。又如《上門下裴相公書》之箋文："元稹前期曾經支持裴度彈劾權臣的鬥争，並因此招致元稹與裴度一起出貶洛陽，元稹出貶爲河南縣尉，裴度出貶爲河南府功曹，即所謂'昔者相公之掾洛也，積獲陪侍道塗'。中期元稹貶放外任十年，而裴度已經登上宰相的高位，本文即是元稹委婉懇請裴度儘快結束自己的貶謫生涯，並將自己調回京城任職，但裴度不予理睬。在摯友崔群的幫助下，元稹最終於元和十四年近移虢州，這年年底回到京城，任職膳部員外郎。此後元稹仕途順利，最終拜職中書舍人、翰林承旨學士。這時裴度因自己兒子被長慶元年科舉復試被榜落，裴度因此怨恨元稹，並因他人亦即王播的挑撥而與元稹交惡，無中生有三次彈劾元稹勾結宦官，最後導致元稹被罷免中書舍人、翰林承旨學士之職，貶任工部侍郎。"將元稹與裴度之間錯綜複雜的人際關係一一指明，也將元稹于元和、長慶間仕途起起伏伏的原因明白標示，從而引導讀者順利閱讀《上門下裴相公書》，揭示了中唐歷史上一直被掩蓋被歪曲被誤解的謎團。

引用廣博：《新編元稹集》書後附有《主要引用書目》，計有一千五百多種，它們包括《全唐詩》、《全唐文》、《文苑英華》等典籍，涉及文學、史學、小學、地理、醫學、農學等學科。這，在一般的學術著作中也不多見。作者自述：主要引用書目"雖然不能説是挂一漏萬，但遺漏在所難免"，這是作者的謙虚之辭，如果《新編元稹集》没有如許廣博的涉獵面，相信作者難以輯佚元稹詩文一千多篇，也難以破解歷史典籍存留的諸多謎團，此真是不言而喻。可以説，如果作者没有傾注三十多年的心血，要想如此廣泛的涉獵如許衆多書目確是不可能的。

正誤嚴謹：《新編元稹集》的正誤較多，大到元稹"勾結宦官"、"謀刺裴度"、"以張生自寓"、"玩弄薛濤"諸多歷史冤案的正名，小到一字一句的辨僞，如白居易《感舊序》"元相公微之，太和六年秋薨"中的"太和六年"應該是"大和五年"之誤。又如陶宗儀《輟耕録》將李賀"試問酒旗歌板地，今朝誰是拗花人"兩句誤認爲元稹詩句，《全唐詩續補》、《元稹集編年箋注》、《元稹年譜新編》均誤從；又如被《元稹集》、《元稹年譜新編》誤認的王安石《桃源行》"漁郎放舟迷遠近"爲元稹佚句……這樣的正誤在《新編元稹集》中隨處可見，多不勝舉，而一一舉正無疑需要花費作者不少的精力，但這樣的付出無疑有利於讀者的閲讀，這種嚴謹的學風是值得注意並應該提倡。

編年詳實：吴偉斌同志的詩文編年，認真而嚴格，每一篇詩文的編年，都列出可信從的根據，而且還與現代出版的同類著作的詩文編年加以對照評析，求真求實。如元和五年的《夜坐》、元和十年的《感夢》、長慶元年的《郭釗等轉勛制》、大和五年的《遭風二十韵》等等就是其中的一些例子。碰到複雜難辨的問題，《新編元稹集》則不惜花費較多的筆墨，加以考證，辨明真相，如《鶯鶯傳》的作年考證、《有唐武威段夫人墓誌銘》與《唐左千牛韋珮母段氏墓誌銘》作者辨别、作年考實就是另外兩個明顯的例子。而隨手翻閲已經出版的幾部元稹研究專著，編年的情况就不像《新編元稹集》這樣認真。如元和四年，元稹《除夜》詩之後，《元稹年譜》又編年詩四首，《元稹集編年箋注》編年詩篇十四篇，《元稹年譜新編》編年詩歌九首，而這顯然是有悖常理的編年。《新編元稹集》另一個着力點在元稹詩文的混合編年。傳統的編年一般是詩歌編年與文章編年分别進行，如果兩者混合編年，自然增加了編年的難度。《新編元稹集》的編年，從元稹第一篇作品的面世到元稹謝世前最後一篇詩歌的存留，不論是詩歌，還是文章，不論是集内詩文，還是散佚散失詩文，一律都是按元稹寫作時間之先後編排，形成一目了然的元稹三十九年詩文創作的“路綫圖”。不僅如此，《新編元稹集》在它的編年欄目内，首先陳述《元稹年譜》、《元稹集編年箋注》與《元稹年譜新編》的編年意見及編年理由，這既是對原著者的尊重，也是正規學術研究必須具備的摯實態度。然後逐條提出三書陳述理由之不當，接著陳述自己的編年理由與編年意見，讓讀者客觀聽取雙方的不同意見而判定史實的是非，決定自己的取捨，這是傳統學術研究的科學規範。抽查數十處《新編元稹集》詩文之編年，篇篇如此，無一例外，給人予客觀公正之感。《新編元稹集》還在書後附録《〈新編元稹集〉與〈年譜〉〈編年箋注〉〈年譜新編〉編年對比表》，羅列四書對元稹詩文不同的編年意見，《對比表》顯示，《新編元稹集》與其餘三書的編年異同竟然在百分之九十以上。又隨手抽查數十處四書詩文編年之異同，果然如此。

至此，我又想起二○○七年爲其《元稹考論》、《元稹評傳》作序時引用的清代學術名家章學誠于《文史通義》中所説的話：“高明者多獨斷之學，沉潛者尚考索之功，天下之學術不能不具此二途。”現在通讀《新編元稹集》，更感到親切。吴偉斌同志將獨創之見與專心沉潛的考索之功密切結合，這對文獻研究與文學理論闡述結合的研究當甚有意義。如即以校勘而論，據其“前言”所述，僅就元稹《才識兼茂明於體用策》一文，校勘時除各種版本外，還參校有關典籍，如《唐大詔令集》、《登科記考》、《册府元龜》等，竟有十二種之多，這實爲罕見，確如章學誠所説的“沉潛者尚考索之功”。書中還注意對元稹詩文寫作時間的考索，作詩文編年，謂其成果有“自成體系的二千五百六十六篇元稹詩文創作的‘路綫圖’”。這對於探索元稹生平事迹及創作行程極有意義。故我用“論證嚴密，新見疊出”作爲序題，當得到學界的共識。

“書山有路勤爲徑,學海無涯苦作舟。”熱誠希望吴偉斌同志在今後研究元稹的歲月中,繼續跋涉攀登學術的新高峰,努力破浪到達成功的新彼岸。

2014 年夏於北京六里橋寓舍

顛覆名家舊説　還原歷史真相

——《新編元稹集》序

郁賢皓

吴偉斌同志一生最重大的研究課題是元稹研究，在研究生畢業之前及以後，他是我家的常客，談論得最多的自然是元稹研究。三十五年來，吴偉斌同志心無旁騖，專心致力於元稹的研究，先後出版了《元稹評傳》、《元稹考論》等專著，學術界反映甚好。我曾經説過："《元稹考論》與《元稹評傳》兩書互相補充，互爲印證：《元稹評傳》全面展示了元稹生平的各個方面，是《元稹考論》論述元稹的堅實基礎。而《元稹考論》解決了元稹的諸多重要問題，是《元稹評傳》闡述元稹一生事迹的有力支撑。"

而即將出版的《新編元稹集》成果更是豐碩，這是迄今最全、最新、最可信、最權威的元稹詩文整理本。吴偉斌同志從每一篇元稹詩文着手，不放過詩文中的一詞一句，針對千百年來諸多名家、大家否定元稹的不實之辭，提供更多、更實、更具體的證據，繼續顛覆諸多名家的舊説，爲飽受冤屈的元稹全面翻案。它既是《元稹考論》、《元稹評傳》的出發點，也是《元稹考論》、《元稹評傳》的繼續與拓展，成爲元稹研究更爲堅實、更爲廣博、更爲可信的基礎。

根據《舊唐書・文苑傳》、《新唐書・文藝傳》以及《舊唐書・元稹白居易傳》的描述，元稹是唐代文苑裏的著名詩人與文章家，他與張説、蘇頲、權德輿、李德裕等大家並名文苑，又與李白、杜甫、白居易、劉禹錫、李賀、杜牧、李商隱等名家齊名詩壇,史家有“元和主盟,微之、樂天而已”的結論。而近一百年來出版的許多“中國文學史”著作,却對元稹評價甚低,批評遠多於贊譽,這既不符唐代歷史的實際,對元稹來説也極不公平。

而吴偉斌同志正是在研究生學習剛剛開始的時候,就緊緊抓住了這個非常重要的元稹評價問題,將它作爲自己的畢業論文内容。作爲他的輔導老師之一,我曾親眼目睹了他開始起步時的艱難:當時國内衹要涉及元稹的,毫無例外都是批評元稹之爲人,貶低元稹之詩文,其中也包括少數名家、大家;而吴偉斌同志對元稹的一開始研究即表明準備爲元稹作實事求是的評價,稍有常識的人們都會明白,初出茅廬的學子這樣做將面臨怎樣一種困難的境地,他能够如願成功嗎?我在暗暗鼓勵他幫助他的同時,也不禁爲他捏着一把汗。三十五年的歲月不知不覺地過去了,吴偉斌同志却以他近千萬字的元稹研究成果告慰爲他付出汗水的老師們、朋友們。綜觀吴偉斌同志的元稹研究,我有如下體會:

學術研究貴在獨立思考,不拾前人牙慧,不炒他人冷飯。現在學術界有一種不易爲人理解的怪現象,就是没有經過自己艱苦卓絶的鑽研與深入細緻的研究,就將前賢今哲的某些研究成果隨手拿來,拼拼揍揍就成了自己的“著作”。更有甚者,有些人採用了他人的研究成果之後,却不在自己的著作裏面作任何説明,這就更不應該了。吴偉斌同志的元稹研究就不是這樣,他從元稹原有的每篇詩文着手,從每篇的字、詞、句開始,從實際出發,根據查詢所得的依據,經過獨立思考,從而得出自己的結論,其與他人結論不同之創新成果,也就水到而渠成。吴偉斌同志對元稹詩文的編年,首先要把每一篇詩文放在元稹三十九年詩文創作實際中加以考察,確定其應該所在的位置;其次是把它與同時代詩人如楊巨源、李德裕、白居易、劉禹錫、柳宗元、張籍等人的同一年份作品進行比較,考察他們之間的關係;再次是將有關元稹詩文編年的同類學術著作,如《元稹年譜》、《元稹集編年箋注》、《元稹年譜新編》加以比對,發現異同,採録其合理的編年,摒棄其錯誤的意見,從而得出自成體系的二千五百六十六篇元稹詩文創作的“路綫圖”。如果以《新編元稹集》的編年爲參照,《元稹年譜》、《元稹集編年箋注》、《元稹年譜新編》的編年相同率僅僅衹有百分之五上下,書後附録的《〈新編元稹集〉與〈年譜〉、〈編年箋注〉、〈年譜新編〉編年對比表》就清清楚楚將四書的異同呈現在讀者面前,讀者一目了然,自可作出判斷。

學術研究貴在不唯多數是從,貴在不唯名家馬首是瞻。吴偉斌同志的元稹研究是以詳實的證據、周密的論證,全面考論元稹事迹,對不符元稹生平的諸多名家的權威結論進行大膽的商榷,因而訂正了《舊唐書》、《新唐書》、《資治通鑑》等史書中的不少錯誤記載,提出了與傳統説法大不相同的許多新觀點,從而勾勒出元稹的歷史本來面目,破解了中唐歷史上的不少謎團,並解決了學術界關於元稹評價上一直無法自圓其説的諸多問題。這樣的正誤在《新編元稹集》中隨處可見,近期已經發表的《後人對元稹詩文的誤讀誤解》、《論劉本〈元氏長慶集〉之貢獻與缺憾》、《關於元稹〈郭釗等轉勛制〉的標點與編年》、《〈元稹集編年箋注〉錯誤舉隅》就是其中的一些例證。尤其如更正魯迅先生對《鶯鶯傳》“文末文過飾非,遂墮惡趣”的錯誤論斷,改正陳寅恪先生關於《鶯鶯傳》作於貞元二十年的錯誤編年,糾正岑仲勉先生對元稹家族世系的不當叙述以及對元稹詩中“李六”與“李十一”的錯誤判斷,除此而外,《新編元稹集》對諸多名家關於元稹“勾結宦官”、“以張生自寓”等等説法的訂正尤爲用力而珍貴。

學術研究貴在證據,貴在嚴謹,没有證據或證據不足,所謂的“結論”就是建立在沙灘上的大廈,不僅經不起時間的檢驗,而且常常要鬧出令人捧腹的笑話。吴偉斌同志的元稹研究,大到《鶯鶯傳》作年的認定、長慶元年科試案真相的揭示、元稹與薛濤男女私情以及唱和關係的否定，小到一詞一句的考實，無不舉出令人信服的證據，然後作出符合實際的結論。如元稹《和樂天贈吴丹》有"傳聞共甲子"之句，《元稹集編年箋注》以爲"共甲子即同齡人"，將年齡前後相差三十五歲的元稹、白居易、吴丹三人視爲"同齡人"；而吴偉斌同志根據有關文獻如白居易《故饒州刺史吴府君神道碑銘并序》、《新歲贈夢得》、劉禹錫《樂天示過敦詩舊宅有感一篇吟之泫然追想昔事因成繼和以寄苦懷》、《元日樂天見過因舉酒爲賀》作爲證據，結合《舊唐書》之《白居易傳》、《劉禹錫傳》、《崔群傳》的記載，對此作出了合理的解釋："共甲子：即共有同一個甲子週期。"亦即"他們三人都出生在同一甲子週期之中"；"共甲子"不等於"同甲子"，"同甲子"纔是"同齡人"，"白居易、劉禹錫、崔群均出生於在大曆七年(772)，因此劉禹錫、白居易、崔群他們纔可以在詩篇中説'同甲子'"。類如的例子還有很多，如舉出元稹《贈田弘正等母制》"幽魏并扬"之"并"、《送崔侍御之嶺南二十韻》之"崔侍御"以及《見人詠韓舍人新律詩因有戲贈》之"延之"等，都是糾前人或時人的誤讀，就是其中的一些例子。

學術研究貴在思路嚴密，吴偉斌同志的詩文編年就是這樣：《新編元稹集》採録詩文二千五百六十六篇，從元稹最先面世的第一組文章《答時務策三道》，到元稹謝世前最後一篇存留的《遭風二十韻》，不問是文章，還是詩歌，也不問是"劉本"《元氏長慶集》内之詩文還是散佚散失在諸多文獻中的詩文，一律都是按元稹寫作時間之先後排序，不僅落實到某年，甚至還精確到季、月、日，雖然不能保證所有排序的詩文全都合理，但由此形成的則是元稹一生詩文創作清清楚楚的"路綫圖"，既方便研究者查閲，也方便讀者使用。而隨手翻閲近年出版的幾部元稹研究的同類著作，編年就比較隨意。如元和四年，元稹《除夜》詩之後，《元稹年譜新編》編年詩歌《竹篳》等詩九首，《元稹集編年箋注》編年《燈影》、《行宫》等詩十四篇，《元稹年譜》也編年《劉頗詩》等四首，而這顯然是有悖常理的編年。

學術研究貴在追求真相。吴偉斌同志在元稹詩文輯佚的過程中，也曾遇到前賢時哲將一些本來不屬於元稹的詩文歸屬於元稹名下，如《論裴延齡表》、《又論裴延齡表》、《詠鶯》、《桃源行》、《送裴侍御》、《漫酬賈沔州》、《西郊遊矚》、《詠徐正字畫青蠅》、《長安道》、《詠琉璃》、《椶櫚蠅拂歌》、《始聞夏蟬》、《精舍納涼》、《詠露珠》、《南園》、《看花招李兵曹不至》、《紅藤杖》等等詩文六十八篇，均有古代文獻記載，有些研究元稹的著作即將它們都歸屬在元稹名下。但吴偉斌同志根據有關文獻加以嚴肅的甄別，將它們剔除在元稹詩文之外，並附録在全書最後，列出根據，考出這些詩文的真正作者，辨明真僞，告知讀者。

學術研究貴在還原歷史的真相，探求事物的本來面貌，吴偉斌同志的元稹研究就充分體現了這一點。北宋末年劉麟父子整理編集的《元氏長慶集》原有九百七十八點五篇，前人估計“十存其六”，散佚之篇不在少數，散失之篇更多。前人輯佚三百〇四點五篇，吴偉斌同志獨家輯佚一千二百八十三篇，共輯佚元稹詩文一千五百八十七點五篇。這樣，《新編元稹集》共收録元稹詩文二千五百六十六篇，是今存劉麟父子編集的《元氏長慶集》詩文的二點六倍，這在我國古代文學的整理中並不多見。雖然還不能説元稹的全部詩文已經毫無遺漏地畢集於《新編元稹集》之中，但與前人相比，與時賢相較，吴偉斌同志可以説是做得最努力的一個。由於他的辛勤勞動與深入研究，元稹詩文創作的篇目得以基本呈現，元稹詩文創作的原貌得以基本還原。根據輯佚元稹詩文一千五百八十七點五篇的事實，與劉麟父子編集的《元氏長慶集》原有九百七十八點五篇相比較，前人估計的“十存其六”，應該是“十存其四”。而且更爲難得的是，他還對元稹全部詩文逐一編年，落實到年、季、月、日，極少例外，元稹三十九年詩文創作的“路綫圖”因此得以一一顯現，還原一千多年之前元稹逐年逐月走過的創作道路，爲讀者認識元稹、瞭解元稹提供了可貴而又可信的資料。

學術研究貴在堅持。從《元稹評傳》、《元稹考論》、《新編元稹集》可以看出，吴偉斌同志研究元稹既有相當的廣度，更有相當的深度。而之所以能够做到這一點，是因爲他三十五年來始終如一的堅持。開始研究元稹的時候，吴偉斌同志的研究困難重重，但他不輕言放棄，默默地堅持，甘坐“冷板凳”，一直堅持到《元稹評傳》、《元稹考論》出版的二〇〇八年，人們纔開始認識他研究元稹的價值所在。取得一定成績後，他仍然不言放棄，繼續孜孜不倦地埋身在古代文獻之中。天道酬勤，篇幅巨大的《新編元稹集》果然接着面世，爲元稹研究做出了新的貢獻。

總而言之，吴偉斌同志的新著《新編元稹集》從最基礎的字詞句做起，註釋並非照搬工具書，而是結合元稹的生平實際，精詳獨到，發他人之未發，令人信服。箋證時見警語，融進其三十五年的研究心得，更見功力。而其編年，糾他人諸多之誤編，更是難得。詩文混合編年，打破傳統習俗，有利後人研讀，實屬不易。甄别採録，别具新貌，值得關注，應該重視。

元稹研究的道路仍然任重而道遠，希望吴偉斌同志一如既往地堅持自己的研究，希望他有更多更好的元稹研究著作問世，使元稹研究開闢新天地，再上一層樓。

2014 年夏於南京

元稹當年功績　學界誰與評説

——《新編元稹集》前言

吴偉斌

元稹，生於唐代宗大曆十四年(779)，病故於唐文宗大和五年(831)。祖籍河南洛陽，出生在長安。元稹八歲喪父，家境貧寒，從母師學，刻苦不已。十三年間，三登科第：亦即貞元九年(793)，十五歲的元稹明兩經及第，釋褐入仕；貞元十九年(803)，二十五歲的他登吏部乙科第，授職校書郎；元和元年(806)，二十八歲的詩人應制舉之選，名列第一，拜職左拾遺。從此元稹與白居易一起"名入衆耳，迹升清貫。出交賢俊，入侍冕旒"。元稹最終成爲唐穆宗的翰林承旨學士與宰相，進入李唐統治集團的高層核心。可惜爲時都極爲短暫，不久即出貶爲同州刺史，轉任浙東觀察使。六年之後，奉詔回京，拜職左丞。時未滿月，又被排擠外貶武昌軍節度使。第二年，亦即大和五年七月二十二日，元稹冒着難忍的酷暑，巡視水灾氾濫的轄區，突然暴病殉職於武昌軍任上，享年僅僅五十三歲。

綜觀元稹的仕途，應該説是坎坷不平的。他一生曾五受誣陷五遭貶謫：即元和元年(806)元稹任左拾遺時，因直言敢諫而招怨宰臣杜佑，以"莫須有"的罪名被謫爲河南尉；元和四五年間(809—810)詩人在監察御史任上平定東川八十八家冤獄，又舉發洛陽權貴、藩鎮、宦官的違規之舉與跋扈之行，招來諸多權貴的極度不滿，在被詔回京途中之敷水驛，與借故尋釁的宦官仇士良、馬士元等人發生激烈衝突，無辜遭到毒打的元稹，反被唐憲宗與執政杜佑誣爲“務作威福”而出貶江陵，元和十年(810)，弄權宦官頭目吐突承璀及其黨羽仇士良再度將元稹調離平叛淮西的前綫，貶斥僻鄉荒壤的通州，在貶地江陵與通州，前後長達十年；長慶元年(821)元稹在翰林承旨學士時，裴度無意或有意受“巧者”王播的挑撥，誣陷元稹交結宦官魏弘簡破壞河朔平叛，從而降爲工部侍郎；長慶二年(822)任職宰相期間，詩人受害於李逢吉勾結宦官魏弘簡、劉承偕等人誣陷元稹“謀刺裴度”的陰謀，貶謫同州與浙東八個年頭；大和三年(829)元稹在尚書左丞時，又被宰相李宗閔等人指控爲“經營相位”而被迫出鎮武昌。

元稹雖然數次身居輔君匡國的要職，擔負濟時爲民的重任，但爲時都極爲短暫，接踵而至的即是被誣陷、被打擊、被貶職。其中擔任要職時間最長的是監察御史，時歷一年；最短的是尚書左丞，位未逾月。五次要職累計時僅兩年又三個月，而元稹前後貶謫則長達二十年，占其全部政治生涯的百分之九十。綜觀元稹的一生，雖然他長期被貶謫，但從未消極退避，始終積極用世，用元稹自己的話來説就是“修身不言命，謀道不擇時。達則濟億兆，窮亦濟毫厘”，這與白居易所奉行“窮則獨善其身，達則兼濟天下”的人生觀有着明顯的不同。我們認爲積極用世、匡國濟民是元稹思想的主流，貫穿元稹政治活動的始終，值得我們充分肯定，也應該給予高度的歷史評價。

元稹對中唐文學的貢獻，同樣不容否定不容抹殺：衆所周知，在我國古典文學發展的歷史長河中，曾經出現過三次文學發展的高潮：第一次即周、秦之交的戰國時期，第二次爲唐宋之時的“三元”——即開元、元和、元祐——時期，第三次則出現在明代萬曆和清朝乾隆之間。而文學發展至中唐的元和時期(806—820)，詩歌創作再度昌盛，古文運動與新樂府運動進入高潮，制誥文得以積極的變革，而傳奇繁榮，變文流行，曲子詞由民間步入文壇，戲劇開始起步，古典文學在中唐得以全面發展：傳統的文學樣式——詩歌與文章，其中也包括制誥文——追求着進行着新的變革，新的文學樣式——傳奇、變文、曲子詞、戲劇——有的開始起步，有的則已走向繁榮。長期以來我國文壇上僅僅詩與文並行的單一局面已告結束，在我國古代文學園苑裏已出現了多種文體同時湧現的全新局面，形成了百花競放、萬紫千紅的喜人圖景。

在文學全面繁榮的中唐文壇，元稹的文學貢獻又是如何？文學地位又是怎樣？史書的客觀評述，爲我們揭開唐代燦爛文學長河之帷幕，展現了"元才子"傑出的文學貢獻，《舊唐書・文苑傳》文云：

> 爰及我朝，挺生賢俊。文皇帝解戎衣而開學校，飾賁帛而禮儒生。門羅吐鳳之才，人擅握蛇之價。靡不發言爲論，下筆成文。足以緯俗經邦，豈止雕章縟句！韵諧金奏，詞炳丹青。故貞觀之風，同乎三代。高宗、天后，尤重詳延。天子賦横汾之詩，臣下繼柏梁之奏。巍巍濟濟，輝爍古今。如燕、許之潤色王言，吴、陸之鋪揚鴻業，元稹、劉蕡之對策，王維、杜甫之雕蟲，並非肄業使然，自是天機秀絶。若隋珠色澤，無假淬磨，孔璣翠羽，自成華彩，置之文苑，實焕緗圖。

《舊唐書・文苑傳》將元稹與被稱爲"燕許大手筆"的張説、蘇頲，與被譽爲"詩中有畫，畫中有詩"的王維，與被後世稱爲"詩聖"的杜甫以及與漢代晁錯、董仲舒相比"無以過之"的劉蕡等人相提並論，而還没有來得及提到李白、白居易、劉禹錫等人，足見史學家對元稹文學才華的充分肯定。而《新唐書・文藝傳》的評述則更爲全面，文云：

> 唐有天下三百年，文章無慮三變：高祖、太宗，大難始夷，沿江左餘風，絺句繪章，揣合低卬，故王、楊爲之伯。玄宗好經術，群臣稍厭雕琢，索理致，崇雅黜浮，氣益雄渾，則

燕、許擅其宗。是時唐興已百年，諸儒争自名家。大曆、貞元間，美才輩出，擩嚌道真，涵泳聖涯，於是韓愈倡之，柳宗元、李翺、皇甫湜等和之，排逐百家，法度森嚴，抵轢晉魏，上軋漢周，唐之文完然爲一王法，此其極也。若侍從酬奉則李嶠、宋之問、沈佺期、王維，制册則常袞、楊炎、陸贄、權德輿、王仲舒、李德裕，言詩則杜甫、李白、元稹、白居易、劉禹錫，譎怪則李賀、杜牧、李商隱，皆卓然以所長爲一世冠，其可尚已。

據《新唐書・文藝傳》的總體描述，在唐代文苑裏元稹與張説、蘇頲、權德輿、李德裕等人並列其中，成爲"一世冠"。如果僅僅從詩歌而言，元稹將列名唐代八大詩人之中，與杜甫、李白、白居易、劉禹錫等人的詩歌並列。我們以爲，這些評價無疑真實地反映了歷史的公正的認同。

回過頭來我們再讀讀近一百年來出版的許多"中國文學史"著作，又有哪一部文學史能够像兩《唐書》的《文苑傳》、《文藝傳》那樣高度評價元稹的文學貢獻？如果再將近百年以來任何一部"中國文學史"對元稹毁言批評遠多於譽評紹介以及對王維、杜甫、李白、韓愈、柳宗元、白居易、劉禹錫、杜牧、李商隱等人幾乎全盤肯定的論述加以相比，期間的對比將更加鮮明，讀者的感慨也許將會更多。

而在文學全面發展的中唐元和時期，誰是文壇的主盟者呢?《舊唐書・元稹白居易傳評》將這個非常重大的問題納入唐代文壇的横向權衡與歷史長河的縱向比較之中，評價則更加明確，回答則更加清楚：

國初開文館，高宗禮茂才。虞、許擅價於前，蘇、李馳聲於後。或位升臺鼎，學際天人，潤色之文，咸布編集。然而向古者傷於太僻，徇華者或至不經，齷齪者局於宫商，放縱者流於鄭衛。若品調律度，揚榷古今，賢不肖皆賞其文，未如元、白之盛也。昔建安才子，始定霸於曹、劉；永明詞宗，先讓功於沈、謝；元和主盟，微之、樂天而已。

元和主盟者之一，同時也是元稹的政治摯友白居易在《餘思未盡加爲六韵重寄微之》詩中亦讚揚元稹的詩文云：

海内聲華併在身，篋中文字絶無倫（美微之也）。遥知獨對封章草，忽憶同爲獻納臣。走筆往來盈卷軸（予與微之前後寄和詩數百篇，近代無如此多有也），除官遞互掌絲綸（予除中書舍人，微之撰制詞；微之除翰林學士，予撰制詞）。制從長慶辭高古（微之長慶初知制誥，文格高古，始變俗體，繼者效之也），詩到元和體變新（衆稱元白爲千字律詩，或號元和格）。各有文姬才稚齒（蔡邕無兒，有女琰，字文姬），俱無通子繼餘塵（陶潜小兒名通子）。琴書何必求王粲？與女猶勝與外人。

白居易在《劉白唱和集解》也公開承認元稹是自己的“文友詩敵”，自嘲説由於元稹的存在，使自己不得“獨步”於當時的文壇，文云：

江南士女語“才子”者，多云元、白。以子之故，使僕不得獨步於吴越間。

史書已充分肯定元稹、白居易在中唐文壇上的貢獻以其及主盟者的地位，詩友白居易亦詳盡地描述、真誠地推許元稹詩文在當時文壇所起扭轉一代文風的巨大作用。元稹，這樣一位中國唐代著名的歷史人物，曾對當時的政治、經濟，特别是文學作出過自己的重要貢獻，在唐代及以後都有着不容否認的積極影響。然而千年以來却很少有人對元稹的生平及其政治思想、經濟理論、文學作品、文學理論、文學貢獻進行過科學的考察、認真的研究、系統的闡述和積極的評價；不僅如此，隨着時間的推移，一些學術大家、名家不經過嚴肅的思考、認真的研究、踏實的考證，人云亦云，諸多極不負責任的所謂"結論"也就隨隨便便地强行加到了元稹的頭上，胡説元稹"勾結宦官"、"依附藩鎮"、"獻詩升職"、"鑽營相位"、"破壞平叛"、"抛棄鶯鶯"、"自寓張生"、"玩弄薛濤"、"薄倖婦女"、"文章晦澀"、"詩歌直露"……可以説把元稹塗抹得一無是處，面目全非。元稹含冤千年，始終不見有人爲元稹的冤情系統翻案、全面辯白，真可謂"元稹當年功績，學界誰與評説"？這也許就是我研究生學習期間决定研究元稹的朦朧動機吧！歷史的真相常常被歪曲，但不應該永久被歪曲；歷史的真相常常遲到，但决不能長期缺席，這或許就是本人堅持三十五年研究元稹方方面面的意義所在吧！

從一九七八年開始，本人有幸師從唐圭璋、孫望兩位國學大師攻讀唐宋文學。在兩位導師的指導下，最終確定了我的元稹課題的研究方向。數十年來堅持不懈，本人撰寫了七十多篇論文，發表了不同於他人的諸多新見解，力求恢復元稹的歷史本來面貌。本人元稹的研究，得到了兩位導師的由衷認可與一再鼓勵，得以堅持始終，努力前行。二〇〇八年，本人在河南人民出版社結集出版《元稹考論》（六十五萬字）與《元稹評傳》（五十九萬字）兩書，對元稹進行全面的認真的歷史回顧，抨擊貶低歪曲元稹的許多不實之辭，給歷史人物元稹以科學的客觀的評價。

對拙稿《元稹評傳》與《元稹考論》兩書，傅璇琮先生曾熱誠爲之作序，並給予高度的評價，其《元稹評傳序》與《元稹考論序》云："這兩部書是我們現在唐代文學研究的重要成果，是值得關注的學術新著。

之所以説‘值得關注’，是因爲吴偉斌同志的研究頗有特色，這兩部著作之考證、評論，及其所得結論，對唐代文學研究，古典文學研究，能起學風思考的作用……除文學創作外，元稹還應該是中晚唐之際積極參與政事改革的實踐家。但從晚唐五代開始，直至二十世紀，有關記述元稹的史傳、筆記、年譜、專著、論文，多將其評爲‘勾結宦官’、‘巴結藩鎮’、‘反對革新’、‘拋棄鶯鶯’、‘玩弄薛濤’等等，不止人品卑劣，且貶其詩歌淫豔、晦澀，幾乎已成爲共同結論。在唐代作家中，其生平事迹記載之差謬，文學創作評價之錯訛，未有如元稹者。這種不正常現象却未受到重視。對這千餘年來似已成爲公論的曲解，要加以辨證，是要有勇氣的……吴偉斌同志是上世紀八十年代以來，爲首次否定元稹‘勾結宦官’説，首次否定‘張生自寓’説，確表現他年輕時就極爲難得的學術探索和創新的勇氣……這是至今爲止最爲全面、客觀的一部元稹評傳之作。特别是記述元稹在通州、浙東、武昌等地的遊歷，及與當代詩文名家的文學交往，頗有勝讀之感。”又郁賢皓先生在《光明日報》上所撰之文《撥迷霧　澄懸案》有言：“（吴偉斌同志）以詳實的證據、周密的論證，對元稹的生平事迹進行了全面的考論，訂正了《舊唐書》、《新唐書》、《資治通鑑》等史書中的不少錯誤記載，對魯迅、陳寅恪、岑仲勉等名家的權威結論有較多的商榷，提出了與傳統説法不同的許多新觀點，從而勾勒出元稹的歷史本來面目，破解了中唐歷史上的不少謎團，並解决了學術界關於元稹評價上一直無法自圓其説的諸多問題。可以説，這是兩部具有較高學術價值的著作……兩書互相補充，互爲印證：《元稹評傳》全面展示了元稹生平的各個方面，是《元稹考論》論述元稹的堅實基礎。而《元稹考論》解决了元稹的諸多重要問題，是《元稹評傳》闡述元稹一生事迹的有力支撐。”

而即將問世的拙作《新編元稹集》，在輯佚、校勘、註釋、箋證、編年、辨僞等方面認真研究，深入探討，既遵循古典文學研究原有的優良傳統，又力争在傳統的基礎上有所創新有所拓展。我們在《元氏長慶集》原有篇目的基礎上，將元稹詩文篇目數擴展至原來的二點六倍。《新編元稹集》力圖在《元稹評傳》與《元稹考論》的基礎上，努力顯示元稹存留世間每篇每句的真諦，進一步詮釋與論證元稹詩文的方方面面，認真匡定每一篇詩文的具體寫作時間，努力還原元稹三十九年詩文創作的"路綫圖"，徹底揭示元稹生平與元稹思想的歷史本來面目。如果天假餘年，我們還想將已經初步成稿的《元稹年譜》、《元稹續考》推出，與《元稹評傳》、《元稹考論》、《新編元稹集》一起，合成個人一千多萬字的《元稹研究文集》，全面評説元稹的當年功績。

元稹存世的作品集僅僅是長慶四年元稹親手編集的《元氏長慶集》，而根據多種文獻記載，元稹在世之日，曾經將自己的詩文進行過八次整理：

第一次，元和七年，元稹應即將離開江陵的朋友李景儉之要求，將自己當時的八百餘首詩歌分爲十體，編爲二十卷，亦即每卷大約四十首左右。元稹《叙詩寄樂天書》自述："適值河東李明府景儉在江陵時，僻好僕詩章，謂爲能解，欲得盡取觀覽，僕因撰成卷軸……自十六時至是元和七年，已有詩八百餘首，色類相從，共成十體，凡二十卷。"這應該是元稹生平中第一次結集自己的詩歌，我們姑且稱爲"自編詩集"吧！但十體二十卷中，祇包含詩歌，没有包括如元和元年撰作的《才識兼茂明於體用策》、《論教本書》等傳流後世的諸多名篇在内。

第二次，元和十年，元稹從江陵貶地回京，接着再次出貶通州，詩人得知通州自然情況的險惡，知道自己極有可能一去而不返，葬身在窮鄉僻壤，故特地把自己的絶大部份詩文交給摯友白居易，委託白居易日後爲自己編輯成集。從現存白居易的詩文集中，白居易祇是覽閲元稹的"二十六軸"詩文，未見白居易爲元稹編集的記載。元稹《叙詩寄樂天書》云："昨來京師，偶在筐篋。及通行，盡置足下……昨行巴南道中，又有詩五十一首。文書中得七年已後所爲，向二百篇，繁亂冗雜,不復置之執事前。所爲《寄思玄子》者,小歲云爲,文不能自足其意,貴其起予之始,且志京兆翁見遇之由,今亦寫爲古諷之一,移諸左右。”元稹《上興元權尚書啓》則説得更爲詳盡:“然而吏通之初,有言通之州幽陰險蒸瘴之甚者,私又自憐其才命俱困,恐不能復脱於通。由是生心悉所爲文,留置友善,冀異日善惡不忘於朋類耳! 筐篋之内,遂無遺餘。”對此,白居易《與元九書》也有表述:“今俟罪潯陽,除盥櫛食寢外無餘事,因覽足下去通州日所留新舊文二十六軸,開卷得意,忽如會面,心所畜者,便欲快言,往往自疑不知相去萬里也。既而憤悱之氣,思有所泄,遂追就前志,勉爲此書,足下幸試爲僕留意一省。”同年八月,元稹病重,在死亡綫上掙扎,再次把手邊的詩文命僕人捆扎,囑咐日後轉交白居易編入自己的詩文集中。白居易《與微之書》有文紀實:“僕初到潯陽時,有熊孺登来,得足下前年病甚時一札:上報疾狀,次序病心,終論平生交分。且云:危惙之際,不暇及他,唯收數帙文章,封題其上曰:‘他日送達白二十二郎! 便請以代書。’悲哉! 微之於我也,其若是乎?”這是元稹交待後事式的文集整理,可以説是元和十年之時元稹手邊所有的作品,既有詩歌,也有文篇,其中也包括今天已經佚失的《寄思玄子詩二十首》在内。

第三次,亦即元和十一年,元稹在興元治病,適逢元稹貞元十九年吏部乙科的座主權德輿前來山南西道擔任節度使之職,元稹特地向權德輿進獻自己的詩文。元稹《上興元權尚書啓》:“因用官通已來所作詩及常記憶者,共五十首。又文書中得《遷廟議》、《移史官書》、《戡難紀》并在通時《叙詩》一章,次爲卷軸,封用上獻。”這次進獻的作品,既有詩歌,也有文篇,但並非是全部詩文,祇是憑藉記憶進獻,是有選擇性的結集。

第四次,元和十五年初,元稹應時相令狐楚之命,在元和五年三月貶謫江陵之後有詩篇千餘首的基礎上,選擇古體詩歌一百首、百韵至兩韵律詩一百首,編爲五卷,向令狐楚進獻。元稹《上令狐相公詩啓》闡述緣由云:“積嘗以爲雕蟲小事,不足以自明。始聞相公記憶,纍旬已來,實懼糞土之墻庇以大厦,便不摧壞,永爲版築之誤,輒寫古體歌詩一百首,百韵至兩韵律詩一百首,合爲五卷,奉啓跪陳,或希構厦之餘,一賜觀覽。”這次獻呈的作品,同樣衹是選擇性質,但衹有詩歌二百首,分爲五卷,亦即每卷四十首,這些詩歌並不是元稹的全部詩歌,且也不包括文章在内。

第五次,長慶元年,元稹應唐穆宗之命,自編“雜詩”十卷,向唐穆宗進獻。元稹《進詩狀》陳述:“臣某雜詩十卷。右,臣面奉聖旨,令臣寫録雜詩進來者……自律詩百韵至於兩韵七言,或因朋友戲投,或以悲歡自遣,既無六義,皆出一時。詞旨繁蕪,倍增慚恐。”“雜詩十卷”顯然比進獻令狐楚的“合爲五卷”更多,但也衹有“雜詩”,並無文篇。元稹這次向唐穆宗進呈自己的詩歌,成爲詩人平步青雲的原因之一,這本來是無可非議的事情;但也被時人與後來的史學家誣爲元稹由宦官進獻詩文而得以成爲知制誥臣和翰林承旨學士,接着拜職宰相,被誣爲元稹個人歷史上的所謂“政治污點”。

第六次,長慶元年十月,元稹因裴度接二連三的彈劾而被唐穆宗無奈抛棄,離開中書舍人、翰林承旨學士之任,詩人又特地將自己在試知制誥任内、知制誥任内、中書舍人、翰林承旨學士任内撰作的制誥文章整理結集。元稹《制誥(有序)》述説編集緣由:“元和十五年,余始以祠部郎中知制誥。初約束不暇,及後纍月,輒以古道干丞相,丞相信然之。又明年,召入禁林,專掌内命。上好文,一日從容議及此,上曰:‘通事舍人不知書便其宜,宣贊之外無不可。’自是司言之臣,皆得追用古道,不從中覆。然而余所宣行者,文不能自足其意,率皆淺近,無以變例。追而序之,蓋所以表明天子之復古,而張後來者之趣尚耳!”據元稹這篇“制誥序”,他這次整理的是制誥專文集,不包括詩歌,也不包括其他文章。元稹在《制誥(有序)》中并没有説明具體究竟撰作了多少篇制誥文,我們點檢今日存留《元氏長慶集》中的制誥文數目，計有一百三十二篇，但我們認爲這些並不是元稹制誥文的全部，馬本《元氏長慶集》補遺二十五篇制誥文就是一個間接的證據；但馬本《元氏長慶集》也尚未完備，如經我們補入被馬本《元氏長慶集》漏收的《令狐楚衡州刺史制》就是又一個具體的例證。元稹的制誥文具體究竟有多少篇？今天難於回答，有待智者的考證或將來地下文物的發掘。

第七次，長慶二年八月前，元稹出貶同州之後，又將元和年間以及長慶二年八月之前的狀奏整理成集，計有二百七十有七奏。元稹《表奏（有序）》："始元和十五年八月得見上，至是未二歲。僭忝恩寵，無是之速者。遭罹謗咎，亦無是之甚者。是以心腹腎腸，糜費於扶衛危亡之不暇，又惡暇經紀陛下之所付哉！然而造次顛沛之中，前後列上兵賦邊防之狀，可得而存者一百一十有五。苟而削之，是傷先帝之器使也。至於陳情辨謗之章，去之則無以自明於朋友也。其餘郡縣之請奏，賀慶之常禮，因亦附之於件目。始《教本書》，至爲人雜奏，二十有七軸，凡二百七十有七奏。"據元稹這篇《表奏（有序）》，詩人這次整理的衹是文章，不包含詩歌，時段起自唐憲宗登位元稹拜職左拾遺的元和元年，故第一篇文章是《論教本書》。這次結集所含純粹是除制誥文體之外的其他公用文章；其中應該不包含如《叙詩寄樂天書》、《有唐武威段夫人墓誌銘》、《葬安氏誌》這樣私人性質的文章在内。

第八次，長慶四年，元稹在浙東觀察使任，曾將自己與白居易個人的詩文編輯而各自成集，分别命名曰《元氏長慶集》與《白氏長慶集》，成集於是年的十二月十日之前。元稹《郡務稍簡因得整比舊詩并連綴焚削封章繁委箧笥僅逾百軸偶成自嘆因寄樂天》："近來章奏小年詩，一種成空盡可悲。書得眼昏朱似碧，用來心破髮如絲。催身易老緣多事，報主深恩在幾時？天遣兩家無嗣子，欲將文集與它誰？"白居易有和詩《酬微之（微之題云郡務稍簡因得整集舊詩並連綴删削封章諫草繁委箱笥僅踰百軸偶成自嘆兼寄樂天）》答酬："滿箧填箱唱和詩,少年爲戲老成悲。聲聲麗曲敲寒玉,句句妍辭綴色絲。吟翫獨當明月夜,傷嗟同是白頭時。由來才命相磨折,天遣無兒欲怨誰(微之句云:‘天遣兩家無嗣子,欲將文字付誰人?’故以此答之)?”這次是元稹綜合性質的結集,亦即既包括詩歌、文賦,也包括文篇、制誥,所有公用的文篇與私用的作品都在元稹的收録範圍之内,應該是階段性質的作品結集,其重要性不言而喻。

但元稹對自己詩文的八次整理結果,除長慶四年整理的《元氏長慶集》外,其餘的今天均已不存不見。即使是由劉麟父子重新整理的六十卷本《元氏長慶集》,我們姑且稱爲“劉本”《元氏長慶集》,也衹是散佚或散失之後的殘存。而長慶四年之後,元稹有没有第九次整理自己的詩文集?從現在留存的文獻來看,不見有元稹第九次整理自己詩文集的記載。經我們考證,事實上也没有,至多也衹有“小集”一類集子的存在,是元稹自己隨手收録自己此後撰寫的詩篇與文章,或者是後人順手收集元稹的詩文。原因無他,因爲元稹離開浙東任之後,匆匆進京,任職不滿一月,又匆匆離京前往武昌軍任職節度使,時間僅僅過了十八個月,又因暴病突然謝世,一切均在詩人的意料之外。元稹没有料到自己竟然會這樣匆匆離世,突然的暴病,没有留給詩人整理自己文稿的時間。正因爲如此,所以從現存“劉本”《元氏長慶集》的詩文來看,元稹長慶四年之浙東任後期以及尚書左丞任、武昌軍任留存詩歌極少,散佚散失在外的詩文較多:如寶曆元年與寶曆二年的詩文,“劉本”《元氏長慶集》中竟然没有一篇詩文留存,而據我們並不完全的輯佚,這兩年元稹散佚或散失的詩文分别有十九篇和十六篇;又如元稹大和元年的七十五篇作品中,衹有《寄浙西李大夫四首》尚在“劉本”《元氏長慶集》内;同樣,大和二年的一百五十篇詩文,散佚或散失在“劉本”《元氏長慶集》外的竟然有一百四十七篇;大和三年,没有一篇詩文留存在“劉本”《元氏長慶集》之内,而散佚或散失在外的詩文則有六十一篇;衹有大和四年,八篇詩文出自“劉本”

《元氏長慶集》之内，七篇詩文散佚或散失在外。大和五年，留存在“劉本”《元氏長慶集》内的詩篇衹有三篇，而散佚或散失在外的詩文則有五十二篇；長慶四年元稹編輯成集《元氏長慶集》之後的七年中，留存在“劉本”《元氏長慶集》之内的詩篇衹有十八篇，散佚或散失在外的則有三百七十三篇，占到七年全部詩文篇目的百分之九十五點三九。而留存在今天所見“劉本”《元氏長慶集》中的十八篇作品，很可能就是元稹在《小集》中或者是劉麟父子隨手收録的零星作品。如《鄂州寓館嚴澗宅》、《贈崔元儒》兩篇，肯定賦成於大和四年武昌任内，爲什麼也出現在編集於長慶四年的“劉本”《元氏長慶集》之内？我們以爲，這不應該是元稹長慶四年編集《元氏長慶集》的結果，很可能就是劉麟父子整理元稹詩文的功勞，將他們父子可以見到的元稹長慶四年之後賦成的詩文，比如元稹《小集》中的作品順手收録在“劉本”《元氏長慶集》之内。

長慶四年，元稹在編輯《元氏長慶集》的同時，根據白居易的委託，也將白居易長慶二年之前的作品編輯成集，名曰《白氏長慶集》，收録白居易詩文二千一百九十一首，共成五十卷。而元稹自己編輯成集的《元氏長慶集》究竟有多少篇？又有多少卷？是否就是一百卷？上引元稹《郡務稍簡因得整比舊詩并連綴焚削封章繁委篋笥僅逾百軸偶成自歎因寄樂天》詩題和白居易和篇《酬微之》題注有“僅逾百軸”之言，白居易《唐故武昌軍節度處置等使正議大夫檢校户部尚書鄂州刺史兼御史大夫賜紫金魚袋尚書右僕射河南元公墓誌銘并序》亦證實：“公著文一百卷，題爲《元氏長慶集》。”據此可知，《元氏長慶集》“一百卷”，應該是元稹長慶四年留給世人的重大精神財富。從長慶四年以後元稹没有再編集自己的文稿來看，元稹自己編輯的《元氏長慶集》很可能就是一百卷。但《元氏長慶集》具體究竟有多少篇，今天我們已經無法確切地回答。

據白居易《白氏文集自記》及《蘇州南禪院白氏文集記》，白居易晚年曾將自己的《白氏長慶集》分藏五處，其中三部藏於兵火難及的寺廟之中，亦即白居易自己長期任職地的江州、蘇州、洛陽的寺院之中：一部藏於廬山東林寺的經藏院，一部藏於蘇州南禪寺經藏内，一部藏於洛陽圣善寺鉢塔院律庫樓中；另外兩部，一部交由侄兒龜郎保管，一部交由外甥玉童收藏。故《白氏長慶集》至今保存完好，幾乎没有佚失或散佚。但元稹并没有把自己的詩文集保存於寺院之中，故元稹辭世以後，《元氏長慶集》歷經唐末、五代、北宋三百年的歲月，兵火之中，戰亂之後，散佚、散失極多就不難想見。這種情形絶非衹是元稹的作品，誠如劉麟《元氏長慶集原序》所言："《新唐書·藝文志》載其當時君臣所撰著文集，篇目甚多。《太宗集》四十卷，至武后《垂拱集》一百卷，今皆弗傳。其餘名公鉅人之文，所傳蓋十一二爾！如《梁苑文類》、《會昌一品》、《鳳池稿草》、《笠澤叢書》、《經緯》、《穴餘》、《遺榮》、《霧居》，見於集録所稱道者，毋慮數百家，今之所見者，僅十數家而已。以是知唐人之文，亡逸者多矣！"《元氏長慶集》結集於唐敬宗在位的長慶四年(824)，至劉麟父子整理《元氏長慶集》的宋徽宗宣和六年(1124)，歷時整整三百年，散亂佚失，面貌已非其舊，據本人初步輯佚，"劉本"《元氏長慶集》衹保存元稹原來篇目的百分之三十八點一三，非常可惜，但與李世民《太宗集》四十卷及武則天《垂拱集》一百卷等人的詩文集散佚散失殆盡相比，已經是不幸之中的萬幸了。

《元氏長慶集》能够保存一小半，劉麟父子功不可没，他們父子兩人將頻臨散亂散佚散失的元稹詩文給予整理，對元稹對後人的貢獻是有目共睹的。但是劉麟父子的整理，限於當時的客觀條件，衹是在散亂的現狀下做些盡心盡力的簡單整理，應該屬於搶救性質的整理，並没有在恢復《元氏長慶集》原貌上盡善盡美。如白居易的《重到城七絶句》共有七首絶句，今天完完整整保留在《白氏長慶集》卷十五之中；但今天存留在"劉本"《元氏長慶集》中的元稹和篇却衹有四首，雖然同爲七言，但《和樂天高相宅》、《和樂天仇家酒》、《和樂天恒寂師》

三首編集在“劉本”《元氏長慶集》卷一九中，而《和樂天劉家花》却編集在“劉本”《元氏長慶集》卷八中。元稹元和十年在長安酬和白居易《重到城七絶句》之時，定然是一次性酬和，肯定是七首詩篇一起酬和。它們既然是同時酬和，本來就應該編輯在同一卷次之中，現在却分編在不同的兩卷之中，而且七篇衹編録四篇，這足以説明：宋代劉麟父子重新編集《元氏長慶集》之時，其中的三篇《和樂天見元九》、《和樂天嘆張十八》《和樂天感裴五》已經散佚，劉麟父子没有能够在當時的文獻中加以輯佚。而《和樂天高相宅》、《和樂天仇家酒》、《和樂天恒寂師》和《和樂天劉家花》已經散亂，已經分屬於不同的卷次，劉麟父子失察，並没有能够把四篇編集在同一卷次之中。

客觀地説，劉麟父子很難恢復《元氏長慶集》原有的次序，而衹能東拼西凑成現在我們看到的六十卷，有的大致保留了原來的次序，有的衹能勉勉强强“拉郎配”了。如劉麟父子根據《擬醉》詩題下的題注：“與盧子蒙飲於竇晦之，醉後賦詩共十九首，子蒙叙爲别卷。自此至《狂醉》，皆是夕所賦。”把元稹詩歌中詩題凡帶“醉”字的詩篇都拼凑在一起，結果也衹拼凑了十二首，没有達到十九首之數。而經過我們的考證與編年，劉麟父子拼凑的這十二篇詩歌，並不是屬於同時同地所作：如《擬醉》、《懼醉》、《勸醉》、《任醉》，作於元和四年九月間的洛陽，《病醉》作於元和四年秋冬間的洛陽，而《同醉》、《先醉》、《獨醉》、《宿醉》、《羨醉》作於元和五年一二月間的洛陽，《憶醉》作於元和五年二月末元稹告别洛陽返回長安之時，《狂醉》作於元和五年四月元稹出貶江陵途中之襄陽“峴亭”，不僅時間不同，地點有異，而且參加飲酒的人員也並不相同，出現了不該出現的錯誤。其實，元稹詩篇題注中所謂的“十九首”，也並非是元稹一個人所作，詩篇的作者還應該包括盧子蒙、竇晦之在内，劉麟父子在理解詩題題注上存在一定的偏差，因此强行拼凑的結果，自然衹能産生新的錯誤了。

白居易《唐故武昌軍節度處置等使正議大夫檢校户部尚書鄂州

刺史兼御史大夫賜紫金魚袋尚書右僕射河南元公墓誌銘并序》:"公著文一百卷,題爲《元氏長慶集》。又集古今刑政之書三百卷,號《類集》,並行於代。"《新唐書·藝文志》:"《元氏長慶集》一百卷,又《小集》十卷……《元白繼和集》一卷(元稹、白居易),《三州倡和集》一卷(元稹、白居易、崔玄亮)。"《宋史·藝文志》:"《元稹集》四十八卷,又《元相逸詩》二卷。"又《宋史·藝文志》:"元稹、白居易、李諒《杭越寄和詩集》一卷。"《文獻通考·經籍考》:"有《長慶集》百卷,今亡其四十卷。又有《外集》一卷,詩五十二篇,皆宫體也。"胡仔《漁隱叢話》:"文饒鎮京口時,樂天正在蘇州,元微之在越州,劉禹錫在和州。元、劉與文饒唱和往來甚多,謂之《吴越唱和集》。樂天惟首載和文饒《薛童觱栗歌》一篇,後遂不復有,亦可見情也。"這數種本子,均已亡佚,劉麟父子整理的"劉本"《元氏長慶集》六十卷爲碩果之僅存。

北宋劉麟父子宣和甲辰(1124)整理的"劉本"《元氏長慶集》六十卷之後,有南宋乾道四年(1168)洪适在紹興據劉麟父子本復刻的《元氏長慶集》。洪适《跋元微之集》:"右,元微之集六十卷。微之以長慶癸卯鎮越,大和己酉召還,坐嘯是邦,閲六寒暑……微之以文章鼓行當時,謂之'元和體'。在越則有詩人入幕府,故鏡湖、秦望之奇益傳,所謂'蘭亭絶唱',陳迹猶可想。《唐志》著録有《長慶集》一百卷,《小集》十卷。傳于今者,惟閩局刻本爲六十卷。三館所藏,獨有《小集》,其文蓋已雜之六十卷矣……元、白才名相埒,樂天守吴纔歲餘,吴郡屢刊其文。微之留越許久,其書獨闕,可乎?予來踵後塵,蓋相去三百三十七年矣!乃求而刻之,略能讎正脱誤之一二,不暇復爲詮次也,書成,寘之蓬萊閣。乾道四年,歲在戊子,二月二十四日。"洪适所刻之本,被稱爲"浙本"。所謂的"浙本",目前僅存卷四十至四十二,藏於日本静嘉堂文庫。另有南宋浙刻本卷四十三(有闕)、卷四十四、四十五、四十六、四十八(有闕),現藏於日本東大圖書館。除此而外,還有宋代《新刊元微之文集》六十卷,被稱爲"蜀本",仍然是依據劉麟父子本翻刻,現在殘存二十四卷半,次序與洪适之"浙本"也不盡相同。傅增湘《元微之文集六十卷》:"《元微之文集六十卷》,唐元稹撰。存卷一至十四、五十一至六十,計二十四卷……首有宣和甲辰劉麟應禮序。"張元濟《元微之文集(宋刊本,存二十四卷,二册,元翰林國史院劉公戫舊藏)》説得更爲清楚:"全集六十卷。原存僅卷第一至十四,近於市上獲見一册,爲卷五十一至六十。版刻相同,裝潢亦無少異,兼有翰林國史院官書之印,是必當年同時分散者,遂復收之。一首一尾,竟合豐城之劍,彌可喜也。宋諱敬、殷、弘、匡、貞、徵、樹、戌、構、敦、暾、惇,字多缺筆,蓋光宗時刊本。前有建安劉麟序,序稱冠以《新唐書》微之本傳,此已佚。惟目録俱完,卷一至四,古詩;卷五至八,樂府;卷九至十二,古體詩;卷十三,傷悼詩;卷十四至二十六,律詩;卷二十七,賦;卷二十八,策;卷二十九至三十一,書;卷三十二至三十九卷,表、奏、狀;卷四十卷至五十爲制誥;卷五十一,序、記;卷五十二至五十八,碑、行狀、誌;卷五十九,告贈文;卷六十,祭文。詩章編次,雖與微之《寄樂天書》所言不同,然猶爲近似。"張元濟所言,誤將元稹元和七年元稹"自編詩集"二十卷本之編次混同於"劉本"《元氏長慶集》之編次,不應該採信。

目前流行的《元氏長慶集》本子有明代弘治元年(1488)楊循吉據宋本傳抄的"楊本"。據近人傅增湘《藏園群書題記》介紹,這個抄本的底本當是盧文弨所見的"浙本"。所謂的"浙本",就是洪适所編,編成於"乾道四年,歲在戊子",亦即公元一一六八年,離開劉麟父子整理《元氏長慶集》三十四年。楊循吉《元氏長慶集原跋》:"弘治元年,從葑門陸進士士修借至,命筆生徐宗器模録原本。未畢,士修赴都來别,索之甚促,所餘十卷幾於不成。幸竟留之,遂此深愿。九月二十五日,始克裝就。藏於雁蕩村舍之卧讀齋中,永爲珍玩。且近又借得《白氏集》,亦方在録。可謂聯珠並秀,合璧同輝。楊循吉君謙父。"爲我們提供了"楊本"的可靠信息。

到了明代正德(1506—1521)年間,也就是距《元氏長慶集》結集的長慶四年(824)約七百年之後,錫山華堅蘭雪堂仍然依據劉麟父子編輯的“劉本”《元氏長慶集》,採用銅活字印製,通稱“蘭雪堂本”,現存一卷至二十七卷與三十二卷至三十九卷兩部份殘卷,現藏於北京圖書館。這是劉麟父子留傳後人的本子之一,值得重視。

現在傳世的通行本之一,是明代嘉靖壬子(1552)東吴董氏據劉麟父子本翻雕於茭門别墅的董氏本。1919 年商務印書館影印四部叢刊本的《元氏長慶集》時,所據影印的即是董氏本。故商務印書館影印的四部叢刊本《元氏長慶集》,也應該是劉麟父子留傳後人的本子之一,同樣值得珍視。但錢曾《讀書敏求記・元氏長慶集跋》認爲:“亂後牧翁得此宋刻微之全集於南城廢殿,向所闕誤,一一完好,遂校之於此本,手自補寫脱簡。牧翁云:‘微之集殘闕四百餘年,一旦復爲全書,寶玉大弓,其猶歸魯之徵歟!’”“全書”云云,言過其實,“楊本”的散佚、散失過半,僅僅是“十存其四”而已,並非“完本”,亦非“全書”。

萬曆三十二年(1604),離開長慶四年(824)《元氏長慶集》的結集已經有七百八十年之久,松江馬元調魚樂軒據董氏本翻雕本復刊,又經過多方搜索,補遺六卷,附録一卷,與《白氏長慶集》合刻。我們以爲,馬元調本所復刊的六十卷次序、標目與董氏本基本一樣,其經多方搜索所得的補遺六卷,雖然也雜有他人的少量詩文,但瑕不掩瑜,無疑比以前各本有較大的進步,應該給予充分的肯定。故清代乾隆年間刊行《四庫全書》之時,馬元調本被作爲“劉本”《元氏長慶集》的最佳刊本選入《四庫全書》。《四庫全書總目提要・元氏長慶集》把馬本稱爲“通行本”,介紹甚詳:“《元氏長慶集》六十卷、《補遺》六卷(通行本),唐元稹撰。稹事迹,具《唐書》本傳。考稹《與白居易書》稱:‘河東李明府景儉在江陵時,僻好僕詩章,僕因撰成卷軸。其中有旨意可觀而詞近古往者,爲古諷;意亦可觀而流在樂府者,爲樂諷;詞雖近古而止於吟寫性情者,爲古體;詞實樂流而止於模象物色者,爲新題樂府；聲勢沿順屬對穩切者，爲律詩，仍以五言、七言爲兩體；其中有稍存寄興與諷爲流者，爲律諷'；又稱'有悼亡詩數十首、艷詩百餘首。自十六時至元和七年，有詩八百餘首，成二十卷。'又稱：'昨巴南道中，有詩五十一，文書中得七年以後所爲，向二百篇。'然則稹三十七歲之時，已有詩千餘首。《唐書》本傳稱：稹卒時，年五十三。其後十六年中，又不知所作凡幾矣！白居易作《稹墓誌》，稱著文一百卷，題曰《元氏長慶集》。《唐書·藝文志》又載有《小集》十卷。然原本已闕佚不傳，此本爲宋宣和甲辰建安劉麟所傳，明松江馬元調重刊。自一卷至八卷前半爲古詩，八卷後半至九卷爲傷悼詩，十卷至二十二卷爲律詩，二十三卷爲古樂府，二十四卷至二十六卷爲新樂府，二十七卷爲賦，二十八卷爲策，二十九卷至三十一卷爲書，三十二卷至三十九卷爲表、狀，四十卷至五十卷爲制誥，五十一卷爲序、記，五十二卷至五十八卷爲碑誌，五十九卷至六十卷爲告祭文。其卷帙與舊説不符，即標目亦與《自叙》迥異，不知爲何人所重編。前有麟序，稱'稹文雖盛傳一時，厥後浸以不顯，惟嗜書者時時傳録。某先人嘗手自鈔寫，謹募工刻行'云云。則麟及其父均未嘗有所增損，蓋在北宋即僅有此殘本爾！"《四庫全書總目提要》所言"則麟及其父均未嘗有所增損"，則是違背史實的不確之論：劉麟父子在編輯"劉本"《元氏長慶集》之時，既有"損"，也有"增"。劉麟父子不僅在個别卷次改變了長慶四年元稹所編《元氏長慶集》的原有編次，同時也補遺了元稹在《元氏長慶集》中没有來得及收録的長慶四年以後之少量篇目。劉麟父子的"損"是不得已爲之，而"增"則屬於有意爲之，可惜"增"得不够，"損"得可惜，但已經是所有遺存下來《元氏長慶集》最有價值的本子。

正因爲如此，所以我們這次整理《元氏長慶集》成《新編元稹集》時，所據底本就是《四庫全書》選録的由馬元調整理的《元氏長慶集》。而楊軍先生整理的《元稹集編年箋注（詩歌卷）》以"楊本"爲底本，《元稹集編年箋注（散文卷）》又改由"馬本"爲底本，同一著者在同一出版社出版的同一部著作裏，隨意變動工作底本無疑是不合適的，誠如傅璇琮先生爲本書所作《論證嚴密　新見疊出》的序言所指出：這樣處理"考慮欠周，做法似可商榷"。而且，《元稹集編年箋注(詩歌卷)》所設欄目有"原詩"、"校記"、"註釋"、"集評"，並且大約有三分之一的詩篇除了"原詩"之外，既無"校記"，也無"註釋"與"集評"，可謂僅僅是"白本"；《元稹集編年箋注(散文卷)》所設欄目却改爲"原文"、"校記"、"箋證"、"註釋"，原來在"註釋"中表述的編年意見與理由，也忽然改到"箋證"中來表述。針對這種隨意改變同一著作底本與欄目的做法，我們不得不借用元稹《論追制表》中的一段話來加以評論："不知誰請於陛下而授之？誰請於陛下而追之？追之是，則授之非；授之是，則追之非。以非爲是者罰必加，然後人不敢輕其舉；以是爲非者罪必及，然後下不敢用其私。此先王所以不令而人從，不言而人信，豈異事哉？率是道也。"

我們的《新編元稹集》編次打亂原有馬元調整理的《元氏長慶集》之卷次，也不遵守詩歌與文章分開編年之舊規，而是將集内詩文與集外詩文按時間先後爲序次混合編年。因此在拙稿的前面存有的"目録"，又與同類書籍的"目録"有所不同，故特標示爲"編年目録"。每一年條下分别標明年號、年次、括注公元、元稹年齡，又一括號内是該年元稹所撰詩文合計篇目數。同一年内之詩文篇目以季、月、日爲序，在每篇詩文題目之後的括號内標明這篇詩歌或這篇文章撰作的大致時間。不能明確季、月、日者，則以"年"爲單位，括注"本年"字樣。個别難以明確具體時間而明確屬於某年或横跨兩年或兩年以上的元稹作品，暫時編列在某年，括注説明大致起止撰作年份。其中現存"劉本"《元氏長慶集》中的元稹詩文，詩文題目前以"◎"標識；散佚在"劉本"《元氏長慶集》之外的元稹詩文，其中也包括個别錯名他人的元稹作品，詩文題目前以"●"標識；散佚在"劉本"《元氏長慶集》之外的元稹非完整詩文，亦即所謂的斷句殘篇，詩文題目前以"▲"標識；散佚在"劉本"《元氏長慶集》之外的目前僅能推知詩文題目的元稹作品，或根據文獻考知元稹存有詩文篇目數的，筆者根據有關資料代擬題目，代擬題前則以"■"標識。讀者祇要翻閲我們特製的"編年目録"，元稹一生的前前後後詩文創作活動則歷歷在目，詩人的大致行蹤也因此一一顯示清楚，其三十九年詩文創作的"路綫圖"，讀者閲讀時猶如親歷一般。

在我們多年的輯佚中，發現散佚在"劉本"《元氏長慶集》之外的完整作品與非完整作品不少，但這祇要認真翻閲古代文獻，就常常會有意想不到的收穫；而對元稹已經完全散失的詩文，尋找它們常常要花費更多的工夫，需要翻閲更多的古代文獻，需要有更多證據的支持。如《酬樂天感傷崔兒夭折》一詩，今存"劉本"《元氏長慶集》中未見，其他文獻資料也難覓其蹤影，而我們認定元稹這篇詩歌佚失基於以下的根據：一、白居易有《初喪崔兒報微之晦叔》，詩云："書報微之晦叔知，欲題崔字泪先垂。世間此恨偏敦我，天下何人不哭兒！蟬老悲鳴抛蜕后，龍眠驚覺失珠時。文章千帙官三品，身後傳誰庇廕誰？"白居易有"報微之"之詩，而未見元稹酬篇，這是斷定元稹酬和詩篇佚失的主要根據。二、元白兩人老而無子，憂愁常見於詩篇。大和三年冬天，元稹回長安路過洛陽，與白居易相聚。兩人的妻室正巧同時生産，各得一子。白居易老年得子，驚喜異常，有詩篇與元稹唱和。但好景不長，大和五年，白居易之子崔兒剛剛三歲，就夭折離世，白居易有《哭崔兒》抒發自己的哀傷心情："掌珠一顆兒三歲，鬢雪千莖父六旬。豈料汝先爲異物，常憂吾不見成人。悲腸自斷非因劍，啼眼加昏不是塵。懷抱又空天默默，依前重作鄧攸身。"哀嘆之餘，又賦詩《初喪崔兒報微之晦叔》寄呈元稹與崔玄亮，但均不見兩人有詩篇回酬。以白居易與元稹、崔玄亮兩人的交誼計，這肯定有悖常理。崔玄亮當時在右散騎常侍任，人在長安，應該回酬，但因崔玄亮詩文集的大量散失，祇存兩篇，不見回酬，不等於没有回酬。元稹當時在武昌軍節度使任，也不見回酬，祇能有兩種解釋：第一種可能，元稹有詩回酬了白居易，但元稹的詩篇已經散失；第二種可能，白居易寄詩之日，元稹尚在人間，詩到武昌之前，元稹正巧暴病身亡，因而没有回酬。白居易與元稹友誼真摯，一直保持著密切的聯繫，元稹謝世之信息，白居易定然很快就會知道，如果確實是第二種可能，則充滿了太多的戲劇性與偶然性，似乎不太可能，故不取。應該按元稹詩篇散失處理，録存元稹佚失詩之詩題。三、作爲這種揣測的一個重要旁證，劉禹錫《吟白樂天哭崔兒二篇愴然寄贈》："吟君苦調我霑纓，能使無情盡有情。四望車中心未釋，千秋亭下賦初成。庭梧已有栖雛處，池鶴今無子和聲。從此期君比瓊樹，一枝吹折一枝生。"對白居易的傷感給予精神的安慰。劉禹錫又有《答樂天所寄詠懷且釋其枯樹之歎》："衙前有樂饌常精，宅内連池酒任傾。自是官高無狎客，不論年長少歡情。驪龍頷被探珠去，老蚌胚還應月生。莫羨三春桃與李，桂花成實向秋榮。"劉禹錫這樣的回應符合劉禹錫與白居易朋友間的正常情感，相信元稹對白居易的傷感不會不置一詞，何况元稹自己與白居易之崔兒幾乎同時降生的兒子道保正嬉戲在自己膝下，元稹怎麽可能如此薄情寡義？我們確定元稹散失的這篇詩文，就是根據這樣確鑿無疑的諸多證據，又經過認真而嚴密的推定之後確定。當然，百密必有一疏，在我們確定諸多元稹散失詩文之時，既難免還有没有被發現的疏漏詩文，又肯定也有誤判的篇章，有待智者日後的一一補充與指正。

明人王世貞在《弇州四部稿・朱在明詩選序》中說過："而唐之篇什最富者，獨少陵、香山氏，其次則李供奉、元武昌而已。"王世貞的話，把元稹的詩文與杜甫、白居易、李白的詩文相提並論，從而揭示了元稹詩文在唐代諸多文人詩文中的重要地位，值得我們重視。清人陳維崧《楊聖期竹西詞序》亦云："誰家花月不歌李嶠之章？是處池臺皆唱元微之曲。"從中可見元稹詩歌在後世廣泛而深入的影響，難能可貴,更應該重視。"劉本"《元氏長慶集》今存作品九百七十八點五篇,散佚在"劉本"《元氏長慶集》之外的完整作品二百四十一點五篇,散佚在"劉本"《元氏長慶集》之外的非完整作品,亦即殘篇斷句計五十三篇,我們根據元稹自己或他人的可靠資料而推知元稹已經佚失的詩文一千二百九十三篇,其中某些題目則根據有關資料代擬。四者合計,共計詩文二千五百六十六篇。需要説明一下:其中《册文武孝德皇帝赦文》,前半篇保留在今存的"劉本"《元氏長慶集》之内,後半篇則根據《唐大詔令集》、《册府元龜》、《全文》補入,共計五百十二字,以《唐大詔令集》爲底本,以《册府元龜》、《全文》爲參校本。這樣,半篇算作"劉本"《元氏長慶集》之内半篇則算在"劉本"《元氏長慶集》之外的散佚作品,並在題目前特以"◎●"爲標識,以示與其他各篇的區别。而《夢遊春七十韵》前半部份録自"劉本"《元氏長慶集》集外文章,原題作《夢遊春詞三十六韵》,後面的三十四韵,據《全詩》補足,并參照《才調集》校録,但它全部來自"劉本"《元氏長慶集》之外,故在題目前仍然以"●"爲標識。散佚之篇與斷句殘章,加上我們與他人考證出來的佚失詩文,計有一千五百八十七點五篇,占全稿的百分之六十一點八七。它們已經超過"劉本"《元氏長慶集》的今存篇目九百七十八點五篇之數,而"劉本"《元氏長慶集》的今存篇目僅占全稿的百分之三十八點一三。

對元稹的詩文,古人曾有"十存其六"的概算。以現在見到的"劉本"《元氏長慶集》共有九百七十八點五篇爲計算基數,據此推算,古人以爲元稹全部詩文應該在一千六百三十一篇上下。以前人與我們現在並不可能考索殆盡的輯佚,已經達到二千五百六十六篇之多,超出了一千六百三十一篇之推算數目,"劉本"《元氏長慶集》中的作品,不是"十存其六",而是連"十存其四"都不到,這又如何解釋?我們以爲,唐代元稹實際撰寫的詩文,至宋代已經散亂,宋人并没有看到元稹長慶四年所編《元氏長慶集》的全本,因此也不可能經過精確的計算而得出準確的比例。面對已經散佚散失的"劉本"《元氏長慶集》，他們祇能從長慶四年元稹所編《元氏長慶集》原有一百卷，現存六十卷的粗略情況推算而得"十存其六"的比例，這是一個並不靠得住的説法。何況，"劉本"《元氏長慶集》每卷詩文篇數並不一致，就詩歌而言，有的祇有五篇或六篇，如卷一〇、卷一二，有的多至六十五篇或四十篇，如卷一五、卷一七；就文章來講，有的祇有一篇或兩篇，如卷二八、卷二九，有的則多至二十九篇或二十八篇，如卷四九、卷四八。宋人依據原有一百卷，現存六十卷而得出"十存其六"的説法，祇能作爲我們今天推算元稹原有詩文篇目的大致參考，但無論如何不能作爲推算元稹詩文篇目的唯一根據。

我們還有一個不成熟的想法：長慶四年十二月元稹爲自己，同時也爲白居易編輯《元氏長慶集》與《白氏長慶集》時，《白氏長慶集》五十卷，有詩文二千一百九十一首，平均每卷有四十首上下。元和七年元稹"自編詩集""有詩八百餘首"，編爲"二十卷"，計算每卷詩篇也應該是四十首上下。白居易《唐故武昌軍節度處置等使正議大夫檢校户部尚書鄂州刺史兼御史大夫賜紫金魚袋尚書右僕射河南元公墓誌銘并序》則説元稹有詩文"一百卷"，兩部《長慶集》都由元稹同時編集而成，每卷的規模應該大體一致，"一百卷"的元稹詩文，至少應該超過二千首，接近三千篇吧？《白氏長慶集》最後成書七十五卷，含詩文三千八百四十首，每卷詩文在五十篇上下。白居易年長元稹七歲，又後元稹十五年謝世，生命週期是元稹的一點四倍；元稹詩文創作開始於貞元九年(793)，終於大和五年(831)，創作週期是三十九年，白居易詩文創作開始於貞元十年(794)，終於會昌六年(846)，創作週期是五十三年，是元稹的一點三六倍。據此推得元稹詩文應該在二千八百首左右。當然，詩文創作是精神勞動，有別於物質生産，兩者不能機械地類比，這裏僅僅是理論推理而已。真正應該依據的應該相信的，是我們在每篇元稹散佚或佚失詩文的"箋注"中提供的可靠依據。

當然,我們並非神仙,衹是生活在離開元稹時代已千年有餘今天的凡人,對個别散佚或散失之篇的推算可能有誤,也肯定還有不少篇目没有被發現,幸請讀者專家不時指正,隨時補充。

輯佚而外,整理古籍的重要一環是"校勘",這是一項繁瑣枯燥而又必須小心翼翼進行的工作,但又是一個不能迴避不能不做的工作,因爲它是古籍整理必不可少的基礎,是古籍整理的第一步。而傳統意義上的校勘,衹是出示某一作家在不同版本的詩文集間的異文,不及其他。我們對元稹詩文集的校勘,不僅顧及《元氏長慶集》各種不同版本的異文,同時還兼及目前能夠見到的有關元稹詩文的絶大多數文獻。如元稹的文章《才識兼茂名於體用策》,參與校勘的文獻有楊本、叢刊本、《英華》、盧校、《全文》、《增注唐策》、《文章辨體彙選》、《歷代名臣奏議》、《唐大詔令集》、《登科記考》、《白氏長慶集》、《册府元龜》等十二種之多,分别比其他的同類著作如《元稹集》、《編年箋注》校勘同一文篇多出九種和八種;我們的《才識兼茂名於體用策》出校計一百一十三條,分别比其他的同類著作如《元稹集》、《編年箋注》中同一文篇的校勘多出三十三條和四十八條。又如詩篇《行宫》,雖然衹有短短的四句,但我們稿本參與校勘的文獻比《元稹集》多出十七種,比《編年箋注》多出十四種。參與兩篇詩文校勘的文獻,共計在二十九種以上。如果讀者翻閲拙稿的其他詩文,相信還會看到遠遠超出二十九種之外的文獻參與校勘。不過我們也要説明,在校勘工作的初期,個别方面曾借力於《元稹集》的校勘,在此應該表示我們的謝意;衹是我們在參校的書目方面,數量顯然比《元稹集》要多而已。

對於在"箋注"中大量出現的書證原文,目的僅僅在於對元稹詩文所涉及詞語的"書證"而已,它們所占篇幅較大,所據數量甚多,雖然不便也没有必要對不同版本的異文一一出校,但我們也盡可能尋找比較可靠的一二種不同的版本加以比較加以選擇,儘量避免書證原文的訛誤,以不影響理解元稹原文詞語爲目的。

一般的古籍校勘衹是客觀羅列異同,不表明自己的觀點,由讀者自行取捨。本書稿的校勘則以多種不同的方式表明自己的觀點,必要的地方還不惜詳盡考證,以解決有關難題,從不避難就易,不把難題留給讀者。本書稿這樣的校勘,不是偶一爲之,而是貫徹始終,落實到每一篇每一句每一字,絶不迴避任何問題。

古籍常常難於爲一般讀者所理解所接受所消化,最大的問題就是因時間流逝而造成的語言障礙,因社會演變而造成的規章不同,因歷史變遷而造成的典故有别。而要克服這些困難,唯一的辦法就是對古代語言進行註釋:詮釋詞語的含義,破譯典故的内容,了解規章的條文。註釋就是用文字解释字句。韓琦《趙少師續注維摩經序》:"此《經》前有僧什、僧肇數家已嘗注釋,開發義趣,號爲詳博。然微言妙旨,猶或淵晦。今致政少師叔平公以高才偉度歷輔三朝,功成勇退,潛志内典,燕休之暇,續爲新解。"據此可知,註釋極非易事,絶非抄抄詞典就可以完事。首先是整理者必須將詩文放到作者創作詩文"路綫圖"的確切位置,然後才有可能通過註釋引導讀者讀懂原詩原文。而要真正讀懂原詩原文,不僅僅是要解决語言障礙問題,而且更重要的是把原詩原文放在當時的歷史背景之下,放在作者一生一世的行實中加以考察,纔能真正瞭解其真諦。本人近年翻閱多種同類著作,發現某些易解易懂的詞語,常常不惜篇幅加以解釋,而對於難解難釋的詞語,往往採用迴避的辦法不予註釋。我們覺得迴避不是對讀者負責任的態度,知無不言,言無不盡,努力給讀者一個準確的交代,纔是著者應負的責任。當然,"知之爲知之,不知之爲不知",遇到極少數實在無解的詞語,我們也實事求是在文稿中給予説明,留待後來的智者解决,不敢自欺欺人,强作解人。

諸多書證的取捨以唐代及以前之朝代爲主,以宋代的書證爲輔,不得已情况下取用元、明、清三代的書證。所取書證,儘量以内容通俗、辭藻美麗的標準入選,以便與元稹的詩文互爲補充互爲映襯,充分展示我國古代文學花苑中的艷麗景象。我們同時以爲,本書對淺顯詞語的箋注,不僅有利於一般讀者對古籍的正確理解,也有利於我國傳統文化走出國門走向世界之國策的推行。本書遵照徐復先生等前輩"孤證單行,難以置信"的諄諄教導,借鑒有關詞典"孤證不立"的優良傳統,對每一個詞語的解釋,均採用兩個書證加以證明,力求避免單文孤證帶來的詞義歧義,力求避免註釋者不求甚解的隨意,力求更確切更恰當解釋有關詞語。事實證明,我們常常在尋覓另一個書證的時候有所發現有所修正,使我們的註釋更符合元稹詩文的原意。

詞語在"解釋"之外,"箋注"部分最重要的是"箋評",把箋注者對作品的理解、體會、心得告訴讀者,這是箋注不可或缺的重要部份。筆者的"箋評"儘管膚淺,但却是筆者三十五年來閱讀元稹詩文的心得體會,决不是泛泛而論。箋評與註釋合稱就是指"箋注",就是注釋文義。吴文《補注杜詩跋》:"山谷嘗謂:老杜作詩,無一字無來處。第恨後人讀書少,不足以知之。今生乎數百載之後,欲探古人之心於數百載之前,凡諸家箋注之所未通者,皆斷以己見,自非胸中有萬卷書,其敢任此責耶?黄氏之於此詩,蓋如班馬父子之作史,凡兩世用工矣!積兩世之學,以研精覃思,是宜援據淹該,非諸家之所敢望也!博洽君子,以諸家舊注與此合而觀之,則是非得失當有能辨之者。"由於"箋評"在本書稿隨處可見,傅璇琮先生爲拙稿所作《論證嚴密 新見疊出》的序言中,已經舉出了有關的例子,這裏就不再舉例説明,有興趣的讀者可以自行比較。我們在"箋評"的時候,雖然也努力向此方向前行。書山雖然有路,還必須辛勤開闢,相信自己正在步步登高;學海固然無涯,衹要努力自成新舟,相信最終定然能够到達成功的彼岸。個人的水平與能力實在有限,所以説離開這樣的遠大目標還有較大的距離。好在我們已經在拙稿裏在大家面前交了無數的答卷,真心期待讀者與智者日後的破解與批評。

準確的詩文編年，是整理古籍、準確理解詩文極其重要的一步，而差之毫厘的錯誤詩文編年，常常使作者創作的本意失之千里。我們對元稹詩文的編年，首先要把每一篇詩文放在元稹三十九年詩文創作"路綫圖"中加以考察，確定其應該所在的位置；其次是把它與同時代詩人，諸如白居易、劉禹錫、張籍、楊巨源等同年份作品進行比較，考察兩者之間的對應關係是否存在；再次是將有關元稹詩文編年的同類學術著作，如《年譜》、《編年箋注》、《年譜新編》找來參考，發現異同，加以比對，採録合理的意見，摒棄錯誤的編年，得出我們自成體系的二千五百六十六篇元稹詩文創作的"路綫圖"。

完成元稹詩文的全部編年之後，我們可以這樣説：《年譜》、《編年箋注》、《年譜新編》對元稹詩文的編年意見與我們《新編元稹集》對元稹詩文編年意見有很大的出入，差異在百分之九十以上。這裏僅以寶曆元年爲例，列表標示如下：

詩文篇名	本書稿	年　譜	編年箋注	年譜新編
■十七與君别	初春	大和三年	未見採録	未見採録
▲和浙西李大夫	春天	未見採録	未見採録	春天後不久
■酬夢得和浙西李大夫	晚春	未見採録	未見採録	未見採録
●劉阮妻二首	三月	元和五年	元和五年	越州任内
■酬徐凝春陪看花宴會二首	三月三十日	未見採録	未見採録	未見採録
■酬樂天晚春見寄	三月	未見採録	未見採録	未見採録
■霓裳羽衣歌	五六月間	本年	未見採録	未見採録
■贈别郭虚舟	秋天	本年	未見採録	本年
■酬樂天秋寄微之	秋天	未見採録	未見採録	未見採録
●修龜山魚池示衆僧	九月九日	未見採録	大和三年	未見採録

續　表

詩文篇名	本書稿	年　譜	編年箋注	年譜新編
■酬樂天泛太湖書事	冬天	未見採録	未見採録	未見採録
■歲暮酬樂天見寄三首	歲暮	未見採録	未見採録	未見採録
■酬李大夫求青田鶴	本年	未見採録	未見採録	未見採録
■酬樂天自詠	本年	未見採録	未見採録	未見採録
■酬樂天自詠	本年	未見採録	未見採録	未見採録
■酬樂天自詠因寄微之	本年	未見採録	未見採録	未見採録

是年元稹詩歌共計十九篇,全部是散佚或散失在“劉本”《元氏長慶集》之外的作品,“劉本”《元氏長慶集》散佚、散失嚴重的情況由此可見一斑。在這十九篇詩歌中,《年譜》衹採録了四首,採録率爲百分之二一點〇五;兩首編年不確,或稱籠統編年,兩首誤編,編年正確率爲零。《編年箋注》採録了兩首,採録率爲百分之一〇點五三;全部誤編,編年正確率也爲零。《年譜新編》採録三首,採録率爲百分之十五點七九;一首編年正確,兩首編年不確,編年正確率應該爲百分之五點二六。不過要説明一下,就是這唯一編年正確的一首,還是參考别人的成果:傅璇琮先生在齊魯書社一九八四年十月版的《李德裕年譜》中,已經據《嘉定鎮江志》卷一四《唐刺史》門“李德裕”條考定:“寶曆元年,上《丹扆六箴》……是年,德裕有遊北固山詩,元稹和之,云‘自公領南徐,三换營門柳’。其下注云:‘以《李衛公年譜》參定。’”考證有據,應該信從。《年譜新編》出版於二十年之後,毫無疑問應該看到《李德裕年譜》的考證意見,照理應該加以説明才是,總不能拿來作爲自己的成果吧! 今天我們看到的《年譜新編》有關文字,竟然與《李德裕年譜》完全相同,甚至連删節、標點也都一模一樣,給人的感覺總是不太好吧!

我們還在本書稿的最後,附録了《〈新編元稹集〉與〈年譜〉、〈編年箋注〉、〈年譜新編〉編年對比表》，將我們目前能夠收集到的元稹詩文二千五百六十六篇詩文全部分年按季以月以日先後列表其中，同時也將《年譜》、《編年箋注》、《年譜新編》的篇目及編年意見全部如實填入。結果發現：在二千五百六十六篇元稹作品中，《年譜》採録一千三百一十四篇，採録率占百分之五十一點二〇，與本書稿相比少了一二五二篇；《編年箋注》採録一千一百四十七篇，採録率占百分之四十四點七〇，與本書稿採録元稹詩文相差一千四百一九篇；《年譜新編》採録一千一百六十六篇，採録率占百分之四十五點四四，與本書稿採録元稹詩文相差一千四百篇；本書稿採録二千五百六十六篇，《編年箋注》等三書互有交叉，其中的一千二百八十三篇，《年譜》、《編年箋注》、《年譜新編》均没有採録，更没有編年，爲我們獨家所發現，占全書稿的百分之五十，占前人與我們一起輯佚篇目一千五百八十七點五篇的百分之八十點八二。而如果再以嚴格的標準，以本書稿的編年爲參照，《年譜》編年正確篇目九十二篇，編年正確率僅爲百分之三點五九；《編年箋注》編年正確篇目三十七篇，編年正確率僅爲百分之一點四四；《年譜新編》編年正確篇目爲八十四篇，編年正確率僅爲百分之三點二七。需要説明一下，在《年譜》等三書爲數極少的編年正確的篇目中，還包括元稹自己在詩文題目或正文内標明寫作年月日的篇目在内，如《翰林承旨學士記》標示寫作時間是“長慶元年八月十日記”、《白氏長慶集序》標明撰寫時間是“長慶四年冬十二月十日微之序”就是其中的兩個例證。讀者如果有興趣，可以隨手翻閲《〈新編元稹集〉與〈年譜〉、〈編年箋注〉、〈年譜新編〉編年對比表》驗證一下。我們自己不敢説用力之深，但可以説在本書稿的輯佚工作中用力之勤。

我們在本書稿的附録中，特設“主要引用書目”一欄，收録本書稿曾經引用書目一千五百十八種，包括《全詩》、《全文》、《英華》等，涉及文學、史學、小學、地理、醫學、農學等諸多學科。雖然不能説是挂一漏萬,但遺漏在所難免,故以"主要引用書目"爲欄之目。

本書針對各種文獻對元稹詩文或事迹衆説紛紜的資料,特設"辨僞"一欄,附録在全書正文的後面。"附録"分爲兩部份:第一部份是對詩文的辨僞,將他人作品誤以是爲元稹詩文的文獻記載進行辨僞,如前人將元結的《欸乃曲》歸屬在元稹名下,將韋應物的《西郊遊矚》説成是元稹的《西郊遊矚》,將白居易的《紅藤杖》當成是元稹的作品等等,這樣的辨僞計有六十七條。對於這類作品,毫無疑問應該將其剔除在元稹作品之外,但它們與正文中元稹的任何一篇詩文都無直接的聯繫,無法在正稿之中安插,故特地在正文之後的"附録"中加以説明,告知讀者,避免上當。

詩文的辨僞還有另外一種與此相反的情況:古代文獻常常將元稹詩文誤認爲是他人作品,如元稹的《行宫》詩,也有文獻記載挂在"王建"名下.除《王司馬集》自然收録《行宫》外,《英華》、《唐詩品彙》、《全唐詩録》也作"王建詩",《石倉歷代詩選》、《全詩》則在元稹與王建名下均録有本詩。經過我們對多種文獻認真的校勘,得知除馬本與楊本自然歸屬本詩爲元稹所作之外,《容齋隨筆》等九種文獻均認爲是元稹的作品。我們據此,再結合元稹本人的生平以及元稹此後在《上陽白髮人》中流露的思想,斷定《行宫》應該歸屬元稹名下。這樣的"辨僞",根據本書體例,分别歸屬各有關詩文的"校勘"與"箋注"之中,不再出現在"辨僞"欄目之中。據粗略的統計,這類情況至少應該在百條上下。

第二部份是事關元稹事迹的辨僞,如元稹與白居易"隙終"、楊汝士"壓倒元白"、"元稹排擠張弘清出鎮幽州"、"元相國謁李賀遭拒"等,雖然這部份辨僞没有直接涉及到元稹的具體詩文,但辨僞的本身,或有利於澄清元稹詩文的真僞,或有利於元稹詩文的準確編年。這樣的辨僞共有五十條,它們往往與諸多元稹詩文有這樣那樣的關聯,但又不合適單獨歸屬於元稹的某一詩文,故也與有關詩文的辨僞一起附録在正文之後。而大部份的元稹事迹的辨僞，則在元稹有關詩文的“箋注”中加以説明，不再單獨附録在後面，這類辨僞也應該在百條上下。

這本《新編元稹集》書稿以及《元稹評傳》、《元稹考論》、《元稹年譜》已經寫了三十五年，别人也許不信，就是連我們自己也根本没有想到。主要的原因就是元稹研究中碰到的“攔路虎”特别多，千年以來，元稹被塗抹得面目全非真僞莫辨，許多所謂的“結論”，大多出自權威名家，而且又被一再引用，盤根錯節糾纏在一起，難分而難解。這好比要制伏“景陽崗”“攔路虎”的時候，“月亮嶺”、“卵石溝”、“彩虹山”……的“老虎”會自動跑來支援一樣。如果没有足够的證據，自己就根本不可能在諸多“老虎”的包圍中打“虎”而歸。追求真理，就必須説真話做實事，面對權威名家的權威結論，不能趨炎附勢，不能仰人鼻息，要敢於追求真理，要敢於説“不”，要敢於“捅馬蜂窩”。短短的幾句話，常常要花費數天的時間。而本人所在的單位，實行的又是嚴格的“坐班制度”，上班要簽到，下班要簽退，有事自然要坐在辦公室，没有事情的時候也必須坐在那裏乾等下班。因此撰寫這些拙稿的時候，能够利用的衹有下班以後、休息日之時。我在單位工作之餘回到家中的唯一事情，就是在臺燈下電腦前忙碌，但進展仍然很緩慢。當然，本人天生笨拙，又過於認真，也應該算是其中的一個原因吧！直到自己退休之後，誠如白居易《喜罷郡》詩篇所云：“自此光陰爲己有，從前日月屬官家。”既減少了工作方面的壓力，又没有了職稱之類的牽挂，更談不上名利榮譽的追求，才算有了屬於自己的時間，心無牽挂地把《元稹評傳》、《元稹考論》、《新編元稹集》三部拙稿先行推出，呈現在讀者的面前；而《元稹年譜》、《元稹續考》能否最後推出，則要看自己的身體是否允許了。

三十五年來，我們在發表一篇篇論文的同時，也一直在修改我們的《元稹評傳》、《元稹考論》、《元稹年譜》和《新編元稹集》等拙稿，應該説幾本拙稿的撰寫是同時進行的。關於本稿，起步最早，記得剛剛確定研究生畢業論文《元稹年譜》不久，導師孫望先生就要我對元稹的每一篇詩文反復熟讀一一編年，期末還要逐篇檢查。除在研究生學習期間爲我傳授知識、指導論文寫作外，先生對我的專業輔導一直持續到我畢業十多年之後，一直關心著《元稹評傳》、《元稹考論》、《新編元稹集》、《元稹年譜》的進展，直到先生突然謝世的前六天，他還在自己家中的書房裏與我探討元稹詩文編年及其《鶯鶯傳》的有關問題。導師唐圭璋先生年邁體弱，但仍然爲我們一次又一次親自授課，把他老人家畢生所得的淵博知識，尤其是《全宋詞》的編撰體會，傳授給我及幾位同窗。後來還熱情評價本人畢業之後發表於《揚州師院學報》、《文學遺産》、《光明日報》上的那些論文，鼓勵本人不懈努力，堅持始終。兩位導師像燃燒着的蠟燭一般，以生命之光照亮我與同窗學友的學術探索之路，那循循善誘的情景，至今難以忘懷。傅璇琮先生三十年來一直關心着指導着鼓勵着我的元稹研究工作，除當面授教之外，還數十次來電來信，探討元稹研究中的諸多問題，獲益非淺。先生在一些學術場所多次讚譽我的元稹研究，近年又向出版社誠懇推薦我的《元稹考論》、《元稹評傳》和《新編元稹集》，並熱誠爲拙稿作序，充分肯定我在元稹研究中的成果。徐復先生是中國古代漢語領域的權威與名宿，大學時代曾經爲我們班的古代漢語親自授課，本人有幸親耳聆聽先生的講解。記得先生曾經連續以八個課時爲我們講解某一個難解的漢字，從中我們不僅深刻理解了這個漢字，更重要的是學會破解某一難解漢字的方法。研究生學習期間及其後，先生還曾對拙稿《新編元稹集》的註釋體例與引用書證諸多方面作出過詳盡的指導與細緻的教誨，受益良多。朱金城先生曾欣然參加我的畢業論文答辯，高度評價我的畢業論文《元稹評傳》，有“填補中國文學史元稹研究之空白”的讚語，並多次贈送他自己白居易研究成果方面的書籍，得益甚多。郁賢皓先生多次審閲我有關元稹研究的論文，畢業之後他還常常爲我解惑答疑，耳提面命，點點滴滴，令人難忘。六位先生無私無悔，循循善誘，指導後進可謂不遺餘力。在六位先生的諄諄教導下，天生笨拙的我，在元稹研究的天地裏摸索前行，捫心自問，可謂没有一日敢懈怠，没有一事敢馬虎。今天讓《新編元稹集》面世，既爲求教於時賢，同時也是對始終支持我元稹研究工作進展的兩位導師和諸位先生的回報。

在拙稿即將面世的時候，我還要特别感謝熱誠關心我元稹研究的所有師長學友，其中包括有關學報與期刊編輯部的同仁和三秦出版社、河南人民出版社的諸位先生，諸如張煒、支旭仲、趙建黎、高峰、楊光、徐敏霞、吴在慶、李慶立、薛正昌、王枝忠、姜光斗、韓理洲、程杰、冀勤、黄希堅、古敬恒等先生，其中還包括中學、大學、研究生時期的諸多老師，諸如俞明、曹濟平、吴錦、鄭薇菁、董介人、顔士貴、張誠、蔣才喜、鄧子勉、羊達之、朱明雄、張錫恩、馬鐵樞、戴力行、金本中、沈賢、沈藴珍等老師，還有南京圖書館和南京師大文學院圖書館等單位孫原靖、鄧高、張黎、龍克、趙志珍、展金麒、張軍、陳曉清、吕元、吴金宸、薛正昌、白潔、龐愛中、鍾玖英、周濤、李平、王梅、吴宏云、徐健、陳凱、魏華、陳娟、張春霞、季長海、曲莉莉、王碧清、秦芳、宋長偉、吴松、曲鋭、吴玉珂、吴德剛、吴迪、吴瓊、王穎、張璐等先生也在方方面面爲拙稿的早日面世付出了他們無私的勞動與精神鼓勵，在此一併表示衷心的感謝！

二〇一三年夏季於南京

凡　例

一、本書稿《新編元稹集》以存世之馬本《元氏長慶集》爲底本，底本見諸《四庫全書·元氏長慶集》。凡元稹之詩文，均以底本原貌為依據，不以後世之規定任意改動元稹之詩文；如底本有錯誤或後世對底本文字有不同意見，均在"校記"、"箋注"中加以説明或介紹。

二、元稹詩文，見諸《元氏長慶集》者僅僅是一部分；其餘散佚在《元氏長慶集》之外的完整篇目分别見諸《才調集》、《全唐詩》、《全唐文》以及日本花房英樹《元稹研究》轉録的《千載佳句》、陳尚君《全唐詩補編》等；斷句殘篇見於諸多古代諸多文獻；據諸多文獻推得元稹已經散失詩文的題目或篇目數量，一併輯佚在《新編元稹集》之内。

三、參校文獻儘量廣泛，不僅《元氏長慶集》存世諸版本參與校勘，元稹詩文留存在其餘古代文獻之内的作品，也一併參與校勘。其中本書稿工作底本的馬本《元氏長慶集》、楊本《元氏長慶集》、宋蜀本《元氏長慶集》、蘭雪堂本《元氏長慶集》、叢刊本《元氏長慶集》，分别簡稱"馬本"、"楊本"、"宋蜀本"、"蘭雪堂本"、"叢刊本"，以節約篇幅；其他如《全唐詩》、《全唐文》、《文苑英華》，因出現頻率較高，爲了節約篇幅，也一律簡稱爲《全詩》、《全文》、《英華》。

四、箋注分注與箋兩個部分，注文根據唐代社會的諸多現實，再結合元稹的生平，放在作家一生創作道路之中給出解釋，儘量詳盡通俗。書證則遵照專家學者"孤證單行，難以置信"的教誨，借鑒有關詞典"孤證不立"的優良傳統，對每一個詞語的解釋，均採用兩個書證加以證明,力求避免單文孤證帶來的詞義歧義,力求避免註釋者不求甚解的隨意,力求更確切更恰當解釋有關詞語;箋文則結合元稹生平的實際,結合筆者三十五年來的研究心得體會,有感則發,無感便罷,隨時隨地,不限長短。

五、拙稿《新編元稹集》編次打亂原有《元氏長慶集》之卷次,也不遵詩歌與文章分開編年之舊規,而是將集内詩文與集外詩文完全按照創作時間先後爲序次混合編年。每篇詩文編年之前,毫無例外先列舉《元稹年譜》、《元稹集編年箋注》、《新編元稹年譜》的編年理由及編年意見,然後舉證批評三書錯誤的編年理由與編年意見,再列舉我們的編年理由與編年意見。羅列各方意見及編年理由的目的,僅僅在於對《元稹年譜》、《元稹集編年箋注》、《新編元稹年譜》原著者多年研究成果的尊重,同時也方便讀者的認真而自由地比較異同,以便讀者客觀地理性地得出自己的科學結論。因爲《元稹年譜》、《元稹集編年箋注》、《新編元稹年譜》三書之名稱,在本書稿中頻繁出現,爲了節約篇幅,三書依次簡稱爲《年譜》、《編年箋注》、《年譜新編》。我們又在書後列有《元稹詩文編年對比表》,分列本書稿與《元稹年譜》、《元稹集編年箋注》、《新編元稹年譜》不同的編年意見,以方便讀者進行總體對照。

六、古代文獻常常將他人的詩文誤爲元稹的詩文,又將他人的故事誤爲元稹的史實,這類詩文與故事,一般難於附録於具體的元稹詩文之中,故特設"辨僞"一欄,正本清源;與此相反,古代文獻有時也將元稹的詩文與故事誤爲他人的詩文與他人的故事,拙稿則在有關元稹的詩文中辨明真相。

七、在古代,一般稱詩歌為"首",其他散文、韵文為"篇";其實在古代漢語中,"首"也含有散文、韵文之"篇"的含義;本書稿是詩歌和散文、韵文的混合編年本,因此仿照《文苑英華》、《唐文粹》之體例,一律稱"首"。

八、關於字、詞、句以及標點符號的處理原則,則按照公認的古籍整理常規處理。

編年目録

説明:

一、本編年目録打亂原有《元氏長慶集》之卷次,也不遵詩與文分開編年之舊規,又將集内詩文與集外詩文以及散佚、散失詩文一律按創作時間先後爲序次混合編年;

二、每一年條下分别標明年號、年次、括注公元、元稹年齡,又一括號内是該年元稹詩文的合計篇目數,以"首"爲計數單位。

三、同一年内以季、月、日爲序,在括號内標明詩文撰作的大致時間。不能明確季、月、日者,則以"年"爲單位,括注"本年"字樣。個别難以明確屬於某年、横跨兩年或兩年以上的元稹作品,暫時編列在某年,括注説明大致起止作年;

四、詩文題目前有"◎"標識者,是現存劉麟父子所編《元氏長慶集》中,亦即馬本《元氏長慶集》中第一至第六十卷内包含的元稹作品,有詩也有文;

五、詩文題目前有"●"標識者,是散佚在"劉本"《元氏長慶集》之外,亦即馬本《元氏長慶集》中第一至第六十卷之外的元稹作品,其中也包括個别錯名他人的元稹作品;

六、詩文題目前有“▲”標識者，是散佚在“劉本”《元氏長慶集》之外，亦即馬本《元氏長慶集》中第一至第六十卷之外的元稹非完整作品，亦即所謂的斷句殘篇；

七、詩文題目前有“■”標識者，是散佚在《元氏長慶集》之外，亦即馬本《元氏長慶集》中第一至第六十卷之外的僅知詩文題目的元稹作品，其中部分元稹詩文題目是筆者根據有關資料代擬；在個别情況下，也有根據文獻考知元稹存有詩文篇目數的，一併以“■”爲標識。

八、本來應該屬於元稹的作品，前人或今人誤以爲是他人作品的，則在有關詩文的“校記”、“箋注”或“編年”中加以説明，不再在詩文目録題目前另加標識；

九、本來應該是他人的作品，前人或今人誤以爲是元稹的作品，其中也包含其他需要辨明的事關元稹作品的資料，在“辨僞”部分説明我們的辨僞理由，附録在本書目録的最後，供專家、讀者辨别與參考。

一〇、凡元稹詩文中同題目之篇，則在編年目録中相同詩文題目之後，用小字括注各自首句以示區别。

貞元九年癸酉(793)十五歲(七首)

貞元十年甲戌(794)十六歲(三十三首)

貞元十一年乙亥(795)十七歲(二十二首)

貞元十五年己卯(799)二十一歲(三首)

貞元十六年庚辰(800)二十二歲(二十二首)

貞元十七年辛巳(801)二十三歲(六首)

貞元十八年壬午(802)二十四歲(一〇〇首)

貞元二十年甲申(804)二十六歲(十七首)

元和二年丁亥(807)二十九歲(七首)

元和三年戊子(808)三十歲(十七首)

元和四年己丑(809)三十一歲（八十首）

元和五年庚寅(810)三十二歲(一百七十九首)

元和六年辛卯(811)三十三歲(六十六首)

元和七年壬辰(812)三十四歲(三百六十九首)

元和十年乙未(815)三十七歲(一百二十七首)

元和十二年丁酉(817)三十九歲(五十九首)

長慶元年辛丑(821)四十三歲(一百七十三首)

長慶二年壬寅(822)四十四歲(二百〇六首)

長慶三年癸卯(823)四十五歲(四十七首)

長慶四年甲辰(824)四十六歲(六十一首)

寶曆二年丙午(826)四十八歲(十六首)

大和四年庚戌（830）五十二歲（十五首）

大和五年辛亥(831)五十三歲(五十五首)

辨僞目録(一一七條)

詩文辨僞(六十七首)

辨僞目録

附録目録

附録目録

三、與元稹有關之古人序跋書録

新編元稹集

一

［唐］元稹 原著

吴偉斌 輯佚 編年 箋注

新編元稹集第一册目録

貞元十一年乙亥(795)十七歲(二十二首)

貞元十二年丙子(796)十八歲(五首)

貞元九年癸酉(793)　十五歲

■ 答時務策三道(一)①

據《舊唐書·禮儀志》

[校記]

（一）答時務策三道：本佚失文所據《舊唐書·禮儀志》的内容，又見《新唐書·選舉志》、《通志·選舉略》、《通典·選舉》、《唐會要·帖經條例》、《文獻通考·選舉考》、《近事會元·帖經》、《玉海·唐明經舉》、《淵鑑類函·選舉》，文字基本相同；所據《舊唐書·元稹傳》"十五兩經擢第"之記載，又見元稹《誨侄等書》、《同州刺史謝上表》、白居易《唐故武昌軍節度處置等使正議大夫檢校户部尚書鄂州刺史兼御史大夫賜紫金魚袋尚書右僕射河南元公墓誌銘并序》等，文字基本一致。

[箋注]

① 答時務策三道：《舊唐書·禮儀志》："（開元）二十五年三月敕：明經自今已後帖十通五已上；口問大義十條，取通六已上；仍答時務策三道，取粗有文理者及第。"《舊唐書·元稹傳》："稹九歲能屬文，十五兩經擢第。二十四調判入第四等，授秘書省校書郎。二十八應制舉才識兼茂明於體用科，登第者十八人，稹爲第一，元和元年四月也。制下，除右（左）拾遺。"元稹《誨侄等書》："至年十五，得明經及第，因捧先人舊書於西窗下，鑽仰沉吟，僅於不窺園井矣！"元稹《同州

刺史謝上表》:“年十有五,得明經出身。自是苦心爲文,夙夜强學。年二十四,登乙科,授校書郎。年二十八,蒙制舉首選,授左拾遺。”據此,元稹十五歲明兩經及第,是無可否認的史實,而要明經及第,《答時務策三道》也是所有參加考試的人必須參加的科目。而今存元稹詩文中未見元稹的《答時務策三道》,唯一合理的答案衹有元稹的《答時務策三道》已經佚失。　時務策:論時務的對策。唐代科舉考試,凡明經,先試貼文,然後口試經義,答時務策三道;凡進士,試時務策五道,帖一大經,經、策全通者爲甲第,此風宋代也曾沿襲。司馬光《議貢舉狀》:“明經及九經等諸科,試本經及《論語》、《孝經》大義共四十道,明經加試時務策三道。”周行己《上皇帝書》:“臣謂宜革選試之法,使人試五經大義各一條,爲第一場;子史時務策各一道,爲第二場;宏詞爲第三場。如此,則才高實學者無不遇之嘆,而新進寡學者無濫得之幸。”　道:量詞,用於題目、文書等。獨孤及《策秀才文三道》:“問:儒有安身以全德,有殺身以成仁,有狗名以行己,有忘名以救物,雖俱出於儒墨,而用之不同。聖人立言,豈其無特操歟?”《新唐書·選舉志》:“進士試詩賦及時務策五道,明經策三道。”

[編年]

未見《元稹集》(著者冀勤,北京,中華書局 1982 年 8 月版、中華書局 2010 年 7 月版)採録,也未見《元稹年譜》(著者卞孝萱,濟南,齊魯書社 1980 年 6 月版,又見南京,鳳凰出版社 2010 年 9 月版《卞孝萱文集·元稹年譜》,以下均簡稱《年譜》)、《元稹集編年箋注》(著者楊軍,《元稹集編年箋注(詩歌卷)》,2002 年 6 月版,《元稹集編年箋注(散文卷)》,2008 年 12 月版,西安,三秦出版社出版,以下兩書一律簡稱《編年箋注》)、《元稹年譜新編》(著者周相録,上海,上海古籍出版社 2004 年 11 月版,以下簡稱《年譜新編》)提及、採録與編年。

我們以爲,元稹貞元九年春天明兩經及第,根據唐代的科舉制度，元稹所參加的明經考試應該在春天進行，故其已經佚失的三道《答時務策》也應該撰作於貞元九年春天明經考試之時，地點在長安，元稹當時並無一官半職在身，也就是説祗是一個並無功名的普通舉子而已。而元稹後來在《叙詩寄樂天書》中一再强調《寄思玄子詩二十首》是“貴其起予之始”，“始”的義項祗是開始，開端，與“終”相對；昔，當初，與“今”相對；先，首先，與“後”相對，並不一定是“第一”的意思，故元稹在《寄思玄子詩二十首》之前，完全有可能撰作其他的作品，本文就是其中的一篇。另外，也許是元稹并没有把這次考試的“時務策”看成是自己真正的作品而已。元稹在《叙詩寄樂天書》中强調的，祗是其詩篇“之始”，而不是包括“時務策”在内的文章“之始”，但我們今天整理元稹的詩文作品，亦即既包括詩篇，也包括文章之時，確實不應該把這三篇文章遺忘在外。

◎ 西齋小松二首①

松樹短於我，清風亦已多②。況乃枝上雪，動摇微月波③。幽姿得閑地，詎感歲蹉跎④？但恐厦終構，藉君當奈何⑤？

簇簇枝新黄，纖纖攢素指⑥。柔芷漸依條(一)，短莎還半委⑦。清風日夜高，淩雲竟何已(二)⑧？千歲盤老龍，修鱗自兹始⑨。

録自《元氏長慶集》卷六

[校記]

(一) 柔芷漸依條：宋蜀本《元氏長慶集》、蘭雪堂本《元氏長慶集》、叢刊本《元氏長慶集》(以下分别簡稱“宋蜀本”、“蘭雪堂本”、“叢刊本”,以節約篇幅;同樣,作爲本書稿工作底本的馬本《元氏長慶集》,亦一併簡稱爲“馬本”;其他如楊本《元氏長慶集》、張校宋本《元氏長慶集》、《全唐詩》、《全唐文》、《文苑英華》,因出現的頻率較高,爲了節約篇幅,也一律簡稱爲“楊本”、“張校宋本”、《全詩》、《全文》、《英華》)、《佩文齋廣群芳譜》、《全詩》同,楊本作“柔笠漸依條”,語義不同,各備一説。《英華》作“柔苔漸依條”,苔是屬隱花植物類,根、莖、葉區別不明顯,有青、緑、紫等色,多生於陰濕地方,延貼地面,故亦叫地衣。《淮南子·泰族訓》:“窮谷之污,生以青苔。”《文選·沈約〈冬節後至丞相第詣世子車中作〉》:“賓階緑錢滿,客位紫苔生。”李善注引崔豹《古今注》:“空室無人行則生苔蘚,或青或紫,一名緑錢。”“延貼地面”的“地衣”與本詩“漸依條”詩意不合,不從不改。

(二)淩雲竟何已:楊本、叢刊本、《佩文齋廣群芳譜》、《全詩》注同,《英華》、《全詩》作“淩雲意何已”,語義相類,遵從原本,不改。

[箋注]

① 西齋小松二首:《英華》在本詩末尾有周必大的校語:“右小松詩,《積集》並《英華》皆誤作一首,詳詩意,並疊用“清風”二字,合是二首。”但今存《英華》卷三二四作“《西齋小松二首》”,並且分録爲“一”“二”兩首,我們採録周必大校語,僅作讀者的參考。　齋:家居的房屋。《世説新語·言語》:“孫綽賦《遂初》,築室,畎川,自言見止足之分。齋前種一株松,恒自手壅治之。”杜甫《絶句漫興九首》三:“熟知茅齋絶低小,江山燕子故來頻。”因以爲居室、書房的名稱。韋應物《獨遊西齋寄崔主簿》:“同心忽已別,昨事方成昔。幽徑還獨尋,緑苔見行迹。”于鵠《南溪書齋》:“茅屋往來久,山深不置門。草生垂井口,花落擁籬根。”又如楊萬里有誠齋,蒲松齡有聊齋……　小松:還没有長大的松樹秧苗。王建《小松》:“小松初數尺,未有直生枝。間即傍邊立,看多長却遲。”王涯《望禁門松雪》:“宿雲開霽景,佳氣此時濃。

瑞雪凝清禁，祥烟羃小松。”元稹在這兩首詩中，以松自喻，以詩言志，值得讀者注意。筆者以爲，社會上形形色色的人們，大致可以分爲四種：一、造福後代之人，亦即通過立德、立功、立言的舉動，留下精神財富，造福後人。元稹《叙詩寄樂天書》亦有清楚的表述："僕聞上士立德，其次立事，不遇立言。"立德者，如孔子、孟子等，立功或稱立事者，如漢武帝、唐太宗等，立言者，如李白、杜甫等。二、惠及子孫之人，通過自己不懈的努力，爲子子孫孫樹立如何做人如何生活的精神榜樣，夯實子孫繼續發展的物質基礎。三、對社會既無貢獻，但也没有遺禍他人，過着平平常常的生活；或者對社會没有貢獻，却時時處處要依賴他人才能存活，但也没有禍害社會與他人。四、犯有嚴重罪行，時時禍害社會與他人，死有餘辜之人。綜觀元稹一生，雖然不能與孔子、孟子等人比肩"究天人之際，通古今之變，成一家之言"；也難與漢武帝、唐太宗等人並稱，上下五千年，成中華歷史之"風流人物"；但他在《酬別致用》表明的"修身不言命，謀道不擇時。達則濟億兆，窮亦濟毫氂。濟人無大小，誓不空濟私"的思想，在左拾遺任上敢言直諫的精神，在翰林承旨學士任上榜落無才勢門子弟的作爲，在同州均田平賦的舉動，在越州與武昌關心百姓生産生活，最後在武昌節度使任巡視水災的時候獻出年僅五十三歲的生命，特别是身後留下的一百卷詩文，成爲後世共享的精神財富，毫無疑問應該是以畢生精力貢獻百姓之人，無容置疑是以一家之言造福後代之人。而遠大志向的樹立，則萌發於少年時代，本詩則是元稹遠大志向的最初表露。元稹最終成爲李唐時代的參天大樹，就是從當時小松的扎根伸枝開始的。

② 松：木名，松科植物的總稱，常緑或落葉喬木，少數爲灌木，樹皮多爲鱗片狀，葉子針形，毬果。陶潜《歸去來兮辭》："三徑就荒，松菊猶存。"王維《山居即事》："寂寞掩柴扉，蒼茫對落暉。鶴巢松樹遍，人訪蓽門稀。"　清風：清微的風，清凉的風。《詩・大雅・烝民》："吉甫作誦，穆如清風。"毛傳："清微之風，化養萬物者也。"杜甫《四松》：

“清風爲我起，灑面若微霜。”

③ 况乃：恍若，好像。謝靈運《遊赤石進帆海》：“周覽倦瀛壖，况乃陵窮髮。”元稹《和樂天秋題曲江》：“况乃江楓夕，和君秋興詩。” 動摇：摇擺，晃動。班昭《怨歌行》：“裁爲合歡扇，團團似明月。出入君懷袖，動摇微風發。”杜甫《閣夜》：“五更鼓角聲悲壯，三峽星河影動摇。” 月波：指月光，月光似水，故稱。語本《漢書·禮樂志》：“月穆穆以金波。”王僧達《七夕月下詩》：“遠山斂氛祲，廣庭揚月波。”李群玉《湘西寺霽夜》：“月波蕩如水，氣爽星朗滅。”

④ 幽姿：幽雅的姿態。謝靈運《登池上樓》：“潛虬媚幽姿，飛鴻響遠音。”白居易《畫竹歌》：“幽姿遠思少人别，與君相顧空長嘆。” 閑地：空閑的土地。劉長卿《長門怨》：“蕙草生閑地，梨花發舊枝。”許渾《下第寓居崇聖寺感事》：“東門有閑地，誰種邵平瓜？” 詎：副詞，表示反詰，相當於“豈”、“難道”。《莊子·齊物論》：“雖然，嘗試言之，庸詎知吾所謂知之非不知邪？庸詎知吾所謂不知之非知邪？”陶潛《讀山海經十三首》一〇：“徒設在昔心，良辰詎可待？” 蹉跎：虚度光陰。謝朓《和王長史卧病》：“日與歲眇邈，歸恨積蹉跎。”阮籍《詠懷詩十七首》五：“娱樂未終極，白日忽蹉跎。”

⑤ 但恐：祇怕。張九齡《餞濟陰梁明府各探一物得荷葉》：“荷葉生幽渚，芳華信在兹……但恐星霜改，還將蒲稗衰。”李頎《籬笋》：“色因林向背，行逐地高卑。但恐春將老，青青獨爾爲。” 廈構：即“構廈”，營造大廈，比喻治理國事或建立大業。元稹《上令狐相公詩啓》：“輒寫古體歌詩一百首，百韵至兩韵律詩一百首，合爲五卷，奉啓跪陳，或希構廈之餘，一賜觀覽。”《太平廣記》卷一三七引《太原事迹·武士彠》：“微時，與邑人許文寶以鬻材爲事……私言必當大貴。及（唐）高祖起義兵，以鎧冑從入關，故鄉人云：‘士彠以鬻材之故，果逢構廈之秋。’” 藉：同“借”，因，憑藉，依託。《管子·内業》：“彼道自來，可藉與謀。”尹知章注：“藉，因也，因其自來而與之謀。”《商君書·

開塞》:“故王者以賞禁,以刑勸,求過不求善,藉刑去刑。”韓愈《順宗實録》:“叔文欲專兵柄,藉希朝年老舊將,故用爲將帥。”　奈何:怎麼樣,怎麼辦。《戰國策·趙策》:“辛垣衍曰:‘先生助之奈何?’魯連曰:‘吾將使梁及燕助之,齊楚則固助之矣!’”張説《李工部挽歌三首》三:“常時好賓客,永日對弦歌。是日歸泉下,傷心無奈何。”

⑥ 簇簇:一叢叢,一堆堆。白居易《開元寺東池早春》:“池水暖温暾,水清波瀲灔。簇簇青泥中,新蒲葉如劍。”李建勛《採菊》:“簇簇竟相鮮,一枝開幾番? 味甘資麴糵,香好勝蘭蓀。”　新黄:嫩緑色。白居易《和錢員外早冬玩禁中新菊》:“禁署寒氣遲,孟冬菊初坼。新黄間繁緑,爛若金照碧。”韓琦《重陽甲子雨霽》:“猛收宵雨發秋光,甲子朝來甚不傷……山開霽碧迎軒秀,菊染新黄助酒香。”　纖纖:細巧貌。《玉臺新詠·古詩爲焦仲卿妻作》:“纖纖作細步,精妙世無雙。”鮑照《翫月城西門廨中》:“始見西南樓,纖纖如玉鉤。”細長貌,柔細貌。孫魴《柳十一首》二:“春風多事剛牽引,已解纖纖學舞腰。”蘇轍《次韵子瞻延生觀後山上小堂》:“古殿神仙深杳杳,香爐烟翠起纖纖。”　素指:潔白的手指。權德輿《古意》:“長筵映玉俎,素指彈秦箏。曖睇呈巧笑,惠音激凄清。”白居易《和夢遊春詩一百韵》:“半卷錦頭席,斜鋪繡腰褥。朱唇素指匀,粉汗紅緜撲。”

⑦“柔芷漸依條”兩句:意謂白芷雖然柔弱,但已經伸展枝條,慢慢爬上附近的樹木。而莎草則半伏在地下,還没有完全施展自己的身姿。　芷:白芷,白芷是香草之名,夏季開傘形白花,果實長橢圓形,根入藥,有鎮痛作用,古以其葉爲香料。李時珍《本草綱目·白芷》〔釋名〕引徐鍇曰:“初生根榦爲芷,則白芷之義取乎此也。”《楚辭·招魂》:“菉蘋齊葉兮,白芷生。”陸龜蒙《采藥賦序》:“葯,白芷也,香草美人得此比之。”　莎:即莎草,多年生草本植物,多生於潮濕地區或河邊沙地,莖直立,三棱形,葉細長,深緑色,質硬有光澤,夏季開穗狀小花,赤褐色,地下有細長的匍匐莖,並有褐色膨大塊莖,塊莖稱

“香附子”,可供藥用。李白《憶舊遊寄譙郡元參軍》:“浮舟弄水簫鼓鳴,微波龍鱗莎草緑。”李中《安福縣秋吟寄陳鋭秘書》:“卧聽寒蛩莎砌月,行衝落葉水村風。”

⑧ 高:長高,抬高。《史記·日者列傳》:“夫卜者多言誇嚴以得人情,虚高人禄命以説人志。”曾鞏《本朝政要策·邊糴》:“建隆元年,以河北仍歲豐稔穀賤,命高其價以糴之。” 日夜:白天黑夜,日日夜夜。宋之問《途中寒食題黄梅臨江驛寄崔融》:“北極懷明主,南溟作逐臣。故園腸斷處,日夜柳條新。”李頎《東京寄萬楚》:“潁水日夜流,故人相見稀。春山不可望,黄鳥東南飛。” 淩雲:直上雲霄,多形容志向崇高或意氣高超。《史記·司馬相如列傳》:“相如既奏《大人》之頌,天子大説,飄飄有淩雲之氣,似遊天地之間意。”裴夷直《寄婺州李給事二首》一:“不知壯氣今何似,猶得淩雲貫日無?” 何已:用反問的語氣表示不已、無盡。《説郛》卷一一七引劉義慶《幽明録》:“我居四十年,昨厚貺,相感何已!”王勃《上巳浮江宴韵得阯字》:“松崦白雲際,桂馥青溪裏。别有江海心,日暮情何已!”

⑨ 千歲:一千年,極言時間之長。王維《贈東嶽焦鍊師》:“先生千歲餘,五嶽遍曾居。遙識齊侯鼎,新過王母廬。”王昌齡《駕幸河東》:“下輦迴三象,題碑任六龍。睿明懸日月,千歲此時逢。” 老龍:年代久遠的龍。王維《春日與裴迪過新昌里訪吕逸人不遇》:“城外青山如屋裏,東家流水入西鄰。閉户著書多歲月,種松皆作老龍鱗。”齊己《小松》:“發地纔過膝,蟠根已有靈……誰於千歲外,吟繞老龍形?”本詩借喻松樹之形態。 修鱗:龍的鱗甲,本詩借喻松樹的樹皮。元稹《題翰林東閤前小松》:“檐礙修鱗亞,霜侵簇翠黄。唯餘入琴韵,終待舜弦張。”陳著《次韵東平趙益三首》一:“修鱗化作偃松寒,數百年間一夢看。何似起來雲擁去,爲天行雨萬民歡!”

[編年]

《年譜》編年本詩於"庚寅至甲午在江陵府所作其他詩"欄内,没有説明理由。《編年箋注》編年:"《西齋小松》……作於元和五年(八一〇)至九年(八一四)期間,元稹時在江陵府士曹參軍任。見下《譜》。"《年譜新編》編入"無法編年作品"欄内。

我們以爲,本詩不應該賦成於稹江陵任内,元稹在江陵的住所相當簡單與破舊,難以"西齋"當之。其時元稹心情灰暗,對未來失去期待,既無"凌雲"之志,也難有"構廈"之心。

我們以爲本詩可以編年。元稹《酬胡三憑人問牡丹》:"竊見胡三問牡丹,爲言依舊滿西欄。"所説的"西欄",應該與本詩的"西齋"相一致。元稹《誨侄等書》:"至年十五,得明經及第。因捧先人舊書於西窗下,鑽仰沉吟,僅於不窺園井矣! 如是者十年,然後粗霑一命,粗成一名。"詩中所言的"西欄",書中所説的"西窗",均是靖安坊中的"西欄"、"西窗",也應該是本詩中的"西齋",三者的含義都是士人的讀書之所或植花栽草樹木之地。白居易《微之宅殘牡丹》:"殘紅零落無人賞,雨打風吹花不全。諸處見時猶悵望,况當元九小庭前。"白居易詩中的"小庭",正應該是"小松"扎根生長的空間。且靖安坊,是元稹的祖居,種幾株松樹而期其長成沖天大樹,應該在情理之中;而其他地方,衹是詩人臨時的借居之所,都不是元稹的永久居住之地,栽種小松而盼望其成"千歲老龍",而"凌雲"高空,似乎不太現實也不太合理。又據本詩"松樹短於我"的詩句,本詩應該是元稹剛剛明經及第之時,那時的元稹還衹是一個年僅十五六歲、還没有完全長大成人的少年,個子一定不如後來那樣高大。衹有在這樣的時候,詩人才會時時刻刻關心自己的身高,不由自主地與同伴,與一切可以比試高矮的事物比試高低。如果已經完全發育長大成人,元稹就没有必要吟哦"松樹短於我"這樣的詩句自詡。元稹《感小株夜合》:"纖幹未盈把,高條才過眉。"詩人關心將剛剛栽種不幾年的"夜合"之"小株"的"未盈把"與"才過眉"狀態就是很好的例證。

而且,當時元稹年輕氣盛,壯志淩雲,以松樹自喻,以淩雲之志自期,完全符合青少年時期元稹的心態。元稹《答姨兄胡靈之見寄五十韵序》"九歲解賦詩"云云,爲我們提供了另一條佐證,説明元稹九歲之後已經能够賦詩,故在十五歲寫出如本詩這樣成熟詩篇,正在情理之中。而"况乃枝上雪,動摇微月波"、"柔芷漸依條,短莎還半委"的詩句表明,季節應該是初冬時分。正是元稹剛剛明經及第之當年,及第在春天,栽種小松以自期自勵;當年之初冬,看著小松披雪而立,茁壯成長,内心的期待油然而生,故賦詠本詩以明志。元稹在《酬鄭從事四年九月宴望海亭次用舊韵》所云"憶年十五學構厦,有意蓋覆天下窮"之句與本詩"幽姿得閑地,詎感歲蹉跎?但恐厦終構,藉君當奈何"之詠的思想脈絡是前後相符的。松樹的栽種,一般應該在春天,從成活而披雪,已經是初冬時分。據此,我們以爲本詩即賦詠於貞元九年初冬之時,賦詩的地點就在長安,亦即元稹的靖安坊家中。

◎ 指巡胡(一)①

遣悶多憑酒,公心只仰胡②。挺身唯直指,無意獨欺愚③。

録自《元氏長慶集》卷一五

[校記]

(一) 指巡胡:本詩存世各本,包括楊本、叢刊本、《萬首唐人絶句》、《全詩》諸本,未見異文。

[箋注]

① 指巡胡:古時飲宴的勸酒之具,刻木爲胡人狀,底鋭,置盤中,

推之不倒,欹側摇擺。旋轉木人,停下來之後,視其手指所指者即應該飲酒者。《唐摭言》:"盧汪,門族甲於天下,因官家於荆南之塔橋。舉進士,二十餘上,不第,滿朝稱屈。嘗賦一絶,頗爲前輩所推,曰:'惆悵興亡繫綺羅,世人猶自選青娥。越王解破夫差國,一箇西施已太多。'晚年失意,因賦《酒胡子》長歌一篇,甚著,序曰:二三子逆旅相遇,貰酒於旁舍,且無絲竹以用娱,賓友蘭陵掾淮南王探囊中,得酒胡子,置於座上,拱而立令曰:巡觴之時,人心俛仰,旋轉所向者,舉杯!其形類人,亦有意趣,然而傾側不定,緩急由人不在酒胡也,作《酒胡歌》以誚之曰:'同心相遇思同歡,擎出酒胡當玉盤。盤中鵕鵕不自定,四座親賓注意看。可以不在心,否以不在面,徇俗隨時自圓轉。此物五藏屬他人,十分亦是無情勸。爾不耕,亦不饑,爾不蚕,亦有衣。有眼不曾分黼黻,有口不能明是非。鼻何尖?眼何碧?儀容本非天地力。雕鎸匠意若多端,翠帽朱衫巧裝飾。長安斗酒十千酤,劉伶平生爲酒徒。劉伶虚向酒中死,不得酒池中拍浮。酒胡一滴不入腸,空令酒胡名酒胡。'"宋人計敏夫《唐詩紀事·盧注》也有類似的記載,大約是抄襲王定保的;《全詩》在"盧汪"名下引録《酒胡子》一首及《西施》一首,即是引録於《唐摭言》。王定保是唐五代人,其《唐摭言》所述,可供參考。徐夤《酒胡子》:"紅筵絲竹合,用爾作歡娱。直指寧偏黨,無私絶覬覦。當歌誰擐袖?應節漸輕軀。恰與真相似,氊裘滿頷鬚。"則借酒胡子抒發情感,另有所指。

② 遣悶:排解煩悶。杜甫《遣悶》:"地闊平沙岸,舟虚小洞房。使塵來驛道,城日避烏檣。"李群玉《旅泊詩》:"短篇纔遣悶,小釀不供愁。" 公心:公正之心。《尸子》卷上:"自井中觀星,所見不過數星;自丘上以望,則見其始出也,又見其入,非明益也,勢使然也。夫私心井中也,公心丘上也。"《荀子·正名》:"以仁心説,以學心聽,以公心辨。"

③ 挺身:直起身子,奮身而起。杜甫《八哀詩·汝陽郡王璡》:

"詔王來射雁,拜命已挺身。"蘇軾《留侯論》:"匹夫見辱,拔劍而起,挺身而鬥,此不足爲勇也。" 直指:筆直指向,直趨。《後漢書·朱俊傳》:"故相率厲,簡選精悍,堪能深入,直指咸陽。"《隋書·趙煚傳》:"請從河北直指太原,傾其巢穴,可一舉以定。"本詩是指酒胡的手指所指。 無意:泯滅意慮,没有意念。《列子·仲尼》:"夫無意則心同,無指則皆至。"嚴北溟注:"泯滅了意慮,它就和本心相同了。"嚴遵《道德指歸論·天下有始》:"夫道之爲物,無形無狀,無心無意,不忘不念,無知無識。"引申指無心,非故意的。梅堯臣《和道損喜雪》:"薄厚曾無意,飄揚似有因。" 愚:愚昧,愚笨。《論語·爲政》:"吾與回言終日,不違如愚。"賈誼《新書·道術》:"深知禍福謂之知,反知爲愚。"指愚笨的人。《論語·陽貨》:"古之愚也直,今之愚也詐而已矣!"

[編年]

未見《年譜》編年本詩,《編年箋注》列入"未編年詩",《年譜新編》列入"無法編年作品"。

我們以爲,這是元稹早年的詩作。元稹十歲跟隨母親,與兄長元積一起前往鳳翔,鳳翔是漢族與胡人雜居的地區,李唐時期被稱爲"西都",年輕的詩人已經活躍在飲酒的場合,"專務酒中職"。元稹《寄吴士矩端公五十韵》:"昔在鳳翔日,十歲即相識……予時最年少,專務酒中職。未能愧生獰,偏矜任狂直。曲庇桃根盞,横講捎雲式。亂布鬥分朋,惟新間讔慝。耻作最先吐,羞言未朝食。醉眼漸紛紛,酒聲頻餃餃。扣節參差亂,飛觥往來織。强起相維持,翻成兩匍匐。"十五歲回到長安參加明經考試及第之後,詩人因"深解酒中事",仍然是飲酒夥伴們不可或缺的角色,元稹《元和五年予官不了罰俸西歸三月六日至陝府與吴十一兄端公崔二十二院長思愴曩游因投五十韵》:"遥聞公主笑,近被王孫戲。邀我上華筵,横頭坐賓位。那知我年少,深解酒中事！能唱犯聲歌，偏精變籌義。”直到元稹任職校書郎之時，飲酒之具仍然帶在身邊，元稹《酬翰林白學士代書一百韵》：“暗插輕籌箸，仍提小屈巵(予有篪箕草籌筯小盞酒胡之輩，當時嘗在書囊，以供飲備)。”

雖然元稹後來在《叙詩寄樂天書》中一再强調《寄思玄子詩二十首》是“貴其起予之始”，“始”的義項衹是開始、開端、昔、當初、先、首先，並不一定是“第一”的意思，故元稹在《寄思玄子詩二十首》之前，完全有可能撰作其他的作品，本文就是其中的一篇，與前面的《西齋小松二首》，與下面的《香毬》相一致。我們以爲，本詩即賦詠於詩人回到長安之後，具體時間應該在貞元九年，時元稹十五歲，地點在長安。

◎香　毬①

順俗唯團轉(一)，居中莫動揺②。愛君心不惻，猶訝火長燒③。

録自《元氏長慶集》卷一五

[校記]

(一)順俗唯團轉：楊本、叢刊本、《萬首唐人絶句》、《佩文齋詠物詩選》、《全詩》同，張校宋本作“順俗唯圓轉”，語義相類，各備一説，不改。

[箋注]

① 香毬：金屬製的鏤空圓球，内安一能轉動的金屬碗，無論球體如何轉動，碗口始終向上，焚香於碗中，香烟由鏤空處溢出。陸游《老學庵筆記》卷一：“京師承平時，宗室戚里歲時入禁中，婦女上犢車，皆

用二小鬟持香毬在旁，而袖中又自持兩小香毬。車馳過，香烟如雲，數里不絶，塵土皆香。"張祜《陪范宣城北樓夜讌》："華軒敞碧流，官妓擁諸侯。粉項高叢鬢，檀妝慢裹頭。亞身摧蠟燭，斜眼送香毬。何處偏堪恨，千迴下客籌。"用香料製成供拋擲玩弄的球。白居易《醉後贈人》："香毬趁拍迴環匼，花盞拋巡取次飛。自入春來不同醉，那能夜去獨先歸？"這裏應該是前者。張籍《寒食内宴》："朝光瑞氣滿宫樓，綵纛魚龍四面稠。廊下御厨分冷食，殿前飛騎逐香毬。"

② 順俗：順隨時俗。《吴子·圖國》："安集吏民，順俗而教；簡募良材，以備不虞。"元結《欸乃曲五首》一："偶存名迹在人間，順俗與時未安閑。" 團轉：繞著周圍轉。孟元老《東京夢華録·駕幸臨水殿觀争標錫宴》："其小龍船争先團轉翔舞，迎導於前。"《朱子語類》卷七四："《漢書》所謂盪軍，是團轉去殺他磨轉他底意思。" 居中：謂位置處於正中。《周禮·春官·冢人》："先王之葬居中，以昭穆爲左右。"權德輿《故司徒兼侍中贈大傅北平郡王挽歌詞》："授律勛庸盛，居中鼎鼐和。佐時調四氣，宣力静三河。" 動摇：摇擺，晃動。班昭《怨歌行》："裁爲合歡扇，團團似明月。出入君懷袖，動摇微風發。"杜甫《閣夜》："五更鼓角聲悲壯，三峽星河影動摇。"

③ 惻：通"側"，傾斜。《戰國策·秦策》："側耳而聽。"韓愈《東都遇春》："坐疲都忘起，冠側賴復正。" 訝：驚詫，疑怪。蕭綱《采桑》："寄語採桑伴，訝今春日短。"庾信《小園賦》："龜言此地之寒，鶴訝今年之雪。" 燒：焚燒，燃燒。《戰國策·齊策》："臣竊矯君命，以責賜諸民，因燒其券，民稱萬歲。"白居易《寓意詩五首》一："疾風吹猛焰，從根燒到枝。"

［編年］

未見《年譜》編年本詩，《編年箋注》列入"未編年詩"，《年譜新編》列入"無法編年作品"。

我們以爲,這是元稹早年的詩作。元稹十五歲回到長安參加明經考試及第之後,有機會與“王孫”、“公主”交遊,因此才能接觸如“香毬”一類的奢侈品,元稹《元和五年予官不了罰俸西歸三月六日至陝府與吴十一兄端公崔二十二院長思愴曩游因投五十韵》:“遥聞公主笑,近被王孫戲。邀我上華筵,横頭坐賓位。那知我年少,深解酒中事! 能唱犯聲歌,偏精變籌義。”即是明證。我們以爲,本詩即賦詠於回到長安之後,與《指巡胡》爲同期之作,具體時間應該在貞元九年,時元稹十五歲,地點在長安。

貞元十年甲戌(794)　十六歲

■ 寄思玄子詩二十首(一)①

據元稹《叙詩寄樂天書》

[校記]

(一) 寄思玄子詩二十首:本組詩見於元稹《叙詩寄樂天書》提及,不見其他文獻記載。其中《叙詩寄樂天書》之文,見《元氏長慶集》、《唐詩紀事》、《唐文粹》、《文章辨體彙選》、《蜀中廣記》,有關部份均無異文。

[箋注]

① 寄思玄子詩二十首:元稹《叙詩寄樂天書》:"適有人以陳子昂《感遇詩》相示,吟玩激烈,即日爲《寄思玄子詩二十首》。故鄭京兆於僕爲外諸翁,深賜憐奬,因以所賦呈獻,京兆翁深相駭異。秘書少監王表在座,顧謂表曰:'使此兒五十不死,其志義何如哉! 惜吾輩不見其成就!'因召諸子訓責泣下,僕亦竊不自得,由是勇於爲文……所爲《寄思玄子》者,小歲云爲,文不能自足,其意貴其起予之始,且志京兆翁見遇之由,今亦寫爲古諷之一,移諸左右。"據元稹"貴其起予之始"的自述,本組詩應該是元稹的早期的詩作,但不應該是處女之作。元和十年,《寄思玄子詩二十首》尚在,至少鄭雲逵、王表、白居易見過,今日不見,唯一合理的解釋衹能是佚失。元稹詩文佚失過半,宋人有"十存其六"的説法,那衹是大概的説法,並不確切。據我們考證,應

該是“十存其四”,本組詩應該就是佚失詩文之一。元稹的《寄思玄子詩二十首》的内容究竟是什麽? 由於原組詩的佚失,今天已經難知其詳,但我們還可以從詩題“寄思玄子”中探知組詩的主旨,還可以從元稹《叙詩寄樂天書》提及撰寫本組詩動因中受到啓發:“積九歲學賦詩,長者往往驚其可教。年十五六,粗識聲病。時貞元十年已後,德宗皇帝春秋高,理務因人,最不欲文法吏生天下罪過。外閫節將,動十餘年不許朝覲,死於其地不易者十八九。而又將豪卒愎之處,因喪負衆,横相賊殺,告變駱驛,使者迭窺。旋以狀聞天子曰:‘某邑將某能遏亂,亂衆寧附,願爲帥。’名爲衆情,其實逼詐,因而可之者又十八九。前置介倅,因緣交授者,亦十四五。由是諸侯敢自爲旨意,有羅列兒孫以自固者,有開導蠻夷以自重者。省寺符篆固於几閣,甚者擬詔旨,視一境如一室,刑殺其下,不啻僕畜。厚加剥奪,名爲進奉,其實貢入之數百一焉! 京城之中亭第邸店以曲巷斷,侯甸之内水陸腴沃以鄉里計,其餘奴婢資財生生之備稱之。朝廷大臣以謹慎不言爲朴雅,以時進見者不過一二親信,直臣義士往往抑塞。禁省之間,時或繕完隤墜。豪家大帥,乘聲相扇。延及老佛,土木妖熾,習俗不怪。上不欲令有司備宫闈中小碎須求,往往持幣帛以易餅餌,吏緣其端,剽奪百貨勢,不可禁。僕時孩騃,不慣聞見。獨於書傳中,初習理亂萌漸。心體悸震,若不可活,思欲發之久矣!”也可以從陳子昂《感遇詩三十八首》中得到借鑒,爲探明元稹本組詩的大致内容,我們不得不將陳子昂《感遇詩三十八首》全文引述於後:幸請讀者體諒筆者的一番苦心與用意,其一:“微月生西海,幽陽始化昇。圓光正東滿,陰魄已朝凝。太極生天地,三元更廢興。至精諒斯在,三五誰能徵?”其二:“蘭若生春夏,芊蔚何青青? 幽獨空林色,朱蕤冒紫莖。遲遲白日晚,嫋嫋秋風生。歲華盡摇落,芳意竟何成?”其三:“蒼蒼丁零塞,今古緬荒途。亭堠何摧兀? 暴骨無全軀。黄沙漠南起,白日隱西隅。漢甲三十萬,曾以事匈奴。但見沙場死,誰憐塞上孤?”其四:“樂羊爲魏將,食子殉軍功。骨肉且相薄,他人安得忠? 吾聞山中相,乃屬放麑翁。孤獸猶不忍,况以奉君終?”其五:“市人矜巧智,於道若童蒙。傾奪相夸侈,不知身所終。曷見玄真子,觀世玉壺中。杳然遺天地,乘化入無窮。”其六:“吾觀龍變化,乃知至陽精。石林何冥密? 幽洞無留行。古之得仙道,信與元化并。玄感非象識,誰能測淪冥? 世人拘目見,酣酒笑丹經。崐崘有瑶樹,安得采其英?”其七:“白日每不歸,青陽時暮矣! 茫茫吾何思? 林卧觀無始。衆芳委時晦,鶗鴂悲鳴耳。鴻荒古已頹,誰識巢居子?”其八:“吾觀崐崘化,日月淪洞冥。精魄相交構,天壤以羅生。仲尼推太極,老聃貴窈冥。西方金仙子,崇議乃無明。空色皆寂滅,業緣定何成? 名教信紛籍,死生俱未停。”其九:“聖人秘元命,懼世亂其真。如何嵩公輩,詼譎誤時人? 先天誠爲美,階亂禍誰因? 長城備胡寇,嬴禍發其親。赤精既迷漢,子年何救秦? 云去桃李花,多言死如麻。”其一〇:“深居觀群動,悱然争朵頤。讒説相啖食,利害紛嚬嚬。便便夸毗子,榮耀更相持。務光讓天下,商賈競刀錐。已矣行采芝,萬世同一時。”其一一:“吾愛鬼谷子,青谿無垢氛。囊括經世道,遺身在白雲。七雄方龍鬬,天下久無君。浮榮不足貴,導養晦時文。舒可彌宇宙,卷之不盈分。山徒山木壽,空與麋鹿群。”其一二:“呦呦南山鹿,離罟以媒和。招摇青桂樹,幽蠹亦成科。世情甘近習,榮耀紛如何? 怨憎未相復,親愛生禍羅。瑶臺傾巧笑,玉杯殞雙蛾。誰見孤城樹,青青成斧柯?”其一三:“林居病時久,水木澹孤清。閑卧觀物化,悠悠念無生。青春始萌達,朱火已滿盈。徂落方自此,感嘆何時平?”其一四:“臨岐泣世道,天命良悠悠。昔日殷王子,玉馬遂朝周。寶鼎淪伊穀,瑶臺成故丘。西山傷遺老,東陵有故侯。”其一五:“貴人難得意,賞愛在須臾。莫以心如玉,探他明月珠。昔稱夭桃子,今爲春市徒。鴟鴞悲東國,麋鹿泣姑蘇。誰見鴟夷子,扁舟去五湖?”其一六:“聖人去已久,公道緬良難。蚩蚩夸毗子,堯禹以爲謾。驕榮貴工巧,勢利迭相干。燕王尊樂毅,分國願同歡。

魯連讓齊爵,遺組去邯鄲。伊人信往矣!感激爲誰嘆?”其一七:“幽居觀大運,悠悠念群生。終古代興没,豪聖莫能争。三季淪周赧,七雄滅秦嬴。復聞赤精子,提劍入咸京。炎光既無象,晉虜紛縱横。堯禹道既昧,昏虐世方行。豈無當世雄,天道與胡兵。咄咄安可言,時醉而未醒。仲尼溺東魯,伯陽遁西溟。大運自古來,旅人胡嘆哉!”其一八:“逶迤勞已久,骨鯁道斯窮。豈無感激者?時俗頽此風。灌園何其鄙,皎皎於陵子。世道不相容,嗟嗟張長公。”其一九:“聖人不利己,憂濟在元元。黄屋非堯意,瑶臺安可論?吾聞西方化,清凈道彌敦。奈何窮金玉,雕刻以爲尊?雲構山林盡,瑤圖珠翠煩。鬼功尚未可,人力安能存?夸愚適增累,矜智道逾昏。”其二〇:“玄天幽且默,群議曷嗤嗤?聖人教猶在,世運久陵夷。一繩將何繫?憂醉不能持。去去行採芝,勿爲塵所欺!”其二一:“蜻蛉遊天地,與物本無患。飛飛未能止,黄雀來相干。穰侯富秦寵,金石比交歡。出入咸陽裏,諸侯莫敢言。寧知山東客,激怒秦王肝。布衣取丞相,千載爲辛酸。”其二二:“微霜知歲晏,斧柯始青青。况乃金天夕,浩露沾群英。登山望宇宙,白日已西暝。雲海方蕩潏,孤鱗安得寧?”其二三:“翡翠巢南海,雄雌珠樹林。何知美人意,嬌愛比黄金!殺身炎州裏,委羽玉堂陰。旖旎光首飾,葳蕤爛錦衾。豈不在遐遠,虞羅忽見尋。多材固爲累,嘆息此珍禽!”其二四:“挈瓶者誰子?姣服當青春。三五明月滿,盈盈不自珍。高堂委金玉,微縷懸千鈞。如何負公鼎,被敓笑時人?”其二五:“玄蟬號白露,兹歲已蹉跎。群物從大化,孤英將奈何?瑤臺有青鳥,遠食玉山禾。昆崙見玄鳳,豈復虞雲羅?”其二六:“荒哉穆天子!好與白雲期。宮女多怨曠,層城閉蛾眉。日耽瑤臺樂,豈傷桃李時!青苔空萎絶,白髮生羅帷。”其二七:“朝發宜都渚,浩然思故鄉。故鄉不可見,路隔巫山陽。巫山彩雲没,高丘正微茫。竚立望已久,涕落霑衣裳。豈兹越鄉感,憶昔楚襄王!朝雲無處所,荆國亦淪亡。”其二八:“昔日章華宴,荆王樂荒淫。霓旌翠羽蓋,射兕雲夢林。朅來高唐觀,悵望雲陽岑。雄圖今何在?黄雀空哀吟。"其二九:"丁亥歲云暮,西山事甲兵。嬴糧匝邛道,荷戟争羌城。嚴冬陰風勁,窮岫泄雲生。昏曀無晝夜,羽檄復相驚。攀蹋競萬仞,崩危走九冥。籍籍峰壑裏,哀哀冰雪行。聖人御宇宙,聞道泰階平。肉食謀何失?藜藿緬縱横。"其三〇:"揭來豪遊子,勢利禍之門。如何蘭膏美,感激自生冤?衆趨明所避,時棄道猶存。雲淵既已失,羅網與誰論?箕山有高節,湘水有清源。唯應白鷗鳥,可爲洗心言。"其三一:"可憐瑶臺樹,灼灼佳人姿。碧葉映朱實,攀折青春時。豈不盛光寵,榮君白玉墀。但恨紅芳歇,雕傷感所思。"其三二:"索居獨幾日?炎夏忽然衰。陽彩皆陰翳,親友盡暌違。登山望不見,涕泣久漣洏。宿昔感顔色,若與白雲期。馬上驕豪子,驅逐正蚩蚩。蜀山與楚水,携手在何時?"其三三:"金鼎合還丹,世人將見欺。飛飛騎羊子,胡乃在峨眉!變化固非類,芳菲能幾時?疲痾苦淪躓,憂痗日侵淄。眷然顧幽褐,白雲空涕洟。"其三四:"朔風吹海樹,蕭條邊已秋。亭上誰家子?哀哀明月樓。自言幽燕客,結髮事遠遊。赤丸殺公吏,白日報私讎。避仇至海上,被役此邊州。故鄉三千里,遼水復悠悠。每憤胡兵入,常爲漢國羞。何知七十戰,白首未封侯!"其三五:"本爲貴公子,平生實愛才。感時思報國,拔劍起蒿萊。西馳丁零塞,北上單于臺。登山見千里,懷古心悠哉!誰言未忘禍,磨滅成塵埃?"其三六:"浩然坐何慕?吾蜀有峩眉。念與楚狂子,悠悠白雲期。時哉悲不會,涕泣久漣洏。夢登綏山穴,南采巫山芝。探元觀群化,遺世從雲螭。婉孌將永矣!感悟不見之。"其三七:"朝入雲中郡,北望單于臺。胡秦何密邇?沙朔氣雄哉!籍籍天驕子,猖狂已復來。塞垣無名將,亭堠空崔嵬。咄嗟吾何嘆?邊人塗草萊。"其三八:"仲尼探元化,幽鴻順陽和。大運自盈縮,春秋迭來過。盲飇忽號怒,萬物相紛劘。溟海皆震蕩,孤鳳其如何?"我們以爲,作爲少年學子的元稹,學習的不僅僅是陳子昂《感遇詩三十八首》的形式,更應該是對陳子昂《感遇詩三十八首》内容的拓展。可惜我們今天已經無法讀到元稹自己非常欣賞的這一組詩作，祇能存留這篇詩作的詩題，由讀者展開想像的翅膀，設想元稹這篇詩作的具體内容。　寄：特指把思想感情、理想、希望放在某個人或某件事物上。《晉書·謝朗傳》："新婦少遭艱難，一生所寄唯在此兒。"陳子昂《修竹篇序》："僕嘗暇時觀齊梁間詩，彩麗競繁而興寄都絶，每以永嘆。"　思：懷念，想望。《史記·魏世家》："家貧則思良妻，國亂則思良相。"李白《静夜思》："舉頭望明月，低頭思故鄉。"思索，考慮。《論語·爲政》："學而不思則罔，思而不學則殆。"蘇轍《六國論》："常爲之深思遠慮，以爲必有可以自安之計。"引申爲尋味、體味。韓愈《太原王公神道碑銘》："王某之文可思，最宜爲誥，有古風。"　玄子：即道教所稱神仙元君。葛洪《抱朴子·金丹》："黄帝以傳玄子，戒之曰：'此道至重，必以授賢。'"王明校釋："玄子即元君，云合服九鼎神丹得道，著經九卷，見《洞仙傳》。"也指"玄元皇帝"，唐朝奉老子爲始祖，於乾封元年二月追號爲"太上玄元皇帝"，天寶二年正月加尊號"大聖祖"三字，天寶八載六月又加尊號爲"聖祖大道玄元皇帝"。杜甫《喜聞盜賊總退口號五首》五："大曆三年調玉燭，玄元皇帝聖雲孫。"李紳《贈毛仙翁》："憶昔我祖神仙主，玄元皇帝周柱史。"　詩：文學體裁的一種，通過有節奏、韵律的語言反映生活，抒發情感。最初詩可以唱詠。《書·金縢》："於後公乃爲詩以貽王，名之曰'鴟鴞'。"《文心雕龍·樂府》："凡樂辭曰詩，詩聲曰歌。"　首：量詞，篇。《史記·田儋列傳論》："蒯通者，善爲長短説，論戰國之權變，爲八十一首。"寒山《詩》二七一："五言五百篇，七字七十九。三字二十一，都來六百首。"

[編年]

既然元稹在《敘詩寄樂天書》中自稱《寄思玄子詩二十首》是"起予之始"，應該是元稹所有詩文的開始階段，亦即初始階段。又《敘詩寄樂天書》指明:“稹九歲學賦詩,長者往往驚其可教。年十五六,粗識聲病,時貞元十年已後。”詩人當時是“年十五六”、“時貞元十年已後”,故本組詩應該編年貞元十年甲戌(794)十六歲之時,列編於元稹開始詩文創作的開始階段。《年譜》、《年譜新編》亦編年貞元十年,《編年箋注》没有提及與編年本組詩。

◎ 清都夜境(自此至《秋夕》七首,並年十六至十八時作)(一)①

夜久連觀静,斜月何晶熒②!寥天如碧玉,歷歷綴華星(二)③。樓榭自陰映,雲牖深冥冥④。纖埃悄不起,玉砌寒光清⑤。栖鶴露微影,枯松多怪形⑥。南廂儼容衛,音響如可聆⑦。啓聖發空洞,朝真趨廣庭⑧。閑開蕊珠殿,暗閱金字經⑨。屏風動方息(三),凝神心自靈⑩。悠悠車馬上(四),浩思安得寧⑪?

録自《元氏長慶集》卷五

[校記]

(一) 清都夜境(自此至《秋夕》七首,並年十六至十八時作):楊本、叢刊本、《全詩》同,《唐詩拾遺》、《石倉歷代詩選》、《古詩鏡·唐詩鏡》題同,但無注文。

(二) 歷歷綴華星:楊本、宋蜀本、蘭雪堂本、叢刊本、《唐詩鏡·古詩鏡》、《石倉歷代詩選》、《全詩》同,《唐詩拾遺》作“歷歷細華星”,録以備考,不改。

(三) 屏風動方息:宋蜀本、蘭雪堂本、叢刊本、《唐詩拾遺》、《古詩鏡·唐詩鏡》、《石倉歷代詩選》、《全詩》同,楊本作“屏風動万息”,

《全詩》注作"屏風動萬息",語義難通,刊刻之誤,不改。

(四)悠悠車馬上:原本作"悠悠車上馬",叢刊本、《古詩鏡·唐詩鏡》同,《石倉歷代詩選》作"悠悠上車馬",語義難通,據楊本、《唐詩拾遺》、《全詩》改。

[箋注]

① 清都:神話傳説中天帝居住的宫闕,後來也指帝王居住的都城,這裏指長安城内的道觀清都觀,又名開元觀。當代詩人留下不少篇章,可參閲,如劉孝孫《遊清都觀尋沈道士得仙字》:"尋真謁紫府,披霧覩青天。緬懷金闕外,遐想玉京前。"陸敬《遊清都觀尋沈道士得都字》:"青溪冥寂士,思玄徇道樞。十芒生藥笥,七熖發丹爐。縹袠桐君録,朱書王母符。" 夜境:夜晚的景色,夜晚的感受。白居易《池上夜境》:"晴空星月落池塘,澄鮮净緑表裏光。露簟清瑩迎夜滑,風襟瀟灑先秋凉。"邵雍《高竹》:"月色林間出,泉聲砌下流。誰知此夜境,身世等浮漚!"本詩是元稹早期的詩作,《唐詩鏡·古詩鏡》在本詩後評云:"滴瀝成響。"王萬慶《雙溪醉隱集原跋》:"昔唐元微之有《代曲江老人百韵》及《清都夜境》等篇,至於元和中李長吉《高軒過》,二公之作,皆年未及冠,今在集中,數百年間孰能以少壯爲辨而少之耶?言詩者不當以區區歲月計其工拙矣! 歲次甲寅季冬二十有五日,木庵老衲性英題。"評價可謂不低。

② 夜久:夜深時分。丁仙芝《剡溪館聞笛》:"夜久聞羌笛,寥寥虚客堂。山空響不散,溪静曲宜長。"常建《泊舟盱眙》:"泊舟淮水次,霜降夕流清。夜久潮侵岸,天寒月近城。" 斜月:西斜的落月。《樂府詩集·子夜四時歌秋歌》:"凉風開窗寢,斜月垂光照。"張若虚《春江花月夜》:"斜月沉沉藏海霧,碣石瀟湘無限路。" 晶熒:明亮閃光,這裏指月亮的光芒。劉禹錫《奉和中書崔舍人八月十五日夜翫月二十韵》:"遠近同時望,晶熒此夜偏。運行調玉燭,潔白應金天。"李頻

《中秋對月》:“秋分一夜停,陰魄最晶熒。好是生滄海,徐看曆杳冥。”

③ 寥天:《莊子·大宗師》:“安排而去化,乃入於寥天一。”郭象注:“安於推移,而與化俱去,故乃入於寂寥而與天爲一也。”後遂用“寥天”指道教所謂的虚無之境,即太虚。宋之問《使至嵩山題壁贈杜侯杜四詩》:“憶昔同携手,山栖接二賢。笙歌入玄地,詩酒生寥天。”李白《大庭庫》:“莫辨陳鄭火,空霾鄒魯烟。我來尋梓慎,觀化入寥天。”也指遼闊的天空。姚月華《怨詩》:“登臺北望烟雨深,回身泣向寥天月。” 碧玉:比喻澄浄、青緑色的自然景物。柳宗元《酬曹侍御過象縣見寄》:“破額山前碧玉流,騷人遥駐木蘭舟。”秦觀《陳承事挽詞》:“銘旌暮暗黄梅雨,鄉路秋横碧玉天。” 歷歷:清晰貌。《古詩十九首·明月皎夜光》:“玉衡指孟冬,衆星何歷歷!”杜甫《歷歷》:“歷歷開元事,分明在眼前。”也可作排列成行解。《樂府詩集·隴西行》:“天上何所有?歷歷種白榆。”司馬光《静齋》:“聊窺碧甃缺,寒草生歷歷。” 華星:明星。《文選·曹丕〈芙蓉池作〉》:“丹霞夾明月,華星出雲間。”李善注:“《法言》曰:‘明星皓皓,華藻之力也。’”李商隱《無題四首》三:“歸去横塘晚,華星送寶鞍。”

④ 樓榭:高臺之上的房屋,亦泛指樓房。酈道元《水經注·濟水》:“韓王聽訟觀臺,高十五仞,雖樓榭泯滅,然廣基似于山嶽。”陳子昂《春日登金華觀》:“山川亂雲日,樓榭入烟霄。” 陰映:深邃貌。《文選·孫綽〈遊天台山賦〉》:“朱闕玲瓏於林間,玉堂陰映于高隅。”李周翰注:“玉堂深邃,故云陰映。”也作樹蔭掩映解。常建《西山》:“渚日遠陰映,湖雲尚明霽。林昏楚色來,岸遠荆門閉。”劉餗《隋唐嘉話》卷中:“孝仁指白楊,曰:‘此木易長,三數年間宫中可得陰映。’” 雲牖:爲雲霧所籠罩的窗户。趙希楷《天屋歌爲盧洪賦》:“霞扃雲牖高窿穹,八荒四野垂簾櫳。”愛新覺羅·弘曆《題試泉悦性山房》:“松門延意人,雲牖縱睎遥。洞酌臨階取,浮香就鼎澆。” 冥冥:昏暗貌。歐陽詹《暗室箴》:“孜孜碩人,冥冥暗室。罔縱爾神,罔輕爾質。”幽深

貌。張籍《猛虎行》:"南山北山樹冥冥,猛虎白日繞林行。"

⑤ 纖埃:微塵。潘岳《藉田賦》:"微風生於輕幰,纖埃起乎朱輪。"儲光羲《雜詩二首》二:"雨師既洗道,道路無纖埃。" 玉砌:用玉石砌的臺階,亦用爲臺階的美稱。《文選·王融〈三月三日曲水詩序〉》:"鏡之虹於綺疏,浸蘭泉於玉砌。"李周翰注:"玉者,美言之也;砌,階也。"李煜《虞美人》:"雕闌玉砌應猶在,只是朱顔改。" 寒光:這裏指清冷的月光。《樂府詩集·木蘭詩》:"朔氣傳金柝,寒光照鐵衣。"柳永《大石調·傾杯》:"對千里寒光,念幽期阻、當殘景。"

⑥ 栖鶴:舒州潛山景色奇絶,南朝梁時,寶志禪師與白鶴道人爭欲居住,梁武帝命兩人比法,以物志地,先得者居住。道人以鶴爲記,寶志以錫杖爲記。結果錫杖先著山麓,於是鶴飛它處,後因以"栖鶴"指道人的止息,這裏指栖息的鶴。張籍《宿廣德寺寄從男》:"古寺客堂空,開簾四面風。移床動栖鶴,停燭聚飛蟲。"白居易《立秋夕有懷夢得》:"回燈見栖鶴,隔竹聞吹笙。" 枯松:枯槁的老松。李白《蜀道難》:"連峰去天不盈尺,枯松倒挂倚絶壁。"黄庭堅《次韵陳榮緒見寄之作》:"青草無風浪,枯松半死心。" 怪形:奇形怪狀。趙鴻《泥功山》:"立石泥功狀,天然詭怪形。未嘗私禍福,終不費丹青。"尤袤《游張公洞序》:"由石罅而上,皆奇石怪形,莫名其狀。旁行屈曲,益深遠不可到。"

⑦ 廂:正屋兩邊的房屋,廂房,古代亦指正堂兩側夾室之前的小堂。《爾雅·釋宫》:"室有東西廂曰廟。"郭璞注:"夾室前堂。"郝懿行義疏:"按,廟之制中爲大室,東西序之外爲夾室,夾室之前小堂爲東西廂,亦謂之東西堂。"元稹《鶯鶯傳》:"待月西廂下,迎風户半開。" 儼:恭敬莊重,莊嚴。《禮記·曲禮》:"毋不敬,儼若思。"鄭玄注:"儼,矜莊貌。人之坐思,貌必儼然。"韓愈《陪杜侍御遊湘西因獻楊常侍》:"路窮臺殿闢,佛事焕且儼。"昂立。《説文·人部》:"儼,昂頭也。"韓愈《南山詩》:"或儼若峨冠,或翻若舞袖。"整齊貌。曹植《洛神賦》:

“六龍儼其齊首，載雲車之容裔。”杜甫《數陪李梓州泛江二首贈李》二：“翠眉縈度曲，雲鬢儼分行。” 容衛：古代的儀仗、侍衛。李嶠《汾陰行》：“河東太守親掃除，奉迎至尊導鑾輿。五營將校列容衛，三河縱觀空里閭。”温庭筠《唐莊恪太子挽歌詞二首》二：“東府虚容衛，西園寄夢思。鳳懸吹曲夜，雞斷問安時。” 音響：聲音。《列子·周穆王》：“音響所來，王耳亂不能得聽。”劉義慶《世説新語·言語》：“若不一叩洪鐘，伐雷鼓，則不識其音響也。” 聆：聽，聞。《文選·張衡〈思玄賦〉》：“聆《廣樂》之九奏兮，展泄泄以彤彤。”李善注：“聆，聽也。”曹植《七啓》：“觀遊龍於神淵，聆鳴鳳於高岡。”

⑧ 啓聖：開啓睿智。《享懿德太子廟樂章·武舞作》：“隋季昔云終，唐年初啓聖。纂戎將禁暴，崇儒更敷政。”姜晞《龍池篇》：“石匱渚傍還啓聖，桃李初生更有仙。欲化帝圖從此受，正同河變一千年。” 空洞：道教語，謂化生元氣的太虚之境。吴筠《遊仙二十四首》二四：“空洞凝真精，乃爲虚中實。”《雲笈七籤》卷二：“元氣於眇莽之内，幽冥之外，生乎空洞。” 朝真：道教謂朝見真人。吕巖《雨中花》：“願逢一粒，九霞光裏，相繼朝真。”道家修煉養性之術，猶佛家之坐禪。蘇軾《柳子玉亦見和因以送之兼寄其兄子璋道人》：“晴窗咽日肝腸暖，古殿朝真屨袖香。” 廣庭：寬闊的廳堂，引申爲公開的場所。《公孫龍子·迹府》：“使此人廣庭大衆之中見侵侮而終不敢鬥，王將以爲臣乎？”宋之問《冬夜寓直麟閣》：“直事披三省，重關閉七門。廣庭憐雪净，深屋喜爐温。”

⑨ 蕊珠殿：即蕊珠宫，簡稱“蕊珠”。錢起《暇日覽舊詩因以題詠》：“筐篋静開難似此，蕊珠春色海中山。”元稹《青雲驛》：“復聞閶闔上，下視日月低。銀城蕊珠殿，玉版金字題。” 金字經：指佛教與道教經文，亦省稱“金字”。錢起《酬川雪後送僧粲臨還京時避世卧疾》：“連步青溪幾萬重？有時共立在孤峰。齋到盂空餐雪麥，經傳金字坐雲松。”劉言史《題茅山仙臺藥院》：“擾擾浮生外，華陽一洞春。道書

金字小,仙圃玉苗新。"

⑩ 屏風:室内陳設,用以擋風或遮蔽的器具,上面常有字畫。《史記·孟嘗君列傳》:"孟嘗君待客坐語,而屏風後常有侍史,主記君所與客語,問親戚居處。"劉餗《隋唐嘉話》卷中:"太宗令虞監寫《烈女傳》以裝屏風,未及求本,乃暗書之,一字無失。"　凝神:聚精會神。顔延之《五君詠·嵇中散》:"形解驗默仙,吐論知凝神。"沈作喆《寓簡》卷六:"每閉門焚香,静對古人,凝神著書。"

⑪ 悠悠:久長,久遠。《楚辭·九辯》:"去白日之昭昭兮,襲長夜之悠悠。"白居易《長恨歌》:"悠悠生死别經年,魂魄不曾來入夢。"　車馬:車和馬,古代陸上的主要交通工具。沈佺期《長安道》:"秦地平如掌,層城入雲漢。樓閣九衢春,車馬千門旦。"崔國輔《衛艷詞》:"淇上桑葉青,青樓含白日。比時遥望君,車馬城中出。"　浩思:猶遐想,暢想。張九齡《初發江陵有懷》:"復想金閨籍,何如夢渚雲!我行多勝寄,浩思獨氛氲。"元稹《有酒十章》一:"有酒有酒雞初鳴,夜長睡足神慮清。悄然危坐心不平,浩思一氣初彭亨。"

[編年]

《年譜》編年本詩於貞元十年,理由是:"元稹《清都夜境》詩自注:'自此至《秋夕》,並年十六至十八時詩。'《清都夜境》是第一首,當是十六歲所作。"我們同意《年譜》的編年,但細心的讀者如果有興趣,翻翻《年譜》的其他類似之處,就不難發現其體例自相矛盾的地方。《編年箋注》編年:"據題注,此詩列在第一,應是十六歲時作,乃貞元十年(七九四)。"《年譜新編》亦編年貞元十年,没有説明理由。

我們以爲,據本詩題注,首先可以肯定本詩應該作於貞元十年至貞元十二年之間,亦即元稹十六歲至十八歲之時。當時元稹於十五歲明兩經登第,正在長安,而清都觀在長安的永樂坊,時間、地點均一一相符。而本詩又是《秋夕》等七首詩篇的第一首,根據一般的慣例,應該作於本年，亦即元稹十六歲之時。根據下面《清都春霽寄胡三吴十一》提及的“蕊珠宫殿經微雨”，兩詩應該是同期之作，亦即作於十六歲春天之時，故編排於本年的首篇。

順便説一句，《年譜》在引述資料時，不够認真與嚴肅，如元稹自注在《清都夜境》下的題注“自此至《秋夕》七首，並年十六至十八時詩”，《年譜》兩次引用，兩次都被《年譜》無故遺漏“七首”兩字。《年譜》雖然遺漏了“七首”，但其編年却没有遺漏，七首詩篇分别被編年：其中《清都夜境》特地編年元稹十六歲之年亦即“甲戌”年，其餘六首則被編年元稹十六歲至十八歲的“甲戌至丙子在西京所作”，讓人有霧裏看花的感覺。還要説明的是，現在編録在《元氏長慶集》卷五的《清都夜境》、《春晚寄楊十二兼呈趙八》、《與楊十二李三早入永壽寺看牡丹》、《春餘遣興》、《憶靈之》、《别李三》、《秋夕遠懷》七首詩篇，並不是元稹題注所云的“七首”，其中的《憶靈之》不應該在“七首”之内，而應該作於元稹“冠歲”之年，亦即元稹二十歲時的貞元十四年(798)。但《年譜》却有糊裏糊塗編年於“甲戌至丙子在西京所作”之内，亦即“並年十六至十八時詩”，又一次蒙騙了讀者。另外，這種情况也説明，劉麟父子根據散亂的《元氏長慶集》重行整理時，常常有不得已而强行拼拼凑凑的情况，本組詩就是其中的一個例子而已。

◎ 清都春霽寄胡三吴十一(一)①

蕊珠宫殿經微雨，草樹無塵耀眼光②。白日當空天氣暖，好風飄樹柳陰凉③。蜂憐宿露攢芳久，燕得新泥拂户忙④。時節催年春不住，武陵花謝憶諸郎⑤。

録自《元氏長慶集》卷一六

［校記］

(一) 清都春霽寄胡三吴十一：本詩各本，包括楊本、叢刊本、《全詩》、《全唐詩録》、《御選唐詩》、《佩文齋詠物詩選》在内，未見異文。

［箋注］

① 清都：神話傳説中天帝居住的宫闕。《楚辭・遠遊》："集重陽入帝宫兮，造旬始而觀清都。"《列子・周穆王》："清都、紫微、鈞天、廣樂，帝之所居。"也指帝王居住的都城。左思《魏都賦》："蓋比物以錯辭，述清都之閑麗。"楊炯《崇文館宴集詩序》："皇家以中樞北極，清都有天子之宫。"這裏是指地處長安永樂坊的清都觀，宋敏求《長安志・永樂坊》："西南隅廢明堂縣廨(總章元年分萬年縣置其廨，地本越王真宅，長安三年廢，還萬年，後以其廨地賜駙馬都尉裴巽)，縣東清都觀(隋開皇七年道士孫昂爲文帝所重，常自問道，特爲立觀。本在永興坊，武德初徙於此地，本隋寶勝寺)，觀東永壽寺(景龍三年，中宗爲永壽公主立)……"貞元九年(793)，元稹從鳳翔返回長安，曾經與胡靈之等人寓居清都觀温習功課，準備參加考試，最後元稹明兩經及第。　春霽：春雨初晴。梁洽《海重潤賦》："飛濤迭躍於秋陰，白浪翻光於春霽。"羅鄴《洛陽春望》："洛陽春霽絶塵埃，嵩少烟嵐畫障開。"　寄：《漢語大詞典》在"寄"字條下歸納爲諸多義項，其中有"托人遞送"與"贈送"。在"托人遞送"義項下，舉書證是：杜甫《述懷》："自寄一封書，今已十月後。"陸游《南窗睡起》："閑情賦罷憑誰寄？悵望壺天白玉京。"在"贈送"義項下，舉書證是：張固《幽閑鼓吹》："元載子名伯和，勢傾中外，時閫帥寄樂伎十人，既至半歲，無因得達，伺其門下。"貫休《閑居擬齊梁四首》三："山翁寄術藥，幸得秋病可。"王讜《唐語林・德行》："李師古跋扈，憚杜黄裳爲相，未敢失禮，乃寄錢物百萬並氈車一乘。使者未敢進，乃於宅門伺候。"其實這兩

個義項有一點是共同的，那就是“寄者”與“受者”無法親手交予，才要通過第三者轉遞。試看“贈送”的第一個書證，那個“閩帥”在“閩”，而宰相元載的兒子元伯和在京，雖然是“贈送”，但不在一地，也必須通過第三者傳遞才行。李師古的書證與此相類，杜黄裳在京，而李師古是外地藩鎮，他的贈送行爲也要通過第三者傳遞來完成。至於貫休的那一組詩，有“故人久不來”之句，想來那可貴的“術藥”不是當面贈送，也是通過第三者傳遞的。還有，“寄”在不少情況下都寓有“贈送”的意思，如古代人們寄詩給在不在一地的朋友，今天我們過年時候寄上一張賀年片給外地的熟人，都含有這層寓意在内。我們絮絮叨叨説了這麼許多，並不是没話找話，而是爲了回答周相録先生對本人的責難，他認爲“寄”有“贈送”的義項，不一定發生在兩地之間，也可能同一地當面贈送。因爲這牽涉到元稹部份詩篇的編年，不得不在這裏作一點總的説明。　胡三：即元稹年輕時的夥伴胡靈之，元稹有多篇詩歌涉及：除本詩之外，尚有《酬胡三憑人問牡丹》、《答姨兄胡靈之見寄五十韵》諸詩，其《寄胡靈之》：“早歲顛狂伴，城中共幾年？有時潛步出，連夜小亭眠。”胡靈之又是元稹的姨兄，他們曾經在鳳翔嬉戲相遊，其《答姨兄胡靈之見寄五十韵序》：“九歲解賦詩，飲酒至斗餘乃醉。時方依倚舅族，舅憐，不以禮數檢，故得與姨兄胡靈之之輩十數人爲晝夜遊。”　吴十一：即元稹年輕時的夥伴吴士矩，吴士矩也是元稹的姨兄，元稹有多篇詩歌涉及；《元和五年予官不了罰俸西歸三月六日至陝府與吴十一兄端公崔二十二院長思愴曩游因投五十韵》、《寄吴士矩端公五十韵》、《開元觀閑居酬吴士矩侍御三十韵》，可參閲。

② 蕊珠宫殿：即蕊珠宫，道教經典中所説的仙宫。李白《訪道安陵遇蓋還爲余造真籙臨别留贈》：“學道北海仙，傳書蕊珠宫。丹田了玉闕，白日思雲空。”錢起《暇日覽舊詩因以題詠》：“筐篋静開難似此，蕊珠春色海中山。”蕊珠宫亦省稱“蕊宫”。顧雲《華清詞》：“相公清齋

朝蕊宫，太上符籙龍蛇蹤。”邵雍《二色桃》：“疑是蕊宫雙姊妹，一時俱肯嫁春風。”　草樹：花草與樹木。張謂《岐玉山亭》：“王家傍緑池，春色正相宜。豈有樓臺好？兼看草樹奇。”王維《奉和聖製賜史供奉曲江讌應制》：“對酒山河滿，移舟草樹迴。天文同麗日，駐景惜行杯。”　無塵：不見一點塵土。劉希夷《歸山》：“歸去嵩山道，烟花覆青草。草緑山無塵，山青楊柳春。”張説《清夜酌》：“秋陰士多感，雨息夜無塵。清樽宜明月，復有平生人。”　眼光：視綫。賈島《送劉知新往襄陽》：“眼光懸欲落，心緒亂難收。”蘇軾《起伏龍行》：“眼光作電走金蛇，鼻息爲雲擢烟縷。”

③ 白日：太陽，陽光。《楚辭·九辯》：“白日晼晚其將入兮，明月銷鑠而減毁。”韓愈《洞庭湖阻風贈張十一署》：“雲外有白日，寒光自悠悠。”　當空：在空中。儲光羲《苑外至龍興院作》：“朝遊天苑外，忽見法筵開。山勢當空出，雲陰滿地來。”黄頗《聞宜春諸舉子陪郡主登河梁翫月》：“一年秋半月當空，遥羨飛觴接庾公。虹影迴分銀漢上，兔輝全寫玉筵中。”　天氣：氣候。曹丕《燕歌行》：“秋風蕭瑟天氣凉，草木摇落露爲霜。”張先《八寶裝》：“正不寒不暖，和風細雨，困人天氣。”　好風：有利自然有利人們的風。儲光羲《河中望鳥灘作貽吕四郎中》：“平明春色霽，兩岸好風吹。去去川途盡，悠悠親友離。”錢起《秋夕與梁鍠文宴》：“客到衡門下，林香蕙草時。好風能自至，明月不須期。”　飄樹：樹枝被摇動。劉秩《和孔侍禮韵》：“百里京城接暮烟，依稀景物似秦川。楝花落處風飄樹，魚子來時水滿田。”邊貢《題風木遺哀卷》：“墓田樹聲蕭蕭寒，濤捲空風葉飄樹。”　柳陰：柳下的陰影，詩文中多以柳陰爲遊憩佳處。戴叔倫《送車參軍江陵》：“槐花落盡柳陰清，蕭索凉天楚客情。海上舊山無的信，東門歸路不堪行。”司空曙《板橋》：“横遮野水石，前帶荒村道。來往見愁人，清風柳陰好。”

④ 蜂：特指蜜蜂。王充《論衡·言毒》：“蜜爲蜂液，蜂則陽物也。”蘇軾《送喬施州》：“雞號黑暗通蠻貨，蜂鬧黄連採蜜花。”自注：

"胡人謂犀爲黑暗。" 宿露:夜裏的露水。李世民《詠雨》:"新流添舊澗,宿露足朝烟。"文同《露香亭》:"宿露濛曉花,婀娜清香發。" 燕:鳥綱燕科各種類的通稱,體型小,翅膀尖而長,尾巴分叉像剪刀,屬候鳥,常見的有家燕。《詩・邶風・燕燕》:"燕燕於飛,差池其羽。"孔穎達疏:"此燕即今之燕也,古人重言之。"温庭筠《菩薩蠻》:"楊柳色依依,燕歸君不歸。" 拂:掠過,輕輕擦過或飄動。王昌齡《送高三之桂林》:"嶺上梅花侵雪暗,歸時還拂桂花香。"韋莊《浣溪沙》:"緑樹藏鶯鶯正啼,柳絲斜拂白銅堤。"

⑤ 時節:節令,季節。元稹《與楊十二李三早入永壽寺看牡丹》:"繁華有時節,安得保全盛!"楊萬里《黄菊》:"比他紅紫開差晚,時節來時畢竟開。" 武陵花:即桃花源的花,典出陶潛《桃花源記》:"晉太元中,武陵人捕魚爲業(漁人姓黄名道真),緣溪行,忘路之遠近。忽逢桃花林夾岸,數百步中無雜樹,芳草鮮美,落英繽紛。漁人甚異之,復前行,欲窮其林。林盡水源,便得一山,山有小口,彷彿若有光。便舍船從口入,初極狹,纔通人。復行數十步,豁然開朗,土地平曠,屋舍儼然,有良田美池桑竹之屬,阡陌交通,雞犬相聞。其中往來種作男女,衣著悉如外人,黄髮垂髫,並怡然自樂。見漁人,乃大驚,問所從來,具答之,便要還家,設酒殺雞作食,村中聞有此人,咸來問訊。自云先世避秦時亂,率妻子邑人來此絶境,不復出焉! 遂與外人間隔。問今是何世,乃不知有漢,無論魏晉,此人一一爲具言,所聞皆嘆惋。餘人各復延至其家,皆出酒食,停數日辭去。"張九齡《與生公尋幽居處》:"疑入武陵源,如逢漢陰老。清諧欣有得,幽閑欻盈抱。"宋之問《宿清遠峽山寺》:"説法初聞鳥,看心欲定猿。寥寥隔塵市,何異武陵源!" 諸郎:年輕子弟。元稹《連昌宫詞》:"力士傳呼覓念奴,念奴潛伴諸郎宿。"辛棄疾《鷓鴣天・讀淵明詩不能去手戲作小詞以送之》:"若教王謝諸郎在,未抵柴桑陌上塵。"這裏喻指胡靈之、吴士矩諸人。

[編年]

《年譜》編年本詩於貞元十二年,没有説明理由。《編年箋注》編年本詩:"此詩作於貞元十二年(七九六),元稹時寓居長安開元觀。見下《譜》。"《年譜新編》編年本詩於貞元十二年,没有説明編年理由。

我們以爲據元稹自己的題下注,斷定《開元觀閑居酬吴士矩侍御三十韵》作於貞元十二年元稹十八歲時,應没有問題。但下面《與吴侍御春遊》、《清都春霽寄胡三吴十一》兩首《年譜》所列理由與兩詩編年貞元十二年没有直接的關係,因此斷定兩詩的寫作時間就是貞元十二年尚需提供新的證據。如果僅憑藉《開元觀閑居酬吴士矩侍御三十韵》作於貞元十二年,就斷定兩詩也作於貞元十二年未免武斷。據《開元觀閑居酬吴士矩侍御三十韵》詩,可以斷定貞元十二年元稹與吴士矩曾經在西京閑居,但這不能證明説所有與吴士矩有關的詩歌都作於貞元十二年,也許在貞元十二年前,也許在貞元十二年後。而且《與吴侍御春遊》的"今朝花落更紛紛"與《清都春霽寄胡三吴十一》的"白日當空天氣暖,好風飄樹柳陰凉。蜂憐宿露攢芳久,燕得新泥拂户忙"的詩句寫的雖然都是暮春時節,而詩題一曰"與吴侍御春遊",一曰"清都春霽寄胡三吴十一","寄"字也透露"寄者"與"受者"並非在同一地點的信息。

我們以爲本詩編年於貞元十年,理由是:詩題《清都春霽寄胡三吴十一》,"清都"云云,充分説明元稹當時在長安。而能够同時寄給胡靈之與吴士矩,説明兩人應該在同一地點,這同一地點就是鳳翔。元稹貞元二年曾經隨同母親鄭氏以及兄長元積前往鳳翔依倚舅族,與他的姨兄吴士矩、吴士則兄弟以及胡靈之一起在鳳翔度過了一段快樂的時光,直到貞元八年冬天被薦送回京參加明經考試,與吴士矩、吴士則兄弟以及胡靈之暫時分别。第二年春天,亦即貞元九年"春霽"之時,元稹明經及第。第三年春天,元稹賦詠本詩寄呈胡靈芝與吴士矩。而這個時候,吴士矩、胡靈之都還在鳳翔,因此在長安的元稹在明經及第之後才有機會才有可能賦詩寄往鳳翔,表示自己對兄長的思念之情。此後不久,吴士矩與胡靈之先後來到長安與元稹再次相聚,元稹也不可能"寄"詩胡三、吴十一。此後吴士矩與胡靈之各自到外地謀職,也不在一地,元稹也不可能將一篇詩歌同時寄呈不在一地的兩位兄長。元稹《叙詩寄樂天書》:"自十六時至是元和七年,已有詩八百餘首,色類相從,共成十體,凡二十卷。"既然元稹元和七年時認定自己當時存世的最早詩作起自"十六歲",這"最早詩作"自然也應該包括《清都春霽寄胡三吴十一》在内,故我們推定,元稹本詩應該作於貞元十年春天,地點是在長安。我們以爲,這是現存元稹詩文中最早的詩歌之一。不過,元稹的回憶不一定確切,他的處女作不一定是這一篇。它的同期之作就有貞元八年冬貞元九年春之間明經考試的《答時務策三道》,另外元稹在《叙詩寄樂天書》中引以自豪的《寄思玄子詩二十首》也是較早的作品:"年十五六,粗識聲病,時貞元十年已後……適有人以陳子昂《感遇》詩相示,吟玩激烈,即日爲《寄思玄子詩二十首》。"但由於它們的佚失,今天已經無法欣賞到它們的照人風采。除此而外,《西齋小松二首》、《指巡胡》、《香毬》也是"十六歲"之前的詩篇。由於本詩作於"春霽"之時,故我們編年時,把它編排在僅僅衹點明"年十六時作"的《代曲江老人百韵》之前,作爲這年的早期,亦即春天的詩作。

◎ 春晚寄楊十二兼呈趙八

(時楊生館於趙氏)(一)①

蒙蒙竹樹深,簾牖多清陰②。避日坐林影,餘花委芳襟③。傾樽就殘酌,舒卷續微吟④。空際揚高蝶,風中聆素琴⑤。廣庭備幽趣,復對商山岑⑥。獨此愛時景,曠懷雲外心⑦。遷鶯戀嘉木,求友多好音⑧。自無琅玕實,安得蓮花簪⑨!寄之二君子,希見雙南金⑩。

録自《元氏長慶集》卷五

[校記]

(一)春晚寄楊十二兼呈趙八(時楊生館於趙氏):楊本、叢刊本、《古詩鏡·唐詩鏡》、《全詩》同,《石倉歷代詩選》題同,但無注文。《佩文齋詠物詩選》題同,也無注文,且作者竟然誤題爲"白居易"。白居易與楊十二巨源相識在元和十年,白居易《贈楊秘書巨源》:"早聞一箭取遼(聊)城,相識雖新有故情。清句三朝誰是敵?白鬚四海半爲兄。貧家薙草時時入,瘦馬尋花處處行。不用更教詩過好,折君官職是聲名。"就是最好的證據。元稹《叙詩寄樂天書》:"不數年,與詩人楊巨源友善,日課爲詩。性復僻懶,人事常有閑暇,間則有作。識足下時,有詩數百篇……"是又一個證據。貞元十年前後,元稹已經與楊巨源相識,而白居易與楊巨源相識要在二十年之後,本詩毫無疑問應該是元稹的作品。

[箋注]

① 春晚:晚春。盧照鄰《春晚山莊率題二首》一:"顧步三春晚,田園四望通。遊絲横惹樹,戲蝶亂依藂。"蘇頲《春晚送瑕丘田少府還任因寄洛中鏡上人》:"聞道還沂上,因聲寄洛濱。別時花欲盡,歸處酒應春。" 楊十二:即楊巨源,排行十二,字景山,蒲中人。楊巨源年長於元稹,是元稹早年的忘年詩友,元稹曾與楊巨源一起宦遊賦詩,元稹除《叙詩寄樂天書》提及楊巨源外,本詩及《與楊十二李三早入永壽寺看牡丹》就是他們初相識時留下的詩篇。元稹貞元十八年九月撰作的《鶯鶯傳》中,還留有楊巨源的《崔娘詩》一首。但楊巨源此後

即離開長安宦遊各地，不及見到元稹的《鶯鶯傳》殺青並流傳，因此《鶯鶯傳》的第一個讀者應該是李紳而不是楊巨源。元稹任職校書郎前還有《與楊十二巨源盧十九經濟同遊大安亭》等詩篇，長慶三年元稹與楊巨源在同州相會，有《贈别楊員外巨源》詩回憶兩人的友情："憶昔西河縣下時，青衫憔悴宦名卑。揄揚陶令緣求酒，結托蕭娘只在詩。"可見元稹與楊巨源相識應該在他們長安宦遊之前的"西河縣"。順便説一句，《年譜》認爲"西河縣"是"河西縣"是不對的，據唐代宰相李吉甫所撰《元和郡縣志》，"西河縣"是"西河縣"，"河西縣"是"河西縣"，兩者是没有任何歷史沿革的兩個地方，不可混爲一談。而《年譜新編》與《編年箋注》認爲《贈别楊員外巨源》作於元和十五年也是錯誤的。元和十五年，元稹與楊巨源都在長安，白居易有《答元郎中楊員外喜烏見寄》："南宫鴛鴦地，何忽烏來止？故人錦帳郎，聞烏笑相視。疑烏報消息，望我歸鄉里。我歸應待烏頭白，慚愧元郎誤歡喜。"白居易詩題中的"元郎中"就是時爲祠部郎中知制誥臣的元稹，而詩題中的"楊員外"就是虞部員外郎的楊巨源。兩人都在長安"南宫鴛鴦地"任職，元稹爲什麼要"贈别"楊巨源？　趙八：本詩題下注："時楊生館於趙氏。"楊巨源《同趙校書題普救寺》："東門高處天，一望幾悠然。白浪過城下，青山滿寺前。塵光分驛道，嵐色到人烟。氣象須文字，逢君大雅篇。"詩題中的"趙校書"，我們疑即"趙八"。錢起有《藍溪休沐寄趙八給事》詩，與"趙八給事"唱和，錢起與元稹白居易是同時期人，楊巨源又年長元稹許多，疑本詩中的"趙八"，即是錢起詩中"髮斑"的"趙八給事"，録下錢起詩篇作爲參考："蟲鳴歸舊里，田野秋農閑。即事敦夙尚，衡門方再關。夕陽入東籬，爽氣高前山。霜蕙後時老，巢禽知暝還。侍臣黄樞寵，鳴玉青雲間。肯想觀魚處，寒泉照髮斑。"皇甫冉也有《臺頭寺願上人院古松下有小松裁毫末新生與纖草不辨重其有凌雲干霄之志與趙八員外裴十補闕同賦之》詩，詩云："細草亦全高，秋毫乍堪比？及至干霄日，何人復居此？"疑詩題中的“趙八員外”就是元稹詩中的“趙八”。暫時未見其他資料記載,待考。　館:寓居,留宿。《孟子·盡心》:“孟子之滕,館於上宫。”趙岐注:“館,舍也。上宫,樓也。孟子舍止賓客所館之樓上也。”指使居住,安置。《孟子·萬章》:“舜尚見帝,帝館甥於貳室。”孫奭疏:“堯及館舍之於副宫。”韓愈《河南少尹裴君墓誌銘》:“館嫠妹,畜孤甥,能别而有恩。”

② 蒙蒙:迷茫貌,同濛濛。《詩·豳風·東山》:“零雨其濛。”鄭玄箋:“歸又道遇雨,濛濛然。”吉師老《鴛鴦》:“江島濛濛烟靄微,緑蕪深處刷毛衣。”紛雜貌。賈島《送神邈法師》:“柳絮落濛濛,西州道路中。”濃盛貌。張籍《惜花》:“濛濛庭樹花,墜地無顔色。”　竹樹:樹木與竹子。蘇頲《扈從鄠杜間奉呈刑部尚書舅崔黄門馬常侍》:“翠輦紅旗出帝京,長楊鄠杜昔知名。雲山一一看皆美,竹樹蕭蕭畫不成。”張説《晦日詔宴永穆公主亭子賦得流字》:“堂邑山林美,朝恩晦日遊。園亭含淑氣,竹樹繞春流。”　簾:以竹、布等製成的遮蔽門窗的用具。駱賓王《月夜有懷簡諸同病》:“閑庭落景盡,疏簾夜月通。山靈響似應,水净望如空。”杜甫《晚晴》:“村晚驚風度,庭幽過雨霑。夕陽薰細草,江色映疏簾。”　牖:窗户。《書·顧命》:“牖間南嚮,敷重篾席。”孔穎達疏:“牖,謂窗也。”韓愈《東都遇春》:“朝曦入牖來,鳥唤昏不醒。”　清陰:清凉的樹陰。陶潛《歸鳥詩》:“顧儔相鳴,景庇清陰。”薛能《楊柳枝》:“遊人莫道栽無益,桃李清陰却不如。”

③ 避日坐林影:意謂爲避開春末夏初的陽光,特地坐在樹蔭底下。　避日:避開太陽的直射强光。元萬頃《奉和春日二首》二:“鳳輦迎風乘紫閣,鸞車避日轉彤闈。巾堂促管淹春望,後殿清歌開夜扉。”白居易《池上即事》:“移床避日依松竹,解帶當風挂薜蘿。鈿砌池心緑蘋合,粉開花面白蓮多。”　林影:樹蔭。皇甫曾《山下泉》:“漾漾帶山光,澄澄倒林影。那知石上喧,却憶山中静。”柳宗元《南磵中題》:“秋氣集南磵,獨遊亭午時。迴風一蕭瑟,林影久參差。”　餘花:

殘花,與詩題"春晚"呼應。謝朓《遊東田》:"魚戲新荷動,鳥散餘花落。"徐延壽《折楊柳》:"緣枝栖暝禽,雄去雌獨吟。餘花怨春盡,微月起秋陰。" 芳襟:原指美人的衣襟。謝朓《同謝諮議詠銅爵臺》:"芳襟染泪迹,嬋娟空復情。"這裏指高尚的襟懷。皎然《晝救苦觀世音菩薩讚》:"慈爲雨兮惠爲風,灑芳襟兮襲輕珮。"

④ 樽:盛酒器。李白《前有樽酒行二首》一:"春風東來忽相過,金樽渌酒生微波。"泛指杯盞。皎然《湖南草堂读书招李少府》:"藥院常無客,茶樽獨對余。" 殘酌:猶殘酒。白居易《觀稼》:"田翁逢我喜,默起具尊杓。斂手笑相延,社酒有殘酌。"陳與義《舟行遣興》:"殘酌酒柁樓,今日意題詩。" 舒卷:舒展和捲縮。劉勝《文木賦》:"裁爲用器,曲直舒卷。"陸游《居室記》:"東西北皆爲窗,窗皆設簾障,視晦明寒燠爲舒卷啓閉之節。"這裏指打開書卷。 微吟:小聲吟詠。儲光羲《河中望鳥灘作貽呂四郎中》:"河流有深曲,舟子莫能知。弭棹臨沙嶼,微吟西日馳。"陸游《一笑》:"半醉微吟不怕寒,江邊一笑覺天寬。"

⑤ 空際:天邊,空中。藍采和《踏歌》:"朝騎鸞鳳到碧落,暮見桑田生白波。長景明暉在空際,金銀宫闕高嵯峨。"張先《木蘭花・和孫公素别安陸》:"怨歌留待醉時聽,遠目不堪空際送。" 高蝶:即蝶高,飛舞在空中的蝴蝶。吴融《秋園》:"始憐春草細霏霏,不覺秋來緑漸稀。惆悵擷芳人散盡,滿園烟露蝶高飛。"温庭筠《春日寄岳州從事李員外二首》一:"苒弱樓前柳,輕空花外窗。蝶高飛有伴,鶯早語無雙。" 素琴:不加裝飾的琴。《禮記・喪服》:"祥之日,鼓素琴,告民有終也,以節制者也。"李白《古風》五五:"安識紫霞客,瑤臺鳴素琴?"

⑥ 廣庭:寬闊的廳堂,引申爲公開的場所。耿湋《晚夏即事臨南居》:"廣庭餘落照,高枕對閑扉。"崔峒《宿江西竇主簿廳》:"廣庭方緩步,星漢話中移。月滿關山道,烏啼霜樹枝。" 幽趣:幽雅的趣味。李收《和中書侍郎院壁畫雲》:"映筱多幽趣,臨軒得野情。"梅堯臣《送

張中樂屯田知永州》:“莫將車騎喧,獨往探幽趣。” 商山:山名,在今陝西商縣東,地形險阻,景色幽勝。王維《輞川集·斤竹嶺》:“檀欒映空曲,青翠漾漣漪。暗入商山路,樵人不可知。”祖詠《長樂驛留别盧象裴總》:“朝來已握手,宿别更傷心。灞水行人渡,商山驛路深。” 岑:小而高的山。《爾雅·釋山》:“山小而高曰岑。”阮籍《詠懷十七首》六:“松柏翳岡岑,飛鳥鳴相過。”山峰,山頂。陸機《猛虎行》:“静言幽谷底,長嘯高山岑。”《文選·謝靈運〈晚出西射堂〉》:“步出西城門,遥望城西岑。”吕向注:“岑,峰也。”

⑦ 時景:指春景。劉商《送王永二首》二:“綿衣似熱夾衣寒,時景雖和春已闌。”蘇軾《無題》:“年光與時景,頃刻互衰變。” 曠懷:豁達的襟懷。白居易《酬楊八》:“君以曠懷宜静境,我因蹇步稱閑官。”陸游《龜堂獨酌》:“曠懷與世元難合,幽句何人可遣聽!” 雲外:高山之上,亦指世外。李端《送客賦得巴江夜猿》:“巴水天邊路,啼猿傷客情。遲遲雲外盡,杳杳樹中生。”元稹《玉泉道中作》:“遐想雲外寺,峰巒渺相望。”這裏比喻仙境。崔峒《書情寄上蘇州韋使君兼呈吴縣李明府》:“數年湖上謝浮名,竹杖紗巾遂性情。雲外有時逢寺宿,日西無事傍江行。”王建《温門山》:“隨僧入古寺,便是雲外客。月出天氣凉,夜鐘山寂寂。”

⑧ 遷鶯:謂黄鶯飛升移居高樹。陽慎《從駕祀麓山廟》:“櫚巢始入燕,軒樹已遷鶯。”李商隱《思歸》:“舊居連上苑,時節正遷鶯。” 嘉木:美好的樹木。張衡《西京賦》:“嘉木樹庭,芳草如積。”薛用弱《集異記·于凝》:“時孟夏,麥野韶潤,緩轡而行,遥見道左,嘉木美蔭,因就焉!” 求友:尋求朋友。語本《詩·小雅·伐木》:“嚶其鳴矣!求其友聲。”阮籍《詠懷詩三首》三:“鳴鳥求友,谷風刺愆。”也指訪友。高適《崔司録宅燕大理李卿》:“上卿才大名不朽,早朝至尊暮求友。” 好音:猶言好消息。《詩·檜風·匪風》:“誰將西歸,懷之好音?”杜牧《爲人題贈二首》一:“的的新添恨,迢迢絶好音。”

⑨ 琅玕：傳説和神話中的仙樹，其果實似珠。《山海經·海内西經》："服常樹，其上有三頭人，伺琅玕樹。"郭璞注："琅玕子似珠。"杜甫《玄都壇歌寄元逸人》："知君此計成長往，芝草琅玕日應長。"也形容竹之青翠，亦指竹。杜甫《鄭駙馬宅宴洞中》："主家陰洞細烟霧，留客夏簟青琅玕。"仇兆鰲注："青琅玕，比竹簟之蒼翠。"梅堯臣《和公儀龍圖新居栽竹二首》二："聞種琅玕向新第，翠光秋影上屏來。" 蓮花：這裹喻佛門的妙法。張説《送考功武員外學士使嵩山署舍利塔》："我念過去微塵劫，與子禪門同正法。雖在神仙蘭省間，常持清浄蓮花葉。"沈佺期《奉和聖製同皇太子遊慈恩寺應制》："肅肅蓮花界，熒熒貝葉宫。金人来夢裏，白馬出城中。"

⑩ 君子：泛指才德出衆的人。班固《白虎通·號》："或稱君子何？道德之稱也。君之爲言群也，子者丈夫之通稱也。"王安石《君子齋記》："故天下之有德，通謂之君子。" 雙南金：指品級高、價值貴一倍的優質銅，後亦指黄金。張載《擬四愁》："佳人遺我緑綺琴，何以贈之雙南金？"也喻指寶貴之物。劉禹錫《海陽湖别浩初師引》："今復來連山，以前所得雙南金出於裓，亟請予賡之。"

［編年］

《年譜》編年本詩於"甲戌至丙子在西京所作其他詩"欄内，亦即貞元十年（甲戌）至貞元十二年（丙子）之間，元稹時十六歲至十八歲。理由是："元稹《清都夜境》題下注：'自此至《秋夕》，並年十六至十八時詩。'"《編年箋注》没有編年本詩，編排在其認可作於貞元十二年的《開元觀閑居酬吴士矩侍御三十韵》之前，書眉爲"貞元十一年（七九五）"，似乎是編年貞元十一年（七九五）。《年譜新編》編年於貞元十二年"甲戌至丙子在長安所作其他詩"欄内，理由是："元稹《清都夜境》題下注：'自此至《秋夕》，並年十六至十八時詩。'"

我們以爲本詩確實應該編年在貞元十年（甲戌）至貞元十二年

(丙子)之間,元稹時十六歲至十八歲之時,但根據詩題下注"自此至《秋夕》,並年十六至十八時詩",結合這七首詩篇的排列順序,又根據詩題,本詩應該編年貞元十年晚春較爲合適。當時元稹在西京長安,而楊巨源與趙八,應該不在長安,至少在元稹難於見面的地方。

還必需説明:現在編録在《元氏長慶集》卷五的《清都夜境》、《春晚寄楊十二兼呈趙八》、《與楊十二李三早入永壽寺看牡丹》、《春餘遣興》、《憶靈之》、《别李三》、《秋夕遠懷》七首詩篇,並不是元稹題注所云的"七首",其中的《憶靈之》應該作於元稹"冠歲"之年,亦即元稹二十歲時的貞元十四年(798)。因此,僅僅憑藉元稹的一句題注,常常不能説明問題,還要結合當時的其他情況才能確定。這也許就是劉麟父子或者其前的整理者整理已經散亂的《元氏長慶集》時留下的痕迹,亦即將不屬於"七首"之一的《憶靈之》裹亂其中,而將真正的"七首"之一遺漏在外。

◎ 春餘遣興[①]

春去日漸遲,庭空草偏長[②]。餘英間初實,雪絮縈珠網[③]。好鳥多息陰,新篁已成響[④]。簾開斜照入,樹裊游絲上[⑤]。絶迹念物閑,良時契心賞[⑥]。單衣頗新綽,虚室復清敞[⑦]。置酒奉親賓,樹萱自怡養[⑧]。笑倚連枝花,恭扶瑞藤杖[⑨]。步屧恣優游,望山多氣象[⑩]。雲葉遥卷舒,風裾動蕭爽[(一)][⑪]。簪纓固煩雜,江海徒浩蕩[⑫]。野馬籠赤霄,無由負羈鞅[⑬]。

録自《元氏長慶集》卷五

[校記]

（一）風裾動蕭爽：楊本、叢刊本、《古詩鏡·唐詩鏡》、《全詩》同，《石倉歷代詩選》、《全詩》注作“風裙動蕭爽”，語義相類，不改。

[箋注]

① 春餘：春天將盡未盡之時。蕭繹《採蓮賦》：“夏始春餘，葉嫩花初。恐沾裳而淺笑，畏傾船而斂裾。”孟浩然《山中逢道士雲公》：“春餘草木繁，耕種滿田園。” 遣興：抒發情懷，解悶散心。杜甫《弊廬遣興奉寄嚴公》：“野水平橋路，春沙映竹村。風輕粉蝶喜，花暖蜜蜂喧。”戴叔倫《遣興》：“明月臨滄海，閑雲戀故山。詩名滿天下，終日掩柴關。”

② “春去日漸遲”兩句：意謂春天漸漸遠去，白天的時光也越來越長；庭院空空，而花草乘機悄悄而長。張九齡《登襄陽峴山》：“宛宛樊城岸，悠悠漢水波。逶迤春日遠，感寄客情多。”李嘉祐《春日憶家》：“自覺勞鄉夢，無人見客心。空餘庭草色，日日伴愁襟。”

③ 餘英：殘花。劉駕《勵志》：“後園植木槿，月照無餘英。”司馬光《和李殿丞倉中對菊三首》三：“餘英盖紅葉，墜露濕蒼苔。” 初實：剛剛結成的果實。孫逖《和詠廨署有櫻桃》：“香從花綬轉，色繞佩珠明。海鳥銜初實，吴姬掃落英。”李德裕《瑞橘賦》：“樹隱方塘，比丹萍之初實；盤映皎月，與赤瑛而共妍。” 雪絮：語出《世説新語·言語》：“謝太傅寒雪日内集，與兒女講論文義。俄而雪驟，公欣然曰：‘白雪紛紛何所似？’兄子胡兒曰：‘撒鹽空中差可擬。’兄女曰：‘未若柳絮因風起。’公大笑樂。”後因以“雪絮”稱柳絮。李商隱《過招國李家南園二首》一：“潘岳無妻客爲愁，新人來坐舊妝樓。春風猶自疑聯句，雪絮相和飛不休。”蘇軾《聞捷》：“故知無定河邊柳，得共中原雪絮春。” 珠網：綴珠之網狀的帳幃。《文選·王中〈頭陀寺碑文〉》：“夕露爲珠

網，朝霞爲丹雘。”吕延濟注：“珠網，以珠爲網，施於殿屋者。”王維《白鸚鵡賦》：“經過珠網，出入金鋪。”

④ 好鳥：對人類有益的鳥。李白《叙舊贈江陽宰陸調》：“五月飛秋霜，好鳥集珍木。”韋應物《園林晏起寄昭應韓明府盧主簿》：“田家已耕作，井屋起晨烟。園林鳴好鳥，閑居猶獨眠。”　息陰：猶息影。《文選・謝靈運〈還舊園作見顔范二中書〉》：“衛生自有經，息陰謝所牽。”李善注：“息陰即息影。”息影，語本《莊子・漁父》：“不知處陰以休影，處静以息迹，愚亦甚矣！”後因以“息影”謂歸隱閑居。白居易《重題香爐峰下草堂東壁》：“喜入山林初息影，厭趨朝市久勞生。”　新篁：新生之竹，亦指新笋。李賀《昌谷北園新笋四首》三：“今年水曲春沙上，笛管新篁拔玉青。”葉葱奇注引《笋譜》：“笋，一名新篁。”蘇軾《和文與可洋川園池・霜筠亭》：“解籜新篁不自持，嬋娟已有歲寒姿。”　響：回聲。《易・繫辭》：“其受命也如響。”孔穎達疏：“如響之應聲也。”《書・大禹謨》：“惠廸吉，從逆凶，惟影響。”孔傳：“吉凶之報，若影之隨形，響之應聲。”泛指聲音。《文選・揚雄〈劇秦美新〉》：“震聲日景，炎光飛響。”李善注：“飛響，震聲也。”杜甫《營屋》：“寂無斧斤響，庶遂憩息歡。”

⑤ 斜照：光綫從側面照射。李群玉《同鄭相並歌姬小飲戲贈》：“胸前瑞雪燈斜照，眼底桃花酒半醺。”　裊：繚繞，纏繞。劉商《姑蘇懷古送秀才下第歸江南》：“琳瑯暗裊玉華殿，天香静裊金芙蕖。”李頎《古塞下曲》：“裊裊漢宫柳，青青胡地桑。琵琶出塞曲，横笛斷君腸。”　遊絲：指蜘蛛等布吐的飄蕩在空中的絲。沈約《八詠詩・會圃臨春風》：“遊絲曖如網，落花雰似霧。”元稹《織婦詞》：“檐前嫋嫋遊絲上，上有蜘蛛巧來往。”

⑥ 絶迹：不見蹤迹。《莊子・人間世》：“絶迹易，無行地難。”郭象注：“不行則易，欲行而不踐地，不可能也。”《南史・梁吴平侯景傳》：“州内清静，抄盗絶迹。”無人迹處。王充《論衡・道虚》：“况盧敖

一人之身，獨行絶迹之地，空造幽冥之語乎？”形迹與外界隔絶。《後漢書·杜根傳》：“周旋民間，非絶迹之處，邂逅發露，禍及知親，故不爲也。”王建《送人》：“與君俱絶迹，兩念無因由。” 良時：美好的時光，良辰吉時。舊題蘇武《古詩四首》三：“歡娱在今夕，燕婉及良時。”杜甫《隨章留後新亭會送諸君》：“新亭有高會，行子得良時。” 契心：心意投合，稱心如意。于頔《郡齋卧疾贈晝上人》：“共話無生理，聊用契心期。”蘇洵《祭史彦輔文》：“吾與彦輔契心忘顔，飛騰雲霄，無有遠邇。”

⑦ 單衣：單層無裏子的衣服。《管子·山國軌》：“春縑衣，夏單衣。”蘇軾《回文冬閨怨》：“欺雪任單衣，衣單任雪欺。” 新：初次出現的，與“舊”相對。《詩·豳風·東山》：“其新孔嘉，其舊如之何？”没有用過的，跟“舊”相對。漢代無名氏《古艷歌》：“衣不如新，人不如故。”綽：寬，緩。《詩·衛風·淇奥》：“寬兮綽兮，倚重較兮。”毛傳：“綽，緩也。”《莊子·大宗師》：“以刑爲體者，綽乎其殺也。”成玄英疏：“綽，寬也。” 虚室：空室。陶潛《歸園田居六首》一：“户庭無塵雜，虚室有餘閑。”李百藥《登葉縣故城謁沈諸梁廟》：“椒桂奠芳樽，風雲下虚室。”清敞：清静寬廣。伏義《與阮嗣宗書》：“方今大魏興隆，皇衢清敞。”孟康朝《金樽含霜賦》：“况東堂清敞，北斗闌干。”

⑧ 置酒：陳設酒宴。《戰國策·趙策》：“平原君乃置酒，酒酣，起前，以千金爲魯連壽。”左思《蜀都賦》：“吉日良辰，置酒高堂。” 親賓：親戚與賓客。江淹《别賦》：“左右兮魂動，親賓兮泪滋。”白居易《花下對酒二首》一：“故園音信斷，遠郡親賓絶。” 樹萱：種植萱草，萱草俗名忘憂草。《詩·衛風·伯兮》：“焉得諼草？言樹之背。”毛傳：“諼草，令人忘憂。”陸德明釋文：“諼，本又作萱。”後以“樹萱”爲消憂之詞。鮑照《代貧賤苦愁行》：“空庭慚樹萱，藥餌愧過客。”李白《送魯郡劉長史遷弘農長史》：“托陰當樹李，忘憂當樹萱。” 怡養：猶保養，休養。何遜《入西塞示南府同僚》：“情遊乃落魄，得性隨怡養。”

《舊唐書·丘和傳》:"和時年已衰老,乃拜稷州刺史,以是本鄉,令自怡養。"

⑨ 連枝花:並蒂花。劉孝威《郗縣遇見人織率爾寄婦詩》:"鏤玉同心藕,雜寶連枝花。"張説《節義太子楊妃挽歌二首》二:"繡腰長命綺,隱髻連枝花。" 瑞藤:疑即"瑞木",指連理木,古人認爲王者德澤純洽、八方合爲一始生。鮑照《河清頌》:"瑞木朋生,祥禽輩作。"錢仲聯集注引《宋書·符瑞志》:"木連理,王者德澤純洽,八方合爲一,則爲生。元嘉中二十七見。"柳宗元《爲京兆府請復尊號表》三:"神禾嘉瓜,祥蓮瑞木,萬物暢遂,百穀茂滋,此天之至靈也。"

⑩ 步屧:行走,漫步。《南史·袁粲傳》:"〔袁粲〕又嘗步屧白楊郊野間,道遇一士大夫,便呼與酣飲。"杜甫《遭田父泥飲美嚴中丞》:"步屧隨春風,村村自花柳。"也指脚步聲或指脚步。蘇軾《和鮮于子駿鄆州新堂月夜》:"起觀河漢流,步屧響長廊。" 優遊:遊玩。元稹《開元觀閑居酬吴士矩侍御三十韻》:"爛漫烟霞駐,優遊歲序淹。"司馬光《和子駿洛中書事》:"西都自古繁華地,冠蓋優遊萃五方。" 望山:觀賞山景。韋應物《灃上西齋寄諸友》:"清川下邐迤,茅棟上岧嶢。翫月愛佳夕,望山屬清朝。"白居易《遊藍田山卜居》:"脱置腰下組,擺落心中塵。行歌望山去,意似歸鄉人。" 氣象:景色,景象。閻寬《曉入宜都渚》:"回眺佳氣象,遠懷得山林。"白居易《重題别東樓》:"東樓勝事我偏知,氣象多隨昏旦移。"

⑪ 雲葉:猶雲片,雲朵。張正見《初春賦得池應教》:"春光落雲葉,花影發晴枝。"杜甫、崔彧《夏夜李尚書筵送宇文石首赴縣聯句》:"雨稀雲葉斷,夜久燭花偏。"仇兆鰲注:"陸機《雲賦》:金柯分,玉葉散。" 卷舒:卷起與展開。元稹《酬李甫見贈十首》六:"莫笑風塵滿病顔,此生原在有無間。卷舒蓮葉終難濕,去住雲心一種閑。"杜牧《自遣》:"遇事知裁剪,操心識卷舒。" 裾:衣服的前後襟,亦泛指衣服的前後部分。《爾雅·釋器》:"衱謂之裾。"郭璞注:"衣後襟也。"

《晉書·温嶠傳》:“初,嶠欲將命,其母崔氏固止之,嶠絶裾而去。”蕭爽:清淨閑適。雍陶《和劉補闕秋園寓興六首》四:“人來多愛此,蕭爽似仙家。”凉爽,淒清。陸游《感秋》:“秋堂露氣清,蕭爽入毛骨。”蕭灑自然。周密《圖畫碑帖續鈔》:“伯時爲米芾作《山陰圖》,精神蕭爽,令人顧接不暇。”

⑫ 簪纓:古代官吏的冠飾,比喻顯貴。蕭統《錦帶書十二月啓·姑洗三月》:“龍門退水,望冠冕以何年?鷁路頹風,想簪纓於幾載?”李白《少年行三首》三:“遮莫姻親連帝城,不如當身自簪纓。” 煩雜:紛繁雜亂。《漢書·孟喜傳》:“孟卿以《禮經》多,《春秋》煩雜,乃使喜從田王孫受《易》。”《新唐書·李嶠傳》:“簡則法易行而不煩雜,疏則所羅廣而不苛碎。” 江海:原指江和海,這裏指隱士的居處。蘇軾《臨江仙》:“小舟從此逝,江海寄餘生。”也引申爲退隱。楊炯《原州百泉縣令李君神道碑》:“于時魏特進、房僕射、杜相州等,並以江海相期,烟霞相許。” 浩蕩:廣大曠遠貌。《楚辭·九歌·河伯》:“登昆崙兮四望,心飛揚兮浩蕩。”杜甫《贈虞十五司馬》:“淒凉憐筆勢,浩蕩問詞源。”仇兆鰲注:“浩蕩,曠遠也。”

⑬ 野馬:這裏指野外蒸騰的水氣。《莊子·逍遥遊》:“野馬也,塵埃也,生物之以息相吹也。”郭象注:“野馬者,遊氣也。”成玄英疏:“此言青春之時,陽氣發動,遥望藪澤之中,猶如奔馬,故謂之野馬也。”一説,野馬即塵埃。玄應《一切經音義》卷三:“野馬。”孫星衍校正:“或問:‘遊氣何以謂之野馬?’答云:‘馬,特塺字假音耳!野塺,言野塵也。’”虞羲《贈何郎》:“向夕秋風起,野馬雜塵埃。”韓偓《安貧》:“窗裏日光飛野馬,案頭筠管長蒲盧。” 赤霄:極高的天空。《淮南子·人間訓》:“背負青天,膺摩赤霄。”葛洪《抱朴子·守埆》:“鵾鵬戾赤霄以高翔,鶺鴒傲蓬林以鼓翼。” 無由:没有門徑,没有辦法。《儀禮·士相見禮》:“某也願見,無由達。”鄭玄注:“無由達,言久無因緣以自達也。”李德裕《二猿》:“無由碧潭飲,争接緑蘿枝。” 羈鞅:羈,

馬絡頭。鞅，牛韁繩，泛指駕馭牲口的用具。范成大《新嶺》："山行何許深，空翠滴羈鞅。"也喻束縛。王維《謁璿上人》："浮名寄纓佩，空性無羈鞅。"白居易《讀史五首》二："山林少羈鞅，世路多艱阻。"

[編年]

《年譜》編年本詩於"甲戌至丙子在西京所作其他詩"欄内，亦即貞元十年(甲戌)至貞元十二年(丙子)之間，元稹時十六歲至十八歲。理由是："元稹《清都夜境》題下注：'自此至《秋夕》，並年十六至十八時詩。'"《編年箋注》没有明確編年本詩，但編排在其認可作於貞元十二年的《開元觀閑居酬吴士矩侍御三十韵》之前，本詩書眉爲"貞元十一年(七九五)"，似乎是編年貞元十一年(七九五)。《年譜新編》編年於貞元十二年"甲戌至丙子在長安所作其他詩"欄内，理由是："元稹《清都夜境》題下注：'自此至《秋夕》，並年十六至十八時詩。'"

我們以爲本詩確實應該編年在貞元十年(甲戌)至貞元十二年(丙子)之間，元稹時十六歲至十八歲之時，但根據詩題下注"自此至《秋夕》，並年十六至十八時詩"，結合這七首詩篇的排列順序，本詩應該編年貞元十年，根據"春餘"與牡丹開放的時節，列在《春晚寄楊十二兼呈趙八》之後和《與楊十二李三早入永壽寺看牡丹》之前較爲合適。

◎杏　園(一)①

浩浩長安車馬塵，狂風吹送每年春②。門前本是虚空界(二)，何事栽花誤世人③？

録自《元氏長慶集》卷一六

[校記]

(一) 杏園:《萬首唐人絶句》同,均無注文,楊本、叢刊本、《全詩》作"杏園(此後並校書郎已前詩)",語義不同,不改。

(二) 門前本是虚空界:楊本、叢刊本、《全詩》同,《萬首唐人絶句》、《全詩》注作"門前本是空虚界",語義相類,不改。

[箋注]

① 杏園:園名,故址在今陝西省西安市郊大雁塔南,爲唐代士民遊賞之地。馮宿《酬白樂天劉夢得》:"臨岐有愧傾三省,别酌無辭醉百杯。明歲杏園花下集,須知春色自東来。"王建《春意二首》二:"誰是杏園主? 一株臨古岐。從傷早春意。乞取欲開枝。"

② 浩浩:廣大無際貌。《詩·小雅·雨無正》:"浩浩昊天,不駿其德。"孔穎達疏:"浩浩然,廣大之旻天。"劉滄《春日旅遊》:"浩浩晴原人獨去,依依春草水分流。" 車馬:車和馬,古代陸上的主要交通工具。崔國輔《衛艶詞》:"淇上桑葉青,青樓含白日。比時遙望君,車馬城中出。"王維《别輞川别業》:"依遲動車馬,惆悵出松蘿。忍别青山去,其如緑水何!" 狂風:猛烈的風。杜甫《絶句漫興九首》九:"誰謂朝來不作意? 狂風挽斷最長條。"張松齡《和答弟志和漁父歌》:"樂是風波釣是閑,草堂松徑已勝攀。太湖水,洞庭山,狂風浪起且須還!"

③ 虚空:猶荒野,空曠無人之處。《莊子·徐無鬼》:"夫逃虚空者,藜藋柱乎鼪鼬之徑,踉位其空,聞人足音跫然而喜矣!"王先謙集解:"司馬云:'故壞冢處爲空虚也。'案:謂墟旁有空處也,故下云'位其空'。"杜甫《陪李梓州王閬州蘇遂州李果州四使君登惠義寺》:"春日無人境,虚空不住天。鶯花隨世界,樓閣寄山巔。" 何事:爲何,何故。崔國輔《渭水西别李崙》:"隴右長亭堠,山陰古塞秋。不知嗚咽

水,何事向西流?”王維《嘆白髮》:“惆悵故山雲,徘徊空日夕。何事與時人,東城復南陌?” 栽花:潘岳任河陽縣令時,在縣中滿栽桃李,傳爲美談。這裏指普普通通的栽種花木,裝飾環境。蘇拯《金谷園》:“栽花比緑珠,花落還相似……徒有絶世容,不能樓上死。”魏野《春日述懷》:“妻喜栽花活,兒誇鬥草贏。翻嫌我慵拙,不解强謀生。” 世人:世間的人,一般的人。《楚辭·漁父》:“世人皆濁我獨清,衆人皆醉我獨醒。”李頎《古行路難》:“世人逐勢争奔走,瀝膽隳肝惟恐後。”

[編年]

《年譜》編年本詩于辛巳、壬午,亦即貞元十七、十八年,理由是:“題下注:‘此後並校書郎已前詩。’”《編年箋注》編年:“此詩……作于貞元十七年(八〇一)、十八年之間。”理由:“見下《譜》。”《年譜新編》編年意見及理由同《年譜》,此不重複。

不錯,元稹本詩詩題之下確實有“此後並校書郎已前詩”九字,但“校書郎已前”雖然包含貞元十七年與十八年,但這不等于就是貞元十七年與十八年,兩者的區别是顯而易見。至於《編年箋注》所云“作于貞元十七年(八〇一)、十八年之間”,語氣更加肯定,就更難於讓人理解。總之,《年譜》、《編年箋注》、《年譜新編》都没有提出任何證據來闡明自己的觀點,更不要説舉出令人信服的證據了。

我們以爲,元稹自己在《叙詩寄樂天書》就説過:“自十六時至是元和七年,已有詩八百餘首,色類相從,共成十體,凡二十卷。”這是元稹自最早至元和七年之間存有的詩文,而元稹十六歲就是貞元十年,將貞元十年至貞元十六年排除在外是不應該的。元稹拜職校書郎在貞元十九年,如果將本詩延遲至其後同樣是不合適的。

根據本書的體例,著者對某些元稹的詩文,如果無法確定其寫作的具體年月,衹能將其安排在可能寫作的時段之内,在横跨數年之内選擇一個最可能的年份編排這一作品,同時在編年時儘量表述清楚,以免讀者與他人誤解。如本詩,我們雖然安排在貞元十年,但其可能寫作的時段,仍然應該是貞元十年至貞元十八年之間。根據"狂風吹送每年春"之表述,這篇詩歌應該賦成於春天已經過去的初夏時節。

◎牡丹二首(此後並是校書郎已前作)(一)①

簇蕊風頻壞,裁紅雨更新②。眼看吹落地,便別一年春③。

繁緑陰全合,衰紅展漸難④。風光一擡舉,猶得暫時看⑤。

録自《元氏長慶集》卷一四

[校記]

(一) 牡丹二首(此後並是校書郎已前作):楊本、叢刊本、《全詩》同,《萬首唐人絶句》、《佩文齋廣群芳譜》作"牡丹二首",無注文,體例不同,不改。

[箋注]

① 牡丹:著名的觀賞植物。歐陽修《洛陽牡丹記》:"牡丹,初不載文字,唯以藥載《本草》。然於花中不爲高第,大抵丹、延已西及褒斜道中尤多,與荆棘無異,土人皆取以爲薪。自唐則天已後,洛陽牡丹始盛,然未聞有以名著者,如沈、宋、元、白之流,皆善詠花草,計有若今之異者,彼必形於篇詠,而寂無傳焉!"其實,不僅元稹、白居易詩中頗多牡丹佳作,且其他唐人名篇也多。唯劉夢得有《詠魚朝恩宅牡丹詩》,但云:"'一叢千萬朵'而已,亦不云其美且麗也。"其實,據不完

全統計，元稹在自己的詩篇中，詠唱或提及牡丹的有十三處之多，除本詩外，還有不少，如《與楊十二李三早入永壽寺看牡丹》、《和樂天秋題牡丹叢》、《西明寺牡丹》、《酬胡三憑人問牡丹》、《贈李二十牡丹花片因以餞行》。不僅元稹，白居易詩中也頗多牡丹佳作，如《白牡丹(城中看花客)》、《買花》、《新樂府·牡丹芳》、《西明寺牡丹花時憶元九》、《秋題牡丹叢》、《看惲家牡丹花戲贈李二十》、《重題西明寺牡丹》、《微之宅殘牡丹》、《惜牡丹花二首》、《白牡丹(白花冷淡無人愛)》、《移牡丹栽》等等，其他唐人名篇也多，如柳渾《牡丹》、盧綸《裴給事宅白牡丹》、李益《牡丹》、王建《同于汝錫賞白牡丹》、令狐楚《赴東都別牡丹》、劉禹錫《渾侍中宅牡丹》等等，尤其劉禹錫《賞牡丹》"唯有牡丹真國色，花開時節動京城"之句，應該是牡丹詩篇中的佳句。但歐陽修所稱許的劉禹錫"一叢千萬朵"之句，却不見於現存文獻，疑其已經佚失或者是傳聞之誤。歐陽修學問淵博，披覽甚廣，對唐人詩篇不至如此有誤，再三深究，不得其解。裴士淹《白牡丹》："長安年少惜春殘，争認慈恩紫牡丹？別有玉盤乘露冷，無人起就月中看。"王維《紅牡丹》："緑艷閑且静，紅衣淺復深。花心愁欲斷，春色豈知心！"

② "簇蕊風頻壞"兩句：看著簇簇牡丹的花蕊被微微的春風吹得東倒西歪，陣陣春雨又毫不留情，打落一朵朵花朵，心内痛惜不已。蕊：花蕊，植物的生殖器官，有雄、雌之分，雌蕊受雄蕊之粉，結成果實。《文選·張衡〈蜀都賦〉》："敷蕊葳蕤。"張銑注："蕊，花心也。"杜甫《徐步》："芹泥隨燕嘴，蕊粉上蜂鬚。"

③ "眼看吹落地"兩句：意謂眼睜睜看著牡丹花片被吹落在地，四處飛舞，就這樣，一年之中最好的季節——春天，就這樣與我們説"再見"了。　眼看：眼見，目睹。王績《過酒家五首》二："眼看人盡醉，何忍獨爲醒！"李白《江夏行》："去年下揚州，相送黄鶴樓。眼看帆去遠，心逐江水流。"吹落：花片脱落到地。盧綸《賊中與嚴越卿曲江看花》："紅枝欲折紫枝繁，隔水連宫不用攀。會待長風吹落盡，始能

開眼向青山。”楊巨源《臨水看花》:“一樹紅花映緑波,晴明騎馬好經過。今朝幾許風吹落,聞道蕭郎最惜多。”

④ 繁緑:繁多的緑葉。李益《春晚賦得餘花落得起字》:“衰紅辭故蕚,繁緑扶雕蕊。自委不勝愁,庭風那更起?”白居易《和錢員外早冬玩禁中新菊》:“禁署寒氣遲,孟冬菊初拆。新黄間繁緑,爛若金照碧。” 衰紅:凋謝的花。白居易《惜牡丹花二首》一:“惆悵階前紅牡丹,晚來唯有兩枝殘。明朝風起應吹盡,夜惜衰紅把火看。”元稹《酬胡三憑人問牡丹》:“竊見胡三問牡丹,爲言依舊滿西欄。花時何處偏相憶?寥落衰紅雨後看。”

⑤ 風光:指風以及草木上反射出來的日光。《文選・謝脁〈和徐都曹〉》:“日華川上動,風光草際浮。”李周翰注:“風本無光,草上有光色,風吹動之,如風之有光也。”元稹《景申秋八首》七:“雨柳枝枝弱,風光片片斜。” 擡舉:高舉,舉起。元稹《高荷》:“亭亭自擡舉,鼎鼎難藏擫。”羅隱《春風》:“但是粃糠微細物,等閑擡舉到青雲。” 暫時:一時,短時間。費昶《秋夜涼風起》:“紅顔本暫時,君還詎相及?”高適《送李少府貶峽中王少府貶長沙》:“青楓江上秋天遠,白帝城邊古木疏。聖代即今多雨露,暫時分手莫躊躇!”

[編年]

《年譜》編年本詩於辛巳、壬午,亦即貞元十七、十八年,理由是:“題下注:‘此後並是校書郎已前詩。’”不過要説明一下:元稹詩題原注應該是“此後並是校書郎已前作”。《編年箋注》編年:“《牡丹二首》……俱作于貞元十七、八年間。”理由:“見卞《譜》。”《年譜新編》編年意見及理由與《年譜》如出一轍。

我們的編年意見以及理由請參見《杏園》所述,并與《杏園》編入同一時段,與《杏園》一樣暫時列入貞元十年。

◎ 與楊十二李三早入永壽寺看牡丹(一)①

曉入白蓮宫,琉璃花界浄②。開敷多喻草(二),凌亂被幽徑③。壓砌錦地鋪,當霞日輪映④。蝶舞香暫飄,蜂牽蕊難正⑤。籠處綵雲合,露湛紅珠瑩⑥。結葉影自交,摇風光不定⑦。繁華有時節,安得保全盛⑧?色見盡浮榮,希君了真性⑨。

録自《元氏長慶集》卷五

[校記]

(一) 與楊十二李三早入永壽寺看牡丹:楊本、叢刊本、《石倉歷代詩選》、《全詩》同,《佩文齋廣群芳譜》作"永壽寺看牡丹",各備一説,不改。

(二) 開敷多喻草:楊本、叢刊本、《石倉歷代詩選》、《全詩》同,《佩文齋廣群芳譜》作"閞敷多喻草","閞"同"閛",閛是象聲詞,關門聲,語義完全不同,當是刊刻之誤,不從不改。

[箋注]

① 楊十二:即楊巨源,元稹忘年交詩友,這是他們早年交遊的詩篇之一。王建《寄楊十二秘書》:"初移古寺正南方,静是浮山遠是莊。人定猶行背街鼓,月高還去打僧房。"元稹《憶楊十二》:"楊子愛言詩,春天好詠時。戀花從馬滯,聯句放杯遲。" 李三:即李顧言,行三,字仲遠,元稹的早年的詩友,後來也成了白居易的詩友。曾歷官監察御史,元和十年春天病故,年三十九。除本詩外,元稹還有《别李三》、《遣病》、《酬樂天見憶兼傷仲遠》諸詩涉及李顧言,後面我們將一一介

紹這些詩歌。白居易也有多篇詩歌涉及李三仲遠,如《村中留李三(固言)宿》:“平生早遊宦,不道無親故。如我與君心,相知應有數。春明門前别,金氏陂中遇。村酒兩三杯,相留寒日暮。勿嫌村酒薄,聊酌論心素。請君少踟躕,繫馬門前樹。明年身若健,便擬江湖去。他日縱相思,知君無覓處。後會既茫茫,今宵君且住!”《哭李三》:“去年渭水曲,秋時訪我來。今年常樂里,春日哭君回。哭君仰問天,天意安在哉? 若必奪其壽,何如不與才! 落然身後事,妻病女嬰孩。”《發商州》:“商州館裏停三日,待得妻孥相逐行。若比李三猶自勝,兒啼婦哭不聞聲。”《憶微之傷仲遠(李三仲遠去年春喪)》:“幽獨辭群久,漂流去國賒。只將琴作伴,惟以酒爲家。感逝因看水,傷離爲見花。李三埋地底,元九謫天涯。舉眼青雲遠,回頭白日斜。可能勝賈誼,猶自滯長沙。” 永壽寺:據宋敏求《長安志》,在長安永樂坊,地處清都觀之東,“景龍三年,中宗爲永壽公主立”,元稹的姨兄胡靈之稍後也曾居住此寺讀書,與元稹討論學問,嬉戲遊行。白居易《和答詩十首序》:“五年春,微之從東臺來。不數日,又左轉爲江陵士曹掾。詔下日,會予下内直歸,而微之已即路,邂逅相遇於街衢中。自永壽寺南,抵新昌里北,得馬上話别。語不過相勉,保方寸外形骸而已,因不暇及他。”白居易《初與元九别後忽夢見之及寤而書適至兼寄桐花詩悵然感懷因以此寄》:“永壽寺中語,新昌坊北分。歸來數行泪,悲事不悲君。元九初謫江陵。” 牡丹:著名的觀賞植物,古無牡丹之名,統稱芍藥,後以木芍藥稱牡丹。初夏開花,有紅、白、紫諸色。劉禹錫《賞牡丹》:“庭前芍藥妖無格,池上芙蕖浄少情。唯有牡丹真國色,花開時節動京城。”元稹《酬胡三憑人問牡丹》:“竊見胡三問牡丹,爲言依舊滿西欄。花時何處偏相憶? 寥落衰紅雨後看。”這位“胡三”,就是元稹的姨兄胡靈之。

② 曉入:拂曉時刻進入,與詩題“早入”呼應。劉憲《苑中遇雪應制》:“龍驂曉入望春宫,正逢春雪舞東風。花光併灑天文上,寒氣行

消御酒中。"閻寬《曉入宜都渚》:"問俗周楚甸,川行眇江潯。興随曉光發,道會春言深。"　白蓮宫:即永壽寺,佛教浄土宗最初的結社爲蓮社,故佛寺常常與白蓮聯繫在一起。晉代廬山東林寺高僧慧遠與僧俗十八賢結社念佛,因寺池有白蓮,故稱蓮社。戴叔倫《赴撫州對酬崔法曹夜雨滴空階五首》二:"高會棗樹宅,清言蓮社僧。"劉攽《奠昭禪師》:"昭公不住世,岑寂白蓮宫。贇水終還冷,浮雲本自空。"　琉璃:指玻璃燈,古詩中常常稱頌佛寺中的長明燈。元稹《西明寺牡丹》:"花向琉璃地上生,光風炫轉紫雲英。自從天女盤中見,直至今朝眼更明。"葉適《趙振文傳借琉璃燈鋪寫山水人物》:"古稱浄琉璃,物現我常寂。"　花界:指佛寺,厲荃《事物異名録・佛寺》:"《白六帖》:花界、花宫……皆佛寺名。"韋應物《遊瑯琊山寺》:"青冥臺砌寒,緑縟草木香。填壑躋花界,疊石構雲房。"嚴維《奉和獨孤中丞遊雲門寺》:"絶壑開花界,耶溪極上源。光輝三獨坐,登陟五雲門。"

③ 開敷:指花朵開放,繁榮。陳大章《詩傳名物集覽・隰有荷華》:"王荆公云:蓮華有色有香,得日光乃開,雖生於水,水不能没;雖在污泥,泥不能污。"蘇轍《所寓堂後月季再生與遠同賦》:"葱蒨獨兹苗,愍愍待其活。及春見開敷,三嗅何忍折!"　凌亂:雜亂貌,紛亂貌。唐彦謙《秋晚高樓》:"晚蝶飄零驚宿雨,暮鴉淩亂報秋寒。"梅堯臣《和壽州宋待制九題・春暉亭》:"春風實無幾,淩亂枝上花。"　幽徑:僻静的小路。王績《贈李徵君大壽》:"灞陵幽徑近,磻溪隱路長。"楊萬里《春晴懷故園海棠》:"一番過雨來幽徑,無數新禽有喜聲。"

④ 錦地:鋪設華美的地面。江淹《燈賦》:"照錦地之文席,映繡柱之鴻箏。"劉禹錫《春日書懷寄東洛白二十二楊八二庶子》:"野草芳菲紅錦地,遊絲撩亂碧羅天。心知洛下閑才子,不作詩魔即酒顛。"日輪:太陽,日形如車輪而運行不息,故名。韓愈《送惠師》:"夜半起下視,溟波銜日輪。"也指帝王車駕。鮑溶《讀淮南李相行營至楚州詩》:"來年二月登封禮,去望台星扈日輪。"

⑤ "蝶舞香暫飄"兩句：意謂佛寺内花草遍地，地上蝴蝶飛舞，飄來陣陣花香，蜜蜂飛來飛去采蜜，把正在開放的花蕊也戲弄得東倒西歪。　蝶：蝴蝶。谢朓《和王主簿怨情》："花叢亂數蝶，風簾入雙燕。"温庭筠《诉衷情》："柳弱蝶交飛，依依。"　蜂：這裏特指蜜蜂。王充《论衡·言毒》："蜜爲蜂液，蜂則陽物也。"蘇軾《送喬施州》："雞號黑暗通蠻貨，蜂鬧黄連採蜜花。"自注："胡人謂犀爲黑暗。"

⑥ 籠：籠罩，遮掩。賈思勰《齊民要術·脯臘》："脯成，置虚静庫中，著烟氣則味苦，紙袋籠而懸之。"秦觀《沁園春·春思》："宿靄迷空，膩雲籠日，晝景漸長。"　綵雲：絢麗的雲彩。江淹《麗色賦》："其始見也，若紅蓮映池；其少進也，如綵雲出崖。五光徘徊，十色陸離。"陳子昂《感遇三十八首》二七："巫山綵雲没，高丘正微茫。"　露：夜晚或清晨近地面的水汽遇冷凝結於物體上的水珠，通稱露水。包融《和崔會稽詠王兵曹廳前湧泉勢城中字》："有草恒垂露，無風欲偃波。爲看人共水，清白定誰多？"劉長卿《夏口送屈突司直使湖南》："共悲來夏口，何事更南征？霧露行人少，瀟湘春草生。"　紅珠：比喻紅色果實。王建《題江寺兼求藥子》："紅珠落地求誰與？青角垂階自不收。"温庭筠《和道溪君别業詩》："花房透露紅珠落，蛺蝶雙飛護粉塵。"

⑦ "結葉影自交"兩句：意謂花草樹木的葉子雜亂交錯在一起，陣陣微風吹來，透過摇曳不定樹葉花草空隙的陽光似乎也摇曳不定，令人産生無窮的遐想。孔紹安《詠夭桃》："結葉還臨影，飛香欲遍空。不意餘花落，翻沈露井中。"馬懷素《奉和聖製春日幸望春宫應制》："摇風細柳縈馳道，映日輕花出禁林。"

⑧ 繁華：比喻青春年華，比喻容貌美麗，比喻榮華富貴。王維《洛陽女兒行》："城中相識盡繁華，日夜經過趙李家。"司空圖《春愁賦》："貪壯歲之娱遊，惜繁華之易度。"　時節：合時而有節律。《國語·晉語》："夫德廣遠而有時節，是以遠服而邇不遷。"韋昭注："作之有時，動之有序。"韋應物《送王校書》："同宿高齋换時節，共看移石復

栽杉。送君江浦已惆悵,更上西樓看遠帆。” 全盛:最爲興盛或强盛。鮑照《蕪城賦》:“當昔全盛之時,車挂轊,人駕肩,廛閈撲地,歌吹沸天。”劉希夷《代白頭吟》:“寄言全盛紅顔子,須憐半死白頭翁。”

⑨ 浮榮:虚榮。顧况《贈僧二首》二:“更把浮榮喻生滅,世間無事不虚空。”范仲淹《與工部同年書》:“以此不如知足樂道,浮榮豈足道哉!” 真性:天性,本性。《莊子·馬蹄》:“馬,蹄可以踐霜雪,毛可以禦風寒,齕草飲水,翹足而陸:此馬之真性也。”李彦遠《采桑》:“何以變真性? 幽篁雪中緑。”佛教語,謂人本具的不妄不變的心體。《楞嚴經》卷一:“此是前塵虚妄相想,惑汝真性。”《景德傳燈録·婆舍斯多》:“我今悟真性,無道亦無理。”

[編年]

《年譜》編年本詩於“甲戌至丙子在西京所作其他詩”,亦即貞元十年(甲戌)至貞元十二年(丙子)之間,元稹時十六歲至十八歲。理由是:“元稹《清都夜境》題下注:‘自此至《秋夕》,並年十六至十八時詩。’”《編年箋注》没有編年本詩,編排在其認可作於貞元十二年的《開元觀閑居酬吴士矩侍御三十韵》之前,本詩書眉爲“貞元十一年(七九五)”,似乎是編年貞元十一年(七九五)。《年譜新編》編年於貞元十二年“甲戌至丙子在長安所作其他詩”,理由是:“元稹《清都夜境》題下注:‘自此至《秋夕》,並年十六至十八時詩。’”

我們以爲本詩確實應該編年在貞元十年(甲戌)至貞元十二年(丙子)之間,元稹時十六歲至十八歲之時,但根據詩題下注“自此至《秋夕》,並年十六至十八時詩”,結合這七首詩篇的排列順序,本詩應該編年貞元十年,根據“春晚”與牡丹開放的時節,列在《春晚寄楊十二兼呈趙八》、《春餘遣興》之後較爲合適。當然,《憶靈之》是劉麟父子的誤編,不應該在“七首”之列。

◎ 别李三(一)①

階蓂附瑶砌，蘗蘭偶芳藿②。高位良有依，幽姿亦相託③。鮑叔知我貧，烹葵不爲薄④。半面契始終，千金比然諾⑤。人生繫時命，安得無苦樂⑥？但感遊子顔，又值餘英落⑦。蒼蒼秦樹雲，去去緱山鶴⑧。日暮分手歸，楊花滿城郭⑨。

録自《元氏長慶集》卷五

[校記]

（一）别李三：本詩存世各本，包括楊本、叢刊本、《古詩鏡·唐詩鏡》、《全詩》諸本，均未見異文。

[箋注]

① 别：送别。蘇頲《陳倉别隴州司户李維深》："京國自携手，同途欣解頤。情言正的的，春物宛遲遲。"楊巨源《送陳判官罷舉赴江外》："練思多時冰雪清，拂衣無語别書生。莫將甲乙爲前累，不廢烟霄是此行。" 李三：即李顧言，字仲遠，排行三，元稹白居易的朋友，白居易《哭李三》："去年渭水曲，秋時訪我來。今年常樂里，春日哭君回。"後面元稹有多篇詩歌提及李顧言，如《遣病》："獨孤纔四十（秘書少監郁），仕宦方榮榮。李三三十九（監察御史顧言），登朝有清聲。"本篇僅僅是其中的一篇。

② 階蓂：即蓂莢，瑞草名，夾階而生，故名。《竹書紀年》卷上："〔帝堯〕在位七十年……又有草莢階而生，月朔始生一莢，月半而生十五莢，十六日以後日落一莢，及晦而盡，月小則一莢焦而不落，名曰

蓂莢。”趙彦昭《奉和人日清暉閣宴群臣遇雪應制》:“庭樹千花發,階蓂七葉新。”許稷《閏月定四時》:“六旬知不惑,四氣本無欺。月桂虧還正,階蓂落復滋。” 瑶砌:用美玉砌成的臺階。陸龜蒙《繡嶺宫》:“繡嶺花殘翠倚空,碧窗瑶砌舊行宫。閑乘小駟濃陰下,時舉金鞭半袖風。”黄滔《和吴學士對春雪獻韋令公次韵》:“出户行瑶砌,開園見粉叢。高才興詠處,真宰答殊功。” 瑶:似玉的美石,亦泛指美玉。《書・禹貢》:“厥貢惟金三品、瑶、琨。”孔傳:“瑶、琨皆美玉。”孔穎達疏:“美石似玉者也。玉、石其質相類,美惡别名也。” 叢蘭:叢生的蘭草,比喻品德高尚的人。《文子・上德》:“叢蘭欲修,秋風敗之;人性欲平,嗜欲害之。”錢起《藍上茅茨期王維補闕》:“山中人不見,雲去夕陽過。淺瀨寒魚少,叢蘭秋蝶多。” 芳藿:即藿香,多年生草本植物,莖和葉有香味,可以入藥,有清凉解熱、健胃止吐作用,嫩葉供食用,多做調味劑,又可作香料用。《文選・左思〈吴都賦〉》:“草則藿蒳豆蔻。”劉逵注引楊孚《異物志》:“藿香,交趾有之。”李時珍《本草綱目・藿香》:“藿香方莖有節,中虚,葉微似茄葉。”叢蘭與芳藿品性相同,氣質高雅,有物以類聚人以群分之意。

③ 高位:顯貴的職位。皇甫冉《送田濟之揚州赴選》:“家貧不自給,求禄爲荒年。調補無高位,卑栖屈此賢。”皇甫澈《賦四相詩・門下侍郎平章事王縉》:“服膺究儒業,屈指取高位。” 幽姿:幽雅的姿態。韋應物《郡齋移杉》:“棹榦方數尺,幽姿已蒼然。結根西山寺,來植郡齋前。”白居易《畫竹歌》:“幽姿遠思少人别,與君相顧空長嘆。”

④ 鮑叔:鮑叔牙的别稱,春秋時齊國大夫,以知人並篤于友誼而稱於世,後常以“鮑叔”代稱知己好友,這裹指李顧言。元稹《寄樂天二首》:“惟應鮑叔猶憐我,自保曾參不殺人。”孟遲《寄浙右舊幕僚》:“慚愧故人同鮑叔,此心江柳尚依依。” 葵:蔬菜名,我國古代重要蔬菜之一,可醃製,稱葵菹。《詩・豳風・七月》:“七月亨葵及菽。”李時珍《本草綱目・葵》:“葵菜古人種爲常食,今之種者頗鮮,有紫莖、白

莖二種，以白莖爲勝。大葉小花，花紫黄色，其最小者名鴨脚葵。其實大如指頂，皮薄而扁，實内子輕虚如榆莢仁。"

⑤ 半面契始終：意謂雖然衹有半面之識，但承諾却始終如一。半面：《後漢書·應奉傳》："奉少聰明。"李賢注引謝承《後漢書》："奉年二十時，嘗詣彭城相袁賀，賀時出行閉門，造車匠於内開扇出半面視奉，奉即委去。後數十年於路見車匠，識而呼之。"後因用以稱僅僅瞥見半面。《北齊書·楊愔傳》："其聰記强識，半面不忘。"錢起《贈李十六》："半面喜投分，數年欽盛名。" 契：盟約，要約。繁欽《定情歌》："時無桑中契，迫此路側人。"李公佐《南柯太守傳》："時年四十七，將符宿契之限矣！" 始終：開頭和結尾，這裏喻自始至終，一直。《莊子·田子方》："始終相反乎無端，而莫知乎其所窮。"元稹《善歌如貫珠賦》："美清泠而發越，憶輝光之璀璨。始終雖異，細大靡殊。" 千金比然諾：意即"千金一諾"，謂守信用，不輕易許諾，一經許諾，決不改變。語出《史記·季布欒布列傳》："得黄金百斤，不如得季布一諾。"顧清《嚴以德送女至留半月歸賦長句爲别》："憶昨與君初結言，望松樓下開賓筵。友松老人執杯酒，千金一諾須臾邊。"

⑥ 人生：這裏指人的一生。《左傳·襄公三十一年》："人生幾何，誰能無偷？朝不及夕，將安用樹？"韓愈《合江亭》："人生誠無幾，事往悲豈那！" 時命：這裏指命運。嚴忌《哀時命》："哀時命之不及古人兮，夫何予生之不遘時？"錢起《送鄔三落第還鄉》："郢客文章絶世稀，常嗟時命與心違。" 安得：怎麼能够。張九齡《感遇十二首》三："有生豈不化？所感奚若斯！神理日微滅，吾心安得知？"董思恭《詠雲》："參差過層閣，倏忽下蒼梧。因風望既遠，安得久踟躕？" 苦樂：痛苦與快樂，亦即人生的酸甜苦辣。孟雲卿《古别離》："但見萬里天，不見萬里道。君行本迢遠，苦樂良難保。"元稹《苦樂相倚曲》："古來苦樂之相倚，近於掌上之十指。君心半夜猜恨生，荆棘滿懷天未明。"

⑦ 遊子:指離家遠遊或久居外鄉的人。《古詩十九首·行行重行行》:“浮雲蔽白日,遊子不顧反。”李頎《送魏萬之京》:“朝聞遊子唱離歌,昨夜微霜初渡河。” 餘英:春天將結束時光留下的殘花。元稹《春餘遣興》:“餘英間初實,雪絮縈珠網。”劉駕《勵志》:“前堂吹參差,不作緱山聲。後園植木槿,月照無餘英。”

⑧ 蒼蒼:深青色。《莊子·逍遥遊》:“天之蒼蒼,其正色邪!”蘇軾《留題仙都觀》:“山前江水流浩浩,山上蒼蒼松柏老。” 秦樹:秦地之樹。岑參《宿蒲關東店憶杜陵别業》:“關門鎖歸客,一夜夢還家。月落河上曉,遥聞秦樹鴉。”孟郊《長安道》:“胡風激秦樹,賤子風中泣。家家朱門開,得見不可入。” 去去:謂遠去。蘇武《古詩四首》三:“參辰皆已没,去去從此辭。”孟郊《感懷八首》二:“去去勿復道,苦饑形貌傷。” 緱山鶴:相傳王子喬於緱山乘鶴成仙,後用作歌詠仙家之典。裴度《唐享惠昭太子廟樂章·亞獻終獻》:“禮成神既醉,彷佛緱山鶴。”亦作“緱氏鶴”,崔融《和梁王衆傳張光禄是王子晉後身》:“漢主存仙要,淮南愛道機。朝朝緱氏鶴,長向洛城飛。”河南省偃師縣有緱氏山,劉向《列仙傳·王子喬》:“王子喬者,周靈王太子晉也,好吹笙,作鳳凰鳴。遊伊洛之間,道士浮丘公接以上嵩高山。三十餘年後,求之於山上,見桓良曰:‘告我家:七月七日待我於緱氏山巔。’至時,果乘白鶴駐山頭,望之不得到,舉手謝時人,數日而去。”後因以爲修道成仙之典。李白《鳳笙篇》:“緑雲紫氣向函關,訪道應尋緱氏山。”

⑨ 日暮:傍晚,天色晚。《六韜·少众》:“我無深草,又無隘路,敵人已至,不適日暮。”杜牧《金谷園》:“日暮東風怨啼鳥,落花猶似墮樓人。” 分手:這裏指别離。江淹《别賦》:“造分手而銜涕,感寂寞而傷神。”杜甫《逢唐興劉主簿弟》:“分手開元末,連年絶尺書。” 楊花:指柳絮。庾信《春賦》:“新年鳥聲千種囀,二月楊花滿路飛。”李白《聞王昌齡左遷龍標遥有此寄》:“楊花落盡子規啼,聞道龍標過五溪。”

城郭：城墻，城指内城的墻，郭指外城的墻。《逸周書・糴匡》："宫室城廓修爲備，供有嘉菜，於是日滿。"孔晁注："廓與郭同。"《禮記・禮運》："大人世及以爲禮，城郭溝池以爲固。"孔穎達疏："城，内城；郭，外城也。"杜甫《越王樓歌》："孤城西北起高樓，碧瓦朱甍照城郭。"也泛指城市。《史記・萬石張叔列傳》："城郭倉庫空虚，民多流亡。"蘇軾《雷州八首》六："殺牛撾鼓祭，城郭爲傾動。"

[編年]

《年譜》編年本詩於"甲戌至丙子在西京所作其他詩"，亦即貞元十年（甲戌）至貞元十二年（丙子）之間，元稹時十六歲至十八歲。理由是："元稹《清都夜境》題下注：'自此至《秋夕》，並年十六至十八時詩。'"《編年箋注》没有編年本詩，編排在其認可作於貞元十二年的《開元觀閑居酬吴士矩侍御三十韵》之前，本詩書眉爲"貞元十一年（七九五）"，似乎是編年貞元十一年（七九五）。《年譜新編》編年於貞元十二年"甲戌至丙子在長安所作其他詩"，理由是："元稹《清都夜境》題下注：'自此至《秋夕》，並年十六至十八時詩。'"補充一下，説來也巧，《年譜》與《年譜新編》犯了同樣的疏忽，都在"《秋夕》"後面脱漏了"七首"兩字。

我們以爲本詩確實應該編年在貞元十年（甲戌）至貞元十二年（丙子）之間，元稹時十六歲至十八歲之時，這是肯定不錯的保險結論。但根據詩題下注"自此至《秋夕》七首，並年十六至十八時詩"，結合這七首詩篇的排列順序，以及《與楊十二李三早入永壽寺看牡丹》編年貞元十年的情況，牡丹是初夏開花，正是其他春天之花紛紛飄落花瓣的時光，根據本詩"又值餘英落"，應該也是當年的暮春初夏之時，故我們將本詩編年於貞元十年的暮春初夏，地點在長安。元稹與楊巨源、李顧言一起入永壽寺看完牡丹之後，李顧言即離開長安，故元稹送别李顧言，有了本詩。另外，對元稹的題注"自此至《秋夕》七首,並年十六至十八時詩"的話固然要相信,但也要考慮元稹原編《元氏長慶集》已經散佚散失的事實,考慮現編《元氏長慶集》絶不是元稹原編原貌的無奈史實,不可盲目信從。如《憶靈之》就不是作於元稹"年十六至十八時詩",而是作於元稹"冠歲"亦即二十歲之時。

◎菊　花(一)①

秋叢繞舍似陶家,遍繞籬邊日漸斜(二)②。不是花中偏愛菊,此花開盡更無花③。

録自《元氏長慶集》卷一六

[校記]

(一)菊花:楊本、叢刊本、《萬首唐人絶句》、《佩文齋廣群芳譜》、《佩文齋詠物詩選》、《全詩》、《全唐詩録》同,《百菊集譜》作"菊老",明顯是刊刻之誤,不改。

(二)遍繞籬邊日漸斜:楊本、叢刊本、《全詩》、《佩文齋詠物詩選》、《萬首唐人絶句》、《佩文齋廣群芳譜》、《百菊集譜》同,《全唐詩録》作"遍插籬邊日漸斜",語義相似,不改,僅供參考。

[箋注]

① 菊花:段成式《酉陽雜俎・白舍人行詩圖》:"荆州街子葛清,勇不膚撓,自頸已下,遍刺白居易舍人詩。成式常與荆客陳至呼觀之,令其自解。背上亦能闇記,反手指其去處,至'不是此翁偏愛菊',則有一人持杯臨菊藂……凡刻三十餘處,首體無完膚。陳至呼爲'白舍人行詩圖'也。"同類記載又見《太平廣記》、《類説》、《駢志》、《湖廣通志》、《香祖筆記》、《格致鏡原》,文字大致相同,唯"不是此翁偏愛

菊”，各本均有不同，分别作“不是此人偏愛菊”、“不是愛花偏愛菊”、“不是此花偏愛菊”、“不是花中偏愛菊”。其實這是元稹之《菊花》詩，詩曰：“秋叢遶舍似陶家，遍遶籬邊日漸斜。不是花中偏愛菊，此花開盡更無花。”除見《元氏長慶集》外，又見《百菊集譜》、《佩文齋廣群芳譜》、《鈍吟雜録》、《全芳備祖》、《萬首唐人絶句》、《全詩》、《全唐詩録》、《佩文齋詠物詩選》。而“不是此翁偏愛菊”，僅見於《酉陽雜俎》；“不是此人偏愛菊”，也僅見於《類説》；“不是愛花偏愛菊”，也僅見於《駢志》；“不是此花偏愛菊”，也僅見於《湖廣通志》、《格致鏡原》，包括“不是花中偏愛菊”在内，均與白居易無涉。宋代潘自牧亦張冠李戴，《記纂淵海》卷七四《感嘆》：“不是花中偏愛菊，此花開後更無花(鄭谷詩)。”至於潘自牧如何將元稹的名篇警句歸入鄭谷名下，我們已經不得而知。也許是古人在將鄭谷《十日菊》：“節去蜂愁蝶不知，曉庭還繞折殘枝。自緣今日人心别，未必秋香一夜衰。”與王安石《菊》：“千花萬卉凋零後，始見閑人把一枝。”與元稹《菊花》：“秋叢遶舍似陶家，遍遶籬邊日漸斜。不是花中偏愛菊，此花開盡更無花。”三者互相比較時發生的混亂與差錯吧！　菊花：多年生草本植物，葉子有柄，卵形，邊緣有缺刻或鋸齒，秋季開花。品種很多，供觀賞，有的品種可入藥。王筠《摘園菊贈謝僕射舉》：“菊花偏可憙，碧葉媚金英。”孟浩然《過故人莊》：“待到重陽日，還來就菊花。”關于本詩，《鈍吟雜録·讀書不可先讀宋人文字》評云：“奪胎接骨，宋人謬説，只是向古人集中作賊耳！《冷齋》稱王荆公《菊花詩》‘千花萬卉凋零後，始見閑人把一枝’，以爲勝鄭都官《十日菊》，謬也。荆公詩多滲漏，上句‘凋零’二字不妥，下句云‘一枝’似梅花，‘閑人’二字牽凑。何如微之云：‘不是花中偏愛菊，此花開後更無花。’語意俱足。鄭詩亦混成，非荆公所及。”鄭谷有《十日菊》詩，録在這裏僅供參考，詩云：“節去蜂愁蝶不知，曉庭還繞折殘枝。自緣今日人心别，未必秋香一夜衰。”我們以爲與元稹《菊花》詩比，也相去甚遠。元稹本詩影響也甚遠，如《能改齋漫録·菊詞此花開後更無花》:"李和文公……公鎮澶淵,寄劉子儀書云:'澶淵營髡有一二擅喉轉之技者,唯以'此花開後更無花'爲酒鄉之資耳!''不是花中唯愛菊,此花開後更無花',乃元微之詩,和文述之爾!"

② 秋叢:即菊花,因爲它是秋天開放的,又往往低矮成叢,故言。盧拱《江亭寓目》:"晚木初凋柳,秋叢欲敗蘭。哀猿自相叫,鄉泪好無端。"趙抃《次韵周敦頤國博重陽節近見菊》:"未成登畫舸,好共賞黄花。試向東籬看,秋叢映晚霞。"　繞舍:圍繞屋舍四周。韋應物《幽居》:"微雨夜來過,不知春草生。青山忽已曙,鳥雀繞舍鳴。"白居易《别草堂三絶句》三:"三間茅舍向山開,一帶山泉繞舍迴。山色泉聲莫惆悵,三年官滿却歸來。"　陶家:指晉代詩人陶潛之家。司空圖《楊柳枝》:"陶家五柳簇衡門,還有高情愛此君。"薛能《折楊柳十首》九:"衆木猶寒獨早青,御溝橋畔曲江亭。陶家舊日應如此,一院春條滿繞廳。"　籬:籬笆。《三國志·先主傳》:"舍東南角籬上有桑樹生高五丈餘,遥望見童童如小車蓋。"陶潛《飲酒二十首》五:"採菊東籬下,悠然見南山。"

③ "不是花中偏愛菊"兩句:意謂在百花中不是對菊花特别偏愛,而是因爲菊花開過之後,就再也没有别的令人喜愛的花朵了。白居易對本詩評價甚高,其《禁中九日對菊花酒憶元九》:"賜酒盈杯誰共持? 宫花滿把獨相思。相思只傍花邊立,盡日吟君詠菊詩(元詩云'不是花中遍愛菊,此花開盡更無花')。"

[編年]

《年譜》編年本詩於辛巳、壬午,亦即貞元十七、十八年,没有説明理由。《編年箋注》編年:"……《菊花》俱作于貞元十七年(八〇一)、十八年之間。"理由:"見下《譜》。"《年譜新編》編年意見同《年譜》,也没有説明理由。

我們的編年意見以及理由見《杏園》所述,并與《杏園》編入同一時段,本詩應該暫列貞元十年之秋天。

◎象　人(一)①

被色空成象,觀空色異真②。自悲人是假,那復假爲人③?

錄自《元氏長慶集》卷一四

[校記]

(一) 象人:本詩存世各本,包括楊本、叢刊本、《萬首唐人絶句》、《全詩》諸本,未見異文。

[箋注]

① 象人:木偶人,泥人。《周禮·春官·冢人》:"及葬,言鸞車象人。"林尹注:"象人,以木刻爲人而能跳踴者,以其象人,故名,用以送葬。"《孟子·梁惠王》:"仲尼曰:'始作俑者,其無後乎! 爲其象人而用之也。'"焦循正義:"俑則能轉動象生人,以其象生人,故即名象人。《冢人》之象人,即俑之名也。"《三國志·吴主傳》:"羽僞降,立幡旗爲象人於城上,因遁走。"漢代宫廷中一種專職藝人。《漢書·禮樂志》:"常從倡三十人,常從象人四人。"顔師古注引孟康曰:"象人,若今戲魚師子者也。"一説指戴假面具的人。周壽昌《漢書注校補》:"象人,即孟子所云'爲其象人而用之也',但彼以木俑,此以人象耳,如楚優孟著令尹衣冠爲孫叔敖之類。"從本詩詩意來看,應該指後者。

② 被色:舊説,人秉五行而生,五行有色,故人亦受色。《禮記·禮運》:"故人者,天地之心也,五行之端也,食味別聲被色而生者也。"

孔穎達疏:"被色者,五行各有色,人則被之以生也。被色,謂人含帶五色而生者也。"陳亮《勉强行道大有功》:"夫喜、怒、哀、樂、愛、惡,欲之所以受形於天地而被色而生者也。六者得其正則爲道,失其正則爲欲。" 成象:成爲感官可以覺知的形象或現象,具體内容視所指不同而異。《易・繫辭》:"在天成象,在地成形,變化見矣!"韓康伯注:"象况日月星辰。"孔穎達疏:"象謂懸象,日月星辰也。"《荀子・樂論》:"凡奸聲感人而逆氣應之,逆氣成象而亂生焉!"梁啓雄簡釋引物茂卿曰:"成象,謂形於歌舞。" 色:佛教指一切可以感知的形質。《金剛經・大乘正宗分》:"若有色,若無色。"《心經》:"色不異空,空不異色。色即是空,空即是色。" 真:爲佛教觀念,與"妄"相對。真空一般謂超出一切色相意識界限的境界。慧能《壇經・般若品》:"念念説空,不識真空。"《朱子語類》卷一二六:"釋氏見得高底儘高,或問他何故只説空,曰:説玄空又説真空,玄空便是空無物,真空却是有物。"

③ "自悲人是假"兩句:意謂正在人世間人人虚僞,個個假情而悲傷,哪裏還肯再裝扮成並不是真實自己的假人來欺騙世人? 這是元稹對當時社會的深刻認識,一個年僅十六歲的少年,能够如此評價當時的社會,非常難得,也十分可貴。 自悲:自我哀傷。王績《遊仙四首》:"自悲生世促,無暇待桑田。"張循之《巫山》:"流景一何速! 年華不可追。解佩安所贈? 怨咽空自悲。"

[編年]

《年譜》編年本詩於辛巳、壬午,亦即貞元十七、十八年,没有説明理由。《編年箋注》編年:"……《象人》……俱作于貞元十七、八年間。"理由:"見卞《譜》。"《年譜新編》編年意見同《年譜》,也没有説明理由。

我們的編年意見以及理由見《杏園》所述,并與《杏園》編入同一時段,與《杏園》一樣暫時列入貞元十年。

◎與楊十二巨源盧十九經濟同遊大安亭各賦二物合爲五韻探得松石(一)①

片石與孤松,曾經物外逢(二)②。月臨栖鶴影,雲抱老人峰③。蜀客君當問,秦官我舊封④。積膏當琥珀,新劫長芙蓉⑤。待補蒼蒼去,樛柯早變龍⑥。

録自《元氏長慶集》卷一四

[校記]

(一) 與楊十二巨源盧十九經濟同遊大安亭各賦二物合爲五韻探得松石:楊本、叢刊本、《石倉歷代詩選》同,《佩文齋廣群芳譜》、《佩文齋詠物詩選》作"與楊十二巨源盧十九經濟同遊大安亭各賦二物合爲五韵探得石松",《全詩》作"與楊十二巨源盧十九經濟同遊大安亭各賦二物各爲五韵探得松石",語義相類,不改,僅作參考。

(二) 曾經物外逢:楊本、叢刊本、《石倉歷代詩選》、《佩文齋廣群芳譜》、《全詩》同,《佩文齋詠物詩選》作"曾經物外蓬",語義難通,刊刻之誤,不改。

[箋注]

① 楊十二巨源:元稹的忘年交詩友,在元稹的詩文中,曾多次出現楊巨源的名字。元稹《春晚寄楊十二兼呈趙八》:"濛濛竹樹深,簾牖多清陰。避日坐林影,餘花委芳襟。"元稹《憶楊十二巨源》:"去時芍藥纔堪贈,看却殘花已度春。只爲情深偏愴别,等閑相見莫相親!"盧十九經濟:元稹的朋友,元稹另有詩涉及,其《病醉(戲作吴吟,贈盧十九經濟、張三十四弘、辛大丘度)》云:"醉伴見儂因病酒,道儂無酒

不相窺。那知下藥還沽底，人去人來剩一巵。”又《懼醉(答盧子蒙)》：“聞道秋來怯夜寒，不辭泥水爲盃盤。殷勤懼醉有深意，愁到醒時燈火闌。”兩詩均作於元和四年秋天的洛陽，内容又均以“酒醉”爲話題，我們疑“盧十九經濟”就是“盧十九子蒙”，題注“贈盧十九經濟、張三十四弘、辛大丘度”，“十九經濟”與“三十四弘”、“大丘度”並提，“十九”、“三十四”、“大”是他們的排行，而“經濟”、“弘”、“丘度”則應該是他們的字或名，“盧十九經濟”或者是“盧十九子蒙”的又一個稱呼。但眼下並無確證，存疑以待智者。　大安亭：在長安城内，宋敏求《長安志・大安坊》：“大安亭，越王臺西街永安渠(隋開皇三年引交水西北流入城，自此流經大通、信義、永安、延福、崇賢、延康六坊之西，又經西市之東，又北流經布政、須政、輔興、崇德四坊及興福寺之西，又北流入芳林園，又北流入苑，注之於渭)。”沈樞《通鑑總類・李晟伐竹避飛語》：“貞元三年，李晟大安園多竹，復有爲飛語者云晟伏兵大安亭，謀因倉卒爲變，晟遂伐其竹。”

② 片石：孤石，一塊石頭。李頎《題璿公山池》：“片石孤峰窺色相，清池皓月照禪心。”《新五代史・唐莊宗皇后劉氏傳》：“吾有毒龍五百，當遣一龍揭片石，常山之人皆魚鱉也。”　孤松：單獨生長的松樹。陶潛《歸去來兮辭》：“景翳翳以將入，撫孤松而盤桓。”張説《遙同蔡起居偃松篇》：“清都衆木總榮芬，傳道孤松最出群。”　曾經：表示從前經歷過或有過某種行爲或情況。徐陵《走筆戲書應令》：“曾經新代故，那惡故迎新！”杜甫《夔州歌十絶句》八：“憶昔咸陽都市合，山水之圖張賣時。巫峽曾經寶屏見，楚宫猶對碧峰疑。”　物外：世外，謂超脱於塵世之外。張衡《歸田賦》：“苟縱心於物外，安知榮辱之所如！”許玫《題雁塔》：“暫放塵心遊物外，六街鐘鼓又催還。”

③ 栖鶴：栖息的鶴。元稹《清都夜境》：“栖鶴露微影，枯松多怪形。”白居易《立秋夕有怀梦得》：“迴燈見栖鶴，隔竹聞吹笙。”　老人峰：山峰名，在山西境内，估計元稹與楊巨源曾經遊覽過，故在此提

及。楊巨源《題五老峰下費君書院》:“解向花間栽碧松,門前不負老人峰。已將心事隨身隱,認得溪雲第幾重?”王寀《老人峰》:“江廬已别游河侶,商洛休陪謁漢賓。獨立南山千嶂裏,長將萬壽祝嚴宸。”

④ 蜀客:指旅居在外的蜀人。刘禹锡《竹枝词九首》四:“日出三竿春霧消,江頭蜀客駐蘭橈。”雍陶《闻杜鹃》:“蜀客春城聞蜀鳥,思歸聲引未歸心。”也指司马相如,相如为蜀郡人,故稱。韋莊《乞彩箋歌》:“蜀客才多染不供,卓文醉後開無力。” 秦官我舊封:暗喻眼前的孤樹,典出《史記》,《史記·秦始皇本紀》:“二十八年,始皇東行郡縣,上鄒嶧山立石,與魯諸儒生議,刻石頌秦德,議封禪望祭山川之事。乃遂上泰山,立石,封祠祀。下,風雨暴至,休於樹下,因封其樹爲五大夫。”這裏與詩題的孤松相應。

⑤ 膏:特指燈油。鮑照《秋夜二首》一:“夜久膏既竭,啓明旦未央。”王安石《自州追送朱氏女弟宿木瘤僧舍》:“投僧避夜雨,古檠昏無膏。” 琥珀:古代松柏樹脂的化石,色淡黄、褐或紅褐。質優的用作裝飾品,質差的用於製造琥珀酸和各種漆。張華《博物志》卷四:“《神仙傳》云:‘松柏脂入地千年化爲茯苓,茯苓化琥珀。’琥珀一名江珠。”常建《古意》:“井底玉冰洞地明,琥珀轆轤青絲索。仙人騎鳳披彩霞,挽上銀瓶照天閣。”李白《白頭吟》:“莫卷龍鬚席,從他生網絲。且留琥珀枕,或有夢来時。” 芙蓉:荷花的别名。《楚辭·離騷》:“製芰荷以爲衣兮,集芙蓉以爲裳。”洪興祖補注:“《本草》云:其葉名荷,其華未發爲菡萏,已發爲芙蓉。”王維《臨湖亭》:“當軒對樽酒,四面芙蓉開。”木蓮,即木芙蓉,落葉大灌木,葉大掌狀淺裂,秋季開花,花大有柄,色有紅白,晚上變深紅。江總《南越木槿賦》:“千葉芙蓉詎相似?百枝燈花復羞燃。”宋祁《木芙蓉》:“芙蓉本作樹,花葉兩相宜。慎勿迷蓮子,分明立券辭。”

⑥ 待補:猶候補。陳亮《國子》:“今以場屋一時之弊,將使國子若待補者試之别頭,則其文從此盡廢矣!”周密《齊東野語·蘇大璋》:

"不若以待補首卷易之。"　蒼蒼：指天。蔡琰《胡笳十八拍》："泣血仰頭兮訴蒼蒼，胡爲生兮獨罹此殃?"李白《酬殷明佐見贈五雲裘歌》："爲君持此淩蒼蒼，上朝三十六玉皇。"這裏化用女媧補天的典故，與詩題"石"相應。　樛：樹木向下彎曲。杜甫《乾元中同谷縣作歌七首》六："南有龍兮在山湫，古木巃嵸枝相樛。"王安石《次韵酬龔深甫二首》一："北尋五柞故未愸，東挽三楊仍有樛。"　柯：草木的枝莖。《禮記・禮器》："如竹箭之有筠也，如松柏之有心也……故貫四時而不改柯易葉。"《文選・張衡〈西京賦〉》："浸石菌於重涯，濯靈芝以朱柯。"薛綜注："朱柯，芝草莖赤色也。"　龍：傳説中的一種神異動物，身長，形如蛇，有鱗爪，能興雲降雨，爲水族之長。董思恭《詠星》："歷歷東井舍，昭昭右掖垣。雲際龍文出，池中鳥色翻。"蘇頲《奉和聖製春臺望應制》："壯麗天之府，神明王者宅。大君乘飛龍，登彼復懷昔。"這裏描繪狀龍的松樹，與詩題"松"相應。

[編年]

《年譜》編年本詩於辛巳、壬午，亦即貞元十七、十八年，没有説明理由。《編年箋注》編年："……《與楊十二巨源盧十九經濟同遊大安亭各賦二物合爲五韵探得松石》……俱作于貞元十七、八年間。"理由："見下《譜》。"《年譜新編》編年意見同《年譜》，也没有説明理由。

我們的編年意見以及理由見《杏園》所述，并與《杏園》編入同一時段，亦即貞元十年至貞元十八年之間。又根據《與楊十二李三早入永壽寺看牡丹》的編年理由，當時楊巨源正在長安，寓館於"趙八"之家，并與元稹交遊，因此編入貞元十年。

代曲江老人百韵(年十六時作)①

何事花前泣?曾逢舊日春②。先皇初在鎬,賤子正游秦③。撥亂干戈後,經文禮樂辰④。徽章懸象魏,貔虎畫騏驎⑤。光武休言戰,唐堯念睦姻⑥。琳瑯銷柱礎(一),葛藟茂河漘⑦。尚齒惇耆艾,搜材拔積薪⑧。裴王持藻鏡,姚宋斡陶鈞⑨。内史稱張敞,蒼生借寇恂⑩。名卿唯講德,命士恥憂貧⑪。杞梓無遺用(二),芻蕘不忘詢⑫。懸金收逸驥,鼓瑟薦嘉賓⑬。羽翼皆隨鳳,瑜璉肯稱珉(三)⑭?班行容濟濟,文質道彬彬⑮。百度依皇極,千門闢紫宸⑯。理刑非苟簡(四),稽古蹈因循⑰。書謬偏求伏,詩亡遠聽申(五)⑱。繼登三虎貫(六),群擢八龍荀(七)⑲。海外恩方洽,淹中教不泯(八)⑳。儒林一同異,冠履盡清淳(九)㉑。天淨三光麗,時和四序均㉒。卑官休力役,賤職少艱辛(一〇)㉓。蠻貊同車軌,鄉原盡里仁㉔。帝途高蕩蕩,風俗厚諄諄(一一)㉕。秋日耕耘足(一二),豐年雨露頻㉖。戍烟生不見,村豎老猶純㉗。耒耜勤千畝,牲牢奉六禋㉘。南郊禮天地,東野闢原畇㉙。校獵求初吉,先農卜上寅㉚。萬方來合雜,五色瑞輪囷㉛。池籞呈朱雁,壇場得白麟(一三)㉜。酹金光照耀,奠璧綵璘玢(一四)㉝。掉蕩雲門發,蹁躚鷺羽振㉞。集靈撞玉磬(一五),和鼓奏金錞㉟。建簴崇牙盛,銜鐘獸目嗔㊱。總干形屹崒,戛敔背嶙峋㊲。文物千官會,夷音九部陳㊳。魚龍華外戲,歌舞洛中嬪㊴。佳節修酺禮,非時宴侍臣㊵。梨園明月夜,花萼艷陽晨㊶。李杜詩篇敵,蘇張筆力勻㊷。樂章輕鮑照,碑板笑顔竣㊸。泰嶽陪封禪,汾陰頌鬼神㊹。星移逐西顧,風暖助東巡㊺。浴德留湯谷,搜田過渭濱㊻。沸天雷殷殷,匝地轂轔轔㊼。沃土心逾熾,豪家禮漸湮㊽。老農羞荷鍤,貪賈學垂紳㊾。曲藝爭工巧,雕機變組紃(《説文》:"圜采絛雜記,紃以五采。")(一六)㊿。青鳧連不解,紅粟朽相因(51)。山澤長孳貨,梯航競獻珍(52)。翠毛開越巂,龍眼敞甌閩(一七)(53)。玉饌薪然蠟,椒房燭用銀(54)。銅山供横賜,金屋貯宜嚬(55)。班女恩移趙,思王賦感甄(56)。輝光隨顧步(一八),生死屬摇脣(57)。世族功勛久,王姬寵愛親(58)。街衢連甲第,冠蓋擁朱輪(59)。大道垂珠箔,當爐踏錦茵(60)。軒車隘南陌,鐘磬滿西鄰(61)。出入張公子,驕奢石季倫(一九)(62)。雞場潛介羽,馬埒並揚塵(63)。韜袖誇狐腋,弓弦尚鹿䐜(夾脊肉)(二〇)(64)。紫絛牽白犬,錦韉(馬鞍具)覆花駰(二一)(65)。箭倒南山虎,鷹擒東郭毚(66)。翻身迎過雁,坐射取迴鶉(二二)(67)。竟蓄朱公産,爭藏邴氏緡(68)。橋桃矜馬鶩,倚頓數金銀(二三)(69)。蔬鬥冬中韭(二四),羹憐遠處蒓(70)。萬錢纔下筯,五齊未稱醇(二五)(71)。曲水流觴日(二六),倡優醉度旬(二七)(72)。探丸依郭解,投轄伴陳遵(73)。共謂長安泰(二八),那知遽構屯(74)?奸心興桀黠,凶魄比頑嚚(二九)(75)。斗柄侵妖彗(三〇),天泉化逆鱗(76)。背恩欺乃祖(三一),連禍及吾民(77)。猰貐(獸名,出南海外,虎文龍爪,食人迅走)當前路(三二),鯨鯢得要津(78)。王師方業業(三三),暴卒已𧇡𧇡(《説文》:兩虎爭聲)(三四)(79)。番部同謀夏(三五),宗周暫去豳(80)。陵園深暮景,霜露下秋旻(81)。鳳闕悲巢鵩,鵷行亂野麕(82)。華林荒茂草,寒竹碎貞筠(83)。村落空垣壞,城隍舊井堙(84)。破船沈古渡,戰鬼聚陰燐(85)。振臂誰相應?攢眉獨不伸(86)。毁容懷赤紱,混迹戴黄巾(87)。木梗隨波蕩,桃源斅隱淪(88)。弟兄書信斷,鷗鷺往來馴(89)。忽遇山光澈,遥瞻海氣真[90]。秘圖推廢王(三六),後聖合經綸[91]。野杏渾休植,幽蘭不復紉[92]。但驚心憒憒,誰戀水粼粼[93]? 盡室離深洞,輕橈盪小舲[94]。殷勤題白石,悵望出青蘋[95]。夢寐平生在,經過處所新[96]。阮郎迷里巷,遼鶴記城闉[97]。虚過休明代,旋爲朽病身(三七)[98]。勞生常矻矻,語舊苦諄諄[99]。晚歲多衰柳,先秋愧大椿[100]。眼前年少客,無復昔時人[101]。

録自《元氏長慶集》卷一

[校記]

(一) 琳瑯鋪柱礎:原本作"琳瑯銷柱礎",叢刊本、《古詩鏡·唐詩鏡》同,語義不佳,據楊本、《全詩》改。

(二) 杞梓無遺用:原本作"杞梓無遺用",楊本同,語義難通,叢刊本作"杞梓無遭用",《元稹集》、《編年箋注》均没有出校。據《古詩鏡·唐詩鏡》、《全詩》改正。

(三) 瑜璉肯稱珉:蘭雪堂本、叢刊本、《古詩鏡·唐詩鏡》、《全詩》注同,楊本作"珪璋肯稱珉",《全詩》作"圭璋肯雜珉",語義不同,不改。

(四) 理刑非苟簡:叢刊本、《古詩鏡·唐詩鏡》、《全詩》注同,楊本、《全詩》作"措刑非苟簡",語義不同,不改。

(五) 詩亡遠聽申:楊本、叢刊本、《古詩鏡·唐詩鏡》、《全詩》同,宋蜀本作"詩亡遠聘申",語義不同,不改。

(六) 繼登三虎賈:《全詩》注同,楊本作"雄登三虎賈",蘭雪堂本、叢刊本、《古詩鏡·唐詩鏡》作"繼黜三彪賈",《全詩》作"雄推三虎賈",語義不同,不改。

(七) 群擢八龍荀:蘭雪堂本、叢刊本、《古詩鏡·唐詩鏡》、《全詩》同,楊本作"秀擢八龍荀",語義不同,不改。

(八) **淹中教不泥**:原本作"褭中教不泥",宋蜀本、叢刊本、《全詩》同,據楊本、《古詩鏡·唐詩鏡》改。

(九) **儒林一同異,冠履盡清淳**:《古詩鏡·唐詩鏡》、《全詩》注同,蘭雪堂本、叢刊本作"儒林一同異,冠屨盡清淳","屨"字無法説通。楊本、《全詩》所"儒林精閫奥,流品重清淳",語義不同,不改。

(一〇) **賤職少艱辛**:叢刊本、《古詩鏡·唐詩鏡》、《全詩》注同,楊本、《全詩》作"蠲賦免艱辛",語義不同,不改。

(一一) **風俗厚諄諄**:叢刊本、《古詩鏡·唐詩鏡》同,楊本、《全詩》作"風俗厚誾誾",《全詩》注作"風俗厚忳忳",語義不同,不改。

(一二) **秋日耕耘足**:蘭雪堂本、叢刊本、《古詩鏡·唐詩鏡》、《全詩》注同,楊本、《全詩》作"暇日耕耘足",語義難通,不改。

(一三) **壇場得白麟**:《全詩》同,楊本、叢刊本、《古詩鏡·唐詩鏡》作"壇場得白鱗",語義不佳,不改。

(一四) **奠璧綵璘玢**:《古詩鏡·唐詩鏡》、《全詩》同,楊本、叢刊本作"奠璧采璘玢",語義不同,不改。

(一五) **集靈撞玉磬**:楊本、叢刊本、《古詩鏡·唐詩鏡》、《全詩》同,宋蜀本作"集靈撞石磬",語義不同,不改。

(一六) **《説文》:"圓采絛雜記,紃以五采。"**:楊本、叢刊本、《古詩鏡·唐詩鏡》、《全詩》無此注文,應該是馬元調所加。

(一七) **龍眼敝甌閩**:叢刊本、《古詩鏡·唐詩鏡》、《全詩》注同,楊本、《全詩》作"龍眼弊甌閩",語義不同,不改。

(一八) **輝光隨顧步**:楊本、叢刊本、《全詩》、《古詩鏡·唐詩鏡》同,宋蜀本作"輝光隨故步",語義不同,不改。

(一九) **驕奢石季倫**:原本作"嬌奢石季倫",楊本、叢刊本、《古詩鏡·唐詩鏡》同,語義不佳,據《全詩》改。

(二〇) **夾脊肉**:楊本、叢刊本、《全詩》、《古詩鏡·唐詩鏡》無此注文,應該是馬元調所加。

（二一）錦韉(馬鞍具)覆花騘：蘭雪堂本、叢刊本、《古詩鏡·唐詩鏡》、《全詩》注作“錦韉覆花騘”，但無注文，應該是馬元調所加；楊本、《全詩》作“繡韂被花騘”，語義不同，不改。

（二二）坐射取迴鶻：蘭雪堂本、叢刊本、《古詩鏡·唐詩鏡》、《全詩》注同，楊本、《全詩》作“劈肘取廻鶻”，宋蜀本作“掣肘取廻鶻”，語義不同，不改。

（二三）倚頓數金銀：叢刊本、《古詩鏡·唐詩鏡》、《全詩》注同，楊本、《全詩》作“倚頓數牛犉”，語義不同，不改。

（二四）蔬閂冬中韭：楊本、《全詩》作“虀閂冬中韭”，蘭雪堂本、叢刊本、《古詩鏡·唐詩鏡》作“蔬闕冬中韭”，語義不同，不改。

（二五）五醑未稱醇：蘭雪堂本、叢刊本、《古詩鏡·唐詩鏡》、《全詩》注同，楊本、《全詩》作“五酘未稱醇”，語義不同，不改。

（二六）曲水流觴日：蘭雪堂本、叢刊本、《古詩鏡·唐詩鏡》、《全詩》注同，楊本、《全詩》作“曲水閑銷日”，語義不佳，不改。

（二七）倡優醉度旬：蘭雪堂本、叢刊本、《古詩鏡·唐詩鏡》、《全詩》注同，楊本、《全詩》作“倡樓醉度旬”，語義不同，不改。

（二八）共謂長安泰：宋蜀本、蘭雪堂本、叢刊本、《古詩鏡·唐詩鏡》、《全詩》注同，楊本、《全詩》作“共謂長之泰”，語義不同，不改。

（二九）凶醜比頑嚚：蘭雪堂本、叢刊本、宋蜀本、《全詩》同，楊本作“凶醜比頑嚻”，語義不同，不改。

（三〇）斗柄侵妖彗：楊本、叢刊本、《古詩鏡·唐詩鏡》、《全詩》同，宋蜀本作“斗杓侵妖彗”，盧校宋本作“斗枋侵妖彗”，語義不同，不改。

（三一）背恩欺乃祖：原本作“貸恩嘆乃祖”，蘭雪堂本、叢刊本、《古詩鏡·唐詩鏡》、《全詩》注同，語義不佳，據楊本、《全詩》改。

（三二）猷名，出南海外，虎文龍爪，食人迅走：楊本、叢刊本、《古詩鏡·唐詩鏡》、《全詩》諸本没有此注，當爲馬元調所加。

（三三）王師方業業：蘭雪堂本、叢刊本、《古詩鏡·唐詩鏡》、《全詩》注同,楊本、《全詩》作"王師纔業業",語義不同,不改。

(三四)《説文》:兩虎争聲:楊本、叢刊本、《古詩鏡·唐詩鏡》、《全詩》諸本没有此注,當爲馬元調所加。

(三五)番部同謀夏:楊本、叢刊本、《古詩鏡·唐詩鏡》、《全詩》作"雜虜同謀夏",語義不同,不改。

(三六)秘圖推廢王:原本作"秘圖推廢主",叢刊本、《古詩鏡·唐詩鏡》同,語義不佳,據楊本、《全詩》改。

(三七)旋爲朽病身:楊本、叢刊本、《古詩鏡·唐詩鏡》、《全詩》同,錢校作"旋爲朽腐身",語義相類,不改。

[箋注]

① 代曲江老人百韵:這是現存元稹詩文中較早的一篇長詩,值得讀者重視。耶律鑄的《雙溪醉隱集·原跋》評云:"唐元微之有《代曲江老人百韵》及《清都夜境》等篇,至於元和中李長吉《高軒過》,二公之作皆年未及冠,今在集中。數百年間孰能以少壯爲辨而少之耶?言詩者不當以區區歲月計其工拙矣! 歲次甲寅季冬二十有五日,木庵老衲性英題。"陸時雍的《古詩鏡·唐詩鏡》也讚賞:"如此長韵,整稱即佳。"《日知録·人聚》:"太史公言:'漢文帝時,人民樂業,因其欲,然能不擾亂,故百姓遂安,自六七十翁亦未嘗至市井。'劉寵爲會稽太守,狗不夜吠,民不見吏,龐眉皓髮之老未嘗識郡朝。史之所稱,其遺風猶可想見。唐自開元全盛之日,姚、宋作相,海内升平。元稹詩云:'戍烟生不見,村豎老猶純。'此唐之所以盛也,至大曆以後,四方多事,賦役繁興,而小民奔走官府,日不暇給。"筆者以爲,元稹"戍烟生不見,村豎老猶純"兩句,可與杜甫《憶昔二首》二"憶昔開元全盛日,小邑猶藏萬家室。稻米流脂粟米白,公私倉廩俱豐實。九州道路無豺虎,遠行不勞吉日出。齊紈魯縞車班班,男耕女桑不相失"媲美。元稹在本詩中借曲江老人之口,再現開元盛世、天寶史事,探索李唐

由盛轉衰的根本原因，應該是詩人傳世名篇《連昌宫詞》的預演。元稹後來的《酬鄭從事四年九月宴望海亭》"憶年十五學構廈，有意蓋覆天下窮"云云，除了熟習吏治書判之外，大概也包括這一類詩作。詩篇中的"曲江老人"是詩人虚擬的人物，不一定實有其人，也不一定僅僅衹是一位老人。

② "何事花前泣"兩句：昔日政治春景，今日風光不再，故而不能不令人傷感哭泣，兩句提起全詩。　何事：什麽事，哪件事。謝朓《休沐重還道中》："問我勞何事？沾沐仰清徽。"方干《經周處士故居》："愁吟與獨行，何事不傷情？"爲何，何故。左思《招隱二首》一："何事待嘯歌？灌木自悲吟。"劉過《水調歌頭》："湖上新亭好，何事不曾來？"　泣：無聲流泪或低聲而哭。《易·屯》："得敵，或鼓或罷，或泣或歌。"蘇軾《前赤壁賦》："舞幽壑之潛蛟，泣孤舟之嫠婦。"　舊日：往日，從前。李白《古風》九："青門種瓜人，舊日東陵侯。"杜甫《九日五首》二："舊日重陽日，傳杯不放杯。"

③ 先皇：前代帝王，這裏指唐玄宗。韋應物《温泉行》："北風慘慘投温泉，忽憶先皇遊幸年。身騎廐馬引天仗，直入華清列御前。"戎昱《秋望興慶宫》："先皇歌舞地，今日未遊巡。幽咽龍池水，淒涼御榻塵。"　鎬：鎬京，周代初年的國都，這裏借指長安。李白《雜言用投丹陽知己兼奉宣慰判官》："始從鎬京還，復欲鎬京去。"姚合《過天津橋晴望》："自從王在鎬，天寶至如今。"　賤子：謙稱自己。張説《南中别蔣五岑向青州》："老親依北海，賤子棄南荒。有泪皆成血，無聲不斷腸。"杜甫《奉贈韋左丞丈二十二韵》："紈袴不餓死，儒冠多誤身。丈人試静聽，賤子請具陳。"　秦：周朝國名，嬴姓，周孝王封伯翳之後非子爲附庸，與以秦邑。秦襄公始立國，至秦孝公日益富强，爲戰國七雄之一。春秋時奄有今陝西省地，故習稱陝西爲秦。《論語·微子》："三飯繚適蔡，四飯缺適秦。"《莊子·寓言》："陽子居南之沛，老聃西遊於秦，邀於郊。"本詩借稱陝西境内的長安，當時的李唐國都所在。

④ “撥亂干戈後”兩句:這裹指李隆基挫敗韋皇后以及太平公主妄圖篡奪帝位的陰謀,意謂經過平定叛亂,剛剛恢復正常的社會秩序,事見兩《唐書》之《本紀》等。　撥亂:平定禍亂。葛洪《抱朴子・博喻》:“勁兵鋭卒,撥亂之神物也,用者非明哲,則速自焚之禍焉!”劉知幾《史通・斷限》:“魏武乘時撥亂,電掃群雄。”　干戈:干和戈是古代常用武器,因以“干戈”用作兵器的通稱。《詩・周頌・時邁》:“戴戢干戈,載櫜弓矢。”桓寬《鹽鐵論・世務》:“兵設而不試,干戈閉藏而不用。”指戰争。《史記・儒林列傳序》:“然尚有干戈,平定四海,亦未暇遑庠序之事也。”葛洪《抱朴子・廣譬》:“干戈興則武夫奮,《韶》《夏》作則文儒起。”　禮樂:古代的統治者常常用禮與樂來維護自身的統治。《禮記義疏》卷二二:“乃命樂師習合禮樂。”《正義》高氏誘曰:“禮所以經國家,定社稷,利民人。樂所以移風易俗,蕩人邪心,存人正性,故使習合之。”李白《留别金陵諸公》:“六代更霸王,遺迹見都城。至今秦淮間,禮樂秀群英。”　辰:通“晨”。《詩・齊風・東方未明》:“不能辰夜,不夙則莫。”朱熹集傳:“此晨夜之限甚明,人所易知,今乃不能知,而不失之早,則失之莫也。”《新唐書・長孫無忌褚遂良等傳贊》:“反天之剛,撓陽之明,卒使牝咮鳴辰,胙移後家,可不哀哉!”

⑤ 徽章:這裹指用以表示尊崇的旗幡。《文選・謝莊〈宋孝武宣貴妃誄〉》:“崇徽章而出寰甸,照殊策而去城闉。”李善注:“鄭玄《禮記》注曰:‘徽,旌旗也。’毛萇《詩》傳曰:‘章,旒也。’”錢起《貞懿皇后挽詞》:“淑麗詩傳美,徽章禮飾哀。”　象魏:古代天子、諸侯宫門外的一對高建築,亦叫“闕”或“觀”,爲懸示教令的地方。《周禮・天官・太宰》:“正月之吉,始和,布治於邦國都鄙,乃縣治象之法于象魏,使萬民觀治象,挾日而斂之。”鄭玄注引鄭司農曰:“象魏,闕也。”賈公彦疏:“鄭司農云‘象魏,闕也’者,周公謂之象魏,雉門之外,兩觀闕高魏魏然,孔子謂之觀。”楊炯《少室少姨廟碑》:“太微營室,明堂布政之

宫;白獸蒼龍,象魏懸書之法。”也借指宫室、朝廷。蘇軾《上太皇太后賀正表》:“臣職守江湖,心馳象魏。天威咫尺,想聞清蹕之音。” 貔虎:貔和虎,亦泛指猛獸,這裏比喻勇猛的將士。岑參《陪狄員外早秋登府西樓因呈院中諸公》:“階下貔虎士,幕中鴛鷺行。”杜甫《觀兵》:“北庭送壯士,貔虎數尤多。精鋭舊無敵,邊隅今若何?” 騏驎:傳説中的獸名,即麒麟,這裏指良馬。岑參《楚夕旅泊古興》:“忽思湘川老,欲訪雲中君。騏驎息悲鳴,愁見豺虎群。”杜甫《驄馬行》:“近聞下詔喧都邑,肯使騏驎地上行?”

⑥ 光武:即東漢光武帝劉秀,王莽末年,爆發農民起義,劉秀利用這個機會壯大自己,最終統一全國,建立東漢,在位期間又進行了一系列的改革。光武所爲,與李隆基挫敗韋皇后、太平公主妄圖篡奪帝位陰謀以及其即位之後勵精圖治的作爲十分相似,故詩人借光武而美之。曹鄴《題山居》:“掃葉煎茶摘葉書,心閑無夢夜窗虚。只應光武恩波晚,豈是嚴君戀釣魚!”汪遵《桐江》:“光武重興四海寧,漢臣無不受浮榮。嚴陵何事輕軒冕,獨向桐江釣月明?” 唐堯:即傳説中的五帝之一,帝嚳之子,姓伊祁(亦作伊耆),名放勛,初封於陶,又封於唐,號陶唐氏,以子丹朱不肖,傳位於舜。在位期間命鯀治水,選擇虞舜爲自己的繼位之人,政治清明,百姓樂業。唐堯的作爲,與唐玄宗即位初期用姚崇、宋璟爲相,採取一系列對内對外政策,提高了國家的實力頗爲類似,故連類而美之。包佶《元日觀百僚朝會》:“萬國賀唐堯,清晨會百寮。花冠蕭相府,繡服霍嫖姚。”章孝標《風不鳴條》:“慢逐青烟散,輕和瑞氣饒。豐年知有待,歌詠美唐堯。” 睦姻:亦作“睦婣”,語出《周禮·地官·大司徒》:“二曰六行:孝、友、睦、婣、任、恤。”鄭玄注:“睦,親於九族;婣,親於外親。”後因以“睦婣”謂對宗族和睦,對外親親密。王安石《謝林中舍啓》:“雖睦姻之風可以厚俗,而貶損之意有如過中;言觀以思,頗恐且愧。”

⑦ 琳瑯:亦作“琳琅”,原指精美的玉石,這裏借指美好的事物、

優秀的人材。《世説新語・容止》:“有人詣王太尉,遇安豐、大將軍、丞相在坐,往别屋見季胤、平子。還語人曰:‘今日之行,觸目見琳琅珠玉。’”劉禹錫《送王師魯協律赴湖南使幕》:“素風傳竹帛,高價聘琳琅。”　柱礎:承柱的礎石,柱下的基礎。《晉書・秦國傳》:“琉璃爲墻壁,水精爲柱礎。”岑參《敬酬李判官使院即事見呈》:“草根侵柱礎,苔色上門關。”　葛藟:原指一種蔓生的植物。杜審言《都尉山亭》:“紫藤縈葛藟,緑刺罥薔薇。下釣看魚躍,探巢畏鳥飛。”這裏指《詩・王風》的篇名,内容描寫周室衰微、人民流離失所、求助不得的痛苦,後以“葛藟”借指流亡他鄉者的怨詩。陸雲《四言失題》後六:“思樂葛藟,薄采其蕈。疲彼攸遂,乃孚惠心。”詩人是反用其義,讚美百姓安居樂業的生活。河漘:河邊,語本《詩・王風・葛藟》:“綿綿葛藟,在河之漘。”與“葛藟”相呼應。《詩識名解・藟》:“今河滸、河涘、河漘,乃近水高出之地,並非水中,正葛之所託以生者。”

⑧ 尚齒:尊重年長之人。衛湜《禮記集説》卷一一三:“是故朝廷同爵則尚齒。”鄭氏曰:“同爵尚齒,老者在上也。”胡宏《皇王大紀》卷一:“宗廟尚親,朝廷尚尊,鄉黨尚齒,行事尚賢,大道之序也。語道而非其序者,非其道也。”　惇:敦厚,篤實。《書・舜典》:“柔遠能邇,惇德允元。”孔傳:“惇,厚也。”《新唐書・儒學傳序》:“貞觀六年,詔罷周公祠,更以孔子爲先聖,顔氏爲先師,盡召天下惇師老德以爲學官。”注重,重視。《漢書・成帝紀》:“百寮各修其職,惇任仁人,退遠殘賊。”　耆艾:泛指老年人。《漢書・武帝紀》:“然則於鄉里先耆艾,奉高年,古之道也。”顔師古注:“六十曰耆,五十曰艾。”李隆基《早登太行山中言志》:“宣風問耆艾,敦俗勸耕桑。”　搜材:即“搜才”,尋求賢才。《南史・謝莊傳》:“于時搜才路狹,莊表陳求賢之義。”李商隱《爲舉人獻韓郎中表》:“郎中搜才路廣,登客門寬。”　積薪:典見《史記・汲鄭列傳》:“始黯列爲九卿,而公孫弘、張湯爲小吏。及弘、湯稍益貴,與黯同位。黯又非毁弘、湯等。已而弘至丞相,封爲侯,湯至御史

大夫,故黯時丞相史皆與黯同列,或尊用過之。黯褊心,不能無少望,見上,前言曰:'陛下用群臣如積薪耳! 後來者居上!'上默然有間,黯罷,上曰:'人果不可以無學,觀黯之言也,日益甚!'"權德輿《酬崔舍人閣老冬至日宿直省中奉簡兩掖閣老并見示》:"左掖期連茹,南宫愧積薪。九年叨此地,迴首倍相親。"杜牧《春日言懷寄虢州李常侍十韵》:"今日還珠守,何年執戟郎? 且嫌遊晝短,莫問積薪長。"

⑨ 裴王:典見王仲寶《褚淵碑文》:"裴楷清通,王戎簡要。"李善注引臧榮緒《晉書》曰:"裴楷,字叔則,河東人也。爲尚書郎,吏部郎缺,太祖問其人於鍾會,會曰:'裴楷清通,王戎簡要,皆其選也。'是以楷爲吏部郎。"盧象《贈張均員外》:"公門世緒昌,才子冠裴王。出自平津邸,還爲吏部郎。"羅隱《寄禮部鄭員外》:"欒郄門風大,裴王禮樂優。班資冠雞舌,人品壓龍頭。" 藻鏡:同"藻鑒"。江總《讓尚書僕射表》:"藻鏡官方,品才人物。"劉知幾《史通・品藻》:"申藻鏡,别流品。" 姚宋:即開元年間著名宰相姚崇、宋璟。元稹《連昌宫詞》:"開元之末姚宋死,朝廷漸漸由妃子。禄山宫裏養作兒,虢國門前鬧如市。"李涉《題温泉》:"能使時平四十春,開元聖主得賢臣。當時姚宋並燕許,盡是驪山從駕人。" 陶鈞:製作陶器所用的轉輪。桓寬《鹽鐵論・遵道》:"辭若循環,轉若陶鈞。"也比喻治國的大道。《史記・魯仲連鄒陽列傳》:"是以聖王制世御俗,獨化於陶鈞之上。"裴駰集解引《漢書音義》:"陶家名模下圓轉者爲鈞,以其能制器爲大小,比之於天。"司馬貞索隱引張晏曰:"陶,冶;鈞,範也。作器,下所轉者名鈞。"指治理國家。《舊唐書・劉蕡傳》:"至若念陶鈞之道,在擇宰相而任之,使權造物之柄。"

⑩ 内史:官名,歷代各不相同。西周始置,協助天子管理爵、禄、廢、置等政務。春秋時沿置,秦時掌治理京師。漢景帝分置左右内史,漢武帝太初元年改右内史爲京兆尹,左内史爲左馮翊。隋文帝改中書省爲内史省,置内史監、令各一員,隋煬帝改爲内書省。唐高祖

武德初復爲内史省,三年改爲中書省,後亦用以稱中書省的官員。蘇頲《春晚紫微省直寄内》:"内史通宵承紫誥,中人落晚愛紅妝。别離不慣無窮憶,莫誤卿卿學太常。"皇甫冉《韋中丞西廳海榴》:"海花争讓候榴花,犯雪先開内史家。" 張敞:據《漢書》本傳:漢宣帝時京兆尹,京城之内無盗賊。但張敞不修儀表,爲妻子畫眉,傳爲京城笑談。後因事免職,盗賊復起,再次出爲冀州刺史,盗賊聞訊而平息。李隆基《好時光》:"寶髻偏宜宫様。蓮臉嫩,體紅香。眉黛不須張敞畫,天教入鬢長。"李商隱《垂柳》:"思量成夜夢,束久廢春慵。梳洗憑張敞,乘騎笑稚恭。" 蒼生:指百姓。《文選・史岑〈出師頌〉》:"蒼生更始,朔風變律。"劉良注:"蒼生,百姓也。"杜甫《行次昭陵》:"往者灾猶降,蒼生喘未蘇。" 寇恂:據《後漢書・寇恂傳》記載,寇恂漢光武帝時曾爲潁川太守,後升職京官,適值緑林軍起,"車駕南征,恂從至潁川,盗賊悉降",潁川百姓遮道而求:"願從陛下復借寇君一年!"光武帝允准,留寇恂鎮潁川。杜甫《奉寄章十侍御》:"指麾能事迴天地,訓練强兵動鬼神。湘西不得歸關羽,河内猶宜借寇恂。"錢起《送張員外出牧岳州》:"鳳凰銜詔與何人?善政多才寵寇恂。臺上鴛鸞争送遠,岳陽雲樹待行春。"

⑪ 名卿:有聲望的公卿。《管子・幼官》:"三年名卿請事,二年大夫通吉凶。"《漢書・翟方進傳》:"三人皆名卿,俱在選中。" 講德:討論、講求仁德。王褒《四子講德論》:"於是文繹復集,乃始講德。"張説《爲人作祭弟文》:"每思與爾歸印東都,懸輿故里,揚名講德,居常待終。" 命士:古代稱受有爵命的士。《禮記・内則》:"由命士以上,父子皆異宫。"劉禹錫《觀市》:"由命士已上不入于市,周禮有焉!"王莽時代指俸禄五百石之士。《漢書・王莽傳》:"更名秩百石曰庶士,三百石曰下士,四百石曰中士,五百石曰命士,六百石曰元士。" 耻貧:語出《論語・泰伯》:"子曰:篤信好學,守死善道,危邦不入,亂邦不居。天下有道則見,無道則隱……邦有道,貧且賤焉!耻也;邦無

道，富且貴焉，耻也！”儲光羲《田家雜興八首》二：“衆人耻貧賤，相與尚膏腴。我情既浩蕩，所樂在畋漁。”梅堯臣《十一月二十三日歐陽永叔劉原甫范景仁何聖徒見訪之什》：“夷門魏公子，來過抱關人。車馬立市中，貴義不耻貧。”

⑫ 杞梓：杞和梓，兩木皆良材，比喻優秀人材。《晉書·陸機陸雲傳論》：“觀夫陸機、陸雲，實荆衡之杞梓，挺珪璋於秀實，馳英華於早年。”韓偓《和王舍人撫州飲席贈韋司空》：“席上弟兄皆杞梓，花前賓客盡鴛鸞。” 遺用：謂具有才能而未發揮作用。元結《系樂府·古遺嘆》：“所遺非遺用，所遺在遺之。”劉敞《上留守資政尚書啓》：“伏承某官弼諧帝業，震蕩天聲，思四海之必乎，耻一物之遺用。” 蒭蕘：即芻蕘，割草采薪，借指割草采薪之人和草野之人。《孟子·梁惠王》：“文王之囿方七十里，芻蕘者往焉！雉兔者往焉！與民同之。”趙岐注：“芻蕘者，取芻薪之賤人也。”郭湜《高力士傳》：“陛下不遺鄙賤，言訪芻蕘，縱欲上陳，無裨聖造。” 詢：詢問，問。《書·舜典》：“詢于四岳，闢四門，明四目，達四聰。”《左傳·襄公四年》：“訪問於善爲咨，咨親爲詢。”杜預注：“問親戚之義。”義同“詢於芻蕘”，與樵夫商議事情，意謂不耻下問。《詩·大雅·板》：“先民有言，詢於芻蕘。”鄭玄箋：“古之賢者有言：有疑事當與薪采者謀之。”孔穎達疏：“言詢於芻蕘，謂謀於取芻取蕘之人。”

⑬ 懸金：猶懸賞。《後漢書·黨錮傳序》：“於是天子震怒，班下郡國，逮捕黨人……或有逃遁不獲，皆懸金購募。”劉知幾《史通·忤時》：“切以綱維不舉而督課徒勤，雖威以刺骨之刑，勖以懸金之賞，終不可也。” 逸驥：古代稱善奔的駿馬，也比喻優秀的人才。駱賓王《上司刑太常伯啓》：“側聞魯澤祥麟，希委質于宣父；吴阪逸驥，實長鳴於孫陽。”杜牧《走筆送杜十三歸京》：“烟鴻上漢聲聲遠，逸驥尋雲步步高。應笑内兄年六十，郡城閑坐養霜毛。” 鼓瑟：彈瑟。漢代楊惲與其妻感情甚篤，於《報孫會宗書》中曰：“家本秦也，能爲秦聲。

婦,趙女也,雅善鼓瑟。奴婢歌者數人,酒後耳熱,仰天拊缶而呼烏烏。"後以"鼓瑟"比喻夫婦感情融洽,這裏借用其意,謂善待嘉賓。《詩經·鹿鳴》:"呦呦鹿鳴,食野之蘋。我有嘉賓,鼓瑟吹笙。"　嘉賓:貴客。暢當《宿潭上二首》一:"夜潭有仙舸,與月當水中。嘉賓愛明月,遊子驚秋風。"白居易《題西亭》:"修竹夾左右,清風來徐徐。此宜宴嘉賓,鼓瑟吹笙竽。"

⑭ 羽翼:本指禽鳥的翼翅,借指輔佐的人或力量。儲光羲《貽主客吕郎中》:"上士既開天,中朝爲得賢。青雲方羽翼,晝省比神仙。"杜甫《收京》:"羽翼懷商老,文思憶帝堯。"　鳳:傳説中的神鳥,雄的叫鳳,雌的叫凰,這裏借喻帝王。張少博《尚書郎上直聞春漏》:"徐聲傳鳳闕,曉唱辨雞人。"李白《空城雀》:"嗷嗷空城雀,身計何戚促?本與鷦鷯群,不隨鳳凰族。"　瑜:美玉。《左傳·宣公十五年》:"山藪藏疾,瑾瑜匿瑕。"孔穎達疏:"瑾瑜,玉之美名。"《山海經·西山經》:"羭山神也……瘞用百瑜。"郭璞注:"瑜,亦美玉名。"《楚辭·九章·懷沙》:"懷瑾握瑜兮,窮不知所示。"　璉:古代宗廟盛黍稷的禮器。《論語·公冶長》:"〔孔子〕曰:'瑚璉也。'"何晏集解引包咸曰:"瑚璉,黍稷之器。夏曰瑚,殷曰璉。"　瑉:似玉的美石。《荀子·法行》:"故雖有瑉之雕雕,不若玉之章章。"《漢書·司馬相如傳》:"其石見赤玉玫瑰,琳瑉昆吾。"顔師古注引張揖曰:"琳,玉也。瑉,石之次玉者也。"

⑮ 班行:朝班的行列,朝官的位次。劉禹錫《酬樂天晚夏閑居欲相訪先以詩見貽》:"老是班行舊,閑爲鄉里豪。經過更何處?風景屬吾曹。"黄庭堅《次韵宋楙宗僦居甘泉坊雪後書懷》:"漢家太史宋公孫,漫逐班行謁帝閽。"　濟濟:衆多貌。《詩·大雅·旱麓》:"瞻彼旱麓,榛楛濟濟。"毛傳:"濟濟,衆多也。"盧綸《元日早朝呈故省諸公》:"濟濟延多士,躚躚舞百蠻。"整齊美好貌。《詩·齊風·載驅》:"四驪濟濟,垂轡瀰瀰。"《隋書·音樂志》:"昭昭車服,濟濟衣簪。"　文質:文華與質樸。杜預《春秋經傳集解序》:"史有文質,辭有詳略。"孔穎

達疏:"史文則辭華,史質則辭直,華則多詳,直則多略。"《舊唐書·文苑傳序》:"殊不知世代有文質,風俗有淳醨。" 彬彬:文質兼備貌。《論語·雍也》:"質勝文則野,文勝質則史,文質彬彬,然後君子。"何晏集解引包咸曰:"彬彬,文質相半之貌。"美盛貌,萃集貌。《漢書·司馬遷傳》:"漢興,蕭何次律令,韓信申軍法,張蒼爲章程,叔孫通定禮儀,則文學彬彬稍進,《詩》、《書》往往間出。"《晉書·江統孫綽等傳贊》:"彬彬藻思,綽冠群英。"

⑯ 百度:百事,各種制度。陸機《辨亡論》:"天人之分既定,百度之缺粗修。"《新唐書·陳子昂傳》:"今百度已備,但刑急罔密,非爲政之要。" 皇極:帝王統治天下的準則,即所謂大中至正之道,也指皇位、皇帝、皇室。《書·洪範》:"五,皇極,皇建其有極。"孔穎達疏:"皇,大也;極,中也。施政教,治下民,當使大得其中,無有邪僻。"荀悦《漢紀·高祖紀》:"昔在上聖,唯建皇極,經緯天地。" 千門:衆多宫門,亦借指衆多宫殿。杜甫《哀江頭》:"江頭宫殿鎖千門,細柳新蒲爲誰緑?"《資治通鑑·唐文宗開成元年》:"流血千門,僵尸萬計。"胡三省注:"漢武帝起建章宫,度爲千門萬户,後世遂謂宫門爲千門。" 紫宸:殿名,天子所居,唐時爲接見群臣及外國使者朝見慶賀的内朝正殿,在大明宫内。杜甫《冬至》:"杖藜雪後臨丹壑,鳴玉朝來散紫宸。"也泛指朝廷。張九齡《故刑部李尚書挽詞三首》二:"宿昔三台踐,榮華駟馬歸。印從青瑣拜,翰入紫宸揮。"

⑰ 理刑:掌理刑法。陳鴻《東城老父傳》:"及老人見四十三省郎吏,有理刑才名,大者出使郡,小者鎮縣。"皎然《同諸公奉侍祭岳瀆使大理盧幼平自會稽迴經平望將赴於朝廷期過故林不至》:"禮秩加新命,朝章篤理刑。敷誠通北闕,遺愛在南亭。" 苟簡:草率而簡略。《莊子·天運》:"食於苟簡之田,立於不貸之圃。"《漢書·董仲舒傳》:"其心欲盡滅先王之道,而顓爲自恣苟簡之治。" 稽古:考察古事。《漢書·武帝紀贊》:"高祖撥亂反正,文景務在養民,至於稽古禮文之

事，猶多闕焉！”張說《春晚侍宴麗正殿探得開字》：“聖政惟稽古，賓門引上才。坊因購書立，殿爲集賢開。” 因循：沿襲，承襲，繼承。《漢書・百官公卿表》：“秦兼天下，建皇帝之號，立百官之職。漢因循而不革，明簡易，隨時宜也。”韓愈《和歸工部送僧約》：“早知皆是自拘囚，不學因循到白頭。汝既出家還擾擾，何人更得死前休？”

⑱ 書謬偏求伏：伏即伏勝，秦時博士，秦始皇焚書之時，伏勝藏《尚書》於壁，後四出講學《尚書》。《尚書》兵亂之際部分散失，今存二十八篇即是伏勝所留。《史記・儒林列傳》有記載：“伏生者，濟南人也，故爲秦博士。孝文帝時欲求能治尚書者，天下無有，乃聞伏生能治，欲召之。是時伏生年九十餘，老不能行，於是乃詔太常使掌故朝錯往受之。秦時焚書，伏生壁藏之，其後兵大起，流亡，漢定，伏生求其書，亡數十篇，獨得二十九篇，即以教於齊魯之間。學者由是頗能言《尚書》，諸山東大師無不涉尚書以教矣！伏生教濟南張生及歐陽生，歐陽生教千乘兒寬，兒寬既通尚書，以文學應郡舉，詣博士受業，受業孔安國。兒寬貧無資用。常爲弟子都養，及時時間行傭賃，以給衣食。行常帶經，止息則誦習之。以試第次，補廷尉史。是時張湯方鄉學，以爲奏讞掾，以古法議決疑大獄，而愛幸寬。寬爲人温良，有廉智，自持，而善著書、書奏，敏於文，口不能發明也。湯以爲長者，數稱譽之。及湯爲御史大夫。以兒寬爲掾，薦之天子。天子見問，説之。張湯死後六年，兒寬位至御史大夫，九年而以官卒。” 詩亡遠聽申：申即申公，《詩》學成就甚高，楚王命其傅楚太子戊，太子戊惡之，及太子戊爲楚王，加申公腐刑。申公歸魯授徒，子弟甚多，成績斐然。《史記・儒林列傳》記載曰：“申公者，魯人也。高祖過魯，申公以弟子從師入見高祖於魯南宫。吕太后時，申公游學長安，與劉郢同師。已而郢爲楚王，令申公傅其太子戊。戊不好學，疾申公。及王郢卒，戊立爲楚王，胥靡申公。申公耻之，歸魯，退居家教，終身不出門。復謝絶賓客，獨王命召之乃往。弟子自遠方至受業者百餘人，申公獨以詩經

爲訓以教,無傳疑,疑者則闕不傳。蘭陵王臧既受詩,以事孝景帝爲太子少傅,免去。今上初即位,臧乃上書宿衛上,累遷,一歲中爲郎中令。及代趙綰亦嘗受詩申公,綰爲御史大夫,綰、臧請天子,欲立明堂以朝諸侯,不能就其事,乃言師申公。於是天子使使束帛加璧安車駟馬迎申公,弟子二人乘軺傳從。至,見天子,天子問治亂之事,申公時已八十餘,老,對曰:'爲治者不在多言,顧力行何如耳!'是時天子方好文詞,見申公對,默然。然已招致,則以爲太中大夫,舍魯邸,議明堂事。太皇竇太后好老子言,不説儒術,得趙綰、王臧之過以讓上,上因廢明堂事,盡下趙綰、王臧吏,後皆自殺。申公亦疾免以歸,數年卒。"獨孤及《送陳贊府兼應辟赴京序》:"且晉以梁山召伯宗,漢以明堂延申公,尊德問禮,於斯爲盛。"皎然《同明府章送沈秀才還石門山讀書》:"欲隨樵子去,惜與道流分。肯謝申公輩,治詩事漢文。"

⑲ 三虎:虎爲猛獸,"三虎"喻同時以雄傑著稱的三人,指東漢賈彪兄弟三人。《後漢書·賈彪傳》:"彪兄弟三人,並有高名,而彪最優,故天下稱曰:'賈氏三虎,偉節(彪之字)最怒。'"徐陵《代梁貞陽侯與荀昂兄弟書》:"賈氏三虎,豈獨貴於前修;荀家八龍,信服在於今日。" 八龍:這裏東漢荀淑八子。《後漢書·荀淑傳》:"有子八人:儉、緄、靖、燾、汪、爽、肅、專,並有名稱,時人謂之八龍。"後以稱揚人家子弟或弟兄。張説《送李問政河北簡兵》:"斗酒貽朋愛,躊躕出御溝。依然四牡别,更想八龍遊。"祖詠《贈苗發員外》:"朱户敞高扉,青槐礙落暉。八龍乘慶重,三虎遞朝歸。"

⑳ 海外:四海之外,泛指邊遠之地。《詩·商頌·長髮》:"相土烈烈,海外有截。"鄭玄箋:"四海之外率服。"《史記·孟子荀卿列傳》:"先列中國名山大川、通谷禽獸、水土所殖、物類所珍,因而推之,及海外之所不能睹。" 恩:德澤,恩惠。《孟子·梁惠王》:"今恩足以及禽獸,而功不至於百姓者,獨何與?"曹植《求通親親表》:"誠可謂恕己治人,推惠施恩者矣!" 洽:和諧,融洽。《詩·大雅·江漢》:"矢其文

德,洽此四國。”陶潛《答龐參軍》:“歡心孔洽,棟宇惟鄰。” 淹中:《漢書·藝文志》:“《禮》古經者,出於魯淹中。”顔師古引蘇林曰:“里名也。”劉禹錫《有獺吟》:“空餘知禮重,載在淹中篇。” 教:教育。《孟子·梁惠王》:“謹庠序之教,申之以孝悌之義。”韓愈《祭十二郎文》:“當求數頃之田於伊潁之上,以待餘年。教吾子與汝子幸其成,長吾女與汝女待其嫁:如此而已。”政教,教化。《商君書·更法》:“前世不同教,何古之法?”韓愈《原道》:“今也,舉夷狄之法,而加之先王之教之上,幾何其不胥而爲夷也。”把知識或技能傳授給人。《左傳·襄公三十一年》:“教其不知,而恤其不足。”《玉臺新詠·古詩〈爲焦仲卿妻作〉》:“十三教汝織,十四能裁衣。”韓愈《曹成王碑》:“王親教之搏力、勾卒、嬴越之法。” 泯:消滅,消失,消除。《詩·大雅·桑柔》:“亂生不夷,靡國不泯。”葛洪《抱朴子·論仙》:“闢地拓疆,泯人社稷。”孔穎達《春秋正義序》:“漢德既興,儒風不泯。”

㉑ 儒林:指儒家學者之群。《史记》有《儒林列传》,張守節正義引姚承曰:“儒謂博士,爲儒雅之林。”《後漢書·儒林傳序》:“今但録其能通經名家者,以爲儒林篇。”泛指儒生、讀書人。《三國志·王朗傳》:“及文帝踐祚。”裴松之注引《魏名臣奏》:“辟雍所以修禮樂,太學所以集儒林。”泛指士林、讀書人的圈子。《舊唐書·韓愈傳》:“而獨孤及、梁肅最稱淵奥,儒林推重。” 一:統一。《史記·秦始皇本紀》:“一法度。”杜牧《阿房宫賦》:“六王畢,四海一。” 同異:戰國時名家惠施提出的名辯論題,認爲事物中存在小同異和大同異兩種。人們對不同事物的認識有一致的和不一致的,這種認識上的同或異,爲小同異;而萬物具有完全相同的一面,即都離不開存亡變化,又有完全相異的一面,即各自的變化又不一樣,此爲大同異。《莊子·天下》:“〔惠施曰〕大同而與小同異,此之謂小同異;萬物畢同畢異,此之謂大同異。”成玄英疏:“物情分别,見有同異,此小同異也。死生交謝,寒暑遞遷,形性不同,體理無異,此大同異也。”相同與不同。《禮記·曲

禮》:"夫禮者,所以定親疏、决嫌疑、别同異、明是非也。"《顔氏家訓·音辭》:"後有揚雄著《方言》,其言大備,然皆考名物之同異,不顯聲讀之是非也。"指同於世與不同於世;同于己與不同於己。蘇軾《謝蘇自之惠酒》:"不如同異兩俱冥,得鹿亡羊等嬉戲。"謂差異,不同。《新唐書·張行成傳》:"嘗侍宴,帝語山東及關中人,意有同異。行成曰:'天子四海爲家,不容以東西爲限,是示人以隘矣!'帝稱善。"趙與時《賓退録》卷三:"蓋晋史凡十八家,而唐人修書又出於二十一人之手,豈無同異耶?" 冠履:亦作"冠屨",帽與鞋,頭戴帽,脚穿鞋,因以喻上下尊卑。《史記·儒林列傳》:"冠雖敝,必加於首;履雖新,必關於足。何者,上下之分也。"文天祥《己卯歲除》:"冠屨失其位,侯王化畸賤。" 盡:全部,整個。《左傳·昭公二年》:"周禮盡在魯矣!"韓愈《元和聖德詩》:"盡逐群奸,靡有遺侣。"猶同,一律。《韓非子·愛臣》:"是故明君之蓄其臣也,盡之以法,質之以備。"王先慎集解引舊注:"臣雖有貴賤,同以法也。" 清淳:品德高潔而純樸。《後漢書·朱穆傳》:"愚臣以爲可悉罷省,遵復往初,率由舊章,更選海内清淳之士、明達國體者,以補其處。"《世説新語·傷逝》:"王子敬與羊綏善,綏清淳簡貴,爲中書郎,少亡。"

㉒ 天浄:潔浄的天空。張説《和朱使欣道峽似巫山之作》:"江如曉天浄,石似暮霞張。征帆一流覽,宛若巫山陽。"朱延齡《秋山極天浄》:"雨洗高秋浄,天臨大野閑。葱蘢清萬象,繚繞出層山。" 三光:日、月、星。《莊子·説劍》:"上法圓天以順三光,下法方地以順四時,中和民意以安四鄉。"班固《白虎通·封公侯》:"天有三光日月星,地有三形高下平。" 麗:美好,光采焕發。司空圖《釋怨》:"而物尤則妖,美極則麗。"光華。韓愈《賀慶雲表》:"五采五色,光華不可遍觀,非烟非雲,容狀詎能詳述?抱日增麗,浮空不收,既變化而無窮,亦卷舒而莫定。" 時和:天氣和順。《宋書·文帝紀》:"今因四表無塵,時和歲稔,復獲拜奉舊塋,展罔極之思。"崔鉉《進宣宗收復河湟詩》:"共

遇聖明千載運,更觀俗阜與時和。" 四序:指春、夏、秋、冬四季。《魏書·律曆志》:"然四序遷流,五行變易。"王勃《守歲序》:"春、秋、冬、夏,錯四序之凉炎。" 均:公平,均匀。韓愈《孟東野失子》:"問天主下人,薄厚胡不均?"曾鞏《賦税》:"周世宗嘗患賦税之不均,詔長吏重定。"

㉓ 卑官:職位低微的官吏。韓愈《八月十五夜贈張功曹》:"判司卑官不堪説,未免捶楚塵埃間。"劉肅《大唐新語·公直》:"卑官貧迫,奈何不使其知而欺奪之?" 力役:勞役。《孟子·盡心》:"有布縷之征,粟米之征,力役之征。"元稹《酬樂天東南行詩一百韵》:"拔家逃力役,連鏁責逋誅。" 賤職:卑微的官職。嵇康《與山巨源絶交書》:"老子、莊周,吾之師也,親居賤職;柳下惠、東方朔,達人也,安乎卑位。"楊炯《益州温江縣令任君神道碑》:"左太沖之詠史,下僚實英俊之場;嵇叔夜之著書,賤職爲老莊之地。" 艱辛:艱苦。徐陵《爲武帝與北齊廣陵城主書》:"戎帳艱辛,無乃爲弊。"戴叔倫《屯田詞》:"艱辛歷盡誰得知? 望斷天南泪如雨。"

㉔ 蠻貊:古代稱南方和北方落後部族,亦泛指四方落後部族。綦毋潛《送崔員外黔中監選》:"聽猿收泪罷,繫雁待書稀。蠻貊雖殊俗,知君肝膽微。"岑參《陪狄員外早秋登府西樓因呈院中諸公》:"威聲振蠻貊,惠化鍾華陽。" 同車軌:即車同軌,各種車輛的車軌大小相同,亦用於形容各民族與漢民族的融合統一。《禮記·中庸》:"今天下車同軌,書同文,行同倫。"《史記·秦始皇本紀》:"車同軌,書同文字。" 鄉原:猶鄉土。白居易《東南行一百韵》:"漸覺鄉原異,深知土俗殊。"元稹《賽神》:"邑吏齊進説,幸勿禍鄉原。" 里仁:謂居住在仁者所居之里,與仁人爲鄰。《論語·里仁》:"里仁爲美。"何晏集解引鄭玄曰:"里者,仁之所居。居於仁者之里,是爲美。"陸德明釋文:"里,猶鄰也。言君子擇鄰而居,居於仁者之里。"潘岳《閑居賦》:"訓若風行,應如草靡。此里仁所以爲美,孟母所以三徙也。"

㉕ 蕩蕩：廣大貌，博大貌。《論語・泰伯》："大哉堯之爲君也……蕩蕩乎，民無能名焉！"朱熹集注："蕩蕩，廣遠之稱也。"《漢書・禮樂志》："大海蕩蕩水所歸，高賢愉愉民所懷。"顔師古注："蕩蕩，廣大貌也。" 風俗：相沿積久而成的風氣、習俗。《詩序》："先王以是經夫婦，成孝敬，厚人倫，美教化，移風俗。"司馬光《效趙學士體成口號十章獻開府太師》四："洛陽風俗重繁華，荷擔樵夫亦戴花。" 諄諄：忠謹誠懇貌。《後漢書・卓茂傳》："勞心諄諄，視人如子，舉善而教，口無惡言。"李賢注："諄諄，忠謹之貌也。"《新唐書・豆盧欽望傳》："欽望居宰相積十餘年，方易之、三思等怙勢宣忝，窺間王室，戮忠戚，觖冀非常，不能有所裁抑，獨謹身諄諄自全。"

㉖ 秋日：秋天。潘岳《秋興賦》："嗟秋日之可哀兮，諒無愁而不盡。"王維《出塞作》："暮雲空磧時驅馬，秋日平原好射雕。" 耕耘：亦作"耕芸"，翻土除草，亦泛指耕種。桓寬《鹽鐵論・散不足》："春夏耕耘，秋冬收藏。"《漢書・王莽傳》："父子夫婦終年耕芸，所得不足以自存。" 豐年：豐收之年。《詩・小雅・無羊》："衆維魚矣！實維豐年。"張説《登歌》："喜黍稷，屢豐年。" 雨露：雨和露，亦偏指雨水。《管子・度地》："當秋三月，山川百泉湧，降雨下，山水出，海路距，雨露屬。"《後漢書・馬融傳》："今年五月以來，雨露時澍。"

㉗ 戍烟：邊塞守軍的炊烟。劉長卿《平蕃曲三首》二："渺渺戍烟孤，茫茫塞草枯。隴頭那用閉？萬里不防胡。"李端《送王副使還并州》："戍烟千里直，邊雁一行斜。想到清油幕，長謀出左車。" 村豎：村童，指粗俗的年輕人。陳起《東歸越上》："東西黑白投林鳥，高下青黄異畝禾。村豎相呼騎犢背，小舟斜艤問漁蓑。"謝士元《遊麻源三谷》："踉蹌走村豎，三五遮道周。俯首拜君侯，俱言今有秋。"

㉘ 耒耜：古代耕地翻土的農具，耒是耒耜的柄，耜是耒耜下端的起土部分。《禮記・月令》："〔孟春之月〕天子親載耒耜，措之於參保介之御間。"鄭玄注："耒，耜之上曲也。"農具的總稱。《孟子・滕文

公》:"陳良之徒陳相,與其弟辛,負耒耜而自宋之滕。" 畝:我國地積單位,市畝的通稱。周制,六尺爲步(或曰六尺四寸、八尺),百步爲畝。秦時以五尺爲步,二百四十步爲畝,漢因秦制。唐以廣一步,長二百四十步爲畝。《詩·魏風·十畝之間》:"十畝之間兮! 桑者閑閑兮! 行與子還兮!"韓愈《鳳翔隴州節度使李公墓誌銘》:"丁壯興勵,歲增田數十萬畝。" 牲牢:猶牲畜。《詩·小雅·瓠葉序》:"上棄禮而不能行,雖有牲牢饔餼,不肯用也。"鄭玄箋:"牛羊豕爲牲,繫養者曰牢。"杜甫《有事於南郊賦》:"司門轉致乎牲牢之繫,小胥專達乎懸位之使。" 禋:祭名,升烟祭天以求福。《詩·大雅·生民》:"厥初生民,時維姜嫄。生民如何? 克禋克祀,以弗無子。"鄭玄箋:"乃禋祀上帝於郊禖,以祓除其無子之疾而得其福也。"孔穎達疏:"經傳之中,亦非祭天而稱禋祀者,諸儒遂以禋爲祭之通名……先儒云,凡絜祀曰禋。若絜祀爲禋,不宜別六宗與山川也。凡祭祀無不絜,而不可謂皆精。然則精意以享,宜施燔燎,精誠以假,烟氣之升,以達其誠故也。"《詩·周頌·維清》:"肇禋,迄用有成,維周之禎。"鄭玄箋:"文王受命,始祭天而征伐也。《周禮》:'以禋祀祀昊天上帝。'"孔穎達疏:"引《周禮》者,《大宗伯》文。引之以證禋爲祭天也。"

㉙ 南郊禮天地:李唐常常在重大事件,如改元大典時由皇帝親自前往南郊,祭祀天地,告以大事。《舊唐書·穆宗紀》:"長慶元年正月己亥朔……是日法駕赴南郊……辛丑,祀昊天上帝於圓丘,即日還宫,御丹鳳樓,大赦天下,改元長慶。"《通典·郊天》:"大唐武德初定:令每歲冬至祀昊天上帝於圓丘(壇於京城明德門外道東二里,四城城各高八尺一寸,下城廣二十丈,再城廣十五丈,三城廣十丈,四城廣五丈)。" 東郊辟原畇:原畇是原田,原野上的田地。辟原畇是周代就有的制度,唐代繼之。《通典·籍田》:"大唐貞觀三年正月二十一日,太宗親祭先農,籍於千畝之甸。武后改籍田爲先農壇,神龍初復改先農壇爲帝社稷。開元二十三年二月,親祀神農于東郊,勾芒配禮畢,

躬御耒耜籍於千畝之甸。時有司進儀注,天子三推,公卿九推,庶人終畝。玄宗欲重勸耕,籍遂進耕五十餘步,盡壟乃止。耕畢輦還齋宫,大赦,侍耕執牛官皆加級賜帛,其儀備《開元禮》。" 東郊:西周時,特指其東都王城以東的郊外。周滅商後,遷殷民於此。《書·君陳》:"周公既没,命君陳分正東郊成周。"孔穎達疏:"周公遷殷頑民於成周。頑民既遷,周公親自監之。周公既没,成王命其臣名君陳代周公監之,分别居處,正此東郊成周之邑。"泛指國都或城市以東的郊外。《禮記·月令》:"〔孟春之月〕立春之日,天子親帥三公、九卿、諸侯、大夫以迎春於東郊。"沈約《宿東園》:"陳王鬥雞道,安仁采樵路。東郊豈異昔? 聊可閑余步。" 辟:開墾,拓荒。《管子·五行》:"春辟勿時,苗足本。"尹知章注:"春當耕闢,無得不及時也。"《荀子·王制》:"辟田野,實倉廪,便備用。"開拓,開闢。《詩·大雅·召旻》:"昔先王受命,有如召公,日辟國百里,今也日蹙國百里。"毛傳:"辟,開。"《詩·大雅·江漢》:"江漢之滸,王命召虎:式辟四方,徹我疆土。"鄭玄箋:"王於江漢之水上命召公,使以王法征伐開辟四方,治我疆界於天下。"

㉚ 校獵:遮攔禽獸以獵取之,亦泛指打獵。《漢書·成帝紀》:"冬,行幸長楊宫,從胡客大校獵。"顔師古注:"此校謂以木自相貫穿爲闌校耳……校獵者,大爲闌校以庶禽獸而獵取也。"杜甫《冬狩行》:"君不見東川節度兵馬雄,校獵亦似觀成功。" 初吉:初時吉利。《易·既濟》:"初吉終亂。《彖》曰……'初吉',柔得中也。"高亨注:"封辭云'初吉'者,因臣下在初時得正中之道,故吉也。"朔日,即陰曆初一日。《詩·小雅·小明》:"二月初吉,載離寒暑。"毛傳:"初吉,朔日也。"杜甫《北征》:"皇帝二載秋,閏八月初吉。"浦起龍心解:"初吉,朔日也。" 先農:古代傳説中最先教民耕種的農神,或謂神農,或謂后稷。《後漢書·禮儀志》:"力田種各耰訖。"劉昭注引《漢舊儀》:"春始東耕于藉田,官祠先農,先農即神農炎帝也。"《郊廟歌辭·享先農

樂章》:“《唐書·樂志》曰:‘太樂舊有享先農送神樂章,不詳所起。’”　上寅:農曆每月上旬之寅日。賈思勰《齊民要術·造神曲並酒等》:“又神麴法:以七月上寅日造,不得令雞狗見及食。”白居易《詠家醞十韵》:“井泉王相資重九,麴糵精靈用上寅。”原注:“水用九月九日,麴用七月上寅。”

㉛ 萬方:萬邦,各方諸侯。《書·湯誥》:“王歸自克夏,至於亳,誕告萬方。”引申指天下各地。杜甫《登樓》:“花近高樓傷客心,萬方多難此登臨。”　合雜:混雜,嘈雜。封演《封氏聞見記·儒教》:“流俗婦人,多於孔廟祈子,殊爲褻慢,有露形登夫子之榻者。後魏孝文詔孔子廟,不聽婦人合雜祈非望之福。然則聾俗所爲,有自來矣!”吉皎《七老會詩》:“寧用管弦來合雜,自親松竹且清虛。”　五色:青、赤、白、黑、黄五種顔色,古代以此五者爲正色。《書·益稷》:“以五采彰施於五色,作服,汝明。”孫星衍疏:“五色,東方謂之青,南方謂之赤,西方謂之白,北方謂之黑,天謂之玄,地謂之黄,玄出於黑,故六者有黄無玄爲五也。”泛指各種顔色。《老子》:“五色令人目盲,五音令人耳聾,五味令人口爽。”　輪囷:盤曲貌。《文選·鄒陽〈獄中上書自明〉》:“蟠木根柢,輪囷離奇。”李善注引張晏曰:“輪囷離奇,委曲盤戾也。”秦韜玉《檜樹》:“翠雲交幹瘦輪囷,嘯雨吟風幾百春。深蓋屈盤青麈尾,老皮張展黑龍鱗。”

㉜ 池籞:指帝王的園林。《漢書·宣帝紀》:“池籞未御幸者,假與貧民。”顔師古注:“蘇林曰:‘折竹以繩,綿連禁禦,使人不得往來,律名爲籞。’應劭曰:‘池者,陂池也;籞者,禁苑也。’”韓偓《故都》:“塞雁已侵池籞宿,宮鴉猶戀女墻啼。”　朱雁:原指紅色的雁,古人以爲瑞鳥。《新唐書·百官志》:“景雲、慶雲爲大瑞,其名物六十有四;白狼、赤兔爲上瑞,其名物三十有八;蒼烏、朱雁爲中瑞,其名物三十有二。”　壇場:古代設壇舉行祭祀、繼位、盟會、拜將等大典的場所。《漢書·高帝紀》:“於是漢王齋戒設壇場,拜信爲大將軍。”盧從愿《奉

和聖製送張説巡邊》:"上將發文昌,中軍静朔方。占星引旌節,擇日拜壇場。" 白麟:白色的麒麟,古代以爲祥瑞。王充《論衡・講瑞》:"武帝之時,西巡狩得白驎,一角而五趾。"《漢書・武帝紀》:"元狩元年冬十月,行幸雍,祠五畤。獲白麟,作《白麟》之歌。"

㉝ 酹:以酒澆地,表示祭奠。《後漢書・橋玄傳》:"又承從容約誓之言:'徂没之後,路有經由,不以斗酒隻雞過相沃酹,車過三步,腹痛勿怨。'"李白《山人勸酒》:"舉觴酹巢由,洗耳何獨清!" 金光:指神佛之光,喻神道佛法的力量。《樂府詩集・漢郊祀歌》:"沛施祐,汾之阿,揚金光,横泰河。"賈島《送譚遠上人》:"金光明本行,同侍出峨嵋。" 照耀:亦作"照曜",强烈的光綫映射。《尸子》卷上:"五色照曜,乘土而王。"李白《夢遊天姥吟留别》:"青冥浩蕩不見底,日月照耀金銀臺。" 奠:謂置祭品祭祀鬼神或亡靈。《詩・召南・采蘋》:"於以奠之,宗室牖下。"毛傳:"奠,置也。"顔延之《皇太子釋奠會》:"敬躬祀典,告奠聖靈。" 璧:玉器名,扁平,圓形,中心有孔,邊闊大於孔徑。古代貴族用作朝聘、祭祀、喪葬時的禮器,也作佩帶的裝飾。《詩經・衛風・淇奥》:"有匪君子,如金如錫,如圭如璧。"泛指美玉。劉知幾《史通・探賾》:"蓋明月之珠不能無瑕,夜光之璧不能無纇。" 綵:光色,花紋。鮑照《登大雷岸與妹書》:"若華夕曜,巖澤氣通,傳明散綵,赫似絳天。"蕭統《芙蓉賦》:"色兼列綵,體繁衆號。" 璘玢:光彩繽紛貌。皎然《送穆寂赴舉》:"劍光既陸離,瓊彩何璘玢!"韋處厚《磐石磴》:"繚繞緣雲上,璘玢甃玉聯。"

㉞ 掉蕩:摇盪。元稹《紀懷贈李六户曹崔二十功曹五十韻》:"角聲悲掉蕩,城影暗稜層。軍幕威容盛,官曹禮數兢。"沈括《夢溪筆談・樂律》:"若以側垂之,其鍾可以掉蕩旋轉。" 雲門:週六樂舞之一,用於祭祀天神,相傳爲黄帝時所作。《周禮・春官・大司樂》:"以樂舞教國子,舞《雲門》、《大卷》、《大咸》、《大磬》、《大夏》、《大濩》、《大武》。"鄭玄注:"此周所存六代之樂,黄帝曰《雲門》、《大卷》。黄帝能

成名萬物,以明民共財,言其德如雲之所出,民得以有族類。"《舊唐書·音樂志》:"按古六代舞有《雲門》、《大咸》、《大夏》、《大韶》,是古之文舞;殷之《大濩》,周之《大武》,是古之武舞。" 蹁躚:旋轉的舞姿。張説《文舞》:"黄龍蜿蟺,彩雲蹁躚。五行氣順,八佾風宣。"劉禹錫《傷秦姝行》:"從郎鎮南别城闕,樓船里曲瀟湘月。馮夷蹁躚舞緑波,鮫人出聽停綃梭。" 鷺羽:白鷺的羽毛,古人用以製成舞具。《詩·陳風·宛丘》:"無冬無夏,值其鷺羽。"毛傳:"鷺鳥之羽,可以爲翳。"鄭玄箋:"翳,舞者所持以指麾。"《樂府詩集·周郊祀樂章》:"雷鞀鷺羽今休用,玉戚相参正發揚。"

㉟ 集靈:即集靈宫,漢代宫殿名,爲皇帝祀神、求仙之所。《三輔黄圖·甘泉宫》:"集靈宫、集仙宫、存仙殿、存神殿……皆武帝宫觀名也。"亦省稱"集靈"。李商隱《漢宫詞》"青雀西飛竟未回,君王長在集靈臺。侍臣最有相如渴,不賜金莖露一杯。" 玉磬:古代石製樂器名。《禮記·郊特牲》:"諸侯之宫縣,而祭以白牡,擊玉磬……諸侯之僭禮也。"孫希旦集解:"玉磬,《書》所謂鳴球,天子之樂器也。"柳宗元《渾鴻臚宅聞歌效白紵》:"朱唇掩抑悄無聲,金簧玉磬宫中生。" 和鼓:與鼓聲相和。《周禮·地官·鼓人》:"以金錞和鼓,以金鐲節鼓。"鄭玄注:"樂作鳴之,與鼓相和。"《舊五代史·樂志·朝會樂章制度奏》:"周禮四金之奏,一曰金錞以和鼓……" 金錞:即錞于,古代"四金"之一。《周禮·地官·鼓人》:"以金錞和鼓。"鄭玄注:"錞,錞于也。圜如碓頭,大上小下,鳴之與鼓相和。"庾信《三月三日華林園馬射賦》:"玉律調鐘,金錞節鼓。"

㊱ 簴:懸挂鐘磬的立柱。《楚辭·九歌·東君》:"縆瑟兮交鼓,簫鍾兮瑤簴。"李邕《越州華嚴寺鐘銘序》:"於是曾臺大起,雕簴懸列。" 崇牙:懸挂編鐘編磬之類樂器的木架上端所刻的鋸齒,亦代指鐘磬架。《詩·周頌·有瞽》:"有瞽有瞽,在周之庭。設業設虡,崇牙樹羽。"孔穎達疏:"虡者立於兩端,栒則横入於虡。其栒之上加施大

板，則著於栒。其上刻爲崇牙，似鋸齒捷業然，故謂之業，牙即業之上齒也。”張衡《東京賦》：“爾乃九賓重，臚人列，崇牙張，鏞鼓設。”薛綜注：“張，謂樹之以懸鍾鼓也。” 嗔：發怒，生氣。《世説新語・德行》：“丞相見長豫輒喜，見敬豫輒嗔。”沈約《六憶詩四首》二：“笑時應無比，嗔時更可憐。”

㊲ 總干：謂持盾。《禮記・樂記》：“夫樂者，象成者也。總干而山立，武王之事也；發揚蹈厲，太公之志也。”鄭玄注：“總干，持盾也。”孫希旦集解：“總，持也；干，盾也。”郭遵《翟扇賦》：“象舞羽於舜階，異總干於周廟。” 屹崒：亦作“屹崒”，高峻貌。《文選・郭璞〈江賦〉》：“虎牙嵥豎以屹崒，荆門闕竦而盤礴。”李善注：“屹崒，高峻貌。”元稹《有酒十章》二：“地居方直天體明，胡不八荒圢圢如砥平？胡山高屹崒海泓澄？胡不日車杲杲晝夜行？” 戛敔：即敔，古代在雅樂結束時擊奏的止樂樂器。孫覿《次韵德發驅虎》：“驚呼吒萬口，走避空一府。長圍起伏虚，尺箠下戛敔。”周密《武林舊事・册皇后儀》：“皇帝降坐，入東房，戛敔。” 嶙峋：形容溝壑、山崖、建築物等重疊幽深。韓愈《送惠師》：“遂登天台望，衆壑皆嶙峋。夜宿最高頂，舉頭看星辰。”李綱《登鍾山謁寶公塔》：“我登鍾山頂，白塔高嶙峋。”

㊳ 文物：指禮樂制度，古代用文物明貴賤，制等級，故云。《左傳・桓公二年》：“夫德，儉而有度，登降有數，文物以紀之，聲明以發之，以臨百官。”杜甫《行次昭陵》：“文物多師古，朝廷半老儒。” 千官：衆多的官員。盧象《駕幸温泉》：“佳氣終朝隨步輦，垂楊幾處繞行宫？千官扈從驪山北，萬國来朝渭水東。”曹唐《三年冬大禮五首》三：“三代樂迴風入律，四溟歌駐水成文。千官不動旌旗下，日照南山萬樹雲。” 夷音：這裹謂外族或少數民族的音樂、語言。杜甫《奉漢中王手札》：“夷音迷咫尺，鬼物傍黄昏。犬馬誠爲戀，狐貍不足論。”元稹《酬樂天東南行詩一百韵》：“夷音啼似笑，蠻語謎相呼。江郭船添店，山城木豎郛。” 九部：即九部樂。郭茂倩《樂府詩集・近代曲

詞》:“自隋開皇初文帝置七部樂:一曰西涼伎,二曰清商伎,三曰高麗伎,四曰天竺伎,五曰安國伎,六曰龜茲伎,七曰文康伎。至大業中煬帝乃立清樂、西涼、龜茲、天竺、康國、疏勒、安國、高麗、禮畢以爲九部樂……唐武德初,因隋舊制,用九部樂。”劉軻《大唐三藏大遍覺法師塔銘》:“至寺門,敕趙公英、中書令褚引入,於殿内奏九部樂破陣舞及百戲於庭而還。”

㊴ 魚龍:這裏指古代百戲雜耍中能變化爲魚和龍的猞猁模型,亦爲該項百戲雜耍名。《漢書·西域傳贊》:“設酒池肉林以饗四夷之客,作《巴俞》都盧、海中《碭極》、漫衍魚龍、角抵之戲以觀視之。”顔師古注:“魚龍者,爲舍利之獸,先戲於庭極,畢乃入殿前激水,化成比目魚,跳躍潄水,作霧障日,畢,化成黄龍八丈,出水敖戲於庭,炫耀日光。”楊炯《奉和上元酺宴應詔》:“百戲騁魚龍,千門壯宮殿。” 歌舞:歌唱和舞蹈。《詩·小雅·車舝》:“雖無德與女,式歌且舞。”鄭玄箋:“雖無其德,我與女用是歌舞相樂,喜之至也。”《新唐書·于闐傳》:“人喜歌舞,工紡績。” 洛中:洛陽地區。儲光羲《洛中送人還江東》:“洛城春雨霽,相送下江鄉。樹緑天津道,山明伊水陽。”孟浩然《洛中訪袁拾遺不遇》:“洛陽訪才子,江嶺作流人。聞説梅花早,何如北地春!”

㊵ 佳節:美好的節日。王維《九月九日憶山中兄弟》:“獨在異鄉爲異客,每逢佳節倍思親。遥知兄弟登高處,遍插茱萸少一人。”暢當《九日陪皇甫使君泛江宴赤岸亭》:“羈旅逢佳節,逍遥忽見招。同傾菊花酒,緩棹木蘭橈。” 酺:古指國有喜慶,特賜臣民聚會飲酒。《史記·秦始皇本紀》:“天下大酺。”張守節正義:“天下歡樂大飲酒也。”《新唐书·元德秀传》:“玄宗在東都,酺五鳳樓下,命三百里縣令、刺史各以聲樂集。” 非時:不時,時常。杜甫《贈太子太師汝陽郡王璡》:“出入獨非時,禮異見群臣。”仇兆鰲注:“非時,即常常而見之意。”范成大《刺濆淖》:“人言盤渦耳,夷險顧有間。仍於非時作,未可

一理貫。” 侍臣:侍奉帝王的廷臣。《儀禮・燕禮》:“凡公所酬既拜,請旅侍臣。”李商隱《漢宫詞》:“侍臣最有相如渴,不賜金莖露一杯。”

㊶ 梨園:唐玄宗時教練宫廷歌舞藝人的地方。《新唐書・禮樂志》:“玄宗既知音律,又酷愛法曲,選坐部伎子弟三百教於梨園,聲有誤音,帝必覺而正之,號‘皇帝梨園弟子’。宫女數百,亦爲梨園弟子,居宜春北院。”杜甫《觀公孫大娘弟子舞劍器行序》:“自高頭宜春、梨園二伎坊内人,洎外供奉,曉是舞者,聖文神武皇帝初,公孫一人而已。” 明月:光明的月亮。宋玉《神女賦》:“其少進也,皎若明月舒其光。”張若虚《春江花月夜》:“春江潮水連海平,海上明月共潮生。” 花萼:即花萼樓,唐玄宗于興慶宫西南建花萼相輝之樓,簡稱花萼樓。《舊唐書・讓皇帝憲傳》:“玄宗于興慶宫西南置樓,西面題曰花萼相輝之樓……玄宗時登樓,聞諸王音樂之聲,咸召登樓,同榻宴謔,或便幸其第,賜金分帛,厚其歡賞。”劉禹錫《楊柳枝詞九首》五:“花萼樓前初種時,美人樓上鬥腰肢。” 艷陽:形容光艷美麗。李白《古風》四七:“桃花開東園,含笑誇白日。偶蒙東風榮,生此艷陽質。”晏殊《和樞密侍郎因看海棠憶禁苑此花最盛》:“幸分霖雨潤,猶見艷陽姿。”

㊷ 李杜詩篇敵:李是李白,杜是杜甫。這是杜甫其人其詩長期不受重視之後,元稹第一次提出了李杜詩篇相敵的意見。十九年之後,元稹又一次提到李白與杜甫,不過觀點有所修正,對杜甫讚譽有加,我們以爲更接近當時詩壇的實際,《唐故工部員外郎杜君墓係銘(并序)》:“至於子美,蓋所謂上薄風騷,下該沈宋,古傍蘇李,氣奪曹劉,掩顔謝之孤高,雜徐庾之流麗,盡得古今之體勢而兼昔人之所獨專矣! 使仲尼考鍛其旨要,尚不知貴其多乎哉! 苟以爲能所不能,無可不可,則詩人以來未有如子美者! 時山東人李白亦以奇文取稱,時人謂之李杜。予觀其壯浪縱恣,擺去拘束,摸寫物象及樂府歌詩,誠亦差肩於子美矣! 至若鋪陳終始,排比聲韵,大或千言,次猶數百,詞氣豪邁而風調清深,屬對律切而脱棄凡近,則李尚不能歷其藩翰,況

堂奥乎!"又如《贈李甫見贈十首》二:"杜甫天材頗絶倫,每尋詩卷似情親。憐渠直道當時語,不著心源傍古人。"在中國文學批評史上,元稹是高度評價杜甫的第一人,《舊唐書・杜甫傳》基本採録元稹的評價,並且基本照録《唐故工部員外郎杜君墓係銘(并序)》的叙述。自元稹而後,文學界、文學批評界都採納元稹的觀點,逐步將杜甫供奉在"詩聖"的寶座之上,並且享譽海外,成爲世界人民共同喜愛與敬仰的偉大詩人。　蘇張筆力匀:蘇是指蘇頲,張是指張説,唐玄宗朝兩人俱以文章聞名當時,數十年執朝政秉文柄,蘇頲封許國公,張説封燕國公,並稱"燕許大手筆"。《舊唐書・蘇頲傳》:"瓌子頲,少有俊才,一覽千言。弱冠舉進士,授烏程尉,累遷左臺監察御史。長安中,詔頲按覆来俊臣等舊獄,頲皆申明其枉,由此雪冤者甚衆。神龍中累遷給事中,加修文館學士,俄拜中書舍人。尋而頲父同中書門下三品,父子同掌樞密,時以爲榮。機事填委,文誥皆出頲手。中書令李嶠嘆曰:'舍人思如湧泉,嶠所不及也!'俄遷太常少卿。景雲中,瓌薨,詔頲起復爲工部侍郎,加銀青光禄大夫,頲抗表固辭,辭理懇切,詔許其終制,服闋就職,襲父爵許國公。玄宗謂宰臣曰:'有從工部侍郎得中書侍郎否?'對曰:'任賢用能,非臣等所及。'玄宗曰:'蘇頲可中書侍郎,仍供政事食。'明日加知制誥,有政事食自頲始也。頲入謝,玄宗曰:'常欲用卿,每有好官闕,即望宰相論及。宰相皆卿之故人,卒無言者,朕爲卿嘆息。中書侍郎,朕極重惜,自陸象先殁後,朕每思之,無出卿者。'時李乂爲紫微侍郎,與頲對掌文誥,他日上謂頲曰:'前朝有李嶠、蘇味道,謂之蘇李。今有卿及李乂,亦不讓之。卿所製文誥,可録一本封進,題云臣某撰,朕要留中披覽。'其禮遇如此。"《舊唐書・張説傳》:"張説字道濟,其先范陽人,代居河東,近又徙家河南之洛陽……始玄宗在東宫,説已蒙禮遇。及太平用事,儲位頗危,説獨排其黨,請太子監國,深謀密畫,竟清内難,遂爲開元宗臣。前後三秉大政。掌文學之任凡三十年。爲文俊麗。用思精密。朝廷大手筆皆特承中旨譔述,天下詞人咸諷誦之。尤長於碑文、墓誌,當代無能及者。喜延納後進,善用其長,引文儒之士,佐佑王化,當承平歲久,志在粉飾盛時。其封泰山,祠脽上,謁五陵,開集賢,修太宗之政,皆説爲倡首。而又敦氣義,重然諾,於君臣朋友之際,大義甚篤。時中書舍人徐堅自負文學,常以集賢院學士多非其人,所司供膳太厚,嘗謂朝列曰:'此輩於國家何益,如此虛費?'將建議罷之。説曰:'自古帝王功成,則有奢縱之失,或興池臺,或玩聲色。今聖上崇儒重道,親自講論,刊正圖書,詳延學者。今麗正書院,天子禮樂之司,永代規模,不易之道也。所費者細,所益者大。徐子之言,何其隘哉?'玄宗知之,由是薄堅。説既遭訕鑠,罷知政事,專集賢文史之任。每軍國大事,帝遣中使先訪其可否。説嘗自製其父《贈丹州刺史隲碑文》,玄宗聞之而御書其碑額賜之,曰:'嗚呼!積善之墓。'有文集三十卷,太常謚議曰:'文貞。'左司郎中陽伯誠駁議,以爲不稱。工部侍郎張九齡立議,請依太常爲定,紛紜未決。玄宗爲説自製神道碑文,御筆賜謚曰'文貞',繇是方定。"李涉《題温泉》:"當時姚宋並燕許,盡是驪山從駕人。"徐夤《寓題述懷》:"大道真風早晚還,妖訛成俗污乾坤。宣尼既没蘇張起,鳳鳥不來雞雀喧。" 筆力:字、畫、文章在筆法上表現的氣勢和力量。《南齊書·王僧虔傳》:"其論書曰……孔琳之書,天然放縱,極有筆力,規矩恐在羊欣後。"《陳書·杜之偉傳》:"僕射徐勉嘗見其文,重其有筆力。"寫作能力。范仲淹《與韓魏公書》:"衆謂之翰醇儒,本無他腸,但思之未精,筆力未至爾。"

㊸ 樂章:古代指配樂的詩詞,後亦泛指能入樂的詩詞。《禮記·曲禮》:"居喪,未葬讀喪禮,既葬讀祭禮。喪復常,讀樂章。"孔穎達疏:"樂章,謂樂書之篇章,謂詩也。"韓愈《潮州刺史謝上表》:"宜定樂章,以告神明。東巡泰山,奏功皇天。" 鮑照:南朝宋文學家,人稱"鮑參軍",生於公元四〇五年,公元四六六年爲亂軍所殺。一生坎坷,所寫樂府詩以反映邊塞生活爲主,尤其擅長七言樂府,代表作有

《擬行路難》十八首、《蕪城賦》、《登大雷岸與妹書》，以“樂章”稱名於世，對唐代詩人影響頗深。杜甫《蘇端薛復筵簡薛華醉歌》：“近來海内爲長句，汝與山東李白好。何劉沈謝力未工，才兼鮑昭愁絶倒。”李群玉《言懷》：“白鶴高飛不逐群，嵇康琴酒鮑昭文。此身未有栖歸處，天下人間一片雲。”“昭”與“照”相通，故古人也常常以“鮑昭”稱“鮑照”。　碑板：亦作“碑版”，碑碣上所刻的誌傳文字。謝靈運《入華子岡是麻源第三谷》：“圖牒復摩滅，碑版誰聞傳？”李邕《岳麓寺碑》：“碑板莫建，軌物未宏。”因顔竣長於碑誌之文，故詩有“碑板”之譽。　顔竣：南朝宋人，長於碑誌之文，《古詩紀・顔竣傳》：“字士遜，延之之子也。初隨孝武爲撫軍主簿，元兇弑逆，孝武舉兵入討，轉諮議參軍，領軍録事。孝武踐祚，累遷吏部尚書。諫諍懇切，上意不悦，下獄賜死。”《宋書・顔竣傳》：“顔竣字士遜，琅邪臨沂人，光禄大夫延之之子也。太祖問延之：‘卿諸子誰有卿風？’對曰：‘竣得臣筆，測得臣文，奂得臣義，躍得臣酒。”

㊹ 泰嶽：泰山。薛存誠《東都父老望幸》：“昔因封泰嶽，今佇躡維嵩。天地心無異，神祇理亦同。”賈島《送蔡京》：“登封多泰嶽，巡狩遍滄溟。家在何林下，梁山翠滿庭。”　封禪：古代帝王祭天地的大典，在泰山上築土爲壇，報天之功，稱封；在泰山下的梁父山上辟場祭地，報地之德，稱禪。《史記・封禪書》：“自古受命帝王，曷嘗不封禪。”又曰：“古者封泰山禪梁父者七十二家。”《新唐書・憲宗紀》：“(開元)十三年……十一月庚寅，封于泰山。辛卯禪於社首，壬辰大赦……”　汾陰頌鬼神：《新唐書・憲宗紀》：“十一年正月丁卯，降東都囚罪杖以下原之。己巳，如并州，降囚罪徒以下原之，賜侍老物。庚辰，次潞州，赦囚，給復五年，以故第爲飛龍宫。辛卯，次并州，改并州爲北都。癸巳，赦太原府給復一年，下户三年，元從家五年。版授侍老八十以上上縣令，婦人縣君，九十以上上州長史，婦人郡君，百歲以上上州刺史，婦人郡夫人。二月……壬子，如汾陰，祠后土，賜文武

官階、勛、爵、帛……三月辛未，至自汾陰，免所過今歲税，赦京城。”汾陰：地名，在今山西省萬榮縣境内，因在汾水之南而名。戰國時屬魏，漢始建縣。漢武帝時曾于此得寶鼎，唐開元十年改名寶鼎縣，宋改榮和縣，元明清因之。《竹書紀年》卷下：“周威烈王十七年，魏文侯伐秦至鄭，還築汾陰、郃陽。”《史記·秦本紀》：“〔惠文君〕九年渡河，取汾陰、皮氏。” 陰：水的南面或山的北面。酈道元《水經注·滱水》：“水西有御射碑，徐水又北流西屈，逕南巖下，水陰又有一碑。”錢起《裴侍郎湘川回以青竹筒相遺因而贈之》：“楚竹青玉潤，從來湘水陰。” 頌：頌揚，讚美。《禮記·少儀》：“頌而無讇，諫而無驕。”鄭玄注：“頌謂將順其美，匡救其惡。”韓愈《送許郢州序》：“愈於使君非燕遊一朝之好也，故其贈行，不以頌而以規。” 鬼神：鬼與神的合稱。《禮記·仲尼燕居》：“鬼神得其饗，喪紀得其哀。”孔穎達疏：“鬼神得其饗者，謂天神人鬼各得其饗食也。”韓愈《原鬼》：“無聲與形者，鬼神是也。”

㊺ 西顧：向西而望，向西而行，本詩指李唐帝皇回幸長安。楊浚《廣武懷古》：“天奪項氏謀，卒成漢家業。鄉山遥可見，西顧泪盈睫。”王維《送崔興宗》：“已恨親皆遠，誰憐友復稀？君王未西顧，遊宦盡東歸。” 東巡：古代謂天子巡視東方，語本《書·舜典》：“歲二月，東巡守，至於岱宗。”《史記·封禪書》：“二世元年，東巡碣石並海南，歷泰山，至會稽，皆禮祠之。”白居易《送東都留守令狐尚書赴任》：“翠華黄屋未東巡，碧洛青嵩付大臣。”據《舊唐書》記載，元稹賦詠此詩之前，唐代天子不時“東巡”，如：“（貞觀）十五年，太宗下詔，將有事于泰山，所司與公卿並諸儒博士詳定儀注，太常卿韋挺、禮部侍郎令狐德棻爲封禪使。參考其儀時，論者競起異端，師古奏曰：‘臣撰定封禪儀注書在十一年春，于時諸儒參詳以爲適中，於是詔公卿定其可否，多從師古之説，然而事竟不行。’師古俄遷秘書監弘文館學士，十九年從駕東巡，道病卒。”“麟德二年二月，車駕發京東巡狩，詔禮官博士撰定封禪

儀注。""(開元)十三年,將有事于岱岳。中書令張説以大駕東巡,京師空虚,恐夷狄乘間竊發,議欲加兵守邊以備不虞。""(韋)恒開元初,爲碭山令,爲政寬恵,人吏愛之。會車駕東巡,縣當供帳。時山東州縣皆懼不辦,務於鞭扑,恒獨不杖罸而事皆濟理,遠近稱焉!"

㊻ 浴德:修養德性。《禮記·儒行》:"儒有澡身而浴德。"孔穎達疏:"浴德,謂沐浴於德,以德自清也。"《三國志·管寧傳》:"日逝月除,時方已過,澡身浴德,將以曷爲?" 湯谷:即暘谷,古代傳説日出之處。《楚辭·天問》:"出自湯谷,次於蒙汜,自明及晦,所行幾里?"王逸注:"言日出東方湯谷之中,暮入西極蒙水之涯也。"《後漢書·張衡傳》:"朝吾行于湯谷兮,從伯禹于稽山。"李賢注:"湯谷,日所出也。" 搜田:春日田獵,亦泛指田獵。《周禮·夏官·大司馬》:"以教坐作進退疾徐疏數之節,遂以搜田。"何承天《安邊論》:"搜田非復先王之禮,治兵徒逞耳目之欲。" 渭濱:《韓非子·喻老》:"文王舉太公于渭濱者,貴之也。"後因以"渭濱"指太公望吕尚。《宋書·周續之傳》:"是以渭濱佐周,聖德廣運;商洛匡漢,英業乃昌。"

㊼ 沸天:形容聲音極度喧騰。鮑照《蕪城賦》:"廛閈撲地,歌吹沸天。"白居易《宴周皓大夫光福宅》:"軒車擁路光照地,絲管入門聲沸天。" 殷殷:象聲詞。司馬相如《長門賦》:"雷殷殷而響起兮,聲象君之車音。"杜牧《杭州新造南亭子記》:"倚老松坐怪石,殷殷潮聲起於月外。" 匝地:遍地。王勃《還冀州别洛下知己序》:"風烟匝地,車馬如龍。"赵崇嶓《蝶恋花》:"風旋落紅香匝地,海棠枝上鶯飛起。" 轂:原指車輪的中心部位,周圍與車輻的一端相接,中有圓孔,用以插軸。後來用作車輪的代稱,有時也代指車子。《楚辭·九歌·國殤》:"操吴戈兮被犀甲,車錯轂兮短兵接。"王安石《秋日在梧桐》:"秋日在梧桐,轉陰如急轂。" 轔轔:象聲詞,車行聲。《楚辭·九歌·大司命》:"乘龍兮轔轔,高駝兮沖天。"朱熹集注:"轔轔,車聲。"杜甫《兵車行》:"車轔轔,馬蕭蕭,行人弓箭各在腰。"

⑱ 沃土：肥美的土地。《文選·張衡〈西京賦〉》："處沃土則逸，處瘠土則勞。"李善注引韋昭曰："沃，肥美也。"王建《送于丹移家洺州》："耕者求沃土，漚者求深源。" 熾：火旺盛。王充《論衡·論死》："火熾而釜沸，沸止而氣歇，以火爲主也。"葛洪《抱朴子·勖學》："火則不鑽不生，不扇不熾。"這裹指人心貪念不已。 豪家：指有錢有勢的人家。《管子·輕重甲》："吾國之豪家遷封食邑而居者，君章之以物，則物重；不章以物，則物輕。"封演《封氏聞見記·除蠹》："蜀漢風俗，縣官初臨，豪家必先饋餉，令丞以下皆與之平交。" 湮：埋没，淹没。《國語·周語》："絶後無主，湮替隸圉。"韋昭注："湮，没也。"《文選·陸機〈贈尚書郎顧彦先〉二》："沈稼湮梁潁，流民泝荆徐。"李善注引《廣雅》："湮，没也。"

㊾ "老農羞荷鍤"兩句：老農以世代之業爲羞爲恨，原因無他，種田難以爲生；貪心的商人以做官爲美爲利，原因也無他，做官名利雙收。 老農：經驗豐富的農夫。《論語·子路》："樊遲請學稼，子曰：'吾不如老農。'"《南史·程靈洗傳》："〔靈洗〕性好播植，躬勤耕稼，至於水陸所宜，刈穫早晚，雖老農不能及也。" 鍤：臿，鍬。《漢書·王莽傳》："父子兄弟負籠荷鍤，馳之南陽。"章孝標《和顧校書新開井》："霜鍤破桐陰，青絲試淺深。" 荷鍤：泛指從事農業勞動。吕温《登少陵原望秦中諸川太原王至德妙用有水術因用感嘆》："荷鍤自成雨，由來非鬼工。如何盛明代，委棄傷豳風？"白居易《洛陽有愚叟》："抱琴榮啓樂，荷鍤劉伶達。放眼看青山，任頭生白髮。" 垂紳：大帶下垂。《禮記·玉藻》："凡侍於君，紳垂。"孔穎達疏："紳，大帶也。身直則帶倚，盤折則帶垂。"言臣下侍君必恭，後借指在朝爲臣。黄庭堅《留王郎》："母慈家人肥，女慧男垂紳。"

㊿ 曲藝：小技，古多指醫卜以至書畫之類的技能。《禮記·文王世子》："曲藝皆誓之。"孔穎達疏："曲藝謂小小技術，若醫卜之屬也。"柳宗元《楊尚書寄郴筆知是小生本樣令更商榷使盡其功輒獻長句》：

“曲藝豈能裨損益？微辭祇欲播芳馨。桂陽卿月光輝遍，毫末應傳顧兔靈。” 工巧：這裏指精緻美妙。王充《論衡·自紀》：“文不與前相似，安得名佳好稱工巧？”費衮《梁溪漫志·元城了翁表章》：“今時士大夫論四六多喜其用事精當，下字工巧，以爲膾炙人口。” 雕：雕刻，雕镂。《論語·公冶長》：“宰予晝寢，子曰：‘朽木不可雕也，糞土之墻不可杇也，於予與何誅？’”何晏集解引包咸曰：“雕，雕琢刻畫。”《漢書·揚雄傳》：“非木摩而不雕，墻塗而不畫，周宣所考，般庚所遷，夏卑宫室，唐虞棌椽三等之制也。”繪飾，塗飾。《左傳·宣公二年》：“晉靈公不君，厚斂以雕墻，從臺上彈人，而觀其辟丸也。”杜預注：“雕，畫也。” 機：機巧。《列子·仲尼》：“大夫不聞齊魯之多機乎？”張湛注：“機，巧也。”靈感，靈機。沈作喆《寓簡》卷一〇：“機到語不覺自至，不可遏也。” 組紃：絲繩帶。《禮記·内則》：“女子十年不出，姆教婉娩聽從。執麻枲，治絲繭，織紝組紃，學女事，以共衣服。”孔穎達疏：“組、紃俱爲絛也……然則薄闊爲組，似繩者爲紃。”楊巨源《古意贈王常侍》：“組紃常在佳人手，刀尺空摇寒女心。”也指婦女從事的女紅。白居易《封太和長公主制》：“第四妹端明成性，和順稟教。静無違禮，故組紃有常訓；動必中節，故環佩有常聲。”

㉛ 青鳧：即野鴨，狀似鴨而小，雜青白色，尤以緑頭者爲上品。盧照鄰《初夏日幽莊》：“苗深全覆隴，荷上半侵塘。釣渚青鳧没，村田白鷺翔。”舊題漢郭憲《洞冥記》卷四：“帝升望月臺，時暝望南端，有三青鴨群飛，俄而止於臺……青鴨化爲三小童，皆著青綺文襦，各握鯨文大錢五枚，置帝几前。身止影動，因名輕影錢。”後因以“青鳧”指錢。蕭繹《與諸藩令》：“即日青鳧朽貫，紅粟盈倉。”本詩指後者。不解：不能解开，不能分开。《楚辭·九章·哀郢》：“心絓結而不解兮，思蹇産而不釋。”枚乘《七发》：“楚苗之食，安胡之飰，摶之不解，一啜而散。” 紅粟：儲藏過久而變爲紅色的陳米，亦指豐足的糧食。杜甫《有感五首》三：“洛下舟車入，天中貢賦均。日聞紅粟腐，寒待翠華

春。”白居易《代書詩一百韵寄微之》:“官舍黄茅屋,人家苦竹籬。白醪充夜酌,紅粟備晨炊。” 相因:相襲,相承。《史记·酷吏列传》:“二千石繫者新故相因,不減百餘人。”罗大经《鹤林玉露》卷二:“國初宰相權重,臺諫侍從莫敢議己,至韓琦、范仲淹始空賢者而争之,天下議論,相因而起。”

㊼ 山澤:山林與川澤。《史記·貨殖列傳》:“漢興,海内爲一,開關梁,弛山澤之禁,是以富商大賈周流天下。”也泛指山野。《後漢書·馮衍傳》:“雖則山澤之人,無不感德,思樂爲用矣!” 孳:生育,繁殖。柳宗元《種樹郭橐駝傳》:“橐駝非能使木壽且孳也。”也指滋生,增益。鮑照《蕪城賦》:“孳貨鹽田,鏟利銅山。” 貨:財物,金錢珠玉布帛的總稱。《書·洪範》:“一曰食,二曰貨。”孔穎達疏:“貨者,金玉布帛之總名。”貨物,商品。《易·繫辭》:“聚天下之貨,交易而退。”《漢書·食貨志》:“通財鬻貨曰商。” 梯航:梯與船,登山渡水的工具。吕温《與族兄皋請學春秋書》:“翹企聖域,莫知所從,如仰高山、臨大川,未獲梯航,而欲濟乎深、臻乎極也。”亦作“梯山航海”的省語,謂長途跋涉。李隆基《賜新羅王》:“玉帛遍天下,梯杭歸上都。” 珍:珠玉等寶物,亦泛指貴重之物。潘岳《笙賦》:“鄒魯之珍,有汶陽之孤篠焉!”元稹《和樂天送客遊嶺南》:“定應玄髪變,焉用翠毛珍!”

㊽ 翠毛:翠鳥的羽毛。李華《詠史十一首》一一:“泥沾珠綴履,雨濕翠毛簪。”元稹《和樂天送客遊嶺南二十韵》:“定應玄髪變,焉用翠毛珍? 句漏沙須買,貪泉貨莫親!” 越:古國名,建都會稽(今浙江紹興),春秋時興起,戰國時滅於楚。《左傳·宣公八年》:“盟吴越而還。”杜預注:“越國,今會稽山陰縣也。”孔穎達疏:“越,姒姓。其先夏后少康之庶子也,封於會稽,自號於越。於者,夷言發聲也。”也代稱浙江或浙東地區,也專指紹興一帶。柳宗元《别舍弟宗一》:“零落殘魂倍黯然,雙垂别泪越江邊。” 嶲:古地名用字,漢有越嶲郡,在今四川省西昌地區,見《漢書·西南夷傳》。也作我國西南古民族名。《漢

書・張騫傳》:“其北方閉氐、莋,南方閉嶲、昆明。”顔師古注:“嶲、昆明,亦皆夷種名也。”又説在今山東省東阿縣西南。《公羊傳・僖公二十六年》:“其言至嶲弗及何？侈也。”　龍眼:常緑喬木,羽狀複葉,小葉橢圓形,花小,黄白色,圓錐花序,木質緻密,可以製器具,是我國福建、廣東等地的特産。左思《吴都賦》:“龍眼橄欖,棎榴禦霜。”也指這種植物的果實,爲果中珍品,也稱桂圓。劉恂《嶺表録異》卷中:“荔支方過,龍眼即熟。”　甌:這裏指古代地區名,在今浙江省温州一帶,後爲温州的别稱。《山海經・海内南經》:“甌居海中。”郭璞注:“今臨海永寧縣,即東甌,在岐海中也。”袁珂校注:“即今浙江省舊温州府地。”閩:古種族名,生活於今浙江南部和福建一帶,後因稱福建爲閩。《周禮・夏官・職方氏》:“辨其邦國、都鄙、四夷、八蠻、七閩、九貉、五戎、六狄之人民。”鄭玄注:“閩,蠻之别也。”孫詒讓正義:“閩,即今福建,在周爲南蠻之别也。”

㊹ 玉饌:猶玉食,珍美的飲食。陳子昂《晦日重宴高氏林亭》:“公子好追隨,愛客不知疲。象筵開玉饌,翠羽飾金卮。”杜甫《麂》:“永與清溪别,蒙將玉饌俱。不敢恨庖厨,亂世輕全物。”　薪:柴火。《詩・周南・漢廣》:“翹翹錯薪,言刈其楚。”陶潛《自祭文》:“含歡谷汲,行歌負薪,翳翳柴門,事我宵晨。”　然:“燃”的古字,燃燒。《孟子・公孫丑》:“若火之始然,泉之始達。”韓愈《示爽》:“冬夜豈不長?達旦燈燭然。”　蠟:指動物、植物或礦物所産生的油質,具有可塑性,不溶於水,如蜂蠟、白蠟、石蠟等。王符《潛夫論・遏利》:“知脂蠟之可明鐙也,而不知其甚多則冥之。”陸游《寄酬曾學士詩》:“庭中下乾鵲,門外傳遠書。小印紅屈蟠,兩端黄蠟塗。”　椒房:泛指后妃居住的宫室。《北史・周高祖武帝紀》:“椒房丹地,有衆如雲,本由嗜欲之情,非關風化之義。”李華《長門怨》:“每憶椒房寵,那堪永巷陰?自驚羅帶緩,非復舊來心。”　燭:蠟燭。陳叔寶《自君之出矣六首》五:“思君如夜燭,垂泪著雞鳴。”韓愈《酒中留上襄陽李相公》:“銀燭未消窗

送曙,金釵半醉座添春。” 用:使用,任用。《孟子·梁惠王》:“見賢焉!然後用之。”《三國志·魏明帝紀》:“其郎吏學通一經,才任牧民,博士課試,擢其高等者,亟用。” 銀:銀質或銀飾器物的省稱。《漢書·楊僕傳》:“懷銀黄,垂三組,誇鄉里。”顔師古注:“銀,銀印也。”用銀鎸鏤裝飾器物。《新唐書·齊映傳》:“初,諸藩銀大瓶止五尺,李兼爲江西,始獻六尺瓶,至映乃八尺云。”

㉟ 銅山:藴藏、出産銅礦的山脈。《史記·佞幸列傳》:“〔文帝〕於是賜鄧通蜀嚴道銅山,得自鑄錢,‘鄧氏錢’布天下。”羅隱《後雪賦》:“至若漲鹽池之水,屹銅山之巔,觸類而生,不可殫言。” 横:横暴,放縱。《史記·吴王濞列傳》:“鼂錯爲太子家令,得幸太子,數從容言吴過可削。數上書説孝文帝,文帝寬,不忍罰,以此吴日益横。”韓愈《鄆州溪堂詩序》:“以武則忿以憾,以恩則横以肆。” 賜:賞賜,給予。《禮記·少儀》:“其以乘壺酒、束修、一犬賜人。”鄭玄注:“於卑者曰賜。”《漢書·蘇武傳》:“陵惡自賜武,使其妻賜武牛羊數十頭。” 金屋貯嬌:《漢武故事》:“帝以乙酉年七月七日生於猗蘭殿,年四歲,立爲膠東王。數歲,長公主抱置膝上,問曰:‘兒欲得婦不?’膠東王曰:‘欲得婦。’長公主指左右長御百餘人,皆云不用。末指其女問曰:‘阿嬌好不?’於是乃笑對曰:‘好!若得阿嬌作婦,當作金屋貯之也。’”原指漢武帝要用金屋接納阿嬌作婦,後常用以形容娶妻或納妾。費昶《長門怨》:“金屋貯嬌時,不言君不入。” 金屋:華美之屋。宋之問《謁二妃廟》:“還以金屋貴,留兹寶席尊。江皋嘯風雨,山鬼泣朝昏。”于鵠《送宫人入道歸山》:“自傷白髮辭金屋,許著黄裳向玉峰。” 嚬:同“顰”,皺眉。杜牧《吴宫詞二首》一:“茱萸垂曉露,菡萏落秋波。無遺君王醉,滿城嚬翠蛾。”李褒《隋故宫行》:“君王半醉唱吴歌,絳仙起舞嚬翠蛾。吴兒謾説曾行樂,三十六宫能幾多?”

㊱ 班女恩移趙:班女指漢班倢伃,名不詳,成帝時被選入宫,立爲倢伃。後爲趙飛燕所譖,退處東宫,作賦自傷。成帝去世後,充奉

園陵。元稹《苦樂相倚曲》:"漢成眼瞥飛燕時,可憐班女恩已衰。"鮑溶《辭輦行》:"漢家代久淳風薄,帝重微行極荒樂。青娥三千奉一人,班女不以色事君。"　思王:三國魏曹植死後封陳思王,簡稱"思王"。劉孝孫《送劉散員同賦陳思王詩游人久不歸》:"稍覺私意盡,行看蓬鬢衰。如何千里外,佇立霑裳衣?"楊浚《送劉散員賦得陳思王詩明月照高樓》:"高樓一何綺,素月復流明。重軒望不極,餘暉攬詎盈。"　賦感甄:即《感甄賦》,曹植所作,後改名爲《洛神賦》。楊慎《升庵集》卷六八《甄后》:"魏甄后,慧而有色。先爲袁熙妻,曹公屠鄴,令疾召甄。左右曰:'五官郎將已取去!'孟德嘆曰:'今年破賊,正爲奴!'后乃甄。會女初未嫁熙日,擬昏,子建其後。爲文帝后,以妬死。子建思之不忘,作《感甄賦》。明帝,甄出也。見此賦,改名《洛神》云。甄氏,何物一女子,致曹氏父子三人交争之如此!"又《三國志·魏后妃傳》:"文昭甄皇后,中山無極人,明帝母,漢太保甄邯後也……建安中,袁紹爲中子熙納之。熙出爲幽州,后留養姑。及冀州平,文帝納后於鄴,有寵,生明帝及東鄉公主。延康元年正月,文帝即王位,六月南征,后留鄴。黄初元年十月,帝踐阼。踐阼之後,山陽公奉二女以嬪于魏,郭后、李陰貴人並愛幸,后愈失意,有怨言,帝大怒,二年六月遣使賜死,葬於鄴。"陳嘉言《上元夜效小庾體》:"連手窺潘掾,分頭看洛神。重城自不掩,出向小平津。"王諲《後庭怨》:"甄妃爲妬出層宫,班女因猜下長信。長信宫門閉不開,昭陽歌吹風送来。"

㊼ 輝光:光輝,光彩。《漢書·李尋傳》:"夫日者,衆陽之長,輝光所燭,萬里同晷,人君之表也。"曹植《登臺賦》:"同天地之矩量兮,齊日月之輝光。"　顧步:徘徊自顧,回首緩行。《西京雜記》卷四引路喬如《鶴賦》:"宛修頸而顧步,啄沙磧而相歡。"杜甫《畫鶻行》:"吾今意何傷?顧步獨紆鬱。"仇兆鰲注:"顧步,行步自顧也。"　生死:生和死,生或死。李頎《行路難》:"當時一顧登青雲,自謂生死長隨君。一朝謝病還鄉里,窮巷蒼苔絶知己。"孟雲卿《傷時二首》一:"大方載群

物，生死有常倫。虎豹不相食，哀哉人食人！”　摇唇：即摇唇鼓舌，利用口才遊説，推行自己的主張。楊時《上毛憲》：“夷陵至於戰國，暴君汚吏各逞其私欲，磨牙摇唇相吞噬者，天下相環也。”王安禮《舒州謝上表》：“誠欲扶弱抑强，鼓舌摇唇。”

㊽ 世族：同世家，即世禄之家，世代貴顯的家族或大家庭。陸雲《答兄平原》：“伊我世族，太極降精。昔在上代，軒虞篤生。”司馬扎《獵客》：“自言家咸京，世族如金張。擊鐘傳鼎食，爾來八十强。”　功勛：《周禮·夏官·司勛》：“王功曰勛。”鄭玄注：“輔成王業若周公。”後泛指爲國家建立的功績勛勞。《漢書·王莽傳》：“揆公德行，爲天下紀；觀公功勛，爲萬世基。”杜甫《前出塞九首》五：“我始爲奴僕，幾時樹功勛？”　王姬：指周朝天子的女兒，姬姓，故稱王姬。《詩·召南·何彼襛矣序》：“何彼襛矣！美王姬也。”陸德明釋文：“王姬，武王女姬，周姓也。”後世亦以稱帝王或諸侯之女。庾信《周儀同松滋公拓跋競夫人尉遲氏墓誌銘》：“春則帝女採桑，秋則王姬築館。”李商隱《壽安公主出降》：“昔憂迷帝力，今分送王姬。”　寵愛：對在下者因喜歡而偏愛，嬌縱溺愛。《漢書·張湯傳》：“〔張放〕爲侍中中郎將，監平樂屯兵，置莫府，儀比將軍。與上卧起，寵愛殊絶。”白居易《長恨歌》：“後宫佳麗三千人，三千寵愛在一身。”

㊾ 街衢：通衢大道。《文選·班固〈西都賦〉》：“内則街衢洞達，閭閻且千。”李善注：“《説文》曰：‘街，四通也……’《爾雅》曰：‘四達謂之衢。’”楊巨源《賀田僕射子弟榮拜金吾》：“街衢燭影侵寒月，文武珂聲迭曉天。”　甲第：舊時豪門貴族的宅第。《文選·張衡〈西京賦〉》：“北闕甲第，當道直啓。”薛綜注：“第，館也；甲，言第一也。”也指豪門貴族。杜甫《醉時歌》：“甲第紛紛厭粱肉，廣文先生飯不足。”　冠蓋：泛指官員的冠服和車乘。冠，禮帽；蓋，車蓋。《史記·魏公子列傳》：“平原君使者冠蓋相屬於魏。”代指仕宦貴官。杜甫《夢李白二首》二：“冠蓋滿京華，斯人獨顦顇。”　朱輪：古代王侯顯貴所乘的車子，因用

朱紅漆輪,故稱。《文選·楊惲〈報孫會宗書〉》:“惲家方隆盛時,乘朱輪者十人,位在列卿,爵爲通侯。”李善注:“二千石皆得乘朱輪。”羅隱《送雲川鄭員外》:“明時塞詔列分麾,東擁朱輪出帝畿。”

⑥⓪ 大道:寬闊的道路。《列子·說符》:“大道以多歧亡羊,學者以多方喪生。”班昭《東征賦》:“遵通衢之大道兮,求快捷方式欲從誰?” 珠箔:即珠簾。《漢武故事》:“武帝起神室,以白珠織爲箔。”李白《陌上贈美人》:“美人一笑褰珠箔,遥指紅樓是妾家。”也作珠簾,珍珠綴成的簾子。李白《怨情》:“美人卷珠簾,深坐顰蛾眉。但見泪痕濕,不知心恨誰。” 當壚:指賣酒,壚,放酒壇的土墩。李白《江夏行》:“正見當壚女,紅妝二八年。”賈至《春思二首》二:“紅粉當壚弱柳垂,金花臘酒解酴醾。笙歌日暮能留客,醉殺長安輕薄兒。” 錦茵:錦製的墊褥。杜甫《麗人行》:“後來鞍馬何逡巡?當軒下馬入錦茵。”竇常《奉誠園聞笛》:“曾絶朱纓吐錦茵,欲披荒草訪遺塵。秋風忽灑西園泪,滿目山陽笛裏人。”

⑥① 軒車:有屏障的車,古代大夫以上所乘,後亦泛指車。《莊子·讓王》:“子貢乘大馬,中紺而表素,軒車不容巷,往見原憲。”沈佺期《嶺表逢寒食》:“花柳争朝發,軒車滿路迎。” 南陌:南面的道路。沈约《鼓吹曲同诸公赋·临高臺》:“所思竟何在?洛陽南陌頭。”沈佺期《李舍人山園送龐邵》:“東鄰借山水,南陌駐驂騑。” 鐘磬:鐘和磬,古代禮樂器,借指禮樂。《禮記·檀弓》:“是故竹不成用,瓦不成味……有鐘磬而無簨虡,其曰明器,神明之也。”《史記·樂書》:“然後鐘磬竽瑟以和之,干戚旄狄以舞之。”或作佛教法器。岑参《上嘉州青衣山中峰題惠净上人幽居寄兵部楊郎中》:“猿鳥樂鐘磬,松蘿泛天香。” 西鄰:西邊鄰居。《易·既濟》:“東鄰殺牛,不如西鄰之禴祭,實受其福。”元結《漫問相里黄州》:“東鄰有漁父,西鄰有山僧。”“南陌”與“西鄰”,這裏是泛指,非特指。

⑥② 出入:出進。《史記·項羽本紀》:“所以遣將守關者,備他盜

出入與非常也。”杜甫《石壕吏》:“有孫母未去,出入無完裙。” 張公子:指代漢成帝。《漢書》卷二七:“成帝時童謡曰:‘燕燕尾涎涎,張公子時相見。木門倉琅根,燕飛來,啄皇孫。皇孫死,燕啄矢。’其後帝爲微行出遊,常與富平侯張放,俱稱富平侯家人。過河陽主作樂,見舞者趙飛燕而幸之,故曰:燕燕尾涎涎,美好貌也。張公子,謂富平侯也。木門倉琅根,謂宫門銅鍰。”駱賓王《帝京篇》:“朱門無復張公子,灞亭誰畏李將軍?相顧百齡皆有待,居然萬化咸應改。” 驕奢:驕横奢侈。《戰國策·齊策》:“居上位,未得其實,以喜名者,必以驕奢爲行。”袁宏《後漢紀·光武帝紀》:“富貴有極,當知足,驕奢益爲觀聽所議。” 石季倫:即晉代石崇,字季倫,以生活豪奢著稱,後世詩文中每用以喻指富豪。儲光羲《秋庭貽馬九》:“迭宕孔文舉,風流石季倫。妙年一相得,白首定相親。”李清《詠石季倫》:“金谷繁華石季倫,只能謀富不謀身。當時縱與緑珠去,猶有無窮歌舞人。”

㊿63 雞場:指鬥雞場,以雞相鬥的博戲場所。宋之問《長安路》:“緑柳開復合,紅塵聚還散。日晚鬥雞場,經過狹斜看。”杜甫《鬥雞》:“鬭雞初賜錦,舞馬既登床。簾下宫人出,樓前御柳長。” 介羽:指参加鬥雞遊戲的鬥雞。杜淹《詠寒食鬭雞應秦王教》:“寒食東郊道,揚鞲競出籠。花冠初照日,介羽正生風。”李彭《鷄冠》:“要與飛鴻同保社,肯隨凡鳥在樊籠?鳴階鼓翼何勞爾!介羽登場略未工。” 馬埒:習射之馳道,兩邊有界限,使不致跑出道外。《晉書·王濟傳》:“濟買地爲馬埒,編錢滿之,時人謂之‘金溝’。”劉禹錫《題于家公主舊宅》:“馬埒蓬蒿藏狡兔,鳳樓烟雨嘯愁鴟。” 揚塵:激起塵土。宋玉《風賦》:“夫庶人之風,塕然起於窮巷之間,堀堁揚塵,勃鬱煩冤。”王粲《雜詩》:“風飈揚塵起,白日忽已冥。”

64 鞲袖:古代射獵用的皮護臂。暫無其他合適的書證。 狐腋:狐腋下的毛皮。《史記·商君列傳》:“千羊之皮,不如一狐之掖;千人之諾諾,不如一士之諤諤。”白居易《醉後狂言》:“吴綿細軟桂布密,柔如狐腋白似雲。" 弓弦:弓上的弦。《梁書·曹景宗傳》:"我昔在鄉里,騎快馬如龍,與年少輩數十騎拓弓弦作霹靂聲,箭如餓鴟叫。"岑參《送郭司馬赴伊吾郡請示李明府》:"安西美少年,脱劍卸弓弦。不倚將軍勢,皆稱司馬賢。"膑:本詩注:"夾脊肉。"又云:"脊骨两旁的肉。"表達的意思相同,鹿膑應該是鹿的"夾脊肉",是鹿"脊骨两旁的肉",估計是用它的油脂來製造、維修弓弦的,但没有書證,衹是我們的主觀臆測,特此說明。

㊄ 絛:絲繩,絲帶,亦指用於衣服飾物等的繩、帶。顧况《李供奉彈箜篌歌》:"國府樂手彈箜篌,赤黄絛索金鎝頭。"歐陽修《玉樓春》:"春葱指甲輕攏撚,五彩垂絛雙袖卷。" 白犬:白狗。《晉書·五行志》:"療之有方,當得白犬膽以爲藥。"顧况《望簡寂觀》:"青嶂青溪直復斜,白雞白犬到人家。" 錦韉:錦製的襯托馬鞍的坐墊。岑參《衛節度赤驃馬歌》:"紅纓紫鞚珊瑚鞭,玉鞍錦韉黄金勒。"也代指裝飾華美之馬匹。田况《儒林公議》卷上:"錦韉繡轂,角逐争先。" 駰:淺黑帶白色的雜毛馬。《詩·小雅·皇皇者華》:"我馬維駰,六轡既均。"毛傳:"陰白雜毛曰駰。"因色雜而曰花。

㊅ 南山虎:此處用李廣射石虎之典。《史記·李將軍列傳》:"廣出獵,見草中石,以爲虎而射之,中石没鏃,視之石也。因復更射之,終不能復入石矣!"李白《白馬篇》:"弓摧南山虎,手接太行猱。"黄魯直《題永首座庵頌》:"奪得胡兒馬便休,休嗟李廣不封侯。分明射得南山虎,仔細看來是石頭。" 東郭㕙:此處仍然用李斯之典。《史記·李斯列傳》:李斯官居丞相,趙高爲奪其相位,誣陷李斯謀反,秦二世信之,"二世二年七月,具斯五刑,論腰斬咸陽市。斯出獄,與其中子俱執,顧謂其中子曰:'吾欲與若復牽黄犬,俱出上蔡東門逐狡兔,豈可得乎?'遂父子相哭,而夷三族。" 㕙:狡兔。《新序·雜事》:"昔者齊有良兔曰東郭㕙。"後亦泛指兔。吴潛《賀新郎》:"玉㕙搗藥何時歇?"

⑰ 翻身：反身，轉身。常非月《詠談容娘》："舉手整花鈿，翻身舞錦筵。馬圍行處匝，人壓看場圓。"杜甫《哀江頭》："翻身向天仰射雲，一笑正墜雙飛身。" 雁：候鳥名，形狀略似鵝，頸和翼較長，足和尾較短，羽毛淡紫褐色，善於游泳和飛行。《詩・小雅・鴻雁》："鴻雁於飛，肅肅其羽。"毛傳："大曰鴻，小曰雁。"薛稷《餞許州宋司馬赴任》："令弟與名兄，高才振兩京。别序聞鴻雁，離章動鶺鴒。" 坐射：坐定發射箭矢。《史記・梁孝王世家》："濟川王明者，梁孝王子……六年爲濟川王，七歲坐射殺其中尉，漢有司請誅，天子弗忍誅，廢明爲庶人。"《史記・孫子吴起列傳》："悼王既葬，太子立，乃使令尹盡誅射吴起而并中王尸者，坐射起而夷宗死者七十餘家。" 鶉：即雕。《詩・小雅・四月》："匪鶉匪鳶，翰飛戾天。"毛傳："鶉，雕也。雕鳶，貪殘之鳥也。"李嶠《野》："鳳出秦郊迥，鶉飛楚塞空。蒼梧雲影去，涿鹿霧光通。"

⑱ 朱公：即陶朱公，范蠡的别稱。《史記・貨殖列傳》："〔范蠡〕乃乘扁舟浮於江湖，變名易姓，適齊爲鴟夷子皮，之陶爲朱公。"陸游《連日大雨門外湖水渺然》："尚鄙朱公養魚術，肯爲甯戚飯牛歌？" 邴氏：《史記・貨殖列傳》："魯人俗儉嗇，而曹邴氏尤甚，以鐵冶起富至巨萬。然家自父兄子孫約：俛有拾，仰有取。貰貸行賈遍郡國，鄒魯以其故，多去文學而趨利者，以曹邴氏也。" 緡：這裏指穿錢的繩索，借指成串的銅錢，亦泛指錢。《史記・酷吏列傳》："於是丞上指，請造白金及五銖錢，籠天下鹽鐵，排富商大賈，出告緡令。"張守節正義："緡音岷，錢貫也。"韓愈《錢重物輕狀》："錢重物輕，爲弊頗甚。詳求適變，可以便人。所貴緡貨通行，里閭寬息。"

⑲ 橋桃：人名，善於以農牧業致富，歷史記載稍有不同。《史記・貨殖列傳》："唯橋姚已致馬千匹，牛倍之，羊萬頭，粟以萬鍾計。"《漢書・貨殖傳》："唯橋桃以致馬千匹，牛倍之，羊萬，粟以萬鍾計。" 矜：自誇，自恃。《書・大禹謨》："汝惟不矜，天下莫與汝争能；汝惟不伐，天下莫與汝争功。"孔傳："自賢曰矜，自功曰伐。"孔穎達疏："矜與伐俱是

詩義。"虞世南《結客少年場行》:"韓魏多奇節,倜儻遺聲利。共矜然諾心,各負縱横志。"　騖:亂馳。《文選・班固〈答賓戲〉》:"曩者王塗蕪穢,周失其馭,侯伯方軌,戰國横騖。"李善注:"東西交馳謂之騖。"徐彦伯《擬古三首》二:"讀書三十載,馳騖周六經。儒衣干時主,忠策獻闕廷。"　倚頓:人名,以牧業、鹽業致富。《史記・貨殖列傳》:"倚頓用鹽鹽起。"孔鮒《孔叢子》卷中:"猗頓,魯之窮士也。耕則常饑,桑則常寒,聞陶朱公富往而問術焉!朱公告之曰:'子欲速富,當畜五牸。'於是乃適西河,大畜牛羊於猗氏之南。十年之間,其滋息不可計,貲擬王公,馳名天下。以興富於猗氏,故曰猗頓。"　金銀:黄金和白銀。《列子・周穆王》:"化人之宫,構以金銀。"韓愈《順宗實録》:"盡得其所虜掠金銀、婦女等,皆獲致其家。"

⑦⓪ 蔬門冬中韭:意謂蔬菜中以冬天的韭菜味道最美。　韭:韭菜。杜甫《贈衛八處士》:"夜雨剪春韭,新炊間黄粱。"王昌齡《題灞池二首》一:"腰鐮欲何之?東園刈秋韭。世事不復論,悲歌和樵叟。"　羹憐遠處莼:即"莼羹鱸膾"的故事:《晉書・張翰傳》:"翰因見秋風起,乃思吴中菰菜、莼羹、鱸魚膾,曰:'人生貴得適志,何能羈宦數千里以要名爵乎!'遂命駕而歸。"後因以"莼羹鱸膾"用爲思鄉辭官的典故。辛棄疾《滿江紅・盧憲移漕建甯諸公餞别餘爲酒困卧青塗堂上三鼓方醒》:"紙帳梅花歸夢覺,莼羹鱸膾秋風起。問人生得意幾何時?吾歸矣!"　羹:用肉類或菜蔬等製成的帶濃汁的食物,多指煮成或蒸成的濃汁或糊狀食品。《詩・商頌・烈祖》:"亦有和羹。"孔穎達疏:"羹者,五味調和。"杜甫《秋日寄題鄭監湖上亭三首》三:"羹煮秋莼滑,杯凝露菊新。"　莼:莼菜。賈思勰《齊民要術・羹臛法》:"食膾魚莼羹:芼羹之菜,莼爲第一。"杜甫《祭故相國清河房公文》:"敬以醴酒茶藕莼鯽之奠,奉故相國清河房公之靈。"莼菜又名鳧葵,多年生水草,葉片橢圓形,浮水面,莖上和葉的背面有粘液,花暗紅色,嫩葉可做湯菜。劉長卿《早春贈别趙居士還江左》:"歸路隨楓林,還鄉念莼菜。"

⑪ 萬錢:一萬個錢,形容很多很多的錢。李白《行路難三首》一:“金尊清酒斗十千,玉盤珍羞直萬錢。停杯投箸不能食,拔劍四顧心茫然。”韓翃《寄上田僕射》:“僕射臨戎謝安石,大夫持憲杜延年。金裝晝出羅千騎,玉案晨飡直萬錢。” 下箸:用筷子取食。《晉書·何曾傳》:“食日萬錢,猶曰無下箸處。”韓翃《題龍興寺澹師房》:“竹裏經聲晚,門前山色春。捲簾苔點浄,下筯藥苗新。” 五醑:反復釀製的酒。醑:酒名。魏徵《五郊樂章》:“瓊羞溢俎,玉醑浮觴。”《梁太廟樂舞辭·開平舞》:“黍稷馨醴,醑清牲牷。潔金石鏗,恭祀事結。” 醇:酒味淳厚。《文選·嵇康〈琴賦〉》:“蘭肴兼御,旨酒清醇。”李善注:“醇,厚也。”白居易《負冬日》:“負暄閉目坐,和氣生肌膚。初似飲醇醪,又如蟄者蘇。”

⑫ 曲水流觴:古代風俗,於農曆三月上巳日(上旬的巳日,魏晉以後始固定爲三月三日)就水濱宴飲,認爲可祓除不祥。後人仿行,于環曲的水流旁宴集,在水的上流放置酒杯,任其順流而下,杯停在誰的面前,誰就取飲,稱爲“流觴曲水”。王羲之《蘭亭集序》:“又有清流激湍,映帶左右,引以爲流觴曲水。”吴自牧《夢粱録·三月》:“三月三日上巳之辰,曲水流觴故事,起於晉時。唐朝賜宴曲江,傾都禊飲踏青,亦是此意。” 倡優醉度旬:唐代官員一般十天休沐一天,故言。孟浩然《和賈主簿弁九日登峴山》:“楚萬重陽日,群公賞讌來。共乘休沐暇,同醉菊花杯。”李益《入華山訪隱者經仙人石壇》:“三考西嶽下,官曹少休沐。久負青山諾,今還獲所欲。” 倡優:古代稱以音樂歌舞或雜技戲謔娛人的藝人。司馬遷《報任安書》:“僕之先,非有剖符丹書之功,文史星曆,近乎卜祝之間,固主上所戲弄,倡優所畜,流俗之所輕也。”也作娼妓及優伶的合稱。倡,指樂人;優,指伎人。古本有別,後常並稱。張説《諫潑寒戲疏》:“臣聞韓宣適魯,見周禮而嘆;孔子會齊,數倡優之罪。列國如此,況天朝乎!”元稹《誨侄等書》:“吾生長京城,朋從不少,然而未嘗識倡優之門,不曾於喧嘩縱觀。”

⑬ 探丸:即探丸借客的故事:《漢書·尹賞傳》:“長安中奸猾浸多,

閭里少年群輩殺吏,受賕報仇,相與探丸爲彈,得赤丸者斫武吏,得黑丸者斫文吏,白者主治喪。”後以“探丸借客”喻遊俠殺人報仇。盧照鄰《長安古意》:“挾彈飛鷹杜陵北,探丸借客渭橋西。”崔顥《代閨人答輕薄少年》:“兒家夫婿多輕薄,借客探丸重然諾。平明挾彈入新豐,日晚揮鞭出長樂。” 郭解:《史記·遊俠列傳》:“郭解,軹人也,字翁,伯善相人者許負外孫也。解父以任俠,孝文時誅死。解爲人短小精悍,不飲酒,少時陰賊,慨不快意,身所殺甚衆。以軀借交報仇,藏命作奸,剽攻不休及鑄錢掘冢,固不可勝數。適有天幸,窘急常得脱。若遇赦及解,年長更折節爲儉,以德報怨,厚施而薄望。然其自喜爲俠益甚,既已振人之命,不矜其功。其陰賊著於心,卒發於睚眥如故云。而少年慕其行,亦輒爲報仇不使知也。”盧照鄰《結客少年場行》:“鬬雞過渭北,走馬向關東。孫賓遥見待,郭解暗相通。”楊炯《唐昭武校尉曹君神道碑》:“關内諸公,深知郭解。洛陽人物,高談劇孟。” 投轄伴陳遵:典見《漢書·陳遵傳》:“遵耆酒,每大飲,賓客滿堂,輒關門,取客車轄投井中,雖有急,終不得去。”轄,車軸兩端的鍵,後以“投轄”指殷勤留客。岑文本《冬日宴于庶子宅各賦一字得平》:“金蘭篤惠好,尊酒暢生平。既欣投轄賞,暫緩望鄉情。”韓仲宣《晦日重宴》:“鳳苑先吹晚,龍樓夕照披。陳遵已投轄,山公正坐池。”

㉔ 共謂:大家都以爲。宋祁《去郡作》:“州民擁前道,重爲使君别……共謂君此行,寵命焕朝節。”吴芾《和陶悲從弟仲德韵哭陳澤民》:“年來朋舊少,大半已雕零。人物如吾子,共謂上青冥。” 長:長久,永久。桓寬《鹽鐵論·徭役》:“夫文猶可長用,而武難久行也。”温庭筠《惜春詞》:“願君留得長妖嬈,莫逐東風還蕩摇。” 安泰:安定太平。韓愈《潮州刺史謝上表》:“國家憲章完具,爲治日久,守令承奉詔條,違犯者鮮,雖在蠻荒,無不安泰。”白居易《自在》:“小奴搥我足,小婢搔我背。自問我爲誰,胡然獨安泰?” 那知:哪裏料到。劉長卿《送康判官往新安》:“不向新安去,那知江路長?猿聲近廬霍,水色勝

瀟湘。”岑參《宿鐵關西館》:“塞迥心常怯,鄉遥夢亦迷。那知故園月,也到鐵關西。” 遽:倉猝,匆忙。劉向《説苑·雜言》:“梁相死,惠子欲之梁,渡河而遽墮水中,船人救之。”王安石《與郭祥正太博書》四:“某啓,近承屈顧,殊不得從容奉顔色,遽此爲别,豈勝區區愧恨。” 構:通“遘”,相遇。《詩·小雅·四月》:“我日構禍,曷云能穀?”馬瑞辰通釋:“《爾雅·釋詁》、《説文》竝曰:‘遘,遇也。’‘構’者,‘遘’之假借。‘構禍’猶云‘遇禍’也。《集傳》訓爲‘遭禍’,得之。”韋應物《登高望洛城作》:“十載構屯難,兵戈若雲屯。膏腴滿榛蕪,比屋空毁垣。” 屯:艱難,困頓。《莊子·外物》:“心若縣於天地之間,慰暋沈屯。”陸德明釋文引司馬彪云:“屯,難也。”項斯《落第後歸覲喜逢僧再陽》:“見僧心暫静,從俗事多屯。”

⑮ 奸心:奸惡之心。元稹《陽城驛》:“奸心不快活,擊刺礪戈矛。終爲道州去,天道竟悠悠。”黄裳《問風俗》:“小人之惡,有奸心,故有奸行,有奸行,故有奸言。” 桀黠:兇悍狡黠。《史記·貨殖列傳》:“桀黠奴,人之所患也。”也指兇悍狡黠的人。羅隱《薛陽陶觱篥歌》:“掃除桀黠似提帚,制壓群豪若穿鼻。” 凶醜:兇惡不善。《後漢書·蔡邕傳》:“太子官屬,宜搜選令德,豈有但取丘墓凶醜之人?其爲不祥,莫與大焉!”指兇惡不善之人。《陳書·孔奂傳》:“吾性命有在,雖未能死,豈可取媚凶醜,以求全乎?”《新唐書·郭子儀傳》:“今凶醜略平,乃作法審官之時,宜從老臣始。” 頑嚚:愚妄奸詐。語出《書·堯典》:“瞽子,父頑,母嚚,象傲。”貫休《古意九首》七:“一種爲頑嚚,得作翻經石。”姚月華《怨詩效徐淑體》:“整襪兮欲舉,塞路兮荆榛。逢人兮欲語,鞈匝兮頑嚚。”

⑯ 斗柄:北斗柄,指北斗的第五至第七星,即衡、開泰、摇光。北斗,第一至第四星象斗,第五至第七星象柄。李福業《嶺外守歲》:“冬去更籌盡,春隨斗柄回。寒暄一夜隔,客鬢兩年催。”韋應物《擬古詩十二首》六:“天河横未落,斗柄當西南。” 妖彗:彗星,古人認爲彗星

預兆灾禍，故稱。《晉書·天文志》："妖星：一曰彗星，所謂掃星……見則兵起，大水。"高斯得《孤憤吟四十韵》："老人静中揩眼看，時事轉覺令心寒。旄頭妖彗久不出，黔首剜肉殊未完。"　天泉：星名。《史記·天官書》："困敦歲：歲陰在子，星居卯。以十一月與氐、房、心晨出，曰天泉，玄色甚明。"盧綸《王評事駙馬花燭詩》四："比翼和鳴雙鳳皇，欲栖金帳滿城香。平明却入天泉裏，日氣曈曨五色光。"　逆鱗：倒生的鱗片。《韓非子·説難》："夫龍之爲蟲也，柔可狎而騎也，然其喉下有逆鱗徑尺，若人有嬰之者則必殺人。人主亦有逆鱗，説者能無嬰人主之逆鱗則幾矣！"古人以龍比喻君主，因以觸"逆鱗"、批"逆鱗"等喻犯人主或强權之怒。《舊唐書·蘇世長韋雲起等傳贊》："不有忠膽，安輕逆鱗！"陸游《野興》三："虚名僅可欺橫目，戇論曾經犯逆鱗。"

⑦⑦ 背恩：背棄恩義。《三國志·袁紹傳》："天子以紹爲太尉，轉爲大將軍，封鄴侯。"裴松之注引袁暐《獻帝春秋》："紹耻班在太祖下，怒曰：'曹操當死數矣！我輒救存之；今乃背恩，挾天子以令我乎！'"陸贄《誅李希烈詔》："李希烈蔑義背恩，窮奸極暴。"　乃：代詞，你，你的。《左傳·僖公十二年》："往踐乃職，無逆朕命。"《後漢書·宋漢傳》："太中大夫宋漢清修雪白，正直無邪……予録乃勛，引登九列。"　祖：這裏指對開創基業有功君主的尊稱。《穀梁傳·僖公十五年》："始封必爲祖。"范寧注："若契爲殷祖，棄爲周祖。"《新唐書·李夷簡傳》："王者祖有功，宗有德。大行皇帝有武功，廟宜稱祖。"　連禍：接連發生禍亂。焦贛《易林·坤之離》："齊魯争言，戰于龍門，構怨連禍，三世不安。"也指受牽連而遭禍。《新唐書·武攸緒傳》："俄而諸韋誅，武氏連禍。"

⑦⑧ 猰貐：馬本注："獸名，出南海外，虎文龍爪，食人迅走。"李白《梁甫吟》："杞國無事憂天傾，猰貐磨牙競人肉。騶虞不折生草莖，手接飛猱博雕虎。"皮日休《魯望昨以五百言見貽過有褒美内揣庸陋彌增愧悚因成一千言上述》："明水在稿秸，太羹臨豆籩。將來示時人，

猰貐垂饞涎。”這裏詩人以喻横行的權貴。　前路：前面的道路，前方的路上。陶潛《歸去來辭》：“問征夫以前路，恨晨光之熹微。”孟雲卿《汴河阻風》：“丈夫苟未達，所向須存誠。前路捨舟去，東南仍曉晴。”　鯨鯢：即鯨，雄曰鯨，雌曰鯢。李白《赤壁歌送别》“君去滄江望澄碧，鯨鯢唐突留餘迹。”常常比喻兇惡的敵人。《左傳・宣公十二年》：“古者明王伐不敬，取其鯨鯢而封之，以爲大戮。”杜預注：“鯨鯢，大魚名，以喻不義之人吞食小國。”　要津：重要的津渡，亦比喻要害之地，與“前路”對舉成文。劉禹錫《偶作》：“萬里長江水，征夫渡要津。”也指要路，常指顯要的職位、地位。杜甫《麗人行》：“簫鼓哀吟感鬼神，賓從雜遝實要津。”

⑲ 王師：天子的軍隊，國家的軍隊。《三國志・陸遜傳》：“蠻夷猾夏……拒逆王師。”杜甫《新安吏》：“况乃王師順，撫養甚分明。送行勿泣血，僕射如父兄。”　業業：危懼貌。《漢書・董仲舒傳》：“故堯兢兢日行其道，而舜業業日致其孝……此其寖明寖昌之道也。”獨孤及《賀袁傪破賊表》：“七州之地，人罷耕織。百姓業業，全活無所。”　暴卒：這裏指突然進犯之士卒。《藝文類聚》卷四九引揚雄《衛尉箴》：“闕爲城衛，以待暴卒。”白居易《宿紫閣山北村》：“村老見余喜，爲余開一尊。舉杯未及飲，暴卒來入門。”　虩虩：馬本注：“《説文》：兩虎争聲。”周邦彦《汴都賦》：“是故宫旋室浮，舲艦移也；蛟螭蜿蜒，千橈渡也；虓虎虩虩，角觝戲也。”

⑳ “番部同謀夏”兩句：這裏指安史之亂中唐玄宗李隆基放棄京城長安，倉皇避難西川之事。　番部：指少數民族或少數民族地區，亦指外國。《宣和畫譜・胡瓌》載五代胡瓌有《番部牧馬圖》、《番部射雕圖》等。文彦博《乞令團結秦鳳涇原番部》：“臣切見秦、鳳、涇、原沿邊，熟户番部比諸路最多。至秋成以來，禾稼、牛羊滿野，以致餌寇誨盜。”　夏：古代漢民族自稱，也稱華夏、諸夏，也指中夏與中原地區。《文選・班固〈東都賦〉》：“目中夏而布德，瞰四裔而抗稜。”吕向注：

“中夏,中國。”這裏指代李唐。韓愈《集賢院校理石君墓誌銘》:“其先姓烏石蘭,九代祖猛,始從拓跋氏入夏,居河南。”馬通伯校注:“夏,謂中夏也。” 宗周:指周王朝,因周爲所封諸侯國之宗主國,故稱。《後漢書・東夷傳序》:“後徐夷僭號,乃率九夷以伐宗周。”《舊唐書・代宗紀》:“唐虞之際,内有百揆,庶政惟和。至於宗周,六卿分職,以倡九牧。”這裏指代李唐。 豳:古國名,周的祖先公劉所立,其地在今陝西省彬縣以東旬邑縣境。《詩・大雅・公劉》:“篤公劉,于豳斯館。”《史記・周本紀》:“公劉卒,子慶節立,國於豳。”司馬貞索隱:“豳即邠也,古今字異耳!”張守節正義引《括地志》:“豳州新平縣即漢漆縣,《詩》豳國,公劉所邑之地也。”這裏指代李唐的京城西安。

㊱ 陵園:帝王或諸侯的墓地。《晉書・琅邪悼王煥傳》:“營起陵園,功役甚衆。”白居易《新樂府・陵園妾》:“陵園妾,顔色如花命如葉。命如葉薄將奈何?一奉寢宫年月多。” 暮景:傍晚的景象,象徵李唐好景不再。杜牧《題敬愛寺樓》:“暮景千山雪,春寒百尺樓。”靈一《自大林與韓明府歸郭中精舍》:“孤烟生暮景,遠岫帶春暉。”指夕陽,喻指日薄西山之象。元稹《種竹》:“鳴蟬聒暮景,跳蛙集幽欄。”杜甫《一室》:“一室他鄉遠,空林暮景懸。” 霜:在氣温降到攝氏零度以下時,靠近地面空氣中所含的水汽凝結成的白色冰晶。《詩・秦風・蒹葭》:“蒹葭蒼蒼,白露爲霜。”李白《秋下荊門》:“霜落荊門江樹空,布帆無恙挂秋風。”謂經霜凋落。孟郊《感懷八首》二:“豺狼日已多,草木日已霜。” 露:夜晚或清晨近地面的水汽遇冷凝結於物體,通稱露水。《詩・召南・行露》:“豈不夙夜,謂行多露。”杜甫《月夜憶舍弟》:“露從今夜白,月是故鄉明。”破敗,敗壞。《莊子・漁父》:“故田荒室露,衣食不足,徵賦不屬,妻妾不和。”郭慶藩集釋:“荒露,謂荒蕪敗露。”《荀子・富國》:“入其境,其田疇穢,都邑露。”王念孫《讀書雜誌・荀子》:“露者,敗也,謂都邑敗壞也。” 秋旻:秋季的天空。李白《古風》一:“文質相炳焕,衆星羅秋旻。”韓愈《送惠師》:“發迹入四明,

梯空上秋旻。”

㉜“鳳闕悲巢鵩”兩句：喻指安史之亂後的京城，一片荒凉。鳳闕：原爲漢代宫闕名。《史記·孝武本紀》：“其東則鳳闕，高二十餘丈。”司馬貞索隱引《三輔故事》：“北有圜闕，高二十丈，上有銅鳳皇，故曰鳳闕也。”《漢書·東方朔傳》：“陛下以城中爲小，圖起建章，左鳳闕，右神明，號稱千門萬户。”顏師古注：“鳳闕，闕名。”後來引申爲皇宫、朝廷。楊炯《從軍行》：“牙璋辭鳳闕，鐵騎繞龍城。” 鵩：鳥名，似鴞。《文選·賈誼〈鵩鳥賦序〉》：“鵩似鴞，不祥鳥也。”李善注引《巴蜀異物志》：“有鳥小如雞，體有文色，土俗因形名之曰鵩，不能遠飛，行不出域。”許渾《經故丁補闕郊居》：“鵩上承塵纔一日，鶴歸華表已千年。” 鵷行：指朝官的行列。杜甫《至日遣興奉寄北省舊閣老兩院故人二首》一：“去歲兹辰捧御床，五更三點入鵷行。欲知趨走傷心地，正想氛氲滿眼香。”温庭筠《病中書懷呈友人》：“鳳闕分班立，鵷行竦劍趨。” 麇：獐子。《左傳·哀公十四年》：“逢澤有介麇焉！”陸德明釋文：“麇，獐也。”李嶠《茅》：“楚甸供王日，衡陽入貢年。麏包青野外，鴟嘯綺楹前。”

㉝華林：原指茂美的林木，這裏是華林園的省稱。《晉書·左貴嬪傳》：“體羸多患，常居薄室，帝每游華林，輒回輦過之。”華林園有多處，如三國吴國所建，故址在今南京市雞鳴山古臺城内，南朝宋元嘉時擴建，築華光殿、景陽樓、竹林堂諸勝，其後齊、梁諸帝常宴集於此，南宋時尚有殘存遺迹。又如東漢芳林園，魏正始初因避齊王芳諱改，故址在今河南洛陽東洛陽故城内，有瑤華宫、景陽山、天淵池諸勝，東魏天平二年(535)毁。又如後趙石虎都鄴後建，故址在今河北臨漳西南古鄴城北，園墻周圍數十里，有淩雲城、金花洲、光碧堂諸勝，北齊武成帝擴建後，華麗似神仙所居，因改名仙都苑。又如彌勒成道後説法的僧園名，中有龍華樹，故名。張九齡《經江寧覽舊迹至玄武湖》：“南國更數世，北湖方十洲。天清華林苑，日晏景陽樓。”鄭述誠《華林

園早梅》:“曉日東樓路,林端見早梅。獨凌寒氣發,不逐衆花開。” 茂草:繁茂的花草。儲光羲《遊茅山五首》二:“遠勢一峰出,近形千嶂分。冬春有茂草,朝暮多鮮雲。”劉長卿《避地江東留别淮南使院諸公》:“長安路絶鳥飛通,萬里孤雲西復東。舊業已應成茂草,餘生只是任飄蓬。” 寒竹:即竹,因其經冬不凋,故稱。劉長卿《送鄭十二還廬山别業》:“舊筍成寒竹,空齋向暮山。”許渾《送薛秀才南游》:“繞壁舊詩塵漠漠,對窗寒竹雨瀟瀟。” 貞筠:指竹,喻堅貞不易的節操。王融《贈族叔卫军》:“德馨伊何,如蘭之宣。貞筠抽箭,潤璧懷山。”蘇味道《詠霜》:“自有貞筠質,寧將庶草腓。”

㉞ 村落:村莊。《三國志·鄭渾傳》:“入魏郡界,村落齊整如一。”張喬《歸舊山》:“昔年山下結茅茨,村落重來野徑移。” 垣:矮墻。《書·梓材》:“若作室家,既勤垣墉,惟其塗塈茨。”陸德明釋文:“馬云:卑曰垣,高曰墉。”《左傳·僖公五年》:“踰垣而走,披斬其袪,遂出奔翟。” 城隍:城墻和護城河。蘇軾《富鄭公神道碑》:“南朝違約塞雁門,增塘水,治城隍,籍民兵,此何意也?”或專指護城河。《文選·班固〈兩都賦〉序》:“京師修宫室,浚城隍,起苑囿,以備制度。”李善注:“城池無水曰隍。”或專指城墻。《梁書·鄭紹叔傳》:“〔高祖〕令植登臨城隍,周觀府署。”或泛指城池。寒山《詩》一六七:“儂家暫下山,入到城隍裏。” 舊井:古老之井。梁肅《過舊園賦》:“識舊井於庭隅,吊重蘿於木末。”又作故里解。無可《送李少府之任臨邛》:“舊井王孫宅,還尋獨有期。” 堙:填,堵塞。《左傳·襄公二十五年》:“陳侯會楚子伐鄭,當陳隧者,井堙木刊。”杜預注:“堙,塞也。”韓愈《剥啄行》:“欲不出納,以堙其源。”也作埋没,泯滅。韓愈《太原王公神道碑銘》:“有事其末,而忘其源,切近昧陋,道由是堙。”

㉟ 破船沈古渡:意謂戰亂之後,破爛的船隻静静地半沉半浮在渡口附近。 破船:破舊的船隻。杜甫《破船》:“蒼皇避亂兵,緬邈懷舊丘。鄰人亦已非,野竹獨修修。”白居易《寓言題僧》:“劫風火起燒

荒宅,苦海波生蕩破船。力小無因救焚溺,清涼山下且安禪。” 古渡:古老的渡口。劉長卿《登潤州萬歲樓》:“江客不堪頻北望,塞鴻何事又南飛? 垂山古渡寒烟積,瓜步空洲遠樹稀。”戴叔倫《京口懷古》:“大江横萬里,古渡渺千秋。” 戰鬼聚陰磷:意謂戰死者的白骨聚積在一起,晚上發出緑瑩瑩的磷光。 戰鬼:戰死者的鬼魂。楊凝《送人出塞》:“北風吹雨雪,舉目已悽悽。戰鬼秋頻哭,征鴻夜不栖。”于濆《隴頭水》:“行人何徬徨? 隴頭水嗚咽。寒沙戰鬼愁,白骨風霜切。” 陰燐:燐火,鬼火。李益《從軍夜次六胡北飲馬磨劍石爲祝殤辭》:“水流嗚咽幽草根,君寧獨不怪陰燐?”歐陽修《和八月十五日齋宮對月》:“廟荒陰燐出,苑廢露螢飄。齋館心方寂,秋城夜已遥。”

⑧⑥ 振臂:舉臂,揮臂,表示奮發或激昂。舊題李陵《答蘇武書》:“然陵振臂一呼,創病皆起,舉刃指虜。”蘇轍《黄樓賦》:“戰馬成群,猛士成林,振臂長嘯,風動雲興。” 相應:互相呼應,應和。《國語・齊語》:“設象以爲民紀,式權以相應。”《陳書・高祖紀》:“軍志有之,善用兵者,如常山之蛇,首尾相應。” 攢眉:皺起眉頭,不快或痛苦的神態。舊題蔡琰《胡笳十八拍》五:“攢眉向月兮撫雅琴,五拍泠泠兮音彌深。”蘇軾《正月一日雪中過淮謁客回作二首》二:“攢眉有底恨? 得句不妨清。” 伸:伸開,挺直。《淮南子・氾論訓》:“夫繩之爲度也,可卷而伸也。”枚乘《七發》:“猶將伸傴起躄,發瞽披聾而觀望之也。”

⑧⑦ 毁容:毁壞容貌。葉適《謝景思集序》:“公諱伋,字景思,上蔡人。艱難時往來青城,毁容敗服,實佐其父奉傳國璽走宋州。”虞集《御史中丞楊襄愍公神道碑》:“夫人翦髮毁容以自誓,乃免,封夏國夫人。” 赤紱:即赤芾。《後漢書・東平憲王蒼傳》:“愚頑之質,加以固病,誠羞負乘,辱污輔將之位,將被詩人‘三百赤紱’之刺。”李賢注:“赤紱,大夫之服也。”又作赤綬。白居易《戊申歲暮詠懷詩三首》二:“紫泥丹筆皆經手,赤紱金章盡到身。”赤紱即赤綬,古代官服上繫印紐的赤色絲帶。《後漢書・輿服志》:“諸侯王赤綬。”這裏表露了毁容

之人的矛盾心態,身逢亂世,不能不毁容逃避,但又擔心毁容之後,將來無法出來做官。下面"混迹"的意思與此句相同,爲了逃難,不得不混迹人衆之中,顧不得自己的體面。　混迹:謂使行蹤混雜在大衆間,常常有隱身不露的意思。盧綸《送元贊府重任龍門縣》:"混迹威長在,孤清志自雄。應嗤向隅者,空寄路塵中。"陸游《好事近》:"混迹寄人間,夜夜畫樓銀燭。"　黄巾:東漢末年張角所領導的農民起義軍,因頭包黄巾而得名。《後漢書·皇甫嵩傳》:"角等知事已露,晨夜馳敕諸方,一時俱起,皆著黄巾爲摽幟,時人謂之'黄巾'。"借指作亂者與寇盜。杜甫《遣憂》:"紛紛乘白馬,攘攘著黄巾。"仇兆鰲注:"白馬,指侯景。黄巾,指張角。"

⑧⑧ 木梗:木偶人。《戰國策·趙策》:"夜半,土梗與木梗鬥。"庾信《和張侍中述懷》:"漂流從木梗,風卷隨秋籜。"　波蕩:水波摇盪,蕩漾。張衡《西京賦》:"河渭爲之波蕩,吴嶽爲之陁堵。"李白《白頭吟》:"錦水東北流,波蕩雙鴛鴦。雄巢漢宫樹,雌弄秦草芳。"　桃源:陶潛《桃花源記》謂有漁人從桃花源入一山洞,見秦時避亂者的後裔居其間,漁人出洞歸,後再往尋找,遂迷不復得路。後遂用以指避世隱居的地方,亦指理想的境地。李白《古風》一五:"一往桃花源,千春隔流水。"又指桃源洞:在今浙江省天台縣北,相傳東漢時劉晨、阮肇到天台山采藥迷路,誤入桃源洞,遇見兩個仙女,被邀至家中,半年後回家,子孫已過七代。事見劉義慶《幽冥録》。後因以指男女幽會的仙境。張仲方《贈毛仙翁》:"陰功足,陰功成,羽駕何年歸上清?待我休官了婚嫁,桃源洞裏覓仙兄。"韓偓《六言三首》三:"憶泪因成别泪,夢游常續心遊。桃源洞口來否?絳節霓旌久留。"　斆:教導,使覺悟。《書·盤庚》:"盤庚斆於民。"孔傳:"斆,教也。"孔稚珪《答蕭司徒书》:"理本無二,取捨多途,争論云云,常所慨也。但在始通道則宜然,斆而學者則未可。"　隱淪:神人等級之一,泛指神仙。《文選·郭璞〈江賦〉》:"納隱淪之列真,挺異人乎精魄。"李善注引漢桓譚《新

論》:"天下神人五:一曰神仙,二曰隱淪,三曰使鬼物,四曰先知,五曰鑄凝。"也可作隱居解。謝靈運《入華子岡是麻源第三谷》:"既枉隱淪客,亦栖肥遯賢。"也指隱者。杜甫《贈韋左丞丈》:"此意竟蕭條,行歌非隱淪。"

⑧⑨ 弟兄:弟弟和哥哥。李白《讀諸葛武侯傳書懷贈長安崔少府叔封昆季》:"託意在經濟,結交爲弟兄。毋令管與鮑,千載獨知名。"李嘉祐《承恩量移宰江邑臨鄱江悵然之作》:"四年謫宦滯江城,未厭門前鄱水清。誰言宰邑化黎庶? 欲别雲山如弟兄。" 書信:指傳送書札的使者,書指函札,信指使人。《晉書·陸機傳》:"我家絶無書信,汝能齎書取消息不?"《南齊書·魚復侯子響傳》:"臣累遣書信喚法亮渡,乞白服相見。"指信札。王駕《古意》:"一行書信千行淚,寒到君邊衣到無?" 鷗:水鳥名,頭大,嘴扁平,趾間有蹼,翼長而尖,羽毛多,灰白色,生活在海洋及内陸河川,以魚類和昆蟲等爲食。元稹《酬竇校書二十韵》:"鷗鷺元相得,杯觴每共傳。芳遊春爛漫,晴望月團圓。"李時珍《本草綱目·鷗》:"鷗者浮水上,輕漾如漚也……在海者名海鷗,在江者名江鷗。" 鷺:鳥類的一科,嘴直而尖,頸長,飛翔時縮着頸,白鷺、蒼鷺較爲常見。白居易《立春日酬錢員外曲江同行見贈》:"風光向晚好,車馬近南稀。機盡笑相顧,不驚鷗鷺飛。"李時珍《本草綱目·鷺》:"鷺,水鳥也。林栖水食,群飛成序,潔白如雪,頸細而長,脚青善翹,高尺餘,解指短尾,喙長三寸,頂有長毛十數莖。" 往來:來去,往返。《易·咸》:"憧憧往來,朋從爾思。"李鏡池《通義》引王肅曰:"〔憧憧〕,往來不絶貌。"温庭筠《經李徵君故居》:"惆悵羸驂往來慣,每經門巷亦長嘶。" 馴:順服。《韓非子·外儲説》:"夫馴烏者,斷其下翎焉! 則必恃人而食,焉得不馴乎?"陸龜蒙《白鷗詩序》:"襲美知而偕詣,既坐,有鷗翩然馴於砌下。"

⑨⓪ 山光:山的景色。王勃《秋日别王長史》:"野色籠寒霧,山光斂暮烟。終知難再奉,懷德自潸然。"岑參《郡齋平望江山》:"山光圍

一郡，江月照千家。”　澈：清朗。陶潛《和郭主簿二首》二：“露凝無遊氛，天高風景澈。”杜甫《徐卿二子歌》：“大兒九齡色清澈，秋水爲神玉爲骨。小兒五歲氣食牛，滿堂賓客皆回頭。”　海氣：海面上或江面上的霧氣。張子容《永嘉即事寄贛縣袁少府瓘》：“海氣朝成雨，江天晚作霞。”也作蜃氣，光綫經過不同密度的空氣層，發生顯著折射或全反射時，把遠處景物顯示在空中或地面而形成的各種奇異景象，常發生在海上或沙漠地區，古人誤認爲蜃吐氣而成，故稱，語出《史記・天官書》：“海旁蜃氣象樓臺，廣野氣成宫闕然，雲氣各象其山川人民所聚積。”　真：清楚，真切。韓愈《順宗實録》：“奏（令狐）峘舉前刺史過失，鞫不得真。”齊己《題畫鷺鷥兼簡孫郎中》：“曾向滄江看不真，却因圖畫見精神。”

⑪ 秘圖：即“推背圖”，圖讖之書。岳珂《桯史・藝祖禁讖書》：“唐李淳風作《推背圖》，五季之亂，王侯崛起，人有倖心，故其學益熾……〔宋太祖〕乃命取舊本自己驗之外，皆紊其次而雜書之，凡爲百本，使與存者並行。於是傳者懵其先後，莫知其孰譌；間有存者，不復驗，亦棄弗藏矣！”　廢王：興衰，王，通“旺”。元稹《景申秋八首》五：“三元推廢王，九曜入乘除。”　後聖：後世聖人。《孟子・離婁》：“得志行乎中國，若合符節，先聖後聖，其揆一也。”元稹《和樂天贈樊著作》：“緬然千載後，後聖曰孔宣。迥知皇王意，綴書爲百篇？”　經綸：這裏指治理國家的抱負和才能。《易・屯》：“雲雷屯，君子以經綸。”孔穎達疏：“經謂經緯，綸謂綱綸，言君子法此屯象有爲之時，以經綸天下，約束於物。”劉知幾《史通・暗惑》：“魏武經綸霸業，南面受朝。”

⑫ 野杏：没有經過嫁接自然生長的杏樹。王維《送禰郎中》：“東郊春草色，驅馬去悠悠……孤鶯吟遠墅，野杏發山郵。”竇庠《酬韓愈侍郎登岳陽樓見贈》：“野杏初成雪，松醪正滿瓶。莫辭今日醉，長恨古人醒。”　渾：胡亂。齊己《寄谷山長老》：“遊遍名山祖遍尋，却來塵世渾光陰。”孫光憲《北夢瑣言》卷一：“〔唐文宗皇帝〕又問蓍曰：‘卿家

有何圖書?'蓉曰:'家書悉無,唯有文貞公笏在。'文宗令進來,鄭覃在側曰:'在人不在笏。'文宗曰:'卿渾未曉,但甘棠之義,非要笏也。'" 植:種植,栽種。《文選·張衡〈東京賦〉》:"植華平於春圃,豐朱草於中唐。"薛綜注:"植,猶種也。"韓愈《唐故贈絳州刺史馬府君行狀》:"廬墓側植松柏。" 幽蘭:蘭花。《楚辭·離騷》:"户服艾以盈要兮,謂幽蘭其不可佩。"李嶠《送崔主簿赴滄洲》:"芳桂尊中酒,幽蘭下調詞。他鄉有明月,千里照相思。" 紉:語出《楚辭·離騷》:"紉秋蘭以爲佩。"謂撚綴秋蘭,佩帶在身,後用以比喻對别人的德澤或教益銘感於心,如紉佩在身,多用於書信。

㉝ 憤憤:氣憤不平。《後漢書·齊武王縯傳》:"自王莽篡漢,常憤憤,懷復社稷之慮。"元稹《楚歌十首》一〇:"栖栖王粲賦,憤憤屈平篇。各自埋幽恨,江流終宛然。" 粼粼:水流清澈貌,水石閃映貌。高適《答侯少府》:"漆園多喬木,睢水清粼粼。"何希堯《採蓮曲》:"錦蓮浮處水粼粼,風外香生韈底塵。荷葉荷裙相映色,聞歌不見採蓮人。"

㉞ 盡室:全家。《左傳·成公二年》:"共王即位,將爲陽橋之役,使屈巫聘於齊,且告師期,巫臣盡室以行。"杜預注:"室家盡去。"杜甫《寄高使君岑長史三十韵》:"無錢居帝里,盡室在邊疆。" 深洞:深幽的洞府,人迹罕至的所在。劉長卿《舊井》:"舊井依舊城,寒水深洞徹。下看百餘尺,一鏡光不滅。"李栖筠《張公洞》:"焚香入深洞,巨石如虚空。夙夜備蘋藻,詔書祠張公。" 輕橈:小槳,借指小船。《文選·謝惠連〈泛湖出樓中翫月〉》:"日落泛澄瀛,星羅遊輕橈。"李善注:"《楚辭》曰'荃橈兮蘭旌',王逸曰:'橈,小楫。'"温庭筠《渭上題三首》二:"目極雲霄思浩然,風帆一片水連天。輕橈便是東歸路,不肯忘機作釣船。" 艑:大船。戴叔倫《送柳道時余北還》:"征役各異路,烟波同旅愁。輕橈上桂水,大艑下揚州。"劉禹錫《堤上行三首》三:"日晚出簾招估客,軻峩大艑落帆來。"

㉟ 殷勤:情意深厚。《孝經援神契》:"母之於子也,鞠養殷勤,推

燥居濕，絶少分甘。”《南史·任昉傳》：“〔任昉〕爲《家誡》，殷勤甚有條貫。”　白石：潔白的石頭。《詩·唐風·揚之水》：“白石鑿鑿。”王維《白石灘》：“清淺白石灘，緑浦向堪把。家住水東西，浣紗明月下。”　悵望：惆悵地看望或想望。高適《送蹇秀才赴臨洮》：“悵望日千里，如何今二毛？猶思陽谷去，莫厭隴山高。”杜甫《遣興五首》四：“悵望但烽火，戎車滿關東。生涯能幾何？常在羇旅中。”　青蘋：一種生於淺水中的草本植物。《文選·宋玉〈風賦〉》：“夫風生於地，起於青蘋之末。”李善注：“《爾雅》曰：‘萍，其大者曰蘋。’郭璞曰：‘水萍也。’”蘇軾《十二琴銘·松風》：“忽乎青蘋之末而生有，極于萬竅號怒而實無。”

⑯ 夢寐：謂睡夢。《後漢書·郎顗傳》：“此誠臣顗區區之念，夙夜夢寐，盡心所計。”何遜《七召·神仙》：“清歌雅舞，暫同於夢寐。”　平生：平素，往常。盧象《雜詩二首》一：“家居五原上，征戰是平生。獨負山西勇，誰當塞下名？”王維《喜祖三至留宿》：“門前洛陽客，下馬拂征衣。不枉故人駕，平生多掩扉。”　經過：行程所過。《淮南子·時則訓》：“日月之所道。”高誘注：“日月照其所經過之道。”元稹《盧頭陀》：“還來舊日經過處，似隔前身夢寐遊。”　處所：停留或居住的地方。宋玉《高唐賦》：“風止雨霽，雲無處所。”《史記·孝文本紀》：“群臣請處王蜀嚴道、卭都，帝許之。長未到處所，行病死。”

⑰ 阮郎：漢明帝永平五年，會稽郡剡縣劉晨、阮肇共入天台山采藥，遇兩麗質仙女，被邀至家中，並招爲婿。阮郎本指阮肇，後亦借指與麗人結緣之男子。劉長卿《過白鶴觀尋岑秀才不遇》：“應向桃源裏，教他喚阮郎。”張子容《送蘇倩遊天台》：“琪樹嘗仙果，瓊樓試羽衣。遥知神女問，獨怪阮郎歸。”　里巷：犹街巷，這裏借指阮肇的家鄉。《漢書·五行志》：“京師郡國民聚會里巷仟佰，設張博具，歌舞祠西王母。”蘇洵《蘇氏族譜亭記》：“其輿馬赫奕，婢妾靚麗，足以蕩惑里巷之小人。”指鄉鄰。陸游《連歲小稔喜甚有作》：“社醅邀里巷，膰肉飫兒童。”　遼鶴記城闉：指遼東丁令威得仙化鶴歸里之故事。

劉禹錫《遥和白賓客分司初到洛中戲呈馮尹》:"冥鴻何所慕,遼鶴乍飛回。"又説遼東人丁令威學道後化鶴歸遼,徘徊空中而言曰:"有鳥有鳥丁令威,去家千年今始歸。"後以"遼鶴"指代千年,杜光庭《刁子宗勉太尉謁靈池朱真人洞詞》:"伏惟仙君道逸冥鴻,壽逾遼鶴。"

⑱ 休明:美好清明。李白《豫章行》:"本爲休明人,斬虜素不閑。"常常讚美明君或盛世。《文選·謝朓〈始出尚書省〉》:"惟昔逢休明,十載朝雲陛。"李善注:"休明,謂齊武皇帝也。"孟浩然《送袁太祝尉豫章》:"何幸遇休明,觀光來上京。" 朽病:衰老多病。《南史·陳暄傳》:"吾既寂漠當世,朽病殘年,産不異于顔原,名未動於卿相。"歐陽修《與韓忠獻王》:"某以朽病之餘,事事衰退,然猶不量力,不覺勉强者,竊冀附託以爲榮爾!"

⑲ 勞生:《莊子·大宗師》:"夫大塊載我以形,勞我以生,佚我以老,息我以死。"後以"勞生"指辛苦勞累的生活。張喬《江南别友人》:"勞生故白頭,頭白未應休。" 矻矻:勤勞不懈貌。《漢書·王褒傳》:"器用利,則用力少而就效衆。故工人之用鈍器也,勞筋苦骨,終日矻矻。"顔師古注:"應劭曰:'勞極貌。'如淳曰:'健作貌。'如説是也。" 語舊:回憶過去的話題。楊夔《金陵逢張喬》:"有志年空過,無媒命共奇。吟餘春漏急,語舊酒巡遲。"劉敞《送袁同年殿丞陟通判撫州》:"輕舟何翩翩,斲冰浮清川?問之亦奚樂,歲宴道且邅。" 諄諄:反復告誡、再三丁寧貌。《詩·大雅·抑》:"誨爾諄諄,聽我藐藐。"朱熹集傳:"諄諄,詳熟也。"裴潾《前相國贊皇公早葺平泉山居暫還憩旋起赴詔命作鎮浙右輒抒懷賦四言詩十四首奉寄》一三:"哀我蠢蠢,念我諄諄。振此鎩翮,扇之騰翻。"

⑳ 晚歲:晚年。杜甫《羌村三首》二:"晚歲迫偷生,還家少歡趣。"葉適《高令人墓誌銘》:"晚歲,三子始育,始有宅居。"歲暮。孫萬壽《遠戍江南寄京邑親友》:"晚歲出函關,方春度京口。" 衰柳:衰敗的柳樹。王維《輞川集·孟城坳》:"新家孟城口,古木餘衰柳。來者

復爲誰？空悲昔人有。"劉長卿《送姨子弟往南郊》："那堪適會面，遽已悲分首！客路向楚雲，河橋對衰柳。"　先秋：早秋。張九齡《湞陽峽》："行舟傍越岑，窈窕越溪深。水暗先秋冷，山晴當晝陰。"賀知章《送人之軍》："隴雲晴半雨，邊草夏先秋。萬里長城寄，無貽漢國憂。"大椿：古寓言中的木名，以一萬六千歲爲一年。《莊子·逍遥遊》："上古有大椿者，以八千歲爲春，以八千歲爲秋。"陸德明釋文引司馬彪曰："木，一名橓。橓，木槿也。"郭慶藩集釋："案《齊民要術》引司馬云：木槿也，以萬六千歲爲一年，一名蕣椿，與《釋文》所引小異。"顧封人《月中桂樹》："芬馥天邊桂，扶疏在月中。能齊大椿長，不與小山同。"後用以喻指父親。

⑩① 眼前：目下，現時。劉長卿《宿懷仁縣南湖寄東海荀處士》："寒塘起孤雁，夜色分鹽田。時復一延首，憶君如眼前。"韋應物《夏花明》："翻風適自亂，照水復成妍。歸視窗間字，熒煌滿眼前。"　年少：年輕。韓愈《論淮西事宜狀》："恐其年少，未能理事。"猶少年。《三國志·先主傳》："好交結豪傑，年少争附之。"　無復：指不再有，没有。葛洪《抱朴子·對俗》："不死之事已定，無復奄忽之慮。"蕭繹《金樓子·雜記》："少來搜集書史，頗得諸遺書，無復首尾，或失名，凡百餘卷。"　昔時：往日，從前。《東觀漢記·東平王蒼傳》："骨肉天性，誠不以遠近親疏，然數見顔色，情重昔時。"杜甫《石笋行》："恐是昔時卿相冢，立石爲表今仍存。"

［編年］

《年譜》編年本詩於貞元十年，理由是："題下注：'年十六時作。'"《編年箋注》編年："貞元九年(七九三)，元稹登明經科，十年，居西京開元觀，作此詩。見卞《譜》。"《年譜新編》編年本詩於貞元十年，理由是："題注云：'年十六時作。'"

有詩人自己的題下注"年十六時作"爲證，本詩的編年應該是没有任何争議。但詩文的編年,不僅僅是時間的編年,而且還應該明確賦詠詩篇、撰成文章的地點。《年譜》譜文"居西京開元觀(清都觀)"云云,《編年箋注》則明確"居西京開元觀,作此詩"。我們以爲元稹此詩應該作於長安的家中,其《誨侄等書》:"至年十五得明經及第,因捧先人舊書於西窗下鑽仰沉吟,僅於不窺園井矣!"《敘詩寄樂天書》也表明元稹是在自己的家中見到鄭雲逵與王表並進獻自己的詩文:"故鄭京兆於僕爲外諸翁,深賜憐奬,因以所賦呈獻京兆,翁深相駭異,秘書少監王表在座,顧謂表曰:'使此兒五十不死,其志義何如哉!惜吾輩不見其成就。'因召諸子,訓責泣下。僕亦竊不自得,由是勇於爲文。"本詩即應該是在自己家中"勇於爲文"的作品。

貞元十一年乙亥(795)　十七歲

◎燈　影(一)①

洛陽晝夜無車馬，漫挂紅紗滿樹頭②。見説平時燈影裏，玄宗潛伴太真游③。

録自《元氏長慶集》卷一七

[校記]

(一) 燈影：本詩存世各本，包括楊本、叢刊本、《萬首唐人絶句》、《歲時雜詠》、《全詩》在内諸本，未見異文。

[箋注]

① 燈影：這裏是指洛陽元宵節夜晚盛况空前的情景，滿城的燈火滿城的遊人，因爲遊人填街塞巷，即使白天遊街觀景的遊人也仍然絡繹不絶，因此車馬無法通行，故有"洛陽晝夜無車馬"的感嘆。沈佺期《夜遊》："今夕重門啓，遊春得夜芳。月華連晝色，燈影雜星光。"郭利貞《上元》："九陌連燈影，千門度月華。傾城出寶騎，匝路轉香車。"

② 洛陽晝夜無車馬：此句意謂由於洛陽看燈的男男女女、老老少少實在太多，車馬根本無法通行，晚上是這樣，白天也是如此。並非洛陽没有車馬，而是在當時洛陽的大街上，車馬根本無法通行，因此也可以説没有車馬。　洛陽：李唐的東都，與西京長安並爲京城，長安稱西京，洛陽稱東都。王績《過酒家五首》一："洛陽無大宅，長安乏主人。黄金銷未盡，祇爲酒家貧。"陳子良《遊俠篇》："洛陽麗春色，

遊俠騁輕肥。水逐車輪轉,塵隨馬足飛。”又有以長安爲京都,洛陽稱東都,荆州稱南都,鳳翔稱西都,太原稱北都的説法。　晝夜:白日和黑夜。張九齡《忝官二十年盡在内職及爲郡嘗積戀因賦詩焉》:“江流去朝宗,晝夜兹不舍。仲尼在川上,子牟存闕下。”李白《求崔山人百丈崖瀑布圖》:“百丈素崖裂,四山丹壁開。龍潭中噴射,晝夜生風雷。”　車馬:車和馬,古代陸上的主要交通工具。岑參《春尋河陽陶處士别業》:“藥椀揺山影,魚竿帶水痕。南橋車馬客,何事苦喧喧?”皇甫曾《路中口號》:“還鄉不見家,年老眼多泪。車馬上河橋,城中好天氣。”　漫:遍,周遍。張衡《七辯》:“重屋百層,連閣周漫。”杜甫《閬州奉送二十四舅使自京赴任青城》:“青城漫污雜,吾舅意淒然。”多。《文選·馬融〈長笛賦〉》:“僬眇睢維,涕洟流漫。”吕向注:“漫,言多。”紅紗:紅色的飄帶。謝偃《踏歌詞》:“夜久星沉没,更深月影斜……細風吹寶襪,輕露濕紅紗。”白居易《新樂府·賣炭翁》:“一車炭,千餘斤,宫使驅將惜不得。半匹紅紗一丈綾,繫向牛頭充炭直。”　滿樹頭:挂滿大街小巷的房屋與樹頭,點綴節日的喜慶氣氛。王建《宫詞一百首》八八“樹頭樹底覓殘紅,一片西飛一片東。自是桃花貪結子,錯教人恨五更風”所描寫的就是這種景象。元稹《閑二首》二:“連鴻盡南去,雙鯉本東流。北信無人寄,蟬聲滿樹頭。”裴夷直《秦中卧病思歸》:“索索凉風滿樹頭,破窗殘月五更秋。病身歸處吴江上,一寸心中萬里愁。”

③ 見説:聽人們傳説。王維《贈裴旻將軍》:“腰間寶劍七星文,臂上琱弓百戰勛。見説雲中擒黠虜,始知天上有將軍。”劉長卿《送杜越江佐覲省往新安江》:“送君東赴歸寧期,新安江水遠相隨。見説江中孤嶼在,此行應賦謝公詩。”　平時:平日,平常時候。李商隱《九成宫》:“十二層城閬苑西,平時避暑拂虹霓。”王安石《閔旱》:“平時溝洫今多廢,下户京囷久已空。”本詩指太平時日。李山甫《送李秀才入軍》:“書生只是平時物,男子争無亂世才?”梅堯臣《送陶太博通判廣

信軍》:"平時易水頭,不復起邊愁。" 燈影:這裏指物體在燈光下的投影。張繼《贈章八元》:"相見談經史,江樓坐夜闌。風聲吹户響,燈影照人寒。"陈陶《题豫章西山香城寺》:"祇園樹老梵聲小,雪嶺花香燈影長。" 玄宗:即唐玄宗李隆基。皇甫松《楊柳枝》:"春入行宫映翠微,玄宗侍女舞烟絲。如今柳向空城緑,玉笛何人更把吹?"張祜《楊柳枝》:"莫折宫前楊柳枝,玄宗曾向笛中吹。傷心日暮烟霞起,無限春愁生翠眉。" 潛伴:暗暗伴隨不使别人所知。元稹《連昌宫詞》:"力士傳呼覓念奴,念奴潛伴諸郎宿。"王士禎《吊太真》:"開元盛日,正霓裳按拍,凌波裁曲。繡嶺宫前宫騎至,乍進合歡香橘。力士傳呼,念奴清夜,潛伴諸郎宿。翠華人遠,樓東恰就新賦。"義近"趁伴",結伴,搭伴。白居易《初到洛下閑遊》:"趁伴入朝應老醜,尋春放醉尚粗豪。"蘇舜欽《重過句章郡》:"窺魚翠碧忘形坐,趁伴蜻蜓照影飛。" 太真:即唐玄宗的寵愛貴妃楊玉環。她原來是唐玄宗子輩壽王的妃子,後來被唐玄宗看中,假意入觀成爲一名女道士,法號太真,然後進宫成爲唐玄宗的妃子,玩弄了一出盡人皆知的騙局。李益《過馬嵬二首》一:"路至墻垣問樵者,顧予云是太真宫。太真血染馬蹄盡,朱閣影隨天際空。"元稹《連昌宫詞》:"上皇正在望仙樓,太真同凭闌干立。樓上樓前盡珠翠,炫轉熒煌照天地。"

[編年]

《年譜》"己丑庚寅在東都所作其他詩"欄内將本詩編入,引述本詩後云:"元稹《使東川》題下注:'此後並御史時作。'《燈影》在《使東川》後,詠洛陽事,當是元稹爲監察御史分務東臺時作。"《編年箋注》編年:"此詩作於元和四年(八〇九),元稹時爲監察御史分務東臺。見下《譜》。"《年譜新編》在引述本詩之後曰:"疑是元稹分務東臺時作。"

我們不能同意《年譜》、《編年箋注》、《年譜新編》"分務東臺時作"

的編年結論，也不同意《年譜》、《編年箋注》舉證的理由。其一，衆所周知元稹的詩文集在宋代之前就已散佚散失，現在我們看到的《元氏長慶集》是後人編集的，卷數也從原來的一百卷變成六十卷，十存其六，除了個别的卷次之外，編排也早就不是原來的次序。因此根據現在能够看到的元稹詩文集，依據詩題下的原注以及後來編定的詩歌次序來確定它們的編年，無疑是不可靠的。而且《燈影》也不是緊隨元稹《使東川》組詩之後，它的前面還有《仁風李著作園醉後寄李十》，據我們考證《仁風》詩的作年應該是貞元十一年元稹十七歲之時，前後詩篇的作年並不銜接。其二，元稹早年就多次在洛陽一帶活動，如貞元十一年在洛陽李著作園與李建成爲朋友，并與管兒發生初戀，貞元二十年元稹就頻繁來往於長安與洛陽之間，有他自己《天壇上境》、《華嶽寺》詩的序言爲證。其三，元稹有同類詩歌也作於這一時期，《智度師二首》就是其中的例子，詩云："……""……"據詩意，詩人所詠是"安史之亂"即天寶十四載至廣德元年(755—763)間的史事，以"四十年前"推之，這兩首詩當作於元稹校書郎之前，即貞元十一年至貞元十九年(795—803)之間，當時的元稹正在洛陽一帶活動，光顧洛陽的"天津橋"(據《元和郡縣誌》)，見識智度師這樣有歷史故事的老人，是詩人借歷史故事抒發自己的某種感慨之作。其四，根據本詩詩題"燈影"以及其詩篇内容的描述，應該是洛陽元宵節的景象。五，從上面已引述的詩歌内容來看，似乎更像是元稹初次來到洛陽所作，出於好奇，把民間的傳説唐玄宗與楊貴妃的故事寫入自己的詩歌之中。據此，我們以爲本詩應該撰寫於貞元十一年元宵節之時，賦詩的地點在洛陽。

◎行 宫(一)①

寥落古行宫，宫花寂寞紅②。白頭宫女在，閑坐説玄宗(二)③。

録自《元氏長慶集》卷一五

[校記]

（一）行宫：楊本、叢刊本、《容齋隨筆》、《萬首唐人絶句》、《唐人萬首絶句選》、《古詩鏡・唐詩鏡》、《何氏語林》、《石倉歷代詩選》、《詩人玉屑》同，《清波别志》、《古今事文類聚》作"古行宫"，《竹莊詩話》、《詩林廣記》作"行宫絶句"，語義相類，不改。《愛日齋叢抄》誤作"過華清宫"，不從不改。

（二）閑坐説玄宗：楊本、叢刊本、《容齋隨筆》、《萬首唐人絶句》、《唐人萬首絶句選》、《古詩鏡・唐詩鏡》、《古今事文類聚》、《何氏語林》、《清波别志》、《詩人玉屑》、《竹莊詩話》、《詩林廣記》、《石倉歷代詩選》、《全詩》同，《錦繡萬花谷》在兩處録有元稹本詩，其中一處爲"相對説玄宗"，語義也通，録以備考。

[箋注]

① 行宫：關於本詩，文獻記載有挂名"元稹"名下，也有挂名"王建"名下，除原本與楊本自然歸屬本詩爲元稹所作之外，《容齋隨筆》、《錦繡萬花谷》、《萬首唐人絶句》、《古詩鏡・唐詩鏡》、《古今事文類聚》、《何氏語林》、《清波别志》、《詩人玉屑》、《竹莊詩話》、《詩林廣記》均認爲是元稹的作品；而《王司馬集》自然收録本詩外，《英華》、《唐詩品彙》、《全唐詩録》也作"王建詩"，《石倉歷代詩選》、《全詩》則在元稹

與王建名下均録有本詩。我們根據文獻記載之外,結合元稹本人的生平以及他在此後在《上陽白髮人》中流露的思想,本詩應該歸屬元稹名下。洪邁《容齋隨筆·古行宫詩》曰:"白樂天《長恨歌》、《上陽人歌》、元微之《連昌宫詞》,道開元間宫禁事,最爲深切矣!然微之有《行宫》一絶句云:'……'語少意足,有無窮之味。"對此評價,《詩人玉屑》、《詩林廣記》、《何氏語林》、《清波别志》均表示贊同。而瞿佑《歸田詩話》曰:"樂天《長恨歌》凡一百二十句,讀者不厭其長;元微之《行宫詩》才四句,讀者不覺其短,文章之妙也。"《詩林廣記·元微之》:"高秀實云:'元微之詩,艷麗而有骨。'"詩人揭露史實之深刻,受到時賢後輩之讚揚,於此可見一斑!

② 寥落:冷落,冷清。元稹《和樂天秋題曲江》:"共愛寥落境,相將偏此時。"司馬光《和道矩紅梨花二首》一:"繁枝細葉互低昂,香敵酴醿艷海棠。應爲窮邊太寥落,並將春色付穠芳。" 行宫:是古代京城以外供帝王出行時臨時居住的宫室。《文選·左思〈吴都賦〉》:"烏聞梁岷有陟方之館,行宫之基歟?"劉逵注:"天子行所立,名曰行宫。"盧象《駕幸温泉》:"細草終朝隨步輦,垂楊幾處繞行宫?" 宫花:這裏指皇宫庭苑中的諸多花木,暗喻被冷落的宫女們。李白《宫中行樂詞八首》五:"宫花争笑日,池草暗生春。"杜牧《早春閣下寓直蕭九舍人亦置内署因寄書四韵》:"御水初消凍,宫花尚怯寒。" 寂寞:冷清,孤單。曹植《雜詩五首》四:"閑房何寂寞!緑草被階庭。"元稹《初寒夜寄盧子蒙》:"月是陰愁鏡,寒爲寂寞資。輕寒酒醒後,斜月枕前時。"

③ 白頭:猶白髮,形容年老。元稹《貽蜀五首·李中丞表臣》:"韋門同是舊親賓,獨恨潘床簟有塵。十里花溪錦城麗,五年沙尾白頭新。"曾鞏《福州奏乞在京主判閑慢曹局或近京一便郡狀》:"況臣母子,各已白頭。兄弟二人,皆任遠地。" 宫女:被徵選在宫廷裏服役的女子。李白《越中覽古》:"越王勾踐破吴歸,義士還鄉盡錦衣。宫女如花滿春殿,只今惟有鷓鴣飛。"杜牧《郡齋獨酌》:"三千宫女側頭

看,相排踏碎雙明璫。"　閑坐:百無聊賴,無所事事的樣子。張籍《早春閑遊》:"年長身多病,獨宜作冷官。從來閑坐慣,漸覺出門難。"元稹《和樂天夢亡友劉太白同遊二首》一:"君詩昨日到通州,萬里知君一夢劉。閑坐思量小來事,只應元是夢中游。"　玄宗:即唐玄宗李隆基,《舊唐書·玄宗紀》:"上元二年四月甲寅崩于神龍殿,時年七十八,群臣上謚曰至道大聖大明孝皇帝,廟號玄宗。"上元二年爲公元七六一年,離開元稹寫作本詩的時間貞元十一年,亦即公元七九五年已經有三十四年之久,皇帝已經作古,而原本爲他服務供他奴役的白頭宫女們却還被禁閉在宫中等待,前途遥遥無期,祇有她們自己的自然死亡才能得到最終的解脱,這就是殘酷的事實,這就是無情的歷史!

[編年]

《年譜》"己丑庚寅在東都所作其他詩"欄内將本詩編入,引述本詩之後云:"《燈影》、《行宫》二詩皆詠玄宗事,當是一時所作。"《編年箋注》編年:"此詩是元稹爲監察御史分務東臺時作。見卞《譜》。"《年譜新編》在辯明本詩應該歸屬元稹之後:"《燈影》、《行宫》皆詠玄宗時事,當是一時作。"

我們不能同意《年譜》、《編年箋注》、《年譜新編》的編年結論,也不同意三書舉證的理由。我們以爲此詩作於貞元十一年,理由見《燈影》所列。從詩歌的内容來看,似乎更像是元稹初次來到洛陽所作,在洛陽經常聽人説起"白頭宫女"的辛酸故事。出於好奇出於感憤,把宫闈的傳聞寫入自己的詩歌之中。它應與《燈影》一樣也是借歷史故事抒發自己的某種感慨之作。從東都元宵節的繁華聯類而及寂寞的宫女生涯,本詩應該與《燈影》賦作於同時,亦即貞元十一年的初春。我們以爲本詩確實是東都詩,但不是《年譜》、《編年箋注》、《年譜新編》所説的"己丑庚寅"所作。

◎ 智度師二首(一)①

四十年前馬上飛，功名藏盡擁禪衣②。石榴園下擒生處，獨自閑行獨自歸③。

三陷思明三突圍，鐵衣抛盡納禪衣(二)④。天津橋上無人識，閑凭欄杆望落暉⑤。

録自《元氏長慶集》卷一六

[校記]

(一) 智度師二首：楊本、叢刊本、《萬首唐人絶句》、《全詩》同，《五代詩話》作"贈智度詩"，《池北偶談》作"贈智度師絶句"，《賓退録》、《説郛》作"智度師"，各備一説，不改。

(二) 鐵衣抛盡納禪衣：楊本、叢刊本、《萬首唐人絶句》、《賓退録》、《説郛》同，《全詩》、《五代詩話》作"鐵衣抛盡衲禪衣"，"衲"通"納"，不改。

[箋注]

① 智度師二首：宋人王明清《揮塵後録》卷五："頃見王仁裕《洛城漫録》云：'張全義爲西京留守，識黄巢於群僧中。'而陶穀《五代亂紀》云：'巢既遁免，祝髮爲浮屠，有詩云：三十年前草上飛，鐵衣著盡著僧衣。天津橋上無人問，獨倚危欄看落暉。'又《僧史》言：'巢有塔在西京龍門，號翠微禪師。'而世傳巢後住雪竇，所謂雪竇禪師，即巢也。然明州雪竇山有黄巢墓，歲時邑官遣人祀之至今。"此事又見於陶宗儀《説郛》卷一四下、鄭方坤《五代詩話》卷八、王士禎《池北偶談》卷二四《黄巢》，文字基本雷同。《全唐詩》也據此收入卷七三三黄巢

名下,詩題爲《自題像(陶穀《五代亂離紀》云:巢敗後爲僧,依張全義於洛陽。曾繪像題詩,人見像,識其爲巢云)》,詩云:"記得當年草上飛,鐵衣著盡著僧衣。天津橋上無人識,獨倚欄干看落暉。"對此,宋人趙與旹《賓退録》卷四早就已經指出:"陶穀《五代亂紀》載:黄巢遁免後,祝髮爲浮屠,有詩云:'三十年前草上飛,鐵衣著盡著僧衣。天津橋上無人問,獨倚危欄看落暉。'近世王仲言亦信之,筆於《揮麈録》,殊不知此乃以元微之《智度師》詩,竄易磔裂,合二爲一,《元集》可考也。其一云:'四十年前馬上飛,功名藏盡擁禪衣。石榴園下擒生處,獨自閑行獨自歸。'其二云:'三陷思明三突圍,鐵衣抛盡納禪衣。天津橋上無人識,閑憑欄杆望落暉。'"我們以爲,托名黄巢之篡改者,雖然改變了元稹原組詩的題旨,但每句僅僅改動一二字,實質仍然不脱元稹原組詩之框架,仍然是元稹之組詩,而非黄巢之絶句,趙與旹所駁甚是。　智度師:一位法名稱作"智度"的高僧,"師"是人們對高僧的尊稱。《池北偶談·黄巢》:"《癸辛雜志》又云(智度師)即雪竇禅師。"僅備一説。王明清《揮麈後録》卷四:"所謂雪竇禪師即(黄)巢也。"更是荒誕不經之言,元稹撰寫本詩之時,黄巢尚没有出生。方干有《題雪竇禪師》詩:"飛泉濺禪石,瓶注亦生苔。海上山不淺,天邊人自來。度年隨檜柏,獨夜任風雷。獵者聞疏磬,知師入定回。"方干病故大約在光啓四年(888),也應該與此後黄巢起義失敗落髮爲僧爲風馬牛。崔道融《雪竇禪師》:"雪竇峰前一派懸,雪竇五月無炎天。客塵半日洗欲盡,師到白頭林下禪。"崔道融病故於天祐四年(907),而詩中的雪竇禪師已經"白頭",雪竇禪師與黄巢也爲風馬牛不相及。據本詩詩篇所述,智度師曾參加平定安史之亂的多次重要戰役,戰事結束之後退隱禪林。詩人在詩中並没有抨擊什麼,而衹是把智度師"四十年前馬上飛"、"三陷思明三突圍"的英勇事迹與後來"鐵衣抛盡納禪衣"、"閑憑欄杆望落暉"的無所事事加以對比。而讀者正是從四十年前後情景完全不同的對比中,看到統治者姑息叛亂藩鎮閑置平叛戰將，以及重用奸佞小人埋没有功武臣的罪行。

② 四十年前：這裏是指發生在天寶十四載至廣德元年（755—763）間的安史之亂，從廣德元年（755）下推“四十年前”，正是貞元十一年（795）。唐玄宗天寶十四載（755）冬，平盧、范陽、河東三鎮節度使安禄山以誅李唐宰相楊國忠爲名，在范陽（今北京）起兵，長驅直入，渡過黄河，攻下洛陽，第二年在洛陽稱帝，國號燕。六月，叛軍攻破潼關，進入長安，唐玄宗不得不逃往蜀中。其子即位於靈武（今寧夏靈武南），是爲唐肅宗。安禄山部將史思明也攻下河北等廣大地區，叛軍勢力一時十分强大。唐肅宗至德二載（757），安禄山在洛陽被其子安慶緒所殺，長安、洛陽爲郭子儀收復，安慶緒退守鄴郡（今河南安陽）。乾元二年（759），史思明殺安慶緒，回范陽自稱燕帝，不久又第二次攻下洛陽。兩年之後，史思明爲其子史朝義所殺，第二年即廣德元年（763），史朝義自感衆叛親離，不得不自殺，歷時八年的安史之亂最終平定。　馬上飛：即草上飛，形容跑得飛快，特指在平定叛亂中勇猛作戰衝鋒在前的英雄將領的英勇行爲。劉商《贈頭陀師》：“少壯從戎馬上飛，雪山童子未緇衣。秋山年長頭陀處，説我軍前射虎歸。”許渾《題衛將軍廟》：“武牢關下護龍旗，挾槊彎弓馬上飛。漢業未興王霸在，秦軍纔散魯連歸。”　功名：功業和名聲。《史記·管晏列傳》：“吾幽囚受辱，鮑叔不以我爲無耻，知我不羞小節而耻功名不顯於天下也。”岳飛《滿江紅》：“三十功名塵與土，八千里路雲和月。”　禪衣：僧衣。祖詠《題遠公經臺》：“蘭若無人到，真僧出復稀。苔侵行道席，雲濕坐禪衣。”梅堯臣《客鄭遇曇穎自洛中東歸》：“禪衣本壞色，不化洛陽塵。”

③ 石榴園：地名，《山西通志》卷六〇：“石榴園：南十里太安村，相傳漢張博望留石榴遺種，味最佳，有司歲進御，名御石榴園。”《大清一統志·解州》：“石榴園：在芮城縣南十里，産石榴絶佳。”平定安史之亂的重要戰場之一，《資治通鑑》有記載云：“朝義悉其精兵十萬救

之,陳於昭覺寺。官軍驟擊之,殺傷甚衆,而賊陳不動。魚朝恩遣射生五百人力戰,賊雖多死者,陳亦如初。鎮西節度使馬璘曰:'事急矣!'遂單騎奮擊,奪賊兩牌,突入萬衆中。賊左右披靡,大軍乘之而入,賊衆大敗,轉戰於石榴園、老君廟,賊又敗,人馬相蹂踐,填尚書谷,斬首六萬級,捕虜二萬人。朝義將輕騎數百東走,懷恩進克東京及河陽城,獲其中書令許叔冀、王伷等,承制釋之。懷恩留回紇可汗營于河陽,使其子右廂兵馬使瑒及朔方兵馬使高輔成帥步騎萬餘乘勝逐朝義至鄭州,再戰皆捷。朝義至汴州,其陳留節度使張獻誠閉門拒之,朝義奔濮州,獻誠開門出降。" 擒生:活捉敵人。戎昱《從軍行》:"擒生黑山北,殺敵黃雲西。"張仲素《塞下曲五首》三:"功名耻計擒生數,直斬樓蘭報國恩。" 獨自:僅僅一個人,單獨。齊己《懷洞庭》:"中宵滿湖月,獨自在僧樓。"王安石《梅花》:"墻角數枝梅,淩寒獨自開。" 閑行:漫步。張籍《與賈島閑遊》:"城中車馬應無數,能解閑行有幾人?"白居易《魏王堤》:"花寒懶發鳥慵啼,信馬閑行到日西。"

④ 思明:即安史之亂的叛亂頭目之一史思明,原爲幽州節度使偏將,作戰以曉勇著稱,以戰功任平盧兵馬使,得到安禄山的信任。在叛亂中領軍南下,被任命爲范陽節度使,占地十三郡,領兵八萬。安禄山被其子安慶緒殺死之後,史思明先降唐,被李唐朝廷拜爲范陽長史、河北節度使。隨後起兵叛唐,救援安慶緒,自稱大聖燕王。隨後又殺安慶緒,歸范陽自稱大燕皇帝,年號順天,並出兵攻佔洛陽及附近州縣,上元二年(761)被其子史朝義所殺。 突圍:突破包圍。《三國志·張遼傳》:"遼復還突圍,拔出餘衆。"貫休《古塞下曲七首》二:"强寇日相持,如龍馬不肥。突圍金甲破,趁賊鐵槍飛。" 鐵衣:古代戰士用鐵片製成的戰衣護身。古樂府《木蘭詩》:"朔氣傳金柝,寒光照鐵衣。"岑參《白雪歌送武判官歸京》:"將軍角弓不得控,都護鐵衣冷難著。"

⑤ 天津橋：古浮橋名，故址在今河南洛陽市西南。隋煬帝大業元年遷都，以洛水貫都，有天漢津梁的氣象，因建此橋，名曰天津。隋末爲李密燒毁，唐宋屢次改建加固。馮著《洛陽道》："聞君欲行西入秦，君行不用過天津。天津橋上多胡塵，洛陽道上愁殺人。"白居易《和友人洛中春感》："莫悲金谷園中月，莫嘆天津橋上春。若學多情尋往事，人間何處不傷人？" 欄杆：亦作"欄干"，以竹、木等做成的遮攔物。劉禹錫《題集賢閣》："青山雲繞欄杆外，紫殿香來步武間。曾是先賢翔集地，每看壁記一慚顔。"李紳《宿揚州水館》："閑憑欄干指星漢，尚疑軒蓋在樓船。" 落暉：夕陽，夕照。白居易《晚興》："極浦收殘雨，高城駐落暉。山明虹半出，松暗鶴雙歸。"司空圖《楊柳枝壽杯詞》一六："莫言萬緒牽愁思，緝取長繩繫落暉。"

［編年］

《年譜》"己丑庚寅在東都所作其他詩"欄内將本詩編入，没有列舉編年理由。《編年箋注》："此詩作於元和四年（八〇九），元稹時任監察御史，旋分務東臺，多在洛陽。"理由是："見卞《譜》。"需要説明一下：《年譜》編年於"己丑庚寅在東都所作其他詩"己丑是元和四年，但庚寅却是元和五年，與《編年箋注》還是有所區别，《編年箋注》没有看清《年譜》所云。未見《年譜新編》編年，也不見其列入"無法編年作品"。

我們以爲，據兩首詩的詩意，詩人所詠之事是"安史之亂"，亦即天寶十四載至廣德元年（755—763）間的史事，以"四十年前"推之，兩詩當作於元稹校書郎之前，即貞元十一年至貞元十九年（795—803）之間，當時的元稹正在長安與洛陽之間頻繁來往，約與元稹的《燈影》、《行宫》詩作於同時，亦即貞元十二年初春，賦詩地點在洛陽。

而《年譜》與《編年箋注》所云"己丑"是元和四年（809），《年譜》所云"庚寅"是元和五年（810）。以"四十年前"逆推，"安史之亂"當發生於唐德宗大曆前期（769—770），而這顯然是有乖史實的笑話。

◎ 仁風李著作園醉後寄李十(一)①

朧明春月照花枝，花下鶯聲是管兒(二)②。却笑西京李員外，五更騎馬趁朝時③。

録自《元氏長慶集》卷一七

[校記]

（一）仁風李著作園醉後寄李十：楊本、叢刊本、《萬首唐人絶句》、《全詩》、《全唐詩録》同，《唐人行第録》認爲是"李十"是"李十一"之奪文，推測之語，缺乏必備的證據，不從不改。

（二）花下鶯音聲是管兒：原本作"花下音聲是管兒"，楊本、叢刊本、《全詩》、《全唐詩録》同，《萬首唐人絶句》作"花下音聲似管兒"，據錢校宋本、《全詩》注改。

[箋注]

① 仁風：洛陽的城坊名，李著作園即在其中。詩題中的"李著作"，應該就是李建的兄長李遜或者是李建同族兄長們中的某人。杜甫《唐故萬年縣君京兆杜氏墓碑》："越天寶元年某月八日，終堂於東京仁風里，春秋若干，示諸生滅相。越六月二十九日，遷殯於河南縣平樂鄉之原，禮也。"元稹《琵琶歌》："自兹聽後六七年，管兒在洛我朝天。游想慈恩杏園裹，夢寐仁風花樹前。"　著作：即"著作郎"，官名，三國魏明帝始置，屬中書省，掌編纂國史。其屬有著作佐郎（後代或稱佐著作郎）、校書郎、正字等。晉元康中改屬秘書省，稱爲大著作。唐代主管著作局，亦屬秘書省。《宋書・百官志》："晉武世，繆徵爲中書著作郎……著作郎謂之大著作，專掌史任。"劉知幾《史通・覈才》：

"夫史才之難，其難甚矣！《晉令》云：'國史之任，委之著作，每著作郎初至，必撰名臣傳一人。'斯蓋察其所由，苟非其才，則不可叨居史任。" 李十：岑仲勉《唐人行第録》："(《元氏長慶集》)一七《仁風李著作園醉後寄李十》，詩有云'却笑西京李員外'，余以爲亦'李十一'之奪文，因隔一篇固稱杓直(李建字)以員外郎判鹽鐵也。"我們以爲，這是一個不能成立的錯誤想法，詩題中的"李十"並没有錯，他就是李十一李建同族中的某個兄長李十，正在西京爲員外郎，也是仁風坊住宅的主人之一。這位員外郎因李建的關係，與元稹也成了朋友。而當時的李建恐怕還不是員外郎，正陪同元稹在洛陽仁風坊逗留，在朦朧的月光下，在摇曳起舞的花枝中，津津有味地欣賞著管兒美妙的歌舞。否則就不好理解主人不在家中陪伴，客人衹有歌女接待的道理。據元稹《唐故中大夫尚書刑部侍郎上柱國隴西縣開國男贈工部尚書李公墓誌銘》，貞元後期，未見李建履職員外郎之職，本詩中"李員外"云云，當不是指李建。李十一建肯定有一個兄長李十，亦即詩題中的"李十"，也爲我們這種説法提供了輔助的證據。而岑仲勉先生所指的"隔一篇"是元稹元和五年(810)"貶江陵途中"所作的《貶江陵途中寄樂天杓直杓直以員外郎判鹽鐵樂天以拾遺在翰林》，它離開本詩寫成的貞元十一年(795)有十六年之久，兩者不可混淆。吕温《祭座主故兵部尚書顧公文》："維貞元十年歲次甲申月日，門生侍御史王播、監察御史劉禹錫、陳諷、柳宗元、左拾遺吕温、李逢吉、右拾遺盧元輔、劍南西川觀察支使李正叔、萬年縣主簿談元茂、集賢殿校書郎王啓、秘省校書郎李建、京兆府文學李逢、渭南縣尉席夔、鄠縣尉張隸初、奉禮郎獨孤郁、協律郎蕭節、奉禮郎時元佐、滎陽主薄李宗衡、前鄉貢進士鄭素等，謹以清酌之奠，祭於座主故兵部尚書東都留守顧公之靈。"已經指出貞元十年之時，李建的官職是"秘省校書郎"。

② 朧明：微明。元稹《嘉陵驛二首》一："嘉陵驛上空床客，一夜嘉陵江水聲。仍對墻南滿山樹，野花撩亂月朧明。"范成大《菩薩蠻》：

"絲雨日朧明,柳梢紅未晴。"　春月:春天的月亮。《樂府詩集・子夜四時歌春歌》:"情人戲春月,窈窕曳羅裾。"鮑溶《歸雁》:"喜去春月滿,歸來秋風清。"　花枝:開有花的枝條。張繼《洛陽作》:"洛陽天子縣,金谷石崇鄉。草色侵官道,花枝出苑墻。"王維《晚春歸思》:"春蟲飛網户,暮雀隱花枝。"　花下:花枝之下,花枝之旁。孫逖《奉和崔司馬遊雲門寺》:"繫馬清溪樹,禪門春氣濃。香臺花下出,講坐竹間逢。"孟浩然《梅道士水亭》:"水接仙源近,山藏鬼谷幽。再來迷處所,花下問漁舟。"　鶯聲:黄鶯的啼鳴聲。白居易《春江》:"鶯聲誘引來花下,草色勾留坐水邊。"多比喻女子宛轉悦耳的語聲。元稹《酬翰林白學士代書一百韵》:"山岫當街翠,墻花拂面枝(昔予賦詩云:'爲見墻頭拂面花。'時唯樂天知此)。鶯聲愛嬌小,燕翼翫逶迤。"　管兒:人名,女性,姓不詳,是中唐時期琵琶高手段師的徒弟之一,當時服務於李建家族中的私人藝伎。《年譜》認爲管兒爲男性,姓李,元稹與其初次相識於貞元十九年樊著作宗師家。對此我們實在無法苟同,元稹《琵琶歌》有句云:"段師弟子數十人,李家管兒稱上足。管兒不作供奉兒,抛在東都雙鬢絲。逢人便請送杯盞,著盡工夫人不知。李家兄弟皆愛酒,我是酒徒爲密友。著作曾邀連夜宿,中碾春溪華新緑。平明船載管兒行,盡日聽彈無限曲……自玆聽後六七年,管兒在洛我朝天。遊想慈恩杏園裹,夢寐仁風花樹前。""段師弟子數十人"四句與"李家兄弟皆愛酒"六句以及"夢寐仁風花樹前"等句,已明言"著作"爲李姓,居地爲洛陽仁風坊。這正與本詩"花下鶯聲是管兒"之句相合,亦明言管兒爲女性。而樊著作宗師,據《新唐書・樊宗師傳》:"樊澤……子宗師,字紹述,始爲國子主簿,元和三年擢軍謀宏遠科,授著作佐郎,歷金部郎中、綿州刺史,徙絳州,治有迹,進諫議大夫,未拜卒。"既然樊宗師於元和三年(808)才拜著作佐郎。無論我們以爲的元稹管兒相識的貞元十一年(795),還是《年譜》以爲的元稹識管兒的貞元十九年(803),當時的樊宗師都還没有拜著作佐郎,又如何能够以"著作"稱之？詩中雖有"李家管兒"之言，但這僅僅表明管兒是服務於李著作家的藝伎，並不一定姓李。《漢語大詞典》在"管兒"條下云："指笛子之类的管乐器。唐元稹《仁風李著作園醉後寄李十》诗：'朧明春月照花枝，花下音聲是管兒。'"其引用書證之誤，更不待言。

③ 西京：古都名，歷史上各個時期地點不一，這裏僅僅以李唐爲例：唐顯慶二年，以洛陽爲東都，因稱長安爲西都，一稱西京，天寶元年定稱西京，至德二載，改稱中京。唐至德二載收復兩京，還都長安，因鳳翔是兩京未復時肅宗之駐地，改鳳翔郡爲鳳翔府，建號西京，上元元年，廢京號。元稹詩中的"西京"，就是長安。白居易《菩提寺上方晚望香山寺寄舒員外》："西京鬧於市，東洛閑如社。曾憶舊遊無？香山明月夜。"鮑溶《送蕭世秀才》："心交别我西京去，愁滿春魂不易醒。從此無人訪窮病，馬啼車轍草青青。"　李員外：即李建家族兄弟的某一位兄長，在西京長安任職，官拜員外郎之職。有人以爲李員外就是李建，不確。員外郎本指正員以外的郎官，晉武帝始設員外散騎常侍、員外散騎侍郎，簡稱員外郎。隋代開皇年間，尚書省二十四司各設員外郎一人，爲各司的次官。唐以後，直至明清，各部都有員外郎位在郎中之次。崔湜《同李員外春閨》："落日啼連夜，孤燈坐徹明。捲簾雙燕入，披幌百花驚。"韓愈《送殷員外序》："由是殷侯侑自太常博士遷尚書虞部員外郎，兼侍御史。"　五更：舊時自黄昏至拂曉一夜間分爲甲、乙、丙、丁、戊五段，謂之"五更"。又稱五鼓、五夜。《顏氏家訓·書證》："或問：'一夜何故五更？更何所訓？'答曰：'漢魏以來，謂爲甲夜、乙夜、丙夜、丁夜、戊夜；又云鼓，一鼓、二鼓、三鼓、四鼓、五鼓；亦云一更、二更、三更、四更、五更；皆以五爲節……更，歷也，經也，故曰五更爾！'"張謂《同王徵君湘中有懷》："八月洞庭秋，瀟湘水北流。還家萬里夢，爲客五更愁。"特指第五更的時候，即天將明時。史青《應詔賦得除夜》："今歲今宵盡，明年明日催。寒隨一夜去，春逐

五更來。”在李唐，五更是官員上朝面君之時，其他各朝也大致如此。騎馬：乘馬。杜甫《戲簡鄭廣文虔兼呈蘇司業源明》：“廣文到官舍，繫馬堂階下。醉則騎馬歸，頗遭官長罵。”楊凝《送客入蜀》：“劍閣迢迢夢想間，行人歸路繞梁山。明朝騎馬摇鞭去，秋雨槐花子午關。” 趁朝：亦作“趁朝”，上朝。白居易《酬盧秘書二十韵》：“風霜趁朝去，泥雪拜陵迴。”王禹偁《寄主客安員外十韵》：“趁朝騎瘦馬，賃宅住閑坊。”

[編年]

《年譜》將本詩編年元和五年，理由是：“詩云：‘朧明春月照花枝，花下音（一作“鶯”）聲是（一作“似”）管兒。却笑西京李員外，五更騎馬趁朝時。’‘李員外’是李建，行‘十一’。《唐人行第録》云……是……元詩中之‘春’，應是元和五年春。四年春，元稹尚未至東都。”《編年箋注》採納《年譜》編年意見：“此詩作於元和五年（八一〇）春。”理由是：“見卞《譜》。”《年譜新編》亦編年元和五年，理由是：“白居易酬和爲《和微之十七與君别及朧月花枝之詠》（白詩兼和元氏另一首詩）。”

我們以爲《年譜》、《編年箋注》、《年譜新編》編年均有誤。白居易《和微之十七與君别及朧月花枝之詠》：“别時十七今頭白，惱亂君心三十年。垂老休吟花月句，恐君更結後身緣。”白居易此詩提及的是元稹年輕時的一段刻骨銘心的戀情。白詩題中的“朧月花枝之詠”已將元稹《仁風》詩中的第一句即“朧明春月照花枝”含括在内，而“花下鶯聲是管兒”一句明確無誤説明戀情的女主角就是這位管兒。宋代吴曾《能改齋漫録・花月句》：“白樂天有《答元微之》詩云：‘垂老休吟花月句，恐君更結後身緣。’初未悟其説。《元微之集・李著作園醉後寄李十》云：‘……’”已將元稹與管兒的戀情加以揭示，我們以爲甚是。白居易詩歌的一二句，説明當時元稹應是四十七歲，白居易的和作是元白蘇州越州唱和之詩，應作於寶曆元年(825)。元稹《十七與君别》的原唱雖然佚散，但他並没有否認自己十七歲時的一段戀情，直到三十年後還在提及，故白居易以詩篇打趣自己的朋友。而《仁風李著作園醉後寄李十》詩，則是十七歲的元稹與同樣年輕甚至更爲年輕的管兒相戀相愛時留下來的作品。而本詩"朧明春月照花枝"已經點明本詩應該賦作於春天，因此我們以爲本詩應作於元稹十七歲，亦即貞元十一年(795)春天之時。元稹與管兒的戀情就發生在元稹十七歲之時，亦即貞元十一年之時，賦詩地點在洛陽仁風坊李著作園，元稹當時衹是一名明經及第的青年，並無官職在身。

●春　詞(一)①

一雙玉手十三弦，移柱高低落鬢邊②。即問向來彈了曲，羞人不道想夫憐③。

原載《千載佳句》，《元稹集》轉録自花房英樹《元稹研究》

[校記]

(一) 春詞：本詩目前未見其他版本，原本分作前後各兩句，考慮到《千載佳句》均以"佳句"爲單位的特殊體例，結合前後兩句互爲押韵的實際情況，今合爲一首，特此説明。

[箋注]

① 春詞："一雙玉手十三弦"、"即問向來彈了曲"四句，不見於元稹詩文集内，而《千載佳句》有記載，據此補。有關男女戀情的書信或文辭，古人在詩歌中常有賦作。常建《春詞》："織女高樓上，停梭顧行客。問君在何所，青鳥舒錦翮。"王建《春詞》："菱花霍霍繞帷光，美人對鏡著衣裳。庭中並種相思樹，夜夜還栖雙鳳凰。"

② 一雙：用於成對的兩人或兩物。《史記·項羽本紀》："我持白璧一雙，欲獻項王，玉斗一雙，欲與亞父。"李賀《唐兒歌》："骨重神寒天廟器，一雙瞳人剪秋水。"　玉手：潔白如玉的手。李白《搗衣篇》："忽逢江上春歸燕，銜得雲中尺素書。玉手開緘長嘆息，狂夫猶戍交河北。"張祜《折楊柳枝二首》二："凝碧池邊斂翠眉，景陽樓下綰青絲。那勝妃子朝元閣，玉手和烟弄一枝！"　十三弦：唐宋時教坊用的箏均爲十三根弦，因代指箏。劉禹錫《夜聞商人船中箏》："大艑高帆一百尺，新聲促柱十三弦。揚州市裏商人女，來占江西明月天。"張孝祥《菩薩蠻·贈箏妓》："琢成紅玉纖纖指，十三弦上調新水。"　柱：樂器上的繫弦木。《史記·廉頗藺相如列傳》："王以名使(趙)括，若膠柱而鼓瑟耳！"李商隱《錦瑟》："錦瑟無端五十絃，一絃一柱思華年。"　高低：高高低低，或高或低。許渾《金陵懷古》："松楸遠近千官冢，禾黍高低六代宮。"張碧《山居雨霽即事》："斷續古祠鴉，高低遠村笛。"　鬢：臉旁靠近耳朵的頭髮。賀知章《回鄉偶書二首》一："少小離鄉老大回，鄉音難改鬢毛衰。"杜牧《郡齋獨酌》："前年鬢生雪，今年鬚帶霜。"

③ "即問向來彈了曲"兩句：意謂有人如果問她剛剛彈過的曲子，因爲害羞她不肯告訴是思念丈夫的歌詞。　向來：剛才，方才。《後漢書·華佗傳》："佗嘗行道，見有病咽塞者，因語之曰：'向來道隅有賣餅人，萍齏甚酸，可取三升飲之，病自當去。'"張鷟《遊仙窟》："五嫂向來獻語，少府何須漫怕！"　羞人：害羞，難爲情。李端《妾薄命》："自從君棄妾，憔悴不羞人。唯餘壞粉泪，未免映衫勻。"劉言史《山中喜崔補闕見尋》："白屋藜床還共入，山妻老大不羞人。"

[編年]

未見《年譜》、《年譜新編》提及本詩，《編年箋注》列入"未編年詩"欄内。

元稹的初戀情人管兒，是唐玄宗時著名藝人段善本的"高足"。而段善本善彈琵琶，另一位著名藝人賀懷智都不是他的對手，被稱爲"神人"。元稹《琵琶歌》:"段師弟子數十人，李家管兒稱上足。"雖然箏與琵琶不是同一種樂器，但它們都是彈撥樂器，兩者應該是相通的，管兒應該也熟悉箏的技法。據此，本詩應該是元稹與管兒熱戀時所賦，與《仁風李著作園醉後寄李十》作於同時，具體時間應該在貞元十一年的春天，地點在洛陽仁風坊李著作家中，元稹當時是没有任何官職的讀書士人。

▲兒歌楊柳葉(一)①

兒歌楊柳葉，妾拂石榴花②。

見《唐詩紀事》卷三七

[校記]

(一) 兒歌楊柳葉:兩句是散句，不見詩題，按本書體例，原來不知詩題的散句，一律以首句爲題，僅此説明。《全詩》、《元稹集》、《編年箋注》均同，不見異文。

[箋注]

① "兒歌楊柳葉"兩句:《唐詩紀事》卷三七:"'屈指貞元舊朝事，幾人同見大和春?'《感興》(句)。'兒歌楊柳葉，妾拂石榴花。'(句)。'遠路事無限，相逢惟一言。月色照榮辱，長安千萬門。'《逢白公》(句)右張爲取作《主客圖》。"其中"屈指貞元舊朝事，幾人同見大和春"兩句，是元稹《酬白樂天杏花園》中的句子，又見《全唐詩》卷四二三，"舊朝事"作"舊朝士"，是。又"遠路事無限"四句，見於《唐文粹》

卷一八《逢白公》,“相逄”應該是“相逢”之誤,“逄白公”應該是“逢白公”之誤。唯“兒歌楊柳葉,妾拂石榴花”兩句,不見於元稹詩文集内,而《全唐詩》據《唐詩紀事》收入卷四二三,故據此補。 兒:特指男孩。《倉頡篇》卷下:“男曰兒,女曰嬰。”韓愈《游西林寺》:“中郎有女能傳業,伯道無兒可保家。”古代年輕女子的自稱。《樂府詩集·木蘭詩》:“木蘭不用尚書郎,願馳千里足,送兒還故鄉。”張鷟《遊仙窟》:“十娘曰:‘兒近來患嗽,聲音不徹。’”這裏應該指前者。 歌:歌唱。《易·中孚》:“或鼓或罷,或泣或歌。”韓愈《湘中》:“蘋藻滿盤無處奠,空聞漁夫叩舷歌。” 楊柳葉:即楊柳之葉,可用作簡單的樂器,没有找到合適的書證。白居易酬和元稹之《和春深二十首》二〇:“何處春深好? 春深妓女家。眉欺楊柳葉,裙妬石榴花。蘭麝熏行被,金銅釘坐車。杭州蘇小小,人道最夭斜。”或可作爲參考。

② 妾:舊時女子自稱的謙詞。宋玉《高唐賦》:“妾,巫山之女也。”韓愈《唐河中府法曹張君墓碣銘》:“有女奴抱嬰兒來致其主夫人之語曰:‘妾,張圓之妻劉也。’” 拂:掠過,輕輕擦過或飄動。王昌齡《送高三之桂林》:“嶺上梅花侵雪暗,歸時還拂桂花香。”韋莊《浣溪沙》:“緑樹藏鶯鶯正啼,柳絲斜拂白銅堤。”這裏借喻女子聽著男子的歌曲而翩翩起舞狀。 石榴花:石榴樹所開的花。萬楚《五日觀妓》:“西施謾道浣春紗,碧玉今時鬬麗華。眉黛奪將萱草色,紅裙妒殺石榴花。”元稹《酬樂天武關南見微之題山石榴花詩》:“比因酬贈爲花時,不爲君行不復知。又更幾年還共到? 滿墻塵土兩篇詩。”這裏也可理解爲女子的舞蹈猶如盛開的石榴花一般美艷靚麗。

[編年]

《元稹集》已經採録,未見《年譜》採録與編年,《編年箋注》歸入“未編年詩”欄内,《年譜新編》編入“無法編年作品”欄内。

我們以爲,不見兩句所在詩的全篇,確實難以編年。疑兩句所在的本詩與元稹管兒之間的戀情有關，大約與《仁風李著作園醉後寄李十》、《春詞》、《桃花》、《白衣裳二首》諸詩同時，亦即賦成於貞元十一年春天，地點在洛陽，元稹前年明經及第，尚無任何官職在身。

● 桃　花(一)①

桃花淺深處，似勻深淺妝②。春風助腸斷，吹落白衣裳③。

録自《才調集》卷五

［校記］

（一）桃花：本詩存世各本，包括叢刊本、《全詩》在内，未見異文。

［箋注］

① 桃花："桃花淺深處"四句不見於元稹詩文集内，但《才調集》卷五、《全唐詩》卷四二二收録，故據此補。桃樹所開的花。《文心雕龍·物色》："'灼灼'狀桃花之鮮，'依依'盡楊柳之貌。"本詩是形容女子容貌。王昌齡《古意》："桃花四面發，桃葉一枝開。欲暮黃鸝囀，傷心玉鏡臺。"本詩是形容女子容貌。温庭筠《照影曲》："黃印額山輕爲塵，翠鱗紅穉俱含嚬。桃花百媚如欲語，曾爲無雙今兩身。"

② 淺深：淺和深。《禮記·王制》："意論輕重之序，慎測淺深之量以別之。"《文心雕龍·頌贊》："雖淺深不同，詳略各異，其褒德顯榮，典章一也。"　深淺：深與淺。董思恭《詠桃》："禁苑春光麗，花蹊幾樹裝？綴條深淺色，點露參差光。"秦系《題章野人山居》："帶郭茅亭詩興饒，回看一曲倚危橋。門前山色能深淺，壁上湖光自動摇。"妝：妝飾。司馬相如《上林賦》："靚妝刻飾，便嬛綽約。"《古詩十九首·青青河畔草》："娥娥紅粉妝，纖纖出素手。"

③ 春風：春天的風。郭震《子夜四時歌六首・春歌》："陌頭楊柳枝，已被春風吹。妾心正斷絶，君懷那得知？"沈佺期《折楊柳》："玉窗朝日映，羅帳春風吹。拭泪攀楊柳，長條踠地垂。" 腸斷：形容極度悲痛。李白《題情深樹寄象公》："腸斷枝上猿，泪添山下樽。白雲見我去，亦爲我飛翻。"岑參《玉關寄長安李主簿》："東去長安萬里餘，故人何惜一行書？玉關西望堪腸斷，況復明朝是歲除。" 衣裳：泛指衣服。李白《清平調詞三首》一："雲想衣裳花相容，春風拂檻露華濃。若非群玉山頭見，會向瑶臺月下逢。"王涯《宫詞三十首》一："白人宜著紫衣裳，冠子梳頭雙眼長。新睡起來思舊夢，見人忘却道勝常。"

[編年]

《年譜》編年本詩於元和五年，没有説明理由，其後"附録"："元稹《桃花》云'……'王《考》説：'《白衣裳》七絶二首及《桃花》五絶中之"吹落白衣裳"，點明其情人之裝束'。"《編年箋注》編年："《桃花》……諸篇，俱作于元和五年(八一〇)，元稹時在江陵士曹任。見下《譜》。"《年譜新編》編年本詩於貞元十六年，理由是"詩云：'春風助腸斷，吹落白衣裳。'寫鶯鶯，與鶯鶯戀愛時作。"

元稹《鶯鶯傳》描寫崔鶯鶯出場時的裝束："久之乃至，常服悴容，不加新飾，垂鬟接黛，雙臉銷紅而已。顔色艷異，光輝動人，張驚，爲之禮。"描寫崔鶯鶯與張生合歡時的打扮："俄而紅娘捧崔氏而至，至則嬌羞融冶，力不能運支體，曩時端莊不復同矣！"覽閲《鶯鶯傳》全篇，未見"白衣裳"與崔鶯鶯有任何瓜葛。兩者本來就是不同的藝術作品，强行將其鈕合在一起肯定是不合適的，又缺乏起碼的鏈接條件，讓人如何信從？

我們以爲，本詩是借詠桃花來歌詠自己喜愛情人的姿態，時間在春天。元稹《仁風李著作園醉後寄李十》"朧明春月照花枝，花下鶯聲是管兒"表明的時間也是春天。白居易《和微之十七與君别及朧月花枝之詠》:"别時十七今頭白,惱亂君心三十年。垂老休吟花月句,恐君更結後身緣。"白居易此詩提及的是元稹年輕時的一段刻骨銘心的戀情。白詩題中的"朧月花枝之詠"已將元稹《仁風》詩中的第一句即"朧明春月照花枝"含括在内,而"花下鶯聲是管兒"一句明確無誤説明戀情的女主角就是這位管兒,發生的時間是在春天,與本詩的時間吻合。據此,我們以爲本詩與《仁風李著作園醉後寄李十》、《春詞》、《曉將别》、《白衣裳二首》作於同時,亦即貞元十一年的春天。

● 白衣裳二首(一)①

雨濕輕塵隔院香,玉人初著白衣裳②。半含惆悵閑看繡,一朵梨花壓象床③。

藕絲衫子柳花裙,空著沈香慢火熏④。閑倚屏風笑周昉,枉抛心力畫朝雲⑤。

録自《才調集》卷五

[校記]

(一) 白衣裳二首:原本作"白衣裳",叢刊本、《全詩》作"白衣裳二首",據改。

[箋注]

① 白衣裳二首:"雨濕輕塵隔院香"二首八句不見於元稹詩文集内,但《才調集》卷五、《全唐詩》卷四二三收録,故據此補。　衣裳:古時衣指上衣,裳指下裙,後亦泛指衣服。《詩·齊風·東方未明》:"東方未明,顛倒衣裳。"毛傳:"上曰衣,下曰裳。"崔國輔《怨詞二首》:"妾有羅衣裳,秦王在時作。爲舞春風多,秋來不堪著。"

② 輕塵:塵土,塵土質輕,易於飛揚,故稱。王績《益州城西張超亭觀妓》:"落日明歌席,行雲逐舞人。江南飛暮雨,梁上下輕塵。"王維《渭城曲》:"渭城朝雨浥輕塵,客舍青青楊柳春。勸君更盡一杯酒,西出陽關無故人。"也形容女子姿態飄逸。張祜《題聖女廟》:"淺水孤舟泊,輕塵一座蒙。晚來雲雨去,荒草是殘風。"劉威《七夕》:"烏鵲橋成上界通,千秋靈會此宵同。雲收喜氣星樓曉,香拂輕塵玉殿空。" 玉人:容貌美麗的人。《晉書・衛玠傳》:"〔玠〕年五歲,風神秀異……總角乘羊車入市,見者皆以爲玉人,觀之者傾都。"劉義慶《世説新語・容止》:"〔裴楷〕麤服亂頭皆好,時人以爲玉人。"後多用以稱美麗的女子。韋莊《秋霽晚景》:"玉人襟袖薄,斜憑翠欄干。"謝逸《南歌子》:"畫樓朱户玉人家,簾外一眉新月、浸梨花。"《漢語大詞典》在此下引元稹《鶯鶯傳》"隔墻花影動,疑是玉人來"作爲書證,將"張生"作爲"美麗的女子",大誤特誤。

③ 惆悵:因失意或失望而傷感、懊惱。韋瓘《周秦行紀》:"共道人間惆悵事,不知今夕是何年?"蘇軾《夢中絶句》:"落英滿地君不見,惆悵春光又一年。"驚嘆。杜甫《丹青引贈曹將軍霸》:"至尊含笑催賜金,圉人太僕皆惆悵。"仇兆鰲注引申涵光曰:"'圉人太僕皆惆悵',訝其畫之似真耳!非妒其賜金也。" 繡:繡花衣服。《史記・項羽本紀》:"富貴不歸故鄉,如衣繡夜行,誰知之者?"李白《贈宣城趙太守悦》:"公爲柱下史,脱繡歸田園。" 梨花:梨樹的花,一般爲純白色。蕭子顯《燕歌行》:"洛陽梨花落如雪,河邊細草細如茵。"岑參《白雪歌送武判官歸京》:"北風捲地白草折,胡天八月即飛雪。忽如一夜春風來,千樹萬樹梨花開。"這裏是借喻身穿白衣裳的女子。 象床:象牙裝飾的床。《戰國策・齊策》:"孟嘗君出行國,至楚,獻象床。"鮑彪注:"象齒爲床。"李賀《惱公》:"象床緣素柏,瑤席捲香葱。"

④ 藕絲:蓮藕折斷後,藕絲仍相連續,因以喻情意綿綿。韓偓《春悶偶成十二韵》:"别泪開泉脈,春愁罥藕絲。"彩色名,純白色。李

賀《天上謠》:"粉霞紅綬藕絲裙,青洲步拾蘭苕春。"王琦匯解:"粉霞、藕絲,皆當時彩色名。"葉葱奇注:"藕絲即純白色。"温庭筠《歸國遙》:"舞衣無力風斂,藕絲秋色染。" 衫子:古代婦女穿的袖子寬大的上衣。馬縞《中華古今注·衫子背心》:"衫子,自黄帝無衣裳,而女人有尊一之義,故衣裳相連。始皇元年,詔宫人及近侍宫人皆服衫子,亦曰半衣,蓋取便於侍奉。"高承《事物紀原·衫子》:"〔《實録》〕曰:'女子之衣與裳連,如披衫,短長與裙相似。秦始皇方令短作衫子,長袖猶至於膝。'宜衫裙之分自秦始也。" 柳花:柳樹開的花,呈鵝黄色。杜甫《曲江陪鄭八丈南史飲》:"雀啄江頭黄柳花,鵁鶄鸂鶒滿晴沙。"指柳絮。李白《金陵酒肆留别》:"風吹柳花滿店香,吴姬壓酒唤客嘗。"楊萬里《閑居初夏午睡起》:"日長睡起無情思,閑看孩童捉柳花。"楊伯嵒《臆乘·柳花柳絮》:"柳花與柳絮迥然不同:生於葉間成穗作鵞黄色者,花也;花既褪,就蒂結實,其實之熟亂飛如綿者,絮也。古今吟詠,往往以絮爲花、以花爲絮,略無區别,可發一笑。" 裙:古謂下裳,男女同用,後來專指婦女的裙子。《後漢書·明德馬皇后》:"常衣大練,裙不加緣。"馬縞《中華古今注·裙》:"古之前制,衣裳相連,至周文王令女人服裙,裙上加翟衣,皆以絹爲之。" 沈香:亦作"沉香",香木名,産於亞熱帶,木質堅硬而重,黄色,有香味,心材爲著名熏香料。嵇含《南方草木狀·蜜香沉香》:"交趾有蜜香,樹幹似欅柳,其花白而繁,其葉如橘。欲取香,伐之,經年,其根幹枝節各有别色也。木心與節堅黑,沉水者爲沉香。"《南史·林邑國》:"沉木香者,土人斫斷,積以歲年,朽爛而心節獨在,置水中則沉,故名曰沉香。"指用沉香製作的香。李白《楊叛兒》:"博山爐中沈香火,雙烟一氣淩紫霞。" 慢火:文火,微火。王建《隱者居》:"何物中長食,胡麻慢火熬。"《朱子語類》卷五九:"今初求須猛勇作力,如煎藥,初用猛火,既沸之後,方用慢火養之,久之須自熟也。" 熏:用火烟熏炙。《周禮·秋官·翦氏》:"翦氏掌除蠹物,以攻禜攻之,以莽草熏之。"《漢書·劉勝傳》:“臣聞社鼷不灌,屋鼠不熏,何則? 所託者然也。”

⑤ 屏風:室内陳設,用以擋風或遮蔽的器具,上面常有字畫。《史記・孟嘗君列傳》:“孟嘗君待客坐語,而屏風後常有侍史,主記君所與客語,問親戚居處。”劉餗《隋唐嘉話》卷中:“太宗令虞監寫《烈女傳》以裝屏風,未及求本,乃暗書之,一字無失。” 周昉:唐代著名畫家之一,以善畫屏風聞名。《太平廣記・周昉》:“唐周昉字景玄,京兆人也。節制之後,好屬學,畫窮丹青之妙。游卿相間,貴公子也。長兄晧善騎射,隨哥舒往征吐蕃,收石堡城,以功授執金吾。時德宗修章敬寺,召晧謂曰:‘卿弟昉善畫,朕欲請畫章敬寺神,卿特言之。’經數日,帝又請之,方乃下手。初如障蔽,都人觀覽。寺抵國門,賢愚必至。或有言其妙者,指其瑕者,隨日改之。經月餘,是非語絶,無不嘆其妙。遂下筆成之,爲當代第一。又郭令公女婿趙縱侍郎嘗令韓幹寫真,衆皆稱美。後又請昉寫真,二人皆有能名。令公嘗列二畫於座,未能定其優劣。因趙夫人歸省,令公問云:‘此何人?’對曰:‘趙郎。’‘何者最似?’云:‘兩畫總似,後畫者佳。’又問:‘何以言之?’‘前畫空得趙郎狀貌,後畫兼移其神思情性笑言之姿。’令公問:‘後畫者何人?’乃云:‘周昉。’是日定二畫之優劣,令送錦綵數百疋。今上都有觀自在菩薩、時人雲水月、大雲西佛殿前行道僧、廣福寺佛殿,前面兩神,皆殊妙也。後任宣州别駕,於禪定寺畫北方天王,常於夢中見其形像,畫子女爲古今之冠。有《渾侍中宴會圖》、《劉宣武按舞圖》、《獨孤妃按曲粉本》,又《仲尼問禮圖》、《降真圖》、《五星圖》、《撲蝶圖》,兼寫諸真人、文宣王十弟子,卷軸至多。貞元末,新羅國有人於江淮,盡以善價收市數十卷。將去,其畫佛像真仙人物子女,皆神也。唯鞍馬鳥獸,竹石草木,不窮其狀也。(出《畫斷》)” 心力:心思和能力。《左傳・昭公十九年》:“盡心力以事君。”《後漢書・郭玉傳》:“玉仁愛不矜,雖貧賤厮養,必盡其心力,而醫療貴人,時或不愈。”杜甫《西閣曝日》:“胡爲將暮年? 憂世心力弱。” 朝雲:巫山神女名,典出

宋玉《高唐賦序》:楚襄王與宋玉遊雲夢之臺,望高唐之觀,其上有雲氣變化無窮。玉謂此氣爲朝雲,並對王説,過去先王曾游高唐,怠而晝寢,夢見一婦人,自稱是巫山之女,願侍王枕席,王因幸之。巫山之女臨去時説:"妾在巫山之陽,高丘之阻,旦爲朝雲,暮爲行雨,朝朝暮暮,陽臺之下。"《漢魏南北朝墓誌集釋·隋宫人朱氏墓誌》:"朝雲暮雨,何時復來?"陸游《三峽歌》:"十二巫山見九峰,船頭彩翠滿秋空。朝雲暮雨渾虚語,一夜猿啼明月中。"

[編年]

《年譜》編年本詩於元和五年,没有説明理由,但其後有附録:"殷元勛云:'此詩亦爲雙文作也。觀《會真記》:"常服晬容,不加新飾。"蓋性愛雅淡,不喜艷服,而自有天然美麗者。'"《編年箋注》編年:"《白衣裳二首》……諸詩,俱作於元和五年(八一〇)。見卞《譜》。"《年譜新編》編年本詩於貞元十六年,理由是:"寫鶯鶯,與鶯鶯戀愛時作。"

《年譜》既然引録殷元勛之語,應該是採信其説。但是《年譜》不編年本詩於崔張故事發生的貞元末年,却毫無根據編年於與崔張故事毫無牽涉的元和五年,令人大惑不解。我們以爲,本詩應該與管兒有關。元稹《曉將别》:"行人帳中起,思婦枕前啼。"此詩應該與元稹遊宦洛陽,逗留"李著作家"而結識"管兒",發生初戀,時間應該是在元稹明經及第之後的貞元十一年。本詩有"梨花"、"柳花"之語,雖然是描繪女子的服飾,但也應該是就眼前之景拿來作比,應該是春天的詩篇。所以我們以爲本詩作于貞元十一年春天,地點在洛陽仁風坊李著作家中,應該與《仁風李著作園醉後寄李十》、《春詞》、《曉將别》、《桃花》等爲同期之作,"白衣裳"是它們之間聯繫的可信標識。而"白衣裳"與《鶯鶯傳》中的崔鶯鶯根本扯不上邊,《年譜新編》的聯繫缺乏最基本的根據。

● 曉將别(一)①

風露曉淒淒,月下西墻西②。行人帳中起,思婦枕前啼③。屑屑命僮御,晨裝儼已齊④。將去復携手,日高方解携⑤。

録自《才調集》卷五

[校記]

(一) 曉將别:本詩各本,包括叢刊本、《全詩》在内,未見異文。

[箋注]

① 曉將别:"風露曉淒淒"八句不見於元稹詩文集内,但《才調集》卷五、《全唐詩》卷四二二收録,故據此補。義近"曉别",拂曉來臨,分别在即,依依惜别。白居易《曉别》:"月落欲明前,馬嘶初别後。浩浩暗塵中,何由見回首?"李商隱《板橋曉别》:"回望高城落曉河,長亭窗户壓微波。水仙欲上鯉魚去,一夜芙蓉紅泪多。"

② 風露:風和露。戴叔倫《宿城南盛本道懷皇甫冉》:"高樓邀落月,疊鼓送殘更。隔浦雲林近,滿川風露清。"王昌齡《東溪翫月》:"光連虚象白,氣與風露寒。" 淒淒:寒涼貌。《詩·鄭風·風雨》:"風雨淒淒,鷄鳴喈喈。"韓偓《寄遠》:"孤燈亭亭公署寒,微霜淒淒客衣單。" 月下:月亮西下。王昌齡《青樓怨》:"香幃風動花入樓,高調鳴筝緩夜愁。腸斷關山不解説,依依殘月下簾鉤。"月光之下。韋莊《搗練篇》:"臨風縹緲疊秋雪,月下丁冬擣寒玉。" 西墻:西面的墻。劉向《説苑·建本》:"文公見咎季,其廟傅於西墻。"韋莊《夏夜》:"正吟秋興賦,桐影下西墻。"

③ 行人:出行的人,出征的人。《管子·輕重》:"十日之内,室無

處女，路無行人。”杜甫《兵車行》：“車轔轔，馬蕭蕭，行人弓箭各在腰。” 帳：床帳。王宋《雜詩》：“翩翩床前帳，張以蔽光輝。”辛棄疾《祝英臺近·晚春》：“羅帳燈昏，哽咽夢中語。” 思婦：懷念遠行丈夫或情人的婦人。陸機《爲顧彦先贈婦》二：“東南有思婦，長嘆充幽闥。”陸游《軍中雜歌二首》八：“征人樓上看太白，思婦城南迎紫姑。” 啼：悲哀的哭泣。《醫宗金鑒·聽聲》：“聽聲：啼而不哭知腹痛，哭而不啼將作驚。”注：“有聲有泪聲長曰哭，有聲無泪聲短曰啼。”《禮記·喪大記》：“始卒，主人啼，兄弟哭。”韓愈《祭女挐女文》：“我視汝顔，心知死隔；汝視我面，悲不能啼。”

④ 屑屑：勞瘁匆迫貌。《左傳·昭公五年》：“禮之本末將於此乎在，而屑屑焉習儀以亟？”《漢書·王莽傳》：“晨夜屑屑，寒暑勤勤，無時休息，孳孳不已者，凡以爲天下，厚劉氏也。” 僮御：僕婢。《後漢書·明德馬皇后》：“后時年十歲，幹理家事，敕制僮御，内外諮稟，事同成人。”李賢注引《廣雅》：“僮、御，皆使者。”元稹《苦雨》：“門外竹橋折，馬驚不敢逾。回頭命僮御，向我色踟蹰。” 晨裝：清晨整治行裝。韋應物《酬元偉過洛陽夜燕》：“晨裝復當行，寥落星已稀。”白居易《江南喜逢蕭九徹因話長安舊遊戲贈五十韵》：“離筵開夕宴，别騎促晨裝。” 儼：整齊貌。曹植《洛神賦》：“六龍儼其齊首，載雲車之容裔。”杜甫《數陪李梓州泛江有女樂在諸舫戲爲艷曲二首贈李》二：“翠眉縈度曲，雲鬢儼分行。”整理。王禹偁《七夕》：“中官傳宣旨，御詩令屬和。驚起儼衣冠，拜舞蒼苔破。”

⑤ 携手：手拉着手。《詩·邶風·北風》：“惠而好我，携手同行。”黄庭堅《新喻道中》：“一百八盤携手上，至今歸夢繞羊腸。” 日高：太陽升起已經很高。王維《戲贈張五弟諲三首》一：“吾弟東山時，心尚一何遠！日高猶自卧，鐘動始能飯。”丘爲《尋廬山崔徵君》：“日高雞犬静，門掩向寒塘。夜竹深茅宇，秋亭冷石床。”

[編年]

《年譜》編年本詩於元和五年,其後附録云:"王《考》云:'《曉將别》五律之"月下西墻西",《暮秋》七律中之"看著墻西日又沉",《筝》之"夜夜筝聲怨隔墻"等句,暗指其情人所居之地。'"在同類艷詩之後,《年譜》又補充説:"王《辨》云:'仆家有微之作《元氏古艷詩》百餘篇。'如其言非假,元稹'艷詩'宋時尚完整。今所可見者,《才調集》卷五所載元稹詩五十七首。《全詩》卷四二二轉載時,删《初除浙東妻有阻色因以四韵曉之》一首(載别卷),增《古艷詩二首》(抄自王《辨》)。其中有具體寫作時間可考者,已分别繫于各年之下,雖無具體寫作時間可考,而大致可定爲元和七年前所作者,并繫於《夢遊春七十韵》之後,以便于讀者研究。"《編年箋注》編年:"《曉將别》……諸詩,俱作於元和五年(八一〇)。見卞《譜》。"《年譜》、《編年箋注》的思路讓人難解,《年譜》在同書中"辯證"云:"從上引《會真記事迹真僞考》看出,王桐齡幾乎將元稹的'艷詩'全部説成是詠'崔鶯鶯'之作。"既然承認元稹的"艷詩"基本都是詠"崔鶯鶯"之作,爲何不與《鶯鶯傳》編年在一起,亦即貞元二十年九月?衆所周知,這是《年譜》一再堅持的觀點。現在却莫名其妙編年元和五年,離開貞元二十年已經有六年之久,這不是有違自己的觀點了嗎?如果因爲元稹元和七年曾經應李景儉之請求編集過自己的作品,就可以不負責任把自己編不了年的詩文一古腦兒編年在元和五年,那麽長慶四年元稹也曾編集過自己的作品,我們是否也可照此辦理?把編不了年的詩文都編年於長慶四年,推給讀者自行解决?而且,爲什麽非是元和五年,而不是元和六年、元和七年,仰或元和四年、元和三年?就本詩而言,元和五年元稹處在傷妻之後的哀痛時刻,處在被宰相杜佑與宦官聯手的政治迫害之中,又焉能有此與情人纏綿不已的心態與心情?

《年譜新編》編年本詩於貞元十六年,理由是:"詩云:'風露曉凄凄,月下西墻西……將去復携手,日高方解携。'本年秋與鶯鶯離别時作。”順便説一句，本詩全篇未見“秋景”，因此根本談不上“本年秋與鶯鶯離别時作”的話題。更重要的是，《鶯鶯傳》描寫了張生與鶯鶯的兩次分别，都與本詩“將去復攜手，日高方解攜”的情景並不相同，第一次：“無何，張生將之長安，先以情諭之，崔氏宛無難詞，然而愁怨之容動人矣！將行之再夕，不可復見，而張生遂西。”第二次：“（鶯鶯）因命拂琴，鼓《霓裳羽衣序》，不數聲，哀音怨亂，不復知其是曲也。左右皆歔欷，崔亦遽止之，投琴，泣下流連，趨歸鄭所，遂不復至，明旦而張行。”

我們以爲，本詩應該編年於元稹與管兒的初戀之時，亦即貞元十一年，元稹十七歲，熱戀中的情人，才能有“將去復攜手，日高方解攜”這樣纏纏綿綿的感情。本詩應該與《仁風李著作園醉後寄李十》、《桃花》、《白衣裳二首》等爲同期先後之作，具體時間在貞元十一年的春天，地點在洛陽仁風坊李著作家中。也許有人會説，一個年僅十七歲的少年，怎麽就會如此投入地墮入男女情愛之河？大概是筆者一廂情願地想當然吧？我們還是引用元稹本人的一首詩來回答這個問題，元稹《贈别楊員外巨源》：“憶昔西河縣下時，青衫顦顇宦名卑。揄揚陶令緣求酒，結託蕭娘只在詩。”元稹這裏回憶的是自己十五歲明經及第之後在西河縣風月場合走動的真實情況，這倒不是元稹的墮落，唐代當時的社會風氣本來就是這樣。

● 春　别(一)①

幽芳本未闌，君去蕙花殘②。河漢秋期遠，關山世路難③。雲屏留粉絮，風幌引香蘭④。腸斷迴文錦，春深獨自看⑤。

録自《才調集》卷五

[校記]

(一) 春别:本詩存世各本,包括叢刊本、《全詩》在内,未見異文。

[箋注]

① 春别:"幽芳本未闌"八句不見於元稹詩文集内,但《才調集》卷五、《全唐詩》卷四二二收録,故據此補。春天時分的離别。孟郊《壽安西渡奉别鄭相公》:"春别亦蕭索,況兹冰霜晨! 零落景易入,鬱抑抱難申。"元稹《紫躑躅》:"我從相識便相憐,但是花叢不迴目。去年春别湘水頭,今年夏見青山曲。"

② 幽芳:清香,亦指清香的花。張九齡《南還贈京都舊僚》:"欲贈幽芳歇,行悲舊賞移。"李商隱《贈從兄閬之》:"城中猘犬憎蘭佩,莫損幽芳久不歸。"這裏以花借喻洛陽仁風坊服務於李著作家的藝伎管兒。　闌:衰落,敗落。李頎《送司農崔丞》:"邑里春方晚,昆明花欲闌。"雍裕之《殘鶯》:"花闌鶯亦懶,不語似含情。何言百囀舌,唯餘一兩聲?"　蕙:香草名,所指有二:一指熏草,俗稱佩蘭,古人佩之或作香焚以避疫。二指蕙蘭,葉似草蘭而稍瘦長,暮春開花,一莖可發八九朵,氣遜於蘭,色也略淡。謝靈運《郡東山望溟海》:"采蕙遵大薄,搴若履長洲。"蘇軾《題楊次公蕙》:"蕙本蘭之族,依然臭味同。"　殘:剩餘,殘存。杜甫《洗兵馬》:"祇殘鄴城不日得,獨任朔方無限功。"楊萬里《晴望》:"枸杞一叢渾落盡,只殘紅乳似櫻桃。"

③ 河漢:指銀河。《古詩十九首・迢迢牽牛星》:"河漢清且淺,相去復幾許?"沈約《夜夜曲二曲》一:"河漢縱且横,北斗横復直。"　秋期:謂男女相約聚會的日期,語出《詩・衛風・氓》:"將子無怒,秋以爲期。"酈道元《水經注・江水》:"縣北有女觀山,厥處高顯,回眺極目。古老傳言,昔有思婦,夫官於蜀,屢愆秋期,登此山絶望,憂感而死。"指七夕,牛郎織女約會之期。沈佺期《牛女》:"粉席秋期緩,針樓

别怨多。”杜甫《月》:“天上秋期近,人間月影清。” 關山:關隘山嶺。《樂府詩集·木蘭詩》:“萬里赴戎機,關山度若飛。”朱希濟《謁金門》:“秋已暮,重疊關山歧路。嘶馬摇鞭何處去?曉禽霜滿樹。” 世路:人世間的道路,指人們一生處世行事的歷程。《後漢書·張衡傳》:“吾子性德體道,篤信安仁,約己博藝,無堅不鑽,以思世路,斯何遠矣!”杜甫《春歸》:“世路雖多梗,吾生亦有涯。”

④ 雲屏:有雲形彩繪的屏風,或用雲母作裝飾的屏風。張協《七命》:“雲屏爛汗,瓊壁青葱。”劉長卿《昭陽曲》:“芙蓉帳小雲屏暗,楊柳風多水殿凉。” 粉絮:指柳絮。崔國輔《白紵辭二首》一:“洛陽梨花落如霰,河陽桃葉生復齊。坐惜玉樓春欲盡,紅綿粉絮裛妝啼。”梅堯臣《送胥平叔太博通判湖州》:“東風欲粉絮,相逐江上頭。” 風幌:指隨風飄動的帷幔。白居易《前亭凉夜》:“露簟色似玉,風幌影如波。”秦觀《南歌子三首》二:“月屏風幌爲誰開?天外不知音耗,百般猜。” 蘭:木蘭,一種香木。李時珍《本草綱目·木蘭》:“木蘭枝葉俱疏,其花内白外紫,亦有四季開者。深山生者尤大,可以爲舟。”《楚辭·九歌·湘夫人》:“桂棟兮蘭橑。”朱熹集注:“蘭,木蘭也。”蘇軾《前赤壁賦》:“桂棹兮蘭槳,擊空明兮泝流光。”

⑤ 腸斷:形容極度悲痛。李白《贈崔侍御》:“誰憐明月夜,腸斷聽秋砧?”沈宇《武陽送别》:“菊黄蘆白雁初飛,羌笛胡笳泪滿衣。送君腸斷秋江水,一去東流何日歸?” 迴文錦:織有回文詩的錦。《晉書·竇滔妻蘇氏》:“竇滔妻蘇氏,始平人也,名蕙,字若蘭,善屬文。滔苻堅時爲秦州刺史,被徙流沙,蘇氏思之,織錦爲迴文旋圖詩以贈滔,宛轉循環以讀之,詞甚悽惋,凡八百四十字,文多不録。”蘇軾《題織錦圖上回文三首》三:“羞看一首回文錦,錦似文君别恨深。頭白自吟悲賦客,斷腸愁是斷絃琴。”黄庭堅《題蘇若蘭回文錦詩圖》:“千詩織就回文錦,如此陽臺暮雨何?亦有英靈蘇蕙手,只無悔過竇連波。” 春深:春意濃郁。儲光羲《釣魚灣》:“垂釣緑灣春,春深杏花亂。”秦觀

《次韻裴仲謨和何先輩》:"支枕星河横醉後,入簾飛絮報春深。" 獨自:自己一個人,單獨。齊己《懷洞庭》:"中宵滿湖月,獨自在僧樓。"王安石《梅花》:"墻角數枝梅,淩寒獨自開。"

[編年]

《年譜》編年本詩於元和五年,没有説明理由。《編年箋注》編年:"《春别》作於元和五年(八一〇)。見下《譜》。"《年譜新編》編年本詩於貞元十六年,理由是引録本詩全文,然後説:"以鶯鶯之口吻寫崔、張分别之後之心緒,疑貞元十六年或稍後作。"

我們以爲,一、《鶯鶯傳》:"張生俄以文調及期,又當西去。"據此,崔張的分别應該在"文調及期"之前夕,亦即冬天來臨之後,與本詩詩題《春别》不合。二、本詩題曰"春别",與《桃花》、《白衣裳》、《曉將别》作於同一季節,同時爲管兒所作,本詩應該是緊接《曉將别》之後。而詩云:"幽芳本未闌,君去蕙花殘。"借喻被長期冷落在洛陽的管兒,與元稹《琵琶歌》所云"段師弟子數十人,李家管兒稱上足。管兒不作供奉兒,抛在東都雙鬢絲。逢人便請送杯盞,著盡功夫人不知"一一符合。而"河漢秋期遠,關山世路難"、"腸斷迴文錦,春深獨自看"兩聯,也符合元稹與管兒長久分别的真實情况,元稹《琵琶歌》:"自兹聽後六七年,管兒在洛我朝天。游想慈恩杏園裏,夢寐仁風花樹前。"據此,我們認爲本詩應該作於貞元十一年暮春時分,地點在洛陽仁風坊李著作園。

● 離思詩五首(一)①

自愛殘妝曉鏡中,環釵謾篸緑雲叢(二)②。須臾日射臙脂頰,一朵紅酥旋欲融(三)③。

山泉散漫繞階流，萬樹桃花映小樓④。閑讀道書慵未起，水晶簾下看梳頭⑤。

紅羅著壓逐時新，杏子花紗嫩麴塵(四)⑥。第一莫嫌才地弱(五)，些些紕縵最宜人⑦。

曾經滄海難爲水，除却巫山不是雲⑧。取次花叢懶回顧，半緣修道半緣君⑨。

尋常百種花齊發，偏摘梨花與白人(六)⑩。今日江頭兩三樹，可憐枝葉度殘春(七)⑪。

録自《元氏長慶集》補遺卷一

［校記］

（一）離思詩五首：叢刊本作“離思六首”，將元稹另一首詩篇《鶯鶯詩》作爲本組詩之首篇，筆者以爲，《鶯鶯詩》是八句，而本組詩全是四句，兩者並不相配。《才調集》作“雜思詩”，《石倉歷代詩選》也作“雜思詩”，但祇選本組詩第二、第五兩首，《説郛》作“雜詩五首”，《全詩》作“離思五首”，《全唐詩録》作“離思詩”，《侯鯖録》作“離思”，各不相同，録以備考，不改。《全唐詩録》尾注：“此五詩，《本事》傳以爲悼韋夫人作。”筆者以爲是不確之説。

（二）環釵謾篸緑雲叢：《全詩》注同，叢刊本、《才調集》、《侯鯖録》、《説郛》、《全詩》、《全唐詩録》作“環釵謾篸緑絲叢”，語義相類，不改。

（三）一朵紅酥旋欲融：《才調集》、《侯鯖録》、《説郛》、《全詩》、《石倉歷代詩選》同，叢刊本、《全詩》注、《全唐詩録》作“一朵紅酥旋玉融”，語義不同，録以備考，不改。

（四）杏子花紗嫩麴塵：《才調集》、《侯鯖録》、《説郛》、《全詩》注、《全唐詩録》同，叢刊本、《全詩》作“吉了花紗嫩麴塵”，不從不改。

（五）第一莫嫌才地弱：《侯鯖録》、《説郛》、《全唐詩録》同，叢刊本、《才調集》、《全詩》作"第一莫嫌材地弱"，各備一説，不改。

（六）偏摘梨花與白人：叢刊本、《才調集》、《侯鯖録》、《説郛》、《全詩》、《全唐詩録》同，《石倉歷代詩選》作"偏摘梨花與内人"，語義不同。録以備考，不改。

（七）可憐枝葉度殘春：《侯鯖録》、《石倉歷代詩選》、《説郛》、《全詩》注同，叢刊本、《才調集》、《全詩》、《全唐詩録》作"可憐和葉度殘春"，語義不同，録以備考，不改。

［箋注］

① 離思詩五首："自愛殘妝曉鏡中"五首二十句，不見於劉本《元氏長慶集》，但《侯鯖録》卷五、《才調集》卷五、《全唐詩録》卷六七、《全唐詩》卷四二二、《石倉歷代詩選》卷六二、《説郛》卷一一五下收録，估計馬本《元氏長慶集》也據明代之前的宋、元文獻補入補遺卷一，馬本《元氏長慶集》的意見可從，據補。 離思：離別後的思緒。曹植《九愁賦》："嗟離思之難忘，心慘毒而含哀。"周邦彦《齊天樂》："荆江留滯最久，故人相望處，離思何限？"

② 自愛：自己喜愛。劉長卿《聽彈琴》："古調雖自愛，今人多不彈。"蘇軾《東坡》："莫嫌犖確坡頭路，自愛鏗然曳杖聲。" 殘妝：指女子殘褪的化妝。張謂《揚州雨中張十宅觀妓》："夜色帶春烟，燈花拂更然。殘妝添石黛，艷舞落金鈿。"盧綸《古艷詩》："殘妝色淺髻鬟開，笑映朱簾覷客來。推醉唯知弄花鈿，潘郎不敢使人催。" 曉鏡：明鏡。李白《秋日煉藥院鑷白髮》："秋顔入曉鏡，壯髮凋危冠。"杜牧《代吴興妓春初寄薛軍事》："自悲臨曉鏡，誰與惜流年？" 環：璧的一種，圓圈形的玉器。《左傳・昭公十六年》："宣子有環，其一在鄭商。"王國維《觀堂集林・説環玦》："余讀《春秋左氏傳》'宣子有環，其一在鄭商'，知環非一玉所成。歲在己未，見上虞羅氏所藏古玉一，共三片，

每片上侈下斂,合三而成規。片之兩邊各有一孔,古蓋以物繫之。余謂此即古之環也……後世日趨簡易,環與玦皆以一玉爲之,遂失其制。”高承《事物紀原·環》:“《瑞應圖》曰:‘黄帝時,西王母獻白環,舜時又獻之。’則環當出於此。” 釵:釵子。王維《扶南曲歌詞五首》五:“朝日照綺窗,佳人坐臨鏡。散黛恨猶輕,插釵嫌未正。”劉長卿《别李氏女子》:“俛首戴荆釵,欲拜凄且嚬。本來儒家子,莫耻梁鴻貧!” 謾:通“漫”,胡亂,隨便。蘇軾《答李康年書》:“要跋尾,謾寫數字,不稱妙筆。”宋代無名氏《朝野遺紀》:“後因詢其報德萬一者,謾曰:‘太后不相忘,略修靈泉縣朱仙觀足矣!’” 篸:用同“簪”,插戴。白居易《同諸客嘲雪中馬上妓》:“銀篦穩篸烏羅帽,花襜宜乘叱潑駒。”范成大《夔州竹枝歌九首》五:“白頭老媪篸紅花,黑頭女娘三髻丫。” 緑雲:喻女子烏黑光亮的秀髮。杜牧《阿房宫賦》:“緑雲擾擾,梳曉鬟也。”韋莊《酒泉子》:“緑雲傾,金枕膩。”

③ 須臾:片刻,短時間。《荀子·勸學》:“吾嘗終日而思矣!不如須臾之所學也。”洪邁《容齋三筆·瞬息須臾》:“瞬息、須臾、頃刻,皆不久之辭,與釋氏‘一彈指間’、‘一刹那頃’之義同,而釋書分别甚備……又《毗曇論》云:‘一刹那者翻爲一念,一怛刹那翻爲一瞬,六十怛刹那爲一息,一息爲一羅婆,三十羅婆爲一摩睺羅,翻爲一須臾。’又《僧祇律》云:‘二十念爲一瞬,二十瞬名一彈指,二十彈指名一羅預,二十羅預名一須臾,一日一夜有三十須臾。’” 臙脂:亦作“胭脂”,一種用於化妝和國畫的紅色顔料,亦泛指鮮艷的紅色。杜甫《曲江對雨》:“林花著雨臙脂濕,水荇牽風翠帶長。”《敦煌曲子詞·柳青娘》:“故著胭脂輕輕染,淡施檀色注歌唇。” 紅酥:亦作“紅蘇”,形容紅潤柔膩。元稹《雜憶五首》五:“春冰消盡碧波湖,漾影殘霞似有無。憶得雙文衫子薄,鈿頭雲映褪紅酥。”陸游《釵頭鳳》:“紅酥手,黄縢酒,滿城春色宫墻柳。” 融:熔化,消溶。《文選·孫綽〈游天台山賦〉》:“融而爲川瀆,結而爲山阜。”李善注:“融,猶銷也。”陸游《岳池

農家》:“泥融無塊水初渾,雨細有痕秧正緑。”

④ 山泉:山中泉水。盧思道《上巳禊飲》:“山泉好風日,城市厭囂塵。”朱慶餘《山居》:“山泉共鹿飲,林果讓僧嘗。” 散漫:無拘無束,任意隨便。謝惠連《雪賦》:“其爲狀也,散漫交錯,氛氳蕭索。”李白《懷仙歌》:“一鶴東飛過滄海,放心散漫知何在?” 萬樹:極言樹木之多。岑參《白雪歌送武判官歸京》:“北風捲地白草折,胡天八月即飛雪。忽如一夜春風來,千樹萬樹梨花開。”王涯《春遊曲二首》一:“萬樹江邊杏,新開一夜風。滿園深淺色,照在緑波中。” 樓:兩層及兩層以上的房屋。《孟子·告子》:“不揣其本,而齊其末,方寸之木,可使高於岑樓。”孫奭疏:“曰樓者,蓋重屋曰樓,亦取其重高之意也。”李煜《相見歡》:“無言獨上西樓,月如鈎。”

⑤ 道書:道家或佛家的典籍。儲光羲《貽韋鍊師》:“新池近天井,玉宇停雲車。余亦苦山路,洗心祈道書。”劉長卿《尋洪尊師不遇》:“古木無人地,來尋羽客家。道書堆玉案,仙帔疊青霞。” 水晶簾:亦作“水精簾”,用水晶製成的簾子,比喻晶瑩華美的簾子。李白《玉階怨》:“却下水精簾,玲瓏望秋月。”温庭筠《菩薩蠻》:“水精簾裏頗梨枕,暖香惹夢鴛鴦錦。” 梳頭:梳理頭髮。《世説新語·賢媛》:“李梳頭,髮委藉地,膚色玉曜。”杜甫《遣興》:“干戈猶未定,弟妹各何之? 拭泪霑襟血,梳頭滿面絲。”

⑥ 紅羅:紅色的輕軟絲織品,多用以製作婦女衣裙。《漢書·孝成班倢伃傳》:“感帷裳兮發紅羅,紛綷縩兮紈素聲。”王昌齡《長信秋詞五首》五:“長信宫中秋月明,昭陽殿下搗衣聲。白露堂中細草迹,紅羅帳裏不勝情。” 時新:應時而鮮美的事物。鮑照《代少年時至衰老行》:“好酒多芳氣,餚味厭時新。”司空曙《御製雨後出城觀覽敕朝臣已下屬和》:“隴麥垂秋合,郊塵得雨清。時新薦玄祖,歲足富蒼生。”猶時髦。羅虯《比紅兒詩》四六:“自有閑花一面春,臉檀眉黛一時新。殷勤爲報梁家婦,休把啼妝賺後人。” 杏子:杏樹的果實。

《雲笈七籤》卷七四:"取杏子三斗,去其中兩仁者作湯。"范成大《晚春田園雜興十二首》一:"梅子金黄杏子肥,麥花雪白菜花稀。"本詩意在以杏子的細小借喻花紗織物鏤空網眼之大之疏。　花紗:織有花紋的經緯密度較稀而質薄的一種織物,古代多以絲爲之。白居易《寄生衣與微之因題封上》:"淺色縠衫輕似霧,紡花紗袴薄於雲。莫嫌輕薄但知著,猶恐通州熱殺君。"《宋史・食貨志》:"天聖中,詔減兩蜀歲輸錦綺、鹿胎、透背、欹正之半,罷作綾花紗。明道中,又減兩蜀歲輸錦綺、綾羅、透背、花紗三之二,命改織紬、絹以助軍。"　麴塵:借指柳樹,柳條,嫩柳葉色鵝黄,故稱。唐彦謙《黄子陂荷花》:"十頃狂風撼麴塵,緣堤照水露紅新。"張先《蝶戀花》:"柳舞麴塵千萬綫,青樓百尺臨天半。"

⑦ 才地:亦作"材地",材料的質量、質地,本詩指女子衣裳的質地。暫無合適的書證。　些些:少許,一點兒。元稹《答友封見贈》:"扶床小女君先識,應爲些些似外翁。"葛長庚《賀新郎・肇慶府送談金華張月窗》:"小立西風楊柳岸,覺衣單、略説些些話。"　紕縵:指經緯稀疏的帛。楊守知《西湖竹枝詞》:"烏油小轎兩肩扶,紕縵窗紗有若無。"彭孫遹《嶺南竹枝詞》五:"林中莫種芭蕉樹,空自青葱滿舊叢。蕉子鮮甜難得飽,蕉衣紕縵不禁風。"　宜人:謂合人心意。杜甫《寄楊五桂州譚》:"五嶺皆炎熱,宜人獨桂林。"韓琦《重九會光化二園》:"誰言秋色不如春?及到重陽景自新。隨分笙歌行樂處,菊花萸子更宜人。"

⑧ "曾經滄海難爲水"兩句:有人以爲元稹這兩句是爲崔鶯鶯而寫,也有人認爲是悼念詩人的第一任妻子韋叢。根據我們的考證,詩人這一組五首,是爲自己的初戀情人管兒而寫,我們的理由説詳本組詩的編年。兩句應該是從《孟子・盡心》"觀于海者難爲水,游于聖人之門者難爲言"變化而來,所用修辭方式是暗喻:滄海深廣無邊,任何一處的大江大湖都相形見拙。而巫山的朝雲峰歷來有美妙的神話傳

説,動人心弦,是别處的山峰、他地的雲彩無法比擬。説得更直白些,應該與“黄山歸來不看山”的諺語相似。而曾經在聖人門下遊學的學子,知道學海無涯,書山深邃,對萬事萬物就再也不敢隨便評論隨便斷語隨便結論。　曾經:表示從前經歷過或有過某種行爲或情況。徐陵《走筆戲書應令》:“曾經新代故,那惡故迎新?”周密《杏花天》:“金池瓊苑曾經醉,是多少紅情緑意!”　滄海:大海。董仲舒《春秋繁露·觀德》:“故受命而海内順之,猶衆星之共北辰,流水之宗滄海也。”蘇軾《清都謝道士真贊》:“一江春水東流,滔滔直入滄海。”　巫山:宋玉《高唐賦序》:“昔者先王嘗遊高唐,怠而晝寢,夢見一婦人曰:‘妾,巫山之女也,爲高唐之客。聞君遊高唐,願薦枕席。’王因幸之,去而辭曰:‘妾在巫山之陽,高丘之阻,旦爲朝雲,暮爲行雨,朝朝暮暮,陽臺之下。’旦朝視之,如言,故爲之立廟,號曰朝雲。”後遂用爲男女幽會的典實。張九齡《巫山高》:“巫山與天近,烟景長青熒。此中楚王夢,夢得神女靈。”馮延巳《鵲踏枝》七:“心若垂楊千萬縷,水闊花飛,夢斷巫山路。”　雲:指男女歡愛之事。劉禹錫《巫山神女廟》:“星河好夜聞清珮,雲雨歸時帶異香。”馮延巳《菩薩蠻》:“驚夢不成雲。雙蛾枕上顰。”

⑨ 取次花叢懶回顧:元稹這段初戀,詩人與白居易的詩篇都有所反映:元稹《夢遊春七十韵》:“夢魂良易驚,靈境難久寓。夜夜望天河,無由重沿泝。結念心所期,返如禪頓悟。覺來八九年,不向花迴顧。雜合兩京春,喧闐衆禽護。我到看花時,但作懷仙句。浮生轉經歷,道性尤堅固。”白居易《和夢遊春詩一百韵》:“心驚睡易覺,夢斷魂難續。籠委獨栖禽,劍分連理木。存誠期有感,誓志貞無黷。京洛八九春,未曾花裹宿。壯年徒自棄,佳會應無復。”　取次:亦作“取此”,隨便,任意。葛洪《抱朴子·袪惑》:“此兒當興卿門宗,四海將受其賜,不但卿家,不可取次也。”杜甫《送元二適江左》:“經過自愛惜,取次莫論兵。”　花叢:叢集的群花。謝朓《和王主簿季哲怨情》:“花叢

亂數蝶，風簾入雙燕。”杜甫《水閣朝霽奉簡嚴雲安》：“崔嵬晨雲白，朝日射芳甸。雨檻卧花叢，風床展書卷。” 回顧：回頭看。蔡邕《翠鳥》：“回顧生碧色，動摇揚縹青。”盧照鄰《還赴蜀中貽示京邑遊好》：“回顧長安道，關山起夕霏。” 修道：猶行道，謂實踐某種原則或思想。《孫子·形》：“善用兵者，修道而保法，故能爲勝敗之政。”特指道家修煉以求成仙。王充《論衡·道虚》：“夫修道求仙，與憂職勤事不同。”指學習、實行宗教教義。《顔氏家訓·歸心》：“一人修道，濟度幾許蒼生？免脱幾身罪累？幸熟思之！” 君：對對方的尊稱，猶言您。李商隱《夜雨寄北》：“君問歸期未有期，巴山夜雨漲秋池。”蘇軾《亡妻王氏墓誌銘》：“趙郡蘇軾之妻王氏，卒於京師……軾銘其墓曰：君諱弗，眉之青神人。”本詩是指元稹懷念的女性。

⑩ 尋常：經常，平時。杜甫《江南逢李龜年》：“岐王宅裏尋常見，崔九堂前幾度聞。”《敦煌曲子詞·十二月相思》：“無端嫁得長征婿，教妾尋常獨自眠。” 百種：各種各樣。蕭衍《襄陽白銅鞮歌三首》二：“草樹非一香，花葉百種色。”范成大《四月十六日拄笏亭偶題》：“緑陰一雨濃如黛，何處風來百種香？” 梨花：梨樹的花，一般爲純白色。崔國輔《白紵辭二首》一：“洛陽梨花白如霰，河陽桃葉生復齊。坐惜玉樓春欲盡，紅綿粉絮裛妝啼。”王縉《左掖梨花》：“冷艷全欺雪，餘香乍入衣。春風且莫定，吹向玉階飛。” 白人：玉人，皮膚潔白的女子，穿白衣裳的女子。王涯《宫詞三十首》一：“白人宜著紫衣裳，冠子梳頭雙眼長。”徐凝《白人》：“煖風入烟花漠漠，白人梳洗尋常薄。”

⑪ 江頭：江邊，江岸。王建《題江寺兼求藥子》：“隋朝舊寺楚江頭，深謝師僧引客遊。空賞野花無過夜，若看琪樹即須秋。”武元衡《秋日出遊偶作》：“黄花丹葉滿江城，暫愛江頭風景清。閑步欲舒山野性，貔貅不許獨行人。” 可憐：可惜。盧綸《早春歸盩厔别業却寄耿拾遺》：“可憐芳歲青山裏，惟有松枝好寄君。”韓愈《贈崔立之評事》：“可憐無益費精神，有似黄金擲虚牝。” 殘春：指春天將盡的時

節。賈島《寄胡遇》:"一自殘春别,經炎復到凉。"李清照《慶清朝慢》:"禁幄低張,彤闌巧護,就中獨占殘春。"

[編年]

《年譜》編年本詩於元和五年,其後附録:"《雲溪友議·艷陽詞》云:'初韋蕙藂逝,不勝其悲,爲詩悼之曰……又云:'曾經滄海難爲水,除却巫山不是雲。'秦朝釪《消寒詩話》云:'元微之有絶句云:"曾經滄海難爲水,除却巫山不是雲。取次花叢懶回顧,半緣修道半緣君。"或以爲風情詩,或以爲悼亡也。夫風情固傷雅道,悼亡而曰"半緣君",亦可見其性情之薄矣!''詩話'所引之'絶句',即元稹《離思五首》的第四首。綜觀《離思五首》,有憶'崔鶯鶯'者(即'詩話'所謂'風情'),有悼韋叢者(即'詩話'所謂'悼亡')。必須指出,王《考》云:'《離思》詩七絶五首……寫自己與鶯鶯在閨中狎昵之遊戲。'皆誤。元稹《離思五首》不僅詠'崔鶯鶯'一人。"《編年箋注》編年:"此詩作于元和五年(八一〇),元稹時從東臺召還西京,旋貶江陵士曹參軍。所詠不限一人。"《年譜新編》編年本詩於元和四年,理由是:"第五首云:'今日江頭兩三樹,可憐枝葉度殘春。'《使東川·江花落》云:'日暮嘉陵江水東,梨花萬片逐江風。江花何處最腸斷?半落江流半在空。'與本詩所寫擬,疑作於同時。"《年譜新編》顧此失彼,僅僅因爲最後兩句相似,就棄前面四首於不顧?自説自話不是學術研究應有的態度。

《年譜》、《編年箋注》認爲"不僅詠'崔鶯鶯'一人","所詠不限一人",但並未指出崔鶯鶯之外的第二人,更没有出示任何證據,虚空織網,不著邊際。而本詩所示,與《鶯鶯傳》所述,無論是故事情節,還是人物性格,並不相同,不可類比,所謂"詠崔鶯鶯"云云,無法取信。在同一組詩中,詩人能够同時兼顧一個以上的情人,那情景本來就有點滑稽與尷尬。

而《全唐詩録》尾注所云"此五詩,《本事》傳以爲悼韋夫人作",後世信從者有人,我們以爲是想當然之論,也不可信從。元稹對韋叢的感情固然深厚,《元氏長慶集》卷九的悼亡詩篇已經盡情披露,它們與本組詩的表述的感情並不相同。如本組詩最動人的詩句,莫過于"曾經滄海難爲水,除却巫山不是雲"兩句。中國古代正式的婚配夫婦,擔負著組成家庭、傳宗接代的重任,如元稹與白居易晚年得子,欣喜異常,就是最好的例子。他們當時看重的是後繼有人,承家有望,又何尚把男女兩性的愛戀看得高於組成家庭、傳宗接代?元稹與韋叢也好,白居易與楊氏也罷,他們之間不會有"曾經滄海難爲水,除却巫山不是雲"這樣深切的性愛體驗。在唐代詩人的詩篇中,又有誰能够把夫妻之間的性愛體驗,提煉到如此出神入化、令人飄飄欲仙的高妙境界?

我們以爲,本組詩應該是爲詠歌元稹的初戀情人管兒而作。首先春天的時令,與元稹與管兒初戀的節令相符,元稹《仁風李著作園醉後寄李十》"朧明春月照花枝,花下音聲是管兒"與本組詩"萬樹桃花映小樓"、"尋常百種花齊發,偏摘梨花與白人"、"可憐枝葉度殘春"等句,描述的都是春天。第二,本詩"偏摘梨花與白人"、"自愛殘妝曉鏡中,環釵謾篸緑雲叢"的詩句,與《桃花》"桃花淺深處,似匀深淺妝。春風助腸斷,吹落白衣裳"、《白衣裳二首》一"雨濕輕塵隔院香,玉人初著白衣裳。半含惆悵閑看繡,一朵梨花壓象床"的詩句相符,而後面三首詩篇,都是元稹爲管兒而詠唱。第三,初戀與第一次性愛經歷,没有任何壓力而又孜孜以求的性愛活動,給詩人留下了刻骨銘心的深刻印象,留下了"曾經滄海難爲水,除却巫山不是雲"的名句。據此,我們以爲本組詩應該賦詠於元稹與管兒幽會之時與分手之後,具體時間應該在貞元十一年的暮春。

■ 春詞贈沈亞之(一)①

據沈亞之《春詞酬元微之》

[校記]

(一) 春詞贈沈亞之:元稹本佚失詩所據沈亞之《春詞酬元微之》,見《沈下賢集》、《萬首唐人絶句》、《石倉歷代詩選》、《全詩》,未見異文。唯《萬首唐人絶句》根據其自定的體例,常常改變詩文之題目,本詩之詩題作"春詞",僅録以備考。

[箋注]

① 春詞贈沈亞之:元稹本佚失詩所據沈亞之《春詞酬元微之》:"黄鶯啼時春日高,紅芳發盡井邊桃。美人手暖裁衣易,片片輕花落翦刀。"元稹現有以"春詞"標題的詩篇二:其一是:"山翠湖光似欲流,蜂聲鳥思却堪愁。西施顔色今何在?但看春風百草頭。"以"西施"爲主題,與沈亞之詩以"美人裁衣"爲内容不合。其二是"一雙玉手十三弦,移柱高低落鬢邊。即問向來彈了曲,羞人不道想夫憐。"以"彈弦"爲内容,也與沈亞之詩以"美人裁衣"爲内容不同。據此,元稹原唱應該是一首現在已經佚失的詩篇,以"美人裁衣"爲主題,故據此補。春詞:有關男女戀情的書信或文辭。常建《春詞》:"織女高樓上,停梭顧行客。問君在何所?青鳥舒錦翮。"盧綸《春詞》:"北苑羅裙帶,塵衢錦繡韉。醉眠芳樹下,半被落花埋。" 贈:送給。《詩·女曰雞鳴》:"知子之來之,雜佩以贈之。"鄭玄箋:"贈,送也。"韓愈《送張道士序》:"京師士大夫多爲詩以贈。" 沈亞之:與元稹同時,著名的傳奇作家之一,有《馮燕傳》名世。吴興人,但生於汧水隴山地帶,亦即長

安地區，與元稹相識大約就在年輕時期。沈亞之《别權武序》"余吴興人，生於汧隴之陽"就是明證。《新唐書·文藝傳》："今但取以文自名者爲文藝篇，若韋應物、沈亞之、閻防、祖詠、薛能、鄭谷等，其類尚多，皆班班有文在人間。史家逸其行事，故弗得述云。"

[編年]

未見《元稹集》採録，也未見《年譜》、《編年箋注》、《年譜新編》採録與編年。

元稹已經佚失的原唱與沈亞之的酬和之篇《春詞酬元微之》均難以確切編年，但根據元稹與沈亞之的生平以及沈亞之《别權武序》，他們相識應該是年輕的元稹生活在長安之時，自然，沈亞之也同樣年輕的。根據沈亞之"黄鶯啼時春日高，紅芳發盡井邊桃"的詩篇内容，時序應該是春天。兩位同樣年輕的詩人，以"春詞"爲題互爲酬唱，本來應該是非常正常的事情。元稹的原酬，大約與元稹的另一首《春詞（一雙玉手十三弦）》同時，時在貞元十一年的春天，地點應該在長安，元稹當時剛剛明經及第，還没有任何官職在身。

●新　秋(一)①

旦暮已淒涼，離人遠思忙②。夏衣臨曉薄，秋影入檐長③。前事風隨扇，歸心燕在梁④。殷勤寄牛女，河漢正相望⑤。

録自《才調集》卷五

[校記]

(一)新秋：本詩各本，包括叢刊本、《全唐詩録》、《全詩》在内，未見異文。

[箋注]

① 新秋:“旦暮已淒凉”八句不見於元稹詩文集内,但《才調集》卷五、《全唐詩録》卷六七、《全唐詩》卷四二二收録,故據此補。初秋。張九齡《與弟遊家園》:“定省榮君賜,來歸是晝遊。林烏飛舊里,園果釀新秋。”陸海《題奉國寺》:“新秋夜何爽！露下風轉凄。一磬竹林外,千燈花塔西。”

② 旦莫:亦作“旦暮”,白天與晚上,清早與黄昏。劉長卿《晚次苦竹館却憶于越舊遊》:“匹馬風塵色,千峰旦暮時。遥看落日盡,獨向遠山遲。”謝勮《遊爛柯山三首》三:“因看斧柯爛,孫子髮已素。孰云遺迹久,舉意如旦暮?”朝夕,謂整日。耿湋《常州留别》:“萬里南天外,求書禹穴間。往來成白首,旦暮見青山。”元稹《幽栖》:“盡日望雲心不繫,有時看月夜方閑。壺中天地乾坤外,夢裏身名旦暮間。”　淒凉:孤寂冷落。沈約《爲臨川王九日侍太子宴》:“淒凉霜野,惆悵晨鷗。”皎然《與盧孟明别後宿南湖對月》:“曠望烟霞盡,淒凉天地秋。”悲凉。李白《留别曹南群官之江南》:“懷歸路緜邈,覽古情淒凉。”司馬光《詠史三首》三:“玉樹庭花曲,淒凉不可聞。”　離人:離别的人,離開家園和親人的人。李嶠《送李邕》:“落日荒郊外,風景正淒淒。離人席上起,征馬路傍嘶。”萬楚《題情人藥欄》:“斂眉語芳草,何許太無情?正見離人别,春心相向生。”

③ 夏衣:夏天穿用的衣服。韋應物《寺居獨夜寄崔主簿》:“坐使青燈曉,還傷夏衣薄。寧知歲方晏,離居更蕭索。”司空曙《早夏寄元校書》:“珠荷薦果香寒簟,玉柄摇風滿夏衣。蓬蓽永無車馬到,更當齋夜憶元暉。”　臨曉:接近天亮的時刻。白居易《八月三日夜作》:“夢短眠頻覺,宵長起暫行。燭凝臨曉影,蟲怨欲寒聲。”劉禹錫《和樂天題真娘墓》:“幡蓋向風疑舞袖,鏡燈臨曉是妝臺。吴王嬌女墳相近,一片行雲應往來。”　秋影:秋天的日影。武平一《遊涇川琴溪》:“環潭澄曉色,疊嶂照秋影。幽致忻所逢,紛慮自兹屏。”秋日的形影。

杜牧《秋感》:“金風萬里思何盡? 玉樹一窗秋影寒。” 檐:屋檐,屋瓦邊滴水的部分。陶潛《歸園田居六首》一:“榆柳蔭後檐,桃李羅堂前。”韓愈《苦寒》:“懸乳零落墮,晨光入前檐。”檐下的平臺。《國語·吴語》:“王背檐而立,大夫向檐。”韋昭注:“檐,屋水邊壇也。”

④ “前事風隨扇”兩句:意謂今年春天你我相親相愛的事情雖然甜甜蜜蜜,但可惜已經成爲過去,就像風一般隨扇子而去,但自己盼望回到你身邊的心思猶如梁上之燕南歸之心一般,一刻也没有忘記。前事:以前的事情。孟雲卿《傷情》:“此生一何苦! 前事安可忘? 兄弟先我没,孤幼盈我傍。”高適《别孫訢》:“離人去復留,白馬黑貂裘。屈指論前事,停鞭惜舊遊。” 歸心:回家的念頭。王贊《雜詩》:“朔風動秋草,邊馬有歸心。”梅堯臣《送庭老歸河陽》:“五月馳乘車,歸心豈畏暑?” 燕在梁:義近梁燕,一旦秋冬來臨,就南歸而去。白居易《新樂府·上陽白髮人》:“宫鶯百囀愁厭聞,梁燕雙栖老休妒。鶯歸燕去長悄然,春往秋來不記年。”許渾《姑孰官舍》:“青雲豈有窺梁燕? 濁水應無避釣魚。不待秋風便歸去,紫陽山下是吾廬。”

⑤ 殷勤:情意深厚。譚用之《江上聞笛》:“曲盡緑楊涵野渡,管吹青玉動江城。臨流不欲殷勤聽,芳草王孫舊有情。”易思《山中送弟方質》:“山中殷勤弟别兄,兄還送弟下山行。蘆花飛處秋風起,日暮不堪聞雁聲。” 牛女:牽牛、織女兩星,“牛郎織女”的省稱,這裏偏指織女。神話傳説:織女是天帝孫女,長年織造雲錦,自嫁河西牛郎後,就不再織。天帝責令兩人分離,每年衹允許於七月七日在天河上相會一次,俗稱“七夕”,相會時,喜鵲爲他們搭橋,謂之鵲橋。潘岳《西征賦》:“儀景星於天漢,列牛女以雙峙。”黄庭堅《鵲橋仙》:“年年牛女恨風波,拚此事、人間天上。” 河漢:指銀河。《古詩十九首·迢迢牽牛星》:“河漢清且淺,相去復幾許?”戴叔倫《夜坐》:“夜静河漢高,獨坐庭前月。忽起故園思,動作經年别。” 相望:互相看見。盧照鄰《贈益府裴録事》:“忽忽歲雲暮,相望限風烟。長歌欲對酒,危坐遂停

弦。"王勃《秋江送別二首》二:"歸舟歸騎儼成行,江南江北互相望。誰謂波瀾纔一水,已覺山川是兩鄉?"

[編年]

《年譜》將本詩編於元和五年,列在《春别》之前,不太明白這"春"是何年之春,這"秋"又是何年之秋,著者自己恐怕没有搞清楚,讀者自然更不明白。其實《年譜》把《才調集》卷五與《全詩》卷四二二中的全部詩歌,除了個别可以繫年的詩篇之外,一股腦兒統統編排在元和五年之中,没有次序也没有理由。《編年箋注》步《年譜》後塵,也照此辦理,同樣没有次序也没有理由。《年譜新編》編年本詩於貞元十六年,理由是:"與鶯鶯分手後作。"

《年譜新編》將紀實的本詩與虚構的傳奇《鶯鶯傳》扯在一起肯定是不合適的,讓讀者無法理解。元稹另一篇詩篇《晚秋》抒發了同樣的情感,其中的"離人遠思忙"與"離人曉思驚"、"夏衣臨曉薄"與"風急夏衣輕"、"誰憐獨攲枕?斜月透窗明"與"殷勤寄牛女,河漢正相望"都爲初戀情人管兒而發,而且都是處在孤眠獨宿之時,所抒發的情感又是如此相似,應該出於同一時期的作品,應該是貞元十一年春天元稹與管兒分别之後,管兒在東都洛陽,元稹在在西京長安,無由相見,賦詩寄託自己的思念。具體時間在貞元十一年的初秋,地點在長安。

● 封　書(一)①

每書題作上都字,悵望關東無限情②。寂寞此心新雨後,槐花高樹晚蟬聲③。

原載《千載佳句》,《元稹集》轉録自花房英樹《元稹研究》

[校記]

（一）封書：本詩目前未見其他版本，原本分作前後各兩句，考慮到《千載佳句》均以"佳句"爲單位的特殊體例，結合前後兩句"情"、"聲"互爲押韵的實際情况，今合爲一首，特此説明。

[箋注]

① 封書："每書題作上都字"與"寂寞此心新雨後，槐花高樹晚蟬聲"四句不見於元稹詩文集内，但《千載佳句》分别刊載，故據此補。封緘的書信。杜甫《因許八奉寄江寧旻上人》："不見旻公三十年，封書寄與泪潺湲。舊來好事今能否？老去新詩誰與傳？"張籍《贈賈島》："拄杖傍田尋野菜，封書乞米趁朝炊。姓名未上登科記，身屈惟應内史知。" 封：封緘，裹扎。《東觀漢記・鄧訓傳》："知訓好以青泥封書……載青泥一樸，至上谷遺訓。"《南齊書・張岱傳》："岱初作遺命，分張家財，封置箱中。"

② 上都：古代對京都的通稱。《文選・班固〈西都賦〉》："寔用西遷，作我上都。"張銑注："上都，西京也。"此指西漢京都長安。古代對陪都（下都）而言，稱首都爲上都。唐肅宗寶應元年建東、南、西、北四陪都，亦即東都洛陽、南都荆南、西都鳳翔、北都太原，因稱首都長安爲上都。《新唐書・地理志》："上都初曰京城，天寶元年曰西京……肅宗元年曰上都。" 悵望：惆悵地看望或想望。元稹《夜閑》："悵望臨階坐，沉吟繞樹行。孤琴在幽匣，時迸斷弦聲。"白居易《微之宅殘牡丹》："殘紅零落無人賞，雨打風摧花不全。諸處見時猶悵望，况當元九小亭前！" 關東：歷代指函谷關、潼關以東地區。《史記・萬石張叔列傳》："元封四年中，關東流民二百萬口，無名數者四十萬。"《資治通鑑・晉孝武帝太元八年》："若氏運必窮，吾當懷集關東，以復先業耳！關西會非吾有也。"唐代亦指洛陽。駱賓王《疇昔篇》："忽聞驛

使發關東,傳道天波萬里通。"陳熙晉注:"顯慶二年,置東都,則天改爲神都。唐都關内,故以洛城爲關東。"王勃《春思賦》:"復聞天子幸關東,馳道烟塵萬里紅。"

③ 寂寞:冷清,孤單。曹植《雜詩五首》四:"閑房何寂寞! 緑草被階庭。"李朝威《柳毅傳》:"山家寂寞兮難久留,欲將辭去兮悲綢繆。" 新雨:剛下過雨,亦指剛下的雨。江總《侍宴玄武觀》:"詰曉三春暮,新雨百花朝。"韓愈《山石》:"昇堂坐階新雨足,芭蕉葉大支子肥。" 槐花:槐樹花。戴叔倫《送車參軍江陵》:"槐花落盡柳陰清,蕭索凉天楚客情。"白居易《秘省後廳》:"槐花雨潤新秋地,桐葉風翻欲夜天。" 高樹:高大的樹木。陳子昂《春夜别友人二首》一:"明月隱高樹,長河没曉天。悠悠洛陽道,此會在何年?"宋鼎《酬故人還山》:"危亭暗松石,幽澗落雲霞。思鳥鳴高樹,遊魚戲淺沙。" 晚蟬:晚秋時節的蟬。李端《送客赴江陵寄郢州郎士元》:"露下晚蟬愁,詩人舊怨秋。沅湘莫留滯,宛洛好遨遊。"盧殷《晚蟬》:"深藏高柳背斜暉,能軫孤愁減昔圍。猶畏旅人頭不白,再三移樹帶聲飛。"

[編年]

未見《年譜》、《年譜新編》提及本詩,《編年箋注》列入"未編年詩"欄内。

我們以爲,本詩是元稹爲思念其初戀情人管兒而作。元稹與管兒熱戀之後,最後不得不分手,當時元稹在"上都"長安,管兒在"關東"亦即東都洛陽仁風坊李著作家,時當秋天,所謂的"封書",就是元稹寫給管兒的一封又一封情書。最後兩句,點明時序,它應該與《新秋》、《晚秋》作於同一時期,地點在長安。

◎晚　秋(一)①

竹露滴寒聲,離人曉思驚②。酒醒秋簟冷,風急夏衣輕③。寢倦解幽夢,慮閑添遠情④。誰憐獨欹枕?斜月透窗明⑤。

録自《元氏長慶集》卷一四

[校記]

(一)晚秋:本詩存世各本,包括楊本、叢刊本、《全詩》、《全唐詩録》、《佩文齋詠物詩選》,未見異文。

[箋注]

① 晚秋:秋季的末期,一般指農曆九月。曹唐《漢武帝思李夫人》:"惆悵冰顔不復歸,晚秋黄葉滿天飛。迎風細荇傳香粉,隔水殘霞見畫衣。"秦觀《宿金山》:"山南山北江水流,半空金碧隨雲浮。我來仍值風日好,十月未寒如晚秋。"

② 竹露:竹葉上的露水。杜甫《晚晴》:"秋風客尚在,竹露夕微微。"白居易《題揚穎士西亭》:"竹露冷煩襟,杉風清病容。" 寒聲:寒冬的聲響,如風聲、雨聲、鳥鳴聲等。朱鄴《扶桑賦》:"巨影倒空而漠漠,寒聲吹夜以颼颼。"楊萬里《霰》:"寒聲帶雨山難白,冷氣侵人火失紅。" 離人:原指謂超脱人世,或者是離别的人,離開家園、親人的人。陶潛《贈長沙公族祖》:"敬哉離人,臨路淒然。款襟或遼,音問其先!"宋代魏夫人《菩薩蠻》:"三見柳綿飛,離人猶未歸。"這裏詩人指元稹初戀的情人管兒。 曉思:清晨的思念。温庭筠《碧澗驛曉思》:"香燈伴殘夢,楚國在天涯。月落子規歇,滿庭山杏花。"陸龜蒙《病中

曉思》:“月墮霜西竹井寒,轆轤絲凍下瓶難。幽人病久渾成渴,愁見龍書一鼎乾。”

③ 酒醒:謂醉後醒過來。韓翃《送李明府赴滑州》:“渭城寒食罷,送客歸遠道……酒醒孤燭夜,衣冷千山早。”王安石《千秋歲引·秋景》:“當初謾留華表語,而今誤我秦樓約。夢闌時,酒醒後,思量著。” 秋簟:秋天的竹席。白居易《小院酒醒》:“酒醒閑獨步,小院夜深涼。一領新秋簟,三間明月廊。”劉禹錫《秋夕不寐寄樂天》:“洞户夜簾卷,華堂秋簟清。螢飛過池影,蛩思繞階聲。” 風急:狂風,大風。王勃《麻平晚行》:“磵葉纔分色,山花不辨名。羇心何處盡?風急暮猿清。”蘇頲《送吏部李侍郎東歸得歸字》:“賞來榮扈從,别至惜分飛。泉溜含風急,山烟帶日微。” 夏衣:夏天穿著的衣服。韋應物《寺居獨夜寄崔主簿》:“坐使青燈曉,還傷夏衣薄。寧知歲方晏,離居更蕭索。”司空曙《早夏寄元校書》:“緑岸草深蟲入遍,青藜花盡蝶來稀。珠荷薦果香寒簟,玉柄摇風滿夏衣。”

④ 幽夢:憂愁之夢。杜牧《郡齋獨酌》:“尋僧解幽夢,乞酒緩愁腸。”隱約的夢境。張先《木蘭花》:“歡情去逐遠雲空,往事過如幽夢斷。” 遠情:猶深情。謝朓《奉和隨王殿下十六首》二:“星回夜未艾,洞房凝遠情。”杜甫《西閣雨望》:“菊蕊淒疏放,松林駐遠情。”這時詩人在長安,管兒在洛陽,無由相見,無論對元稹還是管兒來説,都是“遠情”。

⑤ 攲枕:斜靠在枕頭上。李端《宿山寺思歸》:“僧房秋雨歇,愁卧夜更深。攲枕聞鴻雁,回燈見竹林。”楊淩《即事寄人》:“中禁鳴鐘日欲高,北窗攲枕望頻搔。相思寂寞青苔合,唯有春風啼伯勞。”攲,通“倚”,斜倚,斜靠。杜甫《重題鄭氏東亭》:“崩石攲山樹,清漣曳水衣。” 斜月:西斜的落月。《樂府詩集·子夜四時歌秋歌》:“涼風開窗寢,斜月垂光照。”張若虚《春江花月夜》:“斜月沉沉藏海霧,碣石瀟湘無限路。”

[編年]

本詩不見《年譜》編年。《編年箋注》列入“未編年詩”。《年譜新編》亦列入“無法編年作品”。

從本詩最後兩句,我們可以推知這是詩人與管兒分別之後孤眠獨宿時的詩作。詩中“滴寒聲”、“秋簟冷”、“夏衣輕”等等已經透露了晚秋的氣息。元稹有《封書》一篇,應該與本詩作於同一時期。元稹另有《新秋》詩,兩詩都爲管兒而作,抒發了同樣的心緒,都應該作於貞元十一年的秋天,地點都在長安。所不同的,前者在初秋,本詩在晚秋,從中可見元稹對管兒思念絶非出於一時切迫,而感情之切迫真摯,也流露於字裏行間。

●月　暗(一)①

月暗燈殘面墻泣,羅纓斗重知啼濕②。真珠簾斷蝙蝠飛,燕子巢空螢火入③。深殿門重夜漏嚴,柔□□□□年急④。君王掌上容一人,更有輕身何處立⑤?

録自《才調集》卷五

[校記]

(一) 月暗:本詩存世各本,包括叢刊本、《全詩》在内,未見異文,均缺四字。

[箋注]

① 月暗:“月暗燈殘面墻泣”八句不見於元稹詩文集内,但《才調集》卷五、《全唐詩》卷四二二收録,故據此補。昏暗的月光。崔國輔《宿范浦》:“月暗潮又落,西陵渡暫停。村烟和海霧,舟火亂江星。”韋

應物《夜對流螢作》:"月暗竹亭幽,螢光拂席流。還思故園夜,更度一年秋。"

② 燈殘:即"殘燈",將熄的燈。白居易《秋房夜》:"水窗席冷未能卧,挑盡殘燈秋夜長。"陸游《東關》:"三更酒醒殘燈在,卧聽蕭蕭雨打篷。"　面墻:《書·周官》:"不學墻面,蒞事惟煩。"孔傳:"人而不學,其猶正墻面而立,臨政事必煩。"孔穎達疏:"人而不學,如面向墻無所覩見,以此臨事,則惟煩亂不能治理。"後因以"面墻"比喻不學而識見淺薄。蔡邕《表太尉董公可相國》:"〔邕〕新來入朝,不更郎承,攝省文書,其由面墻。"《後漢書·左雄傳》:"郡國孝廉,古之貢士,出則宰民,宣協風教。若其面墻,則無所施用。"本詩是一般意義上的"面墻",亦即面向墻壁而立,意即泣而不欲人見。　泣:無聲流泪或低聲而哭。許敬宗《七夕賦詠成篇》:"所嘆却隨更漏盡,掩泣還弄昨宵機。"陳子良《送別》:"落葉聚還散,征禽去不歸。以我窮途泣,沾君出塞衣。"　羅纓:絲製冠帶。繁欽《定情詩》:"何以結恩情? 美玉綴羅纓。"《宋史·輿服志》:"進賢冠以漆布爲之,上縷紙爲額花,金塗銀銅飾……以羅爲纓結之。"　斗:通"陡",陡然,突然。韓愈《答張十一功曹》:"吟君詩罷看雙鬢,斗覺霜毛一半加。"洪邁《夷堅乙志·大孤山龍》:"天地斗暗,雷電風雨總至,對面不辨色。"　啼:悲哀的哭泣。王建《原上新居十三首》五:"春來梨棗盡,啼哭小兒飢。鄰富雞常去,莊貧客漸稀。"白居易《寄微之》:"帝城行樂日紛紛,天畔窮愁我與君。秦女笑歌春不見,巴猿啼哭夜常聞。"

③ 真珠:指簾子。羅隱《簾二首》一:"會應得見神仙在,休下真珠十二行。"也指珍珠穿成的簾子,真珠簾。白居易《空閨怨》:"寒月沈沈洞房靜,真珠簾外梧桐影。秋霜欲下手先知,燈底裁縫剪刀冷。"也借喻美人之泪。温庭筠《菩薩蠻》:"玉纖彈處真珠落,流多暗濕鉛華薄。"這裏指珍珠穿成的簾子。　蝙蝠:哺乳動物,頭部和軀幹似鼠,四肢和尾部之間有膜相連,常在夜間飛翔,捕食蚊、蛾等昆蟲,視

力很弱,靠自身發出的超聲波來引導飛行。焦贛《易林·豫之小畜》:"蝙蝠夜藏,不敢晝行。"馬縞《中華古今注·蝙蝠》:"蝙蝠,一名仙鼠,一名飛鼠。" 燕子:家燕的通稱。《樂府詩集·楊白花》:"秋去春還雙燕子,願銜楊花入窠裏。"杜甫《絶句二首》一:"泥融飛燕子,沙煖睡鴛鴦。" 螢火:螢火蟲。崔豹《古今注·魚蟲》:"螢火,一名耀夜,一名夜光,一名宵燭,一名景天,一名熠燿,一名燐,一名良鳥,腐草爲之,食蚊蚋。"杜甫《見螢火》:"巫山秋夜螢火飛,疏簾巧入坐人衣。"

④ 殿:指帝王宸居。《史記·秦始皇本紀》:"乃營作朝宫渭南上林苑中,先作前殿阿房,東西五百步,南北五十丈,上可以坐萬人,下可以建五丈旗。"何晏《景福殿賦》:"立景福之秘殿,備皇居之制度。" 夜漏:夜間的時刻。漏,古代滴水記時的器具。《周禮·春官·雞人》:"大祭祀,夜呼旦以嘂百官。"鄭玄注:"夜漏未盡,鷄鳴時也,呼旦以警起百官,使夙興。"韋應物《驪山行》:"禁仗圍山曉霜切,離宫積翠夜漏長。"

⑤ "君王掌上容一人"兩句:此處用漢成帝皇后趙飛燕之典。《樂書·掌舞》:"《漢書》:趙飛燕體輕,能掌上舞,妙則妙矣!非妃后之道也。"《太平廣記·趙飛燕》:"漢趙飛燕體輕腰弱,善行步進退。女弟昭儀不能及也,但弱骨豐肌,工笑語,二人並色如紅玉,當時第一,擅殊寵後宫。(出《西京雜記》)" 君王:古稱天子或諸侯。《詩·小雅·斯干》:"朱芾斯皇,室家君王。"鄭玄箋:"室家,一家之内。宣王將生之子,或且爲諸侯,或且爲天子。"白居易《長恨歌》:"天生麗質難自棄,一朝選在君王側。" 輕身:身體輕盈。李白《陽春歌》:"飛燕皇后輕身舞,紫宫夫人絶世歌。聖君三萬六千日,歲歲年年奈樂何?"鄭錫《玉階怨》:"前魚不解泣,共輦豈關羞!那及輕身燕,雙飛上玉樓。"

[編年]

《年譜》編年本詩於元和五年,詩題下没有説明理由,但《年譜》將本詩與《年譜》認定的"艷詩"一起編年。《編年箋注》編年:"《月暗》……諸詩,俱作于元和五年(八一〇)。見下《譜》。"《年譜新編》將本詩列入"無法編年作品"欄内。

本詩最後兩句"君王掌上容一人,更有輕身何處立",明顯暗喻本詩是與妃子或宫女有關的詩篇,而兩句又與本詩其他各句的宫廷生活一一吻合,因此本詩不是《年譜》、《編年箋注》認定的艷詩,而是一首歌詠宫女生涯、同情宫女不幸的詩篇,它應該與元稹的《行宫》賦詠於同一時期,亦即貞元十一年元稹宦遊洛陽期間。本詩有"燕子巢空螢火入"之句,應該賦成於秋天。

貞元十二年丙子(796)　十八歲

◎ 與吴侍御春遊(一)①

蒼龍闕下陪驄馬，紫閣峰頭見白雲②。滿眼流光隨日度，今朝花落更紛紛③。

録自《元氏長慶集》卷一六

[校記]

（一）與吴侍御春遊：楊本、《萬首唐人絶句》、《全詩》同，《佩文齋廣群芳譜》作"與吴侍郎春遊"，查閲現存文獻，吴士矩并没有歷職"侍郎"的經歷，也與詩中的"驄馬"云云不相匹配，不從。"侍御"正應該與"驄馬"相配，不改。

[箋注]

① 吴侍御：即元稹的姨兄吴士矩，排行十一，當時大約正擔任侍御一類的官職。元稹十歲至十四歲間曾在鳳翔與吴士矩、吴士則、胡靈之相遊，有多篇詩歌涉及他們的這一段經歷。貞元八年，元稹回長安參加明經科考試，離開鳳翔，其後數年間就一直留在長安。而吴士矩、吴士則兄弟的父親分别是吴溆、吴凑，而吴溆、吴凑又是章敬皇后的親弟弟，大約因爲這一層關係，吴士則、吴士矩兄弟與胡靈之隨後也回到長安，與元稹重逢，事情大約就發生在這一時期。吴溆、吴凑兄弟兩人敢作敢为，倍受人們讚譽，青史垂名。《舊唐書・章敬皇后傳》："肅宗章敬皇后吴氏，坐父事没入掖庭。開元二十三年，玄宗幸忠王邸，見王服御

蕭然,傍無媵侍,命將軍高力士選掖庭宫人以賜之。而吴后在籍中,容止端麗,性多謙抑,寵遇益隆。明年,生代宗皇帝。二十八年薨,葬於春明門外。代宗即位之年十二月,群臣以肅宗山陵有期,準禮以先太后祔陵廟。宰臣郭子儀等上表曰:'謹按謚法:敬慎高明曰章,法度明大曰章,夙興夜寐曰敬,齊莊中正曰敬。敢遵先典,仰圖懿德,謹上尊謚曰章敬皇后。'二年三月,祔葬建陵。啓春明門外舊壟,后容狀如生,粉黛如故,而衣皆赭黄色,見者駭異,以爲聖子符兆之先。"而《新唐書・吴溆傳》:"吴溆者,章敬皇后之弟。代宗立……建中初,遷大將軍。溆循循有禮讓,無倨氣矜色,見重朝廷,時以爲材當所位,不自戚屬者。朱泚反,盧杞、白志貞皆謂泚有功,不宜首難,得大臣一人持節慰曉,惡且悛。德宗顧左右,無敢行,溆曰:'陛下不以臣亡能,願至賊中諭天子至意。'帝大悦。溆退謂人曰:'吾知死無益而决見賊者,人臣食禄死其難,所也。方危時,安得自計?且不使陛下恨下無犯難者。'即日齎詔見泚,具道帝待以不疑者。而泚業僭逆,故留溆客省不遣,卒被害。帝悲梗甚,贈太子太保,謚曰忠,賜其家實户二百,一子五品正員官。京師平,官庀其葬。子士矩,別傳。"《新唐書・吴湊傳》文云:"吴湊,章敬皇后弟也。繇布衣與兄溆一日賜官,封皆等,而湊畏太盛,乞解太子詹事,换檢校賓客兼家令,進累左金吾衛大將軍。湊才敏鋭,而謙畏自將,帝數顧訪,尤見委信。是時,令狐彰、田神功等繼没,其下乘喪挾兵,輒偃蹇摇亂。湊持節至汴、滑,委悉慰説,裁所欲爲奏,各盡其情,亦度朝廷可行者,故軍中歡附。帝才其爲,重之……丁後母喪解職,既除,拜右衛將軍。德宗初,出爲福建觀察使,政勤清,美譽四騰。與宰相竇參有憾,參數加短毁,又言湊風痹不良趨走。帝召還,驗其疾,非是,繇是不直參。擢湊陝虢觀察使,代李翼。翼,參黨也。宣武劉玄佐死,以湊檢校兵部尚書領節度使馳代。未至,汴軍亂,立玄佐子士寧。帝欲遣兵内湊,而參請授士寧以沮湊,還爲右金吾衛大將軍……初,府中易湊貴戚子,不更簿領,每有疑獄,時其將出，則遮湊取决，幸蒼卒得容欺。湊叩鞍一視，凡指擿，盡中其弊，初無留思，衆畏服，不意湊精裁遣如此。僚史非大過不榜責，召至廷，詰服原去，其下傳相訓勖，舉無稽事。文敬太子、義章公主仍薨，帝悼念，厚葬之，車土治墳，農事廢。湊候帝間徐言，極争不避。或勸論事宜簡約，不爾，爲上厭苦，湊曰：‘上明睿，憂勞四海，不以愛所鐘而疲民以逞也，顧左右鉗噤自安耳！若反復啓寤，幸一聽之，則民受賜爲不少。橋舌阿旨固善，有如窮民上訴，叵云罪何？’以能，進兼兵部尚書。及屬病，門不内醫巫，不嘗藥，家人泣請，對曰：‘吾以庸謹起田畝，位三品，顯仕四十年，年七十，尚何求？自古外戚令終者可數，吾得以天年歸侍先人地下，足矣！’帝知之，詔侍醫敦進湯劑，不獲已，一飲之。卒，年七十一，贈尚書右僕射，謚曰成。先是，街樾稀殘，有司蒔榆其空，湊曰：‘榆非人所蔭玩。’悉易以槐，及槐成而湊已亡，行人指樹懷之。唐興，后族退居奉朝請者，猶以事失職，而湊任中外，未嘗以罪過罷，爲世外戚表云。溆子士矩，文學蚤就，喜與豪英游，故人人助爲談説。”《唐語林》卷六也記載吴湊的另一段史實：“盧華州，予之堂舅氏也。常於元載宅門見一人頻至其門，上下瞻顧，盧疑其人，乃邀以歸，且問：‘元相何如？’曰：‘新相將出，舊者須去。吾已見新相矣！一人緋，一人紫，一人街西住，一人街東住，皆慘服也。然二人皆身小，而不知姓名。’不徑旬日，王、元二相下獄，德宗以劉晏爲門下，楊炎爲中書，外皆傳説，必定疑其言不中。時國舅吴湊見王、元事訖，因賀德宗，而起之曰：‘新相欲用誰人？’德宗曰：‘劉、楊。’湊不語，上曰：‘五舅意如何？言之無妨！’吴曰：‘二人俱曾用也，行當可見陛下，何不用後來俊傑？’上曰：‘爲誰？’吴乃奏常衮及某乙，翌日並用，拜二人爲相，以代王、元，果如其説，緋紫，短小，街之東西，無不驗者。”春遊：這裏泛指一般性春日出遊。元稹《悟禪三首寄胡果》：“近見新章句，因知見在心。春遊晉祠水，晴上霍山岑。”柳永《荔枝香》：“金縷霞衣輕褪，似覺春遊倦。”

② 蒼龍闕下：陸倕《石闕銘》："蒼龍玄武之制，銅爵鐵鳳之工。"李善注云："《三輔舊事》曰：'未央宫東有蒼龍闕，北玄武闕。魏文帝歌曰：'……''"後也泛指宫闕。王勃《上劉右相書》："風雨稱臣，奔走蒼龍之闕。"顧大典《青衫記・元白對策》："閶闔初開瑞靄中，丹霞曉日上蒼龍。"但顧大典的用詞是襲用歐陽修《早朝》的用詞，《早朝》詩云："閶闔初開瑞霧中，丹霞曉日上蒼龍。鳴鞭響徹廊千步，佩玉聲趨戟百重。雪後朝寒猶凛冽，柳梢春意已丰茸。少年自結芳菲侣，老病惟添睡思濃。"　驄馬：這裏指御史所乘之馬或借指御史。劉長卿《寄李侍御》："驄馬入關西，白雲獨何適？相思烟水外，唯有心不隔。"丘爲《湖中寄王侍御》："驄馬真傲吏，翛然無所求。晨趨玉階下，心許滄江流。"詩篇中也常常以"驄馬使"代指御史。陳子昂《題祀山烽樹贈喬十二侍御》："漢庭榮巧宦，雲閣薄邊功。可憐驄馬使，白首爲誰雄？"杜易簡《嘲格輔元》："有耻宿龍門，精彩先瞰渾……誰言驄馬使，翻作蟄熊蹲？"當時吴士矩大約擔任御使一類的官職，故詩題稱"吴侍御"，而詩句内以"驄馬"喻指。　紫閣峰：山名，在陜西鄠縣，《陜西通志・鄠縣》："紫閣峰、白閣峰、黄閣峰，俱在縣東南三十里。"白居易《宿紫閣山北村》："晨遊紫閣峰，暮宿山下村。"陸暢《遊城東王駙馬亭》："城外無塵水間松，秋天木落見山容。共尋蕭史江亭去，一望終南紫閣峰。"　白雲：白色的雲。《史記・封禪書》："其夜若有光，晝有白雲起封中。"蘇頲《汾上驚秋》："北風吹白雲，萬里渡河汾。"但元稹在這裏是一語雙關，切合吴士矩的侍御使的身份。《漢書・百官公卿表》："黄帝雲師雲名。"顏師古注引應劭曰："黄帝受命有雲瑞，故以雲紀事也。由是而言，故春官爲青雲，夏官爲縉雲，秋官爲白雲，冬官爲黑雲，中官爲黄雲。"孫逖《授裴敦復刑部尚書制》："委之刑柄，俾踐白雲之司。"吴曾《能改齋漫録・事實》："胡武平宿，賀晏元獻轉刑部侍郎啓云：'紫詔疏恩，白雲登秩。'"

③ 滿眼：充滿視野。陶潛《祭程氏妹文》："尋念平昔，觸事未遠。

書疏猶存,遺孤滿眼。"杜甫《千秋節有感二首》二:"桂江流向北,滿眼送波濤。" 流光:特指如流水般逝去的時光。鮑防《人日陪宣州范中丞傳正與范侍御傳真宴東峰亭》:"流光易去歡難得,莫厭頻頻上此臺。"宋祁《浪淘沙·别劉原父》:"少年不管。流光如箭。因循不覺韶華换。" 今朝:今晨。《詩·小雅·白駒》:"縶之維之,以永今朝。"今日。白居易《井底引銀瓶》:"瓶沉簪折知奈何,似妾今朝與君别。" 紛紛:亂貌,衆多貌。元稹《答子蒙》:"報盧君,門外雪紛紛,紛紛門外雪。"白居易《秋蝶》:"日暮凉風來,紛紛花落叢。"

[編年]

《年譜》編年本詩於貞元十二年,理由是:"詩云:'蒼龍闕下陪驄馬,紫閣峰頭見白雲。'紫閣峰是終南山的一個支峰,在長安南。《全唐詩》卷四二四白居易《宿紫閣山北村》:'晨遊紫閣峰,暮宿山下村。'可見元白都喜遊此山。"《編年箋注》編年:"元稹此詩作於貞元十二年(七九六),時寓居長安開元觀。見卞《譜》。"《年譜新編》亦編年貞元十二年,没有説明理由。不過我們實在不明白《年譜》所云白居易之詩與本詩編年有什麼關係?似乎是風馬牛不相及之事,而《編年箋注》與《年譜新編》的跟進也有點讓人看不明白,應該説明的理由也没有説明。

我們以爲,據元稹自己的題下注,斷定《開元觀閑居酬吴士矩侍御三十韵》作於貞元十二年元稹十八歲時,應該没有問題。據《開元觀閑居酬吴士矩侍御三十韵》詩,可以斷定貞元十二年元稹與吴士矩曾經在西京閑居,并有一點可以作爲理由:那就是吴士矩當時的官職都是"侍御",説它們作於同一時期並不爲過。而本詩的詩題又是"與吴侍御春遊",説明兩個人當時應該都在西京。詩題既然是"春遊",應該賦成於貞元十二年春天之時,賦詩的地點在長安,元稹當時衹是没有任何官職在身的士人而已。

◎ 開元觀閑居酬吴士矩侍御三十韵(十八時作)(一)①

静習狂心盡,幽居道氣添②。神編啓黄簡,秘籙捧朱籤(二)③。爛熳烟霞駐,優游歲序淹④。登壇擁旄節,趨殿禮胡髯(殿有玄宗皇帝真容)⑤。醮起彤庭燭,香開白玉匳(盛香器,俗作奩)⑥。結盟金劍重,斬魅寶刀銛⑦。禹步星綱動,焚符竈鬼詹(方言"至"也,又與"瞻"同)⑧。冥搜呼直使,章奏役飛廉⑨。仙籍聊憑檢,浮名復爲占⑩。赤誠祈皓鶴,緑髪代青縑⑪。虚室常懷素,玄關屢引枯⑫。貂蟬徒自寵,鷗鷺不相嫌⑬。始悟身爲患,唯欣禄未沾(三)⑭。龜龍戀瀛海,雞犬傍閭閻⑮。松笠新偏翠,山峰遠更尖⑯。簫聲吟茂竹,虹影逗虚檐⑰。初日先通牖,輕飈每透簾⑱。露盤朝滴滴,鈎月夜纖纖⑲。已得餐霞味,應嗤食蓼甜⑳。工琴閑度晝(四),躭酒醉銷炎㉑。几案隨宜設,詩書逐便拈㉒。灌園多抱瓮,刈藿乍腰鐮㉓。野鳥終難縶,鷦鷯本易厭㉔。風高雲遠逝,波駭鯉深潛㉕。邸第過從隔,蓬壺夢寐瞻㉖。所希顔頗練,誰恨突無黔㉗?思拙慚圭璧,詞煩雜米鹽㉘。諭錐言太小,求藥意何謙(五)㉙!語默君休問,行藏我詎兼(來詩有問行藏求藥物之句)(六)㉚。狂歌終此曲,情盡口長箝(七)㉛。

録自《元氏長慶集》卷一〇

[校記]

(一)開元觀閑居酬吴士矩侍御三十韵(十八時作):蘭雪堂本

同，宋蜀本、《全詩》作“開元觀閑居酬吴士矩侍御三十韵（中有問行藏求藥物之句，十八時作）”，楊本作“開元觀閑居酬吴士矩侍御四十韵（中有問行藏求藥物之意，十八時作）”，叢刊本作“開元觀閑居酬吴士矩侍御四十韵（中有問行藏求藥物之□，十八時作）”，語義相類，不改。

（二）秘籙捧朱籤：楊本、叢刊本、《全詩》同，宋蜀本作“秘籙捧金籤”，結合上句“黄簡”，以作“朱籤”是。

（三）唯欣禄未沾：原本作“唯欣禄未恬”，楊本、叢刊本、《全詩》同，語義不佳，據《全詩》注改。

（四）工琴閑度晝：原本作“上琴閑度晝”，楊本、叢刊本同，語義難通，據《全詩》改。

（五）諭錐言太小，求藥意何謙（來詩有‘永慚沾藥犬，多謝出囊錐’）：原本作“諭錐言太小，求藥意何謙”，無注文，叢刊本作“諭錐言太小，求藥意何謙（□□□□□□□□□）”，注文據楊本、《全詩》添加。

（六）行藏我詎兼（來詩有問行藏求藥物之句）：楊本、叢刊本、《全詩》作“行藏我詎兼”，無注文，注文已經移入題注。

（七）情盡口長箝：蘭雪堂本、叢刊本、《全詩》同，楊本作“情盡口長□”，刊本缺損，不從不改。

［箋注］

① 開元觀：開元觀在長安道德坊，隔蘭陵坊與元稹家所在的靖安坊相鄰，也是詩人年輕時的讀書之地。宋敏求《長安志》卷九：“本隋秦王浩宅，武后朝置永昌縣，神龍元年縣廢，遂爲長寧公主宅。景雲元年置道士觀，開元五年金仙公主居之，改爲女冠觀，十年改爲開元觀。”楊憑《長安春夜宿開元觀》：“霓裳下晚烟，留客杏花前。遍問人寰事，新從洞府天。”元稹《臺中鞫獄憶開元觀舊事呈損之兼贈周兄四十韵》：“憶在開元館，食柏練玉顔。疏慵日高卧，自謂輕人寰。”

吴士矩:其父爲章敬皇后的親弟弟,而章敬皇后吴氏是唐肅宗李亨的皇后,唐代宗李豫的生身母親。吴士矩是元稹的姨兄,少年及青年時期,在鳳翔在長安,經常在一起嬉戲、學習。元稹《寄吴士矩端公五十韵》:"昔在鳳翔日,十歲即相識……可憐何郎面(吴生小字何郎),二十才冠飾……伯舅各驕縱,仁兄未摧抑。"

② 静習:專心致志地學習道學,安安静静地修養本性。包恢《贈饒仲信静鏡》:"惟學初機,貴以静入。以至終養,貴以静習。"沈周《雨中看山寄楊君謙》:"我初作静觀,併喜得静習。紛紛冶遊子,此景不足給。" 狂心:狂妄或放蕩的念頭。《後漢書·隗囂傳》:"既亂諸夏,狂心益悖,北攻强胡,南擾勁越。"元稹《貽蜀五首·盧評事子蒙》:"爲我殷勤盧子蒙,近來無復昔時同。懶成積疹推難動,禪盡狂心鍊到空。"也作强烈的願望解。白居易《元和十二年淮寇未平詔停歲仗憤然有感率爾成章》:"愚計忽思飛短檄,狂心便欲請長纓。"曾鞏《孔教授張法曹以曾論薦特示長箋》:"衰翁厚幸懷雙璧,更起狂心慕薦賢。" 幽居:隱居,不出仕。《禮記·儒行》:"儒有博學而不窮,篤行而不倦,幽居而不淫,上通而不困。"孔穎達疏:"幽居,謂未仕獨處也。"韋應物《幽居》:"貴賤雖異等,出門皆有營。獨無外物牽,遂此幽居情。"深居。《漢書·蒯通傳》:"婦人有夫死三日而嫁者,有幽居守寡不出門者。"韋應物《酬閻員外陟》:"寒夜阻良覿,叢竹想幽居。虎符予已誤,金丹子何如?"僻静的居處。王昌齡《聽彈風入松闋贈楊補闕》:"弦悲與林寂,清景不可度。寥落幽居心,颼飀青松樹。" 道氣:僧道修行的功夫。白居易《予與故刑部李侍郎早結道友以藥術爲事與故京兆元尹晚爲詩侣有林泉之期周歲之間二君長逝李住曲江北元居升平西追感舊游因貽同志》:"從哭李來傷道氣,自亡元後減詩情。"惠洪《食菜羹示何道士》:"鮮肥增惡欲,腥膻耗道氣。"超凡脱俗的氣質。杜甫《過南鄰朱山人水亭》:"看君多道氣,從此數追隨。"錢起《過瑞龍觀道士》:"鶴待成丹日,人尋種杏田。靈山含道氣,物性皆自然。"

③ 編：書籍。《漢書·張良傳》："有傾，父亦來，喜曰：'當如是。'出一編書，曰：'讀是則爲王者師。'"韓愈《進學解》："先生口不絶吟於六藝之文，手不停披於百家之編。" 黄簡：道家的用具。葉適《王宗卿答春堂》："華堂頓有雲嶺隔，蘿裹分明與親劇。阿連進奉新批敕，翠裘黄簡緣兄得。"邊貢《唐仁夫出使廣西四首》一："碧衣黄簡照青春，寵宴傳呼出尚珍。辭罷閣門東上馬，道傍羅列拜王臣。" 籙：道教的秘文。《隋書·經籍志》："其受道之法，初受《五千文籙》，次受《三洞籙》，次受《洞玄籙》，次受《上清籙》。籙皆素書，紀諸天曹官屬佐吏之名有多少。"張説《道家四首奉敕撰》四："道記開中籙，真官表上清。焚香三鳥至，煉藥九仙成。" 籤：古卜具，民間或寺廟中供求神佛卜問吉凶所用的籤牌，多竹製，常寫有文字符號或詩句。孟郊《讀經》："儒書難借索，僧籤饒芳馨。"蘇籀《連雨作寒二首》一："樵指汲肩親課督，僧籤禪榻謝雕鑽。龕燈危蕊挑停久，編秩雌黄點捺乾。"

④ 爛漫：形容光彩四射，色澤絢麗。杜甫《春日江村五首》三："種竹交加翠，栽桃爛熳紅。經心石鏡月，到面雪山風。"白居易《雨中赴劉十九二林之期及到寺劉已先去因以四韵寄之》："纔應行到千峰裏，只校來遲半日間。最惜杜鵑花爛熳，春風吹盡不同攀。" 烟霞：烟霧，雲霞。謝朓《擬宋玉風賦》："烟霞潤色，荃荑結芳。"也泛指山水、山林。楊炯《原州百泉縣令李君神道碑》："不掃一室，自懷包括之心；獨守大玄，且忘名利之境。於時魏特進、房僕射、杜相州等，並以江海相期，烟霞相許。" 優遊：悠閑自得。姚合《閑居遣懷十首》四："道侣憐栽藥，高人笑養魚。優遊隨本性，甘被棄慵疏。"李中《思九江舊居三首》二："門前烟水似瀟湘，放曠優遊興味長。虚閣静眠聽遠浪，扁舟閑上泛殘陽。" 歲序：歲時的順序，歲月。元稹《酬竇校書二十韵》："款曲生平在，悲凉歲序遷。"曾鞏《太平州與本路轉運狀》："伏念更移歲序，阻越道途。"

⑤ 登壇：登上壇場，古時會盟、祭祀、帝王即位、帝王拜將，多設

壇場,舉行隆重的儀式。《史記·淮陰侯列傳》司馬貞索隱述贊:"君臣一體,自古所難。相國深薦,策拜登壇。"皇甫曾《送徐大夫赴南海》:"位重登壇後,恩深弄印時。"　旌節:指仙人所執紫毛或青毛之節。崔融《和梁王衆傳張光禄是王子晉後身》:"天仗分旌節,朝容間雨衣。舊壇何處所,新廟坐光輝。"王維《送方尊師歸嵩山》:"仙官欲往九龍潭,旌節朱旛倚石龕。"趙殿成箋注:"《真誥》:'老君佩神虎之符,帶流金之鈴,執紫毛之節,巾金精之巾。'《紫陽真人内傳》:'衍門子乘白鹿,執羽蓋,杖青毛之節,侍從十餘玉女。'"　胡髯:頰旁及下巴上的鬍鬚。李頎《雜興》:"乘車駕馬往復旋,赤紱朱冠何偉然!波驚海若潛幽石,龍抱胡髯卧黑泉。"周是修《述懷五十三首》三一:"鼎湖龍既遠,胡髯那可攀?居然就衰暮,嘆息此容顔。"本句下原注:"殿有玄宗皇帝真容。"所謂"胡髯",代指唐玄宗,知李隆基是絡腮胡。真容:真實的容貌,亦指畫像、塑像。元稹《度門寺》:"太子知栽植,神王守要衝。由旬排講座,丈六寫真容。"《資治通鑑·唐代宗永泰元年》:"玄宗之離蜀也,以所居行宫爲道士觀,仍鑄金爲真容。"

⑥ 醮:指道士設壇祈禱。李隆基《賜道士鄧紫陽》:"有美探真士,囊中得秘書。自知三醮後,翊我滅殘胡。"劉長卿《送宣尊師醮畢歸越》:"吹簫江上晚,惆悵别茅君。踏火能飛雪,登刀入白雲。"　彤庭:漢代宫廷,因以朱漆塗飾,故稱。班固《西都賦》:"於是玄墀扣砌,玉階彤庭。"也泛指皇宫。杜甫《自京赴奉先縣詠懷五百字》:"彤庭所分帛,本自寒女出。"這裏借指開元觀。　香:香料或其製成品。曹操《内誡令》:"昔天下初定,吾便禁家内不得香熏。"陳亮《乙巳秋與朱元晦書》:"千里之遠,不能捧一觴爲千百之壽,小詞一闋、香兩片、川筆十支……薄致區區贊祝之意。"　白玉奩:句下原注:"盛香器,俗作奩。"邵博《聞見後録》卷二六:"紹聖初,先人官長安府,於西城漢高祖廟前賣湯餅民家得一白玉奩,高尺餘,遍刻雲氣龍鳳,蓋爲海中神山,足爲饕餮,實三代寶器。府上於朝批其狀云:'墟墓之物,不可進御,

當籍,收庫!'尚遵祖宗典制也。至政和中,先人再官長安,問之已失所在矣!"程俱《蝸廬有隙地三兩席稍種樹竹已有可觀戲作七篇·菊》:"殷勤東籬緑,覆此白玉奩。時能嚼新蕊,汲月散餘酣。"

⑦ 結盟:結成同盟。《史記·楚世家》:"寡人願與君王會武關,面相約,結盟而去,寡人之願也。"《資治通鑑·晉安帝義熙六年》:"凉公暠以銀二千斤、金二千兩贖元虎;蒙遜歸之,遂與暠結盟而還。"這裹指結拜爲兄弟姐妹。樓鑰《少傅觀文殿大學士致仕益國公贈太師謚文忠周公神道碑》:"公曰:'我道君皇帝與大金先大聖結盟,海上約爲兄弟。'"袁説友《和洪叔昞主簿浮玉亭韵》:"夜半吴歌緣底恨?晚來山色不勝情。風光我欲平分破,故把吟邊當結盟。" 金劍:比喻友誼如金子貴重。白居易《喜與韋左丞同入南省因叙舊以贈之》:"早年同遇陶鈞主,利鈍精粗共在鎔(憲宗朝與韋同入翰林)。金劍淬來長透匣,鉛刀磨盡不成鋒。"義近"金友",益友,良友。李端《酬丘拱外甥覽余舊文見寄》:"禮將金友等,情向玉人偏。" 魅:舊時迷信認爲物老變成的精怪。《左傳·宣公三年》:"螭魅罔兩,莫能逢之。"杜預注:"魅,怪物。"韓愈《劉生》:"青鯨高磨波山浮,怪魅炫耀堆蛟虬。"鬼怪。《荀子·解蔽》:"〔涓蜀梁〕愚而善畏,明月而宵行,俯見其影,以爲伏鬼也,卬視其髮,以爲立魅也。"干寶《搜神記》卷二:"帝僞使三人爲之,侯乃設法,三人登時仆地無氣。帝驚曰:'非魅也。朕相試耳!'" 寶刀:珍貴的戰刀,亦泛指戰刀。曹植《寶刀賦序》:"建安中,家父魏王乃命有司造寶刀五枚,三年乃就,以龍、虎、熊、馬、雀爲識。"李華《吊古戰場文》:"白刃交兮寶刀折,兩軍蹙兮生死决。" 銛:鋒利。《墨子·親士》:"今有五錐,此其銛,銛者必先挫。"盧綸《難綰刀子歌》:"黄金鞘裹青蘆葉,麗若翦成銛且捷。"也指磨礪使鋭利。李匡乂《資暇集》卷下:"一日,所由務刀忽折,不餘寸許,吏乃銛以應急,覺愈于全時。"

⑧ 禹步:謂跛行,相傳夏禹治水積勞成疾,身病偏枯,行走艱難,

故稱。《法言·重黎》"巫步多禹。"李軌注:"〔禹〕治水土,涉山川,病足,故行跛也……而俗巫多效禹步。"本詩稱巫師、道士作法的步法爲禹步。《北史·由吾道榮傳》:"及至汾河,遇水暴長,橋壞,船渡艱難。是人乃臨水禹步,以一符投水中,流便絶。"王昌齡《武陵開元觀黄煉師院》:"松間白髮黄尊師,童子燒香禹步時。"　星綱:謂星的行列。陸龜蒙《奉和襲美贈潤卿》:"真仙若降如相問,曾步星綱繞醮壇。"張君房《雲笈七籤》卷六一:"言真師曰:'先習五氣都畢,乃習三步九迹星綱,一年無差,然後行諸禁法,隨意剋中如神也。'"　符:符書,符籙。葛洪《抱朴子·遐覽》:"鄭君言,符出於老君,皆天文也。老君能通於神明,符皆神明所授。"王建《贈溪翁》:"看日和仙藥,書符救病人。"　竈鬼:即灶神。《史記·孝武本紀》:"上有所幸王夫人,夫人卒,少翁以方術蓋夜致王夫人及竈鬼之貌,云天子自帷中望見焉!"陸龜蒙《祀灶解》:"竈鬼以時録人功過,上白於天。"　詹:通"憺",畏懼。梅堯臣《泊壽春龍潭上夜半黑風破一舟》:"詹惶俟天明,頃刻抵歲遐。"朱東潤補注:"'詹惶'疑當作'憺惶'。《漢書·李廣傳》'威稜憺乎鄰國'注引蘇林'陳留人語,恐言憺之。'憺惶猶言恐惶。"

⑨ 冥搜:盡力尋找,搜集。孫綽《游天台山賦》:"非夫遠寄冥搜,篤信通神者,何肯遙想而存之!"元稹《和樂天贈吴丹》:"萬過黄庭經,一食青精稻。冥搜方朔桃,結念安期棗。"　直使:當值之使者。《戰國策·齊策》:"郢之登徒,直使送之,不欲行。"鮑彪注:"直猶當。"劉長卿《夏口送屈突司直使湖南》:"共悲來夏口,何事更南征?霧露行人少,瀟湘春草生。"　章奏:臣僚呈報皇帝的文書。《後漢書·胡廣傳》:"舉孝廉,既到京師,試以章奏,安帝以廣爲天下第一。"孟郊《酬李侍御書記秋夕雨中病假見寄》:"未覺衾枕倦,久爲章奏嬰。"　飛廉:商紂的諛臣。《孟子·滕文公》:"驅飛廉於海隅而戮之。"趙岐注:"飛廉,紂諛臣。"風神,一説能致風的神禽名。《楚辭·離騷》:"前望舒使先驅兮,後飛廉使奔屬。"王逸注:"飛廉,風伯也。"洪興祖補注:

"《吕氏春秋》曰:'風師曰飛廉。'應劭曰:'飛廉,神禽,能致風氣。'"元稹《苦雨》:"三光不得照,萬物何由蘇?安得飛廉車,礫裂雲將軀!"

⑩ 仙籍:仙人的名籍。皇甫冉《題蒋道士房》:"軒窗縹緲起烟霞,誦訣存思白日斜。聞道昆崙有仙籍,何時青鳥送丹砂?"李商隱《重過聖女祠》:"玉郎會此通仙籍,憶向天階問紫芝。" 浮名:虚名。謝靈運《初去郡》:"伊余秉微尚,拙訥謝浮名。"元稹《放言五首》五:"三十年來世上行,也曾狂走趁浮名。"

⑪ 赤誠:忠誠,極其真誠的心意。《北史·尒朱榮傳》:"及知(奚)毅赤誠,乃召城陽王徽及楊侃、李彧,告以毅語。"李德裕《黠戛斯朝貢圖傳序》:"絶大漠而貢赤誠,涉流沙而沾赭汗。" 皓鶴:即王子喬所乘白鶴。劉向《列仙傳》曰:"王子喬,周靈王太子晉也。好吹笙,作鳳鳴,游伊洛間。道士浮丘公接上嵩山二十餘年,後來於山上告桓良曰:'告我家:七月七日待我緱氏山頭!'果乘白鶴駐山顛,望之不得到,舉手謝時人而去。"杜甫《昔遊》:"王喬下天壇,微月映皓鶴。" 緑髮:烏黑而有光澤的頭髮。李白《遊太山六首》三:"偶然值青童,緑髮雙雲鬟。"黄庭堅《次韵周德夫經行不相見之詩》:"春風倚樽俎,緑髮少年時。" 青縑:青色的細絹。應劭《漢官儀》卷上:"尚書郎給青縑白綾,被以錦被。"白居易《冬夜與錢員外同直禁中》:"連鋪青縑被,對置通中枕。"

⑫ 虚室:清净而無閑雜之人的房間。儲光羲《終南幽居獻蘇侍郎三首時拜太祝未上》:"虚室若無人,喬木自成林。時有清風至,側聞樵采音。"李嘉佑《同皇甫侍御題薦福寺一公房》:"虚室獨焚香,林空静磬長。閑窺數竿竹,老在一繩床。" 玄關:佛教所稱法門。《文選·王中〈頭陀寺碑文〉》:"於是玄關幽鍵,感而遂通。"李善注:"玄關幽鍵,喻法藏也。"白居易《宿竹閣》:"無勞别修道,即此是玄關。"

⑬ 貂蟬:貂尾和附蟬,古代爲侍中、常侍等貴近之臣的冠飾。《後漢書·輿服志》:"侍中、中常侍加黄金璫,附蟬爲文,貂尾爲飾,謂

之'趙惠文冠'。"劉昭注:"應劭《漢官》曰:'説者以金取堅剛,百煉不耗。蟬居高飲絜,口在掖下,貂内勁捍而外温潤。'此因物生義也。"借指貂蟬冠。《南史·江淹傳》:"初,淹年十三時,孤貧,常采薪以養母,曾於樵所得貂蟬一具,將鬻以供養。其母曰:'此故汝之休征也,汝才行若此,豈長貧賤也? 可留待得侍中著之。'"辛棄疾《水調歌頭》:"頭上貂蟬貴客,花外麒麟高塚,人世竟誰雄?"指侍中、常侍之官,亦泛指顯貴的大臣。《漢書·劉向傳》:"今王氏一姓乘朱輪華轂者二十三人,青紫貂蟬,充盈幄内。"崔顥《奉和許給事夜直簡諸公》:"寵列貂蟬位,恩深侍從年。"　鷗鷺不相嫌:淡泊名利,不以世事爲懷的典故。《太平御覽》引《列子》:"海上之人有好鷗鳥者,每旦至海上,從鷗鳥游。鷗鳥之至者,百數而不止。其父曰:'吾聞鷗鳥皆從汝游,取來吾翫之!'明日之海上,鷗鳥舞而不下也。"元稹《代曲江老人百韵》:"弟兄書信斷,鷗鷺往來馴。"白居易《贖雞》:"清晨臨江望,水禽正諠繁。鳧雁與鷗鷺,游揚戲朝暾。"

⑭ 身:自身,自己。《楚辭·九章·惜誦》:"吾誼先君而後身兮,羌衆人之所仇。"洪興祖補注:"人臣之義,當先君而後己。"李煜《浪淘沙》:"夢裏不知身是客,一晌貪歡。"　患:憂慮,擔心。《論語·季氏》:"丘也聞有國有家者,不患寡,而患不均。"《史記·項羽本紀》:"漢王患之,乃用陳平計間項王。"禍患,灾難。《易·既濟》:"君子以思患而豫防之。"曾鞏《本朝政要策·南蠻》:"南蠻於四夷爲類最微,然動輒一方受其患。"　禄:俸給。古代制禄之法,或賜或頒無定,或田邑,或粟米,或錢物,歷代差等不一。《周禮·夏官·司士》:"以德詔爵,以功詔禄。"《史記·孔子世家》:"衛靈公問孔子:'居魯得禄幾何?'對曰:'奉粟六萬。'"禄位。《論語·季氏》:"孔子曰:'禄之去公室五世矣! 政逮於大夫四世矣! 故夫三桓之子孫微!'"何晏集解引鄭玄曰:"爵禄不出公室。"《漢書·劉向傳》:"方今同姓疏遠,母黨專政,禄去公室,權在外家。"　拈:拿,持,提。楊巨源《名姝詠》:"阿嬌

年未多,弱體性能和。怕重愁拈鏡,憐輕喜曳羅。"薛媛《寫真寄夫》:"欲下丹青筆,先拈寶鏡寒。已驚顔索寞,漸覺鬢凋殘。"

⑮ 龜龍:龜和龍,古人以爲都是靈物。《禮記·禮運》:"何謂四靈?麟鳳龜龍,謂之四靈。"楊炯《奉和上元酺宴應詔》:"赤縣空無主,蒼生欲問天。龜龍開寶命,雲火昭靈慶。"崔融《詠寶劍》:"寶劍出昆吾,龜龍夾采珠。" 澨:水濱。《左傳·宣公四年》:"師於漳澨。"杜預注:"漳澨,漳水邊。"張九齡《酬周判官巡至始興會改秘書少監見貽之作兼呈耿廣州》:"亞司河海秩,轉牧江湖澨。勿謂符竹輕,但覺涓塵細。" 海:百川會聚之處。《淮南子·氾論訓》:"百川異源,皆歸於海。"韓愈《南海神廟碑》:"海於天地間爲物最鉅。" 閭閻:里巷内外的門,後多借指里巷。白居易《湖亭望水》:"岸没閭閻少,灘平船舫多。"方干《送汶上王明府之任》:"何時到故鄉?歸去佩銅章。親友移家盡,閭閻百戰傷。"

⑯ 松笠:指松樹,因其枝葉如笠,故稱,義同"松蓋"。錢起《登秦嶺半巖遇雨》:"震電閃雲徑,奔流翻石磯。倚巖假松蓋,臨水羨荷衣。"元稹《留呈夢得子厚致用(題藍橋驛)》:"泉溜才通疑夜磬,燒烟餘暖有春泥。千層玉帳鋪松蓋,五出銀區印虎蹄。" 翠:青緑色。司馬相如《上林賦》:"揚翠葉,扤紫莖,發紅華,垂朱榮。"王勃《滕王閣序》:"層巒聳翠,上出重霄;飛閣流丹,下臨無地。" 山峰:高而尖的山頂。左思《蜀都賦》:"梗柟幽藹於谷底,松柏蓊鬱於山峰。"李端《逢王泌自東京至》:"山峰横二室,水色映千門。愁見遊從處,如今花正繁。"

⑰ 簫聲:嗚簫之聲。吴融《無題》:"鵁鶄夜警池塘冷,蝙蝠晝飛樓閣空。粉貌早聞殘洛市,簫聲猶自傍秦宫。"徐夤《杏園》:"杏苑簫聲好醉鄉,春風嘉宴更無雙。憑誰爲謔穆天子?莫把瑤池並曲江!" 茂竹:生長良好而又茂密的竹林。周孚《别持上人》:"茂竹永和字,浣花天寶詩。晴江入舟檝,忍泪别僧時。"汪克寬《三友堂賦》:"承先祖

之嘉惠,宅雉堞之東隅。構櫩楹之閑曠,列軒檻之敞虚。植松梅與茂竹,象棣樓之鼎居。”　虹影:彩虹。王勃《上巳浮江宴韵得遥字》:“泉聲喧後澗,虹影照前橋。”李德裕《臨海太守惠予赤城石報以是詩》:“聞君采奇石,剪斷赤城霞。潭上倒虹影,波中摇日華。”　虚檐:没有墻壁或者没有完整墻壁的屋檐。白居易《西省北院新構小亭種竹開窗東通騎省與李常侍隔窗小飲各題四韵》:“題詩新壁上,過酒小窗中。深院晚無日,虚檐凉有風。”杜牧《郡齋秋夜即事寄斛斯處士許秀才》:“故國杳無千里信,彩弦時伴一聲歌。馳心袛待城烏曉,幾對虚檐望白河!”

⑱ 初日:剛升起的太陽。何遜《曉發》:“早霞麗初日,清風消薄霧。”虞世南《初晴應教》:“初日明燕館,新溜滿梁池。”　牖:窗户。《書·顧命》:“牖間南向,敷重篾席。”孔穎達疏:“牖,謂窗也。”韓愈《東都遇春》:“朝曦入牖來,鳥唤昏不醒。”　輕飔:微風。李咸用《塘上行》:“横塘日澹秋雲隔,浪織輕飔羅羃羃。紅綃撇水蕩舟人,畫撓摻摻柔荑白。”朱熹《秋暑》:“疏樹含輕飔,時禽囀幽語。”　簾:以竹、布等製成的遮蔽門窗的用具。《漢書·孝成趙皇后傳》:“嚴持篋書,置飾室簾南去。”謝朓《和王主簿怨情》:“花叢亂數蝶,風簾入雙燕。”

⑲ 露盤:即承露盤,漢武帝時建于建章宫。韋應物《漢武帝雜歌三首》二:“金莖孤峙兮凌紫烟,漢宫美人望杳然。通天臺上月初出,承露盤中珠正圓。”李賀《金銅仙人辭漢歌序》:“魏明帝青龍元年八月,詔宫官牽車西取漢孝武捧露盤仙人,欲立置前殿。宫官既拆盤,仙人臨載乃潸然泪下。”　滴滴:一滴一滴。蘇頲《興州出行》:“滴滴泣花露,微微出岫雲。”劉得仁《和鄭校書夏日游鄭泉》:“來聞鳴滴滴,照竦碧沉沉。幾脈成溪壑,何人測淺深?”　鉤月:彎月。崔道融《秋霽》:“雨霽長空蕩滌清,遠山初出未知名。夜來江上如鉤月,時有驚魚擲浪聲。”顧況《望初月簡于吏部》:“泬寥中秋夜,坐見如鉤月。始從西南升,又欲西南没?”　纖纖:尖細。鮑照《翫月城西門廨中》:“始

見西南樓,纖纖如玉鉤。”盧照鄰《長安古意》:“片片行雲著蟬鬢,纖纖初月上鴉黄。”

⑳ 餐霞:餐食日霞,指修仙學道。語出《漢書·司馬相如傳》:“呼吸沆瀣兮餐朝霞。”顔師古注引應劭曰:“《列仙傳》陵陽子言春〔食〕朝霞,朝霞者,日始欲出赤黄氣也。夏食沆瀣,沆瀣,北方夜半氣也。”馬戴《送道友入天台山作》:“觀寒琪樹碧,雪淺石橋通。漱齒飛泉外,餐霞早境中。” 蓼:植物名,爲一年生或多年生草本,有水蓼、紅蓼、刺蓼等,味辛,又名辛菜,可作調味用。《詩·周頌·良耜》:“以薅荼蓼。”毛傳:“蓼,水草也。”元稹《憶靈之》:“爲魚實愛泉,食辛寧避蓼。”

㉑ 工琴:從事、學習琴藝,工通“攻”,從事,學習。《敦煌曲子詞·菩薩蠻》:“數年學劍工書苦,也曾鑿壁偷光路。”顧况《聽杜山人彈胡笳》:“當時海内求知音,囑付胡笳入君手。杜陵工琴四十年,琴聲在音不在弦。” 耽酒:謂極好飲酒,痴迷飲酒。《魏書·裴叔業傳》:“〔柳遠〕性粗疏無拘檢,時人或謂之‘柳癲’。好彈琴,耽酒,時有文詠。”盧仝《嘆昨日三首》二:“天下薄夫苦耽酒,玉川先生也耽酒。”

㉒ 几案:桌子,案桌。劉禹錫《和令狐相公春早朝回鹽鐵使院中作》:“簿書盈几案,要自有高情。”元稹《獻滎陽公詩五十韵》:“喜到樽罍側,愁親几案邊。” 隨宜:隨意,不經意的樣子。《資治通鑑·漢獻帝建安五年》:“其民間小事,使長吏臨時隨宜,上不背正法,下以順百姓之心。”《顔氏家訓·雜藝》:“武烈太子偏能寫真,坐上賓客,隨宜點染,即成數人,以問童孺,皆知姓名矣!”王利器集解:“‘隨宜’,即《歷代名畫記》所言‘隨意’。” 設:設置,安排。柳宗元《永州崔中丞萬石亭記》:“豈天墜地出,設兹神物,以彰我公之德歟?”曾鞏《文館》:“三館之設,盛於開元之世,而衰於唐室之壞。” 詩書:本詩泛指書籍。杜甫《聞官軍收河南河北》:“劍外忽傳收薊北,初聞涕泪滿衣裳。却看妻子愁何在?漫捲詩書喜欲狂。”張南容《静女歌》:“妙年工詩書,

弱歲勤組織。端居愁若痴,誰復理容色?"　逐便:乘便,順便。高適《謝上劍南節度使表》:"臣今逐便指撝,乘閑式遏,救蒼生之疲弊,寬陛下之憂勤。"温庭筠《蘇小小歌》:"吴宫女兒腰似束,家在錢唐小江曲。一自檀郎逐便風,門前春水年年緑。"　拈:用兩三個手指頭夾、捏取物。杜甫《題壁上韋偃畫馬歌》:"戲拈禿筆掃驊騮,欻見麒麟出東壁。"泛指夾,取。劉過《賀新郎・春思》:"佳人無意拈針綫,繞朱閣,六曲徘徊,爲他留戀。"拿,持,提。劉克莊《念奴嬌・菊》:"餐飲落英並墜露,重把離騷拈起。"

㉓ 灌園多抱瓮:隱於田野專心修道的典故。林希逸《莊子口義》卷四:"子貢南游于楚,反于晉,過漢陰,見一丈人方將爲圃畦,鑿隧而入井,抱瓮而出灌,搰搰然用力甚多而見功寡。子貢曰:'有械於此,一日浸百畦,用力甚寡而見功多,夫子不欲乎?'爲圃者仰而視之曰:'奈何?'曰:'鑿木爲機,後重前輕,挈水若抽,數如泆湯,其名爲槔。'爲圃者忿然作色而笑曰:'吾聞之吾師,有機械者必有機事,有機事者必有機心,機心存於胸中則純白不備,純白不備則神生不定,神生不定者道之所不載也。吾非不知,羞而不爲也。'"王維《鄭果州相過》:"斜日照殘春,初晴草木新。床前磨鏡客,樹下灌園人。"李白《贈張公洲革處士》:"革侯遁南浦,常恐楚人聞。抱瓮灌秋蔬,心閑遊天雲。"藿:豆葉,嫩時可食。《詩・小雅・白駒》:"皎皎白駒,食我場藿。"杜甫《昔遊》:"桑柘葉如雨,飛藿去徘徊。"　腰鐮:收割農作物的簡便工具。杜甫《大麥行》:"大麥乾枯小麥黄,婦人行泣夫走藏。東至集壁西梁洋,問誰腰鐮胡與羌?"王昌齡《題灞池二首》一:"腰鐮欲何之?東園刈秋韭。世事不復論,悲歌和樵叟。"

㉔ 野鳥:自然界自由活動不受人類豢養的鳥類。韋應物《任洛陽丞請告一首》:"游魚自成族,野鳥亦有群。"戴叔倫《山行》:"山行分曙色,一路見人稀。野鳥啼還歇,林花墮不飛。"　縶:拴縛。韋應物《洛都遊寓》:"軒冕誠可慕,所憂在縶維。"白居易《記異》:"因下馬自

縶韁於門柱。” 鷦鷯：鳥名，形小，體長約三寸，羽毛赤褐色，略有黑褐色斑點，尾羽短，略向上翹。以昆蟲爲主要食物，常取茅葦毛毳爲巢，大如雞卵，繫以麻髮，於一側開孔出入，甚精巧，故俗稱巧婦鳥，又名黄脰鳥、桃雀、桑飛等。張華《鷦鷯賦序》：“鷦鷯，小鳥也，生於蒿萊之間，長於藩籬之下，翔集尋常之内，而生生之理足矣！”高適《淇上酬薛三據兼寄郭少府》：“且欲同鷦鷯，焉能志鴻鶴！”此鳥形微處卑，因用以比喻弱小者或易於自足者。《莊子·逍遥遊》：“鷦鷯巢于深林，不過一枝。” 厭：壓制，抑制。《漢書·馮奉世傳》：“奉世圖難忘死，信命殊俗，威功白著，爲世使表，獨抑厭而不揚，非聖主所以塞疑厲節之意也。”《漢書·翼奉傳》：“臣願陛下徙都于成周……東厭諸侯之權，西遠羌胡之難。”

㉕ 風高：風大。杜甫《湖中送敬十使君適廣陵》：“秋晚嶽增翠，風高湖湧波。”柳宗元《田家三首》三：“風高榆柳疏，霜重梨棗熟。” 波駭：以物擊水，一波動，衆波隨而擾動，比喻受到驚擾震動。《後漢書·楊琁傳》：“〔楊琁〕因使後車弓弩亂發，鉦鼓鳴震。群盜波駭破散，追逐傷斬無數。”李百藥《渡漢江》：“東流既瀰瀰，南紀信滔滔。水激沈碑岸，波駭弄珠皋。”

㉖ 邸第：達官貴族的府第。孟浩然《姚開府山池》：“主人新邸第，相國舊池臺。館是招賢辟，樓因教舞開。”李端《長安感事呈盧綸》：“十五事文翰，大兒輕孔融。長裾游邸第，笑傲五侯中。” 過從：互相往來，互相交往。令狐楚《南宫夜直宿見李給事封題其所下制敕知奏直在東省因以詩寄》：“在朝君最舊，休澣許過從。”李公佐《南柯太守傳》：“時生酒徒周弁、田子華並居六合縣，不與生過從旬日矣！” 蓬壺：即蓬萊，古代傳説中的海中仙山。王嘉《拾遺記·高辛》：“三壺則海中三山也，一曰方壺，則方丈也；二曰蓬壺，則蓬萊也；三曰瀛壺，則瀛洲也，形如壺器。”沈亞之《題海榴樹呈八叔大人》：“曾在蓬壺伴衆仙，文章枝葉五雲邊。” 夢寐：謂睡夢。《後漢書·郎顗傳》：“此誠

臣顗區區之念,夙夜夢寐,盡心所計。"陳善《捫虱新話·孔子夢周公》:"然孔子特以時無聖人,傷己之道不行也,曰:'周公之不可見,雖夢寐間亦不見之。'"

㉗ 希:希望。顔之推《顔氏家訓·文章》:"必有盛才重譽、改革體裁者,實吾所希。"賈島《代舊將》:"落日收病馬,晴天曬陣圖。猶希聖朝用,自鑷白髭鬚。"　顔:面容,臉色。《詩·鄭風·有女同車》:"有女同車,顔如舜華。"杜甫《茅屋爲秋風所破歌》:"安得廣廈千萬間,大庇天下寒士俱歡顔!"　誰恨突無黔:這裏用的是"突黔"的典故:班固《答賓戲》:"聖哲之治,栖栖遑遑;孔席不暖,墨突不黔。"突,烟囱。黔,謂舉炊時爲烟熏黑。後以"突黔"指舉炊。張九齡《南陽道中作》:"豈暇墨突黔! 空持遼豕白。迷復期非遠,歸歟賞農隙。"程俱《廣游》:"咨余生之特甚,與日月而偕騖;雖突黔之不暇,固無異於衆庶!"

㉘ 圭璧:古代帝王、諸侯祭祀或朝聘時所用的一種玉器。元稹《諭寶二首》二:"圭璧無卞和,甘與頑石列。舜禹無陶堯,名隨腐草滅。"皎然《苕溪草堂自大曆三年夏新營洎秋及春彌覺境勝紀其事簡潘丞述湯評事衡四十三韵》:"吾高鴟夷子,身退無瑕謫。吾嘉魯仲連,功成棄圭璧。"　米鹽:柴米油鹽之類,喻繁雜瑣碎。《漢書·咸宣傳》:"宣爲左内史,其治米鹽,事小大皆關其手。"顔師古注:"米鹽,細雜也。"范成大《麻綫堆》:"多用百夫力,遠無五旬期。但冀米鹽給,不煩金幣支。"

㉙ "諭錐言太小"兩句:意謂把自己比作微不足道的錐子,太小看自己了,而區區的一二服藥物,如此感謝,也太謙虚了。楊本句下原注:"本句有'永慚沾藥犬,多謝出囊錐'。"應該是吴士矩原唱之句。具體的緣由,衹有當事人清楚,今天我們已經無法起古人於地下而問之了。其中的"藥犬",疑是藥物填充狗肚或者是熬藥的用具,類似今天的藥壺。而"諭錐"、"囊錐"云云,應該是用了"毛遂自薦"的故事,

典出《史記·平原君虞卿列傳》:毛遂,戰國趙平原君門下食客。趙孝成王九年,秦兵攻趙,王命平原君趙勝赴楚求救,毛遂自薦隨同前往。既至楚,平原君與楚王談判,自日出迄日中不決。毛遂按劍上階,直陳利害,終使楚王歃血定盟,決定楚趙聯合抗秦。後因以"毛遂自薦"爲自告奮勇自我推薦之典。

㉚ "語默君休問"兩句:根據句下"來詩有問行藏求藥物之句"所注,我們以爲這兩句的大意是:我沉默不語您就不必再問,關於它們的出處,我也不再回答。 行藏:指出處或行止,語本《論語·述而》:"用之則行,舍之則藏。"潘岳《西征賦》:"孔隨時以行藏,蘧與國而舒卷。"岑參《武威送劉單判官赴安西行營便呈高開府》:"功業須及時,立身有行藏。" 詎:副詞,表示反詰,相當於"豈"、"難道"。陶潛《讀山海經十三首》一〇:"徒設在昔心,良辰詎可待?"《新唐書·突厥傳》:"卜不吉,神詎無知乎?我自決之。" 兼:同時具有或涉及幾種事物或若干方面。《孟子·公孫丑》:"宰我、子貢善爲説辭,冉牛、閔子、顔淵善言德行,孔子兼之。"韓愈《苦寒》:"四時各平分,一氣不可兼。"

㉛ 狂歌:縱情歌詠。杜甫《贈李白》:"痛飲狂歌空度日,飛揚跋扈爲誰雄?"辛棄疾《水調歌頭·湯朝美司諫見和用韵爲謝》:"説劍論詩餘事,醉舞狂歌欲倒,老子頗堪哀。" 口長箝:義同"箝口",閉口不言。《逸周書·芮良夫》:"賢智箝口,小人鼓舌。"劉禹錫《上杜司徒書》:"子宜呼於有力而呻於有術,如何以箝口自絶爲智,以甘心受誣爲賢?"

[編年]

《年譜》編年本詩於貞元十二年,理由是:"題下注:'十八時作。'"《編年箋注》編年:"元稹此詩作於貞元十二年(七九六),見下《譜》。"《年譜新編》亦編年貞元十二年,理由同《年譜》。

有元稹自己的題下注作爲證據,此詩編年不應該有任何問題。詩題明示"開元觀閑居",賦詠的地點也没有疑問。詩題又有"酬吴士矩侍御",賦詠唱酬的對象也清清楚楚。這實際是元稹自己爲他的詩文編好了年,方便了後人閲讀。元稹與白居易的詩篇,這樣明確編年的詩篇佔有一定的比例,爲後人的編年打下了良好的基礎,這是元稹白居易詩歌不同於他人的重要特色。不過,本詩有"松笠新偏翠","篇聲吟茂竹"之句,結合《與吴侍御春遊》之詩,本詩最大的可能賦成於春天。

◎ 南家桃(一)①

南家桃樹深紅色,日照露光看不得②。樹小花狂風易吹,一夜風吹滿墻北③。離人自有經年别(二),眼前落花心嘆息④。更待明年花滿枝,一年迢遞空相憶⑤。

録自《元氏長慶集》卷二六

[校記]

(一)南家桃:楊本、叢刊本、《佩文齋廣群芳譜》、《全詩》同,《全芳備祖》僅選本詩前四句,《佩文齋廣群芳譜》兩次入選本詩,其中一處也衹選本詩前四句。

(二)離人自有經年别:原本作"離人自有經時别",楊本、宋蜀本、蘭雪堂本、叢刊本、《佩文齋廣群芳譜》、《全詩》同,《佩文齋詠物詩選》作"離人自有經年别",與下面"更待明年花滿枝,一年迢遞空相憶"兩句連讀,語義更爲貼切,據改。

[箋注]

① 南家:南面鄰近的人家。白居易《贈鄰里往還》:"唯恐往還相厭賤,南家飲酒北家眠。"汪遵《緑珠》:"大抵花顔最怕秋,南家歌歇北家愁。從來幾許如君貌,不肯如君墜玉樓。" 桃:果木名,落葉小喬木,春季開花,花深紅、粉紅或白色,可供觀賞。《詩·魏風·園有桃》:"園有桃,其實之殽。"李白《獨不見》:"憶與君别時,種桃齊蛾眉。桃今百餘尺,花落成枯枝。"

② 深紅:紅色中顔色最深者。杜甫《江畔獨步尋花七絶句》五:"黄師塔前江水東,春光懶困倚微風。桃花一簇開無主,可愛深紅映淺紅。" 露光:露水之珠反射出來的光耀。元稹《夜合》:"綺樹滿朝陽,融融有露光。"也借指露水珠。劉禹錫《謝竇員外旬休早凉見示詩》:"風韵漸高梧葉動,露光初重槿花稀。"

③ 小:年幼者,年幼。《墨子·號令》:"男女老小,先分守者,人賜錢千。"范公偁《過庭録》:"吉氏有幼女,視永錫頗小,吉氏堅復歸之。"本詩以花樹的嬌小喻指女主人公管兒。 狂:指花盛開。盧照鄰《春晚山莊率題二首》一:"遊絲横惹樹,戲蝶亂依藂。竹懶偏宜水,花狂不待風。"崔子向《渚山春暮會顧丞茗舍聯句效小庾體》:"濕苔滑行屐,柔草低藉瑟。鵲喜語成雙,花狂落非一。" 一夜:一個夜晚,一整夜。江淹《哀千里賦》:"魂終朝以三奪,心一夜而九摧。"李白《子夜吴歌(春夏秋冬)·冬》:"明朝驛使發,一夜絮征袍。"

④ 離人:離别的人,離開親人的人。張説《廣州江中作》:"去國年方晏,愁心轉不堪。離人與江水,終日向西南。"王維《羽林騎閨人》:"秋月臨高城,城中管弦思。離人堂上愁,稚子階前戲。"這裏是詩人以女主人公的口吻自喻。 經年:時經一年。宋之問《登禪定寺閣》:"函谷青山外,昆池落日邊。東京楊柳陌,少别已經年。"杜審言《贈蘇綰書記》:"知君書記本翩翩,爲許從戎赴朔邊。紅粉樓中應計日,燕支山下莫經年!" 落花:敗落在地的花朵。楊師道《還山宅》:

“暮春還舊嶺,徙倚翫年華。芳草無行徑,空山正落花。”韋承慶《南行別弟》:“澹澹長江水,悠悠遠客情。落花相與恨,到地一無聲。” 嘆息:嘆氣。諸葛亮《前出師表》:“先帝在時,每與臣論此事,未嘗不嘆息痛恨於桓靈也。”温庭筠《郭處士擊甌歌》:“我亦爲君長嘆息,緘情遠寄愁無色。”

⑤ 明年:次年,今年的下一年。《左傳・僖公十六年》:“明年齊有亂。”元稹《白氏長慶集序》:“樂天一舉擢上第,明年拔萃甲科。” 迢遞:時間久長貌。韋應物《春宵燕萬年吉少府南館》:“河漢上縱横,春城夜迢遞。”元稹《古決絶詞三首》三:“一去又一年,一年何可徹!有此迢遞期,不如死生别!” 相憶:相思,想念。《樂府詩集・飲馬長城窟行》:“上言加餐飯,下言長相憶。”杜甫《夢李白二首》一:“故人入我夢,明我長相憶。”

[編年]

未見《年譜》提及本詩,《編年箋注》列入“未編年詩”欄内、《年譜新編》列入“無法編年作品”欄内。

我們以爲,元稹與管兒初次熱戀在貞元十一年春天,時逢櫻花、桃花盛開之時,元稹《仁風李著作園醉後寄李十》“朧明春月照花枝,花下鶯聲是管兒。却笑西京李員外,五更騎馬趁朝時”就是其時的作品。而本詩是元稹思念分别一年的管兒而作,當時管兒仍舊在洛陽仁風坊李著作家,而詩人却在長安,以分别一年,無由見面爲憾。元稹《琵琶歌》“自兹聽後六七年,管兒在洛我朝天。游想慈恩杏園裏,夢寐仁風花樹前”就是元稹這種熱烈思念管兒而又無由見面續情的痛苦宣泄,與本詩可謂是異曲同工。而本詩有“眼前落花”之景色,據此,本詩應該作於貞元十二年的暮春時節,地點在長安,時元稹未有任何官職在身。

●魚中素(一)①

重疊魚中素，幽緘手自開②。斜紅餘泪迹，知著臉邊來③。

録自《才調集》卷五

[校記]

(一)魚中素：本詩存世各本，包括叢刊本、《全詩》在内，未見異文。

[箋注]

① 魚中素："重疊魚中素"四句不見於元稹詩文集内，但《才調集》卷五、《全唐詩》卷四二二收録，故據此補。指書信。晏幾道《蝶戀花》："遠水來從樓下路。過盡流波，未得魚中素。"蔡伸《卜算子》："望極錦中書，腸斷魚中素。錦素沉沉兩未期，魚雁空相誤。"

② 重疊：亦作"重疉"，相同的東西層層相積，形容多。宋玉《高唐賦》："交加累積，重疊增益。"梅堯臣《永城杜寺丞大年暮春白杏花》："殷勤勝萱葉，重疊爲農時。"引申爲再三。元稹《賽神》："主人中罷舞，許我重疊論。"王讜《唐語林·補遺》："衛公驚喜垂涕，曰：'大門官，小子豈敢當此薦拔？'寄謝重疊。" 幽緘：密封。《文選·謝惠連〈擣衣〉》："盈篋自余手，幽緘候君開。"吕延濟注："幽，密；緘，封。"李白《求崔山人百丈崖瀑布圖》："幽緘儻相傳，何必向天台？" 手自開：親手開拆。令狐楚《和寄竇七中丞》："雕鏤心偏許，緘封手自開。何年相贈答，却得到中臺？"劉禹錫《酬楊司業巨源見寄》："渤海歸人將集去，梨園弟子請詞來。瓊枝未識魂空斷，寶匣初臨手自開。"

③ 斜紅：指人頭上所戴的紅花。蕭綱《艷歌篇十八韵》："分妝間淺靨，繞臉傅斜紅。"蘇軾《李鈐轄坐上分題戴花》："緑珠吹笛何時見？欲把斜紅插皂羅。" 泪迹：眼泪留下的痕迹。謝朓《同謝諮議詠銅爵臺》"芳襟染淚迹，嬋媛空復情。玉座猶寂寞，况乃妾身輕！"鮑溶《湘妃列女操》："有虞夫人哭虞后，淑女何事又傷離？竹上泪迹生不盡，寄哀雲和五十絲。"

［編年］

《年譜》編年本詩於元和五年，没有説明編年理由。《編年箋注》編年："此詩……作于元和五年（八一〇），元稹時在江陵士曹任。見卞《譜》。"未見《年譜新編》提及本詩。

我們以爲，本詩代一位女性而作。詩人借女性之口吻，流露了自己對相愛女郎之間情意綿綿的戀情：情書重重疊疊，不僅每次親自開拆，而且邊讀邊哭。考元稹一生之中，除了三位夫人，能够如此讓詩人難以忘懷的，衹有初戀情人管兒。具體時間應該是在元稹與管兒相戀又分别之後，亦即貞元十二年，應該與《秋夕懷遠》作於同時，亦即貞元十二年的秋天，地點應該在長安。

◎ 秋夕遠懷(一)①

旦夕天氣爽，風飄葉漸輕②。星繁河漢白，露逼衾枕清③。丹鳥月中滅，莎雞床下鳴④。悠悠此懷抱，况復多遠情⑤。

録自《元氏長慶集》卷五

［校記］

（一）秋夕遠懷：本詩存世各本，包括楊本、叢刊本、《古詩鏡・唐詩鏡》、《石倉歷代詩選》、《全詩》等諸本，未見異文。

[箋注]

① 秋夕遠懷：秋天夜晚懷念遠方的朋友，元稹所懷念的朋友，很可能是去年春天在洛陽分别的初戀情人管兒。　秋夕：秋天的夜晚。張九齡《秋夕望月》："清迥江城月，流光萬里同。所思如夢裏，相望在庭中。"李白《秋夕旅懷》："凉風度秋海，吹我鄉思飛。連山去無際，流水何時歸？"　遠懷：即"懷遠"，思念遠方的朋友。《左傳・僖公七年》："臣聞之，招携以禮，懷遠以德。"張孝祥《六州歌頭》："干羽方懷遠，静烽燧，且休兵。"

② "旦夕天氣爽"兩句：意謂早晚之間，秋高氣爽，微風不斷，原本翠緑的樹葉慢慢乾枯，越來越輕。　旦夕：早與晚。張巡《聞笛》："旦夕更樓上，遥聞横笛音。"也作日夜、每天解。劉向《列女傳・鄒孟軻母》："孟子懼，旦夕勤學不息。"蘇軾《藥誦》："自今日以往，旦夕食淡面四兩。"　天氣：氣候。曹丕《燕歌行》："秋風蕭瑟天氣凉，草木摇落露爲霜。"張先《八寶裝》："正不寒不暖，和風細雨，困人天氣。"爽：明亮，清朗。鮑照《望水》："苕苕嶺岸高，照照寒洲爽。"棲白《八月十五夜玩月》："清光凝有露，皓魄爽無烟。自古皆如此，年來又一年。"　風飄：隨風飄蕩。李白《古風》三九："登高望四海，天地何漫漫！霜被群物秋，風飄大荒寒。"岑參《裴將軍宅蘆管歌》："遼東九月蘆葉斷，遼東小兒采蘆管。可憐新管清且悲，一曲風飃海頭滿。"

③ 河漢：這裏指銀河。《古詩十九首・迢迢牽牛星》："河漢清且淺，相去復幾許？"元稹《新秋》："殷勤寄牛女，河漢正相望。"　衾枕：被子和枕頭，泛指卧具。謝靈運《登池上樓》："衾枕昧節候，褰開暫窺臨。"白行簡《李娃傳》："幃幙簾榻，焕然奪目。妝奩衾枕，亦皆侈麗。"

④ 丹鳥：這裏指鷩雉，與秋天的季節相應，與詩題"秋夕"相應。傳説是上古帝王少皞時的官名。《左傳・昭公十七年》："玄鳥氏司分

者也,伯趙氏司至者也,青鳥氏司啓者也,丹鳥氏司閉者也。”杜預注:“丹鳥,鷩雉也,以立秋來,立冬去,入大水爲蜃。上四鳥皆歷正之屬官。”孔穎達疏:“立秋立冬謂之閉,此鳥以秋來冬去,故以名官,使之主立秋立冬也。”　莎雞:蟲名,又名絡緯,俗稱紡織娘、絡絲娘,也與秋夕相呼應。《詩·豳風·七月》:“六月莎雞振羽。”李賀《房中思》:“誰能事貞素,卧聽莎雞泣?”

⑤ 悠悠:思念貌,憂思貌。《詩·邶風·終風》:“莫往莫來,悠悠我思。”鄭玄箋:“言我思其如是,心悠悠然。”喬知之《定情篇》:“去時恩灼灼,去罷心悠悠。”　懷抱:謂心裏懷著。白居易《九日登西原宴望》:“弟兄呼我起,今日重陽節。起登西原望,懷抱同一豁。”　况復:何况,况且。張九齡《送楊府李功曹》:“别路穿林盡,征帆際海歸。居然已多意,况復兩鄉違。”宋之問《晚泊湘江》:“五嶺恓惶客,三湘顦顇顔。况復秋雨霽,表裏見衡山。”　遠情:猶深情厚意,猶思念遠方。謝朓《奉和隨王殿下十六首》二:“星回夜未艾,洞房凝遠情。”杜甫《西閣雨望》:“菊蕊淒疏放,松林駐遠情。”

[編年]

《年譜》編年本詩於“甲戌至丙子在西京所作其他詩”,亦即貞元十年(甲戌)至貞元十二年(丙子)之間,元稹時十六歲至十八歲。理由是:“元稹《清都夜境》題下注:‘自此至《秋夕》,並年十六至十八時詩。’”《編年箋注》没有編年本詩,編排在其認可作於貞元十二年的《開元觀閑居酬吴士矩侍御三十韵》之前,前接書眉爲“貞元十一年(七九五)”,不太明白究竟編年何年。《年譜新編》編年於貞元十二年“甲戌至丙子在長安所作其他詩”,理由是:“元稹《清都夜境》題下注:‘自此至《秋夕》,並年十六至十八時詩。’”

我們認爲,本詩無論如何不應該籠統編年於“甲戌至丙子在西京所作其他詩”的欄目之内,按照《年譜》自己規定的理由,既然《清都夜境》

是"自此至《秋夕》,並年十六至十八時詩"的第一首,因而編年元稹十六歲時,那麼《秋夕遠懷》是七篇中的最後一首,自然應該編年於貞元十二年,亦即元稹十八歲之時。而詩題已經明確"秋夕",我們不明白《年譜》爲何反而不明確其作於秋天?我們認爲本詩作於貞元十二年的秋天,賦詩地點在長安,懷念的就是遠在洛陽的初戀情人管兒。

貞元十三年丁丑(797)　十九歲

● 贈雙文[①]

艷極翻含態(一),憐多轉自嬌[②]。有時還自笑(二),閑坐更無聊(三)[③]。曉月行看墮(四),春酥見欲銷[④]。何因肯垂手？不敢望回腰(五)[⑤]。

録自《元氏長慶集》補遺卷一

[校記]

(一)艷極翻含態:《侯鯖録》、《石倉歷代詩選》、《全詩》注同,《才調集》、《全詩》作"艷極翻含怨",語義不同,各備一説,不改。

(二)有時還自笑:《全詩》注同,《才調集》、《侯鯖録》、《全詩》作"有時還暫笑",《石倉歷代詩選》作"有時還獨笑",語義不同,各備一説,不改。

(三)閑坐更無聊:《才調集》、《石倉歷代詩選》同,《侯鯖録》作"閑坐愛無聊",《全詩》作"閑坐愛無憀",《全詩》注作"閑坐更無憀",語義不同,各備一説,不改。

(四)曉月行看墮:《才調集》、《石倉歷代詩選》、《全詩》同,《侯鯖録》作"曉月行堪墜",語義不同,各備一説,不改。

(五)何因肯垂手？不敢望回腰:《才調集》、《侯鯖録》、《石倉歷代詩選》同,《全詩》下注:"舞曲,二名。"

[箋注]

① 贈雙文:"艷極翻含態"八句不見於劉本《元氏長慶集》内,但《侯鯖録》卷五、《才調集》卷五、《全唐詩録》卷六七、《全唐詩》卷四二二、《石倉歷代詩選》卷六二收録,估計馬本《元氏長慶集》也據此補入補遺卷一,馬本《元氏長慶集》的意見可從,據補。　雙文:人名,疑是元稹與楊巨源在西河縣相識的風塵女子蕭娘。元稹《雜憶五首》四:"山榴似火葉相兼,亞拂低墻半拂檐。憶得雙文獨披掩,滿頭花草倚新簾。"後人借此名,代稱風塵女子。高啓《和遜庵尋舊偶不直效香奩體》二:"曾看梳頭傍玉臺,後堂春曉翠屏開。重尋未省雙文去,只道羞郎不出來。"徐熥《題雙文小像》:"鸞箋半幅爲傳神,畫裏相逢夢裏親。安得人間綵灰酒,鶯鶯夜夜似真真?"

② 艷:艷麗,特指女子的容色美好動人。《左傳·桓公元年》:"宋華父督見孔父之妻于路,目逆而送之,曰:'美而艷。'"杜預注:"色美曰艷。"司馬相如《美人賦》:"臣之東鄰,有一女子,雲髮豐艷,蛾眉皓齒。"　極:程度副詞,猶甚、最、很、狠。《史記·高祖本紀》:"高祖曰:'豐,吾所生長,極不忘耳!'"韓愈《吊武侍御所畫佛文》:"極西之方有佛焉!其土大樂。"　翻:副詞,反而。庾信《卧疾窮愁》:"有菊翻無酒,無弦則有琴。"江總《并州羊腸阪》:"本畏車輪折,翻嗟馬骨傷。"含態:帶著美好的姿態。陳叔寶《玉樹後庭花》:"映户凝嬌乍不進,出帷含態笑相迎。"王庭珪《二月二日出郊》:"天忽作晴山捲幔,雲猶含態石披衣。"　憐:哀憐,憐憫。《商君書·兵守》:"壯男壯女過老弱之軍,則老使壯悲,弱使强憐。"《史記·項羽本紀》:"籍與江東子弟八千人渡江而西,今無一人還,縱江東父兄憐而王我,我何面目見之?"韓愈《寄三學士》:"上憐民無食,征賦半已休。"喜愛,疼愛。白居易《翫半開花贈皇甫郎中》:"人憐全盛日,我愛半開時。"曾鞏《趵突泉》:"已覺路傍行似鑑,最憐沙際湧如輪。"　嬌:撒嬌。魏承班《菩薩蠻》:"聲戰覷人嬌,雲鬟裊翠翹。"顧敻《虞美人》:"謝娘嬌極不成狂,罷朝妝。"

③ 自笑:獨自一人,偷偷發笑。李白《覽鏡書懷》:"得道無古今,失道還衰老。自笑鏡中人,白髮如霜草。"岑參《衙郡守還》:"世事何反覆？一身難可料。頭白翻折腰,還家私自笑。" 閑坐:閑暇時坐著没事做。崔液《上元夜六首》一:"玉漏銀壺且莫催,鐵關金鎖徹明開。誰家見月能閑坐？何處聞燈不看來?"王維《春日上方即事》:"柳色春山映,梨花夕鳥藏。北窗桃李下,閑坐但焚香。" 無聊:鬱悶,精神空虛。王逸《九思・逢尤》:"心煩憒兮意無聊。"牟融《客中作》:"幾度無聊倍惆悵,臨風搔首獨興哀。"

④ 曉月:拂曉的殘月。謝靈運《廬陵王墓下作》:"曉月發雲陽,落日次朱方。"李群玉《自澧浦東游江表》:"哀碪擣秋色,曉月啼寒螿。" 行看:且看。韓愈《郴州祈雨》:"行看五馬入,蕭颯已隨軒。"復看,又看。賈島《送去華法師》:"默聽鴻聲盡,行看葉影飛。" 墮:落,落下。《史記・留侯世家》:"有一老父,衣褐,至良所,直墮其履圯下。"韓愈《次同冠峽》:"落英千尺墮,遊絲百丈飄。" 春酥:形容紅潤柔膩。吴文英《秋蕊香・和吴見山賦落桂》:"佩丸尚憶春酥裹。故人老。斷香忍和泪痕掃。魂返東籬夢杳。" 銷:溶化,消融。李如璧《明月》:"已悲芳歲徒淪落,復恐紅顔坐銷鑠。"韓愈《春雪》:"拂花輕尚起,落地暖初銷。"

⑤ 垂手:舞樂名。《樂府詩集・大垂手》:"《樂府解題》曰:'大垂手、小垂手,皆言舞而垂其手也。'"《樂書・軟舞》"開成末有樂人崇胡子能軟舞,其腰支不異女郎也。然舞容有大垂手,有小垂手,或象驚鴻,或如飛燕,婆娑舞態也。"吴均《小垂手》:"舞女出西秦,躡影舞陽春。且復小垂手,廣袖拂紅塵。折腰應兩袖,頓足轉雙巾。蛾眉與慢臉,見此空愁人。"鮑溶《范傳真侍御累有寄因奉酬十首》六:"紅袂歌聲起,因君始得聞。黄昏小垂手,與我駐浮雲。" 回腰:亦作"迴腰",舞曲名。吴均《大垂手》:"詎似長沙地,促舞不回腰。"元稹《舞腰》:"未必諸郎知曲誤,一時偷眼爲迴腰。"

[編年]

《年譜》編年本詩於貞元十六年，理由是："王《辨》云：'其詩中多言"雙文"，意謂二"鶯"字，爲雙文。'王《考》云：'《贈雙文》五律一首，《鶯鶯詩》七律一首，寫鶯鶯之丰神。'"《編年箋注》編年："此詩作于貞元十六年（八〇〇），其時元稹仕于河中府，與崔鶯鶯戀愛。見卞《譜》。"插一句話，元稹從來没有在河中府任職，《編年箋注》之説可謂石破天驚之論。《年譜新編》編年本詩於貞元十六年，没有説明理由。

我們以爲，出現在本詩中的雙文，與《鶯鶯傳》中性格穩重的崔鶯鶯完全不同，也與大家閨秀的崔鶯鶯丰貌完全不同，雙文應該是貞元中期元稹與楊巨源在河西縣結識的風塵女子"蕭娘"之名，元稹《贈别楊員外巨源》"憶昔西河縣下時，青山顦顇宦名卑。揄揚陶令緣求酒，結託蕭娘只在詩"就清楚明白地透露了其中的信息。清人吴綺《再贈雙文》"得句如相待，今宵意自親。花前微醉夜，月下淺妝人。淡極翻成艷，歡多反作顰。可憐狂杜牧，失計爲尋春"也爲我們的"風塵女子"考定提供了輔助性的依據。而王《辨》"其詩中多言'雙文'，意謂二'鶯'字，爲雙文"的推斷，衹是一廂情願的奇思妙想而已。王《考》云"《贈雙文》五律一首，《鶯鶯詩》七律一首，寫鶯鶯之丰神"，本詩"艷極翻含態，憐多轉自嬌。有時還自笑，閑坐更無聊"的描繪，結合元稹後來在《雜憶五首》中對"雙文"的描述，與《鶯鶯傳》反復比照，無法等同。據此，我們以爲本詩的女主人公應該是風塵女子"蕭娘"，時間在元稹與楊巨源相遊的貞元十二年或十三年，今暫時編排在貞元十三年，地點在西河縣，元稹當時僅僅是明經及第的士人而已，還没有任何官職在身。

● 舞　腰[(一)①]

裙裾旋旋手迢迢，不趁音聲自趁嬌②。未必諸郎知曲誤，一時偷眼爲迴腰③。

録自《才調集》卷五

[校記]

(一) 舞腰：本詩存世各本，包括叢刊本、《全詩》在内，未見異文。

[箋注]

① 舞腰："裙裾旋旋手迢迢"四句不見於元稹詩文集内，但《才調集》卷五、《全唐詩》卷四二二收録，故據補。舞蹈藝人之腰。李益《上洛橋》："金谷園中柳，春來似舞腰。何堪好風景，獨上洛陽橋？"元稹《哭女樊四十韵》："騰蹋遊江舫，攀緣看樂棚。和蠻歌字拗，學妓舞腰輕。"

② 裙裾：裙子，裙幅。常建《古興》："石榴裙裾蛺蝶飛，見人不語顰蛾眉。"劉禹錫《憶春草》："館娃宫外姑蘇臺，鬱鬱芊芊撥不開。無風自偃君知否，西子裙裾曾拂來？"　旋旋：回環貌。田錫《酬陳處士詠雪歌》："昨日西風生凛冽，江天慘慘陰雲結。雲色蒼黄千里同，晚來旋旋飛輕雪。"陳師道《晚遊九曲院》："雲暗重重樹，風開旋旋花。病身無俗事，待得後歸家。"　迢迢：舞動貌。吴均《大垂手》："垂手忽迢迢，飛燕掌中嬌。"張九齡《湖口望廬山瀑布泉》："萬丈洪泉落，迢迢半紫氛。"　趁：追求，尋取。賈思勰《齊民要術・雜説》："凡秋收了，先耕蕎麥地，次耕餘地，務遣深細，不得趁多。"周賀《贈姚合郎中》："道從會解唯求静，詩造玄微不趁新。"　嬌：艷麗。江淹《别賦》："珠

與玉兮艷暮秋,羅與綺兮嬌上春。"《白雪遺音·剪靛花·夏日天長》:"針綫仔細挑,哎喲,顔色配的嬌。"輕柔。王安石《崇政殿詳定幕次偶題》:"嬌雲漠漠護層軒,嫩水濺濺不見源。"李清照《玉燭新》:"風嬌雨秀,好亂插繁華盈首。"

③ 未必諸郎知曲誤:《樂府詩集·吴謡》:"《吴志》曰:'周瑜少精意於音樂,雖三爵之後,其有闕誤,瑜必知之,知之必顧,故時人謡云:曲有誤,周郎顧。'" 未必:不一定。《史記·孫子吴起列傳論》:"語曰:'能行之者未必能言,能言之者未必能行。'孫子籌策龐涓明矣!然不能蚤救患於被刑。"白居易《别舍弟後月夜》:"平生共貧苦,未必日成歡。" 諸郎:年輕子弟。元稹《連昌宮詞》:"力士傳呼覓念奴,念奴潛伴諸郎宿。"辛棄疾《鷓鴣天·讀淵明詩不能去手戲作小詞以送之》:"若教王謝諸郎在,未抵柴桑陌上塵。" 一時:暫時,一會兒。《荀子·正名》:"其累百年之欲,易一時之嫌,然且爲之,不明其數也。"陶潛《擬古詩》:"明明雲間月,灼灼葉中花。豈無一時好,不久當如何?" 偷眼:偷偷地窺看。杜甫《數陪李梓州泛江有女樂在諸舫戲爲艷曲二首贈李》一:"競將明媚色,偷眼艷陽天。"林逋《山園小梅二首》一:"霜禽欲下先偷眼,粉蝶如知合斷魂。"

[編年]

《年譜》編年本詩於元和五年,題下没有説明理由。《編年箋注》編年:"……《舞腰》……諸篇,俱作于元和五年(八一〇),元稹時在江陵士曹任。見下《譜》。"《年譜新編》列入"無法編年作品"。

我們以爲,本詩應該與《贈雙文》爲同時所作,兩詩的女主人公都是雙文,一個當時生活在社會底層的風塵女子"蕭娘",一個能够在客人面前翩翩起舞《垂手》、《迴腰》的年輕女孩。時間應該在元稹與楊巨源相遊的貞元十二年或十三年,今暫時編排在貞元十三年,地點在西河縣,元稹剛剛明經及第不久,還没有官職在身。

貞元十四年戊寅(798)　二十歲

◎ 憶靈之(一)①

爲魚實愛泉，食辛寧避蓼②？人生既相合，不復論窕窕③。滄海良有窮，白日非長皎④。何事二人心(二)，各在四方表⑤？泛若逐水萍，居爲附松蔦⑥。流浪隨所之(三)，縈紆牽所繞⑦。百齡頗局促，况復迷壽夭⑧。茇髮君已衰，冠歲予非小⑨。娱樂不及時，暮年壯心少⑩。感此幽念綿，遂爲長悄悄⑪。中庭草木春，歷亂遞相擾⑫。奇樹花冥冥，竹竿鳳嫋嫋⑬。幽芳被蘭徑，安得寄天杪(四)⑭？萬里瀟湘魂，夜夜南枝鳥⑮。

録自《元氏長慶集》卷五

[校記]

(一) 靈之：原本、楊本、叢刊本、《全詩》諸本均作"雲之"。據錢謙益考證，"雲"是"靈"之誤。我們以爲此考證結論可從，因"雲"與"靈"的繁體字十分相近，容易形近而訛，此其一；其二，根據現有材料，元稹一生交遊中，没有一個名字或者表字爲"雲之"的朋友。如此，此"雲之"即是"靈之"，而"靈之"即元稹的姨兄胡三胡靈之。

(二) 何事二人心：《全詩》注同，楊本、叢刊本、《全詩》作"何事一人心"，聯繫下句"各在四方表"，"一人"云云根本無法説通，不從不改。

（三）流浪隨所之：宋蜀本、《全詩》、蘭雪堂本、叢刊本同，楊本作“流流隨所之”，聯繫下句“縈紆”，没有與“流流”對舉，作“流浪”是，作“流流”非，不從不改。

（四）安得寄天杪：《全詩》同，楊本、叢刊本作“安得寄天抄”，“天抄”兩字不相配，不從不改。

［箋注］

① 憶：思念，想念。王建《隴頭水》：“胡兵夜回水傍住，憶著来時磨劍處。向前無井復無泉，放馬回看隴頭樹。”長孫佐輔《關山月》：“忽憶秦樓婦，流光應共有。已得並蛾眉，還知攬纖手。” 靈之：元稹的姨兄胡靈之，排行三，元稹與其唱和不少，如《寄胡靈之》：“早歲顛狂伴，城中共幾年？有時潛步出，連夜小亭眠。月影侵床上，花叢在眼前。”《答姨兄胡靈之見寄五十韵序》：“九歲解賦詩，飲酒至斗餘乃醉。時方依倚舅族，舅憐，不以禮數檢，故得與姨兄胡靈之之輩十數人爲晝夜遊。日月跳擲，於今餘二十年矣！其間悲歡合散，可勝道哉！”《酬胡三憑人問牡丹》：“竊見胡三問牡丹，爲言依舊滿西欄。花時何處偏相憶？寥落衰紅雨後看。”從中可見他們之間的密切關係。當然，其他詩篇還有一些，這裏不一一例舉。

② 泉：泛指江河湖海之水。《逸周書·文傳》：“魚鱉歸其泉，鳥歸其林。”范攄《雲溪友議》卷一：“分千樹一葉之影，即是濃陰；減四海數滴之泉，便爲膏澤。” 辛：五味之一，辣味。蘇軾《再和曾子開從駕二首》一：“最後數篇君莫厭，擣殘椒桂有餘辛。”也借指葱蒜等含有辛辣味的菜蔬。《文選·嵇康〈養生論〉》：“熏辛害目，豚魚不養，常世所識也。”李善注：“《養生要》曰：‘大蒜勿食，葷辛害目。’……熏與葷同。”慧皎《高僧傳·杯度》：“度不甚持齋，飲酒噉肉，至於辛鱠，與俗不殊。”辛也是五辛之一，亦即是五種辛味的蔬菜，也稱五葷，佛教僧侶按戒律不許吃五辛。《翻譯名義集·什物》：“葷而非辛，阿魏是也；

辛而非葷,薑芥是也;是葷復是辛,五辛是也。《梵綱》云:不得食五辛,言五辛者,一葱,二薤、三韭,四蒜,五興蕖。"趙翼《素食歌》:"古人齋食但忌葷,所謂葷者乃五辛,後人誤以指腥血,葱薤羊豕遂不分。" 蓼:植物名,爲一年生或多年生草本,有水蓼、紅蓼、刺蓼等,味辛,又名辛菜,可作調味用。《詩・周頌・良耜》:"以薅荼蓼。"毛傳:"蓼,水草也。"《禮記・内則》:"濡豚,包苦實蓼;濡雞,醢醬實蓼。"

③ 人生:這裏指人的一生。《左傳・襄公三十一年》:"人生幾何,誰能無偷?朝不及夕,將安用樹?"韓愈《合江亭》:"人生誠無幾,事往悲豈那?" 相合:彼此一致,兩兩相符。《後漢書・張升傳》:"升少好學,多關覽,而任情不羈。其意相合者,則傾身結交,不問窮賤。"元稹《寄樂天》:"閑夜思君坐到明,追尋往事倍傷情。同登科後心相合,初得官時髭未生。" 窕窕:遠離貌,睽違貌。道潛《吴門獄中懷北山舊隱六首》六:"一徑緣雲入壽星,竹間窕窕見疏櫺。闌干數曲觀臺上,幽草靚花常滿庭。"義近"窕邃",幽深貌。阮籍《东平赋》:"其居處壅翳蔽塞,窕邃弗章。"

④ 滄海:神話中的海島名。《海内十洲記・滄海島》:"滄海島在北海中,地方三千里,去岸二十一萬里,海四面繞島,各廣二千里,水皆蒼色,仙人謂之滄海也。"也指大海。蘇軾《清都謝道士真贊》:"一江春水東流,滔滔直入滄海。" 白日:太陽,陽光。王粲《登樓賦》:"步栖遲以徙倚兮,白日忽其將匿。"韓愈《洞庭湖阻風贈張十一署》:"雲外有白日,寒光自悠悠。" 皎:潔白。《穆天子傳》卷五:"皇我萬民,旦夕勿窮,有皎者鴼,翩翩其飛。"也作明亮貌。《古詩十九首・迢迢牽牛星》:"迢迢牽牛星,皎皎河漢女。"《敦煌曲子詞・菩薩蠻》:"盈盈江上女,兩兩溪邊舞。皎皎綺羅光,輕輕雲粉妝。"

⑤ "何事二人心"兩句:意謂爲什麼你我兩人的心性一致,志趣相同,却無法團聚,各訴心腸,却要各自在不同的地方流浪? 何事:爲何,何故。左思《招隱二首》一:"何事待嘯歌?灌木自悲吟。"劉過

《水調歌頭》:“湖上新亭好,何事不曾來?” 四方:天下,各處。《淮南子·原道訓》:“泰古二皇,得道之柄,立於中央,神與化遊,以撫四方。”高誘注:“撫,安也。四方,謂之天下也。”《新唐書·吐蕃傳》:“陛下平定四方,日月所照,並臣治之。”

⑥“泛若逐水萍”兩句:意謂爲什麽流落四處如逐水之浮萍漂浮不定,居住一地却要如松蘿一般依附他人? 萍:浮萍。《禮記·月令》:“〔季春之月〕萍始生。”韩愈《南山詩》:“喁喁魚闖萍,落落月經宿。” 松蔦:即松蘿,亦即女蘿,地衣門植物,體呈絲狀,直立或懸垂,灰白或灰緑色,基部多附着在松樹或别的樹的樹皮上,少數生於石上。《詩·小雅·頍弁》:“蔦與女蘿,施於松上。”毛傳:“女蘿、兔絲,松蘿也。”黄滔《敷水盧校書》:“宅帶松蘿僻,日唯猿鳥親。”

⑦“流浪隨所之”兩句:意謂流浪四處自己不知流向何方衹能隨着波浪前行,定居一地却又衹能始終圍繞着他人不能離開半步。流浪:在水裹飄遊。孫綽《喻道論》:“鱗介之物,不達皋壤之事;毛羽之族,不識流浪之勢。”也引申謂流轉各地,行蹤無定。陶潛《祭從弟敬遠文》:“余嘗學仕,纏綿人事,流浪無成,懼負素志。”于逖《憶舍弟》:“饑寒各流浪,感念傷我神。” 縈紆:盤旋環繞。白居易《長恨歌》:“黄埃散漫風蕭索,雲棧縈紆登劍閣。”范成大《惜交賦》:“玉宛轉而不斷兮,繭縈紆而連縷。”

⑧百齡:猶百年,指長久的歲月,亦指人的一生。王勃《秋日登洪州府滕王閣餞别序》:“舍簪笏於百齡,奉晨昏於萬里。”李德裕《寄題惠林李侍郎舊館》:“百齡惟待盡,一世樂長貧。” 局促:匆促,短促。《北史·夏侯夬傳》:“人生局促,何殊朝露! 坐上相看,先後間耳!”韓偓《寄友人》:“長擬醺酣遺世事,若爲局促問生涯。” 况復:何况,况且。馬總《意林·傅子》:“蜘蛛作羅,蜂之作窠,其巧亦妙矣,况復人乎?”劉駕《寄遠》:“得書喜猶甚,况復見君時。” 壽夭:這裹指壽命的短促。《楚辭·七諫·怨世》:“獨冤抑而無極兮,傷精神而壽

夭。"王逸注:"壽命夭也。"白居易《桐花》:"况吾北人性,不耐南方熱。强羸壽夭間,安得依時節?"

⑨ "芟發君已衰"兩句:意謂即使你剃去星星點點的白髮,也仍然難以掩蓋你衰老的面容,而我已經二十歲了,年紀也不算小了。　芟髮:剃去頭髮。　芟:原意是除草。《詩·周頌·載芟》:"載芟載柞,其耕澤澤。"毛傳:"除草曰芟,除木曰柞。"引申爲刈除,除去。張衡《東京賦》:"其遇民也,若薙氏之芟草,既蘊崇之,又行火焉!"《舊唐書·李元諒傳》:"芟林薙草,斬荆榛。"　冠歲:古代男子二十歲行冠禮,因稱二十歲爲冠歲。江淹《齊太祖高皇帝誄》:"於鑠冠歲,騰華流藝。"元稹《誨侄等書》:"吾謫竄方始,見汝未期,粗以所懷,貽誨於汝:汝等心志未立,冠歲行登。古人譏十九童心,能不自懼?"《舊唐書·崔胤傳》:"冠歲名升甲乙,壯年位列於公卿。"

⑩ "娱樂不及時"兩句:意謂如果你年輕的時候不痛痛快快實現自己的理想,到了暮年,壯志就難以淩雲難以實現。　娱樂:歡娱快樂,使歡樂。《史記·廉頗藺相如列傳》:"趙王竊聞秦王善爲秦聲,請奏盆缻秦王,以相娱樂。"葉適《東塘處士墓誌銘》:"既苦志不酬,右書左琴以善娱樂。"快樂有趣的活動,亦即實現自己的志向。《北史·齊紀中·文宣帝》:"或聚棘爲馬,紐草爲索,逼遣乘騎,牽引來去,流血灑地,以爲娱樂。"　及時:把握時機,抓緊時間。《史記·白起王翦列傳》:"王翦曰:'爲大王將,有功不得封侯……臣亦及時請園池爲子孫業耳!'"王維《秋夜獨坐懷内弟崔興宗》:"思子整羽翰,及時當雲浮。吾生將白首,歲晏思滄州。"　暮年:晚年,老年。曹操《步出夏門行四解》四:"烈士暮年,壯心不已。"杜甫《詠懷古迹五首》一:"庾信生平最蕭瑟,暮年詩賦動江關。"　壯心:豪壯的志願,壯志。錢起《鑾駕避狄歲寄别韓雲卿》:"白髮壯心死,愁看國步移。"陸游《書憤》:"壯心未與年俱老,死去猶能作鬼雄。"

⑪ 幽念:静思,深思。謝脁《春思》:"幽念漸郁陶,山楹永爲堂。"

韓愈《孟生詩》:“采蘭起幽念,眇然望東南。” 悄悄:憂傷貌。《詩·邶風·柏舟》:“憂心悄悄,愠於群小。”權德輿《薄命篇》:“閑看雙燕泪霏霏,静對空床魂悄悄。”

⑫ 中庭:古代廟堂前階下正中部分,爲朝會或授爵行禮時臣下站立之處。《禮記·檀弓》:“孔子哭子路於中庭。”陳澔集説:“哭于中庭,於中庭南面而哭也。不於阼階下者,别于兄弟之喪也。”阼階,堂前東階。也作廳堂正中、廳堂之中解。李商隱《齊宫詞》:“永壽兵來夜不扃,金蓮無復印中庭。”也作庭院,庭院之中解。鮑照《梅花落》:“中庭雜樹多,偏爲梅咨嗟。”李清照《添字丑奴兒》:“窗前誰種芭蕉樹? 陰滿中庭。陰滿中庭。葉葉心心,舒卷有餘情。” 歷亂:雜亂貌,紛亂貌。盧照鄰《芳樹》:“風歸花歷亂,日度影參差。容色朝朝落,思君君不知。”張仲素《塞下曲》:“朔雪飄飄開雁門,平沙歷亂卷蓬根。功名耻計擒生數,直斬樓蘭報國恩。” 相擾:打擾,干擾。顧况《山居即事》:“世事休相擾,浮名任一邊。由來謝安石,不解飲靈泉。”元稹《表夏十首》七:“當時客自適,運去誰能矯? 莫厭夏蟲多,蜩螗定相擾。”

⑬ 奇樹:罕見的樹木。史俊《題巴州光福寺楠木》:“近郭城南山寺深,亭亭奇樹出禪林。結根幽壑不知歲,聳幹摩天凡幾尋。”劉禹錫《和郴州楊侍郎翫郡齋紫薇花十四韵》:“南方足奇樹,公府成佳境。緑陰交廣除,明艷透蕭屏。” 冥冥:迷漫貌。《楚辭·九歌·山鬼》:“雷填填兮雨冥冥,猿啾啾兮狖夜鳴。”張孝祥《蝶戀花·送姚主管横州》:“草草杯盤深夜語,冥冥四月黄梅雨。” 竹竿:竹子的主幹。元稹《種竹》:“昔公憐我直,比之秋竹竿。”指竹子。常建《戲題湖上》:“湖上老人坐磯頭,湖裹桃花水却流。竹竿嫋嫋波無際,不知何者吞吾鈎?” 嫋嫋:輕盈纖美貌。左思《吴都賦》:“藹藹翠幄,嫋嫋素女。”摇曳貌,飄動貌。《玉臺新詠·古樂府〈皚如山上雪〉》:“竹竿何嫋嫋? 魚尾何蓰蓰?”李白《送蕭三十一之魯中》:“夫子如何涉江路,雲帆嫋

嫋金陵去。”

⑭ 幽芳：清香，亦指香花。張九齡《南還贈京都舊僚》：“欲贈幽芳歇，行悲舊賞移。”李商隱《贈從兄閬之》：“城中猘犬憎蘭佩，莫損幽芳久不歸。”又比喻高潔的德行。葉適《奉議郎鄭公墓誌銘》：“懼老且死，不能振幽芳，昭遺緒，豈惟不肖又抱不孝之罪以殞！”　蘭徑：花間小道。駱賓王《夏日遊山家同夏少府》：“返照下層岑，物外狎招尋。蘭徑薰幽珮，槐庭落暗金。”韋應物《答李博士》：“夢遠竹窗幽，行稀蘭徑合。舊居共南北，往來只如昨。”　天杪：猶天際。吴筠《遊仙二十四首》九：“導我升絳府，長驅出天杪。陽靈赫重暉，四達何皎皎？”張先《熙州慢·贈述古》：“瀟湘故人未歸，但目送遊雲孤鳥。際天杪，離情盡寄芳草。”

⑮ 萬里：並非確數，極言其遠。張説《嶺南送使二首》二：“萬里投荒裔，來時不見親。一朝成白首，看取報家人。”沈佺期《被試出塞》：“十年通大漠，萬里出長平。寒日生戈劍，陰雲拂旆旌。”　瀟湘：指湘江，潚，水清深貌。酈道元《水經注·湘水》：“二妃從征溺於湘江，神遊洞庭之淵，出入瀟湘之浦。瀟者，水清深也。”因湘江水清深，故名“瀟湘”。因湘江水清深，故名。《文選·謝朓〈新亭渚别范零陵雲〉》：“洞庭張樂池，瀟湘帝子遊。”李善注引王逸曰：“娥皇、女英隨舜不返，死于湘水。”李白《遠别離》：“古有皇、英之二女，乃在洞庭之南，瀟湘之浦。”王琦注引《湘中記》：“湘川清照五六丈，下見底石如樗蒲矣！五色鮮明。”也作湘江與瀟水的並稱，多借指今湖南地區。杜甫《去蜀》：“五載客蜀郡，一年居梓州。如何關塞阻，轉作瀟湘遊？”疑胡靈之當時正在瀟湘一帶宦遊，故有“瀟湘魂”之句。當時元稹在長安洛陽一帶宦遊，故有“何事二人心，各在四方表”之表述。　夜夜：每一個夜晚。皎然《山月行》：“家家望秋月，不及秋山望。山中萬境長，寂寥夜夜孤。”吕巖《别詩二首》一：“朝朝煉液歸瓊壠，夜夜朝元養玉英。莫笑老人貧裏樂，十年功滿上三清。”　南枝鳥：《古詩十九首·

行行重行行》:"胡馬依北風,越鳥巢南枝。"因以指宦遊之人對故土、故國的依戀。《周書・杜杲傳》:"王褒、庾信之徒既覊旅關中,亦當有南枝之思耳!"儲嗣宗《早春》:"野樹花初發,空山獨見時。踟蹰歷陽道,鄉思滿南枝。"

[編年]

《年譜》編年本詩於貞元十二年,没有説明理由。《編年箋注》没有對本詩編年,不知何故。但其將本詩編排在"貞元十一年"書眉之内,其後有《編年箋注》認可編年貞元十二年的《開元觀閑居酬吴士矩侍御三十韵》,不知是否認同編年本詩貞元十一年的揣測?《年譜新編》編年本詩於貞元十二年,但没有説明理由。

我們不能同意《年譜》、《編年箋注》、《年譜新編》的編年,本詩云:"冠歲予非小。"明確無誤地告訴我們,元稹賦詠本詩之年,已經"冠歲",亦即二十歲。本詩又有"中庭草木春……安得寄天杪"之句,據此,我們可以斷定本詩作於貞元十四年元稹二十歲之時,具體時間在春天,地點在長安。

讀者切不可以被劉麟父子所整理的《元氏長慶集・清都夜境》的題注"自此至《秋夕》七首,並年十六至十八時作"所迷惑,認爲《清都夜境》、《春晚寄楊十二兼呈趙八》、《與楊十二李三早入永壽寺看牡丹》、《春餘遣興》、《憶靈之》、《别李三》、《秋夕遠懷》七首都作於元稹"年十六至十八時",元稹的《元氏長慶集》在宋代已經散佚散失,由劉麟父子根據散佚的元稹詩文重新編集,雖然功不可没,但今天流行的《元氏長慶集》次序已經由於這樣原因那樣變故被打亂,已經絶對不是元稹自已編定的《元氏長慶集》原貌,讀者想來不難理解。

◎ 酬胡三憑人問牡丹①

竊見胡三問牡丹，爲言依舊滿西欄②。花時何處偏相憶？寥落衰紅雨後看(一)③。

録自《元氏長慶集》卷一六

[校記]

(一) 寥落衰紅雨後看：蘭雪堂本、叢刊本、《萬首唐人絶句》、《佩文齋廣群芳譜》、《全詩》同，楊本作"寥□衰紅雨後看"，流傳之脱誤，不從不改。

[箋注]

① 酬：詩文贈答。李群玉《洞庭驛樓雪夜燕集奉贈前湘州張員外》："擲筆落郢曲，巴人不能酬。"張耒《屋東》："賴有西鄰好詩句，賡酬終日自忘飢。"　胡三：即胡靈之，排行三，元稹的姨兄。除本詩外，元稹有《清都春霽寄胡三吴十一》、《答姨兄胡靈之見寄五十韵》、《憶靈之》、《寄胡靈之》等詩涉及，請參閲。　憑：依託，依仗。《文選・陸機〈苦寒行〉》："猛虎憑林嘯，玄猿臨岸嘆。"李善注："憑，依也。"杜甫《至後》："愁極本憑詩遣興，詩成吟詠轉淒涼。"　問：詢問，詰問。《書・吕刑》："皇帝清問下民。"蔡沈集傳："清問，虚心而問也。"韓愈《奉和虢州劉給事使君三堂新題二十一詠・方橋》："君欲問方橋，方橋如此作。"　牡丹：著名的觀賞植物，古無牡丹之名，統稱芍藥，後以木芍藥稱牡丹。一般謂牡丹之稱在唐以後，但在唐前已見於記載，至唐開元中盛于長安。群花品中，牡丹第一，芍藥第二，故世謂牡丹爲花王，芍藥爲花相。薛濤《牡丹》："去春零落暮春時，泪濕紅箋怨别離。常恐

便同巫峽散,因何重有武陵期?”謙光《賞牡丹應教》:“擁衲對芳叢,由來事不同。鬢從今日白,花似去年紅。”

② 竊:副詞,偷偷地,暗地裏。《史記·孫子吳起列傳》:“齊使者如梁,孫臏以刑徒陰見,説齊使。齊使以爲奇,竊載與之齊。”劉義慶《世説新語·規箴》:“陳元方遭父喪,哭泣哀慟,軀體骨立,其母湣之,竊以錦被蒙上。” 見:聽説,聽見,聽到。杜甫《杜鵑行》:“君不見昔日蜀天子,化爲杜鵑似老烏。”韋莊《村笛》:“却見孤村明月夜,一聲牛笛斷人腸。” 爲言:與之説話,與之交談。《史記·孟子荀卿列傳》:“豈寡人不足爲言邪? 何故哉?”酈道元《水經注·汾水》:“辛貌醜,妻不爲言。” 依舊:照舊。《南史·梁昭明太子統傳》:“天監元年十一月,立爲皇太子。時年幼,依舊居内。”趙璜《題七夕圖》:“明年七月重相見,依舊高懸織女圖。” 滿:充滿,佈滿。《莊子·天運》:“在谷滿谷,在阬滿阬。”成玄英疏:“乃谷乃阬,悉皆盈滿。”盧綸《和張僕射塞下曲四首》三:“欲將輕騎逐,大雪滿弓刀。” 欄:欄杆。庾信《爲梁上黄侯世子與婦書》:“想鏡中看影,當不含啼;欄外將花,居然俱笑。”李煜《虞美人》:“雕欄玉砌應猶在,只是朱顔改。” 西欄:面向西面的欄杆。許渾《秋晚雲陽驛西亭蓮花池》:“神女暫來雲易散,仙娥初去月難留。空懷遠道無持贈,醉倚西欄盡日愁。”俞汝楫《禮部志稿·宴儀》:“每邊花五箱,每箱若干枝。在東者置於西欄杆下,在西者置於東欄杆下。”元稹靖安坊的家中,有西齋,其《西齋小松二首》有細緻的描寫,可參閲。

③ 花時:百花盛開的時節,常指春日。杜甫《遣遇》:“自喜遂生理,花時甘緼袍。”王安石《初夏即事》:“晴日暖風生麥氣,緑陰幽草勝花時。” 何處:哪里,什麼地方。鄭愔《詠黄鶯兒》:“欲轉聲猶澀,將飛羽未調。高風不借便,何處得遷喬?”張旭《桃花溪》:“隱隱飛橋隔野烟,石磯西畔問漁船。桃花盡日隨流水,洞在清溪何處邊?” 偏:副詞,表程度,最,很,特别。《莊子·庚桑楚》:“老聃之役,偏得老聃

之道。”成玄英疏:“庚桑楚最勝,故稱偏得也。”劉禹錫《同樂天和微之深春好二十首》一三:“迎呼偏熟客,揀選最多花。”表示多,深。白居易《醉後重贈晦叔》:“老伴知君少,歡情向我偏。”副詞,表示範圍,祇,獨,單單。鮑照《梅花落》:“中庭雜樹多,偏爲梅咨嗟。”朱淑真《問春》:“鶯花有恨偏供我,桃李無言祇惱人。” 相憶:相思,想念。《樂府詩集·飲馬長城窟行》:“上言加餐飯,下言長相憶。”杜甫《夢李白二首》一:“故人入我夢,明我長相憶。” 寥落:稀疏,稀少。《文選·謝朓〈京路夜發〉》:“曉星正寥落,晨光復泱漭。”李善注:“寥落,星稀之貌也。”谷神子《博異志·崔無隱》:“漸暮,遇寥落三兩家,乃欲寄宿耳!”衰落,衰敗。陶潛《和胡西曹示顧賊曹》:“悠悠待秋稼,寥落將賒遲。” 衰紅:凋謝的花。李益《春晚賦得餘花落得起字》:“衰紅辭故蕚,繁緑扶雕蕊。自委不勝愁,庭風那更起?”白居易《惜牡丹花二首》一:“明朝風起應吹盡,夜惜衰紅把火看。”

[編年]

《年譜》編年本詩於“丙戌以前在西京所作其他詩”欄内,理由是:“詩云:‘竊見胡三問牡丹,爲言依舊滿西欄。’此指靖安坊元稹宅中牡丹(參閲《全唐詩》卷四三七白居易《微之宅殘牡丹詩》)。”《編年箋注》編年:“作于元和元年(八〇六)以前。見卞《譜》。”《年譜新編》編年本詩於“癸未以前在長安所作其他詩”欄内,理由是:“‘胡三’指胡靈之。‘牡丹’指靖安坊元稹宅牡丹,白居易有《微之宅殘牡丹詩》。胡約本年與元稹分别,詩當作於此前。胡氏原唱已佚。”

我們以爲,其一,“靖安坊元稹宅中牡丹”與編年本詩没有直接的關係,祇是胡靈之與元稹賦詠原唱及本詩的起因而已,編年本詩尚需要另外的理由。其二,“白居易《微之宅殘牡丹詩》”,應該是“白居易《微之宅殘牡丹》”之誤,朱金城先生的《白居易集箋校》關於本詩的校勘已經清楚回答了這一問題,詩題没有異文。《年譜》的引用不够認真，而《年譜新編》跟進同誤，説明《年譜新編》衹是盲目抄録，没有核對原著，很不應該。其三，《年譜》關於本詩“丙戌以前在西京所作”的編年結論籠統得讓人成丈二和尚，“丙戌”以前，亦即“元和元年”之前，這個衹有下限而没有上限的“以前”究竟要“以前”到什麼時候？元稹出生在西京，是否一直上沿到元稹出生之時？或者到元稹“九歲解賦詩”之時？《年譜新編》的“癸未以前在長安所作”亦即貞元十九年以前比《年譜》、《編年箋注》稍有進步，但仍然存在與《年譜》同樣的問題。而且“胡約本年與元稹分别，詩當作於此前”云云，更是讓人不解：此詩明明是胡靈之與元稹分别之後的詢問，元稹本詩也是與不在面前的胡靈之酬唱，如何反而是分别之前兩人在一起的酬唱？既然胡靈之與元稹都在西京，難道胡靈之還要“憑人問牡丹”？直接去元稹家中看看不就一切都清楚了？而元稹的“相憶”也就事出無因，都在西京，相約見面不就可以了？

關於胡靈之，元稹先在鳳翔與其相聚。元稹回到西京長安參與明經考試，留居長安。不久，胡靈之也來到長安，再次與元稹相聚。貞元十四年前，胡靈之離開長安，前往外地作吏，但他仍然記挂著靖安坊元稹家中的牡丹，賦詩委託他人詢問，元稹賦詩作答。元稹《憶靈之》：“何事二人心，各在四方表……芟髮君已衰，冠歲予非小……幽芳被蘭徑，安得寄天杪？萬里瀟湘魂，夜夜南枝鳥。”元稹既稱自己“冠歲”，應該指“二十歲”，亦即貞元十四年。詩中的“幽芳”，即是“天杪”之外、“萬里”之遠的胡靈芝所問的“牡丹”。本詩應該與《憶靈之》爲同時先後之作，亦即作於貞元十四年牡丹花盛開的春夏之時。

需要説明，這是元稹與胡靈之多次分别中的一次而已。貞元十九年稍後，他們又一次分别，直至元和五年之後。元稹《答姨兄胡靈之見寄五十韵》“吏晉資材枉，留秦歲序更（時靈之作吏平陽，予酬校秘閣，自兹分散）”提及的話題，就是再一次分别，地點不是湖南地區的“瀟湘”而是中原地區的“平陽”，但那已經是後話。

貞元十五年己卯(799)　二十一歲

● 夢昔時(一)①

閑窗結幽夢，此夢誰人知②？夜半初得處，天明臨去時③。山川已久隔，雲雨兩無期④。何事來相感？又成新别離⑤。

録自《才調集》卷五

[校記]

(一) 夢昔時：本詩存世各本，包括叢刊本、《全詩》在内，未見異文。

[箋注]

① 夢昔時："閑窗結幽夢"八句不見於元稹詩文集内，但《才調集》卷五、《全唐詩》卷四二二收録，故據此補。　夢：做夢。《左傳·僖公二十八年》："晉侯夢與楚子搏。"李白《夢遊天姥吟留别》："我欲因之夢吴越，一夜飛度鏡湖月。"　昔時：往日，從前。《東觀漢記·東平王蒼傳》："骨肉天性，誠不以遠近親疏，然數見顔色，情重昔時。"杜甫《石笋行》："恐是昔時卿相塚，立石爲表今仍存。"

② 閑窗：代指很少有人光顧的居室。王維《晚春閨思》："春蟲飛網户，暮雀隱花枝。向晚多愁思，閑窗桃李時。"韓翃《題慈仁寺竹院》："千峰對古寺，何異到西林。幽磬蟬聲下，閑窗竹翠陰。"　幽夢：隱約的夢境。杜牧《郡齋獨酌》："尋僧解幽夢，乞酒緩愁腸。"張先《木蘭花》："歡情去逐遠雲空，往事過如幽夢斷。"　誰人：何人，哪一個。

《吕氏春秋·貴信》:"凡人主必信,信而又信,誰人不親?"王建《簇蠶辭》:"已聞鄉里催織作,去與誰人身上著?"

③ 夜半:半夜。《史記·孟嘗君列傳》:"孟嘗君得出,即馳去,更封傳,變名姓以出關,夜半至函谷關。"白居易《長恨歌》:"七月七日長生殿,夜半無人私語時:在天願作比翼鳥,在地願爲連理枝。" 初得處:第一次得到,第一次體驗。孟浩然《張七及辛大見尋南亭醉作》:"山公能飲酒,居士好彈箏。世外交初得,林中契已并。"杜甫《驄馬行》:"鄧公馬癖人共知,初得花驄大宛種。夙昔傳聞思一見,牽來左右神皆竦。"這裏指青年男女第一次性愛歡會之時。 天明:天亮。杜甫《石壕吏》:"天明登前途,獨與老翁别。"歐陽修《鵯鵊詞》:"紅紗蠟燭愁夜短,緑窗鵯鵊催天明。"

④ 山川:山嶽、江河。《易·坎》:"天險,不可升也,地險,山川丘陵也,王公設險以守其國。"沈佺期《興慶池侍宴應制》:"漢家城闕疑天上,秦地山川似鏡中。" 雲雨:《文選·宋玉〈高唐賦序〉》:"昔者楚襄王與宋玉遊於雲夢之臺,望高唐之觀,其上獨有雲氣……王問玉曰:'此何氣也?'玉對曰:'所謂朝雲者也。'王曰:'何謂朝雲?'玉曰:'昔者先王嘗游高唐,怠而晝寢,夢見一婦人曰:妾巫山之女也,爲高唐之客,聞君游高唐,願薦枕席,王因幸之。去而辭曰:妾在巫山之陽,高丘之岨,旦爲朝雲,暮爲行雨。朝朝暮暮,陽臺之下。'"後因用"雲雨"指男女歡會。劉禹錫《巫山神女廟》:"星河好夜聞清珮,雲雨歸時帶異香。"晏幾道《河滿子》:"眼底關山無奈,夢中雲雨空休。" 無期:猶言不知何時,難有機會。《隸釋·漢費鳳别碑》:"壹别會無期,相去三千里。"李頻《關東逢薛能》:"惟君一度别,便似見無期。"也指没有約定日期。徐夤《燕》:"何嫌何恨秋須去,無約無期春自歸。"

⑤ 何事:爲何,何故。左思《招隱二首》一:"何事待嘯歌?灌木自悲吟。"劉過《水調歌頭》:"湖上新亭好,何事不曾來?" 相感:相互感應。《楚辭·九章·悲回風》:"聲有隱而相感兮,物有純而不可

爲。"《漢書·蒯通傳》:"然物有相感,事有適可。"《説郛》卷一三引晁説之《晁氏客語》:"人心動時,言語相感。"　别離:離别。《楚辭·九歌·少司命》:"悲莫悲兮生别離,樂莫樂兮新相知。"聶夷中《勸酒二首》二:"人間榮樂少,四海别離多。"

[編年]

《年譜》編年本詩於元和五年,没有説明理由,但其後有附録:"王《考》云:'《夢昔時》五律一首……寫自己與鶯鶯悲歡離合之情。''《夢昔時》之"夜半初得處,天明臨去時"等句,詠其幽會之時間。'"《年譜》又補充説:"王《辨》云:'仆家有微之作《元氏古艷詩》百餘篇。'如其言非假,元稹'艷詩'宋時尚完整。今所可見者,《才調集》卷五所載元稹詩五十七首。《全唐詩》卷四二二轉載時,删《初除浙東妻有阻色因以四韵曉之》一首(載别卷),增《古艷詩二首》(抄自王《辨》)。其中有具體寫作時間可考者,已分别繫於各年之下,雖無具體寫作時間可考,而大致可定爲元和七年前所作者,并繫於《夢遊春七十韵》之後,以便于讀者研究。"《編年箋注》編年:"《夢昔時》作于元和五年(八一〇),元稹時在江陵士曹任。見卞《譜》。"《年譜新編》編年本詩於"元和五年前所作其他詩"欄内,理由是:"貞元十七年後思念鶯鶯作。"

我們以爲,本詩應該作於貞元十五年,地點在長安。元稹《早春尋李校書》:"今朝何事偏相覓? 撩亂芳情最是君。"詩題中的"李校書"就是元稹的朋友同時也是管兒的雇主李建,他貞元十四年進士及第,拜職校書郎。《早春尋李校書》既稱"早春",應該作於貞元十五年早春或其後。而詩中提及的"撩亂芳情"之根本原因,就是因爲服務於李建家中的藝伎管兒。元稹在夢中與久别的情人管兒相會,夢醒之時又成了"新别離",故急急忙忙尋找熟悉管兒近况的李校書,以慰藉自己思念的急迫心情。當時元稹已經明經及第,正在長安靖安里家中"西窗"下"苦心爲文",而管兒仍然在洛陽李著作家中爲藝伎,元稹《琵琶歌》就揭示了管兒此後的行蹤:"自兹聽後六七年,管兒在洛我朝天。游想慈恩杏園裏,夢寐仁風花樹前。"而"夢寐仁風花樹前"云云,正是本詩寫作的背景。據此,本詩應該作於貞元十五年"早春"之時,地點在長安。

◎ 早春尋李校書①

款款春風澹澹雲,柳枝低作翠櫳裙②。梅含雞舌兼紅氣,江弄瓊花散緑紋③。帶霧山鶯啼尚小(一),穿沙蘆笋葉纔分④。今朝何事偏相覓? 撩亂芳情最是君⑤。

録自《元氏長慶集》卷一八

[校記]

(一)帶霧山鶯啼尚小:楊本、叢刊本、《古詩鏡·唐詩鏡》、《全詩》、《全唐詩録》、《御選唐詩》同,《全詩》注作"帶霧山鶯啼尚少",語義不同,不改。

[箋注]

① 早春:初春。李涉《过招隐寺》:"每憶中林訪惠持,今來正遇早春時。"花蕊夫人徐氏《宫词》二九:"早春楊柳引長條,倚岸緑堤一面高。" 尋:寻找。陶潛《桃花源记》:"太守即遣人隨其往,尋向所誌,遂迷不復得路。"杜甫《蜀相》:"丞相祠堂何處尋? 錦官城外柏森森。" 李校書:即元稹的朋友李建,唐德宗晚年之時任職校書郎。元稹《唐故中大夫尚書刑部侍郎上柱國隴西縣開國男贈工部尚書李公墓誌銘》:"公即尚書第三子,諱建,字杓直。始以進士第二人試校秘書郎、判容州招討事,復調爲本官。會德宗皇帝選文學,公被薦,上問

少信臣,皆曰:‘聞而不之面。’唯宰相鄭珣瑜對曰:‘臣爲吏部侍郎時,以文入官當校秘書者八,其七皆馳他人書,建不馳,故獨得。’上嘉之,使居翰林中,就拜左拾遺。”據徐松《登科記考·貞元十四年》考定,李建與李翱、吕温、獨孤郁、王起等人同年及第。按照唐代的慣例,及第士子最初拜授的一般都是校書郎之職,元稹、白居易本身的例子就是如此。

② 款款:徐緩貌。杜甫《曲江二首》二:“穿花蛺蝶深深見,點水蜻蜓款款飛。”劉攽《燕子來馬上作》:“風外輕輕雙翼疾,沙邊款款數聲微。畏人自習人間世,何事江鷗浪見機?”　春風:春天的風。董思恭《守歲二首》一:“暮景斜芳殿,年華麗綺宫。寒辭去冬雪,暖帶入春風。”郭震《子夜四時歌六首·春歌》:“陌頭楊柳枝,已被春風吹。妾心正斷絶,君懷那得知?”　澹澹:顔色淡,不濃。韋承慶《南行别弟》:“澹澹長江水,悠悠遠客情。落花相與恨,到地一無聲。”李煜《長相思》:“雲一緺,玉一梭。澹澹衫兒薄薄羅。”　柳枝:柳樹的枝條。張謂《郡南亭子宴》:“亭子春城外,朱門向緑林。柳枝經雨重,松色帶烟深。”岑參《送懷州吴别駕》:“灞上柳枝黄,壚頭酒正香。”　裙:古謂下裳,男女同用,後來專指婦女的裙子。李元紘《相思怨》:“望月思氛氲,朱衾懶更熏。春生翡翠帳,花點石榴裙。”張謂《岐王席上詠美人》:“香艷王分帖,裙嬌敕賜羅。平陽莫相妒,唤出不如他。”

③ 梅:落葉喬木,種類很多,葉卵形,早春開花,以白色、淡紅色爲主,味清香。《詩·召南·摽有梅》:“摽有梅,其實七兮。”朱熹集傳:“梅,木名,華白,實似杏而酢。”周思鈞《晦日重宴》:“綺筵乘晦景,高宴下陽池。濯雨梅香散,含風柳色移。”　雞舌:即“雞舌香”,即丁香。古代尚書上殿奏事,口含此香。《初學記》卷一一引應劭《漢官儀》:“尚書郎含雞舌香伏奏事,黄門郎對揖跪受,故稱尚書郎懷香握蘭,趨走丹墀。”劉禹錫《郎州竇員外見示與澧州元郎中郡齋贈答長句二篇因而繼和》:“新恩共理犬牙地,昨日同含雞舌香。”亦省作“雞

香”、“雞舌”黄滔《遇羅員外衮》:“豸角戴時垂素髮,雞香含處隔青天。”李商隱《行次昭應縣道上送户部李郎中充昭攻討》:“暫逐虎牙臨故絳,遠含雞舌過新年。”這裏比喻梅花的花蕊,顔色近似“雞舌”之黄色,但又散發著梅花之香氣。　紅氣:遠觀叢叢梅花,似一片紅色雲霧。韓維《登湖光亭》:“雪盡塵消徑露沙,公家池館似山家。翠痕滿地初生草,紅氣通林未放花。”葛勝仲《蝶戀花》:“盡日勸春春不語。紅氣蒸霞,且看桃千樹。”　瓊花:一種珍貴的花,葉柔而瑩澤,花色微黄而有香。李白《秦女休行》:“西門秦氏女,秀色如瓊花。”宋敏求《春明退朝録》卷下:“揚州后土廟有瓊花一株,或云自唐所植,即李衛公所謂玉蕊花也。”　緑紋:這裏指瓊花的葉子,緑葉的紋路清晰美觀。范成大《早發竹下》:“行衝薄薄輕輕霧,看放重重疊疊山。碧穗吹烟當樹直,緑紋溪水趁橋彎。”劉秉忠《春晚還山》:“未能乞食尋歌院,要想遊山到嘯臺。明月滿庭閑杖履,翠烟惹遍緑紋苔。”

④ 鶯:鳥綱鶯科鳥類的通稱,種類較多,體型大多較麻雀爲小,羽毛多緑褐色、灰褐色。山鶯疑即“柳鶯”,又稱樹串兒,體小,背部緑色,胸、腹部黄緑色,眼的上部淺黄色,翅膀和尾巴褐色。劉長卿《送袁處士》:“種荷依野水,移柳待山鶯。出處安能問?浮雲豈有情!”韓偓《幽獨》:“幽獨起侵晨,山鶯啼更早。門巷掩蕭條,落花滿芳草。”如果聯繫元稹《仁風李著作園醉後寄李十》詩中的“花下鶯聲是管兒”之句,本詩尋找管兒的意圖就更爲明顯。　蘆笋:蘆葦的嫩芽,形似竹笋而小。張籍《江村行》:“南塘水深蘆笋齊,下田種稻不作畦。”蘇軾《和文與可洋川園地・寒蘆港》:“溶溶晴港漾春暉,蘆笋生時柳絮飛。”

⑤ 今朝:今晨。《詩・小雅・白駒》:“縶之維之,以永今朝。”今日。白居易《井底引銀瓶》:“瓶沉簪折知奈何,似妾今朝與君别。”何事:爲何,何故。《新唐書・沈既濟傳》:“若廣聰明以收淹滯,先補其缺,何事官外置官?”劉過《水調歌頭》:“湖上新亭好,何事不曾來?”

相覓：亦作"相覔"，尋找。元稹《寄樂天》："無身尚擬魂相就，身在那無夢往還？直到他生亦相覓，不能空寄樹中環。"李建勛《清明日》："他皆携酒尋芳去，我獨關門好静眠。唯有楊花似相覓，因風時復到床前。"　撩亂：攪亂，擾亂。王昌齡《從軍行七首》二："琵琶起舞换新聲，總是關山舊别情。撩亂邊愁聽不盡，高高秋月照長城。"李康成《自君之出矣》："自君之出矣，弦吹絶無聲。思君如百草，撩亂逐春生。"　芳情：春意，美好的情懷。元稹《春六十韵》："撩摘芳情遍，搜求好處終。"白居易《題靈隱寺紅辛夷花戲酬光上人》："芳情鄉思知多少？惱得山僧悔出家。"這裏的"芳情"有特殊的背景，那就是元稹與管兒的初戀。白居易《和微之十七與君别及朧月花枝之詠》："别時十七今頭白，惱亂君心三十年。垂老休吟花月句，恐君更結身後緣。"詩中所述，提供了清晰不過的元稹早戀資訊。那麽元稹十七歲時結識的女子又是哪一位呢？元稹《仁風李著作園醉後寄李十》："朧明春月照花枝，花下鶯聲是管兒。却笑西京李員外，五更騎馬趁朝時。"詩的第一句白居易已隱括入他自己和作詩題《和微之十七與君别及朧月花枝之詠》的"朧月花枝之詠"之中，第二句中提到的管兒我們以爲可能即是白詩中提到的元稹十七歲時相戀的女子。此説有無其他旁證？元稹《琵琶歌》即詳細描寫了詩人與管兒後來相逢的過程，管兒爲元稹他們演奏她的精湛技藝，詩人讚不絶口："李家兄弟皆愛酒，我是酒徒爲密友。著作曾邀連夜宿，中碾春溪華新緑。平明船載管兒行，盡日聽彈無限曲。曲名無限知者鮮，霓裳羽衣偏宛轉。凉州大遍最豪嘈，六麽散序多籠拈……我聞此曲深賞奇，賞著奇處驚管兒。管兒爲我雙泪垂，自彈此曲長自悲。泪垂捍撥朱弦濕，冰泉嗚咽流鶯澀。"可見元稹與管兒由技藝的賞識到情感的溝通，關係自然非同一般。　君：對對方的尊稱，猶言您。李適《餞許州宋司馬赴任》："聞君佐繁昌，臨風悵懷此。儻到平輿泉，寄謝干將里。"蘇頲《山鷓鴣詞二首》二："人坐青樓晚，鶯語百花時。愁多人易老，斷腸君不知。"這裏指李建。

[編年]

未見《年譜》編年本詩,《編年箋注》編入"未編年詩",《年譜新編》編年本詩於元和十三年,理由是:"'李校書'指李景信。"

我們以爲,本詩可以編年。在元稹一生中,李姓朋友不少,但並不一一符合本詩的條件:如李景儉,早年是元稹岳丈韋夏卿的幕僚,名義是"從事",後來又在江陵與元稹相會多年,李景儉當時的身份是"户曹參軍",都不是"校書",查閲史書,也未見其歷職校書郎之職。又如李景信,在元稹的《酬樂天東南行詩一百韵序》:"(元和)十三年……屬李景信校書自忠州訪予。"元稹元和十年春天在長安與李景信相會,但元稹元和十年所作《灃西别樂天博載樊宗憲李景信兩秀才侄谷三月三十日相餞送》詩題中稱李景信是"秀才",與"李校書"的稱呼不合。《年譜新編》認爲"'李校書'指李景信"的説法肯定是不妥當的,因爲元和十三年之時,李景信來到通州在"四月十三日"前後,不是"早春";而此後,我們並没有發現元稹與李景信在"早春"時節會面的材料。再如元稹的貞元十九年吏部乙科同年李復禮,元和十一年春天在興元曾經與元稹相會,但查閲元稹《歲日贈拒非》、《遣行十首》、白居易《常樂里閑居偶題十六韵兼寄劉十五公輿王十一起吕二炅吕四熲崔十八玄亮元九稹劉三十二敦質張十五仲元時爲校書郎》諸篇,未見其歷職校書郎。李紳與元稹也是感情深厚的朋友,但據《舊唐書·李紳傳》,李紳進士及第之後"釋褐國子助教",也未見其歷職校書郎。

在元稹諸多的李姓朋友中,有一個人的情況與本詩相合,那就是李建。據我們箋注"李校書"的材料,李建貞元十四年進士及第,拜職校書郎。元稹與李建早在貞元十年就通過楊巨源、李遜的關係在洛陽相識,並在李建洛陽"李著作園"與管兒相識相戀,結下了"三十年"也難以忘懷的情結。此後元稹與李建來往不斷,一直到李建謝世之日。元稹早春急急忙忙尋找李建的原因,就是《夢昔時》中表露的因春夢而對管兒的思念之情,本詩即應該作於李建貞元十四年及第並拜職校書郎之後的貞元年間,具體時間應該是貞元十五年的早春,地點是在長安。

● 桐花落[①]

莎草遍桐陰,桐花滿莎落[②]。蓋覆相團圓,可憐無厚薄[③]。昔歲幽院中,深堂下簾幙[④]。同在後門前,因論花好惡[⑤]。君誇沈檀樣,云是指撝作[⑥]。暗澹滅紫花,杓連蹙金蕚[⑦]。都繡六七枝,鬥成雙孔雀[⑧]。尾上稠疊花,又將金解絡[⑨]。我愛看不已(一),君煩睡先著[⑩]。我作繡桐詩,繫君裙帶著[⑪]。別來若修道,此意都蕭索[⑫]。今日竟相牽,思量偶然錯[⑬]。

録自《才調集》卷五

[校記]

(一)我愛看不已:原本作"我看愛不已",語意欠佳,據叢刊本、《全詩》改。

[箋注]

① 桐花落:"莎草遍桐陰"二十四句不見於元稹詩文集内,但《才調集》卷五、《全唐詩》卷四二二收録,故據此補。　桐花:桐樹的花。白居易《桐花》:"春令有常候,清明桐始發。何此巴峽中,桐花開十月?"梅堯臣《問答·送九舅席上作》:"桐花正美喬雪亂,家庭玉樹須來儀。"古時女子髮式之一。周邦彦《浣溪沙·黄鐘》:"争挽桐花兩鬢垂,小妝弄影照清池。"桐有梧桐、油桐、泡桐等種,古代詩文中多指梧桐。《逸周書·時訓》:"穀雨之日,桐始華。"陳翥《桐譜·所宜》:"桐,

陽木也，多生於崇岡峻嶽、巉巖盤石之間，茂拔顯敞高爽之地。" 落：脱落。鮑照《蕪城賦》："白楊早落，塞草前衰。稜稜霜氣，蔌蔌風威。"韓愈《落齒》："去年落一牙，今年落一齒。俄然落六七，落勢殊未已。"這裏指桐花的脱落。

② 莎草：多年生草本植物，多生於潮濕地區或河邊沙地，莖直立，三棱形，葉細長，深緑色，質硬有光澤，夏季開穗狀小花，赤褐色，地下有細長的匍匐莖，並有褐色膨大塊莖，塊莖稱"香附子"，可供藥用。李白《憶舊遊寄譙郡元參軍》："時時出向城西曲，晉祠流水如碧玉。浮舟弄水簫鼓鳴，微波龍鱗莎草緑。"顧況《贈僧二首》一："家住義興東舍溪，溪邊莎草雨無泥。上人一向心入定，春鳥年年空自啼。"桐陰：桐樹的樹陰。張説《答李伯魚桐竹》："結廬桐竹下，室邇人相深。接垣分竹徑，隔户共桐陰。"李頎《送陳章甫》："四月南風大麥黄，棗花未落桐陰長。青山朝别暮還見，嘶馬出門思舊鄉。" 桐花滿莎落：意謂飄落的桐花灑滿了桐陰下成片的莎草之上。權德輿《送映師歸本寺》："還歸柳市去，遠遠出人群。苔甃桐花落，山窗桂樹薰。"元稹《遣春十首》九："花陰莎草長，藉莎閑自酌。坐看鶯鬬枝，輕花滿尊杓。"

③ 蓋覆：覆蓋，遮蓋。元稹《芳樹》："芳樹已寥落，孤英尤可嘉。可憐團團葉，蓋覆深深花。"白居易《玩新庭樹因詠所懷》："靄靄四月初，新樹葉成陰。動摇風景麗，蓋覆庭院深。" 團圓：圓貌。元稹《高荷》："颭閃碧雲扇，團圓青玉疊。"盧綸《送張成季往江上賦得垂楊》："一穗雨聲裏，千條池色前。露繁光的皪，日麗影團圓。" 可憐：可愛。《玉臺新詠·爲焦仲卿妻作》："東家有賢女，自名秦羅敷。可憐體無比，阿母爲汝求。"杜甫《韋諷録事宅觀曹將軍畫馬圖歌》："可憐九馬争神駿，顧視清高氣深穩。借問苦心愛者誰？後有韋諷前支遁。" 厚薄：厚的與薄的。白居易《秋晚》："長貌隨年改，衰情與物同。夜來霜厚薄，梨葉半低紅。"唐代無名氏《佚題》："雨露施恩無厚

薄,蓬蒿隨分有枯榮。”

④ 昔歲:往年,早年。《左傳·宣公十二年》:“昔歲入陳,今兹入鄭,民不罷勞,君無怨讟,政有經矣!”杜甫《寄劉峽州伯華使君》:“昔歲文爲理,群公價盡增。家聲同令聞,時論以儒稱。” 幽院:幽静的庭院。柳中庸《幽院早春》:“草短花初拆,苔青柳半黄。隔簾春雨細,高枕曉鶯長。”李煜《病中書事》:“病身堅固道情深,宴坐清香思自任。月照静居唯擣藥,門扃幽院只來禽。” 深堂:内堂,屋宇深處的廳堂。《後漢書·仲長統傳》:“妖童美妾,填乎綺室;倡謳伎樂,列乎深堂。”王安石《何處難忘酒二首》二:“深堂拱堯舜,密席坐皋夔。和氣襲萬物,歡聲連四夷。” 簾幙:亦作“簾幕”,用於門窗處的簾子與帷幕。杜牧《題宣州開元寺水閣》:“鳥去鳥來山色裏,人歌人哭水聲中。深秋簾幕千家雨,落日樓臺一笛風。”劉過《滿江紅·高帥席上》:“樓閣萬家簾幕捲,江郊十里旌旗駐。”

⑤ 後門:房屋或院子後面的便門。焦贛《易林·升之大有》:“公孫幽遏,跛倚後門。”《南齊書·褚伯玉傳》:“年十八,父爲婚,婦入前門,伯玉從後門出。” 好惡:好的與不好的。杜甫《莫相疑行》:“晚將末契託年少,當面輸心背面笑。寄謝悠悠世上兒,不争好惡莫相疑。”元稹《三月二十四日宿曾峰館夜對桐花寄樂天》:“是夕遠思君,思君瘦如削。但感事暌違,非言官好惡。”

⑥ 沈檀:亦作“沉檀”,用沉香木和檀木做的兩種著名的熏香料。李中《宫詞二首》二:“金波寒透水精簾,燒盡沈檀手自添。風遞笙歌門已掩,翠華何處夜厭厭?”指妝飾用的顔料,色深而帶潤澤者叫“沈”,淺絳色叫“檀”,唐宋婦女閨妝多用之:或用於眉端,或用在口唇上。李煜《一斛珠》:“曉妝初過。沈檀輕注些兒箇。向人微露丁香顆。” 指撝:亦作“指麾”、“指揮”,以手或手持物揮動示意。《鶡冠子·博選》:“憑几據杖,指麾而使,則厮役者至。”李頎《題璿公山池》:“片石孤峰窺色相,清池皓月照禪心。指揮如意天花落,坐卧閑房春

草深。"

⑦ 暗澹:亦作"暗淡",不鮮艷,不明亮。元稹《送孫勝》:"桐花暗淡柳惺憁,池帶輕波柳帶風。"歐陽修《雁》:"來時沙磧已冰霜,飛過江南木葉黄。水闊天低雲暗澹,朔風吹起自成行。" 抅連:同"勾連",繡花時的兩種手法。暫無書證。又作互相交疊解。白居易《秦中吟十首·傷宅》:"豐屋中櫛比,高墉外回環。纍纍六七堂,棟宇相勾連。" 抅:同"勾",勾畫,描畫,勾勒。俞蛟《潮嘉風月記·麗景》:"稍長則勾眉敷粉,擫管調絲。" 萼:花萼、萼片的總稱,萼位於花的外輪,呈緑色,在花芽期有保護花芽的作用。《晉書·皇甫謐傳》:"是以春華發萼,夏繁其實。"杜甫《花底》:"紫萼扶千蕊,黄鬚照萬花。"

⑧ 繡:用彩色綫在布帛上刺成花、鳥、圖案等。王充《論衡·程材》:"齊部世刺繡,恒女無不能。"李白《贈裴司馬》:"翡翠黄金縷,繡成歌舞衣。" 鬥:拼合,凑。《敦煌變文集·維摩詰經講經文》:"白玉鬥成龍鳳巧,黄金縷出象牙邊。"韋莊《和鄭拾遺秋日感事》:"八珍羅膳府,五采鬥筐床。" 孔雀:鳥名,頭上有羽冠,雄鳥頸部羽毛呈緑色,多帶有金屬光澤,尾羽延長成巨大尾屏,上具五色金翠錢紋,開屏時如彩扇,尤爲艷麗。雌鳥無尾屏,羽色亦較差,産於熱帶,在我國僅見于雲南。《玉臺新詠·古詩爲焦仲卿妻作》:"孔雀東南飛,五里一徘徊。"沈亞之《爲人撰乞巧文》:"假文羽於孔雀兮,而使擅夫佳麗。"

⑨ 疊花:多朵花朵重疊在一起,花姿各異,色彩互呈。駱賓王《晚泊河曲》:"疊花開宿浪,浮葉下凉飈。浦荷疏晚菂,津柳漬寒條。"元稹《薔薇架》:"五色階前架,一張籠上被。殷紅稠疊花,半緑鮮明地。" 金解絡:即"金絡",金絡頭。胡曾《寒食都門作》:"金絡馬銜原上草,玉顔人折路傍花。"孫光憲《風流子》:"金絡玉銜嘶馬,繫向緑楊陰下。"

⑩ 不已:不止,繼續不停。《詩·周頌·維天之命》:"維天之命,於穆不已。"孔穎達疏:"言天道轉運無極止時也。"庾亮《讓中書令

表》:"國恩不已,復以臣領中書。"　君:對對方的尊稱,猶言您。王維《酬比部楊員外暮宿琴臺朝躋書閣率爾見贈之作》:"空谷歸人少,青山背日寒。羡君栖隱處,遥望白雲端。"劉灣《對雨愁悶寄錢大郎中》:"九陌成泥海,千山盡濕雲。龍鍾驅款段,到處倍思君。"

⑪ 繫:拴縛。《莊子·列御寇》:"無能者無所求,飽食而遨遊,汎若不繫之舟。"楊萬里《紅錦帶花》:"何曾繫住春歸脚,只解長縈客恨眉。"　裙帶:繫裙的帶。李端《拜新月》:"細語人不聞,北風吹裙帶。"錢愐《錢氏私志》:"夜漏下三鼓,上悦甚,令左右宫嬪各取領巾、裙帶,或團扇、手帕求詩。"

⑫ 修道:特指道家修煉以求成仙。王充《論衡·道虚》:"夫修道求仙,與憂職勤事不同。"《顔氏家訓·歸心》:"一人修道,濟度幾許蒼生? 免脱幾身罪累? 幸熟思之!"　此意:這種想法。王績《古意六首》五:"赤心許君時,此意那可忘?"岑參《緱山西峰草堂作》:"尚平今何在? 此意誰與論? 佇立雲去盡,蒼蒼月開園。"本詩指男歡女愛之事。　蕭索:淡漠。《魏書·崔道固傳》:"安都視人殊自蕭索,畢捺固依依也。"辛文房《唐才子傳·司空圖》:"某宦情蕭索,百事無能。"

⑬ 牽:牽累。陸機《擬東城一何高》:"曷爲牽世務,中心若有違。"元結《招陶别駕家陽華作》:"無或畢婚嫁,竟爲俗務牽。"牽制。吴曾《能改齋漫録·記事》:"久之,乙既有室,不令,日咻其夫使叛其兄,乙牽於愛而聽之。"　思量:考慮,忖度。《晉書·王豹傳》:"得前後白事,具意,輒别思量也。"杜荀鶴《秋日寄吟友》:"閑坐細思量,惟吟不可忘。"　偶然:事理上不一定要發生而發生的,與"必然"相對。《後漢書·劉昆傳》:"詔問昆曰:'前在江陵,反風滅火,後守弘農,虎北度河,行何德政而致是事?'昆對曰:'偶然耳!'"李德裕《周秦行紀論》:"曆既有數,意非偶然,若不在當代,必在於子孫。"間或,有時候。元稹《劉氏館集隱客》:"偶然沽市酒,不越四五升。"蘇軾《和子由澠池懷舊》:"泥上偶然留指爪,鴻飛那復計東西!"　錯:誤,不正確。《墨

子·非命》:"今雖毋求執有命者之言,必不可得,不亦錯乎?"張純一集解:"錯,舛也,誤也。"王建《謝田贊善見寄》:"錯判符曹群吏笑,亂書巖石一山憎。"詩人在這裏因久久不得與管兒相見而心生無名的怨恨,自己問自己:"我與管兒如此真切如此純真的愛情,難道是錯了不成?不!決不可能!絶不應該!"

[編年]

《年譜》、《編年箋注》、《年譜新編》編年本詩於元和五年,理由同《夢昔時》。

本詩云:"别來若修道,此意都蕭索。"我們以爲,"别來"云云表明,本詩應該是詩人追憶以往與情人的艷遇。而本詩的"幽院"、"深堂",即元稹《仁風李著作園醉後寄李十》詩中的"仁風李著作園"。本詩懷念的女主人公,即應該是元稹《仁風李著作園醉後寄李十》、《夢昔時》詩中的管兒。兩人的艷遇發生在貞元十一年,轉眼四五年的歲月過去了,正與"别來"的口吻相符。本詩又云:"昔歲幽院中,深堂下簾幙。""昔歲"即《夢昔時》中的"昔歲",兩詩即應該賦詠於同年,前詩賦詠於貞元十五年的早春,本詩賦詠於貞元十五年的夏天,地點均在長安。

貞元十六年庚辰(800)　二十二歲

● 寒食夜①

紅染桃花雪壓梨，玲瓏鷄子鬭贏時(一)②。今年不是明寒食，暗地鞦韆別有期③。

錄自《元氏長慶集》楊本集外詩

[校記]

(一) 玲瓏鷄子鬭贏時：原本作"玲瓏鷄子鬭羸時"，詞義難通，《歲時雜詠》作"玲瓏鷄子鬭嬴時"，《全詩》作"玲瓏雞子鬭嬴時"，雖然"嬴"與"贏"語義有相通的地方，但"贏"字更佳，據改。

[箋注]

① 寒食夜："紅染桃花雪壓梨"四句不見於元稹詩文集内，但《歲時雜詠》卷一一、《全唐詩》卷四二二收録，故據此補。　寒食：節日名，在清明前一日或二日，相傳春秋時晉文公負其功臣介之推，介憤而隱於綿山，文公悔悟，燒山逼令出仕，之推抱樹焚死。百姓同情介之推的遭遇，相約於其忌日禁火冷食，以爲悼念，以後相沿成俗，謂之寒食。沈佺期《和常州崔使君寒食夜》："聞道清明近，春闈向夕闌。行遊晝不厭，風物夜宜看。"張籍《寒食夜寄姚侍郎》："貧官多寂寞，不異野人居。作酒和山藥，教兒寫道書。"

② 桃花：桃樹所開的花。《文心雕龍・物色》："'灼灼'狀桃花之鮮，'依依'盡楊柳之貌。"張志和《漁父五首》一："西塞山前白鷺飛，桃

花流水鱖魚肥。” 雪壓梨：意謂滿樹的梨花如厚重的雪花，俯壓在梨樹之上。崔國輔《白紵辭二首》一：“洛陽梨花落如霰，河陽桃葉生復齊。坐惜玉樓春欲盡，紅綿粉絮裛妝啼。”王維《春日上方即事》：“柳色春山映，梨花夕鳥藏。北窗桃李下，閑坐但焚香。” 玲瓏：原指唐代歌妓商玲瓏。白居易《醉歌》：“罷胡琴，掩秦瑟，玲瓏再拜歌初畢。誰道使君不解歌？聽唱黄雞與白日。”元稹也有《重贈（樂人商玲瓏能歌，歌予數十詩）》，詩云：“休遣玲瓏唱我詩，我詩多是别君詞。明朝又向江頭别，月落潮平是去時。”也泛指歌妓。李白《玉階怨》：“玉階生白露，夜久侵羅襪。却下水晶簾，玲瓏望秋月。”陳羽《公子行》：“似見樓上人，玲瓏窗户開。隔花聞一笑，落日不知回。” 鷄子：雞雛。《説文・隹部》：“雛，雞子也。”段玉裁注：“雞子，雞之小者也。”駱賓王《鏤雞子》：“幸遇清明節，欣逢舊練人。刻花争臉態，寫月競眉新。”張説《奉和聖製初入秦川路寒食應制》：“路上天心重豫遊，御前恩賜特風流。便幕那能鏤鷄子？行宫善巧帖毛毬。”疑寒食、清明“鬬鷄子”之遊戲，應該是當時的一種風俗。 贏：勝，與輸相對。白居易《放言五首》二：“不信君看弈棋者，輸贏須待局終頭。”陸龜蒙《自遣詩三十首》二四：“無多藥圃近南榮，合有新苗次第生。稚子不知名品上，恐隨春草鬥輸贏。”

③ 不是明寒食：意謂没有月光照耀的寒食之夜。明寒食，暫無合適的書證，唯韋應物《寒食》提供的意境可供參考：“晴明寒食好，春園百卉開。綵繩拂花去，輕毬度閣來。長歌送落日，緩吹逐殘杯。非關無燭罷，良爲羇思催。”又張蠙《清明遊包家山》提供的意境也可供參考：“遠近紅千樹，繁開奪艷霞。月明寒食雨，春老上陽花。” 明：指日月的光亮。《易・繫辭》：“日往則月來，月往則日來，日月相推，而明生焉！”《史記・曆書》：“日月成，故明也。”照亮。杜甫《月》：“四更山吐月，殘夜水明樓。”王安石《遊褒禪山記》：“火尚足以明也。” 暗地：私下，暗中。顧敻《獻衷心》：“小鑪烟細，虚閣簾垂。幾多心事，

暗地思惟。”黄永《昭君怨·螢》:“剛是沿溪飄泊。忽又隨風前却。暗地恁相誇。可憐他。” 鞦韆:我國民間傳統體育運動。杜甫《清明二首》二:“十年蹴踘將雛遠,萬里鞦韆習俗同。”仇兆鰲注:“宗懔《歲時記》:寒食有打毬、鞦韆、施鈎之戲。《古今藝術圖》:以綵繩懸木立架,士女坐立其上,推引之,謂之鞦韆。一云當作千秋,本出漢宫祝壽詞,後人倒讀,又易其字爲鞦韆耳!”蘇軾《寒食夜》:“漏聲透入碧窗紗,人静鞦韆影半斜。沉麝不燒金鴨冷,淡雲籠月照梨花。” 期:邀約,約定。《詩·鄘風·桑中》:“期我乎桑中,要我乎上宫,送我乎淇之上矣!”《史記·留侯世家》:“與老人期,後,何也?”

[編年]

未見《年譜》提及本詩,《編年箋注》、《年譜新編》分别將本詩列入“未編年詩”、“無法編年作品”欄内。

從本詩“暗地鞦韆别有期”所揭示的意境來看,本詩應該是一首艷詩,記録了男女主人公之間的艷情。元稹有《雜憶詩五首》,與本詩所述,“猶一家説也”。其一云:“今年寒食月無光,夜色纔侵已上床。”與本詩“今年不是明寒食”相呼應。其二云:“花籠微月竹籠烟,百尺絲繩拂地懸。憶得雙文人静後,潛教桃葉送鞦韆。”與本詩“暗地鞦韆别有期”相一致。而本詩詩題“寒食夜”,與《雜憶詩五首》第一、第二首的題旨完全一致。我們以爲本詩應該與《雜憶詩五首》爲前後之作,本詩作於當時,而《雜憶詩五首》作於事後。據此,本詩應該賦詠於元稹與楊巨源在西河縣與風塵女子“蕭娘”厮混之時,具體時間應該在貞元十六年、十七年、十八年之間的寒食夜,地點應該在西河縣,今暫時編排本詩于貞元十六年的寒食夜。

● 雜憶詩五首(一)①

今年寒食月無光，夜色纔侵已上床②。憶得雙文通内裏，玉櫳深處暗聞香③。

花籠微月竹籠烟，百尺絲繩拂地懸(二)④。憶得雙文人静後，潛教桃葉送鞦韆⑤。

寒輕夜淺繞迴廊，不辨花叢暗辨香⑥。憶得雙文朧月下，小樓前後捉迷藏⑦。

山榴似火葉相兼，亞拂低墻半拂檐(三)⑧。憶得雙文獨披掩，滿頭花草倚新簾⑨。

春冰消盡碧波湖，漾影殘霞似有無⑩。憶得雙文衫子薄(四)，鈿頭雲映褪紅酥(五)⑪。

録自《元氏長慶集》補遺卷一

[校記]

(一) 雜憶詩五首：《才調集》作"雜憶詩"，《侯鯖録》作"離憶"，《石倉歷代詩選》作"雜憶"，僅選本組詩第一首，叢刊本、《全詩》、《全唐詩録》作"雜憶五首"，各不相同，録以備考，不改。

(二) 百尺絲繩拂地懸：叢刊本、《全詩》、《侯鯖録》同，《才調集》、《全詩》注、《全唐詩録》作"百丈絲繩拂地懸"，語義不同，不改。

(三) 亞拂低墻半拂檐：《才調集》、《侯鯖録》、《全詩》注同，叢刊本、《全詩》、《全唐詩録》作"亞拂塼階半拂檐"，語義不同，不改。

(四) 憶得雙文衫子薄：原本作"憶得雙文衫子裹"，《全詩》注同，據叢刊本、《才調集》、《侯鯖録》、《全詩》、《全唐詩録》改。

（五）鈿頭雲映褪紅酥：《才調集》、《倿鯖録》、《全詩》同，叢刊本、《全詩》注、《全唐詩録》作“鈿頭雲映褪紅蘇”，語義相類，不改。

［箋注］

① 雜憶詩五首：“今年寒食月無光”五首二十句不見於劉本《元氏長慶集》内，但《倿鯖録》卷五、《才調集》卷五、《全唐詩録》卷六七、《全唐詩》卷四二二收録，估計馬本《元氏長慶集》也據此補入補遺卷一，馬本《元氏長慶集》的意見可從，據補。　雜憶：義近“雜詩”，謂興致不一，不拘流例，遇物即言之詩。《文選》有雜詩一目，凡内容不屬獻詩、公宴、遊覽、行旅、贈答、哀傷、樂府諸目者，概列雜詩項，即有題如張衡《四愁》、曹植《朔風》等，内容相近，亦歸此項，如王粲、劉楨、曹植兄弟等作皆即以“雜詩”二字爲題，後世循之。《文選・王粲〈雜詩〉》李善注：“雜者，不拘流例，遇物即言，故云雜也。”李周翰注：“興致不一，故云雜詩。”桂馥《札樸・雜詩》：“案《文選》王仲宣、劉公幹、魏文帝、陳思王、嵇叔夜、傅休奕、張茂先、棗道彦、左太沖、張季鷹、張景陽、王景立皆有雜詩。”　憶：思念，想念。《樂府詩集・飲馬長城窟行》：“長跪讀素書，書中竟何如？上言加餐食，下言長相憶。”韓愈《次鄧州界》：“潮陽南去倍長沙，戀闕那堪更憶家？心訝愁來惟貯火，眼知别後自添花。”回憶。庾信《奉和永豐殿下言志十首》八：“連盟翻滅鄭，仁義反亡徐。還思建鄴水，終憶武昌魚。”韓愈《送侯参謀赴河中幕》：“憶昔初及第，各以少年稱。君頤始生鬚，我齒清如冰。”錢謙益有《和元微之雜憶詩十二首》，我們據此而别録《■ 雜憶詩十二首》作爲佚失詩，編年在本組詩之後。

② 寒食：我國傳統節日名，在清明前一日或二日。王建《寒食》：“田舍清明日，家家出火遲。白衫眠古巷，紅索搭高枝。”朱灣《平陵寓居再逢寒食》：“幾迴江上泣途窮，每遇良辰嘆轉蓬。火燧知從新節變，灰心還與故人同。”　夜色：猶夜光。宋之問《牛女》：“失喜先臨

鏡,含羞未解羅。誰能留夜色?來夕倍還梭。”儲光羲《題陸山人樓》:“暮聲雜初雁,夜色涵早秋。獨見海中月,照君池上樓。”

③ 憶得:記得。岑參《江上春嘆》:“臘月江上煖,南橋新柳枝。春風觸處到,憶得故園時。”獨孤及《和贈遠》:“憶得去年春風至,中庭桃李映瑣窗。美人挾瑟對芳樹,玉顔亭亭與花雙。” 雙文:本組詩的女主人公,也許是當時實有其人的名字,也許是根本没有此名而是詩人虚擬的人名,今天已經不可考查。王桐齡的《會真記事迹真僞考》幾乎將署名元稹的所有艶詩都説成是賦詠崔鶯鶯的詩篇,肯定是不合適的。 内裏:指人們起卧的内室。王建《題石甕寺》:“青崖古寺夾城東,泉脈鍾聲内裏通。地壓神龍山色别,屋連宫殿匠名同。”汪元量《湖州歌九十八首》九一:“江南郡守列金階,内裏華筵日日排。文武官僚多二品,還鄉盡帶虎頭牌。” 玉櫳:精美的窗,借指閨閣。元稹《生春二十首》一七:“何處春生早?春生綺户中。玉櫳穿細日,羅幔張輕風。”傅察《次韵申泮宫直宿早秋四首》三:“一方明月落長空,萬里餘輝鏁玉櫳。蟬韵啾啾來遠木,槐雲裊裊弄清風。”

④ 花籠微月竹籠烟:本句是“微月籠花烟籠竹”的倒裝。 籠:籠罩,遮掩。賈思勰《齊民要術·脯臘》:“脯成,置虚静庫中,著烟氣則味苦,紙袋籠而懸之。”秦觀《沁園春·春思》:“宿靄迷空,膩雲籠日,晝景漸長。” 微月:猶眉月,新月,指農曆月初的月亮。傅玄《雜詩》:“玄景隨形運,流響歸空房。清風何飄飖?微月出西方。”杜甫《水會渡》:“山行有常程,中夜尚未安。微月没已久,崖傾路何難!” 百尺:十丈,喻高、長或深。枚乘《七發》:“龍門之桐,高百尺而無枝。”《文選·鮑照〈苦熱行〉》:“丹蛇踰百尺,玄蜂盈十圍。”李善注:“百尺、十圍,言其長大也。” 絲繩:絲編之繩。辛延年《羽林郎》:“就我求清酒,絲繩提玉壺。”白居易《井底引銀瓶》:“井底引銀瓶,銀瓶欲上絲繩絶。” 拂:掠過,輕輕擦過或飄動。王昌齡《送高三之桂林》:“嶺上梅花侵雪暗,歸時還拂桂花香。”韋莊《浣溪沙》:“緑樹藏鶯鶯正啼,柳絲

斜拂白銅堤。” 懸：謂高挂在空中。司馬相如《長門賦》：“懸明月以自照兮，徂清夜於洞房。”蕭統《文選序》：“若夫姬公之籍、孔父之書，與日月俱懸，鬼神争奥。”

⑤ 人静：深夜人們入睡之後安静的景况。李華《長門怨》：“弱體鴛鴦薦，啼妝翡翠衾。雅鳴秋殿曉，人静禁門深。”元稹《寄浙西李大夫四首》三：“禁林同直話交情，無夜無曾不到明。最憶西樓人静夜，玉晨鐘磬兩三聲。” 桃葉：人名，本組詩女主人公雙文的侍女，應該是詩人虚構的人名。桃葉常常出現在古代詩歌之中，作爲侍女的代名詞。楊巨源《寄申州盧拱使君》：“領郡仍聞總虎貔，致身還是見男兒。小船隔水催桃葉，大鼓當風舞柘枝。”劉禹錫《堤上行三首》二：“江南江北望烟波，入夜行人相應歌。桃葉傳情竹枝怨，水流無限月明多。” 鞦遷：即“鞦韆”，我國民間傳統體育運動，在木架或鐵架上懸挂兩繩，下拴横板，人在板上或站或坐，兩手握繩，利用蹬板的力量身軀隨而前後向空中擺動，相傳爲春秋齊桓公從北方山戎引入。王維《寒食城東即事》：“蹴踘屢過飛鳥上，鞦韆競出垂楊裏。少年分日作遨遊，不用清明兼上巳。”杜甫《清明二首》二：“十年蹴踘將雛遠，萬里鞦韆習俗同。旅雁上雲歸紫塞，家人鑽火用青楓。”

⑥ 寒輕：即“輕寒”，微寒。蕭綱《與蕭臨川書》：“零雨送秋，輕寒迎節。江楓曉落，林葉初黄。”宋之問《奉和幸長安故城未央宫應制》：“皇明怅前迹，置酒宴群公。寒輕綵仗外，春發幔城中。” 夜淺：即入夜不久。白居易《酬夢得暮秋晴夜對月相憶》：“霽月光如練，盈庭復滿池。秋深無熱後，夜淺未寒時。”賈島《夜喜賀蘭三見訪》：“漏鐘仍夜淺，時節欲秋分。泉聒栖松鶴，風除翳月雲。” 迴廊：回環曲折的走廊。蕭綱《善覺寺碑銘》：“重欒交峙，迴廊逢迓。掩映花臺，崔嵬蘭榭。”杜甫《涪城縣香積寺官閣》：“含風翠壁孤雲細，背日丹楓萬禾稠。小院迴廊春寂寂，浴鳧飛鷺晚悠悠。” 花叢：叢集的群花。謝朓《和王主簿季哲怨情》：“花叢亂數蝶，風簾入雙燕。徒使春带賒，坐惜紅

顔變。"元稹《寄胡靈之》:"月影侵床上,花叢在眼前。今宵正風雨,空宅楚江邊。"

⑦ 朧月:明月。劉晝《新論·兵術》:"是以列宿滿天,不及朧月,形不一,光不同也。"元稹《桐花》:"朧月上山館,紫桐垂好陰。" 迷藏:遊戲名,蒙目相捉或尋找躲藏者的遊戲,也稱捉迷藏。杜牧《揚州三首》一:"煬帝雷塘土,迷藏有舊樓。"馮集梧注引《致虛雜俎》:"明皇與玉真恒於皎月之下,以錦帕裹目,在方丈之間,互相捉戲,謂之捉迷藏。"秦觀《宴桃源》:"去歲迷藏花柳,恰恰如今時候。"

⑧ 山榴:杜鵑花的别名。何遜《七召》:"河柳垂葉,山榴發英。"白居易《題孤山寺山石榴花示諸僧衆》:"山榴花似結紅巾,容艷新妍占斷春。"又稱"山石榴",花開紅色,也叫映山紅。白居易《山石榴寄元九》:"山石榴,一名山躑躅,一名杜鵑花,杜鵑啼時花撲撲。"元稹《酬樂天武關南見微之題山石榴花詩》:"比因酬贈爲花時,不爲君行不復知。又更幾年還共到?滿墻塵土兩篇詩。" 相兼:相同。《後漢書·王符傳》:"故四友雖美,能不相兼。"李賢注:"《尚書大傳》:'孔子曰:"文王得四臣,丘亦得四友。"'謂回也爲胥附,賜也爲奔走,師也爲先後,由也爲禦侮,其能各不同也。"李商隱《莫愁》:"雪中梅下與誰期?梅雪相兼一萬枝。若是石城無艇子,莫愁還自有愁時。" 亞拂:低身而撫拂。白居易《晚桃花》:"一樹紅桃亞拂池,竹遮松蔭晚開時。非因斜日無由見,不是閑人豈得知!"鄭述誠《華林園早梅》"素彩風前艷,韶光雪後催。蕊香霑紫陌,枝亞拂青苔。"

⑨ 披:覆蓋或搭衣於肩。王褒《九懷·昭世》:"襲英衣兮緹褶,披華裳兮芳芬。"寒山《詩》一二九:"雍容美少年,博覽諸經史……冬披破布衫,蓋是書誤已。" 滿頭:頭上都是。戎昱《採蓮曲二首》二:"涔陽女兒花滿頭,毵毵同泛木蘭舟。秋風日暮南湖裏,争唱菱歌不肯休。"王建《謝李續主簿》:"衰卧朦朧曉,貧居冷落春。少年無不好,莫恨滿頭塵!" 花草:泛指可供觀賞的花和草。李白《登金陵鳳凰

臺》:"吴宫花草埋幽徑,晉代衣冠成古丘。"王安石《鍾山即事》:"澗水無聲繞竹流,竹西花草弄春柔。" 倚:憑靠。《論語·衛靈公》:"立則見其參於前也,在輿則見其倚於衡也。"杜甫《佳人》:"天寒翠袖薄,日暮倚修竹。"

⑩ 春冰:春天的冰,因其薄而易裂,多喻指危險的境地或容易消失的事物。王融《三月三日曲水詩序》:"念負重於春冰,懷御奔於秋駕。"陸游《示二子》:"豈不懷榮畏友朋!一生凛凛蹈春冰。" 消盡:完全消除,完全消失。白居易《適意二首》二:"直道速我尤,詭遇非吾志。胸中十年内,消盡浩然氣。"李商隱《憶住一師》:"無事經年别遠公,帝城鐘曉憶西峰。爐烟消盡寒燈晦,童子開門雪滿松。" 碧波:清澄緑色的水波。李白《江夏送林公上人游衡嶽序》:"欲將振五樓之金策,浮三湘之碧波。"許渾《夜泊永樂有懷》:"蓮渚愁紅蕩碧波,吴娃齊唱采蓮歌。" 漾影:摇晃的影子,一般指水中的影子。褚亮《臨高臺》:"浮光隨日度,漾影逐波深。"夏竦《黄鶴樓歌》:"城上危樓高縹緲,城下澄江復相繞。有時漾影入中流,俯看魚游仰飛鳥。" 殘霞:殘餘的晚霞。何遜《夕望江橋》:"夕鳥已西度,殘霞亦半銷。"沈與求《石壁寺山房即事》二:"畫橋依約垂柳外,映帶殘霞一抹紅。" 有無:有或無。《文選·司馬相如〈子虛賦〉》:"臣楚國之鄙人也,幸得宿衛,十有餘年,時從出遊,遊於後園,覽於有無,然猶未能遍覩也。"李善注:"覽於有無,謂或有所見,或復無也。"賈島《送僧》:"言歸文字外,意出有無間。"

⑪ 衫子:古代婦女穿的袖子寬大的上衣。馬縞《中華古今注·衫子背心》:"衫子,自黄帝無衣裳,而女人有尊一之義,故衣裳相連。始皇元年,詔宫人及近侍宫人皆服衫子,亦曰半衣,蓋取便於侍奉。"從中可見本組詩中的女主人公應該是風塵女子。元稹《白衣裳二首》二:"藕絲衫子柳花裙,空著沈香慢火熏。"徐凝《翫花五首》四:"誰家躑躅青林裏?半見殷花焰焰枝。憶得倡樓人送客,深紅衫子影門

時。”　鈿頭：花鈿。白居易《琵琶行》：“五陵年少争纏頭，一曲紅綃不知數。鈿頭雲篦擊節碎，血色羅裙翻酒污。”比喻華麗的鑲繡。元稹《夢遊春七十韵》：“紕軟鈿頭裙，玲瓏合歡袴。”沈自南《藝林彙考・服飾篇》：“元微之《雜憶詩》中‘憶得雙文衫子裏，鈿頭雲映褪紅酥’，鈿頭，疑是鈕扣之屬。”　紅酥：亦作“紅蘇”，形容紅潤柔膩。元稹《離思五首》一：“須臾日射燕脂頰，一朵紅蘇旋欲融。”和凝《宫詞百首》六一：“鶯錦蟬羅撒麝臍，狻猊輕噴瑞烟迷。紅酥點得香山小，卷上珠簾日未西。”

［編年］

《年譜》編年本詩於元和五年，後面附録：“王《辨》云：‘……《雜憶》詩，與《傳奇》所載，猶一家説也。’王《考》云：‘……《雜憶》詩七絶五首，寫自己與鶯鶯在閨中狎昵之遊戲。’‘《雜憶》之“夜色纔侵已上床”、“花籠微月竹籠烟”、“寒輕夜淺繞迴廊”……等句，詠其幽會之時間。’”我們以爲，“夜色纔侵已上床”、“花籠微月竹籠烟”、“寒輕夜淺繞迴廊”諸句，是元稹賦詠本組詩時對眼前景的描述，不是“詠其幽會之時間”，王《考》與《年譜》顯然誤讀了原詩的旨意。《編年箋注》編年：“此詩作于元和五年（八一〇），元稹時在江陵士曹任。見下《譜》。”《年譜新編》編年本詩於元和四年“使東川時作”，理由是：“第一首云：‘今年寒食月無光，夜色纔侵已上床。’第四首云：‘山榴似火葉相兼，亞拂低墻半拂檐。’疑元和四年出使東川途中作。參《使東川・嘉陵驛二首》等。”我們以爲，寒食年年有，山榴遍地見，如何僅僅憑此就斷定其編年？元稹詠寒食，賦山榴的詩篇還有不少，能否都編年在一起？

本組詩每首前兩句寫眼前景與情，“今年寒食月無光”、“春冰消盡碧波湖”、“寒輕夜淺繞迴廊”、“山榴似火葉相兼”，應該作於某年的寒食節，屬於艷事多年之後回憶當時的情景。後面兩句寫當時的情與景，根據“小樓前後捉迷藏”、“滿頭花草倚新簾”、“鈿頭雲映褪紅酥”以及錢謙益《和元微之雜憶詩十二首》“姐妹行中笑語稀，春懷都被野蜂知”之句所示，女主人公的所作所爲完全是“風塵女子”的作爲，與大家閨秀的鶯鶯身份不相符合，應該是元稹在西河縣與楊巨源一起結識的“蕭娘”。“雙文”之名，或者是真名，或者是假託，難以查考。元稹《贈别楊員外巨源》：“憶昔西河縣下時，青山顦顇宦名卑。揄揚陶令緣求酒，結託蕭娘只在詩。”爲我們透露了其中的信息。據此，本組詩是貞元中期元稹在西河縣和楊巨源一起與當地的風塵女子“蕭娘”一起厮混情景的再現。但本組詩每首都有“憶得雙文”之句，故本組詩不是賦詠於當時，而是事過境遷多少年之後的“雜憶”，時間大約在貞元十二年至貞元十八年之間，今暫時將本組詩編年于貞元十六年的寒食節，地點應該在長安。

■ 雜憶詩十二首(一)①

據錢謙益《苦海集・和元微之雜憶詩十二首》

[校記]

(一) 雜憶詩十二首：本佚失組詩據錢謙益《苦海集・和元微之雜憶詩十二首》，又見《有學集・補遺》，文字基本相同。

[箋注]

① 雜憶詩十二首：錢謙益有《和元微之雜憶詩十二首》，今一一過録，僅供讀者參考，其一：“春燈試罷早梅開，風景催人次第來。憶得隔墻明月夜，滿身花露立蒼苔。”其二：“黄綾方勝繫紅絲，裹疊相思在此時。憶得玉環初解贈，叮嚀記我耳邊垂。”其三：“愁到無愁恨轉

身,侍兒欲喚却忘名。憶得阿圓來送酒,隔樓聞詠玉臺聲。”其四:“妝成忽報櫓聲催,欲别堂前首重迴。憶得徘徊難寄語,向人佯道幾時來?”其五:“雁頭箋杳却三秋,惆悵佳晨似水流。憶得早寒鬟未整,爐香親送一停眸。”其六:“經年信隔似銀河,一見相看掩翠蛾。憶得門前方聞訊,憑欄低語泪痕多。”其七:“相思無地恨偏長,斂衽纖纖拜覺王。憶得證明通姓氏,因緣都仗一爐香。”其八:“全憑雙鯉寫相思,二六時中數寄詞。憶得封緘編甲乙,要予裁報莫參差。”其九:“情魔難遣病魔侵,不謂陽明變厥陰。憶得良醫都未識,凡方何用寫黄芩?”其一〇:“姐妹行中笑語稀,春懷都被野蜂知。憶得掩關寒食夜,月明人静兩相疑。”其一一:“晚凉天氣麥秋時,手折花枝慰所思。憶得奚奴傳好信,平安欲報幾驚疑。”其一二:“香蕉金鴨是離情,三月花開百媚城。憶得樓中人乍起,曉鶯殘月半天明。”《元稹集·雜憶詩五首》按語:“元稹恐另有《雜憶詩十二首》,已佚。因讀錢謙益《苦海集》,見有《和元微之雜憶詩十二首》,該詩亦收於《有學集·補遺》,今録於此,供參考。”我們以爲,錢謙益或據元稹《雜憶詩五首》而另外撰成《和元微之雜憶詩十二首》,或元稹另有《雜憶詩十二首》,錢謙益據而和之,今取後者,補録於《雜憶詩五首》之後。又清人納蘭性德也有《和元微之雜憶詩》,其二:“春葱背癢不禁爬,十指摻摻剥嫩芽。”疑也是唱和元稹“雜憶詩五首”或“雜憶詩十二首”之作,一併過録於此。　雜憶詩:義近“雜詩”,謂興致不一,不拘流例,遇物即言之詩,一般與男女戀情有關。楊廣有《效劉孝綽雜憶詩二首》,《四庫全書總目·古樂苑五十二卷》:“隋煬帝之《雜憶詩》,且明標詩字以及閨思、閨怨、春思、秋思之類無不闌入,則又何詩不可入樂乎?”楊廣《效劉孝綽雜憶詩二首》,其一:“憶睡時,待来剛不来。卸粧仍索伴,解珮更相催。博山思結夢,沈水未成灰。”其二:“憶起時,投籤初報曉。被匿香黛殘,枕隱金釵裊。笑動上林中,除却司晨鳥。”湯右曾《重五雜憶詩三首》,其一:“閑尋舊夢八年前,水閣秦淮小有天。風細月華人不到,茜紅裙上倚箏絃。”其二:“寧兒掌上記初生,點滴疏桐夜雨聲。角黍筵將湯餅會,恰教兩事一齊行。”其三:“憶昨江風作意狂,青山山下倚危檣。劇憐萬里歸舟客,不得杯黏午日黄。”沈甡《雜憶兩首》:“輕羅小帳半垂鈎,睡鴨熏爐香篆浮。憶得酒闌微醉立,隔窗紅燭照梳頭。”其二:“芙蓉秋水一扁舟,去住浮萍不自由。憶得赤欄橋上望,唤儂别去唤儂留。”

[編年]

《元稹集》在元稹《雜憶詩五首》之後採録錢謙益《和元微之雜憶詩》,認爲:“元稹恐另有《雜憶詩十二首》,已佚。”但未作定論。未見《年譜》、《編年箋注》、《年譜新編》採録與編年。

本佚失組詩應該與元稹《雜憶詩五首》作於同時,也是貞元中期元稹在西河縣和楊巨源一起與當地的風塵女子“蕭娘”一起厮混情景的再現,錢謙益“姐妹行中笑語稀,春懷都被野蜂知”之句就透露了女主人公是風塵女子的身份。楊廣“卸粧仍索伴,解珮更相催”、“被匿香黛殘,枕隱金釵裊”之句,湯右曾“閑尋舊夢八年前,水閣秦淮小有天。風細月華人不到,茜紅裙上倚箏絃”之詩,沈甡“憶得酒闌微醉立,隔窗紅燭照梳頭”、“憶得赤欄橋上望,唤儂别去唤儂留”之聯,即表明這類詩作的“風塵艷情”性質,更證明元稹本組詩也是自己與西河縣“蕭娘”一起厮混情景的回憶。既然稱爲“雜憶”,故本佚失組詩不是賦詠於當時,而是事過景遷多少年之後的“雜憶”,時間大約在貞元十二年至貞元十八年之間,今暫時將本佚失組詩與《雜憶詩五首》一起編年於貞元十六年的寒食節,地點應該在長安。

● 古艷詩二首(一)①

春來頻到宋家東,垂袖開懷待好風②。鶯藏柳暗無人語,惟有墻花滿樹紅③。

深院無人草樹光,嬌鶯不語趁陰藏④。等閑弄水浮花片(二),流出門前賺阮郎⑤。

録自《元氏長慶集》補遺卷一

[校記]

(一) 古艷詩二首:《全詩》同,叢刊本作"春詞",下無題注,衹選録本組詩第二首;《才調集》作"古艷詩(或刻春詞)",下無題注,衹選本組詩第二首。《侯鯖録》作"春詞",《説郛》作"春詞二首",各備一説,不改。"即《傳》所謂立綴《春詞二首》,是也",此題注僅見於馬本,其餘各本未見,非原本所有,是明代松江馬元調重刊時加的注語,誤將《古艷詩二首》作爲元稹《鶯鶯傳》中的故事情節之一,將藝術形象張生作爲歷史人物元稹的自寓,不可取。

(二) 等閑弄水浮花片:原本作"等閑弄水流花片",《全詩》注同,叢刊本、《才調集》、《全詩》、《説郛》作"等閑弄水浮花片",考慮下句"流出門前賺阮郎",爲避語義重複,據改。

[箋注]

① 古艷詩二首:"春來頻到宋家東"兩首八句不見於劉本《元氏長慶集》内,但《侯鯖録》卷五、《才調集》卷五、《全唐詩》卷四二二、《説郛》卷一一五下收録,估計馬本《元氏長慶集》也據此補入補遺卷一,馬本《元氏長慶集》的意見可從,據補。　艷詩:艷體詩,指以男女愛

情爲題材的詩歌。盧綸《古艷詩》:"殘妝色淺髻鬟開,笑映朱簾覷客来。推醉唯知弄花鈿,潘郎不敢使人催。"許顗《許彦周詩話》:"高秀實又云:'元氏艷詩,麗而有骨;韓偓《香奩集》,麗而無骨。'"　春詞:有關男女戀情的書信、詩詞或其他文辭。王建《春詞》:"菱花霍霍繞帷光,美人對鏡著衣裳。庭中並種相思樹,夜夜還栖雙鳳凰。"元稹《春詞》:"山翠湖光似欲流,蜂聲鳥思却堪愁。西施顔色今何在?但看春風百草頭。"

② 宋家東:宋玉家之東鄰。宋玉《登徒子好色賦》:"楚國之麗者,莫若臣里。臣里之美者,莫若臣東家之子。"後因以"東鄰"指美女。李白《效古二首》二:"自古有秀色,西施與東鄰。"閻選《浣溪沙》:"劉阮信非仙洞客,嫦娥終是月中人。此生無路訪東鄰。"　開懷:心中無所拘束,十分暢快。武元衡《酬陸三與鄒十八侍御》:"城分流水郭連山,拂露開懷一解顔。令尹關中仙史會,河陽縣裹玉人閑。"權德輿《早春南亭即事》:"振衣慚艾綬,闚鏡嘆華顛。獨有開懷處,孫孩戲目前。"

③ 鶯:黄鶯,又稱黄鸝、倉庚等。丘遲《與陳伯之書》:"暮春三月,江南草長,雜花生樹,群鶯亂飛。"温庭筠《南歌子》:"隔簾鶯百囀,感君心。"　墻花:種植在墻邊或攀緣在墻上的花卉。元稹《酬翰林白學士代書一百韵》:"山岫當街翠,墻花拂面枝。鶯聲愛嬌小,鷰翼翫逶迤。"羅隱《寒食日早出城東》:"青門欲曙天,車馬已喧闐。禁柳疏風雨,墻花拆露鮮。"

④ 深院:深邃而幽静的庭院。杜甫《宿贊公房》:"杖錫何来此?秋風已颯然。雨荒深院菊,霜倒半池蓮。"戎昱《題招提寺》:"山影水中盡,鳥聲天上來。一燈傳歲月,深院長莓苔。"　不語:不鳴。孟彦深《元次山居武昌之樊山新春大雪以詩問之》:"江山十日雪,雪深江霧濃……林鶯却不語,野獸翻有蹤。"雍裕之《殘鶯》:"花闌鶯亦懶,不語似含情。何言百囀舌,唯餘一兩聲?"

⑤ 等閑:輕易,隨便。白居易《新昌新居》:"等閑栽樹木,隨分占風烟。"朱熹《春日》:"等閑識得東風面,萬紫千紅總是春。" 弄水:玩水。李白《春日遊羅敷潭》:"行歌入谷口,路盡無人躋。攀崖度絶壑,弄水尋迴溪。"皇甫松《採蓮子二首》一:"菡萏香連十頃陂,小姑貪戲採蓮遲。晚來弄水船頭濕,更脱紅裙裹鴨兒。" 花片:飄落的花瓣。元稹《贈李二十牡丹花片因以餞行》:"鶯澀餘聲絮墮風,牡丹花盡葉成叢。可憐顏色經年别,收取朱闌一片紅。"殷堯藩《吹笙歌》:"伶兒竹聲愁繞空,秦女泪濕燕支紅。玉桃花片落不住,三十六簧能唤風。" 阮郎:漢明帝永平五年,會稽郡剡縣劉晨、阮肇共入天台山采藥,遇兩麗質仙女,被邀至家中,併招爲婿。阮郎本指阮肇,後亦借指與麗人結緣之男子。張子容《送蘇倩遊天台》:"琪樹嘗仙果,瓊樓試羽衣。遥知神女問,獨怪阮郎歸。"劉長卿《過白鶴觀尋岑秀才不遇》:"應向桃源裏,教他唤阮郎。"

[編年]

《年譜》編年本詩於貞元十六年,理由是:"題下注:'一作《春詞》。'作《春詞》是。《古艷詩》是總標題。元稹《傳奇》云:'婢曰:"崔之貞慎自保,雖所尊不可以非語犯之……然而善屬文,往往沉吟章句,怨慕者久之。君試爲喻情詩以亂之……"張大喜,立綴《春詞》二首以授之。'王《辨》云:'僕家有微之作《元氏古艷詩》百餘篇,中有《春詞》二首,其間皆隱"鶯"字(《傳奇》言"立綴《春詞》二首以授之",不書諱字者,即此意。)'孝萱案:所謂'皆隱"鶯"字',指元稹《春詞》第一首云'鶯藏柳暗無人語',第二首云'嬌鶯不語趁陰藏'。"《編年箋注》編年:"此詩作于貞元十六年(八〇〇),元稹時在河中府。見下《譜》。"《年譜新編》亦編年本詩於貞元十六年,理由是:"《鶯鶯傳》云:'……張大喜,立綴《春詞》二首以授之。'"

《年譜》、《編年箋注》、《年譜新編》編年本詩在貞元十六年的最主要根據無非是《鶯鶯傳》的故事情節,但《鶯鶯傳》是虚構的小説,它的故事情節又怎麼可以作爲詩歌編年的理由?故事裏的主人公又怎麼能與撰寫故事的作者生拉硬扯劃等號?我們在驚奇之餘總覺得有點荒唐滑稽。根據《漢語大詞典》的解釋,“傳奇”是小説體裁之一,一般指唐宋人用文言寫作的短篇小説。《新唐書·藝文志》“小説類”有唐裴鉶《傳奇》三卷,《太平廣記》選録甚多。其源出於六朝“志怪”,而内容已擴展到人情世態和社會生活的描寫。如《南柯太守傳》、《李娃傳》、《東城父老傳》等都屬這類作品。至於王性之在《辨〈傳奇〉鶯鶯事》中所言他家中的“微之作‘元氏古艷詩’百餘篇中有《春詞二首》”云云,更與《年譜》將它們編年貞元十六年風馬牛不相及。而詩中皆隱“鶯”字云云,黄鶯、梅花等等是詩歌裏經常吟詠的事物,這類詞語在詩歌裏出現的頻率很高,與作爲人名的鶯鶯没有必然的聯繫,更不是編年的正當理由。而從版本的角度看,有的是兩首,有的是一首,它應該與《鶯鶯傳》中的“《春詞二首》”没有直接的關係。在《鶯鶯傳》中,崔鶯鶯斥責張生的《春詞二首》是“淫泆之詞”:“及崔至,則端服嚴容,大數張曰:‘兄之恩,活我之家,厚矣!是以慈母以弱子幼女見託,奈何因不令之婢,致淫泆之詞……’”而本組詩所示,雖然是屬於艷詩範疇,但與“淫泆之詞”相去甚遠,可見本組詩不能等同於《鶯鶯傳》中的《春詞二首》。

我們以爲本詩是元稹年輕時撰寫的艷詩,元稹《叙詩寄樂天書》:“又有以干教化者,近世婦人,暈淡眉目,綰約頭鬢,衣服修廣之度,及匹配色澤,尤劇怪艷,因爲艷詩百餘首。”後來元稹在撰寫《鶯鶯傳》的時候,自然也受到這部份艷詩的潛移默化的影響。但應該説明:《鶯鶯傳》是元稹虚構的傳奇小説,並非真人真事的再現,更不是作者的自寓或自傳。元稹的部份艷詩,是元稹撰寫《鶯鶯傳》之前的預演,是《鶯鶯傳》撰作時的部份素材,兩者决不應該等同。據此,我們以爲本組詩應該是《鶯鶯傳》撰成之前的作品,亦即貞元十六年春天、十七年春天或十八年春天的詩篇,今暫時編年于貞元十六年的春天,地點在長安。

● 鶯鶯詩(一)①

殷紅淺碧舊衣裳,取次梳頭暗淡妝(二)②。夜合帶烟籠曉日(三),牡丹經雨泣殘陽③。依稀似笑還非笑(四),彷彿聞香不是香(五)④。頻動横波嬌不語(六),等閑教見小兒郎⑤。

録自《元氏長慶集》補遺卷一

[校記]

(一) 鶯鶯詩:《侯鯖録》、《説郛》、《全唐詩録》同,《才調集》題下注:"或混刻《離思詩六首》。"叢刊本作"離思六首",本詩列第一首,《全詩》題下注:"一作《離思詩》之首篇。"本詩列第一首。

(二) 取次梳頭暗淡妝:叢刊本、《才調集》、《侯鯖録》、《全詩》、《全唐詩録》同,《説郛》作"取次梳頭雅淡妝",語義不同,各備一説,不改。

(三) 夜合帶烟籠曉日:《才調集》、《侯鯖録》、《全詩》、《説郛》同,叢刊本、《全唐詩録》作"夜合帶烟籠曉月",語義不同,各備一説。《元稹集》誤作:"《才調集》作'月'。"《編年箋注》正文據《才調集》,而《才調集》作"夜合帶烟籠曉日",但《編年箋注》正文却作"夜合帶烟籠曉月",文後校勘:"馬本、《全詩》作'日'。"承襲《元稹集》之誤。

(四) 依稀似笑還非笑:《才調集》、《侯鯖録》、《説郛》同,叢刊本作"低迷隱笑元無笑"、《全詩》、《全唐詩録》作"低迷隱笑原非笑",《全詩》注作"依稀似笑原非笑",語義不同,各備一説,不改。

(五) 彷彿聞香不是香:《才調集》、《侯鯖録》、《説郛》、《全詩》注、《全唐詩録》同,叢刊本、《全詩》作"散漫清香不似香",語義不同,各備一説,不改。

(六) 頻動横波嬌不語:《才調集》、《説郛》、《全詩》注同,《侯鯖録》作"頻勸嬌波嗔不語",叢刊本、《全詩》、《全唐詩録》作"頻動横波嗔阿母",語義不同,各備一説,不改。

[箋注]

① 鶯鶯詩:"殷紅淺碧舊衣裳"八句不見於劉本《元氏長慶集》内,但《侯鯖録》卷五、《才調集》卷五、《全唐詩録》卷六七、《全唐詩》卷四二二、《説郛》卷一一五下收録,估計馬本《元氏長慶集》也據此補入補遺卷一,馬本《元氏長慶集》的意見可從,據補。這是一篇述説男女之間戀情詩篇,屬於元稹《叙詩寄樂天書》所云元和七年之前元稹自己編輯"十體"之中的艷詩一體。它對元稹後來撰作的《鶯鶯傳》也許有所影響,但元稹與這位女主人公鶯鶯不存在戀愛的關係。從詩的内容來看,本詩僅是對某一年輕女性外貌的描繪,裝束打扮有些些類似,最後兩句也與《鶯鶯傳》的故事情節有某種相似,但"頻動横波嗔阿母"兩句却不符《鶯鶯傳》故事中崔鶯鶯穩重温順的個性,也不符合《鶯鶯詩》的故事情節。

② 殷紅:深紅,紅中帶黑。杜甫《韋諷録事宅觀曹將軍畫馬圖歌》:"曾貌先帝照夜白,龍池十日飛霹靂。内府殷紅瑪瑙盤,婕妤傳詔才人索。"楊巨源《酬崔駙馬惠箋百張兼貽四韵》:"百張雲樣亂花開,七字文頭艷錦回。浮碧空從天上得,殷紅應自日邊來。" 淺碧:淡緑色。元稹《春分投簡陽明洞天作》:"淺碧鶴新卵,深黄鵝嫩雛。"白居易《見紫薇花憶微之》:"一叢暗澹將何比?淺碧籠裙襯紫巾。除却微之見應愛,人間少有别花人。" 取次:隨便,任意。葛洪《抱朴子·祛惑》:"此兒當興卿門宗,四海將受其賜,不但卿家,不可取次也。"杜甫《送元二適江左》:"經過自愛惜,取次莫論兵。" 梳頭:梳理頭髮。《世説新語·賢媛》:"李梳頭,髮委藉地,膚色玉曜。"杜甫《遣

興》："干戈猶未定，弟妹各何之？拭泪霑襟血，梳頭滿面絲。" 暗淡：不明顯，不鮮明。元稹《送孫勝》："桐花暗澹柳惺憁，池帶輕波柳帶風。今日與君臨水別，可憐春盡宋亭中。"白居易《贈内子》："暗澹屏幃故，淒凉枕席秋。貧中有等級，猶勝嫁黔婁。"

③ 夜合：合歡的别名。元稹《夜合》："綺樹滿朝陽，融融有露光。雨多疑濯錦，風散似分妝。"《太平御覽》卷九五八引周處《風土記》："夜合，葉晨舒而暮合，一名合昏。" 曉日：朝陽。劉禹錫《酬令狐相公使宅别齋初栽桂樹見懷之作》："影近畫梁迎曉日，香隨緑酒入金杯。"引申爲清晨。張九齡《郡中每晨興輒見群鶴東飛至暮又行列而返甚和樂焉遂賦以詩》："曉日東田去，烟霄北渚歸。" 牡丹：著名的觀賞植物，有"花王"之稱。柳渾《牡丹》："近來無奈牡丹何？數十千錢買一顆。今朝始得分明見，也共戎葵不校多。"竇鞏《送元稹西歸》："南州風土滯龍媒，黄紙初飛敕字來。二月曲江連舊宅，阿婆情熟牡丹開。" 泣：無聲流泪或低聲而哭。《易·屯》："得敵，或鼓或罷，或泣或歌。"蘇軾《前赤壁賦》："舞幽壑之潛蛟，泣孤舟之嫠婦。"這裏以泪珠借喻雨珠。 殘陽：猶夕陽。錢起《送夏侯審校書東歸》："破鏡催歸客，殘陽見舊山。"張祜《題萬道人禪房》："何處鑿禪壁？西南江上峰。殘陽過遠水，落葉滿疏鐘。"

④ 依稀：隱約，不清晰。祖詠《家園夜坐寄郭微》："遇物遂遙嘆，懷人滋遠心。依稀成夢想，影響絶徽音。"郭良《早行》："月從山上落，河入斗間横。漸至重門外，依稀見洛城。" 似笑還非笑：好像是在笑又好像不是在笑。元稹《酬樂天東南行詩一百韵》："夷音啼似笑，蠻語謎相呼。江郭船添店，山城木豎郛。"歐陽修《論燕王子允良乞未加恩札子》："仍乞明以此意戒諭近貴，其餘宗室聞之，各思嚮善，不使外人非笑，玷辱皇風。" 彷彿：依稀，不甚真切。干寶《搜神記》卷一："策既殺吉，每獨坐，彷彿見吉在左右。"何薳《春渚紀聞·李媛步伍亭詩》："薳兄子碩，送客餘杭步伍亭，就觀壁後，得淡墨書字數行，彷彿

可辨,筆迹遒媚,如出女手。"

⑤ 横波:比喻女子眼神流動,如水横流。《文選·傅毅〈舞賦〉》:"眉連娟以增繞兮,目流睇而横波。"李善注:"横波,言目邪視,如水之横流也。"歐陽修《蝶戀花》一:"酒力融融香汗透,春嬌入眼横波溜。"李白《長相思》:"昔日横波目,今成流泪泉。不信妾腸斷,歸来看取明鏡前。" 不語:默不作聲。徐彦伯《孤燭嘆》:"煖手縫輕素,嚬蛾續斷弦。相思咽不語,回向錦屏眠。"祖詠《古意二首》二:"閑艷絶世姿,令人氣力微。含笑默不語,化作朝雲飛。" 等閑:輕易,隨便。白居易《新昌新居》:"等閑栽樹木,隨分占風烟。"朱熹《春日》:"等閑識得東風面,萬紫千紅總是春。"無端,平白。劉禹錫《竹枝詞》:"長恨人心不如水,等閑平地起波瀾。"歐陽修《南歌子》:"等閑妨了繡功夫,笑問雙鴛鴦字怎生書?" 小兒郎:男青年,男小孩。沈約《陶潜傳》:"我不能爲五斗米折腰,向鄉里小兒。"《唐新語·聰敏》:"裴琰之弱冠,爲同州司户,但以行樂爲事,略不視案牘。刺史李崇儀怪之,問户佐,户佐對:'司户,小兒郎,不閑書判。'"

[編年]

《年譜》編年本詩於貞元十六年,理由是:"王《辨》云:'其詩中多言"雙文",意謂二"鶯"字,爲雙文。'王《考》云:'《贈雙文》五律一首,《鶯鶯詩》七律一首,寫鶯鶯之丰神。'"《編年箋注》編年:"此詩作于貞元十六年(八〇〇),其時元稹仕于河中府,與崔鶯鶯戀愛。見卞《譜》。"《年譜新編》編年本詩於貞元十六年,理由是:"詩寫崔、張初次見面時鶯鶯之裝束神情。"

我們以爲王《辨》、王《考》、《年譜》、《編年箋注》、《年譜新編》的聯想是不切合《鶯鶯傳》的實際,也不符合元稹的實際,拙稿《元稹考論·元稹與〈鶯鶯傳〉考論》中有九篇文章論述這個問題,這裏就不再重複了。順便説一句,《編年箋注》關於元稹"仕于河中府"的所謂結論是抄襲《年譜》的錯誤意見。歷史的真相是,元稹一生從來没有在河中府拜職爲官。

我們以爲本詩應該歸類於元稹元和七年編輯“十體”詩文之一的“艷詩”,是撰作《鶯鶯傳》之前的詩作,我們的結論得到諸多元稹艷詩的證明。而這些艷詩可能對《鶯鶯傳》的撰寫起了積極的作用,但兩者不應該等同,將其機械地與元稹聯繫起來更不應該。據此,我們認爲本詩應該是作於貞元十六年、十七年或十八年這三年中九月前的詩篇,今暫時編排在貞元十六年。

有所教(一)①

莫畫長眉畫短眉,斜紅傷竪莫傷垂②!人人總解争時勢,都大須看各自宜③。

録自《才調集》卷五

[校記]

(一)有所教:本詩存世各本,包括《全詩》、叢刊本在内,未見異文。

[箋注]

① 有所教:“莫畫長眉畫短眉”四句不見於元稹詩文集内,但《才調集》卷五、《全唐詩》卷四二二收録,據補。　有:助詞,無義,作名詞詞頭。《詩·召南·摽有梅》:“摽有梅,其實七兮!”酈道元《水經注·伊水》:“南望過於三塗,北瞻望於有河。”　所:助詞,用於句中補凑音節。《戰國策·趙策》:“竊自恕,而恐太后玉體之有所郄也。”《史記·李將軍列傳》:“〔李陵〕嘗深入匈奴二千餘裏,過居延,視地形,無所見

虜而還。”　教:文體的一種,爲官府或長上的告諭。任昉《文章緣起·教》:“漢京兆尹王尊出教告屬縣。”蘇軾《答謝民師書》:“所示書教及詩賦雜文,觀之熟矣!”

② 長眉:纖長的眉毛。崔豹《古今注·雜注》:“魏宫人好畫長眉。”何遜《離夜聽琴》:“美人多怨態,亦復慘長眉。”　短眉:眉毛密短而均匀。楊基《即景四首》一:“長眉短眉柳葉,深色淺色桃花。小橋小店沽酒,新火新烟煮茶。”逯昶《畫眉》:“妾欲畫短眉,恐不宜時伴。妾欲畫長眉,恐人笑疏散。請郎臨妝臺,隨意畫長短。”　斜紅:指人頭上所戴的紅花。蕭綱《艷歌篇十八韵》:“分妝間淺靨,繞臉傅斜紅。張琴未調軫,飲吹不全終。”蘇軾《李鈐轄坐上分題戴花》:“露濕醉巾香掩冉,月明歸路影婆娑。緑珠吹笛何時見?欲把斜紅插皂羅。”　竪:垂直,縱貫。《晉書·陶侃傳》:“有善相者師圭謂侃曰:‘君左手中指有竪理,當爲公。’”蕭綱《明月山銘》:“緅色斜臨,霞文横竪。”　垂:挂下,懸挂。《玉臺新詠·古詩〈爲焦仲卿妻作〉》:“紅羅復鬥帳,四角垂香囊。”杜甫《旅夜書懷》:“星垂平野闊,月湧大江流。”

③ 人人:每個人,所有的人。李華《奉寄彭城公》:“公子三千客,人人願報恩。應憐抱關者,貧病老夷門。”岑參《稠桑驛喜逢嚴河南中丞便别得時字》:“騆馬映花枝,人人夾路窺。離心且莫問,春草自應知。”　解:明白,理解。《莊子·天地》:“大惑者,終身不解。”成玄英疏:“解,悟也。”《三國志·賈詡傳》:“〔曹操〕又問詡計策,詡曰:‘離之而已。’太祖曰:‘解。’”　時勢:時代的趨勢,當時的形勢。《莊子·秋水》:“當堯舜而天下無窮人,非知得也;當桀紂而天下無通人,非知失也,時勢適然。”陸機《豪士賦序》:“才不半古,而功已倍之,蓋得之於時勢也。”　都大:原來,本自。元稹《和樂天題王家亭子》:“都大資人無暇日,泛池全少買池多。”杜牧《雲》:“盡日看雲首不回,無心都大似無才。”　各自:各人自己。《史記·孟嘗君列傳》:“孟嘗君客無所擇,皆善遇之,人人各自以爲孟嘗君親己。”隱巒《牧童》:“看看白日向西

斜,各自騎牛又歸去。” 宜:合適,適當,適宜。《敦煌變文集·太子成道經變文》:“魚透碧波堪上岸,無憂花樹最宜觀。”蘇軾《飲湖上初晴後雨二首》二:“欲把西湖比西子,淡妝濃抹總相宜。”

[編年]

《年譜》編年本詩於元和五年,後面附録:“元稹《有所教》云:‘……’陳《箋》《艷詩及悼亡詩》云:‘“人人總解争時勢”者,人人雖争爲入時之化妝,然非有雙文之姿態,則不相宜也。’”《編年箋注》雖然編列本詩於元和五年,但並無編年本詩的文字,也没有説明編年理由。《年譜新編》列入“無法編年作品”欄内。

元稹元和七年《叙詩寄樂天書》:“又有以干教化者,近世婦人,暈淡眉目,綰約頭鬟,衣服修廣之度及匹配色澤尤劇怪艷,因爲艷詩百餘首。”本詩即是元稹認定的“暈淡眉目,綰約頭鬟,衣服修廣之度及匹配色澤尤劇怪艷”的艷詩之一,據此,它應該與《古艷詩二首》、《鶯鶯詩》、《雜憶詩五首》作於同時,亦即貞元十六年前後,今編排本詩於貞元十六年,地點應該在長安。

元稹的艷詩,應該編入貞元十五年、十六年、十七年,也可以在貞元十年、十一年、十二年、十三年、十四年中。理由是:一、與楊巨源結交,到河西縣,“結託蕭娘”云云,是艷詩的開始。二、大量艷詩的出現,實際爲《鶯鶯傳》的出現作了準備。它們應該在《鶯鶯傳》寫成的貞元十八年九月之前,但它們與《鶯鶯傳》的故事没有直接的聯繫。三、《叙詩》云應李景儉之求,元和七年編有艷詩一體,但所有的豔詩不可能是當時現編的,故艷詩作於元和七年之前的説法是不可取的。

貞元十七年辛巳(801)　二十三歲

● 箏[①]

莫愁私地愛王昌，夜夜箏聲怨隔墻[②]。火鳳有凰求不得[(一)]，春鶯無伴轉空長[③]。急揮舞破催飛燕，慢逐歌詞弄小娘[④]。死恨相如新索婦，枉將心力爲他狂[⑤]。

録自《才調集》卷五

[校記]

（一）火鳳有凰求不得：《才調集》、《全詩》同，叢刊本作"火鳳有皇求不得"，皇是"凰"的古字，傳説中的雌鳳。《爾雅·釋鳥》："鶠，鳳；雌其皇。"《逸周書·王會》："巴人以比翼鳥，方煬以皇鳥。"孔晁注："皇鳥，配於鳳者也。"各備一説，不改。《編年箋注》僅僅根據《才調集》與《全詩》，就標示本句爲"火鳳有皇求不得"，没有標示原本的文字，似乎不妥。

[箋注]

① 箏："莫愁私地愛王昌"八句不見於元稹詩文集内，但《才調集》卷五、《全唐詩》卷四二二收録，據補。撥絃樂器，形似瑟，傳爲秦時蒙恬所作，其弦數歷代由五弦增至十二弦、十三弦、十六弦，現經改革，增至十八弦、二十一弦、二十五弦等。應劭《風俗通·箏》："箏，謹按《禮·樂記》'箏，五絃築身也。'今并、凉二州箏形如瑟，不知誰所改作也。或曰秦蒙恬所造。"《隋書·樂志》："絲之屬四：一曰琴，神農制

爲五弦，周文王加二弦爲七者也。二曰瑟，二十七弦，伏羲所作者也。三曰筑，十二弦。四曰箏，十三弦，所謂秦聲，蒙恬所作者也。”

② 莫愁：古樂府中傳説的女子，一説爲洛陽人，爲盧家少婦。蕭衍《河中之水歌》：“河中之水向東流，洛陽女兒名莫愁……十五嫁爲盧家婦，十六生兒字阿侯。”另一説爲石城人（在今湖北省鍾祥縣）。《舊唐書・音樂志》：“石城有女子名莫愁，善歌謡，《石城樂》中復有‘莫愁’聲，故歌云：‘莫愁在何處？莫愁石城西。艇子打兩槳，催送莫愁來。’”也有説是南京人，周邦彦《西河・大石金陵》：“斷崖樹，猶倒倚，莫愁艇子曾繫。”在今天南京市的莫愁湖公園裹，還存有莫愁女的塑像，常常觀者如雲。　私地：暗中，背地裹。王建《貽小尼師》：“喚起猶侵曉，催齋已過時。春晴階下立，私地弄花枝。”曹唐《小遊仙詩九十八首》三三：“芝草芸花爛漫春，瑞香烟露濕衣巾。玉童私地誇書札，偷寫雲謡暗贈人。”　王昌：古代貌美男子之名，時人共賞。《太平御覽》卷六八九：“《襄陽耆舊記》曰：王昌字公伯，爲東平相散騎常侍，早卒，婦是任城王曹子大女。昌弟式，字公儀，爲渡遼將軍長史，婦是尚書令桓階女。昌母聰明有典，教二婦入門皆令變服下車，不得踰侈後階。子嘉尚魏主，欲金縷衣見王式婦，嘉止之曰：其嫗嚴固不聽善爾，不須持往犯人家法。”王維《雜詩》：“雙燕初命子，五桃新作花。王昌是東舍，宋玉次西家。”崔顥《王家少婦》：“十五嫁王昌，盈盈入畫堂。自矜年最少，復倚婿爲郎。”　怨隔墻：應該是“隔墻怨”的倒裝。隔墻：猶隔壁。戴叔倫《旅次寄湖南張郎中》：“閉門茅底偶爲鄰，北阮那憐南阮貧？却是梅花無世態，隔墻分送一枝春。”王建《贈郭將軍》：“承恩新拜上將軍，當直巡更近五雲。天下表章經院過，宫中語笑隔墻聞。”

③ 火鳳：鳳凰，相傳鳳爲火之精，故稱。《樂府詩集・北齊武舞階步辭》：“金人降泛，火鳳來巢。”李商隱《鏡檻》：“撥絃驚火鳳，交扇拂天鵝。”馮皓箋注引宋均《春秋演孔圖》：“鳳，火精也。”　凰：古代傳

説中的鳥名，雄的叫鳳，雌的叫凰，統稱鳳凰。杜甫《客居》："鳳隨其凰去，籬雀暮喧繁。"韓愈《與崔群書》："鳳皇、芝草，賢愚皆以爲美瑞；青天、白日，奴隸亦知其清明。" 鶯：黄鶯，又稱黄鸝、倉庚等。丘遲《與陳伯之書》："暮春三月，江南草長。雜花生樹，群鶯亂飛。"温庭筠《南歌子》："隔簾鶯百囀，感君心。" 轉：通"囀"，婉轉發聲，亦指婉轉的歌聲。《文選・謝朓〈和伏武昌登孫權故城〉》："舞舘識餘基，歌梁想遺轉。"李善注："《淮南子》曰：'秦、楚、燕、趙之歌也，異轉而皆樂。'高誘曰：'轉，音聲也。'"元稹《酬周從事望海亭見寄》："衣袖長堪舞，喉嚨轉解歌。"

④ 飛燕：飛翔的燕子。《古詩十九首・東城高且長》："思爲雙飛燕，銜泥巢君屋。"江淹《雜體詩・效李陵〈從軍〉》："袖中有短書，願寄雙飛燕。"指漢成帝趙皇后。《漢書・孝成趙皇后傳》："孝成趙皇后，本長安宫人……學歌舞，號曰飛燕。"鮑照《代朗月行》："鬢奪衛女迅，體絶飛燕先。"李白《清平調三首》二："借問漢宫誰得似？可憐飛燕倚新妝。" 歌詞：歌曲的唱詞。宋之問《奉和幸長安故城未央宫應制》："樂思回斜日，歌詞繼大風。"《舊唐書・音樂志》："時太常相傳有宫、商、角、徵、羽《宴樂》五調歌詞各一卷……詞多鄭、衛，皆近代詞人雜詩。" 小娘：舊稱歌女或妓女。李賀《洛姝真珠》："真珠小娘下青廓，洛苑香風飛綽綽。寒鬢斜釵玉燕光，高樓唱月敲懸璫。"也稱小妻。陳藻《丘叔喬七十生朝二首》二："大兒别有論文眼，樸實無他是次丁。長女嫁夫能儉約，小娘駡婿見財輕。"

⑤ 死恨：非常痛恨。元稹《古决絶詞三首》三："生憎野鶴性遲迴，死恨天雞識時節。"韓偓《寄恨》："秦釵枉斷長條玉，蜀紙虚留小字紅。死恨物情難會處，蓮花不肯嫁春風。" 相如：這裏借司馬相如比喻女子愛戀的男子。李白《贈張相鎬二首》二："英烈遺厥孫，百代神猶王。十五觀奇書，作賦淩相如。"岑參《司馬相如琴臺》："相如琴臺古，人去臺亦空。臺上寒蕭條，至今多悲風。" 索婦：娶妻。陸游《老

學庵筆記》卷一〇:“今人謂娶婦爲索婦,古語也。”《太平寰宇記》卷一六五:“古黨洞夷人索婦,必令媒引女家自送相見,後即放女歸家,任其野合,胎後方還。” 心力:心思和能力。《左傳·昭公十九年》:“盡心力以事君。”杜甫《西閣曝日》:“胡爲將暮年,憂世心力弱!”

[編年]

《年譜》編年本詩於元和五年,其後附録:“王《考》云:‘《箏》七律中之“春鶯無伴轉空長”……等句,皆嵌其情人之名。’”在同類艷詩之後,《年譜》又補充説:“王《辨》云:‘仆家有微之作《元氏古艷詩》百餘篇。’如其言非假,元稹‘艷詩’宋時尚完整。今所可見者,《才調集》卷五所載元稹詩五十七首。《全唐詩》卷四二二轉載時,删《初除浙東妻有阻色因以四韵曉之》一首(載别卷),增《古艷詩二首》(抄自王《辨》)。其中有具體寫作時間可考者,已分别繫於各年之下,雖無具體寫作時間可考,而大致可定爲元和七年前所作者,并繫於《夢遊春七十韵》之後,以便于讀者研究。”《年譜》既然承認元稹的“艷詩”基本都是詠“崔鶯鶯”之作,爲何不與《鶯鶯傳》編年在一起,亦即《年譜》認可的貞元二十年九月?却莫名其妙編年元和五年,離開貞元二十年已經有六年之久,這不是自相矛盾嗎?如果因爲元稹元和七年曾經應朋友李景儉之請求而編集過自己的作品,就可以不負責任地把自己編不了年的詩文一古腦兒編年在元和五年,交由讀者自行解决,那麽長慶四年元稹也曾編集過自己的作品,我們是否也可照此辦理?而且本詩爲什麽非編年在元和五年,而不是元和五年前後的其他年份?《編年箋注》編年:“此詩作于元和五年(八一〇),元稹時在江陵士曹任。見下《譜》。”《年譜新編》編年本詩於貞元十六年,理由是引録本詩全文,然後説:“疑寫鶯鶯,故暫繫於此。”讀過《鶯鶯傳》的人都知道,崔鶯鶯善於“操琴”,未見其彈“箏”,《年譜新編》的著者一定記錯了吧!

我們同意《年譜》的觀點，本詩確實是元和七年之前的作品。但我們不敢苟同王《考》和《年譜》的大膽假設，它不應該是賦詠崔鶯鶯的詩篇。它應該與《古决絶詞三首》一樣，都是代被棄女子哀訴怨情的詩篇，它們應該是同一時期的作品，《古决絶詞三首》中的"生憎野鶴性遲迴，死恨天雞識時節"與本詩"死恨相如新索婦，枉將心力爲他狂"詠唱的是同一主題，甚至連詞語也大致相似。從這個角度來看，《古决絶詞三首》與本詩以及其他一批類似的詩篇都與《鶯鶯傳》有某種關聯，它們都是以女主人公被遺棄作爲結局的愛情悲劇，是《鶯鶯傳》撰作之前的先期作品。今將本詩與《古决絶詞三首》一起，編年于貞元十七年。而本詩有"春鶯無伴轉空長"之句，應該是春天的詩篇。

● 恨妝成(一)①

曉日穿隙明，開帷理妝點②。傅粉貴重重，施朱憐冉冉③。柔鬟背額垂，叢鬢隨釵斂④。凝翠暈蛾眉，輕紅拂花臉⑤。滿頭行小梳，當面施圓靨⑥。最恨落花時，妝成獨披掩⑦。

録自《才調集》卷五

[校記]

(一) 恨妝成：本詩存世各本，包括叢刊本、《全詩》在内，未見異文。

[箋注]

① 恨妝成："曉日穿隙明"十二句不見於元稹詩文集内，但《才調集》卷五、《全唐詩》卷四二二收録，據補。裝飾自己，是天下女子共有

的愛好，本詩的女主人公却爲何要恨要悔呢？值得讀者尋味與深思。恨：失悔，遺憾。《史記・商君列傳》："梁惠王曰：'寡人恨不用公叔座之言也。'"杜甫《復愁十二首》一一："每恨陶彭澤，無錢對菊花。如今九日至，自覺酒須賒。" 妝：妝飾。司馬相如《上林賦》："靚妝刻飾，便嬛綽約。"《古詩十九首・青青河畔草》："娥娥紅粉妝，纖纖出素手。昔爲倡家女，今爲蕩子婦。" 成：完成，實現，成功。《詩・大雅・靈臺》："庶民攻之，不日成之。"韓愈《送許郢州序》："凡天下事，成於自同，而敗於自異。"

② 曉日：朝陽。劉禹錫《酬令狐相公使宅别齋初栽桂樹見懷之作》："影近畫梁迎曉日，香隨綠酒入金杯。根留本土依江潤，葉起寒稜映月開。"引申爲清晨。張九齡《郡中每晨興輒見群鶴東飛至暮又行列而返甚和樂焉遂賦以詩》："雲間有數鶴，撫翼意無違。曉日東田去，烟霄北渚歸。" 穿隙：穿越房屋的縫隙。李廌《夜坐》："且喜屋無穿隙雪，未愁漏盡滿韡霜。紙幃布被從牢落，賴有希牙齒頰香。"范浚《答徐提幹書》："妄意窺測聖賢旨意，譬諸幽蔀窮人，穿隙覘天，雖或有見，亦已微矣！" 帷：以布帛製作的環繞四周的遮蔽物。《周禮・天官・幕人》："掌帷、幕、幄、帟、綬之事。"鄭玄注："在旁曰帷，在上曰幕；幕或在地，展陳於上，帷、幕皆以布爲之。四合象宫室曰幄，王所居之帷也。"泛指起間隔、遮蔽作用的懸垂的布帛製品。《戰國策・齊策》："臨淄之途……連衽成帷，舉袂成幕，揮汗成雨。"阮籍《詠懷八十二首》七："開秋兆涼氣，蟋蟀鳴床帷。" 妝點：梳妝打扮。《北史・齊後主馮淑妃傳》："城陷十餘步，將士乘勢欲入。帝敕且止，召淑妃共觀之。淑妃妝點，不獲時至。周人以木拒塞，城遂不下。"章孝標《玄都觀栽桃十韵》："驅使鬼神功，攢栽萬樹紅。薰香丹鳳闕，妝點紫瓊宫。"

③ 傅粉：搽粉。《漢書・廣川王劉越傳》："前畫工畫望卿舍，望卿袒裼傅粉其傍。"蕭綱《獨處愁》："彈棋鏡奩上，傅粉高樓中。" 重

重：猶層層。《西京雜記》卷六："洲上紺樹一株，六十餘圍，望之重重如蓋。"張説《同趙侍御望歸舟》："山庭迴迴面長川，江樹重重極遠烟。"　施朱：塗以紅色。宋玉《登徒子好色賦》："臣里之美者，莫若臣東家之子……著粉則太白，施朱則太赤。"蘇軾《紅梅三首》二："雪裹開花却是遲，何如獨占上春時！也知造物含深意，故與施朱發妙姿。"冉冉：光亮閃動貌。元稹《會真詩三十韵》："華光猶冉冉，旭日漸曈曨。"温庭筠《偶題》："畫明金冉冉，筝語玉纖纖。細雨無妨燭，輕寒不隔簾。"

④ 鬟：古代婦女的環形髮髻。辛延年《羽林郎》："頭上藍田玉，耳後大秦珠。兩鬟何窈窕！一世良所無。"杜甫《月夜》："香霧雲鬟濕，清輝玉臂寒。何時倚虛幌，雙照泪痕乾？"　背額：腦後。暫無合適的書證。　背：後面或反面。《晉書·慕容超載記》："另敕段暉率兖州軍緣山東下，腹背擊之。"姚寬《西溪叢語》卷上："李晦之一鏡，背有八柱十二獸，面微凸，蒂有銘。"　額：額頭，眉上髮下部位。張衡《西京賦》："修額短項，大口折鼻，詭類殊種。"《北齊書·平秦王歸彦傳》："文宣嘗見之，怒，使以馬鞭擊其額。"　鬢：臉旁靠近耳朵的頭髮。《莊子·説劍》："然吾王所見劍士，皆蓬頭突鬢垂冠。"杜牧《郡齋獨酌》："前年鬢生雪，今年鬚帶霜。"　釵：釵子。司馬相如《美人賦》："玉釵挂臣冠，羅袖拂臣衣。"王建《失釵怨》："貧女銅釵惜於玉，失却來尋一日哭。"　斂：聚集。《書·洪範》："斂時五福，用敷錫厥庶民。"孔穎達疏："斂聚五福之道。"《後漢書·李固傳》："於是賊帥夏密等斂其魁黨六百餘人，自縛歸首。"

⑤ 凝翠：深緑色，緑裹帶黑。杜牧《八六子》："洞房深。畫屏燈照，山色凝翠沈沈。"僧鸞《苦熱行》："燭龍銜火飛天地，平陸無風海波沸。彤雲疊疊聳奇峰，焰焰凝光熱凝翠。"　蛾眉：蠶蛾觸鬚細長而彎曲，因以比喻女子美麗的眉毛。《詩·衛風·碩人》："螓首蛾眉，巧笑倩兮。"何遜《詠舞》："逐唱迴纖手，聽曲轉蛾眉。"　輕紅：淡紅色，粉

紅色。蕭綱《梁塵詩》:“依帷濛重翠,帶日聚輕紅。”杜甫《宴戎州楊使君東樓》:“重碧拈春酒,輕紅擘荔枝。” 花臉:即花面。白居易《聽崔七妓人箏》:“花臉雲鬟坐玉樓,十三弦裏一時愁。”又稱“花面”,如花的臉,形容女子貌美。李端《春遊樂二首》一:“褰裳踏露草,理鬢回花面。”劉禹錫《寄贈小樊》:“花面丫頭十三四,春來綽約向人時。”

⑥“滿頭行小梳”兩句:高承《事物紀原》卷三:“近世婦人妝喜作粉靨,如月形,如錢樣,又或以朱若胭脂點者,唐人亦尚之。” 靨:面頰上的微窩,俗稱酒窩。班倢伃《擣素賦》:“兩靨如點,雙眉如張。”張先《長相思·潮溝在金陵上元之西》:“柳樣纖柔花樣輕,笑前雙靨生。”泛指面頰。姜夔《浣溪沙·己酉歲客吴興收燈夜闔户無聊俞商卿呼之共出因記所見》:“蜜炬來時人更好,玉笙吹徹夜何其?東風落靨不成歸。”古代婦女面部的一種妝飾。蕭綱《艷歌篇》:“分妝開淺靨,繞臉傅斜紅。”段成式《酉陽雜俎·黥》:“近代妝尚靨,如射月,曰黄星靨。”

⑦“最恨落花時”兩句:意謂精心打扮之後,可惜無人欣賞更無人喝彩,流露了遲暮少女春去花落的傷感,正所謂“落花有意隨流水,流水無情戀落花”。 落花:春季花落,暗喻少女青春不再。宋之問《有所思》:“洛陽城東桃李花,飛來飛去落誰家?幽閨女兒惜顔色,坐見落花長嘆息。”崔液《代春閨》:“玉關遙遙戍未迴,金閨日夕生綠苔。寂寂春花烟色暮,檐燕雙雙落花度。” 披:覆蓋或搭衣於肩。王褒《九懷·昭世》:“襲英衣兮緹䌝,披華裳兮芳芬。”寒山《詩三百三首》一二九:“雍容美少年,博覽諸經史……冬披破布衫,蓋是書誤己。”

[編年]

《年譜》編年本詩於元和五年,題後附録:“王《考》云:‘《恨妝成》五律一首,寫鶯鶯之容貌。’”《編年箋注》編年:“《恨妝成》作于元和五年(八一〇),元稹時在江陵士曹任。見下《譜》。”《年譜新編》編年本詩於貞元十六年,理由是:"寫鶯鶯,與鶯鶯戀愛時作。"

我們以爲,《鶯鶯傳》中鶯鶯,"常服悴容,不加新飾",對張生寄來的化妝品,並無心緒欣賞:"兼惠花勝一合,口脂五寸,致耀首膏脣之飾,雖荷殊恩,誰復爲容?覩物增懷,但積悲嘆耳!"與本詩詩意並不一致,《年譜》、《編年箋注》、《年譜新編》的意見都是不可取的。而本詩最後一聯"最恨落花時,妝成獨披掩"表明,本詩的女主人公也是一名被人遺棄的棄婦,它的題旨應該與《古决絶詞三首》、《箏》、《代九九》一樣,是爲棄婦鳴不平的詩作,是《鶯鶯傳》撰寫之前的預演,它們應該是同期的先後之作,故今暫時編年于貞元十七年。

● 代九九(一)[①]

昔年桃李月,顔色共花宜[②]。迴臉蓮初破,低蛾柳並垂[③]。望山多倚樹,弄水愛臨池[④]。遠被登高識,潛因倒影窺[⑤]。隔林徒想像,上砌轉逶迤[⑥]。謾擲庭中果,虚攀墻外枝[⑦]。强持文玉佩,求結麝香縭[⑧]。阿母憐金重,親兄要馬騎[⑨]。把將嬌小女,嫁與冶遊兒[⑩]。自隱勤勤索,相要事事隨[⑪]。每常同坐卧,不省暫參差[⑫]。纔學羞兼妬,何言寵便移[⑬]?青春來易皎,白日誓先虧[⑭]。僻性嗔來見,邪行醉後知[⑮]。别床鋪枕席,當面指瑕疵[⑯]。妾貌應猶在,君情遽若斯[⑰]!的成終世恨,焉用此宵爲[⑱]?鸞鏡燈前撲,鴛衾手下隳[⑲]。參商半夜起,琴瑟一聲離[⑳]。努力新叢艶,狂風次第吹[㉑]。

録自《才調集》卷五

[校記]

(一) 代九九:本詩存世各本,包括叢刊本、《全詩》在内,未見異文。

[箋注]

① 代九九:"昔年桃李月"四十句不見於元稹詩文集内,但《才調集》卷五、《全唐詩》卷四二二收録,據補。 代:代替。《史記·張釋之馮唐列傳》:"釋之從行,登虎圈。上問上林尉諸禽獸簿,十餘問,尉左右視,盡不能對。虎圈嗇夫從帝代尉對上所問禽獸簿甚悉。"《文心雕龍·誄碑》:"以石代金,同乎不朽。" 九九:人名,本詩的女主人公。歷代的研究者認爲是代指"鶯鶯",因爲兩者都是單字重疊。天下單字重疊爲名者衆多,是否都是代指"鶯鶯"?本詩代女主人公鳴怨,她因爲"阿母憐金重,親兄要馬騎"而"把將嬌小女,嫁與冶遊兒",女主人公婚後緊緊追隨,努力做一個合格的妻子:"自隱勤勤索,相要事事隨。每常同坐卧,不省暫參差。"但她的婚後生活並不幸福,不久即被抛棄:"纔學羞兼妬,何言寵便移?青春來易皎,白日誓先虧。僻性嗔來見,邪行醉後知。別床鋪枕席,當面指瑕疵。妾貌應猶在,君情遽若斯!"最終成爲棄婦:"的成終世恨,焉用此宵爲?鸞鏡燈前撲,鴛衾手下隳。參商半夜起,琴瑟一聲離。"這樣的棄婦故事,與《鶯鶯傳》中崔鶯鶯的悲慘命運相同,但情節並不相似,把這樣的棄婦詩與《鶯鶯傳》的故事聯繫起來是没有任何道理的。

② 昔年:往年,從前。孟浩然《與黄侍御北津泛舟》:"豈伊今日幸,曾是昔年遊?莫奏琴中鶴,且隨波上鷗。"賀鑄《減字浣溪沙》一:"記得西樓凝醉眼,昔年風物似如今。只無人與共登臨。" 桃李月:桃李開花的月份,泛指春天。李白《宫中行樂詞八首》五:"緑樹聞歌鳥,青樓見舞人。昭陽桃李月,羅綺自相親。"薛稷《餞唐永昌》:"河洛

風烟壯市朝，送君飛鳧去漸遥。更思明年桃李月，花紅柳緑宴浮橋。”　顔色：面容，面色。《禮記·玉藻》：“凡祭，容貌顔色，如見所祭者。”江淹《古離别》：“君在天一涯，妾身長别離。願一見顔色，不異瓊樹枝。”　宜：合適，適當，適宜。《書·金縢》：“今天動威，以彰周公之德，惟朕小子其新逆，我國家禮亦宜之。”曾運乾正讀：“褒德報功，尊尊親親，禮所宜也。”蘇軾《飲湖上初晴後雨》二：“水光瀲灧晴方好，山色空濛雨亦奇。欲把西湖比西子，淡妝濃抹總相宜。”

③ 迴臉：轉過臉，亦作“回臉”。黄庭堅《清平樂》二：“舞回臉、玉胸酥，纏頭一斛明珠。日日梁州薄媚，年年金菊茱萸。”王世貞《牡丹花》：“千花奪笑俱回臉，片蕊迎酣别繫情。最是洛陽新上已，誰能不唱麗人行？”　蓮初破：蓮花的初次開放。鮑防《雜感》：“五月荔枝初破顔，朝離象郡夕函關。雁飛不到桂陽嶺，馬走先過林邑山。”元稹《山枇杷》：“緊縛紅袖欲支頤，慢解絳囊初破結。金綫叢飄繁蕊亂，珊瑚朵重纖莖折。”本詩隱喻女子的第一次男女之歡。　低蛾：猶低眉，用於女子。白居易《同諸客嘲雪中馬上妓》：“珊瑚鞭嚲馬踟躕，引手低蛾索一盃。腰爲逆風成弱柳，面因衝冷作凝酥。”　蛾：蛾眉的省稱。曹丕《答繁欽書》：“於是振袂徐進，揚蛾微眺，芳聲清激，逸足横集。”蘇軾《乘舟過賈收水閣》一：“泪垢添丁面，貧低舉案蛾。”

④ 望山：眺望山嶺。韋應物《晚出灃上贈崔都水》：“臨流一舒嘯，望山意轉延。隔林分落景，餘霞明遠川。”錢起《藍田溪雜詠二十二首·登臺》：“望山登春臺，目盡趣難極。晚景下平阡，花際霞峰色。”　弄水：戲水。李白《與從侄杭州刺史良遊天竺寺》：“覽雲測變化，弄水窮清幽。疊嶂隔遥海，當軒寫歸流。”陳羽《小苑春望宫池柳色》：“託空芳鬱鬱，逐溜影鱗鱗。弄水滋宵露，垂枝染夕塵。”

⑤ 遠被登高識：意謂登高而望遠。　登高：升至高處。《荀子·勸學》：“吾嘗跂而望矣！不如登高之博見也。”阮籍《詠懷十七首》一五：“開軒臨四野，登高望所思。”　潛：秘密，暗中。《荀子·議兵》：

"窺敵觀變,欲潛以深,欲伍以參。"吴曾《能改齋漫録·記文》:"蜀公先成,破題云:'制動以静,善勝不争。'景文見之,於是不復出其所作,潛於袖中毁之。" 倒影:物體倒映於水中。《文選·孫綽〈游天台山賦〉》:"或倒景於重溟,或匿峰於千嶺。"李善注:"山臨水而影倒,故曰倒景也。"水中倒立的影子。謝靈運《從遊京口北固應詔》:"張組眺倒景,列筵矚歸潮。"柳永《早梅芳》:"芰荷浦漵,楊柳汀洲,映虹橋倒影。" 窺:暗中偷看。《孟子·滕文公》:"鑽穴隙相窺,踰墻相從,則父母國人皆賤之。"《漢書·司馬相如傳》:"及飲,卓氏弄琴,文君竊從户窺,心説而好之,恐不得當也。"

⑥ 隔林:隔著林子,意謂没有見面。王維《春夜竹亭贈錢少府歸藍田》:"夜静群動息,時聞隔林犬。却憶山中時,人家澗西遠。"劉長卿《尋盛禪師蘭若》:"秋草黄花覆古阡,隔林何處起人烟?山僧獨在山中老,唯有寒松見少年。" 想像:猶設想。《列子·湯問》:"伯牙乃舍琴而嘆曰:'善哉,善哉,子之聽夫!志想像猶吾心也。'"高適《和賀蘭判官望北海作》:"迹非想像到,心以精靈猜。遠色帶孤嶼,虚聲涵殷雷。" 砌:門限,門檻。班固《西都賦》:"於是玄墀釦砌,玉階彤庭。"《西京雜記》卷一:"趙飛燕女弟居昭陽殿,中庭彤朱,而殿上丹漆,砌皆銅遝黄金塗,白玉階。"臺階。謝朓《直中書省》:"紅藥當階翻,蒼苔依砌上。"陸龜蒙《白鷗詩序》:"有白鷗翩然,馴於砌下,因請浮而翫之。" 逶迤:曲折行進貌。《楚辭·遠遊》:"方螭蟲象並出進兮,形蟉虯而逶迤。"《史記·蒙恬列傳》:"於是渡河,據陽山,逶蛇而北。"遊移徘徊貌,徐行貌。盧照鄰《登封大酺歌四首》三:"翠鳳逶迤登介丘,仙鶴徘徊天上遊。"徐凝《浙東故孟尚書種柳》:"孟家種柳東城去,臨水逶迤思故人。"

⑦ 謾:通"漫",胡亂,隨便。蘇軾《答李康年書》:"要跋尾,謾寫數字,不稱妙筆。"宋代無名氏《朝野遺紀》:"後因詢其報德萬一者,謾曰:'太后不相忘,略修靈泉縣朱仙觀足矣!'" 擲:投,抛。《後漢

書・吕布傳》:“布嘗小失卓意,卓拔手戟擲之。”杜甫《石笋行》:“安得壯士擲天外,使人不疑見本根?”　虚:虚假,不真實。《史記・孟嘗君列傳論》:“世之傳孟嘗君好客自喜,名不虚矣!”韓愈《黄家賊事宜狀》:“前後所奏,殺獲計不下一二萬人,儻皆非虚,賊已尋盡。”　攀:牽挽,抓住。《國語・晉語》:“是行也,以藩爲軍,攀輦即利而舍。”韋昭注:“攀,引也。”《三國志・鄧艾傳》:“將士皆攀木緣崖,魚貫而進。”

⑧ 文:彩色交錯。《易・繫辭》:“物相雜,故曰文。”韓康伯注:“剛柔交錯,玄黄錯雜。”《禮記・樂記》:“五色成文而不亂。”　玉佩:亦作“玉珮”,古人佩挂的玉製裝飾品。《詩・秦風・渭陽》:“我送舅氏,悠悠我思。何以贈之?瓊瑰玉佩。”梅堯臣《天上》:“紫微垣裏月光飛,玉佩腰間正陸離。”　麝香:雄麝臍部香腺中的分泌物,乾燥後呈顆粒狀或塊狀,作香料或藥用。崔國輔《古意二首》一:“玉籠薰繡裳,著罷眠洞房。不能春風裏,吹却蘭麝香。”王建《宫詞一百首》一六:“新衫一樣殿頭黄,銀帶排方獺尾長。總把金鞭騎御馬,緑鬃紅額麝香香。”　縭:以絲介履間爲飾。《説文・糸部》:“縭,以絲介履也。”段玉裁注:“介者,畫也,謂以絲介畫履間爲飾也。”古代女子所用之佩巾。《詩・豳風・東山》:“親結其縭,九十其儀。”毛傳:“縭,婦人之褘也。”帶子。《文選・張衡〈思玄賦〉》:“獻環琨與琛縭兮,申厥好之玄黄。”李善注:“縭,今之香纓……《韓詩章句》曰:‘縭,帶也。’”

⑨ 阿母:母親。《玉臺新詠・古詩爲焦仲卿妻作》:“府吏得聞之,堂上啓阿母。”《晉書・潘岳傳》:“岳將詣市,與母别曰:‘負阿母!’”　憐:喜愛,疼愛。張潮《襄陽行》:“大堤諸女兒,憐錢不憐德。”殷遙《送杜士瞻楚州覲省》:“共道官猶小,憐君孝養親。”　親兄:嫡親的兄長。李華《太子少師崔公墓誌銘》:“年十七,與親兄眹同舉明經,調補梁州南鄭尉。”胡宿《侍讀學士户部侍郎王拱辰親兄拱安可試將作監主簿制》:“具官某,早列廷臣,屢馳使傳,屬誕辰之敷澤,因仲氏之貢章……”本詩出現的是“親兄”,而《鶯鶯傳》中出現的則是“小弟”兩者並

不相同。

⑩ 嬌:愛,寵愛。杜甫《北征》:“平生所嬌兒,顔色白勝雪。”韋莊《江城子》:“恩重嬌多情易傷。漏更長,解鴛鴦。” 小女:女兒中之年齡最小者。岑參《臨河客舍呈狄明府兄留題縣南樓》:“黎陽城南雪正飛,黎陽渡頭人未歸。河邊酒家堪寄宿,主人小女能縫衣。”戎昱《苦哉行五首》四:“妾家清河邊,七葉承貂蟬。身爲最小女,偏得渾家憐。” 冶遊:無所目的,四處遊覽。崔顥《代閨人答輕薄少年》“兒家夫婿多輕薄,借客探丸重然諾……青絲白馬冶遊園,能使行人駐馬看。”陸暢《太子劉舍人邀看花》:“年少風流七品官,朱衣白馬冶遊盤。負心不報春光主,幾處偷看紅牡丹。”

⑪ 自隱:衡量自己。《管子·禁藏》:“是故君子上觀絶理者,以自恐也;下觀不及者,以自隱也。”尹知章注:“隱,度也。”自己思量。張鷟《遊仙窟》:“五嫂自隱心偏,兒復何曾眼引!” 勤勤:勤苦,努力不倦。《漢書·王莽傳》:“晨夜屑屑,寒暑勤勤,無時休息,孳孳不已者,凡以爲天下,厚劉氏也。”王通《中説·關朗》:“然夫子今何勤勤於述也。”懇切至誠。《漢書·司馬遷傳》:“曩者辱賜書,教以慎於接物,推賢進士爲務,意氣勤勤懇懇。”王禹偁《對雪》:“空作對雪吟,勤勤謝知己。” 索:尋求,探索。《楚辭·九辯》:“國有驥而不知乘兮,焉皇皇而更索?”韓愈《别知賦》:“索微言於亂志,發孤笑於群憂。”引申爲思考,研究。《逸周書·小開》:“不索禍招,無日不免。”朱右曾校釋:“索,思索也。”《管子·心術》:“人皆欲智,而莫索其所以智乎。”劉劭《人物志·原序》:“惟至哲爲能以材,觀情索性,尋流照原,而善惡之迹判矣!” 相要:邀請,“要”通“邀”。《世説新語·文學》:“〔謝尚〕即遣委曲訊問,乃是袁(宏)自詠其所作《詠史》詩,因此相要,大相賞得。”《南齊書·高帝紀》:“昨飲酒無偶,聊相要耳!” 事事:每事。《書·説命》:“惟事事乃其有備,有備無患。”孔傳:“事事,非一事。”元稹《贈崔元儒》:“些些風景閑猶在,事事顛狂老漸無。”猶件件,樣樣。

《玉臺新詠·爲焦仲卿妻作》:"雞鳴外欲曙,新婦起嚴妝。著我繡裌裙,事事四五通。"朱彧《萍洲可談》卷一:"宰相禮絶庶官……唯兩制以上點茶湯,入脚床子,寒月有火鑪,暑月有扇,謂之事事有;庶官只點茶,謂之事事無。"　隨:附和,依從。《楚辭·九辯》:"獨耿介而不隨兮,願慕先聖之遺教。"王逸注:"執節守度,不枉傾也。循行道德,遵典經也。"《漢書·揚雄傳》:"蕭規曹隨。"

⑫ 坐卧:坐和卧,坐或卧,常指日常起居。沈約《齊故安陸昭王碑文》:"獨居不御酒肉,坐卧泣涕霑衣。"李頎《題璿公山池》:"指揮如意天花落,坐卧閑房春草深。"　參差:差池,差錯。《莊子·秋水》:"無一而行,與道參差。"劉知幾《史通·申左》:"夫以一家之言,一人之説,而參差相背,前後不同,斯又不足觀也。"

⑬ 羞:進獻食物。《左傳·昭公二十七年》:"羞者獻體改服於門外。"杜預注:"羞,進食也。"《禮記·月令》:"〔仲夏之月〕羞以含桃,先薦寢廟。"　妒:婦女相忌妒。《左傳·襄公二十一年》:"叔向之母妬叔虎之母美而不使。"韓愈《木芙蓉》:"艷色寧相妒?嘉名偶自同。"寵:恩寵,寵愛。《東觀漢記·和帝紀》:"望長陵東門,見二臣之墓,生既有節,終不遠身,誼臣受寵,古今所同。"韓愈《爲韋相公讓官表》:"伏奉今日制命,以臣爲尚書右丞同中書門下平章事。非常之寵,忽降於上天;不次之恩,遽屬於庸品。"　移:轉移。《戰國策·趙策》:"秦與韓爲上交,秦禍安移於梁矣!"《世説新語·方正》:"顧孟著嘗以酒勸周伯仁,伯仁不受,顧因移勸柱而語柱曰:'詎可便作棟梁自遇!'"

⑭ 青春:指青年時期,年紀輕。《文選·潘尼〈贈陸機出爲吴王郎中令〉》:"予涉素秋,子登青春。"李善注:"青春,喻少也。"蘇軾《曾元恕游龍山吕穆仲不至》:"青春不覺老朱顔,强半銷磨簿領間。"皎:潔白。崔峒《劉展下判官相招以詩答之》:"國有非常寵,家承異姓勛。背恩慚皎日,不義若浮雲。"李頻《送薛能赴鎮徐方》:"皎日爲明

信,清風占早秋。雖同郤穀舉,郤縠不封侯。” 白日:太陽。王粲《登樓賦》:“步栖遲以徙倚兮,白日忽其將匿。”韓愈《洞庭湖阻風贈張十一署》:“雲外有白日,寒光自悠悠。” 誓:指山海爲盟誓,形容男女愛情的堅定。《詩經·王風·大車》就有表示這種堅定信念的誓言文字:“穀則異室,死則同穴。謂予不信,有如皦日。”周仲美《書壁》:“三載無朝昏,孤幃泪如洗。婦人義從夫,一節誓生死。”趙長卿《賀新郎》:“終待説山盟海誓,這恩情到此非容易。” 虧:違背。《吕氏春秋·察今》:“其時已與先王之法虧矣!”《周書·令狐整傳》:“初,梁興州刺史席固以州來附,太祖以固爲豐州刺史。固莅職既久,猶習梁法,凡所施爲,多虧治典。”

⑮ 僻性:怪僻的性格。姚合《拾得古硯》:“僻性愛古物,終歲求不獲。昨朝得古硯,黄河灘之側。”元稹《酬翰林白學士代書一百韵》:“僻性慵朝起,新晴助晚嬉。相歡常滿目,别處鮮開眉。” 嗔:發怒,生氣。《世説新語·德行》:“丞相見長豫輒喜,見敬豫輒嗔。”沈約《六憶詩四首》二:“笑時應無比,嗔時更可憐。” 見:“現”的古字,顯現,顯露。《史記·刺客列傳》:“軻既取圖奏之,秦王發圖,圖窮而匕首見。”杜甫《茅屋爲秋風所破歌》:“嗚呼! 何時眼前突兀見此屋,吾廬獨破受凍死亦足。” 邪行:邪僻的行爲。《管子·權修》:“凡牧民者,使士無邪行,女無淫事。”賈誼《新書·藩傷》:“然而權力不足以僥幸,勢不足以行逆,故無驕心,無邪行。” 知:知覺,省悟。《穀梁傳·僖公十六年》:“石,無知之物,鷁,微有知之物。”韓愈《祭十二郎文》:“死而有知,其幾何離! 其無知,悲不幾時,而不悲者無窮期矣!”

⑯ 枕席:枕頭和席子,也泛指床榻。《吕氏春秋·順民》:“欲深得民心……身不安枕席,口不甘厚味。”王維《千塔主人》:“所居人不見,枕席生雲烟。”也暗喻男女媾歡。曹植《種葛篇》:“與君初婚時,結髮恩義深。歡愛在枕席,宿昔同衣衾。” 瑕疵:亦作“瑕玼”,玉的斑痕,亦比喻人的過失或事物的缺點。王建《求友》:“不求立名聲,所貴

去瑕玼。”司馬光《稷下賦》:“榮譽,樵株爲之蓊蔚;訾毁,珵美化爲瑕疵。”

⑰ 貌:面容,容顔。《左傳·哀公二年》:“彼見吾貌,必有懼心。”李白《前有樽酒行二首》二:“胡姬貌如花,當壚笑春風。” 情:感情。《荀子·正名》:“性之好、惡、喜、怒、哀、樂謂之情。”秦觀《心説》:“即心無物謂之性,即心有物謂之情。”情欲,性欲。《楚辭·天問》:“何繁鳥萃棘,負子肆情。”王逸注:“言解居父聘吴,過陳之墓門,見婦人負其子,欲與之淫泆,肆其情欲。”愛情。《後漢書·烏桓傳》:“其嫁娶則先略女通情,或半歲百日,然後送牛馬羊畜以爲娉幣。”白居易《長恨歌》:“唯將舊物表深情,鈿合金釵寄將去。” 遽:倉猝,匆忙,突然。《左傳·昭公五年》:“越大夫常壽過帥師會楚子於瑣,聞吴師出,薳啓彊帥師從之,遽不設備,吴人敗諸鵲岸。”《説苑·雜言》:“梁相死,惠子欲之梁,渡河而遽墮水中,船人救之,船人曰:‘子欲何之而遽也?’”

⑱ “的成終世恨”兩句:意謂明明知道最後的結局是遺恨一生的痛恨,爲什麽最初的夜晚你却欺騙我與你顛鸞倒鳳? 終世:一生。彭汝礪《桐柏道中見農人有戴其父謁廟者》:“戴天雖重莫辭勤! 力盡何能報一分? 我有此誠嗟不待,自憐終世不如君。”王十朋《詠史詩·周文王》:“民疾商辛若寇讎,三分天下二歸周。文王終世全臣節,不念前時羑里囚。”

⑲ 鸞鏡:《太平御覽》卷九一六引范泰《鸞鳥詩序》:“昔罽賓王結罝峻祁之山,獲一鸞鳥,王甚愛之,欲其鳴而不致也。乃飾以金樊,饗以珍羞,對之逾戚,三年不鳴,夫人曰:‘聞鳥見其類而後鳴,何不縣鏡以映之!’王從言,鸞覩影感契,慨焉悲鳴,哀響中霄,一奮而絶。”後即以“鸞鏡”指妝鏡。駱賓王《代女道士王靈妃贈道士李榮》:“龍飆去去無消息,鸞鏡朝朝減容色。”戴叔倫《宫詞》:“紫禁迢迢宫漏鳴,夜深無語獨含情。春風鸞鏡愁中影,明月羊車夢裏聲。” 撲:摔,擲。《三國志·夏侯淳傳》:“傷左目。”裴松之注引魚豢《魏略》:“軍中號惇爲‘盲

夏侯’。悖惡之,每照鏡恚怒,輒撲鏡於地。”《資治通鑑·唐僖宗乾符二年》:“老幼孕病,悉驅去殺之,嬰兒或撲於階,或擊於柱,流血成渠,號哭震天。” 鴛衾:繡有鴛鴦的被子,亦指夫妻共寢的被子。錢起《長信怨》:“鴛衾久別難爲夢,鳳管遥聞更起愁。”温庭筠《南歌子》:“倚枕覆鴛衾,隔簾鶯百囀,感君心。” 隳:毁壞,廢棄。《老子》:“故物或行或隨,或歔或吹,或强或羸,或載或隳。”陸德明釋文:“隳,毁也。”《吕氏春秋·必己》:“合則離,愛則隳。”高誘注:“隳,廢也。”

⑳ 參商:參星和商星,參星在西,商星在東,此出彼没,永不相見,商星也叫辰星。揚雄《法言·學行》:“吾不覩參辰之相比也,是以君子貴遷善。”秦觀《别賈耘老》:“翳我與君素參辰,孰爲一見同天倫?” 琴瑟:彈奏琴瑟。《詩·周南·關雎》:“窈窕淑女,琴瑟友之。”後比喻夫婦間感情和諧,亦借指夫婦、匹配。蘇軾《答求親啓》:“許敦兄弟之好,永結琴瑟之歡。”

㉑ 努力新叢艷:元稹《鶯鶯傳》:“棄置今何道?當時且自親。還將舊時意,憐取眼前人。”用意與此相類。 努力:勉力,盡力。《漢書·翟方進傳》:“蔡父大奇其形貌,謂曰:‘小史有封侯骨,當以經術進,努力爲諸生學問。’”古樂府《長歌行》:“少壯不努力,老大乃傷悲。” 狂風:猛烈的風。孟雲卿《行路難》:“君不見長松百尺多勁節,狂風暴雨終摧折。”杜甫《絶句漫興九首》九:“誰謂朝來不作意?狂風挽斷最長條。” 次第:依次。劉禹錫《秋江晚泊》:“暮霞千萬狀,賓鴻次第飛。”陸游《書事》:“聞道輿圖次第還,黄河依舊抱潼關。”

[編年]

《年譜》編年本詩於元和五年,後面附録:“王《考》云:‘《代九九》五律之“虚攀墻外枝”……等句,暗點其秘密來往之路。’”《編年箋注》編年:“《代九九》……諸篇,俱作于元和五年(八一〇),元稹時在江陵士曹任。見卞《譜》。”《年譜新編》列入“無法編年作品”欄内。

本詩“纔學羞兼妬，何言寵便移”以下十八句，是詩人以棄婦的口吻代其鳴不平，故詩題曰“代九九”。九九的生活經歷雖然與《鶯鶯傳》中的崔鶯鶯並不相同，但悲慘的結局却頗爲類似，她也與崔鶯鶯一樣，都是李唐社會中婦女悲慘與不幸的真實寫照，應該是元稹撰寫《鶯鶯傳》之前的預演，它應該與《古决絶詞三首》、《箏》一樣都是爲棄婦鳴不平的詩，它們應該爲同期先後之作，今暫時與兩詩一起編年于貞元十七年。

● 古决絶詞三首(一)①

乍可爲天上牽牛織女星，不願爲庭前紅槿枝②。七月七日一相見，故心終不移(二)③！那能朝開莫飛去，一任東西南北吹④？分不兩相守，恨不兩相思⑤。對面且如此，背面當何如(三)⑥？春風撩亂伯勞語，况是此時抛去時⑦。握手苦相問，竟不言後期⑧。君情既决絶，妾意亦參差(四)⑨。借如死生别，安得長苦悲⑩！

噫春冰之將泮，何予懷之獨結⑪？有美一人，於焉曠絶⑫。一日不見，比一日於三年，况三年之曠别⑬！水得風兮小而已波(五)，笋在苞兮高不見節⑭。矧桃李之當春，競衆人之攀折(六)⑮。我自顧悠悠而若雲，又安能保君皚皚之若雪(七)⑯！感破鏡之分明，覩泪痕之餘血⑰。幸他人之既不我先，又安能使他人之終不我奪⑱？已焉哉！織女别黄姑⑲。一年一度暫相見，彼此隔河何事無⑳？

夜夜相抱眠，幽懷尚沈結㉑。那堪一年事，長遣一宵説㉒？但感久相思，何暇暫相悦㉓？虹橋薄夜成，龍駕侵晨列㉔。生憎野鶴性遲回(八),死恨天雞識時節㉕。曙色漸曈曈(九),華星欲明滅(一〇)㉖。一去又一年,一年何時徹(一一)㉗?有此迢遞期,不如生死別(一二)㉘!天公隔是妒相憐,何不便教相決絶㉙?

録自《元氏長慶集》補遺卷一

[校記]

(一)古决絶詞三首:楊本、叢刊本同,《樂府詩集》、《全詩》卷二〇作"决絶詞三首",《才調集》、《侯鯖録》、《全詩》卷四二二、《全唐詩録》作"古决絶詞",語義相類,不改。

(二)故心終不移:《才調集》、《樂府詩集》、《全詩》卷二〇同,楊本、叢刊本、《侯鯖録》、《全詩》卷四二二、《全唐詩録》作"相見故心終不移",語義近似,不改。

(三)背面當何如:《才調集》同,叢刊本、《侯鯖録》、《全詩》卷四二二、《全唐詩録》作"背面當可知",語義相類,不改。《樂府詩集》、《全詩》卷二〇作"背面當何知",疑"何知"是"何如"之誤。

(四)妾意亦參差:楊本、《才調集》、《樂府詩集》同,叢刊本、《侯鯖録》、《全詩》卷二〇、《全詩》卷四二二、《全唐詩録》作"妾意已參差",語義稍有不同,不改。

(五)水得風兮小而已波:叢刊本、《樂府詩集》、《才調集》、《侯鯖録》、《全詩》卷二〇、《全詩》卷四二二同,楊本作"冰得風兮小而已波",語義難通,不改。

(六)競衆人之攀折:楊本、《侯鯖録》、《才調集》、《樂府詩集》、《全詩》卷二〇同,叢刊本、《全詩》卷四二二作"競衆人而攀折",語義不佳,不改。

(七)又安能保君皚皚之若雪:楊本同,《侯鯖録》、《樂府詩集》、

《全詩》卷二〇作"又安能保君皓皓之如雪",叢刊本、《才調集》、《全詩》卷四二二作"又安能保君皚皚之如雪",語義相類,不改。

(八) **生憎野鶴性遲回**:楊本、《才調集》、《石倉歷代詩選》、《全詩》卷四二二同,叢刊本、《樂府詩集》、《侯鯖録》、《全詩》卷二〇、《全詩》注作"生憎野鵲往遲迴",語義不同,不改。

(九) **曙色漸曈曈**:楊本、《才調集》、《石倉歷代詩選》、《全詩》卷四二二同,叢刊本、《樂府詩集》、《侯鯖録》、《全詩》卷二〇作"曙色漸曈曨","曈曈"與"曈曨"語義相通,不改。

(一〇) **華星欲明滅**:楊本、《才調集》、《石倉歷代詩選》、《侯鯖録》、《全詩》卷四二二同,叢刊本、《樂府詩集》、《全詩》卷二〇、《全詩》注作"華星次明滅",語義相類,不改。

(一一) **一年何時徹**:楊本、《樂府詩集》、《石倉歷代詩選》、《全詩》卷二〇同,叢刊本、《侯鯖録》、《才調集》、《全詩》卷四二二作"一年何可撤",語義相類,不改。

(一二) **不如生死别**:原本作"不知生死别",楊本、《石倉歷代詩選》同,語義不佳,叢刊本、《全詩》卷四二二作"不如死生别",據《才調集》、《侯鯖録》、《樂府詩集》、《全詩》卷二〇改。

[箋注]

① 古决絶詞三首:"乍可爲天上牽牛織女星"三首五十六句不見於劉本《元氏長慶集》内,但《侯鯖録》卷五、《才調集》卷五、《樂府詩集》卷四一、《全唐詩録》卷六七、《全唐詩》卷二〇、《全唐詩》卷四二二、《石倉歷代詩選》卷六二收録,估計馬本《元氏長慶集》也據此補入補遺卷一,馬本《元氏長慶集》的意見可從,據補。《樂府詩集·白頭吟二首五解》中涉及本詩:"《西京雜記》曰:司馬相如將聘茂陵人女爲妾,卓文君作《白頭吟》以自絶,相如乃止。《樂府》解題曰:古辭云:'皚如山上雪,皎若雲間月。'又云:'願得一心人,白頭不相離。'始言

‘良人有兩意,故來與之相決絶’;次言‘别於溝水之上’,叙其本情;終言‘男兒重意氣,何用於錢刀’……一説云《白頭吟》,疾人相知以新間舊,不能至於白首,故以爲名。唐元稹又有《决絶詞》,亦出於此。”古辭《白頭吟二首五解》也可供我們參閲:《晉樂所奏》其一解:“皚如山上雪,皎若雲間月。聞君有兩意,故來相决絶。”其二解:“平生共城中,何嘗斗酒會!今日斗酒會,明旦溝水頭。蹀躞御溝上,溝水東西流。”其三解:“郭東亦有樵,郭西亦有樵。兩樵相推與,無親爲誰驕?”其四解:“淒淒重淒淒,嫁娶亦不啼。願得一心人,白頭不相離。”其五解:“竹竿何嫋嫋?魚尾何離簁?男兒欲相知,何用錢刀爲?齕如馬噉萁,川上高士嬉。今日相對樂,延年萬歲期。”又《本辭》:“皚如山上雪,皎若雲間月。聞君有兩意,故來相决絶。今日斗酒會,明旦溝水頭。躞蹀御溝上,溝水東西流。淒淒復淒淒,嫁娶不須啼。願得一心人,白頭不相離。竹竿何嫋嫋?魚尾何簁簁?男兒重意氣,何用錢刀爲?”其實,元稹《箏》:“死恨相如新索婦,枉將心力爲他狂。”也揭示了同樣的信息。　古:古詩及古風的簡稱,相對近體詩而言。韓愈《元和聖德詩序》:“輒依古作四言《元和聖德詩》一篇。”王灼《碧雞漫志》:“吾謂西漢後,獨《敕勒歌》暨韓退之《古琴操》近古。”　决絶:决然斷絶。杜甫《前出塞九首》四:“路逢相識人,附書與六親。哀哉兩决絶,不復同苦辛。”元稹《苦樂相倚曲》:“漢成眼瞥飛燕時,可憐班女恩已衰。未有因由相决絶,猶得半年佯暖熱。”　詞:文體名,古代樂府詩體的一種。元稹《樂府(有序)》:“《詩》訖於周,《離騷》訖於楚。是後詩之流爲二十四名:賦、頌、銘、贊、文、誄、箴、詩、行、詠、吟、題、怨、嘆、章、篇、操、引、謠、謳、歌、曲、詞、調,皆詩人六義之餘而作者之旨。由操而下八名,皆起於郊祭、軍賓、吉凶、苦樂之際。在音聲者,因聲以度詞,審調以節唱,句度短長之數,聲韵平上之差,莫不由之准度。而又别其在琴瑟者爲操、引,採民甿者爲謳、謠,備曲度者,總得謂之歌、曲、詞、調。斯皆由樂以定詞,非選調以配樂也。”嚴羽《滄浪詩話・詩體》:“曰詞,《選》有漢武《秋風詞》,樂府有《木蘭詞》。”

② 乍可:寧可。駱賓王《代女道士王靈妃贈道士李榮》:“乍可怱怱共百年,誰便遥遥期七夕?”辛棄疾《六州歌頭・屬得疾小愈戲作以自釋》:“删竹去? 吾乍可,食無魚。愛扶疏。” 牽牛:即河鼓,星座名,俗稱牛郎星,亦指牛郎織女神話傳説故事中的人物。《詩・小雅・大東》:“睆彼牽牛,不以服箱。”毛傳:“河鼓謂之牽牛。”《文選・曹植〈洛神賦〉》:“嘆匏瓜之無匹兮,詠牽牛之獨處。”李善注引曹植《九詠》注:“牽牛爲夫,織女爲婦,織女牽牛之星,各處河鼓之旁,七月七日,乃得一會。” 織女:即織女星,織女與其附近兩個四等星成一正三角形,合稱織女三星。《詩・小雅・大東》:“維天有漢,監亦有光。跂彼織女,終日七襄。”《史記・天官書》:“婺女,其北織女。織女,天女孫也。”張守節正義:“織女三星,在河北天紀東,天女也,主果蓏絲帛珍寶。”後衍化爲神話人物。《月令廣義・七月令》引殷芸《小説》:“天河之東有織女,天帝之子也。年年機杼勞役,織成雲錦天衣,容貌不暇整。帝憐其獨處,許嫁河西牽牛郎,嫁後遂廢織紝。天帝怒,責令歸河東,但使一年一度相會。”後常用此典以詠夫妻睽隔,或藉以表達男女相思、相愛之情。曹丕《燕歌行二首》一:“牽牛織女遥相望,爾獨何辜限河梁。”杜甫《牽牛織女》:“牽牛出河西,織女處其東。萬古永相望,七夕誰見同?” 紅槿枝:開紅色花朵的木槿,它的花朝開夕凋,因以“槿花心”比喻易變的心。孟郊《審交》:“君子芳桂性,春榮冬更繁。小人槿花心,朝在夕不存。”與前面的“天上牽牛織女星”形成鮮明的對比。“槿花心”亦省作“槿心”。和邦額《夜譚隨録・崔秀才》:“槿心朝在,夕不存矣! 尚有一人肯策杖踵門,如崔元素者否?”

③ 七月七日:俗稱“七夕”,農曆七月初七之夕,民間傳説牛郎織女每年此夜在天河相會。庾肩吾《奉使江州舟中七夕》:“九江逢七夕,初弦值早秋。”沈佺期《七夕》:“秋近雁行稀,天高鵲夜飛。妝成應

懶織,今夕渡河歸。" 相見:彼此會面。《禮記·曲禮》:"諸侯未及期相見曰遇。"舊題李陵《古詩四首》三:"行役在戰場,相見未有期。" 故心:本意,舊情。何遜《暮秋答朱記室》:"故心不存此,高文徒可詠。"陳叔寶《自君之出矣六首》三:"思君若寒草,零落故心生。" 移:變動,改變。《書·畢命》:"既歷三紀,世變風移,四方無虞。"孔傳:"言殷民遷周已經三紀,世代民易,頑者漸化,四方無可度之事。"《後漢書·荀彧傳》:"彧復備陳得失,用移臣議。"

④ "那能朝開莫飛去"兩句:意謂既結連理,就應該白頭偕老,終生相守,不能如紅槿枝一樣朝開夕凋,任風東西南北吹拂。 那能:哪裏可以。韋應物《淮上遇洛陽李主簿》:"寒山獨過雁,暮雨遠來舟。日夕逢歸客,那能忘舊遊?"杜甫《遣興》:"地卑荒野大,天遠暮江遲。衰疾那能久? 應無見汝時!" 莫:"暮"的古字,日落時,傍晚。《禮記·間傳》:"故父母之喪,既殯食粥,朝一溢米,莫一溢米。"晏幾道《蝶戀花》:"朝落莫開空自許,竟無人解知心苦。" 一任:聽憑。杜甫《鷗》:"雪暗還須浴,風生一任飄。"仇兆鰲注引羅大經云:"雖風雪淩厲,亦不暇顧。"包佶《再過金陵》:"玉樹歌終王氣收,雁行高送石城秋。江山不管興亡事,一任斜陽伴客愁。" 東西南北:四方,泛指到處,處處。《左傳·襄公二十九年》:"東西南北,誰敢寧處?"韓愈《感春四首》一:"東西南北皆欲往,千江隔兮萬山阻。"亦作"東西南朔"。郭孝成《民國各團體之組織》第二節:"自武漢舉義以來,不旬月間,天下響應,東西南朔,聯翩建義,禹域版圖,殆全歸漢有。"謂飄流在外,居處無定。李旦《孔子贊》:"吾豈匏瓜,東西南北。"指分散四方。張孝祥《鵲橋仙·別立之》:"離歌聲斷酒杯空,容易裏、東西南北。"張孝祥《柳梢青·餞別蔣德施粟子求諸公》:"後夜相思,水長山遠,東西南北。"

⑤ 相守:彼此廝守,不願分離。閻朝隱《奉和九日幸臨渭亭登高應制得筵字》:"簪紱趨皇極,笙歌接御筵。願因茱菊酒,相守百千

年。”李益《雜曲》:“嫁女莫望高,女心願所宜。寧從賤相守,不願貴相離。” 相思:彼此想念,後多指男女相悦而無法接近所引起的想念。蘇武《留别妻》:“努力愛春華,莫忘歡樂時。生當復來歸,死當長相思。”鮑照《代春日行》:“芳袖動,芬葉披。兩相思,兩不知。”

⑥ 對面:當面,面對面。陶潛《搜神後記》卷六:“日已向出,天忽大霧,對面不相見。”杜甫《茅屋爲秋風所破歌》:“南村群童欺我老無力,忍能對面爲盜賊。公然抱茅入竹去,脣焦口燥呼不得。” 如此:這樣。《禮記·樂記》:“如此,則國之滅亡無日矣!”杜甫《房兵曹胡馬》:“所向無空闊,真堪託死生。驍騰有如此,萬里可横行。” 背面:在背後,當事人不在時。杜甫《莫相疑行》:“晚將末契託年少,當面輸心背面笑。寄謝悠悠世上兒,不争好惡莫相疑。”李商隱《雜纂》:“愚昧:背面説人過。” 何如:用反問的語氣表示勝過或不如。《北史·盧昶傳》:“卿若殺身成名,貽之竹素,何如甘彼芻菽,以辱君父?”蘇軾《諫買浙燈狀》:“如知其無用,何以更索?惡其厚費,何如勿買?”

⑦ 春風:春天的風,常常比喻男女間的歡愛。白居易《琵琶行》:“今年歡笑復明年,秋月春風等閑度。弟走從軍阿姨死,暮去朝來顔色故。”元稹《先醉》:“今日樽前敗飲名,三杯未盡不能傾。怪來花下長先醉,半是春風蕩酒情。” 撩亂:紛亂,雜亂。韋應物《答重陽》:“城郭連榛嶺,鳥雀噪溝叢。坐使驚霜鬢,撩亂已如蓬。”王安石《漁家傲二首》一:“燈火已收正月半,山南山北花撩亂。” 伯勞:鳥名,又名鶪或鴂,額部和頭部的兩旁黑色,頸部藍灰色,背部棕紅色,有黑色波狀横紋。《詩·豳風·七月》:“七月鳴鶪。”毛傳:“鶪,伯勞也。”《玉臺新詠·古詞〈東飛伯勞歌〉》:“東飛伯勞西飛燕,黄姑織女時相見。”後借指離别的親人或朋友。賈島《送路》:“别我就蓬嵩,日斜飛伯勞。龍門流水急,嵩岳片雲高。” 抛去:義同“抛棄”,丢棄對自己無用的人或物。方干《牡丹》:“不逢盛暑不衝寒,種子成叢用法難。醉眼若爲抛去得,狂心更擬折來看。”齊己《獨院偶作》:“風篁清一院,坐卧潤

肌膚。此境終抛去,鄰房肯信無?"

⑧ 握手:執手,拉手,古時在離别、會晤或有所囑託時,皆以握手表示親近或信任。《東觀漢記·馬援傳》:"援素與述同鄉里,相善,以爲至當握手迎如平生。"元結《别王佐卿序》:"在少年時,握手笑别,雖遠不恨。" 苦:極力,竭力。《世説新語·識鑒》:"王大將軍始下,楊朗苦諫不從。"陸游《老學庵筆記》卷一:"〔朱希真〕不敢以告,景初苦問之。" 相問:詢問,質問。宋之問《陸渾山莊》:"野人相問姓,山鳥自呼名。去去獨吾樂,無然愧此生。"崔顥《江畔老人愁》:"人生貴賤各有時,莫見羸老相輕欺!感君相問爲君説,説罷不覺令人悲。" 後期:指後會之期。盧綸《雪謗後逢李叔度》:"草生分路處,雨散出山時。强得寬離恨,唯當説後期。"白居易《昔與微之在朝日同蓄休退之心迨今十年淪落老大追尋前約且結後期》:"稍無骨肉累,贏有漁樵資。歲晚青山路,白首期同歸。"

⑨ 君:對對方的尊稱,猶言您。孫翃《奉酬張洪州九齡江上見贈》:"受命讞封疆,逢君牧豫章。於焉審虞芮,復爾共舟航。"羅隱《酬章處士見寄》:"中原甲馬未曾安,今日逢君事萬端。"這裏是指詩篇中的男主人公。 妾:舊時女子自稱的謙詞。宋玉《高唐賦》:"妾,巫山之女也。"韓愈《唐河中府法曹張君墓碣銘》:"有女奴抱嬰兒來致其主夫人之語曰:'妾,張圓之妻劉也。'"敬請讀者注意:詩中的主人公是女性,不是以前的研究者認定的男性。這是準確理解本詩的重要節點,不可輕易放過。 參差:不一致,矛盾。劉知幾《史通·申左》:"夫以一家之言,一人之説,而參差相背,前後不同,斯又不足觀也。"差池,差錯。元稹《代九九》:"每常同坐卧,不省暫參差。"

⑩ 借如:假設連詞,假如,如果。王符《潛夫論·夢列》:"借如使夢吉事而己意大喜樂,發於心精,則真吉矣!"元稹《遣病》:"以此方我病,我病何足驚。借如今日死,亦足了一生。" 死生:偏義復詞,指死亡。高適《燕歌行》:"戰士軍前半死生,美人帳下猶歌舞。"蘇軾《侄安

節遠來夜坐三首》二："畏人默坐成痴鈍，問舊驚呼半死生。" 安得：怎麼能够。張九齡《與弟遊家園》："善積家方慶，恩深國未酬。栖栖將義動，安得久情留！"薛曜《子夜冬歌》："朔風扣群木，嚴霜凋百草。借問月中人，安得長不老？" 悲苦：猶"悲苦"，悲哀痛苦。董仲舒《春秋繁露·郊祭》："父母之喪，至哀痛悲苦也。"《文心雕龍·哀悼》："觀其慮贍辭變，情洞悲苦。"

⑪ 噫：嘆詞，表示悲痛或嘆息。《論語·先進》："顔淵死，子曰：'噫！天喪予！天喪予！'"何晏集解引包咸曰："噫，痛傷之聲。"韓愈《原道》："噫！後之人其欲聞仁義道德之説，孰從而聽之？" 春冰：春天的冰，因其薄而易裂，多喻指危險的境地或容易消失的事物。王融《三月三日曲水詩序》："念負重於春冰，懷御奔於秋駕。"李群玉《杜門》："達生書一卷，名利付春冰。" 泮：融解。《詩·邶風·匏有苦葉》："士如歸妻，迨冰未泮。"謝靈運《折楊柳行》二："未覺泮春冰，已復謝秋節。" 結：形容憂愁、氣憤積聚不得發泄。《詩·檜風·素冠》："庶見素韠兮，我心蘊結兮。"王充《論衡·幸偶》："氣結閼積，聚爲癰，潰爲疽創，流血出膿。"

⑫ 美人：容貌美麗的人，多指女子。《六韜·文伐》："厚賂珠玉，娱以美人。"顧況《悲歌》："美人二八顔如花，泣向春風畏花落。" 曠絶：從來没有，絶無僅有。江淹《傷友人賦》："文擎淵卿，史類遷固……乃上代而少雙，故叔世而曠絶。"杜甫《雨》："明滅洲景微，隱見巖姿露。拘悶出門遊，曠絶經目趣。"

⑬ "一日不見"兩句：化用《詩經·采葛》"彼采艾兮，一日不見，如三歲兮"之句，極言對會面的急切期盼。李涉《寄荆娘寫真》："百年恩愛兩相許，一日不見生愁腸。上清仙女徵遊伴，欲從湘靈住河漢。"白居易《長齋月滿寄思黯》："一日不見如三月，一月相思如七年。似隔山河千里地，仍當風雨九秋天。" 曠别：闊别，久别。張九齡《敬酬當塗界留贈宣州刺史裴耀卿》："觹簪陪早歲，接壤厠專城。曠别心彌

軫,宏規義轉傾。”朱誠泳《夜坐有懷鄭司寇時良二首》二:“幾年成曠別,千里動遐思……天涯雲樹隔,會晤杳難期。”

⑭ 笋:竹的嫩芽。《詩·大雅·韓奕》:“其蔌維何,維笋及蒲。”鄭玄箋:“笋,竹萌也。”韓愈《和侯協律詠笋》:“竹亭人不到,新笋滿前軒。” 苞:指植物外表的包皮。張九齡《城南隅山池春中田袁二公盛稱其美夏首獲賞果會夙言故有此詠》:“林笋苞青籜,津楊委緑荑。荷香初出浦,草色復緣堤。”韓愈《新竹》:“笋添南階竹,日日成清閟。縹節已儲霜,黄苞猶掩翠。” 節:竹節。《吕氏春秋·古樂》:“〔伶倫〕取竹於嶰溪之谷,以生空竅厚鈞者,斷兩節間,其長三寸九分,而吹之以爲黄鐘之宫。”高適《詠馬鞭》:“龍竹養根凡幾年,工人截之爲長鞭。一節一目皆天然,珠重重,星連連。”

⑮ 矧:况且,而况。《書·大誥》:“厥子乃弗肯堂,矧肯構?”孔傳:“子乃不肯爲堂基,况肯構立屋乎?”《隱居通議·古賦》引無名氏《梅花賦》:“山瘦兮月小,天空兮水光。落片景之冥鴻,照疏枝之夕陽,弥無人兮,霜封霧銷。挺孤獨兮,瘦節貞香。” 桃李:桃花與李花。《詩·召南·何彼襛矣》:“何彼襛矣!華如桃李。”後因以“桃李”形容貌美。張説《崔訥妻劉氏墓誌》:“珪璋其節,桃李其容。” 當春:時當春天。杜審言《春日京中有懷》:“今年遊寓獨遊秦,愁思看春不當春。上林苑裏花徒發,細柳營前葉漫新。”孟浩然《和張丞相春朝對雪》:“迎氣當春至,承恩喜雪來。潤從河漢下,花逼艷陽開。” 衆人:一般人,群衆。《孟子·告子》:“君子之所爲,衆人固不識也。”元稹《酬樂天赴江州路上見寄三首》三:“人亦有相愛,我爾殊衆人。”大家,指一定範圍内所有的人。《楚辭·漁父》:“舉世皆濁我獨清,衆人皆醉我獨醒。” 攀折:拉折,折取。蕭綱《折楊柳》:“楊柳亂成絲,攀折上春時……曲中無别意,並爲久相思。”孟浩然《早梅》:“少婦争攀折,將歸插鏡臺。”

⑯ 自顧:自念,自視。曹植《贈白馬王彪》:“自顧非金石,咄唶令

心悲。”李善注:“鄭玄《毛詩箋》曰:‘顧,念也。’”杜甫《客堂》:“臺郎選才俊,自顧亦已極。” 悠悠:思念貌,憂思貌。《詩・邶風・終風》:“莫往莫來,悠悠我思。”鄭玄箋:“言我思其如是,心悠悠然。”喬知之《定情篇》:“去時恩灼灼,去罷心悠悠。” 雲:這裏指男女歡愛之事。劉禹錫《巫山神女廟》:“星河好夜聞清珮,雲雨歸時帶異香。”馮延巳《菩薩蠻》:“驚夢不成雲。雙蛾枕上顰。” 安能:怎麼能够。陳子昂《感遇詩三十八首》二一:“鬼工尚未可,人力安能存?”王維《送高適弟耽歸臨淮作》:“杳冥滄洲上,蕩漭無人知。緯蕭或賣藥,出處安能期?” 皚皚:雪白貌。《意林》卷一引《太公金匱・書刀》:“刀利皚皚,無爲汝開。”吕巖《七言》三六:“晚醉九巖回首望,北邙山下骨皚皚。” 雪:喻高潔。貫休《寄高員外》:“冷冽蒼黄風似劈,雪骨冰筋滿瑤席。庭松流污相抵揳,霜絮重裘火無力。”楊萬里《送鄉人余文明勸之以歸》:“一别高人又十年,霜筋雪骨健依然。”

⑰ 破鏡:《太平御覽》卷七一七引東方朔《神異經》:“昔有夫婦將别,破鏡,人執半以爲信。”後遂以喻夫婦分離。王昌齡《送裴圖南》:“黄河渡頭歸問津,離家幾日茱萸新?漫道閨中飛破鏡,猶看陌上别行人。”錢起《送夏侯審校書東歸》:“楚鄉飛鳥没,獨與碧雲還。破鏡催歸客,殘陽見舊山。” 分明:明明,顯然。蕭衍《遊仙詩》:“委曲鳳臺日,分明柏寢事。”杜甫《歷歷》:“歷歷開元事,分明在眼前。” 泪痕:眼泪留下的痕迹。蕭綱《和蕭侍中子顯春别四首》三:“泪痕未燥詎終朝,行聞玉珮已相要。”李白《怨情》:“但見泪痕濕,不知心恨誰。” 餘血:殘留的血痕。温庭筠《俠客行》:“欲出鴻都門,陰雲蔽城闕。寶劍黯如水,微紅濕餘血。”歐陽修《鬼車》:“有時餘血下點污,所遭之家家必破。”

⑱ “幸他人之既不我先”兩句:意謂雖然别人没有搶在我的前面認識你,但又誰能够保證别人不將我心愛的人從身邊奪走! 他人:别人。《詩・小雅・巧言》:“他人有心,予忖度之。”白居易《太行路》:

“人生莫作婦人身，百年苦樂由他人。” 奪：强取。《易・繫辭》：“小人而乘君子之器，盗思奪之矣！”杜甫《揚旗》：“公來練猛士，欲奪天邊城。”

⑲ 織女：即“織女星”，星官名，又稱“天孫”，共三星，即天琴座三星，形如等邊三角形，在銀河以西，與河東牽牛星相對。其中織女一，白色，星等零點零四，離地球距離爲二十六點四光年，表面温度約九千度。通常所稱織女星，多單指此星。王灣《閏月七日織女》：“耿耿曙河微，神仙此夜稀。今年七月閏，應得兩回歸。”李白《擬古十二首》一：“青天何歷歷！明星如白石。黄姑與織女，相去不盈尺。” 黄姑：牽牛星。《玉臺新詠・歌辭》：“東飛伯勞西飛燕，黄姑織女時相見。”吴兆宜注引《歲時記》：“河鼓、黄姑，牽牛也，皆語之轉。”趙彦昭《奉和七夕兩儀殿會宴應制》：“青女三秋節，黄姑七日期。星橋度玉珮，雲閣掩羅帷。”劉方平《宛轉歌二首》二：“曉將近，黄姑織女銀河盡。九華錦衾無復情，千金寶鏡誰能引？”

⑳ “一年一度暫相見”兩句：意謂隔著寬闊的大河，時間又長達一年，什麼樣出格的事情不會發生？ 一度：猶一次。盧照鄰《昭君怨》：“漢地草應緑，胡庭沙正飛。願逐三秋雁，年年一度歸。”譚用之《贈索處士》：“山中宰相陶弘景，洞裏真人葛稚川。一度相思一惆悵，水寒烟澹落花前。” 相見：彼此會面。李白《醉後贈從甥高鎮》：“馬上相逢揖馬鞭，客中相見客中憐。欲邀擊築悲歌飲，正值傾家無酒錢。”韋應物《送鄭長源》：“少年一相見，飛轡河洛間。歡遊不知罷，中路忽言還。” 彼此：那個和這個，雙方。羅隱《湘中贈范郎》：“丹桂無心彼此諳，二年疏懶共江潭。愁知酒醆終難捨，老覺人情轉不堪。”杜荀鶴《寄顧雲》：“省得前年别，蘋洲旅館中。亂離身不定，彼此信難通。”敬請讀者注意：這首詩歌的詩意，通篇都是詩中憂懷“獨結”的“美人”在思念她的情人，均出於女主人公之口，根本不是男性在責備女性的背叛。

㉑ 夜夜：每一個夜晚。鄭愔《春怨》："曲中愁夜夜，樓上别年年。不及隨蕭史，高飛向紫烟。"崔國輔《秦女卷衣》："雖入秦帝宫，不上秦帝床。夜夜玉窗裏，與他卷衣裳。" 幽懷：隱藏在内心的情感。《水經注·廬江水》引吴猛詩："曠載暢幽懷，傾蓋付三益。"皇甫枚《三水小牘·步飛烟》："兼題短葉，用寄幽懷。" 沈結：義同"鬱結"，谓忧思烦冤纠结不解。韋應物《冬夜》："杳杳日雲夕，鬱結誰爲開？單衾自不暖，霜霰已皚皚。"吕恭《道州春日感興》："深誠長鬱結，芳晨自妍媚。"

㉒ "那堪一年事"兩句：意謂分别一年，多少個日日夜夜，有那麼多的話語要傾訴，可一個晚上又怎麼能够説得完説得盡呢？ 那堪：怎堪，怎能禁受。李端《溪行遇雨寄柳中庸》："那堪兩處宿，共聽一聲猿？"張先《青門引·春思》："那堪更被明月，隔墻送過秋千影！"

㉓ 相思：彼此想念，後多指男女相悦而無法接近所引起的想念。陳子昂《春晦餞陶七於江南同用風字》："芙蓉生夏浦，楊柳送春風。明日相思處，應對菊花叢。"李元紘《相思怨》："燕語時驚妾，鶯啼轉憶君。交河一萬里，仍隔數重雲。" 何暇：哪里有閑暇。韋曜《博弈論》："君子之居室也，勤身以致養；其在朝也，竭命以納忠。臨事且猶旰食，而何暇博弈之足躭？"盧諶《贈崔温》："苟云免罪戾，何暇收民譽？" 相悦：亦作"相説"，彼此和睦、親愛。《穀梁傳·僖公元年》："吾二人不相説，士卒何罪？"《漢書·賈誼傳》："婦姑不相説，則反脣而相稽。"顔師古注："説音悦。"

㉔ 虹橋：拱曲如虹的長橋。谷神子《博異志·許漢陽》："池中荷芰芬芳，四岸砌如碧玉，作兩道虹橋，以通南北。"又作臨時架設的飛橋。王闢之《澠水燕談録·事志》："陳希亮守宿，以汴橋壞，率嘗損官舟害人，乃命法青州所作飛橋，至今沿汴皆飛橋，爲往來之利，俗曰虹橋。" 薄夜：傍晚，夜初。張祜《雜曲歌辭·水鼓子》："雕弓白羽獵初回，薄夜牛羊復下來。夢水河邊秋草合，黑山峰外陣雲開。"張鎡《高

寒堂》:"下瞰東鄰寺,鐘聲殷兩山。貪吟嘗忍冷,薄夜不知還。" 龍駕:龍拉的車。《楚辭·九歌·雲中君》:"龍駕兮帝服,聊翱遊兮周章。"王逸注:"言天尊雲神,使之乘龍。"後泛指神仙的車駕。吴筠《遊仙二十四首》一:"龍駕朝紫微,後天保令名。"天子的車駕。《藝文類聚》卷四引謝朓《七夕賦》:"迴龍駕之容裔,亂鳳管之凄鏘。"喬知之《侍宴應制得分字》:"豫遊龍駕轉,天樂鳳簫聞。" 侵晨:天快亮時,拂曉。《三國志·吕蒙傳》:"侵晨進攻,蒙手執枹鼓,士卒皆騰踴自升,食時破之。"《雲麓漫抄》卷一〇:"紹興三十一年七月二十六日侵晨,日出如在水面,色淡而白。"

㉕ 生憎:最恨,偏恨。盧照鄰《長安古意》:"生憎帳額繡孤鸞,好取門簾帖雙燕。"晏幾道《木蘭花》:"生憎繁杏緑陰時,正礙粉墻偷眼覷。" 野鶴:鶴居林野,性孤高,常喻隱士。劉長卿《送方外上人》:"孤雲將野鶴,豈向人間住!"韋應物《贈王侍御》:"心同野鶴與塵遠,詩似冰壺見底清。" 遲回:遲疑,猶豫。《魏書·郭祚傳》:"高祖嘆謂祚曰:'卿之忠諫,李彪正辭,使朕遲回不能復决。'"猶徘徊。賀鑄《山花子·彈箏》:"約略整鬟釵影動,遲回顧步珮聲微。" 死恨:猶恨死。韓偓《寄恨》:"秦釵枉斷長條玉,蜀紙虚留小字紅。死恨物情難會處,蓮花不肯嫁春風。"張詠《結交》:"古人死恨爲交難,交心不移誠可歡。須知暗水生波瀾,壯夫一飲摧心肝。" 天雞:神話中天上的雞。任昉《述異記》卷下:"東南有桃都山,上有大樹,名曰'桃都',枝相去三千里,上有天雞,日初出,照此木,天雞則鳴,天下雞皆隨之鳴。"李白《夢遊天姥吟留别》:"半壁見海日,空中聞天雞。" 時節:時光,時候。孔融《論盛孝章書》:"歲月不居,時節如流。"《朱子語類》卷六九:"那時節無可做,只得恐懼。"

㉖ 曙色:拂曉時的天色。蕭綱《守東平中華門開》:"薄雲初啓雨,曙色始成霞。"《太平廣記》卷三〇九引薛用弱《集異記·蔣琛》:"曙色既分,巨龜復延首於中流,顧眄琛而去。" 曈曈:日初出漸明

貌。盧綸《臘日觀咸甯王部曲娑勒擒豹歌》:"山頭曈曈日將出,山下獵圍照初日。"王安石《餘寒》:"曈曈扶桑日,出有萬里光。"　華星:明星。《文選·曹丕〈芙蓉池作〉》:"丹霞夾明月,華星出雲間。"李善注:"《法言》曰:'明星皓皓,華藻之力也。'"李商隱《無題四首》三:"歸去橫塘晚,華星送寶鞍。"　明滅:謂忽明忽暗。王維《山中與裴迪秀才書》:"夜登華子岡,輞水淪漣,與月上下,寒山遠火,明滅林外。"曾鞏《初發襄陽携家夜登峴山置酒》:"烟嶺火明滅,秋湍聲激揚。"忽隱忽現。沈約《奉和竟陵王藥名詩》:"玉泉亟周流,雲華乍明滅。"李之儀《好事近》:"暮山濃淡鎖烟霏,梅杏半明滅。"

㉗ 去:離開。《書·胤征》:"伊尹去亳適夏。"韓愈《剥啄行》:"剥剥啄啄,有客至門。我不出應,客去而嗔。"　何時:什麼時候,表示疑問。《楚辭·九辯》:"皇天淫溢而秋霖兮,后土何時而得乾?"韓愈《贈别元十八協律六首》六:"寄書龍城守,君驥何時秣?"　徹:達,到。《國語·魯語》:"既其葬也,焚,烟徹於上。"韋昭注:"徹,達也。"劉言史《代胡僧留别》:"定知不徹南天竺,死在條支陰磧中。"

㉘ 迢遞:遙遠貌。嵇康《琴賦》:"指蒼梧之迢遞,臨迴江之威夷。"杜甫《送樊二十三侍御赴漢中判官》:"居人莽牢落,遊子方迢遰。"　不如:比不上。《易·屯》:"君子幾不如舍,往吝。"《顔氏家訓·勉學》:"諺曰,積財千萬,不如薄伎在身。"　生死:偏義復指詞。《韓非子·解老》:"所謂廉者,必生死之命也,輕恬資財也。"陳奇猷集釋引王先慎曰:"謂能死節。"蔣防《霍小玉傳》:"鄙拙庸愚,不意顧盼,倘垂採録,生死爲榮。"

㉙ 天公:天,以天擬人,故稱。《尚書大傳》卷五:"烟氛郊社,不修山川,不祝風雨,不時霜雪,不降責於天公。"陸游《殘雨》:"五更殘雨滴檐頭,探借天公一月秋。"　相憐:相互憐愛,憐惜。《列子·楊朱》:"古語有之:'生相憐,死相捐。'"王安石《酬宋廷評請序經解》:"未曾相識已相憐,香火靈山亦有緣。"　何不:猶言爲什麼不,表示反

問。《詩·唐風·山有樞》:"子有酒食,何不日鼓瑟? 且以喜樂,且以永日。"《晉書·惠帝紀》:"及天下荒亂,百姓餓死,帝曰:'何不食肉糜?'"馮班認爲:"微之棄雙文,只是嫌他有别好,刻薄之極。"馮班的説法顯然誤解了《古决絶詞三首》的原意。在這三首詩歌裹,詩中的主人公明顯是女性而不是男性,詩中的話語,均出於女主人之口,所以與"微之棄雙文"云云根本扯不到一起。

[編年]

《年譜》貞元十九年"詩編年"條下將本詩編入,理由是:"詞云:'况三年之曠别.'貞元十六年元稹與'崔鶯鶯'分别,下推三年爲貞元十九年。"《編年箋注》採納《年譜》意見:"此詩作於貞元十九年(八〇三),元稹是年中書判拔萃科第四等,署秘書郎。"理由是:"見下《譜》。"《年譜新編》編年:"其二云:'一日不見,比一日於三年,况三年之曠别.'元稹貞元十六年與'崔鶯鶯'分别,下推三年,爲貞元十八年。"

我們以爲《年譜》、《編年箋注》、《年譜新編》的編年理由根本不能成立:其一,《鶯鶯傳》是虚構的傳奇小説,它的故事情節與作者的實際生活也許有所聯繫,但絶不能等同。所謂"貞元十六年元稹與'崔鶯鶯'分别,下推三年爲貞元十九年"、"元稹貞元十六年與'崔鶯鶯'分别,下推三年,爲貞元十八年"的假設是没有真實前提的假設,根本無法成立。其二,退一步講,即使《鶯鶯傳》與《古决絶詞三首》可以類比的話,兩者的情節也不相同。《古决絶詞三首》:"一日不見,比一日於三年,况三年之曠别。"這不同於張生在貞元十六年春别崔氏三月,秋又見面的情節。詩曰"那堪一年事,長遣一宵説",亦與張生貞元十六年秋復返蒲州與鶯鶯相會"累月"的時間不合。而詩所云:"矧桃李之當春,競衆人之攀折。我自顧悠悠而若雲,又安能保君皚皚之如雪?""幸他人之既不我先,又安能使他人之終不我奪?"與傳文中張生的抵賴推故之詞——“忍情”之説、“尤物”之論不合。可見《古决絶詞三首》與《鶯鶯傳》所述並不是一回事。其三，退一步説，既然《古决絶詞三首》是張生决絶鶯鶯之詞，而元稹《鶯鶯傳》已寫到張生决絶鶯鶯之後的情節，亦即崔張的全部故事，那麼元稹爲何不把這首開脱張生誘過鶯鶯而理由又如此“正當”的《古决絶詞三首》與“忍情”之説、“尤物”之論一起也寫進《鶯鶯傳》之中？可見在元稹看來，兩者並不是一回事情。其四，我們以爲《古决絶詞三首》都是女主人公在訴説她對所愛男性别離的哀怨，如第一首“君情既决絶，妾意亦參差”，第二首“我自顧悠悠而若雲，又安能保君白皚皚之如雪”，從稱謂看，明顯是女性的口吻。而第二首通篇都是詩中憂懷“獨結”的“美人”在思念她的情人。我們以爲在這三首詩歌裏詩中的主人公顯然是女性而不是男性，如此看來《古决絶詞三首》所云是原先相戀的一對青年男女，因爲長久的分離，女主人公哀怨不已，把長久的分離看作比兩相决絶、陰陽兩隔更痛苦的事情。“一去又一年”六句，詩中的女主人公衹是在抱怨與她情人的分别過於長久，長久得讓她難於忍受，還不如恩斷義絶的“相决絶”，還不如陰陽兩隔的“死生别”。這樣的感人情節與《鶯鶯傳》“始亂終棄”的故事情節又有哪一點相似？

但我們仍然認爲，《古决絶詞三首》與《鶯鶯傳》是同一性質的作品，亦即青年男女相戀相愛的作品。在思想上藝術上如此成功的《鶯鶯傳》，絶不可能是一氣呵成的作品，《古决絶詞三首》與元稹其他艷情詩一樣，是賦成於《鶯鶯傳》之前的作品，是《鶯鶯傳》的預習與演練。其次，元稹《贈别楊員外巨源》詩云：“憶昔西河縣下時，青山顦頓宦名卑。揄揚陶令緣求酒，結託蕭娘只在詩。”應該是元稹艷詩創作的開始。第三，元稹《叙詩寄樂天書》云“適值河東李明府景儉在江陵時，僻好僕詩章，謂爲能解，欲得盡取觀覽，僕因撰成卷軸……又有以干教化者，近世婦人暈淡眉目，綰約頭鬢，衣服修廣之度及匹配色澤尤劇怪艷，因爲艷詩百餘首，詞有今古，又兩體。”説明元稹的作品中，確實有艷詩的存在,確實有"古代樂府詩體"的存在。元稹説這番話在元和十年,述説的是元和七年時情況。元稹編有艷詩,但不可能是當時現編的,艷詩應該作於元和七年之前。

基於以上情況,我們認爲《古决絶詞三首》與元稹其他艷詩一樣,應該作成于貞元十八年之前。現在按照我們的理解,分别將元稹的艷詩編排在這一時期的各年之中。今暫時將本詩編排在貞元十七年《鶯鶯傳》撰成之前,儘管這樣的編排不一定準確無誤,但應該是大致合理的。

貞元十八年壬午(802)　二十四歲

◎ 憶楊十二巨源(一)①

去時芍藥纔堪贈,看却殘花已度春②。只爲情深偏愴別,等閑相見莫相親③。

録自《元氏長慶集》卷一六

[校記]

(一) 憶楊十二巨源:楊本、叢刊本、《全詩》等諸本的詩題均作"憶楊十二","巨源"云云應該是馬本所獨有,但表達無誤,不改。

[箋注]

① 憶:思念,想念。劉禹錫《酬朗州崔員外與任十四兄侍御同過鄙人舊居見懷之什時守吴郡》:"自此曾沾宣室召,如今又守闔閭城。何人萬里能相憶? 同舍仙郎與外兄。"白居易《憶微之傷仲遠》:"李三埋地底,元九謫天涯。舉眼青雲遠,回頭白日斜。" 楊十二巨源:詩人的忘年朋友,楊巨源年長元稹不少,元稹曾與楊巨源一起宦遊,元稹《叙詩寄樂天書》:"不數年與詩人楊巨源友善,日課爲詩。"元稹貞元十年至貞元十二年有詩《與楊十二李三早入永壽寺看牡丹》:"繁華有時節,安得保全盛? 色見盡浮榮,希君了真性。"任職校書郎前還有《與楊十二巨源盧十九經濟同遊大安亭各賦二物合爲五韵探得松石》:"片石與孤松,曾經物外逢……待補蒼蒼去,樛柯早變龍。"《春晚寄楊十二兼呈趙八(時楊生館於趙氏)》:"遷鶯戀嘉木,求友多好音。

自無琅玕實,安得蓮花簪? 寄之二君子,希見雙南金。"晚年元稹還有《贈别楊員外巨源》詩回憶:"憶昔西河縣下時,青衫憔悴宦名卑。揄揚陶令緣求酒,結託蕭娘只在詩。"元稹貞元十八年九月撰作的《鶯鶯傳》時,特地將楊巨源的《崔娘詩》録入《鶯鶯傳》中。請讀者注意,除本詩外,元稹還有同題詩篇《憶楊十二巨源》,作於元和四年的春天。

② 去時:離開的時候。楊巨源究竟于何時離開長安? 元稹的《鶯鶯傳》作於貞元十八年九月,裏面引用了楊巨源的《貞娘詩》,但楊巨源此後即離開長安宦遊各地,不及見到元稹的《鶯鶯傳》殺青並流傳,因此《鶯鶯傳》的第一個讀者是李紳而不是楊巨源,也因此纔有了元稹的兩篇《憶楊十二巨源》的同名詩篇思念楊巨源。從"去時芍藥纔堪贈"來看,楊巨源離開長安應該在暮春初夏芍藥剛剛可以贈送他人之時,亦即貞元十八年的初夏。因此元稹白居易及第并相識的貞元十九年春天,楊巨源已經離開長安,楊巨源不及通過元稹與白居易相識,白居易也不及通過元稹與楊巨源相識,所以白居易元和十年才有《贈楊秘書巨源》"相識雖新有故情"之句,意謂我與您楊巨源雖然剛剛第一次見面,但我通過元稹兄弟對您的反反復復叙述,已經有了很深很深的交情。關於楊巨源與元稹、元稹與白居易、楊巨源與白居易相互結識的錯綜複雜的過程,讀者如有興趣,可以參閲拙稿《元稹考論·元稹與〈鶯鶯傳〉考論》的有關篇章。　芍藥:多年生草本植物,五月開花,花大而美麗,有紫紅、粉紅、粉白等多種顔色,花與葉可供觀賞,根可入藥。《詩·鄭風·溱洧》:"維士與女,伊其相謔,贈之以勺藥。"後因以"芍藥"表示男女愛慕之情,或以指文學中言情之作。徐陵《玉臺新詠序》:"清文滿篋,非惟芍藥之花;新製連篇,寧止蒲萄之樹。"喬知之《下山逢故夫》:"庭前厭芍藥,山上采蘼蕪……羞將憔悴日,提籠逢故夫。"　殘花:將謝的花,未落盡的花。庾信《和宇文内史入重陽閣》:"舊蘭憔悴長,殘花爛漫舒。别有昭陽殿,長悲故婕好。"劉長卿《感懷》:"秋風落葉正堪悲,黄菊殘花欲待誰? 水近偏逢

寒氣早,山深常見日光遲。" 度春:度過了春天。楊凝《春怨》:"花滿簾櫳欲度春,此時夫婿在咸秦。緑窗孤寢難成寐,紫燕雙飛似弄人。"劉禹錫《柳絮》:"飄揚南陌起東鄰,漠漠濛濛暗度春。花巷暖隨輕舞蝶,玉樓晴拂艷妝人。"

③ 情深:感情深厚。沈頌《春旦歌》:"常聞嬴女玉簫臺,奏曲情深彩鳳來。欲登此地銷歸恨,却羡雙飛去不回。"嚴維《歲初喜皇甫侍御至》:"湖上新正逢故人,情深應不笑家貧。明朝別後門還掩,修竹千竿一老身。" 愴別:悲傷地分別。李頻《漢上送人西歸》:"幾作西歸夢,因爲愴別心。野銜天去盡,山夾漢來深。"司空圖《郇西杏花二首》一:"薄膩力偏羸,看看愴別時。東風狂不惜,西子病難醫。" 等閑:尋常,平常。賈島《古意》:"志士終夜心,良馬白日足。俱爲不等閑,誰是知音目?"輕易,隨便。白居易《新昌新居》:"等閑栽樹木,隨分占風烟。逸致因心得,幽期遇境牽。"朱熹《春日》:"勝日尋芳泗水濱,無邊光景一時新。等閑識得東風面,萬紫千紅總是春。" 相見:彼此會面。崔顥《七夕》:"長安城中月如練,家家此夜持針綫。仙裙玉佩空自知,天上人間不相見。"祖詠《答王維留宿》:"四年不相見,相見復何爲? 握手言未畢,却令傷別離。" 相親:互相親愛親近。《管子·輕重》:"功臣之家……骨肉相親。"《史記·管晏列傳論》:"語曰:'將順其美,匡救其惡,故上下能相親也。'"

[編年]

本詩未見《年譜》編年,《編年箋注》列入"未編年詩",《年譜新編》列入"無法編年作品"。

一、本詩云:"去時芍藥才堪贈。"説明楊巨源離開長安在芍藥初綻之時,來不及見到隨後與元稹相識的白居易,直到元和十年稍前,才與白居易"相識雖新"而"有故情"。二、而"看却殘花已度春",説明元稹賦詠本詩時,芍藥花已經頹謝,時間已經到了春天已經結束夏天已經開始之時。此詩應該作於貞元十八年的晚春初夏，説詳拙稿《元稹考論·元稹與〈鶯鶯傳〉考論》的九篇文章。而元稹另一篇同詩題《憶楊十二巨源》作於元和四年春天，從"元和四年"前推，元稹與楊巨源已經分别五整年，估計兩人之間應該不時有些消息，故元稹如此深情地思念他的老朋友楊巨源，而這個事實，又從另一個角度證明本詩應該作於貞元十八年的暮春初夏，元稹雖然已經明經及第，但還没有吏部及第，依然是没有任何官職在身，賦詩的地點，應該在長安。

● 錯字判①

丁申文書上，尚書省按之，辭云："雖誤，可行用。"②

對(一)：文奏或差，本虞行詐。此例可辦，必有原情③。苟異因緣之奸，則矜過誤之罰④。丁也方將計簿，忽謬正名，曾不戒於援毫，遂見尤爲起草⑤。然以法存按省，誤有等差。倘以百爲千，比賜縑而難赦；若當五而四，縱闕馬而何傷！苟殊魚魯相懸，宜恕甲由未遠⑥。按其非是，雖懷三豕之疑；訴以可行，難書一字之貶⑦。請諸會府，棄此小瑕。非愚訴人，在法當爾⑧。

録自《元氏長慶集》補遺卷三

[校記]

(一) 對：《全文》無，録以備考，不改。

[箋注]

① 錯字判：本文不見於劉本《元氏長慶集》，但見於馬本《元氏長

慶集》補遺卷三、又《全文》卷六五二,據此補。　錯字:写得不正确的字,或刻错、排错的字。朱熹《答羅參議》:"校書極難,共父刻《程集》於長沙,欽夫爲校,比送得來,乃無板不錯字,方盡寫寄之,不知今改正未也?"杜範《經筵已見奏札》:"况《寧宗實録》尚修未就,盡日夜之力,以應期限之嚴,必多差訛,前後牴牾,而書吏之錯字漏句,且不暇閲視而改正也。"　判:指審理獄訟的判决書。柳宗元《段太尉逸事狀》:"諶盛怒,召農者曰:'我畏段某耶?何敢言我!'取判鋪背上,以大杖擊二十。"白居易《得景爲縣官判事案成後自覺有失請舉牒追改刺史不許欲科罪景云令式有文》:"先迷後覺,判事雖不三思;苟有必知,牒舉明無二過。"

② 文書:公文,案牘。《漢書·刑法志》:"文書盈於几閣,典者不能遍睹。"元稹《使東川·望喜驛》:"滿眼文書堆案邊,眼昏偷得暫時眠。子規驚覺燈又滅,一道月光横枕前。"　尚書省:官署名,東漢設置,稱尚書臺,或稱中臺。南北朝時始稱尚書省,下分各曹,爲中央執行政務的總機構。唐代曾改稱文昌臺、都臺、中臺,旋復舊稱,尚書省與中書省、門下省合稱三省,長官爲尚書令,其副職爲左右僕射。謝朓《始出尚書省》:"惟昔逢休明,十載朝雲陛。既通金閨籍,復酌瓊筵醴。"陸贄《賈耽東都留守制》:"可守本官兼御史大夫,充東都留守、東都畿汝州都防禦觀察等使,判東都尚書省事,散官、勛封如故。"　行用:動用,使用。《管子·地圖》:"不敢蔽賢有私,行用貨財,供給軍之求索。"郭沫若等集校:"'行用',猶動用或移用。"《宋史·律曆志》:"(吴)昭素、(徐)瑩二曆,以建隆癸亥以來二十四年氣朔驗之,頗爲切準。復對驗二曆,惟昭素曆氣朔稍均,可以行用。"

③ 對:指臣子面君奏事。曾鞏《本朝政要策·貢舉》:"貢舉之制,建隆初,始禁謝恩於私室。開寶五年,召進士安守亮等三十八人對於講武殿下,詔賜其第。"陸游《老學庵筆記》卷一:"前一日還行在,尚未得對,亦死焉!"也作回答上司的設問,文體的一種。《漢書·公

孫弘傳》:"策奏,天子擢弘對爲第一。"《文心雕龍·議對》:"觀晁錯之對,證驗古今,辭裁以辨,事通而贍,超升高第,信有徵矣!" 文奏:官府文書。《文選·謝朓〈京路夜發〉》:"文奏方盈前,懷人去心賞。"張銑注:"文奏,謂官簿書。"亦指奏疏。曹植《聖皇篇》:"侍臣省文奏,陛下體仁慈。" 虞:憂慮,憂患。《國語·晉語》:"衛文公有邢狄之虞,不能禮焉!"韓愈《與鳳翔邢尚書書》:"戎狄棄甲而遠遁,朝廷高枕而無虞。" 行詐:做欺詐的壞事。班固《答賓戲》:"韓設辨以激君,吕行詐以賈國。"《後漢書·劉陶傳》:"議者不達農殖之本,多言鑄冶之便,或欲因緣行詐,以賈國利。" 原情:本情,情由。杜甫《秦州見敕目薛三璩授司議郎凡三十韵》:"隴俗輕鸚鵡,原情類鶺鴒。"推究本情。《後漢書·邳彤傳論》:"斯固原情比迹,所宜推察者也。"《唐律·名例》:"議者原情議罪,稱定刑之律。"

④ "苟異因緣之奸"兩句:意謂如果不是事先勾結,存心做奸惡之事,那麼處理之時應該從輕。 因緣:發端,緣起。阮瑀《爲曹公作書與孫權》:"每覽古今所由改趣,因緣侵辱;或起瑕釁,心忿意危,用成大變。"酈道元《水經注·河水》:"〔泥犂城〕上有師子柱,有銘;記作泥犂城因緣及年數日月。"原因。蘇軾《上蔡省主論放欠書》:"尋常無因緣,固不敢造次致書。" 過誤:過失,錯誤。《書·大禹謨》"宥過無大,刑故無小"孔傳:"過誤所犯,雖大必宥。不忌故犯,雖小必刑。"《後漢書·薊子訓傳》:"〔子訓〕嘗抱鄰家嬰兒,故失手墮地而死,其父母驚號怨痛,不可忍聞,而子訓唯謝以過誤,終無它説,遂埋藏之。"

⑤ 計簿:古代計吏登記户口、賦税、人事的簿籍,也指計吏在簿籍上登記户口賦税等。《史記·張丞相列傳》:"而張蒼乃自秦時爲柱下史,明習天下圖書計籍。"張方平《有宋南海大士趙君塔銘并序》:"明宗按蜀,計簿發其積藏。" 謬:謬誤,差錯。《書·冏命》:"繩愆糾謬,格其非心,俾克紹先烈。"孔穎達疏:"繩其衍過,糾其錯謬。"任昉《爲蕭揚州薦士表》:"豈直鼮鼠有必對之辯,竹書無落簡之謬。"背戾

乖違。《莊子·繕性》:“古之所謂隱士者,非伏身而弗見也,非閉言而不出也,非藏其知而不發也,時命大謬也。” 正名:辨正名稱、名分,使名實相符。《國語·晉語》:“舉善援能,官方定物,正名育類。”韋昭注:“正上下服位之名。”《舊唐書·韋湊傳》:“師古之道,必也正名,名之與實,故當相副。” 援毫:執筆。方干《李侍御上虞别業》:“真爲援毫方掩卷,常因按曲便開尊。”蘇軾《次韵劉貢父所和韓康公憶持國二首》一:“援毫欲作衣冠表,盛事終當繼八蕭。” 起草:擬稿,打草稿。《後漢書·百官志》:“一曹有六人,主作文書起草。”韓愈《張中丞傳後叙》:“爲文章,操紙筆立書,未嘗起草。”

⑥ 按省:審察,查考。酈道元《水經注·斤江水》:“禹治洪水,血馬祭衡山,於是得金簡玉字之書,按省玉字,得通水理也。”《新唐書·楊慎矜傳》:“時御府財物羨積如丘山,隆禮性詳密,出納雖尋尺皆自按省,凡物經楊卿者,號無不精麗,歲常愛省數百萬。” 等差:等級次序,等級差别。《禮記·燕義》:“俎豆、牲體、薦羞皆有等差,所以明貴賤也。”楊萬里《見澹巷胡先生舍人》:“澹翁家近醉翁家,二老風流莫等差。” 縑:雙絲織的淺黄色細絹。《淮南子·齊俗訓》:“夫素之質白,染之以涅則黑;縑之性黄,染之以丹則赤。”《玉臺新詠·〈古詩〉》:“織縑日一匹,織素五丈餘。” 赦:寬免罪過。《書·湯誥》:“罪當朕躬,弗敢自赦。”《左傳·僖公二十三年》:“天之棄商久矣!君將興之,弗可赦也已!” 何傷:何妨,何害,意謂没有妨害。《論語·先進》:“子曰:‘何傷乎?亦各言其志也。’”《楚辭·九章》:“苟余心其端直兮,雖僻遠之何傷?” 魚魯:謂將魚誤寫成魯,泛指文字錯訛,後面的“甲由”用意與此相同。葛洪《抱朴子·遐覽》:“又譬之於書字,則符誤者不但無益,將能有害也。書字人知之,猶尚寫之多誤,故諺曰:‘書三寫,魚成魯,虚成虎,此之謂也。”王起《和李校書》:“憶昨謬官在烏府,喜君對門討魚魯。”

⑦ 三豕:即“三豕涉河”,《吕氏春秋·察傳》:“子夏之晉,過衛,

有讀史記者曰:'晉師三豕涉河。'子夏曰:'非也,是己亥也。'夫'己'與'三'相近,'豕'與'亥'相似,至于晉而問之,則曰晉師己亥涉河也。"後多以喻文字的訛誤。蔡邕《月令問答》:"書有轉誤,三豕渡河之類也。"《文心雕龍·練字》:"晉之史記,三豕渡河,文變之謬也。"亦省作"三豕"。孔平仲《和常父》:"温尋簡策評三豕,點綴文章學受辛。" 一字:一個字。王充《論衡·須頌》:"夫一字之謚,尚猶明主;况千言之論、萬文之頌哉!"《文心雕龍·練字》:"故善爲文者,富於萬篇,貧於一字。"

⑧ 會府:尚書省之别稱。《舊唐書·代宗紀》:"至於領録天下之綱,綜覈萬事之要,邦國善否,出納之由,莫不處正於會府也。"白居易《除趙昌檢校吏部尚書兼太子賓客制》:"夫望優四皓,然後能調護春闈;才冠六卿,然後能紀綱會府。" 瑕:玉上的斑點或裂痕。《左傳·宣公十五年》:"川澤納污,山藪藏疾,瑾瑜匿瑕,國君含垢,天之道也。"《史記·廉頗藺相如列傳》:"〔藺相如〕乃前曰:'璧有瑕,請指示王。'" 訴人:提起訴訟的人。李復言《續玄怪録·張質》:"又曰:'案牘分明,訴人不遠。府命追勘,仍敢詆欺!'取枷枷之。質又曰:'訴人既近,請與相見。'"汪藻《承議郎通判潤州累贈朝議大夫趙君墓誌銘》:"每訟至庭,率以片言面折其是非,父老至相戒曰:'汝曹毋妄訴人,今令君得人眉睫間,不可欺也!"

[編年]

《年譜》編入本文以及其他判文十六篇於貞元九年(793)至貞元十九年(803),理由是:"元稹求官,必須應吏部試。應吏部試,先要練習作'判'。其《誨侄等書》云:'至年十五,得明經及第,因捧先人舊書,於西窗下,鑽仰沉吟,僅於不窺園井矣!如是者十年,然後粗霑一命,粗成一名。'元稹試判登科之日,距離兩經擢第之年,正是十年。這十年,是元稹用功的十年。"《編年箋注》編年本文以及其他十六篇文:"元稹十五歲時即貞元十年,以通兩經及第。貞元十九年中書判拔萃科第四等,署秘書省校書郎。十年間,爲應付吏部考試,用功甚勤……其寫作年代應在貞元十年以後之十年間。"《年譜新編》編年本文以及其他十六篇文于貞元十八年"文編年"欄内,没有説明這十七篇文是否僅僅編年貞元十八年,還是編年"貞元十八年"之前的"十年間"。

首先應該指出,《年譜》關於"這十年,是元稹用功的十年"的説法是不全面的,似乎元稹在世的其他歲月是"不用功"的,應該説,元稹在世的五十三年,從幼年起,就孜孜以求學習經義詩賦,爲及第踏上仕途作準備。三次及第之後,又爲皇上爲國家爲百姓極盡自己的力量,直到在武昌因巡視轄區災害而中暑身亡。這種描述同時也與《年譜》在譜文中一再描述的元稹行蹤相矛盾,在《年譜》中,這十年正是元稹與崔鶯鶯熱戀,又哪裏有時間"用功"?《編年箋注》關於元稹明經及第的時間以及年齡自相矛盾,出現不應該出現的低級錯誤:元稹明兩經及第在貞元九年,貞元十年元稹已經十六歲而不是十五歲。《年譜》:"貞元八年壬申(七九二),十四歲……冬,元稹赴西京應試……貞元九年癸酉(七九三),十五歲。登明經科。"《編年箋注·代曲江老人百韵》亦云:"貞元九年(七九三),元稹登明經科,十年,居西京開元觀,作此詩。見下《譜》。"著者自己雲裏霧裏,不知讀者到底應該相信哪一個?

根據文獻記載,《文獻通考·選舉考》:"按唐取人之法,禮部則試以文學,故曰策,曰大義,曰詩賦。吏部則試以政事,故曰身,曰言,曰書,曰判。然吏部所試四者之中,則判爲尤切。蓋臨政治民,此爲第一義。必通曉事情,諳練法律,明辨是非,發摘隱伏,皆可以此覘之……《容齋》洪氏《隨筆》曰:唐銓選以身、言、書、判擇人,既以書爲藝,故唐人無不工楷法。以判爲貴,故無不習熟,而判語必駢儷,今所傳《龍筋鳳髓判》及白樂天集《甲乙判》是也。自朝廷至縣邑,莫不皆然,非讀書善文不可也。宰臣每啓擬一事,亦必偶數十語,今鄭畋《敕語堂判》猶存。世俗喜道瑣細遺事,參以滑稽,目爲花判,其實乃如此，非若今人握筆据案，只署一字亦可。國初尚有唐餘波，久而革去之，但貌體豐偉用以取人，未爲至論……初吏部選才，將親其人，覆其吏事，始取州縣案牘疑議，試其斷，割而觀其能否，此所以爲判也。後日月浸久，選人猥多，案牘淺近，不足爲難，乃採經籍古義，假設甲乙，令其判斷，既而來者益衆。而通經正籍又不足以爲問，乃徵僻書曲學隱伏之義問之，唯懼人之能知也（張鷟有《龍筋鳳髓判》、白樂天集有《甲乙判》、元微之集亦有判百餘篇）。"

據此，我們以爲元稹爲了能够吏部及第，需要作多方面的準備，並非僅僅是判文而已。元稹更不會爲了"百餘篇"判文，要像《年譜》描述的那樣要"用功十年"。白居易《策林序》："元和初，予罷校書郎，與元微之將應制舉，退居於上都華陽觀，閉户累月，揣摩當代之事，構成策目七十五門。"就是最好的證明，僅僅"閉户累月"，元白兩人就撰成策林七十五篇，何况策林的難度遠遠超過判文的難度。我們以爲，元稹當時準備的這些吏部判文，在形式上有點類似今日高考學生考試前自己模擬的考試題，更有點類似公務員招考考試前自己估摸的考試題。參考朱金城《白居易集箋校》給白居易一百〇一篇判文編年貞元十八年的編年作法，我們以爲給元稹現存的十七篇判文或者説"百餘篇"判文編年貞元十八年冬季之前是合適的，因爲貞元十八年的冬季，元稹與其他舉子已經在吏部集中。元稹判文撰寫的具體地點，應該在長安靖安坊家中。

● 易家有歸藏判[①]

甲爲處士，家畜《歸藏易》，常以七八爲占，鄰人告其左道。不伏[②]。

對[(一)]：四營成易，本用窮神。三代演圖，孰云疑衆[③]？甲志敦素履,學洞青囊。不言非聖之書,忽招誣善之告[④]。雖九六布卦,我則背於周經;而七八爲占,爾盍觀於殷道[⑤]。徒驚異象,曾是同歸。辨數雖冠履相睽,得意而筌蹄可忘[⑥]。且穆姜遇艮,足徵"麟史"之文;尼父得坤,亦驗《歸藏》之首[⑦]。以斯償責,可用質疑[⑧]。

《元氏長慶集》補遺卷三

[校記]

(一) 對:《全文》無,録以備考。

[箋注]

① 易家有歸藏判:本文不見於劉本《元氏長慶集》,但見於馬本《元氏長慶集》補遺卷三,又見於《全文》卷六五二,據此補。 易:書名,古代卜筮之書,有《連山》、《歸藏》、《周易》三種,合稱三《易》,今僅存《周易》,簡稱《易》。劉歆《移書讓太常博士》:"修《易》,序《書》,製作《春秋》,以記帝王之道。"《漢書・劉歆傳》:"天下唯有《易》卜,未有它書。" 歸藏:三《易》之一,相傳爲黄帝所作。《周禮・春官・大卜》:"掌三《易》之法,一曰《連山》,二曰《歸藏》,三曰《周易》。"《隋書・經籍志》:"《歸藏》十三卷,晉太尉薛貞注……漢初已亡,案晉《中經》有之,唯載卜筮,不似聖人之旨。"

② 處士:本指有才德而隱居不仕的人,後亦泛指未做過官的士人。《孟子・滕文公》:"聖王不作,諸侯放恣,處士横議,楊朱、墨翟之言盈天下。"元稹《中書省議舉縣令狀》:"又云見任官及處士、散試官,並請停集。" 七八爲占:《易經》常用術語。易祓《周官總義》卷一五:"襄九年《左氏傳》所載,東宫之筮遇艮之八八,即艮之六二,爲隨杜氏以爲雜用《連山》、《歸藏》二易,皆以七八爲占,是《連山》、《歸藏》已有

隨卦之義。"黄澤《易學濫觴》:"自杜氏注《春秋》,有雜用《連山》、《歸藏》、《周易》,三易皆以七八爲占之説。" 左道:邪門旁道,多指非正統的巫蠱、方術等。《禮記·王制》:"執左道以亂政,殺。"鄭玄注:"左道,若巫蠱及俗禁。"孔穎達疏:"盧云左道謂邪道,地道尊右,右爲貴……故正道爲右,不正道爲左。"《漢書·杜欽傳》:"假令丹知而白之,此誣罔罪也;不知而白之,是背經術惑左道也。"顏師古注:"左道,不正之道也。"

③ 四營:《易》筮語,謂四度經營蓍策,乃成《易》之一變。《易·繫辭》:"是故四營而成《易》。"孔穎達疏:"營謂經營,謂四度經營蓍策,乃成《易》之一變也。"范仲淹《聖人抱一爲天下式賦》:"亦若大衍攸虚,爲四營之本也。" 窮神:窮究事物之神妙。向秀《難養生論》:"鳥獸以之飛走,生民以之視息,周孔以之窮神,顏冉以之樹德。"亦作"窮神知化",《易·繫辭》:"窮神知化,德之盛也。"孔穎達疏:"窮極微妙之神,曉知變化之道,乃是聖人德之盛極也。" 三代:指夏、商、周。《論語·衛靈公》:"斯民也,三代之所以直道而行也。"邢昺疏:"三代,夏、殷、周也。"韓愈《豐陵行》:"臣聞神道尚清浄,三代舊制存諸書。" 圖:指河圖。《易·繫辭》:"河出圖。"《論語·子罕》:"子曰:'鳳鳥不至,河不出圖,吾已矣夫!'"又作"圖讖",古代方士或儒生編造的關於帝王受命徵驗一類的書,多爲隱語、預言。始于秦,盛于東漢。《後漢書·光武帝紀》:"宛人李通等以圖讖説光武云:'劉氏復起,李氏爲輔。'"李賢注:"圖,河圖也;讖,符命之徵驗也。"洪邁《容齋三筆·光武苻堅》:"苻堅禁圖讖之學,尚書郎王佩讀讖,堅殺之,學讖者遂絶。" 孰:疑問代詞,誰。《左傳·襄公三十年》:"取我衣冠而褚之,取我田疇而伍之,孰殺子産?我其與之。"《漢書·王莽傳》:"國家之大綱,微朕孰當統之?"

④ 素履:《易·履》:"初九:素履往,無咎。象曰:素履之往,獨行願也。"王弼注:"履道惡華,故素乃無咎。"高亨注:"素,白色無文彩。

履，鞋也。‘素履往’比喻人以樸素坦白之態度行事，此自無咎。”後用以比喻質樸無華、清白自守的處世態度。《三國志·管寧傳》：“雖有素履幽人之貞，而失考父兹恭之義，使朕虚心引領歷年，其何謂邪？”葉適《台州教授高君墓誌銘》：“父融，有素履，起家衡州司户參軍。” 青囊：古代術數家盛書和卜具之囊，借指卜筮之術。陳子昂《酬田逸人遊巖見尋不遇題隱居里壁》：“遊人獻書去，薄暮返靈臺。傳道尋仙友，青囊賣卜來。”杜牧《許七侍御棄官東歸題詩寄贈十韵》：“錦肆開詩軸，青囊結道書。” 非聖：詆毁聖人之道，“非”通“誹”。《漢書·金日磾傳》：“非聖誣法，大亂之殃。”歐陽修《論删去九經正義中讖緯札子》：“〔《正義》〕所載既博，所擇不精，多引讖緯之書，以相雜亂，怪奇詭僻。所謂非聖之書，異乎正義之名也。” 誣善：誣衊善人。《易·繫辭》：“誣善之人其辭遊。”孔穎達疏：“誣罔善人，其辭虚漫。”儲光羲《獄中貽姚張薛李鄭柳諸公》：“直道時莫親，起羞見讒口……誣善不足悲，失聽一何醜！”

⑤ 九六：《易·乾》：“初九。”孔穎達疏：“七爲少陽，八爲少陰，質而不變，爲爻之本體；九爲老陽，六爲老陰，文而從變，故爲爻之别名。”因以“九六”泛指陰陽及柔剛等屬性。《漢書·律曆志》：“九六，陰陽夫婦子母之道也。”吕巖《七言》一八：“九六相交道氣和，河車晝夜迸金波。” 布卦：排列卦象，進行占卜。項安世《周易玩辭·夫易何爲章第十一》：“第一節，統言易中有蓍卦爻之三德；第二節，言始立蓍之人；第三節，言畫爻布卦之法……”馮椅《厚齋易學·第七章》：“藺惠卿曰：言揲蓍布卦之功用，本起於數也。奇數陽，屬天，耦數陰，屬地。” 周經：指儒家的經籍。《魏書·高祖孝文帝紀》：“六職備于周經，九列炳於漢晉，務必有恆，人守其職。”蕭綱《唱導文》：“燮和内化，事炳周經；讚德含章，訓高惇史。” 殷道：謂殷代的政治與禮制。《禮記·禮運》：“我欲觀殷道，是故之宋，而不足徵也。”《史記·殷本紀》：“武丁修政行德，天下咸驩，殷道復興。”

⑥ 異象:景象不同。江淹《待罪江南思北歸賦》:“石炤爛兮各色,峰近遠兮異象。”吕陶《巡撫謝公畫像記》:“上惻然動心,以爲蜀去朝廷遠,民之疾苦尤難知。天有異象,可畏不可忽。” 同歸:同樣趨向。《書·蔡仲之命》:“爲善不同,同歸於治,爲惡不同,同歸於亂。”袁宏《三國名臣序贊》:“雖大旨同歸,所託或乖。” 數:特指方術,如占卜之類。《楚辭·卜居》:“數有所不逮,神有所不通。”王若虚《焚驢志》:“〔鎮陽帥〕督下祈雨甚急,厭禳小數,靡不爲之。” 冠履:帽與鞋,頭戴帽,脚穿鞋,因以喻上下尊卑。《史記·儒林列傳》:“冠雖敝,必加於首;履雖新,必關於足。何者,上下之分也。”文天祥《己卯歲除》:“冠屨失其位,侯王化畸賤。” 暌:違背,分離。《文心雕龍·雜文》:“或文麗而義暌,或理粹而辭駁。”包佶《奉和常閣老晚秋集賢院即事寄贈徐薛二侍郎》:“始歡新遇重,還惜舊遊暌。” 得意:猶得志。《管子·小匡》:“管仲者,天下之賢人也,大器也。在楚,則楚得意於天下;在晉,則晉得意於天下;在狄,則狄得意於天下。”《史記·六國年表》:“秦既得意,燒天下《詩》《書》、諸侯史記尤甚,爲其有所刺譏也。” 筌蹄:《莊子·外物》:“荃者所以在魚,得魚而忘荃;蹄者所以在兔,得兔而忘蹄。言者所以在意,得意而忘言。吾安得夫忘言之人而與之言哉!”筌,捕魚竹器;蹄,捕兔網。後以“筌蹄”比喻達到目的的手段或工具。王績《薛記室收過莊見尋率題古意以贈》“何事須筌蹄?今已得兔魚。”

⑦ “且穆姜遇艮”兩句:事見《左傳·襄公九年》:“秋八月癸未,葬我小君穆姜。穆姜薨于東宫,始,往而筮之,遇艮之八☶☶。史曰:‘是謂艮之隨☱☳,隨其出也,君必速出。’姜曰:‘亡,是于《周易》曰:《隨》,元亨利貞,無咎。元,體之長也;亨,嘉之會也;利,義之和也;貞,事之幹也。體仁足以長人,嘉會足以合禮,利物足以和義,貞固足以幹事。然,故不可誣也,是以雖隨無咎。今我婦人而與於亂,固在下位而有不仁,不可謂元。不靖國家,不可謂亨。作而害身,不

可謂利。棄位而姣，不可謂貞。有四德者，隨而無咎，我皆無之，豈《隨》也哉！我則取惡，能無咎乎？必死於此，弗得出矣！" 麟史：指《春秋》，據傳説，孔子作《春秋》，絶筆於獲麟，故稱"麟史"。張説《崔司業挽歌二首》二："鳳池傷舊草，麟史泣遺編。"李商隱《賀相國汝南公啓》："仲尼麟史，不令游夏措辭。" "尼父得坤"兩句：事見《禮記·禮運》："言偃復問曰：'夫子之極言禮也，可得而聞與？'孔子曰：'我欲觀夏道，是故之杞，而不足徵也，吾得夏時焉！我欲觀殷道，是故之宋，而不足徵也，吾得坤乾焉！'"鄭玄注："得殷陰陽之書，其書存者有《歸藏》。"《周禮·春官·大卜》賈公彦疏："此《歸藏易》，以純坤爲首，坤爲地，故萬物莫不歸而藏於中，故名爲《歸藏》也。" 尼父：亦稱"尼甫"，對孔子的尊稱，孔子字仲尼，故稱。班固《白虎通·聖人》："孔子反宇，是謂尼甫。"李涉《懷古》："尼父未適魯，屢屢倦迷津。"

⑧ 償責：償還欠債，責，後多作"債"。《漢書·食貨志》："於是有賣田宅鬻子孫以償責者矣！"《宋書·蕭惠開傳》："廄中凡有馬六十匹，悉以乞希微償責。" 質疑：謂心有所疑，提出以求得解答。《管子·七臣七主》："芒主通人情以質疑，故臣下無信，盡自治其事。"《南史·顧越傳》："弱冠遊學都下，通儒碩學，必造門質疑，討論無倦。"

［編年］

《年譜》、《編年箋注》、《年譜新編》的編年意見及理由同《錯字判》，我們的編年意見以及理由也同《錯字判》，亦即撰寫於貞元十八年冬季吏部考試之前，地點在長安。

● 修堤請種樹判[①]

乙修堤畢,復請種樹功價,有司以爲不急之務。乙固請營繕,令諸侯水堤内不得造小堤及人居(一),其堤内外各五步并堤上種榆柳雜樹。若堤内窄狹地種,擬充堤堰之用[②]。

對:善防既畢,固合程功。柔木載施,亦將補敗。乙之亟請(二),誰謂過求[③]?隱椎之役雖終,列樹之思尚切。有司見阻,無備實難[④]。苟吝養材之資,蓋非長利;遠求爲捷之用(三),豈不重勞!當有取於繕完,顧何煩於藝植[⑤]。且十年可待,五步足徵,防在未萌,著之先甲[⑥]。因而致用,庶無瓠子之災;言之不從,恐累匏瓜之繫(四)[⑦]。

録自《元氏長慶集》補遺卷三

[校記]

(一) 令諸侯水堤内不得造小堤及人居:《英華》同,《全文》作"令諸候水堤内不得造小堤及人居",誤,不取。

(二) 乙之亟請:《全文》同,《英華》作"丁之亟請",各備一説,不從不改。

(三) 遠求爲捷之用:《英華》、《全文》作"遠求爲揵之用",兩字在本文中均可説通,不改。

(四) 恐累匏瓜之繫:《全文》同,《英華》作"恐類匏瓜之繫",各備一説,不改。

[箋注]

① 修堤請種樹判：本文不見於劉本《元氏長慶集》，但見於《英華》卷五二六、馬本《元氏長慶集》補遺卷三，又見於《全文》卷六五二，據此補。　修堤：修築擋水的堤壩。余靖《丙爲縣令農務未畢而差夫修堤州責其非時辭雲暴水泛溢不修恐害居民》："勤民之役，雖戒失時；止水以防，所宜救弊。用必先於急務，理豈狥於常情？"張孝祥《荆州修堤設醮》："古之南郡，今者西門。控吴蜀之咽喉，兼襄漢之脣齒。"　種樹：栽樹。潘岳《閑居賦》："築室種樹，逍遙自得。"于鵠《種樹》："一樹新栽益四鄰，野夫如到舊山春。樹成多是人先老，垂白看他攀折人。"

② 功價：勞動力的工價。蘇頲《大中十三年十月九日嗣登寶位赦》："應緣人夫功價，宜各速令所司以不折估匹段兼見錢分數支給，不得令侵屈百姓。"　營繕：修繕，修建。《晉書・祖逖傳》："營繕武牢城，城北臨黄河。"蘇軾《趙清獻公神道碑》："收其田租，爲歲時獻享營繕之費。"

③ 善防：好的堤防。《周禮・考工記・匠人》："凡溝必因水勢，防必因地勢。善溝者，水漱之；善防者，水淫之。"宋祁《尉氏縣吕明府創修泄水渠頌》："夫善防者，水廞之；善溝者，水漱之。"　程功：衡量功績，計算完成的工作量。《禮記・儒行》："儒有内稱不辟親，外舉不辟怨，程功積事，推賢而進達之。"陳澔集説："應氏曰：程算其功，積累其事。"《顔氏家訓・涉務》："六則興造之臣，取其程功節費，開略有術。"　柔木：質地柔韌之木，亦指可製琴瑟的桐、梓等樹木。《詩・大雅・抑》："荏染柔木，言緡之絲。"《詩・小雅・巧言》："荏染柔木，君子樹之。"毛傳："柔木，椅、桐、梓、漆也。"　補敗：彌補歉年。《穀梁傳・莊公二十八年》："豐年補敗，不外求而上下皆足也。"范寧注："敗，謂凶年。"王安石《江上二首》二："補敗今誰恤？趨生我自羞。"過求：過早求得，過分求取。《左傳・文公六年》："秋，季文子將聘於

晉，使求遣喪之禮以行。其人曰：'將焉用之？'文子曰：'備豫不虞，古之善教也。求而無之，實難。過求何害？'八月乙亥，晉襄公卒。"白居易《老熱》："慵發晝高枕，興來夜汎舟。何乃有餘適？秖緣無過求。"

④ 隱：築，擊。《漢書·賈山傳》："隱以金椎，樹以青松。"顔師古注引服虔曰："隱，築也，以鐵椎築之。"《文選·曹植〈七啓〉》："形不抗手，骨不隱拳。"李善注引服虔《漢書》注："隱，築也。" 椎：捶擊的工具，後亦爲兵器。《墨子·備城門》："門者皆無得挾斧、斤、鑿、鋸、椎。"《史記·留侯世家》："良嘗學禮淮陽，東見倉海君，得力士，爲鐵椎重百二十斤。"用椎打擊。《戰國策·齊策》："秦始皇嘗使使者遺君王後玉連環……君王後引椎椎破之。" 列樹：成列的樹木。《國語·周語》："道無列樹。"韋昭注："列樹以表道，且爲城守之用也。"王粲《雜詩》："曲池揚素波，列樹敷丹榮。"謂成行地種植。東方朔《七諫·初放》："斥逐鴻鵠兮，近習鴟梟。斬伐橘柚兮，列樹苦桃。"元稹《陽城驛》："唯餘門弟子，列樹松與楸。今來過此驛，若吊汨羅洲。" 阻：阻止，阻攔。《左傳·僖公二十二年》："勍敵之人，隘而不列，天贊我也；阻而鼓之，不亦可乎？"《吕氏春秋·知士》："能自知人，故非之弗爲阻。"高誘注："阻，止。" 無備：没有準備。張九齡《勑吐蕃賛普書》："至如兵馬邊備，彼與此同，既見彼處加兵，豈此總無備矣！"李德裕《賜張仲武詔》："况卿伐謀制勝，才出古人，宜選練勁兵，掩其無備。"

⑤ 吝：劉向《説苑·尊賢》："當此之時，誠使周公驕而且吝，則天下賢士至者寡矣！"孟浩然《送王大校書》："尺書能不吝，時望鯉魚傳。" 養材：謂養育材物，如栽培五穀、樹木。《史記·五帝本紀》："養材以任地，載時以象天。"白居易《寓意詩五首》一："養材三十年，方成棟梁姿。一朝爲灰燼，柯葉無孑遺。" 長利：長遠的利益。《韓非子·備内》："苦民以富貴人，起勢以藉人臣，非天下之長利也。"《新唐書·魏徵傳》："貞觀之後，納忠諫，正朕違，爲國家長利，徵而已。" 遠求：謂遠方尋求來的珍異之物。《後漢書·崔駰傳》："廣廈成而茂

木暢,遠求存而良馬縶。"李賢注:"遠求謂遠方珍異之物也。存,猶止息也,言所求之物既止,不資良馬之力也。"張説《洛橋北亭詔餞諸刺史》:"恩光水上溢,榮色柳間浮。預待群方最,三公不遠求。" 捷:《太平御覽》卷六八六引《管子・小匡》:"管仲詘纓捷衽。"今本《管子》作"插衽"。王念孫《讀書雜誌・管子》:"插,當從宋本作'捷',捷,古插字也,今作插者,後人所改耳!"曹植《七啓》:"捷忘歸之矢,秉繁弱之弓。" 重勞:增加勞累。《左傳・襄公十五年》:"〔向戌〕見孟獻子,尤其室,曰:'子有令聞而美具室,非所望也。'對曰:'我在晉,吾兄爲之。毁之重勞,且不敢間。'"韓愈《順宗實録》:"今又重勞營奉,朕所哀矜。" 繕完:修繕墻垣,完,通"院",垣。《左傳・襄公三十一年》:"以敝邑之爲盟主,繕完葺墻,以待賓客。"楊伯峻注:"完借爲院……《廣雅・釋宫》云:'院,垣也。'"泛指修繕。元稹《代諭淮西書》:"蓄聚糗糧,繕完城壘。"蘇洵《上韓樞密書》:"往年詔天下繕完城池。" 藝植:耕種,栽植。《北史・鐵勒傳》:"近西邊者,頗爲藝植,多牛而少馬。"王維《寄荆州張丞相》:"方將與農圃,藝植老丘園。"

⑥ 且十年可待:意謂樹木在十年之内,即可成有用之材。史浩《尚書講義》卷三:"蓋一年之計,莫如種穀;十年之計,莫如種木;百年之計,莫如種德。種德及遠,故曰邁也。"葉山《葉八白易傳》:"管子曰:一年之計,莫如樹穀;十年之計,莫如樹木;終身之計,莫如樹人。一樹一穫者,穀也;一樹十穫者,木也;一樹百穫者,人也。" 步:一次舉足爲跬,兩次舉足爲步。《禮記・祭義》:"故君子頃步而不敢忘孝也。"鄭玄注:"頃當爲跬,一舉足爲跬,再舉足爲步。"韓愈《記宜城驛》:"井東北數十步有楚昭王廟。" 未萌:指事情發生以前。《韓非子・心度》:"故治民者禁奸於未萌,而用兵者服戰於民心。"張九齡《請東北將吏刊石紀功德狀》:"斯皆陛下睿謀先定,神武非常,觀變早於未萌,必取預於無象。" 著之先甲:意謂武備預備在戰争爆發之前。宋祁《賜中書申明先帝賜文武臣七條戒州郡詔》:"上尊先甲之

諭,次謹申命之虔。"陳襄《論王安石札子》:"《易》之蠱曰:先甲三日,後甲三日,終則有始,天行也。言有事之時,人君欲創制,申令必先,慎慮於始,又當圖成其終。"

⑦ 瓠子之灾:漢武帝元光三年,黄河在瓠子决口,灾難深重,史稱"瓠子之灾"。　瓠子:古堤名,舊址在河南濮陽境。《史記·孝武本紀》:"還至瓠子,自臨塞決河,留二日,沈祠而去。"裴駰集解:"服虔曰:'瓠子,堤名。'蘇林曰:'在甄城以南,濮陽以北。'"　匏瓜:一年生草本植物,果實比葫蘆大,老熟後可剖製成器具,亦指這種植物的果實。《論語·陽貨》:"吾豈匏瓜也哉!焉能繫而不食?"後因以喻未得仕用或無所作爲的人。王粲《登樓賦》:"懼匏瓜之徒懸兮,畏井渫之莫食。"

[編年]

《年譜》、《編年箋注》、《年譜新編》的編年意見及理由同《錯字判》,我們的編年意見以及理由也同《錯字判》,亦即撰寫于貞元十八年冬季吏部考試之前,地點在長安。

● 夜績判(一)①

得縣申,歲十月,入人里,胥使婦人相從夜績,每月課四十五功,聽其歌詠,行人善之,徇於路。按察禁之,太師以失職致詞②。

對(二):天迴地旋,陽生陰息。玉衡指孟冬之野,促績鳴寒;金昴臨短景之昏,厥人當燠③。相彼同邑(三),懋哉惟時。戒坐塾之里胥,稽其既入;率同巷之衆婦,績以相從④。素緒霜柔(四),共紛如於永漏(五);紅光炎上,俱省費於餘輝。夜兼功以日多,日存課而年最⑤。若廉叔之勸蜀,襦袴興謳;類古公之居豳,茅綯斯誦。故令風俗翕習,家室乃宜⑥。有未得其所然,或心傷而發詠。則《摽梅》求吉,編王化之音;《采芑》懷征,列雅章之内⑦。行人掌乎宣布,載在搜揚。得詠言於此邦,將遐徇以遒邁⑧。太師典樂,允被克諧之恭;按察觀風,何爲失職之禁? 先王制法,寧罰有詞⑨。

録自《元氏長慶集》補遺卷三

[校記]

(一) 夜績判:《全文》同,《英華》作"井田判",各備一説,不改。

(二) 對:《英華》同,《全文》無,《編年箋注》無中生有,"據《全文》"而竟然有"對"。

(三) 相彼同邑:原本作"相彼同色",《全文》同,原本、《英華》、《全文》注:"疑作邑。"甚是,據改。

(四) 素緒霜柔:原本作"素緒霜梁",《英華》同,《全文》作"素緒霜柔",據改。

(五) 共紛如於永漏:《全文》同,《英華》作"其紛如於永漏",與下句"俱省費於餘輝"不接,不從不改。

[箋注]

① 夜績判:本文不見於劉本《元氏長慶集》,但見於《英華》卷五二六、馬本《元氏長慶集》補遺卷三,又見於《全文》卷六五二,據此補。績:緝麻,把麻析成細縷撚接起來。《吕氏春秋·愛類》:"女有當年而不績者,則天下或受其寒矣!"《漢書·食貨志》:"婦人同巷,相從夜績。"

② 申:舊時官府下級向上級行文稱"申"。韓愈《復仇狀》:"凡有

復父讎者，事發，具其事申尚書省，尚書省集議奏聞。"《續資治通鑑·宋高宗紹興五年》："仍命斌隸屬襄陽帥府，其探報事宜及邊防措置，則申川陜宣撫副使吴玠。" 里：古代地方行政組織，自周始，後代多因之，其制不一：有二十五家、五十家、七十二家、八十家、一百家、一百一十家爲一里，唐代以百家爲一里。《舊唐書·食貨志》："百户爲里，五里爲鄉。" 胥：古代官府中的小吏。韓愈《行難》："某胥也，某商也，其生某任之，其死某誄之。"沈作喆《寓簡》卷六："有老吏前致詞曰：'某，胥也，而肄於禮官。'" 婦人：成年女子的通稱，多指已婚者。《墨子·非攻》："農夫不暇稼穡，婦人不暇紡績織紝。"《顔氏家訓·治家》："婦人之性，率寵子婿而虐兒婦。" 相從：跟隨，在一起。《史記·日者列傳》："宋中爲中大夫，賈誼爲博士，同日俱出洗沐，相從論議。"《漢書·食貨志》："冬，民既入，婦人同巷，相從夜績，女工一月得四十五日（服虔曰：一月之中，又得夜半爲十五日，凡四十五日也）。必相從者，所以省費燎火同巧拙而合習俗也（師古曰：省費燎火，省燎火之費也。燎所以爲明火，所以爲温也）。" 課：考核，考查。《管子·明法》："故明主以法案其言而求其實，以官任身而課其功。"顔真卿《朝議大夫贈梁州都督上柱國徐府君神道碑》："户部侍郎徐知仁請爲招慰南蠻判官，奏課居最，轉瀛州司法參軍。" 功：謂一個勞力一日的工作。荀悦《漢紀·文帝紀》："冬則民既入，婦人同巷夜績，女工一月得四十五功。"元稹《浙東論罷進海味狀》："假如州縣只先期十日追集，猶計用夫九萬六千餘功，方得前件海味到京。" 歌詠：歌唱，吟詠。趙嘏《送滕邁郎中赴睦州》："想到釣臺逢竹馬，只應歌詠伴猿聲。"羅大經《鶴林玉露》卷四："余觀三百五篇，如桃、李、芍藥、棠棣、蘭之類，無不歌詠。" 行人：主號令之官。《漢書·食貨志》："孟春之月，群居者將散，行人振木鐸徇于路，以采詩。"顔師古注："行人，遒人也，主號令之官。"行人即"遒人"，古代帝王派出去瞭解民情的使臣。《左傳·襄公十四年》："故《夏書》曰：'遒人以木鐸徇于路。'"杜預注：

“遒人,行人之官也……徇於路,求歌謡之言。”元稹《進詩狀》:“故自古風詩至古今樂府,稍存寄興,頗近謳謡,雖無作者之風,粗中遒人之採。” 按察:巡察,考查。陳子昂《上蜀川安危事》:“乃命御史一人,專在按察。”歐陽修《論按察官吏札子》:“除有贓吏自敗者臨時舉行外,亦别無按察官吏之術。”這裏指執掌此等職責的官吏。 太師:古代樂官之長。《國語·魯語》:“昔正考父校商之名頌十二篇於周太師。”韋昭注:“太師,樂官之長,掌教詩、樂。”《荀子·樂論》:“使夷俗邪音不敢亂雅,太師之事也。”《編年箋注》認爲本文的“太師”爲“輔佐君主之重臣,與太傅、太保並號三公”,誤。 失職:怠忽職守,未盡職責。《左傳·昭公七年》:“夫物物有其官,官修其方,朝夕思之。一日失職,則死及之。”杜預注:“失職有罪。”《詩·召南·采蘩序》:“夫人可以奉祭祀,則不失職矣!”毛傳:“不失職者,夙夜在公也。” 致詞:亦作“致辭”,指用文字或語言向人表達思想或意見。杜甫《石壕吏》:“聽婦前致詞,三男鄴城戍。”權德輿《拜昭陵過咸陽墅》:“田夫競致辭,鄉耋争來前。”

③“天迴地旋”兩句:意謂天地回轉,冬夏輪回。 天迴:天旋,天轉,形容氣象雄偉壯觀。左思《蜀都賦》:“望之天迴,即之雲昏。”指時光流逝。桓譚《新論·惜時》:“天迴日轉,其謝如矢。” 陽生:即冬至。杜甫《小至(至前一日,即會要小冬日)》:“天時人事日相催,冬至陽生春又來。刺繡五紋添弱綫,吹葭六琯動浮灰。”權德輿《奉酬張監閣老雪後過中書見贈加兩韵簡南省僚舊》:“寓直久叨榮,新恩倍若驚。風清五夜永,節换一陽生。” 玉衡:北斗七星中的第五星。《文選·〈古詩十九首·明月皎夜光〉》:“玉衡指孟冬,衆星何歷歷!”李善注引《春秋運斗樞》曰:“北斗七星,第五曰玉衡。”《晉書·天文志》:“魁第一星曰天樞,二曰琁,三曰璣,四曰權,五曰玉衡,六曰開陽,七曰摇光。”泛指北斗。《文選·揚雄〈長楊賦〉》:“是以玉衡正而太階平也。”李善注引韋昭曰:“玉衡,北斗也。” 孟冬:冬季的第一個月,農

曆十月。《禮記・月令》:"孟冬之月,日在尾。"元稹《書異》:"孟冬初寒月,渚澤蒲尚青。" 促績:亦即"促織",蟋蟀的别名。《古詩十九首・明月皎夜光》:"明月皎夜光,促織鳴東壁。"杜甫《促織》:"促織甚微細,哀音何動人!"蟋蟀,昆蟲名,黑褐色,觸角很長,後腿粗大,善於跳躍,雄的善鳴,好鬥。《詩・豳風・七月》:"十月蟋蟀,入我床下。"此即"鳴寒"之意。 金昴:指昴宿,昴宿中,則冬天至。暫無合適的書證。 短景:日影短,謂白晝不長或將盡。庾信《和何儀同講竟述懷》:"秋雲低晚氣,短景側餘輝。"杜甫《閣夜》:"歲暮陰陽催短景,天涯霜雪霽寒宵。" 厥:助詞,無義。《書・多士》:"誕淫厥泆。"韓愈《贈張童子序》:"能在是選者,厥惟艱哉!" 燠:暖,熱。《書・洪範》:"八,庶徵:曰雨,曰暘,曰燠,曰寒,曰風,曰時。"孔穎達疏:"《釋言》云:'燠,煖也。'"《楚辭・天問》:"稷維元子,帝何竺之?投之於冰上,鳥何燠之?"王逸注:"燠,温也。"

④ 同邑:同縣。《漢書・賈誼傳》:"文帝初立,聞河南守吴公治平爲天下第一,故與李斯同邑,而嘗學事焉?徵以爲廷尉。"吴筠《别章叟》:"平昔同邑里,經年不相思。今日成遠别,相對心悽其。" 懋:勤勉,努力。《書・舜典》:"汝平水土,惟時懋哉!"《文選・張衡〈東京賦〉》:"兆民勸於疆場,感懋力以耘耔。"李善注引《爾雅》:"懋,勉也。" 塾:古時門内東西兩側的屋。《漢書・食貨志》:"春,將出民,里胥平旦坐於右塾,鄰長坐于左塾,畢出然後歸,夕亦如之。"顔師古注:"門側之堂曰塾。" 里胥:指里長。韓愈《謝自然》:"里胥上其事,郡守驚且嘆。"白居易《重賦》:"織絹未成匹,繰絲未盈斤。里胥逼我納,不許暫逡巡。" 衆婦:古代宗法制度,嫡長子之妻爲"冢婦",諸子之妻稱"衆婦",又稱"介婦"、"庶婦"。《禮記・内則》:"介婦請於冢婦。"鄭玄注:"介婦,衆婦。"王維《汧陽郡太守王公夫人安喜縣君成氏墓誌銘》:"言成大家之書,行爲衆婦之法。"這裏指衆多婦女。

⑤ 緒:絲頭。焦贛《易林・豫之同人》:"飢蠶作室,昏多亂纏,緒

不可得。"《孔子家語·執轡》:"食草者善走而愚,食桑者有緒而蛾。" 永漏:漫長的時間,多指長夜。李頻《陜下懷歸》:"大河冰徹塞,高嶽雪連空。獨夜懸歸思,迢迢永漏中。"王安石《夢長》:"夢長隨永漏,吟苦雜疏鐘。" 餘輝:殘留的輝光,光綫末端的微弱部分。吴均《擬古·秦王卷衣》:"初芳薰複帳,餘輝曜玉床。"歐陽修《夕照》:"夕照留歌扇,餘輝上桂叢。" 兼功:謂因依存而得功績。董仲舒《春秋繁露·基義》:"是故臣兼功於君,子兼功於父,妻兼功於夫,陰兼功於陽,地兼功於天。"謂加倍勞作。《後漢書·王丹傳》:"每歲農時輒載酒肴於田間,候勤者而勞之,其墯孏者,耻不致丹,皆兼功自厲。"這裹指後者。

⑥"廉叔之勸蜀"兩句:事見《後漢書·廉范傳》:"廉范,字叔度,京兆杜陵人,趙將廉頗之後也……建初中,遷蜀郡太守。其俗尚文辯,好相持短長,范每厲以淳厚,不受偷薄之説。成都民物豐盛,邑宇逼側,舊制禁民夜作以防火灾,而更相隱,蔽燒者日屬。范乃毁削先令,但嚴使儲水而已,百姓爲便,乃歌之曰:'廉叔度,來何暮?不禁火,民安作。平生無襦,今五絝。"後遂用"襦袴歌"作爲對官吏惠民德政的稱頌。張玄晏《授李思敬武軍李繼顏保大軍節度使制》:"不乏循良之稱,亟彰持重之名。繼成襦袴之歌,顯著山河之誓。"亦省作"襦袴"。白居易《醉後狂言酬贈蕭殷二協律》:"賓客不見綈袍惠,黎庶未霑襦袴恩。"司馬光《送峽州陳廉秘丞三首》二:"襦袴嗟來暮,簪紳惜外遷。" "類古公之居豳"兩句:事見《史記·周本紀》:"公叔祖類卒,子古公亶父立。古公亶父復修后稷公劉之業,積德行義,國人皆戴之。"但遭到戎狄的進攻,不得不遷於岐下,"旁國聞古公仁,亦多歸之,於是古公乃貶戎狄之俗,而營築城郭室屋。"最終建立周朝,周武王追尊古公亶父爲太王。韓愈《岐山操(周公爲太王作)》:"我家於豳,自我先公。伊我承序,敢有不同。"羅隱《貴賤》:"古公之興,非以一人之力,自强於家國也;胡亥之滅,非以萬乘之尊,願同於黔首也。

貴者愈賤，賤者愈貴，求之者不得，得之者不求。” 茅綯：茅草搓的繩索。語出《詩·豳風·七月》：“晝爾于茅，宵爾索綯。”鄭玄箋：“女當晝日往取茅歸，夜作絞索以待時用。”葛洪《神仙傳·壺公》：“頭上有一方石，廣數丈，以茅綯懸之。” 風俗：相沿積久而成的風氣、習俗。孟浩然《九日龍沙作寄劉大昚虚》：“龍沙豫章北，九日挂帆過。風俗因時見，湖山發興多。”李嘉祐《夜聞江南人家賽神因題即事》：“南方淫祀古風俗，楚嫗解唱迎神曲。鎗鎗銅鼓蘆葉深，寂寂瓊筵江水緑。” 翕習：和諧。《文選·左思〈吴都賦〉》：“荆艷楚舞，吴愉越吟，翕習容裔，靡靡愔愔。”劉逵注：“翕習容裔，音樂之狀。”沈既濟《枕中記》：“時望清重，群情翕習。” 家室：家庭，家眷。《詩·周南·桃夭》：“之子於歸，宜其家室。”毛傳：“家室，猶室家也。”陳奂傳疏：“《孟子·滕文公篇》：‘丈夫生而願爲之有室，女子生而願爲之有家。’桓十八年《左傳》：‘申繻曰：女有家，男有室，無相瀆也，謂之有禮。’此家室互言也。渾言之，室亦家也。”《吕氏春秋·慎勢》：“諸侯失位則天下亂，大夫無等則朝庭亂，妻妾不分則家室亂。”

⑦ 所然：義近“所以然”，所以如此，指原因或道理。《晏子春秋·雜》：“橘生淮南則爲橘，生於淮北則爲枳，葉徒相似，其實味不同。所以然者何？水土異也。”《漢書·賈誼傳》：“上因感鬼神事，而問鬼神之本。誼具道所以然之故。至夜半，文帝前席。” 心傷：傷心。王珪《詠淮陰侯》：“弓藏狡兔盡，慷慨念心傷。”王昌齡《塞上曲》：“五道分兵去，孤軍百戰場。功多翻下獄，士卒但心傷。” 摽梅：《詩·召南·摽有梅》：“摽有梅，其實七兮；求我庶士，迨其吉兮！”有，助詞，無義。摽梅，謂梅子成熟而落下，後以“摽梅”比喻女子已到結婚年齡。《南齊書·海陵王紀》：“督勸婚嫁，宜嚴更申明，必使禽幣以時，摽梅息怨。”鄭世翼《看新婚》：“初笄夢桃李，新妝應摽梅。” 王化：天子的教化。《詩大序》：“《周南》、《召南》，正始之道，王化之基。”韓愈《順宗實録》：“人倫之本，王化之先。爰舉令圖，允資内輔。” 采

芑:《詩經・小雅》中的一篇盛讚軍容武威的詩篇:“薄言采芑,于彼新田,於此菑畝。方叔涖止,其車三千,師幹之試。”因爲是宣揚武威的,故言“懷征”,又因此篇編列在“小雅”之内,故言“列雅章之内”。

⑧ 宣佈:謂公之於衆。《周禮・秋官・小司寇》:“乃宣佈四方,憲刑禁。”鄭玄注:“宣,遍也。憲,表也。”《漢書・司馬遷傳》:“遷既死後,其書稍出。宣帝時,遷外孫平通侯楊惲祖述其書,遂宣佈焉!” 搜揚:訪求舉拔。《舊唐書・薛登傳》:“或明制纔出,試遣搜敭,驅馳府寺之門,出入王公之第。”曾鞏《正長各舉屬官詔》:“非獨搜揚幽滯,庶幾爲官得人。” 詠言:猶永言,吟詠。語本《書・舜典》:“詩言志,歌永言。”傅毅《舞賦》:“臣聞歌以詠言,舞以盡意。是以論其詩,不如聽其聲;聽其聲,不如察其形。”指詩歌。賈島《寄滄州李尚書》:“迢遰瞻旌纛,浮陽寄詠言。” 徇:特指當衆宣佈教令。《左傳・桓公十三年》:“莫敖使徇於師曰:‘諫者有刑。’”杜預注:“徇,宣令也。”《新唐書・高固傳》:“固徇曰:‘毋殺人,毋肆掠!’” 遒邁:快速地過去。王勃《春思賦》:“僕本浪人,平生自倫,懷書去洛,抱劍辭秦,惜良會之遒邁,厭他鄉之苦辛。”徐鉉《祭韓侍郎文》:“今也歲月遒邁,悲歡一空。”

⑨ 典樂:官名,掌管朝廷的音樂事務。《書・舜典》:“帝曰:夔,命汝典樂,教胄子。”《孔子家語・五帝德》:“〔帝堯〕富而不驕,貴而能降,伯夷典禮,夔龍典樂。” 克諧:能和諧。《書・舜典》:“八音克諧,無相奪倫,神人以和。”李景亮《李章武傳》:“既而兩心克諧,情好彌切。”能協同。《三國志・魯肅傳》:“同心一意,共治曹操,備必喜而從命,如其克諧,天下可定也。” 觀風:察看時機。《易・觀》:“觀我生進退。”孔穎達疏:“故時可則進,時不可則退,觀風相幾,未失其道,故曰觀我生進退也。”也謂觀察民情,瞭解施政得失。語出《禮記・王制》:“命大師陳詩以觀民風。”顔延之《應詔觀北湖田收》:“觀風久有作,陳詩愧未妍。” 先王:指上古賢明君王。《孝經・開宗明義》:“先王有至德要道,以順天下,民用和睦。”李隆基注:“先代聖德之主,能

順天下人心，行此至要之化。”《文心雕龍·徵聖》：“先王聖化，布在方冊。” 制法：製定法規。李嶠《瑟》：“伏羲初製法，素女昔傳名。流水嘉魚躍，叢臺舞鳳驚。”亦作“制法”，徐鉉《奉和御製棋二首》：“制法精微自帝堯，勢如天陣布週遭。沉思迥覺忘千慮，妙法終須附六韜。” 制：製定。《易·節》：“《象》曰：澤上有水，節，君子以制數度，議德行。”《後漢書·孔融傳》：“時年饑兵興，操表制酒禁。”

［編年］

《年譜》、《編年箋注》、《年譜新編》的編年意見及理由同《錯字判》，我們的編年意見以及理由也同《錯字判》，亦即撰寫于貞元十八年冬季吏部考試之前，地點在長安。

● 田中種樹判[①]

乙於田中種樹，鄰長責其妨五穀，乙乃不伏（《漢書·食貨志》“種穀必雜五穀，以備灾傷。田中不得有樹，用妨五穀。力耕數耘，收獲如寇盜之至，環廬樹桑”云云）[（一）][②]。

對[（二）]：百草麗地，在物雖佳；五稼用天，於人尤急[③]。乙姑勤樹事，頗害農收。列植有昧於環廬，播穡遂妨於終畝[④]。雖椅桐梓漆，或備梓人之材；而黍稷稻粱[（三）]，宜先后稷之穡[⑤]。苟虧冒隴，焉用成蹊！縱有念於息陰，豈可侔於望歲[⑥]！植之場圃，合奉周官；置在田疇，殊乖漢制。既難償責，無或順非[⑦]。

録自《元氏長慶集》補遺卷三

[校記]

(一)《漢書·食貨志》"種穀必雜五穀,以備災傷。田中不得有樹,用妨五穀。力耕數耘,收獲如寇盜之至,環廬樹桑":《英華》同,《全文》無此注文,各備一説,不改。《漢書·食貨志》:"種穀必雜五種,以備災害。田中不得有樹,用妨五穀。力耕數耘,收穫如寇盜之至,還廬樹桑。"其中原本"種穀"爲"種穀"之誤;"環"與"還"相通。

(二)對:《英華》同,《全文》無,各備一説,不改。

(三)而黍稷稻粱:原本、《全文》誤作"而黍稷稻粱",據《英華》改。

[箋注]

① 田中種樹判:本文不見於劉本《元氏長慶集》,但見於《英華》卷五二六、馬本《元氏長慶集》補遺卷三,又見於《全文》卷六五二,據此補。　田中:田地之中,田野之中。《韓非子·五蠹》:"田中有株,兔走,觸株折頸而死。"楊萬里《初夏即事十二解》三:"更無人惜田中水,放下清溪恣意流。"　種樹:栽樹。潘岳《閑居賦》:"築室種樹,逍遙自得。"包融《酬忠公林亭》:"江外有真隱,寂居歲已侵。結廬近西術,種樹久成陰。"

② 鄰長:官名,掌理一鄰中互相糾舉及收容安置之事。《周禮·地官·鄰長》:"鄰長掌相糾相受。"賈公彦疏:"鄰長,不命之士爲之,各領五家。使五家有過,各相糾察;宅舍有故,又相容受也。"《漢書·食貨志》:"鄰長位下士,自此以上,稍登一級,至鄉而爲卿也。"　五穀:五種穀物,所指不一。《周禮·天官·疾醫》:"以五味、五穀、五藥養其病。"鄭玄注:"五穀,麻、黍、稷、麥、豆也。"《孟子·滕文公》:"樹藝五穀,五穀熟而民人育。"趙岐注:"五穀謂稻、黍、稷、麥、菽也。"後以五穀爲穀物的通稱,不一定限於五種。　廬:古代指平民一家在郊

野所占的房地，引申爲指季節性臨時寄居或休憩所用的簡易房舍。《詩·小雅·信南山》："中田有廬，疆埸有瓜。"鄭玄注："中田，田中也。農人作廬焉！以便其田事。"也泛指簡陋居室。陶潛《讀山海經詩》一："衆鳥欣有託，吾亦愛吾廬。"劉禹錫《陋室銘》："南陽諸葛廬，西蜀子雲亭。"

③ 百草：各種草類，亦指各種花木。《莊子·庚桑楚》："夫春氣發而百草生，正得秋而萬寳成。"杜甫《自京赴奉先縣詠懷五百字》："歲暮百草零，疾風高岡裂。" 麗地：美麗的大地。權德輿《宗玄集原序》："道之爲物，無不由也，無不貫也，而況本於玄覽發爲至言，言而藴道，猶三辰之麗天，百卉之麗地。"徐鉉《九疊松贊并序》："嗟夫！草木麗地，禀天之和。" 五稼：五穀。沈佺期《春雨詩式》："周原五稼起，雲海百川歸。願此零陵燕，長隨征旆飛。"劉長卿《送青苗鄭判官歸江西》："三苗餘古地，五稼滿秋田。來問周公税，歸輸漢俸錢。" 用：須，需要。高適《行路難二首》二："有才不肯學干謁，何用年年空讀書！"《朱子語類》卷一四〇："作詩先用看李杜……方可看蘇黄，以次諸家詩。" 急：迫切，急需。《漢書·食貨志》："乘上之急，所賣必倍。"韓愈《贈唐衢》："當今天子急賢良，匭函朝出開明光。"

④ 農收：農作物的收穫。元稹《茅舍》："農收次邑居，先室後臺榭。"胡曾《射熊館》："漢帝荒唐不解憂，大誇畋獵廢農收。" 列植：成行的種植。《南史·顧憲之傳》："宋時其祖顗之嘗爲吏部，於庭列植嘉樹。"盧綸《蕭常侍癭柏亭歌》："雲翻浪卷不可識，鳥獸成形花列植。" 環廬：意謂樹木環繞房屋四周。暢當《山居奉酬韋蘇州見寄》："猶煩使君問，更欲結環廬。"程俱《京西北路提舉常平司新移公宇記》："故雖大啓爾宇山川土田，而不爲泰一堂；五畝環廬以桑，而不爲偪彼誠。" 播：布種，撒種。《書·益稷》："暨稷播，奏庶艱食鮮食。"孔傳："與稷教民播種之。"桓寬《鹽鐵論·通有》："燔萊而播粟，火耕而水耨。" 穡：收穫穀物。《詩·魏風·伐檀》："不稼不穡，胡取禾三

百廛兮?”毛傳:“種之曰稼,斂之曰穡。”《史記·孔子世家》:“孔子曰:‘賜,良農能稼而不能爲穡。’”裴駰集解引王肅曰:“種之爲稼,斂之爲穡。言良農能善種之,未必能斂穫之。”泛指耕耘收種。《書·盤庚》:“若農服田力穡,乃亦有秋。”孔傳:“穡,耕稼也。”孔穎達疏:“穡是秋收之名,得爲耕穫總稱。” 終畝:謂耕盡全部田畝,古代于立春日天子行始耕之儀,公卿以下亦耕數鍬,然後庶民盡耕之。《國語·周語》:“王耕一墢,班三之,庶民終於千畝。”韋昭注:“終,盡耕之也。”潘岳《藉田賦》:“三推而舍,庶人終畝。”

⑤ 椅:木名,又稱山桐子,落葉喬木,葉卵形,圓錐花序,花黄緑色,漿果球形,紅色或紅褐色。《詩·小雅·湛露》:“其桐其椅,其實離離。”鄭玄箋:“桐也,椅也,同類而異名。”高亨注:“桐,梧桐。椅,椅樹,即山桐子。”《文選·宋玉〈高唐賦〉》:“雙椅垂房,糾枝還會。”李善注:“椅,桐屬也。” 桐:木名,有梧桐、油桐、泡桐等種,古代詩文中多指梧桐。李頎《聖善閣送裴迪入京》:“雲華滿高閣,苔色上鈎欄。藥草空階静,梧桐返照寒。”儲光羲《述降聖觀》:“玉殿俯玄水,春旗摇素風。夾門小松柏,覆井新梧桐。” 梓:木名,紫葳科,落葉喬木,葉子對生或三枚輪生,花黄白色,木質優良,輕軟,耐朽,供建築及製造家具、樂器等用。李時珍《本草綱目·梓》:“按陸佃《埤雅》云:梓爲百木長,故呼梓爲木王。蓋木莫良於梓,故《書》以《梓材》名篇,《禮》以梓人名匠,朝廷以梓宫名棺也。”干寶《搜神記》卷一一:“宿昔之間,便有大梓木生於二塚之端,旬日大盈抱,屈體相就。” 漆:木名,落葉喬木,互生羽狀複葉,初夏開小花,果實扁圓。《詩·鄘風·定之方中》:“樹之榛栗,椅桐梓漆。”張衡《南都賦》:“其原野則有桑漆麻苧,菽麥稷黍,百穀蕃廡,翼翼與與。” 梓人:古代木工的一種,專造樂器懸架、飲器和箭靶等。《周禮·考工記》:“梓人爲侯……而鵠居一焉!”《儀禮·大射禮》:“工人士與梓人,升自北階兩楹之間。”鄭玄注:“工人士、梓人皆司空之屬,能正方圜者。”泛指木工、建築工匠。《舊唐

書·李訓鄭注等傳論》:"如梓人共柯而殊工,良奕同枰而獨勝,蓋在得其術,則事無後艱。"柳宗元《梓人傳》:"裴封叔之第在光德里,有梓人款其門,願傭隟宇而處焉!" 黍:植物名,古代專指一種子實稱黍子的一年生草本作物,喜温暖,不耐霜,抗旱力極强,葉子綫形,子實淡黄色者,去皮後北方通稱黄米。李時珍《本草綱目·稷》:"稷與黍,一類二種也。黏者爲黍,不黏者爲稷。稷可作飯,黍可釀酒。"杜甫《羌村三首》三:"莫辭酒味薄,黍地無人耕。" 稷:一種食用作物,即粟。《爾雅·釋草》:"粢,稷。"邢昺疏:"郭云'今江東人呼粟爲粢',然則粢也、稷也、粟也正是一物。"賈思勰《齊民要術·種穀》:"穀,稷也,名粟。"一説爲高粱的别名。《廣雅·釋草》王念孫疏證:"稷,今人謂之高粱。"《説文·禾部》"稷"段玉裁注引程瑤田《九穀考》:"稷……北方謂之高粱,或謂之紅粱。"又一説,謂不黏的黍。 稻:植物名,一年生草本植物,有水稻、旱稻兩類,通常多指水稻。子實碾製去殻後叫大米,是重要的糧食作物之一。《詩·豳風·七月》:"十月穫稻,爲此春酒,以介眉壽。"《説文·禾部》:"稻,稌也。"朱駿聲通訓:"今蘇俗,凡粘者不粘者統謂之稻,古則以粘者曰稻,不粘者曰秔。又蘇人凡未離稈去糠曰稻,稻既離稈曰穀,穀既去穅曰米,北人謂之南米、大米,古則穀米亦皆曰稻。" 粱:即粟,通稱"谷子",去殻後稱"小米",古稱其優良品種爲粱,今無别。《詩·唐風·鴇羽》:"王事靡盬,不能蓺稻粱,父母何嘗!"左思《魏都賦》:"雍邱之粱,清流之稻。"與今人所謂"高粱"者不同,今"高粱"者是一年生草本植物,葉和玉米相似,但較窄,花序圓錐形,生在莖的頂端,子實紅褐色。品種很多,子實除供食用外,還可以釀酒和製造澱粉,稈可用來編席、造紙等。陳啓源《毛詩稽古編》:"李又謂,今高粱乃黍稷之别種,即《廣雅》之藋粱木稷食物。《本草》謂之蜀黍蘆穄,俗稱蜀秫,亦稱蘆粟。案高粱莖葉皆似蘆,高丈餘,粒大如椒米,性堅實,有二種:黏者可和糯秫釀酒作餌,不黏者可作糕煮鬻。南北皆殖之,而北方最多。編籬、織薦、縛帚併薪俱用,其莖葉誠如李言,但目爲黍稷别種,未審何據也。”　后稷:周之先祖,相傳姜嫄踐天帝足迹懷孕生子,因曾棄而不養,故名之爲“棄”。虞舜命爲農官,教民耕稼,稱爲“后稷”。《詩·大雅·生民》:“厥初生民,時維姜嫄……載生載育,時維后稷。”《韓詩外傳》卷二:“夫闢土殖穀者后稷也,决江疏河者禹也,聽獄執中者皋陶也。”古代農官名。《國語·周語》:“農師一之,農正再之,后稷三之。”王安石《上皇帝萬言書》:“人之才德,高下厚薄不同,其所任有宜有不宜。先王知其如此,故知農者以爲后稷,知工者以爲共工。”

⑥ 隴:通“壟”,畦,田塊。《漢書·食貨志》:“苗生葉以上,稍耨隴草,因隤其土以附苗根。”杜甫《晚登瀼上堂》:“雉堞粉如雲,山田麥無隴。”亦指成行種植農作物的土埂。王僧達《答顔延年》:“麥壠多秀色,楊園流好音。”韓愈《河中府連理木頌》:“殊木連理之柯,同榮異壟之禾。”　蹊:小路,亦泛指道路。《孟子·盡心》:“山徑之蹊,間介然用之而成路。”《史記·李將軍列傳論》:“諺曰:‘桃李不言,下自成蹊。’”　息陰:乘陰凉。《文選·謝靈運〈道路憶山中〉》:“濯流激浮湍,息陰倚密竿。”吕向注:“謂倚密竹以就陰也。”張九齡《候使登石頭驛樓作》:“息陰芳木所,空復越鄉憂。”　望歲:盼望豐收。《左傳·昭公三十二年》:“閔閔焉如農夫之望歲,懼以待時。”楊伯峻注:“歲謂豐收。”潘岳《藉田賦》:“無儲稸以虞灾,徒望歲以自必。”

⑦ 場圃:農家種菜蔬和收打作物的地方。《詩·豳風·七月》:“九月築場圃,十月納禾稼。”孟浩然《過故人莊》:“開軒面場圃,把酒話桑麻。”　田疇:泛指田地。《禮記·月令》:“〔季夏之月〕可以糞田疇,可以美土疆。”孫希旦集解引吴澄曰:“田疇,謂耕熟而其田有疆界者。”賈誼《新書·銅布》:“銅布於下,採銅者棄其田疇,家鑄者損其農事,穀不爲則鄰於饑。”　漢制:漢代的制度,漢制因循秦制,漢初蕭何定律令,韓信定軍法,張蒼定曆法及度量衡,叔孫通定禮儀,漢朝制度很快建立起來。這裏具體指“田中不得有樹,用妨五穀”而言。《漢

書·孝成許皇后》:"諸侯拘迫漢制,牧相執持之也。"《晉書·職官志》:"孫吴、劉蜀多依漢制,雖復臨時命氏,而無忝舊章。"上句的"周官"與此對偶成文。 償責:償還欠債,責,後多作"債"。《漢書·食貨志》:"於是有賣田宅鬻子孫以償責者矣!"王符《潛夫論·斷訟》:"假舉驕奢以作淫侈,高負千萬不肯償責。"抵當罪責。《新唐書·齊映傳》:"馬奔踶,不過傷臣;捨之,或犯清蹕,臣雖死不足償責。" 無或:不要。《吕氏春秋·貴公》:"故《鴻範》曰:'……無或作好,遵王之道;無或作惡,遵王之路。'"高誘注:"或,有也。"義同"無令",岑參《送王伯倫應制授正字歸》:"科斗皆成字,無令錯古文。" 順非:沿襲錯誤,義同"順非而澤",順從錯誤言行且加以潤飾。《禮記·王制》:"學非而博,順非而澤。"孔穎達疏:"順非而澤者,謂順從非違之事,而能光澤文飾。"《荀子·宥坐》:"人有惡者五,而盜竊不與焉:一曰心達而險……五曰順非而澤。"王先謙集解:"澤,有潤澤也。"

[編年]

《年譜》、《編年箋注》、《年譜新編》的編年意見及理由同《錯字判》,我們的編年意見以及理由也同《錯字判》,亦即撰寫于貞元十八年冬季吏部考試之前,地點在長安。

● 屯田官考績判①

戊爲營田使,申屯田官考課違常限,省司不收,辭云:"待農事畢,方知殿最。"②

對(一):要會有期,誠宜獻狀;籍斂未入,何以稽功③?戊也將俟農收,方明績用。三時罔害,然有别於秏登;五稼未終,安可議其誅賞④?當從責實,寧俾課虚?苟欲考於歲成,姑合畢其田事[⑤]。雖賢能是獻,比要宜及於計偕;而稼穡其難,收功當俟於協入[⑥]。詳徵著令,固有常規。農扈之政不乖,蘭省之非斯在[⑦]!

錄自《元氏長慶集》補遺卷三

[校記]

(一)對:《英華》同,《全文》無,各備一説,不改。

[箋注]

① 屯田官考績判:本文不見於劉本《元氏長慶集》,但見於《英華》卷五二六、馬本《元氏長慶集》補遺卷三,又見於《全文》卷六五二,據此補。　屯田官:屯田就是利用戍卒或農民、商人墾殖荒地,漢以後歷代政府沿用此措施取得軍餉和税糧,有軍屯、民屯、商屯之分。《漢書·渠犁傳》:"自武帝初通西域,置校尉,屯田渠犁。"《三國志·魏武帝紀》:"是歲用棗祗、韓浩等議,始興屯田。"屯田官是指專司屯田的機構和官員。高承《事物紀原·屯田》:"漢昭帝始置屯田,而成帝置尚書郎一人,主户口墾田,此蓋尚書屯田之始也。"　考績:按一定標準考核官吏的成績。《書·舜典》:"三載考績。三考,黜陟幽明。"孔傳:"三年有成,故以考功。九歲則能否幽明有别,黜退其幽者,升進其明者。"庾信《周太子太保步陸逞神道碑》:"考績入於歲成,論功書之年表。"

② 營田使:官名,掌管屯田諸事宜,唐玄宗時始置,後多由節度使兼領。《新唐書·宋慶禮傳》:"以習識邊事,拜河東、河北營田使。"《續資治通鑑·宋太宗端拱二年》:"二月壬子朔,命河北東、西路招置營田,以陳恕等爲營田使。"　考課:按一定標準考核官吏優劣,分别等差,决定升降賞罰,謂之"考課"。《三國志·夏侯玄傳》:"自長以

上，考課遷用，轉以能升。”《舊唐書・職官志》：“凡考課之法有四善：一曰德義有聞，二曰清慎明著，三曰公平可稱，四曰恪勤匪懈。善狀之外，有二十七最……” 常限：常規。《南齊書・禮志》：“以來五月晦小祥，其祥禫自依常限。”王讜《唐語林・政事》：“無淹滯以守常限，無紛競以求再捷。” 省司：中樞各省的有關官署。韓愈《論變鹽法事宜狀》：“平叔請令州府差人自糶官鹽，收實估匹段，省司準舊例支用。”歐陽修《論救賑江淮饑民札子》：“江淮之民，上被天灾，下苦賊盜，内應省司之重斂，外遭運使之誅求，比於他方，被苦尤甚。” 農事：指耕耘、收穫、貯藏等農業生産活動。《左傳・襄公七年》：“郊祀后稷以祈農事也。”元稹《競舟》：“一時讙呼罷，三月農事休。” 殿最：古代考核政績或軍功，下等稱爲“殿”，上等稱爲“最”。《漢書・宣帝紀》：“其令郡國歲上繫囚以掠笞若瘐死者所坐名、縣、爵、里，丞相御史課殿最以聞。”顔師古注：“凡言殿最者：殿，後也，課居後也；最，凡要之首也，課居先也。”《文選・班固〈答賓戲〉》：“雖馳辯如濤波，摛藻如春華，猶無益於殿最也。”李善注引《漢書音義》：“上功曰最，下功曰殿。”

③ 要會：會計，簿書。《周禮・天官・小宰》：“聽出入以要會。”鄭玄注引鄭司農曰：“要會，謂計最之。簿書月計曰要，歲計曰會。”孫詒讓正義：“一月之計少，舉凡其要而已，故謂之要；一歲之計多，則總聚考校，故謂之會也。”指管理核計財經事宜。《舊唐書・夏侯孜傳》：“洎掌於經費，備歷重難，居然要會之權，頗得均平之道。” 有期：有一定的期限。武平一《餞唐永昌》：“聞君墨綬出丹墀，雙舄飛來佇有期？寄謝銅街攀柳日，無忘粉署握蘭時。”李頎《送崔侍御赴京》：“緑槐蔭長路，駿馬垂青絲。柱史謁承明，翩翩將有期。” 獻狀：謂觀裸狀之罪。《左傳・僖公二十八年》：“三月丙午，〔晉侯〕入曹。數之，以其不用僖負羈而乘軒者三百人也，且曰‘獻狀’。”惠棟補注：“獻狀，謂觀狀也。先責其用人之過，然後誅觀狀之罪。”相傳晉文公駢脅，而曹

公曾近觀其裸浴,故責其觀裸狀之罪。本文指申没有及時接受考課之事。 籍斂:徵收田税。《管子·山至數》:"古者輕賦税而肥籍斂,取下無順於此者矣!"《墨子·節用》:"今天下爲政者,其所以寡人之道多,其使民勞,其籍斂厚。"孫詒讓間詁引王引之曰:"籍斂,税斂也。"收取籍田所種穀物。《漢書·禮樂志》:"籍斂之時,掩收嘉穀。"顔師古注:"籍斂,謂收籍田也。" 稽功:考核功勞過失。歐陽修《河南府重修使院記》:"郡府統理民務,調發賦税,稽功會事,事無不舉。"程珌《太師鄂王岳飛改謚忠穆制》:"夫既稽功之無間,豈容論德之或殊!"

④ 農收:農作物的收穫。陸贄《優恤畿内百姓並除十縣令詔》:"人怨聞上,天灾降下。連歲蝗旱,蕩無農收。"錢起《江行無題一百首》三九:"映竹疑村好,穿蘆覺渚幽。漸安無曠土,薑芋當農收。" 績用:猶功用。《書·堯典》:"九載,績用弗成。"孔傳:"三考九年,功用不成,則放退之。"《後漢書·循吏傳序》:"若杜詩守南陽,號爲'杜母',任延、錫光移變邊俗,斯其績用之最章章者也。" 三時:指春、夏、秋三季農作之時。《左傳·桓公六年》:"潔粢豐盛,謂其三時不害而民和年豐也。"杜預注:"三時,春、夏、秋。"元稹《茅舍》:"我欲他郡長,三時務耕稼。" 秏登:猶言豐歉,田賦因年成豐歉而增減,故借指田賦。元稹《授崔倰尚書户部侍郎制》:"爾倰授以秏登之書,俾陳生聚之術。"《宋史·食貨志》:"天下賦入之繁,但存催科一簿。一有散亡,則秏登之數無從鉤考,請復置實行簿。" 五稼:五穀。杜預《論水利疏》:"今者水灾,東南特劇,非但五稼不收,居業並損。"《魏書·天象志》:"歲主農事,火星以亂氣幹之,五稼旱傷之象也。" 誅賞:責罰與獎賞。《周禮·天官·大宰》:"三歲,則大計群吏之治而誅賞之。"潘岳《西征賦》:"昔明王之巡幸,固清道而後往,懼銜橜之或變,峻徒御以誅賞。"

⑤ 責實:求實,符合實際。《史記·太史公自序》:"若夫控名責

實，參伍不失，此不可不察也。”蘇軾《議學校貢舉狀》：“右臣伏以得人之道，在於知人，知人之法，在於責實，使君相有知人之才，朝廷有責實之政，則胥吏皂隸未嘗無人，而况於學校貢舉乎！” 課虚：走過場的不實考核。趙自勤《空賦》：“惜揚名之未達，恨干禄之無津，敢作課虚之頌，用投虚受之人？”黄滔《課虚責有賦》：“虚者無形以設有者，觸類而呈，奚課彼以責此，使從幽而入明？” 歲成：一年的收成。張説《奉和聖製幸鳳湯泉應制》：“獻禽天子孝，存老聖皇情。温潤宜冬幸，遊畋樂歲成。”焦郁《春雪》：“干吕知時泰，如膏候歲成。小儒同品物，無以答皇明。” 田事：猶農事。《吕氏春秋・孟春》：“田事既飭，先定準直，農乃不惑。”高誘注：“勑督田事，準定其功，農夫正直不疑惑。”常衮《中書門下賀雨第二表》：“陛下又於龍祠躬自祈請，雖田事未廢，而皇情過勤。”

⑥ 賢能：有德行有才能。《韓非子・人主》：“賢能之士進，則私門之請止矣！”《史記・太史公自序》：“且士賢能而不用，有國者之耻。” 比要：周代統計人民户口及財産的簿籍。《周禮・地官・小司徒》：“及三年則大比，大比則受邦國之比要。”鄭玄注：“大比，謂使天下更簡閲民數及其財物也……鄭司農云：‘五家爲比，故以比爲名。今時八月案比是也。要，謂其簿。’”俞樾《古書疑義舉例・不達古語而誤解例》：“比要者，大比之簿籍也。” 計偕：《史記・儒林列傳序》：“郡國縣道邑有好文學、敬長上、肅政教、順鄉里、出入不悖所聞者，令相長丞上屬所二千石，二千石謹察可者，當與計偕，詣太常，得受業如弟子。”司馬貞索隱：“計，計吏也，偕，俱也，謂令與計吏俱詣太常也。”後遂用“計偕”稱舉人赴京會試。柳宗元《宜城縣開國伯柳公行狀》：“開元中，舉汝州進士，計偕百數，公爲之冠。禮部侍郎韋陟異而目之，一舉上第。” 稼穡：耕種和收穫，泛指農業勞動。《書・無逸》：“厥父母勤勞稼穡，厥子乃不知稼穡之艱難。”《史記・貨殖列傳》：“好稼穡，殖五穀。”薛存誠《膏澤多豐年》：“候時勤稼穡，擊壤樂農功。”也

指農作物。《詩・大雅・桑柔》:"降此蟊賊,稼穡卒癢。"朱熹集傳:"又降此蟊賊,則我之稼穡又病,而不得以代食矣!"儲光羲《晚次東亭獻鄭州宋使君文》:"林晚鳥雀噪,田秋稼穡黃。"　收功:取得成功。《孔子家語・屈節》:"今子欲收功於魯,實難。"曾鞏《讀書》:"收功畏奔景,窺星起幽房。"

⑦ 著令:書面寫定的規章制度。《漢書・景帝紀》:"秋七月,詔曰:'吏受所監臨,以飲食免,重;受財物,賤買貴賣,論輕。廷尉與丞相更議著令。'"《三國志・魏文帝紀》:"元年二月壬戌,以大中大夫賈詡爲太尉,御史大夫華歆爲相國……其宦人爲官者不得過諸署令;爲金策著令,藏之石室。"　常規:通常的規則,一般的規則。白居易《新樂府・百鍊鏡》:"百鍊鏡,百鍊鏡,鎔範非常規。日辰處所靈且祇,江心波上舟中鑄。"范攄《雲溪友議》卷二:"其所試賦,則準常規;詩則依齊梁體格。"　農扈:古時各種農官的總稱,語本《左傳・昭公十七年》:"九扈爲九農正。"杜預注:"扈有九種也:春扈鳻鶞,夏扈竊玄,秋扈竊藍,冬扈竊黃,棘扈竊丹,行扈唶唶,宵扈嘖嘖,桑扈竊脂,老扈鷃鷃。以九扈爲九農之號,各隨其宜以教民事。"後亦借指農事。宋之問《龍門應制》:"吾皇不事瑤池樂,時雨來觀農扈春。"陳子昂《奉和皇帝上禮撫事述懷應制》:"願罷瑤池宴,來觀農扈春。"　蘭省:唐代指秘書省。白居易《秘書省中憶舊山》:"猶喜蘭臺非傲吏,歸時應免動移文。"李商隱《無題》:"嗟余聽鼓應官去,走馬蘭臺類轉蓬。"馮浩箋注:"《舊書・職官志》:秘書省,龍朔初改爲蘭臺,光宅時改爲麟臺,神龍時復爲秘書省。"

[編年]

《年譜》、《編年箋注》、《年譜新編》的編年意見及理由同《錯字判》,我們的編年意見以及理由也同《錯字判》,亦即撰寫于貞元十八年冬季吏部考試之前,地點在長安。

●怒心鼓琴判①

甲聽乙鼓琴,曰:"爾以怒心感者。"乙告:"誰云詞云粗厲之聲?"②

對(一):感物而動,樂容以和。苟氣志憤興(二),則琴音猛起③。倘精察之不昧(三),豈情狀之可逃?況乎乙異和鳴,甲惟善聽④。克諧清響,將窮舞鶴之能;俄見殺聲,以屬捕蟬之思⑤。憑陵内積,趨數外形。未平君子之心,翻激小人之慍⑥。既彰蓄憾,詎爽明言?詳季札之觀風,尚分理亂;知伯牙之在水,豈曰譸張⑦?斷以不疑,昭然無妄。宜加黜職,用刺褊心⑧。

録自《元氏長慶集》補遺卷三

[校記]

(一) 對:《英華》同,《全文》無,體例不同,不改。

(二) 苟氣志憤興:《全文》同,《英華》作"氣志僨興",語義不佳,不改。

(三) 倘精察之不昧:《全文》同,《英華》作"儻精察之不昧",語義不佳,不改。

[箋注]

① 怒心鼓琴判:本文不見於劉本《元氏長慶集》,但見於《英華》卷五〇七、馬本《元氏長慶集》補遺卷三,又見於《全文》卷六五二,據此補。　怒心:憤怒之心。《禮記·樂記》:"其怒心感者,其聲粗以

厲。”孔穎達疏：“謂忽遇惡事而心恚怒。”司馬相如《喻巴蜀檄》：“人懷怒心，如報私讎。”　鼓琴：彈琴。《詩・小雅・鹿鳴》：“我有嘉賓，鼓瑟鼓琴。”《莊子・漁父》：“孔子絃歌鼓琴，奏曲未半，有漁父者下船而來。”

② 粗厲：形容樂音高急而壯猛。《禮記・樂記》：“粗厲、猛起、奮末、廣賁之音作，而民剛毅。”余靖《松門守風》：“奔雷鳴大車，連鼓聲粗厲。豈誠陰陽争？長憂天地閉。”

③ 感物：見物興感。韓愈《薦士》：“念將决焉去，感物增戀嫪。”感動或感化他物。班固《幽通賦》：“精通靈而感物兮，神動氣而入微。”　樂容：謂舞。《藝文類聚》卷四三引蔡邕《月令章句》：“樂容曰舞，有俯仰張翕，行綴長短之制。”　氣志：指精神、意志。《禮記・孔子閑居》：“清明在躬，氣志如神。”元稹《唐故使持節萬州諸軍事萬州刺史賜緋魚袋劉君墓誌銘》：“始君善交人，凡氣志豪健尚功名者，多師之。”　憤興：奮興，奮起。傅察《用廉夫韵招諸友登清微亭》：“束帶縛吏事，發狂中憤興。世情多面朋，噂沓惡背憎。”陳東《上高宗皇帝第二書》：“夫孺子皆可爲兵，欲舒其憤興作其氣，正在陛下。”　琴音：琴的樂聲。《史記・田敬仲完世家》：“故曰琴音調而天下治。”何薳《春渚紀聞・古聲遺制》：“余謂古聲之存於器者，唯琴音中時有一二。”　猛起：武猛發起。《禮記・樂記》孔穎達疏：“猛起，謂武猛發起。”李覯《教道第八》：“《樂記》曰：‘志微噍殺之音作而民思憂嘽諧慢易，繁文簡節之音作而民康樂粗厲猛起。”

④ 精察：精細明察。韓愈孟郊《征蜀聯句》：“石潛設奇伏，穴覷騁精察。”《資治通鑑・宋文帝元嘉二十八年》：“太子爲政精察，而中常侍宗愛，性險暴，多不法，太子惡之。”　不昧：不忘。《逸周書・王會》：“佩之令之不昧。”孔晁注：“不昧，不忘也。”杜甫《催宗文樹雞柵》：“不昧風雨晨，亂離減憂感。”　情狀：猶情形。《易・繫辭》：“精氣爲物，遊魂爲變，是故知鬼神之情狀。”葛洪《抱朴子・黄白》：“非窮

理盡性者，不能知其指歸；非原始見終者，不能得其情狀也。” 况乎：連詞，何况，况且。《孟子·萬章》：“以大夫之招招虞人，虞人死不敢往；以士之招招庶人，庶人豈敢往哉？况乎以不賢人之招招賢人乎？”曹冏《六代論》：“尾同於體，猶或不從，况乎非體之尾，其可掉哉？” 和鳴：互相應和而鳴。《詩·周頌·有瞽》：“喤喤厥聲，肅雝和鳴。”元稹《雉媒》：“和鳴忽相召，鼓翅遙相矚。” 善聽：善於聽察。劉向《説苑·權謀》：“若使中山之與齊也，聞五盡而更之則必不亡也。其患在不聞也，雖聞又不信也。然則人主之務在乎善聽而已矣！”秦觀《李泌論》：“臣聞有善聽無良謀，有善謀無利勢。天下之勢，善謀之則無不利；天下之謀，善聽之則無不良。”

⑤ 克諧：能和諧。《書·舜典》：“八音克諧，無相奪倫，神人以和。”李景亮《李章武傳》：“既而兩心克諧，情好彌切。”能協同。《三國志·魯肅傳》：“同心一意，共治曹操，備必喜而從命。如其克諧，天下可定也。” 清響：清脆的響聲。王粲《七哀詩二首》二：“流波激清響，猴猿臨岸吟。”孟浩然《夏日南亭懷辛大》：“荷風送香氣，竹露滴清響。” 舞鶴：事見《韓非子·十過》“公曰：‘清徵可得而聞乎？’師曠曰：‘不可！古之聽清徵者，皆有德義之君也。今吾君德薄，不足以聽！’平公曰：‘寡人之所好者，音也！願試聽之！’師曠不得已，援琴而鼓，一奏之，有玄鶴二八道南方來，集於郎門之垝。再奏之而列，三奏之延頸而鳴，舒翼而舞。音中宫商之聲，聲聞於天。”儲光羲《雜詠五首·池邊鶴》：“舞鶴傍池邊，水清毛羽鮮。立如依岸雪，飛似向池泉。”張仲素《上元日聽太清宫步虚》：“舞鶴紛將集，流雲住未行。誰知九陌上，塵俗仰遺聲？” 殺聲：古代指音樂中的肅殺之聲。白居易《新樂府·五弦彈》：“鐵聲殺，冰聲寒。殺聲入耳膚血憯，寒氣中人肌骨酸。”沈括《夢溪筆談·樂律》：“聲之不用商，先儒以謂惡殺聲也。黄鍾之太蔟，函鍾之南吕，皆商也，是殺聲未嘗不用也。” 捕蟬之思：事見《莊子·山木》：“莊周遊乎雕陵之樊，覩一異鵲自南方來者，翼廣

七尺,目大運寸,感周之顙而集於栗林。莊周曰:‘此何鳥哉? 翼殷不逝,目大不覩?’蹇裳躩步,執彈而留之。覩一蟬方得美蔭而忘其身,螳螂執翳而搏之,見得而忘其形,異鵲從而利之,見利而忘其真。莊周怵然曰:‘噫! 物固相累,二類相召也!’捐彈而反走,虞人逐而誶之。”梅堯臣《依韵和永叔戲作》:“擺弦疊響入衆耳,發自深林答空谷。上弦急逼下弦清,正如螗螂捕蟬聲。”郭祥正《泗水雍秀才畫草蟲》:“蜻蜓點水蝶撲花,螳螂捕蟬蜂趁衙。營營青蠅争腐糁,趯趯阜螽沿草芽。”

⑥ 憑陵:逾越,登臨其上。李白《大鵬賦》:“燀赫乎宇宙,憑陵乎昆崙。”引申爲淩駕,超越。李格非《洛陽名園記・苗帥園》:“園既古,景物皆蒼老,復得完,力藻飾出之,於是有欲憑陵諸園之意矣!” 内積:内心感受。張九齡《故安南副都護畢公墓誌銘并序》:“嗟彼懿宗,是生孝友。知實内積,行非外誘。”夏竦《謝賜生日羊酒米麵表》:“臣某言,函詔垂文,篚羞異數,循惟榮會,内積感悰。” 趨數:謂節奏短促急速。《禮記・樂記》:“衛音趨數煩志。”鄭玄注:“趨數,讀爲促速,聲之誤也。”孔穎達疏:“衛音趨數煩志者,言衛音既促且速,所以使人意志煩勞也。”白居易《留北客》:“楚袖蕭條舞,巴弦趨數彈。” 外形:謂形之於外。《晉書・紀瞻傳》:“意者直謂太極極盡之稱,言其理極,無復外形;外形既極,而生兩儀。”外在的形象,外貌。陸龜蒙《青檽子》:“山實號青檽,環岡次第生。外形堅緑殼,中味敵瓊英。” 君子:泛指才德出衆的人。班固《白虎通・號》:“或稱君子何? 道德之稱也。君之爲言群也,子者丈夫之通稱也。”王安石《君子齋記》:“故天下之有德,通謂之君子。” 小人:識見淺狹的人。《論語・子路》:“樊遲請學稼,子曰:‘吾不如老農。’請學爲圃,子曰:‘吾不如老圃。’樊遲出,子曰:‘小人哉! 樊須也。’”王若虛《〈論語〉辨惑》:“其曰硜硜小人、小人樊須,從其小體爲小人之類,此謂所見淺狹,對大人而言耳!”《顔氏家訓・勉學》:“若能常保數百卷書,千載終不爲小人也。”人格

卑鄙的人。《書·大禹謨》:"君子在野,小人在位。"陳昉《潁川語小》卷下:"君子小人之目,始於大禹誓師之辭,曰'君子在野,小人在位',蓋謂廢仁哲任奸佞也。"《三國志·諸葛亮傳》:"親賢臣,遠小人,此先漢所以興隆也;親小人,遠賢臣,此後漢所以傾頽也。"

⑦ 明言:明著之言,明白的話。《戰國策·秦策》:"明言章理,兵甲愈起;辯言偉服,戰攻不息。"吴師道補正:"謂明著之言,章顯之理。"猶明辯,明白辯説。《莊子·大宗師》:"汝必躬行仁義而明言是非。" "詳季札之觀風"兩句:事見《左傳紀事本末·吴通上國》:"吴公子札來聘……請觀於周樂,使工爲之歌《周南》、《召南》,曰:'美哉!始基之矣!猶未也,然勤而不怨矣!'爲之歌《邶》、《鄘》、《衛》,曰:'美哉!淵乎!憂而不困者也。吾聞衛康叔、武公之德如是,是其《衛風》乎?'爲之歌《王》,曰:'美哉!思而不懼,其周之東乎?'爲之歌《鄭》,曰:'美哉!其細已甚,民弗堪也!是其先亡乎?'爲之歌《齊》,曰:'美哉!泱泱乎大風也哉!表東海者,其太公乎?國未可量也!'爲之歌《豳》,曰:'美哉!蕩乎樂而不淫,其周公之東乎?'爲之歌《秦》,曰:'此之謂夏聲,夫能夏,則大大之至也,其周之舊乎?'爲之歌《魏》,曰:'美哉!渢渢乎!大而婉險而易行,以德輔此,則明主也!'爲之歌《唐》,曰:'思深哉!其有陶唐氏之遺民乎?不然何憂之遠也?非令德之後,誰能若是?'爲之歌《陳》,曰:'國無主,其能久乎?'自《鄶》以下無譏焉!爲之歌《小雅》,曰:'美哉!思而不貳,怨而不言,其周德之衰乎?猶有先王之遺民焉!'爲之歌《大雅》,曰:'廣哉!熙熙乎!曲而有直體,其文王之德乎?'爲之歌《頌》,曰'至矣哉!直而不倨,曲而不屈,邇而不偪,遠而不携,遷而不淫,復而不厭,哀而不愁,樂而不荒,用而不匱,廣而不宣,施而不費,取而不貪,處而不底,行而不流,五聲和,八風平,節有度,守有序,盛德之所同也!'見舞《象箾》、《南籥》者,曰:'美哉!猶有憾!'見舞《大武》者,曰:'美哉!周之盛也,其若此乎!見舞《韶濩》者,曰:'聖人之弘也!而猶有慚德,聖人之難

也!'見舞《大夏》者,曰:'美哉! 勤而不德,非禹其誰? 能修之!'見舞《韶箾》者,曰:'德至矣哉! 大矣如天之無不幬也! 如地之無不載也! 雖甚盛德,其蔑以加於此矣! 觀止矣! 若有他樂,吾不敢請已!'" 觀風:謂觀察民情,瞭解施政得失,語出《禮記·王制》:"命大師陳詩以觀民風。"張説《奉和聖製暇日與兄弟同遊興慶宫作應制》:"問俗兆人阜,觀風五教宣。"觀看風采。《文心雕龍·誄碑》:"銘德慕行,文采允集。觀風似面,聽辭如泣。" 理亂:治理動亂,紛亂。王充《論衡·程材》:"取儒生者,必軌德立化者也;取文吏者,必優事理亂者也。"《北史·高允傳》:"移風易俗,理亂解紛。"治與亂。《管子·霸言》:"堯舜之人,非生而理也;桀紂之人,非生而亂也。故理亂在上也。"《後漢書·崔寔傳論》:"寔之《政論》,言當時理亂,雖鼂錯之徒不能過也。" "知伯牙之在水"兩句:事見《列子·湯問》:"伯牙善鼓琴,鍾子期善聽。伯牙鼓琴,志在登高山,鍾子期曰:'善哉! 峩峩兮若泰山!'志在流水,鍾子期曰:'善哉! 洋洋兮若江河!'伯牙所念,鍾子期必得之。"駱賓王《樂大夫挽詞五首》五:"華表迎千歲,幽扃送百年。獨嗟流水引,長掩伯牙弦。"王績《古意六首》一:"百金買一聲,千金傳一曲。世無鍾子期,誰知心所屬?" 譸張:即"譸張爲幻",欺誑詐惑。《書·無逸》:"民無或胥譸張爲幻。"孔傳:"譸張,誑也。君臣以道相正,故下民無有相欺誑幻惑也。"亦省作"譸張"。《世説新語·雅量》:"僧彌勃然起,作色曰:'汝故是吴興溪中釣碣耳,何敢譸張!'"

⑧ 昭然:明白貌。《禮記·仲尼燕居》:"三子者,既得聞此言也,於夫子,昭然若發矇矣!"李隆基《孝經序》:"約文敷暢,義則昭然。" 無妄:謂邪道不行,不敢詐僞。《管子·宙合》:"奚謂當? 本乎無妄之治,運乎無方之事,應變不失之謂當。"《禮記·中庸》:"誠者天之道也。"朱熹集注:"誠者,真實無妄之謂,天理之本然也。" 黜職:降職。汪藻《右朝散郎致仕王君(公權)墓誌銘》:"時江南薦饑,縣無儲,獨經廩厚藏,吏守文不敢發。君亟以書抵愈曰:'令活民而黜職也!'愈稟

行之。" 褊心:心胸狹窄。《詩·魏風·葛屨》:"維是褊心,是以爲刺。"王先謙集疏:"《説文》'急'下云:'褊也。''褊'下云:'衣小也。'《廣韵》:'褊,衣急。'……褊小、褊陋,皆自衣旁推之。"《新唐書·劉禹錫傳》:"禹錫恃才而廢,褊心不能無怨望。"

[編年]

《年譜》、《編年箋注》、《年譜新編》的編年意見及理由同《錯字判》,我們的編年意見以及理由也同《錯字判》,亦即撰寫于貞元十八年冬季吏部考試之前,地點在長安。

● 迴風變節判①

甲鼓琴,春叩商,秋叩角。樂正科愆時失律,訴云:"能迴風變節。"②

對(一):八風從律,氣必順時;五音迭奏,和則變節③。絲桐之妙苟極,寒暑之應或隨。甲務以相宣(二),因而牙動④。和飯牛之唱,白露乍結於東郊;授舞鶴之聲,青陽忽生於南吕⑤。鼓能氣至,藝與天同。且異反常之妖,何傷應感而起⑥!惡夫典樂,曾是濫科。凉風徐動於鄭奏,遽云失節;寒谷倘移於鄒律(三),何以加刑⑦?克叶之薰,無令寘棘⑧。

録自《元氏長慶集》補遺卷三

[校記]

(一)對:《英華》同,《全文》無,體例不同,不改。

(二)甲務以相宣:《英華》同,《全文》作"甲務以相宜",各備一説，不改。

（三）寒谷倘移於鄒律：《全文》同，《英華》作"寒谷儻移於鄒律"，語義不佳，不改。

［箋注］

① 迴風變節判：本文不見於劉本《元氏長慶集》，但見於《英華》卷五〇七、馬本《元氏長慶集》補遺卷三，又見於《全文》卷六五二，據此補。　迴風：旋風。《楚辭・九章・悲回風》："悲回風之搖蕙兮，心冤結而内傷。"陳叔達《聽鄰人琵琶》："關山臨却月，花蕊散迴風。爲將金谷引，添令曲未終。"　變節：轉换時節。蕭綱《梅花賦》："寒圭變節，冬灰徙筩，並皆枯悴，色落摇風。"孔穎達《周易正義序》："五行迭終，四時更廢，君臣取象，變節相移。"宋之問《宋公宅送寗諫議》："露荷秋變節，風柳夕鳴梢。一散陽臺雨，方隨越鳥巢。"

② 鼓琴：彈琴。李白《酬裴侍御留岫師弹琴見寄》："君同鮑明遠，邀彼休上人。鼓琴亂白雪，秋變江上春。"白行簡《夫子鼓琴得其人》："宣父窮玄奥，師襄授素琴。稍殊流水引，全辨聖人心。"　"春叩商"兩句：古人認爲，音樂中的五音宫、商、角、徵、羽與春、夏、季夏、秋、冬一一相應，而"甲"春與秋倒置，商與角反時，故負責音律的官員加以責備。《樂書・樂記》："角調於春，徵調於夏，宫調於季夏，商調於秋，羽調於冬，此五聲適四時之正也。"　樂正：古時樂官之長。《儀禮・鄉射禮》："樂正先升，北面立於其西。"鄭玄注："正，長也。"賈公彦疏："案《周禮》有大司樂、樂師，天子之官。此樂正，諸侯及士大夫之官，當天子大司樂……云長，樂官之長也。"《文心雕龍・頌贊》："昔虞舜之祀，樂正重讚，蓋唱發之辭也。"　愆時：失時。《水經注・文水》："水出謁泉山之上頂，俗云'暘雨愆時，是謁是禱'，故山得名。"秦觀《秋夜病起懷端叔作詩寄之》："上憑鴻雁傳，下託鯉魚送。二物或愆時，已辱移文訟。"　失律：指詩、詞或音樂不合格律。《樂書・師》：

“象曰:‘師出以律,失律,凶也。’”陸游《老學庵筆記》卷一〇:“世多言白樂天用‘相’字,多從俗語作‘思必切’,如‘爲問長安月,如何不相離’是也。然北人大抵以‘相’字作入聲,至今猶然,不獨樂天,老杜云:‘恰似春風相欺得,夜來吹折數枝花。’亦從入聲讀,乃不失律。”

③ 八風:指八音,我國古代對樂器的統稱,通常爲金、石、絲、竹、匏、土、革、木八種不同質材所製。《書・舜典》:“三載,四海遏密八音。”孔傳:“八音:金、石、絲、竹、匏、土、革、木。”《周禮・春官・大師》:“皆播之以八音:金、石、土、革、絲、木、匏、竹。”鄭玄注:“金,鐘鎛也;石,磬也;土,塤也;革,鼓鞀也;絲,琴瑟也;木,柷敔也;匏,笙也;竹,管簫也。”《宋書・謝靈運傳論》:“夫五色相宣,八音協暢,由乎玄黄律吕,各適物宜。”蘇軾《賀韓丞相啓》:“付八音於師曠,孰敢争能?”泛指音樂。葛洪《抱朴子・博喻》:“故離朱剖秋毫於百步,而不能辨八音之雅俗。”宋應星《天工開物・冶鑄》:“虚其腹以振盪空靈,而八音起。” 順時:謂順應時宜,適時。《左傳・成公十六年》:“禮以順時,信以守物。”《文選・王粲〈從軍詩〉二》:“我軍順時發,桓桓東南征。”李善注:“順時,應秋以征也。《禮記》曰:‘舉事必順其時。’” 五音:我國古代五聲音階中的五個音級,即宫、商、角、徵、羽,唐以後又名合、四、乙、尺、工,相當於簡譜中的1、2、3、5、6。《孟子・離婁》:“不以六律,不能正五音。”趙岐注:“五音,宫、商、角、徵、羽。”王定保《唐摭言・怨怒》:“七條絃上五音寒,此藝知音自古難。” 迭奏:交替或輪流奏樂。吴質《答東阿王書》:“秦筝發徽,二八迭奏。”葛洪《抱朴子・崇教》:“濮上北里,迭奏迭起,或號或呼,俾晝作夜。”

④ 絲桐:指琴,古人削桐爲琴,練絲爲弦,故稱。王粲《七哀詩》:“絲桐感人情,爲我發悲音。”高適《陪竇侍御靈雲南亭宴詩》:“絲桐徐奏,林木更爽。” 寒暑:寒冬暑夏,常指代一年。《易・繫辭》:“寒往則暑來,暑往則寒來,寒暑相推而歲成焉!”陸機《赴洛二首》二:“歲月一何易,寒暑忽已革。” 相宣:聲音或色彩互相映襯而顯現。《南齊

書・陸厥傳》:“興玄黄於律吕,比五色之相宜。”元稹《郊天日五色祥雲賦》:“五方騰其粹氣,故雲五色以相宜。”　牙:牙板,始爲象牙製,後多用檀木製。王禹偁《送刑部韓員外同年致仕歸華山》:“妻閑栽藥草,兒戲雜猿猴。買竹憑牙板,疏泉濕鹿裘。”劉克莊《賀新郎・生日用實之來韵》:“安得春鶯雪兒輩,輕拍紅牙按舞?”

⑤ 飯牛之唱:比喻賢才屈身於卑賤之事。語本《管子・小問》:“百里傒,秦國之飯牛者也,穆公舉而相之,遂霸諸侯。”又《吕氏春秋・舉難》:“甯戚欲干齊桓公,窮困無以自進,於是爲商旅將任車以至齊,暮宿於郭門之外。桓公郊迎客,夜開門,辟任車,爝火甚盛,從者甚衆。甯戚飯牛居車下,望桓公而悲,擊牛角疾歌。桓公聞之,撫其僕之手曰:‘異哉! 之歌者非常人也!’命後車載之。”《漢書・公孫弘卜式兒寬傳贊》:“卜式拔於芻牧,弘羊擢於賈豎,衛青奮於奴僕,日磾出於降虜,斯亦曩時版築飯牛之朋已。”劉禹錫《唐故中書侍郎平章事韋公集紀》:“古今相望,落落然如騎星辰,與夫起版築飯牛者異矣!”　白露:秋天的露水。《詩・秦風・蒹葭》:“蒹葭蒼蒼,白露爲霜。”韓愈《秋懷詩十一首》二:“白露下百草,蕭蘭共雕悴。”　東郊:西周時特指其東都王城以東的郊外,周滅商後,遷殷民於此。《書・君陳》:“周公既没,命君陳分正東郊成周。”孔穎達疏:“周公遷殷頑民於成周,頑民既遷,周公親自監之。周公既没,成王命其臣名君陳代周公監之,分别居處,正此東郊成周之邑。”泛指國都或城市以東的郊外。《禮記・月令》:“〔孟春之月〕立春之日,天子親帥三公、九卿、諸侯、大夫以迎春於東郊。”沈約《宿東園》:“陳王鬥雞道,安仁采樵路。東郊豈異昔? 聊可閑余步。”　舞鶴:事見《韓非子・十過》:師曠受平公之命,爲其鼓琴,有衆多玄鶴自南方來,延頸而鳴,舒翼而舞。孟浩然《遊精思題觀主山房》:“舞鶴過閑砌,飛猿嘯密林。漸通玄妙理,深得坐忘心。”李白《侍從宜春苑奉詔賦龍池柳色初青聽新鶯百囀歌》:“始向蓬萊看舞鶴,還過茝若聽新鶯。新鶯飛繞上林苑,願入簫韶雜

鳳笙。”　青陽：指春天。《尸子·仁意》：“春爲青陽，夏爲朱明。”潘孟陽《元日和布澤》：“青陽初應律，蒼玉正臨軒。”　南吕：古代樂律調名，屬陰律，十二律之一，陽律六：黄鐘、太簇、姑洗、蕤賓、夷則、亡射；陰律六：大吕、夾鐘、中吕、林鐘、南吕、應鐘。《周禮·春官·大司樂》：“乃奏姑洗，歌南吕，舞大磬，以祀四望。”《吕氏春秋·音律》：“太簇生南吕。”南吕又是阴历八月的异名，古人以十二律配十二月，南吕配在八月，故以之代八月。《吕氏春秋·音律》：“南吕之月，蟄蟲入穴，趣農收聚。”高诱注：“南吕，八月也。”“青陽忽生於南吕”，以其能够迴風變節之故，歸結到本文的主旨。

⑥ 鼓：敲擊或彈奏（樂器）。《詩·小雅·鼓鍾》：“鼓鍾欽欽，鼓瑟鼓琴。”孔穎達疏：“以鼓瑟鼓琴類之，故鼓鍾爲擊鍾也。”韓愈《上巳日燕太學聽彈琴詩序》：“坐于罇俎之南，鼓有虞氏之《南風》。”　藝：指禮、樂、射、御、書、數六種古代教學科目。《禮記·學記》：“不興其藝，不能樂學。”《論語·述而》：“志於道，據於德，依於仁，遊於藝。”何晏集解：“藝，六藝也。”邢昺疏：“六藝謂禮、樂、射、馭、書、數也。”六藝是古代教育學生的六種科目。《周禮·地官·大司徒》：“三曰六藝：禮、樂、射、御、書、數。”《史記·孔子世家》：“孔子以詩書禮樂教，弟子蓋三千焉！身通六藝者七十有二人。”　反常：跟常道相反，跟常情不同。《易·屯》：“十年乃字，反常也。”柳宗元《非國語·圍鼓》：“城之畔而歸己者有三：有逃暴而附德者，有力屈而愛死者，有反常以求利者。”　何傷：何妨，何害，意謂没有妨害。《論語·先進》：“子曰：‘何傷乎？亦各言其志也。’”《楚辭·九章》：“苟餘心其端直兮，雖僻遠之何傷？”　應感：謂交相感應。《禮記·樂記》：“夫民有血氣心知之性，而無哀樂喜怒之常，應感起物而動，然後心術形焉！”陸機《文賦》：“若夫應感之會，通塞之紀，來不可遏，去不可止。”特指天人感應。張淵《觀象賦序》：“尋其應感之符，測乎冥通之數，天人之際，可見明矣！”

⑦ 典樂：官名，掌管朝廷的音樂事務。《書·舜典》：“帝曰：夔，

命汝典樂,教胄子。"《孔子家語·五帝德》:"〔帝堯〕富而不驕,貴而能降,伯夷典禮,夔龍典樂。"　濫:過度,没有節制。《詩·商頌·殷武》:"不僭不濫,不敢怠遑。"孔穎達疏:"不僭不濫,謂賞不僭差,刑不濫溢也。"徐陵《同江詹事登宫城南樓》:"叔譽恒詞屈,防年豈濫誅?"　科:審理案件,判刑。韓愈《讀東方朔雜事》:"群仙急乃言,百犯庸不科?"王讜《唐語林·補遺》:"嗣立請科湜罪,上不許,但罰酒而已。"　鄭奏:事見《列子·湯問》:鄭國樂師師文琴藝高超,有迴風變節、改易季節之妙,"師襄曰:'子之琴何如?'師文曰:'得之矣! 請嘗試之!'於是當春而叩商弦,以召南吕,凉風忽至,草木成實。及秋而叩角弦,以激夾鍾,温風徐迴,草木發榮。當夏而叩羽弦,以召黄鍾,霜雪交下,川池暴沍。及冬而叩徵弦,以激蕤賓,陽光熾烈,堅冰立散。將終命宫而摠四弦,則景風翔慶,雲浮甘露,降澧泉湧。"　失節:不合節令。《漢書·劉向傳》:"霜降失節,不以其時。"《宋書·五行志》:"此月雷電者,陽不閉藏也。既發泄而明日便大雪,皆失節之異也。"　寒谷:陰冷的山谷。宋之問《遊法華寺》:"寒谷梅猶淺,温庭橘未華。"韓偓《病中初聞復官二首》二:"曾避暖池將浴鳳,却同寒谷乍遷鶯。"　鄒律:事見《列子·湯問》:戰國齊人鄒衍精於音律,吹律而能使大地回春,"師襄乃撫心高蹈曰:'微矣! 子之彈也,雖師曠之清角(師曠爲晉平公奏清角,一奏之,有白雲從西北起。再奏之,大風至而雨隨之。三奏之,裂帷幕,破俎豆,飛廊瓦,左右皆奔走,平公恐伏。晉國大旱,赤地三年,平公得聲者,或吉或凶也),鄒衍之吹律(北方有地,美而寒,不生五穀,鄒子吹律,煖之而禾黍滋也),亡以加之! 彼將挾琴執管而從子之後耳!'"　刑:懲罰,處罰。桓寬《鹽鐵論·疾貧》:"刑一而正百,殺一而慎萬。"柳宗元《非國語·叔孫僑如》:"苟叔孫之來,不度於禮,不儀於物,則罪也。王而刑之,誰曰不可?"

⑧ 克叶:義近"克協",能够諧和,符合,統一。曹植《帝舜贊》:"顓頊之族,重瞳神聖,克協頑嚚,應唐蒞政。"韓愈《祭裴太常文》:"兄

皆指陳根源,斟酌通變,莫不允符天旨,克協神休。" 無令:不使。《魏書·高祖紀》:"一夫制治田四十畝,中男二十畝。無令人有餘力,地有遺利。"岑參《送王伯倫應制授正字歸》:"科斗皆成字,無令錯古文。" 寘:放置,安置。《詩·魏風·伐檀》:"坎坎伐檀兮,寘之河之幹兮!"毛傳:"寘,置也。"韓愈《河南府法曹參軍盧府君夫人苗氏墓誌銘》:"嗟咨夫人,孰與爲儔? 刻銘寘墓,以贊碩休。" 棘:木名,即酸棗樹,落葉灌木或喬木,枝上有刺。《楚辭·劉向〈九嘆·湣命〉》:"折芳枝與瓊華兮,樹枳棘與薪柴。"王逸注:"小棗爲棘。"《資治通鑑·梁簡文帝大寶二年》:"使突騎左右守之,墻垣悉布枳棘。"胡三省注:"棘似棗而多刺。"

[編年]

《年譜》、《編年箋注》、《年譜新編》的編年意見及理由同《錯字判》,我們的編年意見以及理由也同《錯字判》,亦即撰寫于貞元十八年冬季吏部考試之前,地點在長安。

● 五品女樂判[①]

辛爲五品官,有女樂五人。或告於法,訴云:"三品已上有一部。"不伏[②]。

對[(一)]:聲樂皆具,以奉常尊。名位不同,則難踰節[③]。辛也榮沾五命,始用判懸[④]。僭越三人,終乖儀制;非道不處,多備何爲[⑤]? 苟耽盈耳之繁,遂過粲兮之數[⑥]。廣張女列,徒效尤於馬融;内顧何功,欲思齊於魏絳[⑦]? 罔循唐令,空溺宋音[⑧]。雖興一部之詞,其如隔品之異! 請懲擾雜,以儐人言[⑨]。

録自《元氏長慶集》補遺卷三

[校記]

（一）對：《英華》同，《全文》無，體例不同，不改。

[箋注]

① 五品女樂判：本文不見於劉本《元氏長慶集》，但見於《英華》卷五〇七、馬本《元氏長慶集》補遺卷三，又見於《全文》卷六五二，據此補。 五品：九品官階的第五級。《隋書・禮儀志》："今犢車通幰，自王公已下，至五品已上，並給乘之。"劉餗《隋唐嘉話》卷中："秘書省少監崔行功未得五品前，忽有鸜鵒銜一物入其堂，置案上而去。" 女樂：歌舞伎。《楚辭・招魂》："肴羞未通，女樂羅些。"《隋書・宇文化及傳》："腹心稍盡，兵勢日蹙，兄弟更無他計，但相聚酣宴，奏女樂。"

② 三品：古代官吏的等級，始於魏晉，從一品到九品，共分九等。北魏時每品各分正、從，第四品起正、從又各分上下階，共爲三十等。唐宋文職與北魏同，隋及元、明、清保留正、從品，而無上下階之稱，共分十八等。劉禹錫《白舍人見酬拙詩因以寄謝》："雖陪三品散班中，資歷從來事不同。名姓也曾鎸石柱，詩篇未得上屏風。"白居易《南亭對酒送春》："天下三品官，多老於我身。同年登第者，零落無一分。" 部：部伍，部隊。《墨子・號令》："城上吏卒養，皆爲舍道内，各當其隔部。"孫詒讓間詁："《太白陰經》：'司馬穰苴云：五人爲伍，二伍爲部。'部，隊也。"《文選・揚雄〈羽獵賦〉》："移圍徙陣，浸淫蹴部。"李善注："部，軍之部伍也。"這裏指十人規模的女樂隊伍。

③ 聲樂：音樂。《周禮・地官・鼓人》："鼓人掌教六鼓四金之音聲，以節聲樂，以和軍旅，以正田役。"潘岳《西征賦》："隱王母之非命，縱聲樂以娱神。" 常尊：固定的顯貴地位。《左傳・宣公十二年》："君子小人，物有服章，貴有常尊，賤有等威，禮不逆矣！"《晉書・應詹傳》："先王設官，使君有常尊，臣有定卑。" 名位：官職與品位，名譽

與地位。《左傳·莊公十八年》:“王命諸侯,名位不同,禮亦異數。”吴處厚《青箱雜記》卷一:“人皆謂其寒薄,獨一善相者目之曰:‘公名位俱極,但禄氣不豐耳!’” 踰節:亦作“逾節”,超越一定的規則、分寸。《禮記·曲禮》:“禮不踰節,不侵侮,不好狎。”孔穎達疏:“禮不踰越節度也。”《吕氏春秋·處方》:“君臣父子夫婦,六者當位,則下不踰節,而上不苟爲矣!”

④ 沾:受益,沾光。楊炯《奉和上元酺宴應詔》:“仰德還符日,霑恩更似春。襄城非牧豎,楚國有巴人。”李商隱《九成宫》:“荔枝盧橘沾恩幸,鸞鵲天書濕紫泥。” 五命:周代官爵分爲九等,稱九命,五命爲子男。《周禮·春官·典命》:“子男五命,其國家宫室車旗衣服禮儀皆以五爲節。”《禮記·王制》:“小國之君,不過五命。” 判懸:同“判縣”,古禮。卿大夫兩面懸樂器,稱爲“判懸”。縣,同“懸”。《周禮·春官·小胥》:“正樂縣之位:王,宫縣;諸侯,軒縣;卿大夫,判縣;士,特縣。”鄭玄注引鄭司農云:“宫縣,四面縣;軒縣,去其一面;判縣,又去其一面;特縣,又去其一面。”《禮説·春官》:“天子四面,諸侯三面,泮宫闕其北,軒縣闕其南,小胥職大夫判縣,士特縣。”

⑤ 僭越:超越本分行事。《魏書·清河王懌傳》:“諒以天尊地卑,君臣道别,宜杜漸防萌,無相僭越。”文天祥《提刑節制司與安撫司平寇迴圈曆》:“今某自有章憲樣子,豈敢事事干與,犯僭越之誅!” 儀制:禮儀制度及其具體規定。《漢書·郊祀志》:“漢興之初,儀制未及定,即且因秦故祠,復立北畤。”《事物紀原·儀制令》引孔平仲《談苑》:“太平興國中,孔承恭爲大理正,上言儀制,令賤避貴,少避長,輕避重,去避來,望令於兩京諸州要害處刻榜以揭之。” 非道:不合道義,不正當的手段。《書·太甲》:“有言逆於汝心,必求諸道;有言遜於汝志,必求諸非道。”孔傳:“人以言咈違汝心,必以道義,求其意,勿拒逆之;遜,順也。言順汝心,必以非道察之,勿以自臧。”儲泳《祛疑説》:“君子可欺以其方,難罔以非其道,惟達理者不受非道之欺。”

何爲：幹什麽，做什麽，用於詢問。《後漢書・齊武王縯傳》："〔劉稷〕聞更始立，怒曰：'本起兵圖大事者，伯升兄弟也，今更始何爲者邪？'"韓愈《汴泗交流贈張僕射》："新秋朝涼未見日，公早結束來何爲？"

⑥ 盈耳：充滿耳朵。盈：滿，充滿。《詩・周南・卷耳》："采采卷耳，不盈頃筐。"杜甫《自京赴奉先縣詠懷五百字》："多士盈朝廷，仁者宜戰慄。"　粲兮之數：意謂"三"，與上文"僭越三人"呼應。《史記・周本紀》："共王遊於涇上，密康公從。有三女犇之，其母曰：'必致之王！'夫獸三爲群，人三爲衆，女三爲粲。王田不取群，公行不下衆。"《詩經・羔裘》："羔裘晏兮，三英粲兮。彼其之子，邦之彦兮。"

⑦ "廣張女列"兩句：事見《後漢書・馬融傳》："融才高博洽，爲世通儒，教養諸生，常有千數，涿郡盧植、北海鄭玄皆其徒也。善鼓琴，好吹笛，達生任性，不拘儒者之節。居宇器服多存侈飾，常坐高堂，施絳紗帳，前授生徒，後列女樂，弟子以次相傳，鮮有入其室者。"廣張：廣泛張設。李白《梁甫吟》："廣張三千六百釣，風期暗與文王親。"韓愈《华山女》："街東街西講佛經，撞鐘吹螺鬧宮庭。廣張罪福資誘脅，聽衆狎恰排浮萍。"　效尤：仿效壞的行爲。《左傳・莊公二十一年》："鄭伯效尤，其亦將有咎！"《南史・樂預傳》："人笑褚公，至今齒冷，無爲效尤。"　"内顧何功"兩句：事見《史記・晉世家》："方會諸侯，悼公弟楊干亂行，魏絳戮其僕，悼公怒。或諫公，公卒賢絳，任之政，使和戎，戎大親附。十一年，悼公曰：'自吾用魏絳，九合諸侯，和戎翟，魏子之力也。'賜之樂，三讓乃受。"　内顧：回頭看。《論語・鄉黨》："升車必正立執綏，車中不内顧。"張衡《東京賦》："夫君人者，黈纊塞耳，車中不内顧。"　思齊：思與之齊。《論語・里仁》："見賢思齊，見不賢而内自省也。"朱熹集注："冀己亦有是善。"《三國志・楊阜傳》："誠宜思齊往古聖賢之善治，總觀季世放蕩之惡政。"

⑧ 唐令：流行於隋代的音樂譜律。《樂律全書・審度篇》："梁陶弘景撰《本草序録》，一用累黍之法，孫思邈從而用之。孫氏生於隋

初,終於唐永淳中,蓋見隋志唐令之法矣!” 宋音:事見《禮記·樂記》:“‘今君之所好者,其溺音乎?’子夏對曰:‘鄭音好濫淫志,宋音燕女溺志,衛音趨數煩志,齊音敖辟喬志,此四者,皆淫於色而害於德,是以祭祀弗用也。’”

⑨ 隔品:指官位相差一品。《新唐書·竇易直傳》:“初,元和中,鄭餘慶議,僕射上儀,不與隔品官亢禮。”王禹偁《東門送郎吏行寄承旨宋侍郎》:“東門送郎吏,艤舟隋堤傍。郎吏誠隔品,同直白玉堂。” 擾雜:擾亂,混雜。《後漢書·東夷傳論》:“東夷通以柔謹爲風……而燕人衛滿擾雜其風,於是從而澆異焉!”元稹《鶯鶯傳》:“或朋從遊宴,擾雜其間,他人皆洶洶拳拳,若將不及,張生從容而已,終不能亂。” 人言:別人的評議。《左傳·昭公四年》:“禮義不愆,何恤於人言!”蘇軾《沈香石》:“早知百和俱灰燼,未信人言弱勝强。”

[編年]

《年譜》、《編年箋注》、《年譜新編》的編年意見及理由同《錯字判》,我們的編年意見以及理由也同《錯字判》,亦即撰寫于貞元十八年冬季吏部考試之前,地點在長安。

● 學生鼓琴判①

乙爲太學生(一),好鼓琴。博士科其廢業,訴云:“非鄭衛之音。”②

對(二):夙夜惟寅,雖無捨業。琴瑟在御,誰謂溺音③?苟未爽於克諧,亦何傷於不撤。乙也良因釋卷,雅尚安弦④。期青紫於通經,喜趨槐市;鼓絲桐之逸韵,叶暢薰風⑤。好濫既異於文侯,和聲豈乖於胄子(三)?欲科將落,合辨所操⑥。儻雜桑間之淫，須懲煩手；若經杏壇之引，難責平心⑦。未詳緑綺之音，何逮青衿之刺⑧？忝司綿蕝，當隸國章。載考繩違，恐非善教⑨。

録自《元氏長慶集》補遺卷三

[校記]

（一）乙爲太學生：原本作“已爲大學生”，《全文》作“巳爲太學生”，《英華》作“乙爲太學生”，與下文“乙也良因釋卷”相合，據改。

（二）對：《英華》同，《全文》無，體例不同，不改。

（三）和聲豈乖於青子：《英華》、《全文》作“和聲豈乖於曾子”，語義不同，僅備一説。且“曾子”與本文“太學生”的主旨不合，不取不改。

[箋注]

① 學生鼓琴判：本文不見於劉本《元氏長慶集》，但見於《英華》卷五〇七、馬本《元氏長慶集》補遺卷三，又見於《全文》卷六五二，據此補。　學生：在校學習的人。《後漢書·靈帝紀》：“〔光和元年〕始置鴻都門學生。”李賢注：“鴻都，門名也。於内置學，時其中諸生……至千人焉！”韓愈《請復國子監生徒狀》：“國子舘學生三百人。”　鼓琴：彈琴。李白《酬裴侍御留岫師彈琴見寄》：“君同鮑明遠，邀彼休上人。鼓琴亂白雪，秋變江上春。”李中《言志寄劉鈞秀才》：“秋爽鼓琴興，月清搜句魂。與君同此志，終待至公論。”

② 太學生：在太學裏就讀的學生，太學是國學，我國古代設於京城的最高學府，西周已有太學之名。漢武帝元朔五年（前124）立五經博士，弟子五十人，爲西漢置太學之始。東漢太學大爲發展，順帝時有二百四十房，一千八百五十室。質帝時，太學生達三萬人。魏晉到明清，或設太學，或設國子學（國子監），或兩者同時設立，名稱不一，

制度亦有變化,但均爲傳授儒家經典的最高學府。《漢書・武帝紀》:"興太學,修郊祀。"元稹《陽城驛》:"唯有太學生,各具糧與餱。咸言公去矣!我亦去荒陬。" 博士:古代學官名,六國時有博士,秦因之,諸子、詩賦、術數、方伎皆立博士。漢文帝置一經博士,武帝時置"五經"博士,職責是教授、課試,或奉使、議政,晉置國子博士。唐有太學博士、太常博士、太醫博士、律學博士、書學博士、算學博士等,皆教授官。明清仍之,稍有不同。《史記・循吏列傳》:"公儀休者,魯博士也,以高第爲魯相。"蘇軾《乞醫療病囚狀》:"若醫博士助教有闕,則比較累歲等第最優者補充。" 廢業:荒廢本業。《後漢書・王丹傳》:"丹每歲農時,輒載酒肴於田間,候勤者而勞之……其輕黠遊蕩廢業爲患者,輒曉其父兄,使黜責之。"杜荀鶴《送舍弟》:"勉汝言須記,聞人善即師。旅中無廢業,時作一篇詩。" 鄭衛之音:春秋戰國時鄭衛兩國的民間音樂,因不同于雅樂,曾被儒家斥爲"亂世之音"。《禮記・樂記》:"鄭衛之音,亂世之音也。"泛指淫靡的音樂。《後漢書・循吏傳序》:"〔光武〕身衣大練,色無重采,耳不聽鄭衛之音,手不持珠玉之玩。"

③ 夙夜:朝夕,日夜。《書・旅獒》:"夙夜罔或不勤,不矜細行,終累大德。"孔傳:"言當早起夜寐。"桓寬《鹽鐵論・刺復第十》:"是以夙夜思念國家之用,寢而忘寐,飢而忘食。" 寅:地支的第三位,古代用以紀年、月、日、時,夏曆正月爲建寅之月,以紀日則甲寅爲日干之始,又爲十二辰之一,相當於今北京時間午前三點鐘至五點鐘。 捨業:即"舍業",停止學習。《左傳・昭公九年》:"辰在子卯,謂之疾日,君徹宴樂,學人舍業。"吕祖謙《祭張季清文》:"嗚呼!游於師友之間,斂然自持,豈其無人舍業而歸耳!" 琴瑟:樂器,琴和瑟,亦偏指琴瑟的一種。陸機《擬西北有高樓》:"佳人撫琴瑟,纖手清且閑。"杜甫《錦樹行》:"飛書白帝營斗粟,琴瑟几杖柴門幽。" 溺音:古謂淫溺的音樂,與正音、雅音相對言。《禮記・樂記》:"今君之所好者,其溺音

乎?”《文心雕龍・樂府》:“自雅聲浸微,溺音騰沸。”

④ 爽:傷敗,敗壞。《老子》:“五音令人耳聾,五味令人口爽。”王弼注:“爽,差失也。失口之用,故謂之爽。”《楚辭・招魂》:“露雞臛蠵,厲而不爽些。”王逸注:“爽,敗也。楚人謂羹敗曰爽。” 克諧:能和諧。《書・舜典》:“八音克諧,無相奪倫,神人以和。”李景亮《李章武傳》:“既而兩心克諧,情好彌切。” 何傷:何妨,何害,意謂没有妨害。《論語・先進》:“子曰:‘何傷乎? 亦各言其志也。’”《楚辭・九章》:“苟余心其端直兮,雖僻遠之何傷?” 撤:除去,消除。《論語・鄉黨》:“不撤薑食。”何晏集解引孔安國曰:“撤,去也。”王粲《公宴詩》:“凉風撤蒸暑,清雲却炎暉。” 良因:佛教語,好因緣。王融《净行詩十首》六:“令名且云重,豈若樹良因!”因緣爲佛教語,佛教謂使事物生起、變化和壞滅的主要條件爲因,輔助條件爲緣。《四十二章經》卷一三:“沙門問佛,以何因緣,得知宿命,會其至道?”按《翻譯名義集・釋十二支》:“前緣相生,因也;現相助成,緣也。” 釋:廢棄,放棄。《書・多方》:“非天庸釋有夏。”孔穎達疏:“非天用廢有夏,夏桀縱惡自棄也。”《漢書・馮野王傳》:“今釋令與故事而假不敬之法,甚違闕疑從去之意。”顔師古注:“釋,廢棄也。” 卷:書籍或字畫的卷軸。蕭繹《金樓子・雜記》:“有人讀書握卷而輒睡者。梁朝有名士呼書卷爲黄奶,此蓋見其美神養性如奶媪也。”韓愈《與陳給事書》:“並獻近所爲《復志賦》已下十首爲一卷,卷有標軸。” 雅尚:風雅高尚。《三國志・徐邈傳》:“比來天下奢靡,轉相倣效,而徐公雅尚自若,不與俗同。”王定保《唐摭言・知己》:“文方復雅尚之至,嘗以律度百代爲任,古之能者往往不至焉!” 弦:樂器上用以發聲的綫,一般用絲綫、銅絲或鋼絲製成。《禮記・樂記》:“昔者舜作五弦之琴以歌《南風》。”左思《蜀都賦》:“巴姬彈弦,漢女擊節。”

⑤ 青紫:本爲古時公卿綬帶之色,因借指高官顯爵。《漢書・夏侯勝傳》:“勝每講授,常謂諸生曰:‘士病不明經術,經術苟明,其取青

紫如俛拾地芥耳!’”王先謙補注引葉夢得曰:“漢丞相太尉皆金印紫綬,御史大夫銀印青綬。此三府官之極崇者,勝云青紫謂此。”陳子昂《爲金吾將軍陳令英請免官表》:“不以臣駑怯,更加寵命,授以青紫,遣督幽州。” 通經:通曉經學。《後漢書·儒林傳序》:“東京學者猥衆,難以詳載,今但録其能通經名家者,以爲《儒林篇》。”韓愈《潮州請置鄉校牒》:“趙德秀才,沈雅專静,頗通經,有文章。” 槐市:漢代長安讀書人聚會、貿易之市,因其地多槐而得名,後借指學宫,學舍。據《三輔黄圖》載:“倉之北,爲槐市,列槐樹數百行爲隊,無墻屋,諸生朔望會此市,各持其郡所出貨物及經傳書記、笙磬樂器相與買賣。”蕭繹《皇太子講學碑》:“轉金路而下辟雍,睟玉裕而經槐市。”武元衡《酬談校書長安秋夜對月寄諸故舊》:“蓬山高價傳新韵,槐市芳年挹盛名。” 絲桐:指琴,古人削桐爲琴,練絲爲弦,故稱。李嶠《十月奉教作》:“霜待臨庭月,寒隨入牖風。别有歡娱地,歌舞應絲桐。”韋應物《贈李儋》:“絲桐本異質,音響合自然。吾觀造化意,二物相因緣。” 逸韵:高逸的風韵。《藝文類聚》卷三六引庾亮《翟徵君贊》:“禀逸韵於天陶,含冲氣於特秀。”陸游《梅花絶句》:“高標逸韵君知否?正在層冰積雪時。”美妙動聽的樂聲、歌聲。《宋書·樂志》:“逸韵騰天路,頹響結城阿。”李百藥《雜曲歌辭·火鳳辭》:“嬌嚬眉際斂,逸韵口中香。” 薰風:相傳舜唱《南風歌》有“南風之薰兮”句,後因以“薰風”指《南風歌》。《文心雕龍·時序》:“有虞繼作,政阜民暇,‘薰風’詩於元后,‘爛雲’歌於列臣。”蘇軾《東陽水樂亭》:“鏗然澗谷含宫徵,節奏未伐君獨喜。不須寫入薰風弦,縱有此聲無此耳。”

⑥ 好濫既異於文侯:事見《禮記·樂記》:“魏文侯問於子夏曰:‘吾端冕而聽古樂,則唯恐卧。聽鄭衛之音,則不知倦。敢問古樂之如彼,何也?新樂之如此,何也?’” 濫:貪欲,使貪羡。《淮南子·俶真訓》:“聲色不能淫也,美者不能濫也,智者不能動也,勇者不能恐也,此真人之道也。”高誘注:“濫,覦也。”嵇康《答向子期難養生論》:

“使動足資生，不濫於物，知其正身，不營於外，背其所害，向其所利，此所以用智遂生之道也。”　和聲：和諧的樂音。《左傳・昭公二十一年》：“故和聲入於耳，而藏於心。”袁宏《後漢紀・明帝紀》：“使絲竹與俎豆並存，羽旄與揖讓俱用，正言與和聲同發。”　胄子：國子學生員。《隋書・高祖紀》：“而國學胄子垂將千數，州縣諸生咸亦不少。”杜甫《折檻行》：“青衿胄子困泥塗，白馬將軍若雷電。”　“欲科將落”兩句：意謂如果要處罰這名太學生，還應該仔細辨別他鼓琴的本意之後才能決定。　操：操守，志節。《漢書・張湯傳》：“湯客田甲雖賈人，有賢操。”顔師古注：“操謂所執持之志行也。”韓愈《論薦侯喜狀》：“爲文甚古，立志甚堅，行止取捨，有士君子之操。”

⑦ 桑間：指桑間之詠，泛指淫靡之音。李斯《諫逐客書》：“鄭衛桑間、《韶》《虞》《武》《象》者，異國之樂也。”葛洪《抱朴子・尚博》：“真僞顛倒，玉石混淆；同‘廣樂’於桑間，鈞龍章於卉服。”《禮記・樂記》：“桑間濮上之音，亡國之音也。其政散，其民流，誣上行私而不可止也。”鄭玄注：“濮水之上，地有桑間者，亡國之音於此之水出也。昔殷紂使師延作靡靡之樂，已而自沈於濮水，後師涓過焉！夜聞而寫之，爲晉平公鼓之。”後因以“桑間濮上”指淫靡之音。　煩手：古代指民間音樂(俗樂)的一種複雜的彈奏手法。《左傳・昭公元年》：“於是有煩手淫聲，慆堙心耳，乃忘平和，君子弗聽也。”孔穎達疏：“手煩不已，則雜聲並奏，記傳所謂鄭衛之聲，謂此也。”陸機《鼓吹賦》：“騁逸氣而憤壯，繞煩手乎曲折。”　杏壇：相傳爲孔子聚徒授業講學處。《莊子・漁父》：“孔子遊乎緇帷之林，休坐乎杏壇之上。弟子讀書，孔子絃歌鼓琴。”按：後人因莊子寓言，在山東省曲阜市孔廟大成殿前，爲之築壇，建亭，書碑，植杏。北宋時孔子四十五代孫道輔監修曲阜祖廟，將大殿北移，於其舊基築壇，環植杏樹，即以“杏壇”名之。壇上有石碑，碑篆“杏壇”二字爲金代翰林學士党懷英所書。明代隆慶間重修，並築方亭，清朝乾隆于其中立《杏壇贊》御碑。後來也指學子授業

講學處。白居易《春中與盧四周諒華陽觀同居》:“杏壇住僻雖宜病,芸閣官微不救貧。文行如君尚顦頓,不知霄漢待何人?”吴融《赴職西川過便橋書懷寄同年》:“秦陵無樹烟猶鎖,漢苑空墻浪欲吹。不是傷春愛回首,杏壇恩重馬遲遲。” 平心:謂用心公平,態度公正。《荀子·大略》:“是非疑,則度之以遠事,驗之以近物,參之以平心,流言止焉!惡言死焉!”曹操《讓縣自明本志令》:“故在濟南,除殘去穢,平心選舉,違忤諸常侍。”

⑧ 緑綺:古琴名,傅玄《琴賦序》:“齊桓公有鳴琴曰號鍾,楚莊有鳴琴曰繞梁,中世司馬相如有緑綺,蔡邕有焦尾,皆名器也。”泛指琴。李白《聽蜀僧濬彈琴》:“蜀僧抱緑綺,西下峨眉峰。”賀鑄《小梅花》:“愁無已,奏緑綺,歷歷高山與流水。” 青衿:青色交領的長衫,古代學子的常服。《詩·鄭風·子衿》:“青青子衿,悠悠我心。”毛傳:“青衿,青領也,學子之所服。”《新唐書·禮樂志》:“其日,鑾駕將至,先置之官就門外位,學生俱青衿服,入就位。”

⑨ 緜蕝:亦作“綿蕝”、“緜蕞”、“綿蕞”,據《史記·劉敬叔孫通列傳》載,叔孫通欲爲漢高祖創立朝儀,使徵魯諸生三十餘人,叔孫通“遂與所徵三十人西,及上左右爲學者與其弟子百餘人爲緜蕞野外”,習肄月餘始成。按:引繩爲“緜”,束茅以表位爲“蕞”,後因謂製訂整頓朝儀典章爲“綿蕞”或“綿蕝”。《舊唐書·杜鴻漸傳》:“鴻漸素習帝王陳布之儀、君臣朝見之禮,遂採摭舊儀,綿蕝其事。”范仲淹《奏乞兩府兼判》:“太常禮院,用歷代之禮,或不謹於典法,隨時綿蕝,綱紀寖壞,制度日隳。” 國章:國之禮儀典章。《文選·顔延之〈赭白馬賦〉》:“振民隱,修國章。”吕延濟注:“國章,國之禮儀也。”高適《信安王幕府詩》:“國章榮印綬,公服貴貂蟬。” 載考:考績。陸雲《大將軍宴會被命作此詩》六:“祁祁臣僚,有來雍雍。薄言載考,承顔下風。”楊億《請加尊號第五表》:“臣等竊窺舊史,載考前言,夫名者實之賓,蓋名不可浮於實;號者功之表,非號何以明其功?” 繩違:糾正違誤。

《晉書·鍾雅傳》:"雅直法繩違,百僚皆憚之。"《資治通鑑·唐高宗武德元年》:"瑀亦孜孜盡力,繩違舉過,人皆憚之。" 善教:好的教育方法。獨孤及《唐故亳州刺史鄭公故夫人河南獨孤氏墓板文》:"既長,皆敦閲詩禮,被服文行,時人稱夫人善誘善教。"孟郊《吊元魯山》:"善教復天術,美詞非俗箴。精微自然事,視聽不可尋。"

[編年]

《年譜》、《編年箋注》、《年譜新編》的編年意見及理由同《錯字判》,我們的編年意見以及理由也同《錯字判》,亦即撰寫于貞元十八年冬季吏部考試之前,地點在長安。

● 父病殺牛判(一)①

壬父病,殺牛祈禱。縣以行孝不之罪,州科違法②。

對(二):力施南畝,屠則干刑;祭比東鄰,理難逢福③。冠帶縱勤於侍疾,鉒刄寧同於彼袄?壬憂或滿容,殺非無故④。愛人以德,未聞易簀之言;獲罪於天,遂抵椎肥之禁⑤。志雖行孝,捨則亂常。父病雖切於肺肝(三),私禱豈侔於繭栗⑥!且宋人皆用,或免乘城之虞;魏郡不誅,終非棄市之律⑦。令不惟反,政是以常。縣恐漏魚,州符佩犢⑧。

録自《英華》卷五四七

[校記]

(一) 父病殺牛判:《全文》作"對父病殺牛判",體例不同,不改。

(二) 對:《全文》無,體例不同,不改。

（三）父病雖切於肺肝：《全文》作“父病誠切於肺肝”，兩説均通，各備一説，不改。

[箋注]

① 父病殺牛判：本文不見於劉本《元氏長慶集》，但見於《英華》卷五四七，又見於《全文》卷六五二，據此補。元稹以及白居易留存後世的判文都是模擬性質的習作，作者是以自問自答方式進行的，問題是作者自己擬定的，答文亦即判文也自然是作者自己回答。父病而殺牛以祈禱并調養病中的父親，在今天的人們看來，兒子奉行的是孝道，在當時爲何還要進入審判的程序？因爲耕牛在當時是主要的輔助勞動力，所以官府非常重視，不可以隨便宰殺，有破壞生産力之嫌疑。《禮記・王制》：“諸侯無故不殺牛，大夫無故不殺羊，士無故不殺犬豖，庶人無故不食珍。”但是，爲父病而祈禱，確確實實又是子輩爲父輩行孝的舉動。看法不一，故元稹設計此判文，以辯明是非曲直。

② 祈禱：信仰宗教的人向天地神佛禱告，祈福免灾，含有讚美、感謝、告白、請求等意。《後漢書・欒巴傳》：“郡土多山川鬼怪，小人常破貲産以祈禱。”《文心雕龍・祝盟》：“班固之祀蒙山，祈禱之誠敬也。” 行孝：遵行孝道。朱晃《即位改名制》：“雖臣子行孝，重更名於已孤；而君父稱尊，貴難知而易避。”吴自牧《夢粱録・行孝》：“俞廷用子亞佛，其家祖大成、父廷用及其子，凡三世行孝矣！” 違法：違犯法規。《宋書・自序傳・沈亮》：“時儒學崇建，亮開置庠序，訓授生徒。民多發塚，並婚嫁違法，皆嚴爲條禁。”《唐律・斷獄律》：“共犯移送違律：若違法移囚，即令當處受而推之，申所管屬推劾。”

③ 南畝：謂農田，南坡向陽，利於農作物生長，古人田土多向南開闢，故稱。桓寬《鹽鐵論・園池》：“夫如是，匹夫之力盡於南畝，匹婦之力盡於麻枲。”杜牧《阿房宫賦》：“使負棟之柱，多於南畝之農夫。” 干刑：干犯刑法。干，干犯，衝犯，干擾。《國語・晉語》：“河曲

之役，趙孟使人以其乘車干行。”韋昭注：“干，犯也；行，軍列。”韓愈《永貞行》：“國家功高德且厚，天位未許庸夫干。” 東鄰：東邊的鄰居。《易·既濟》：“東鄰殺牛，不如西鄰之禴祭，實受其福。”元結《漫問相里黄州》：“東鄰有漁父，西鄰有山僧。” 逢福：猶言交好運。《國語·周語》：“道而得神，是謂逢福；淫而得神，是謂貪禍。”元稹《賀聖體平復御紫宸殿受朝賀表》：“堯以臒瘠而爲聖，禹以胼胝而稱功，斯皆因疾成妍，以勞逢福。”

④ 冠帶：帽子與腰帶。《禮記·内則》：“冠帶垢，和灰請漱。”司馬光《晚食菊羹》：“歸來褫冠帶，杖履行東園。”冠帶是男子的裝束，這裏指代壬。 侍疾：侍候、陪伴、護理患者。《漢書·王莽傳》：“世父大將軍鳳病，莽侍疾，親嘗藥，亂首垢面，不解衣帶連月。”蘇軾《劉夫人墓誌銘(代韓持國作)》：“夫人事其姑，能委曲順其意，嘗侍疾不解衣累月。” 鋩刃：鋒尖，刃口。韓愈《苦寒》：“凶飈攪宇宙，鋩刃甚割砭。”邵雍《自遣》：“龍泉去鋩刃，蝸角亦風波。知我爲親老，不知將謂何?” 無故：没有原因或理由。白居易《玉泉寺南三里澗下多深紅躑躅繁艷殊常感惜題詩以示遊者》：“玉泉南澗花奇怪，不似花叢似火堆。今日多情唯我到，每年無故爲誰開?”蘇軾《東坡志林·七德八戒》：“以鄧之微，無故殺大國之君，使楚人舉國而仇之，其亡不愈速乎?”

⑤ 易簀：更换寢席。簀，華美的竹席。《禮記·檀弓》：“曾子寢疾，病，樂正子春坐於床下，曾元、曾申坐於足，童子隅坐而執燭。童子曰：‘華而睆，大夫之簀與?’……曾子曰：‘然。斯季孫之賜也，我未之能易也。元，起易簀!’”按古時禮制，簀衹用於大夫，曾參未曾爲大夫，不當用，所以臨終時要曾元爲之更换，後因以稱人病重將死爲“易簀”。《周書·宇文廣傳》：“可斟酌前典，率由舊章。使易簀之言，得申遺言；黜殯之請，無虧令終。”文瑩《玉壺清話》卷三：“公生於洛中祖第正寢，至易簀，亦在其寢。” 椎肥：義近“椎牛”，宰殺牛。《韓詩外

傳》卷七:"是故椎牛而祭墓,不如雞豚之逮親存也。"黄庭堅《明叔知縣和示過家上冢二篇輒復次韵》:"且當置是事,椎牛會賓親。"

⑥ 亂常:破杯綱常,違反人倫。馬王堆漢墓帛書《經法·國次》:"變故亂常,擅制更爽。"王通《文中子·禮樂》:"子謂京房、郭璞,古之亂常人也。"阮逸注:"二子並乖正經,亂人倫者也。" 肺肝:比喻内心。《禮記·大學》:"人之視己如見其肺肝然。"曹植《三良》:"黄鳥爲悲鳴,哀哉傷肺肝。" 私禱:私家或私人的祈禱,相對公家的祈禱而言。韓賞《告華嶽文》"今予小子,造於神祠,將有所盟,神其聽之:人有嗜好,各爲私禱。顧無所求,唯道是憂。"杜光庭《迎定光菩薩祈雨文》:"亢旱自天,豈容私禱? 急難告佛,實出微誠。" 侔:齊等,相當。《史記·趙世家》:"趙名晉卿,實專晉權,奉邑侔於諸侯。"獨孤及《故左武衛大將軍郭知運謚議》:"茂勛崇名,與衛霍侔。" 繭栗:形容牛角初生之狀。言其形小如繭似栗。《禮記·王制》:"祭天地之牛,角繭栗;宗廟之牛,角握;賓客之牛,角尺。"古以小牛祭祀,因以"繭栗"泛指祭品。《三國志·王朗傳》:"進封樂平鄉侯。"裴松之注引《魏名臣奏》載王朗《節省奏》:"既違繭栗慤誠之本,掃地簡易之指,又失替質而損文、避泰而從約之趣。"

⑦ "且宋人皆用"兩句:事見《列子·説符》:"宋人有好行仁義者,三世不懈。家無故黑牛生白犢,以問孔子。孔子曰:'此吉祥也!以薦上帝!'居一年,其父無故而盲。其牛又復生白犢,其父又復令其子問孔子。其子曰:'前問之而失明,又何問乎?'父曰:'聖人之言,先迕後合。其事未究,姑復問之。'其子又復問孔子,孔子曰:'吉祥也!'復教以祭。其子歸致命,其父曰:'行孔子之言也!'居一年,其子又無故而盲。其後楚攻宋,圍其城,民易子而食之,析骸而炊之,丁壯者皆乘城而戰,死者大半。此人以父子有疾,皆免。及圍解,而疾俱復。"宋:周代諸侯國名,子姓。周武王滅商後,封商王紂子武庚於商舊都(今河南商丘)。成王時,武庚叛亂,被殺。又以其地封與紂的庶兄微

子啓,號宋公,爲宋國。戰國初年曾遷都彭城(今江蘇徐州),公元前二八六年爲齊所滅。轄地在今河南東部及山東、江蘇、安徽之間。乘城:守城。《漢書·陳湯傳》:"望見單於城上立五采幡織,數百人披甲乘城。"顔師古注:"乘謂登之備守也。"《新唐書·程日華傳》:"滔及王武俊皆招日華,不納,即攻之。日華乘城自固。"　虞:憂慮,憂患。《國語·晉語》:"衛文公有邢狄之虞,不能禮焉!"韓愈《與鳳翔邢尚書書》:"戎狄棄甲而遠遁,朝廷高枕而無虞。"　"魏郡不誅"兩句:事見《三國志·陳矯傳》:"陳矯,字季弼,廣陵東陽人也……太祖辟矯爲司空掾屬,除相令、征南長史、彭城樂陵太守、魏郡西部都尉。曲周民父病,以牛禱,縣結正棄市,矯曰:'此孝子也!'表赦之。"本文立意,或許就取材於此。　棄市:《禮記·王制》:"刑人於市,與衆棄之。"棄,本指受刑罰的人在街頭示衆,民衆共同鄙棄之,後以"棄市"專指死刑。《漢書·景帝紀》:"〔中元〕二年春二月……改磔曰棄市,勿復磔。"顔師古注:"磔,謂張其屍也。棄市,殺之於市也。"秦觀《盜賊》:"今盜賊之法,可謂密矣!强盜得財滿匹及傷人者輒棄市。"

⑧ 漏魚:義近"漏網之魚",指法律條文的疏漏之處。《文選·陸機〈五等諸侯論〉》:"六臣犯其弱綱,七子衝其漏網。"吕向注:"漏網,謂孝景時法網疏寬也。"杜甫《暮秋枉裴道州手札》:"授鉞築壇聞意旨,頹綱漏網期彌綸。"比喻僥倖逃脱法網。《南史·循吏傳序》:"永明繼運,垂心政術。杖威善斷,猶多漏網。長吏犯法,封刃行誅。"佩犢:《漢書·龔遂傳》:"龔遂字少卿,山陽南平陽人也……上以爲勃海太守,時遂年七十餘,召見形貌短小,宣帝望見,不副所聞,心内輕焉……遂見齊俗奢侈,好末技,不田作,乃躬率以儉約,勸民務農桑……民有帶持刀劍者,使賣劍買牛,賣刀買犢,曰:'何爲帶牛佩犢!'"滕王逌《庾子山集原序》:"佩犢帶牛,有侔龔遂。桑枝麥穗,無謝張堪。"

[編年]

《年譜》、《編年箋注》、《年譜新編》的編年意見及理由同《錯字判》,我們的編年意見以及理由也同《錯字判》,亦即撰寫于貞元十八年冬季吏部考試之前,地點在長安。

● 弓矢驅烏鳶判[①]

詔賜蕃客宴,有司不以弓矢驅烏鳶,御史劾之。詞云:"非祭祀之事。"[②]

對[(一)]:蠻夷讋至,潔牛羊以宴私;弓矢載張,備烏鳶之鈔盜[③]。苟饋食而則爾,豈薦饗之獨然?况乎要服在庭,舌人委體[④]。方示懷於犒飲,胡廢職於驅除?且賓主恪恭,須防墜鼠之穢;牲牢備禮,寧無攫肉之虞[⑤]!曾是闕於弦弧,復何徵於擊豕[⑥]?《周禮》盡在[(二)],既專分鳥之司;陳力自乖,宜憚乘驄之劾[⑦]。

録自《英華》卷五四七

[校記]

(一)對:《全文》無,體例不同,不改。

(二)《周禮》盡在:原本作"疑《周禮》盡在",語義難通,衍"疑",據《全文》改。

[箋注]

① 弓矢驅烏鳶判:本文不見於劉本《元氏長慶集》,但見於《英華》卷五四七,又見於《全文》卷六五二,據此補。　弓矢:弓箭。

《易·繫辭》:“弓矢者器也,射之者人也。”杜甫《喜聞官軍已臨賊境二十韵》:“戈鋋開雪色,弓矢向秋毫。” 驅:驅逐,趕走。《左傳·桓公十二年》:“明日,絞人争出,驅楚役徒於山中。”韓愈《送窮文》:“蠅營狗苟,驅去復還。” 烏鳶:烏鴉和老鷹,均爲貪食之鳥。《莊子·列御寇》:“莊子將死,弟子欲厚葬之……曰:‘吾恐烏鳶之食夫子也。’”韋莊《聞官軍繼至未睹凱旋》:“陣前鼙鼓晴應響,城上烏鳶飽不飛。”

② 蕃客:古代對外國商旅的泛稱,蕃通“番”。《隋書·禮儀志》:“梁元會之禮……群臣及諸蕃客並集,各從其班而拜。”《新唐書·百官志》:“凡蕃客至,鴻臚訊其國山川、風土,爲圖奏之,副上於職方。” 御史:官名,起於春秋時期,漢以後御史職銜累有變化,職責則專司糾彈。張説《盧巴驛聞張御史張判官欲到不得待留贈之》:“旅竄南方遠,傳聞北使來。舊庭知玉樹,合浦識珠胎。”孫逖《送李補闕攝御史充河西節度判官》:“昔年叨補衮,邊地亦埋輪。官序慚先達,才名畏後人。” 祭祀:祀神供祖的儀式。《史記·白起王翦列傳》:“死而非其罪,秦人憐之,鄉邑皆祭祀焉!”柳宗元《監祭使壁記》:“聖人之於祭祀,非必神之也,蓋亦附之教也。”

③ 蠻夷:亦作“蠻彝”,古代對四方邊遠地區少數民族的泛稱,亦專指南方少數民族。《史記·武帝本紀》:“天下名山八,而三在蠻夷,五在中國。”韓愈《潮州刺史謝上表》:“單立一身,朝無親黨,居蠻夷之地,與魑魅爲群。” 麇至:群集而來。《左傳·昭公五年》:“求諸侯而麇至。”元稹《奉制試樂爲御賦》:“慕入律而百蠻麏至。” 宴私:以私人名義舉行的宴會。曹植《妾薄命二首》二:“召延親好宴私,但歌杯來何遲! 客賦既醉言歸,主人稱露未晞。”謝脁《奉和隨王殿下十六首》七:“雲生樹陰遠,軒廣月容開。宴私移燭飲,遊賞藉琴臺。” 鈔盜:搶劫,盜竊。元稹《蠻子朝》:“夜防鈔盜保深山,朝望烟塵上高塚。”蔡絛《鐵圍山叢談》卷六:“《周官》射烏氏賓客會同,以弓矢敺烏鳶,則鳶之善鈔盜有自來矣!”

④ 饋食：獻熟食，古代的天子諸侯每月朔朝廟的一種祭禮。《周禮·春官·大宗伯》："以饋食享先王。"食物，熟食。《後漢書·陸續傳》："續母遠至京師，覘候消息，獄事特急，無緣與續相聞，母但作饋食，付門卒以進之。" 薦饗：祭獻。《新五代史·盧質傳》："因其故壠，稍廣其封，以時薦饗而已。"《續資治通鑑·宋仁宗明道二年》："宜於太廟外别立新廟，奉安二后神主，同殿異室，歲時薦饗，用太廟儀。" 要服：古五服之一，古代王畿以外按距離分爲五服，相傳一千五百里至二千里爲要服。《書·禹貢》："五百里要服。"孔傳："綏服外之五百里，要束以文教者。"泛指邊遠地區。《後漢書·西羌傳》："戎狄荒服，蠻夷要服，言其荒忽無常。"柳宗元《爲桂州崔中丞上中書門下乞朝覲狀》："況正月會期，遠夷皆至。六歲來見，要服有期。" 舌人：古代的翻譯官。《國語·周語》："故坐諸門外，而使舌人體委與之。"韋昭注："舌人，能達異方之志，象胥之官也。"王志堅《表異録·地理》："譯語人曰象胥，又曰舌人。" 委體：屈體。《樂府詩集·作蠶絲》一："柔桑感陽風，阿娜嬰蘭婦。垂條付緑葉，委體看女手。"劉弇《紹聖元會頌并序》："舌人象胥，委體司話。"

⑤ 廢職：玩忽職務，擅離職守。《禮記·明堂位》："百官廢職服大刑，而天下大服。"獨孤及《江州刺史廳壁記》："秦以來，國化爲郡，史官廢職，策牘之制浸滅。" 驅除：排除，趕走。《史記·秦楚之際月表序》："鄉秦之禁，適足以資賢者爲驅除難耳！"司馬貞索隱："言驅除患難耳！"《新唐書·陳子昂傳》："凡大人初制天下，必有凶亂叛逆之人爲我驅除，以明天誅。" 賓主：賓客與主人。《史記·孟子荀卿列傳》："是以騶子重於齊，適梁，惠王郊迎，執賓主之禮。"韓愈《原道》："其位：君臣、父子、師友、賓主、昆弟、夫婦。" 恪恭：恭謹，恭敬。《國語·周語》："王則大徇，耨穫亦如之，民用莫不震動，恪恭於農。"韓愈《爲韋相公讓官表》："徒知立志廉謹，絶朋勢之交，處官恪恭，免請託之累。" 墜鼠之檅：典見《列子·説符》："虞氏者，梁之富人也。家充

殷盛,錢帛無量,財貨無訾。登高樓,臨大路,設樂陳酒,擊博樓上,俠客相隨而行。樓上博者射,明瓊張中,反兩擒魚而笑。飛鳶適墜其腐鼠而中之,俠客相與言曰:'虞氏富樂之日久矣!而常有輕易人之志。吾不侵犯之,而乃辱我以腐鼠!此而不報,無以立懂於天下!請與若等戮力一志,率徒屬必滅其家爲等倫!'皆許諾,至期日之夜,聚衆積兵以攻虞氏,大滅其家。" 牲牢:猶牲畜。《詩·小雅·瓠葉序》:"上棄禮而不能行,雖有牲牢饔餼,不肯用也。"鄭玄箋:"牛羊豕爲牲,繫養者曰牢。"杜甫《有事於南郊賦》:"司門轉致乎牲牢之繫,小胥專達乎懸位之使。" 備禮:謂禮儀周備。蔡邕《郭有道碑》:"州郡聞德,虛己備禮,莫之能致。"《顔氏家訓·終制》:"今年老疾侵,儻然奄忽,豈求備禮乎?" 攫肉之虞:典見《漢書·黄霸傳》:"黄霸,字次公,淮陽陽夏人也……霸爲潁川太守",派出使者按御各地,"吏出,不敢舍郵亭,食於道旁,烏攫其肉。民有欲詣府口言事者,適見之,霸與語道此。後日吏還謁霸,霸見迎勞之曰:'甚苦!食於道旁,乃爲烏所盜肉!'吏大驚,以霸具知其起居,所問豪厘不敢有所隱。"《編年箋注》簡述上述史料,標明引自《漢書·王成傳》,誤。

⑥ 弦弧:在曲木上張弦成弓,謂製作弓箭,語本《易·繫辭》:"弦木爲弧。"庾信《賀平鄴都表》:"至於文離武落,剡木弦弧,席捲天下之心,包含八荒之志,其揆一矣!"指弓箭。《太平廣記》卷四五五引范資《玉堂閑話·民婦》:"民婦嘗獨出於林中,則有一狐,忻然摇尾,款步循擾於婦側,或前或後,莫能遣之,如是者爲常,或聞丈夫至則遠之,弦弧不能及矣!" 擊豕:刺殺豬。典見《史記·轅固生傳》:"清河王太傅轅固生者,齊人也,以治詩孝景時爲博士……竇太后好老子書,召轅固生問老子書,固曰:'此是家人言耳!'太后怒曰:'安得司空城旦書乎?'乃使固入圈刺豕。景帝知太后怒,而固直言無罪,乃假固利兵下圈刺豕,正中其心,一刺豕應手而倒。太后默然,無以復罪,罷之。居頃之,景帝以固爲廉直,拜爲清河王太傅,久之病免。今上初即位,復以賢

良徵固,諸諛儒多疾毁固,曰:‘固老罷歸之時,固已九十餘矣!’固之徵也,薛人公孫弦亦徵,側目而視固,固曰:‘公孫子務正學以言,無曲學以阿世!’自是之後,齊言詩皆本轅固生也,諸齊人以詩顯貴,皆固之弟子也。”陸龜蒙《野廟碑并詩》:“大者椎牛,次者擊豕,小不下雞犬魚菽之薦,牲酒之奠,缺於家可也,缺於神不可也。”吕祖謙《金華汪君將仕墓誌銘》:“歲三月,鄉衆咸會,擊豕釃酒,舊里正以田授新里正,成禮而退。”

⑦ 周禮:周代的禮制。《左傳·閔公元年》:“魯不棄周禮,未可動也。”《漢書·文帝紀》“以下,服大紅十五日,小紅十四日,纖七日,釋服”顔師古注:“此喪制者,文帝自率己意創而爲之,非有取於周禮也。” 分烏之司:典見《周禮》卷三〇:“祭祀以弓矢敺烏鳶,凡賓客會同、軍旅亦如之。”鄭玄注:“烏鳶善鈔盜,便污人。”賈公彦疏:“賓客會同,敺烏鳶者,以其會同皆有盟詛之禮、殺牲之事,軍旅亦有斬牲徇陳之事,故須敺烏鳶。” 陳力:即“陳力就列”,指在所任職位上能恪盡職守。《論語·季氏》:“孔子曰:‘求! 周任有言,曰:陳力就列,不能者止。’”何晏集解引馬融曰:“周任,古之良吏,言當陳其才力,度己所任,以就其位。”邢昺疏:“言爲人臣者,當陳其才力,度己所任,以就其列位,不能則當自退也。”陸賈《新語·道基》:“陳力就列,以義建功。”劉知幾《史通·人物》:“或陳力就列,功冠一時;或殺身成仁,聲聞四海。” 乖:背離,違背。《易·序卦》:“家道窮必乖,故受之以睽。睽者,乖也。”郭璞《皇孫生請布澤疏》:“故水至清則無魚,政至察則衆乖,此自然之勢也。” 乘驄之劾:典見《後漢書·桓典傳》:“典字公雅……以尚書教授潁川門徒數百人,舉孝廉,爲郎。居無幾,會國相王吉以罪被誅,故人親戚莫敢至者,典獨棄官收斂歸葬,服喪三年,負土成墳,爲立祠堂,盡禮而去。辟司徒袁隗府,舉高第,拜侍御史。是時宦官秉權,典執政無所回避,常乘驄馬,京師畏憚,爲之語曰:‘行行且止,避驄馬御史!’”驄馬後來成爲御史的代稱。陳子昂《題祀山烽樹贈喬十二侍御》:“漢庭榮巧宦,雲閣薄邊功。可憐驄馬使,白首爲

誰雄?”丁仙芝《戲贈姚侍御》:“新披驄馬隴西駒,頭戴獬豸急晨趨。明光殿前見天子,今日應彈佞倖夫。”

[編年]

《年譜》、《編年箋注》、《年譜新編》的編年意見及理由同《錯字判》,我們的編年意見以及理由也同《錯字判》,亦即撰寫于貞元十八年冬季吏部考試之前,地點在長安。

● 獻千歲龜判(一)①

問(二):戊獻千歲龜,有司以欺罔舉科,訴云:“得之於叢著之下。”②

對(三):獻其介物,雖合疑年。驗以生著,則當有數。戊得兹外骨,藉自幽叢③。嘗聞見夢之神,將期百中。況察退藏之所,足辨千齡④。冀令僂句不欺,誰謂蜉蝣興惑?盍徵幽贊,寧罪矯誣⑤!居蔡於家,則吾豈敢!遊蓮有歲,視子非無⑥。科之盖有不知,獻者此宜無罪⑦。

録自《英華》卷五四七

[校記]

(一) 獻千歲龜判:《全文》作“千歲龜判”,僅備一説,不改。

(二) 問:原本無,據《全文》補。

(三) 對:《全文》無,録以備考。

[箋注]

① 獻千歲龜判:本文不見於劉本《元氏長慶集》,但見於《英華》卷五四七,又見於《全文》卷六五二,據此補。　獻:奉獻,把東西奉送給尊者或敬重的人。《詩・鄭風・大叔于田》:"襢裼暴虎,獻於公所。"《周禮・天官・玉府》:"凡王之獻金玉……之物,受而藏之。"鄭玄注:"謂百工爲王所作,可以遺獻諸侯。古者致物於人,尊之則曰獻,通行曰饋。"賈公彦疏:"正法:上於下曰饋,下於上曰獻。若尊敬前人,雖上於下,亦曰獻,是以天子於諸侯亦曰獻。"　千歲:極言時間之長,壽命之長。王維《贈東嶽焦鍊師》:"先生千歲餘,五嶽徧曾居。遙識齊侯鼎,新過王母廬。"王昌齡《駕幸河東》"下輦迴三象,題碑任六龍。睿明懸日月,千歲此時逢。"　龜:爬行動物的一科,身體長圓而扁,背腹都有硬甲,四肢短,趾有蹼,頭、尾和四肢都能縮入甲殼内。多生活在水邊,吃植物或小動物,生命力强,耐饑渴。《禮記・禮運》:"麟、鳳、龜、龍,謂之四靈。"《左傳・僖公四年》:"筮短龜長。"

② 有司:官吏,古代設官分職,各有專司,故稱。桓寬《鹽鐵論・疾貪》:"今一二則責之有司,有司豈能縛其手足而使之無爲非哉?"柳宗元《與太學諸生喜詣闕留陽城司業書》:"〔太學生〕有淩傲長上而誶駡有司者。"　欺罔:欺騙蒙蔽。語出《論語・雍也》:"可欺也,不可罔也。"孔平仲《孔氏談苑・帝王兒不必會文章》:"帝王家兒不必要會文章,但令通曉經義,知古今治亂,他日免爲侮文弄法吏欺罔耳!"　科:審理獄訟,判刑。《東觀漢記・吴祐傳》:"民有相争訴者,輒閉閤自責,然後科其所訟。"韓愈《讀東方朔雜事》:"群仙急乃言,百犯庸不科?"　叢蓍:叢生的蓍草。《淮南子・説山訓》:"千年之松,下有伏苓,上有兔絲,上有叢蓍,下有伏龜。"蕭繹《金樓子序》:"虚宇遼曠,玩魚鳥而拂叢蓍,愛静之心彰乎此矣!"蓍草,古人常常用於占卜。

③ 介物:有甲殼的動物。《周禮・地官・大司徒》:"其動物宜介物。"鄭玄注:"介物,龜鱉之屬。"《周禮・春官・大司樂》:"五變而致

介物。”　疑年：懷疑他人的年齡，特指前人年齡有疑問而未能確定者。《左傳・襄公三十年》：晉悼夫人食輿人之城杞者，絳縣人或年長矣！無子，而往與於食。同食者疑其年，使以實告。老者曰：“臣生之歲，正月甲子朔，四百有四十五甲子矣！其季於今三之一也。”師曠推斷老人爲七十三歲。史趙、士文伯測算其日數爲二萬六千六百有六旬。大夫趙武乃召老人而謝過，因授以田畝，任以爲絳縣師。後遂以“疑年”指有才德的民間老人。權德輿《酬馮絳州早秋絳臺感懷見寄》：“武符頒美化，亥字訪疑年。”　生蓍：創立用蓍求卦爻之法。《易・説卦》：“昔者聖人之作易也，幽贊於神明而生蓍。”金君卿《傳易之家》：“案《説卦》云：昔者聖人之作《易》也，幽贊於神明而生蓍。”　有數：有差別，有等差。《左傳・桓公二年》：“夫德，儉而有度，登降有數。”《漢書・文帝紀》：“賜天下孤寡布帛絮，各有數。”指具體的表像。《文心雕龍・論説》：“窮於有數，追於無形。”有氣數，有因緣，舊謂命中註定。白居易《村中留李三固言宿》：“如我與君心，相知應有數。”　外骨：指龜類的甲殼。《周禮・考工記・梓人》：“外骨，内骨。”鄭玄注：“外骨，龜屬；内骨，鳖屬。”賈公彦疏：“此經外骨内骨相對，以鱉外有肉緣，故爲内骨也。”王士禎《題徐電發檢討畫蟹》：“仄行與外骨，併入考工記。何如紈扇上，善寫招潮勢！”　幽叢：幽深的草叢、花叢、樹叢。《吴興備志・書畫徵》：“管夫人畫與文敏争重，其畫蘭幽絶題云：趙管才高柳絮風，水晶宫裹畫幽叢。秋來紉在夫君佩，笑殺迴文漫自工。”鶴年《佚題》：“路轉雲林石室通，静聞花氣發幽叢。峰蓮染盡三秋碧，霜柿留將二月紅。”

④ 見夢：猶托夢。《莊子・至樂》：“夜半髑髏見夢曰：‘子之談者似辯士，諸子所言，皆生人之累也。’”《史記・龜策列傳》：“龜見夢曰：‘送我水中，無殺吾也。’”　百中：猶言百發百中。枚乘《上書諫吴王》：“楊葉之大，加百中焉！可謂善射矣！”元稹《觀兵部馬射賦》：“引滿雷碎，騰淩飈疾，皆窮百中之妙，盡由一札而出。”　退藏：退歸躲

藏,隱匿。杜甫《七月三日亭午已後校熱退晚加小凉穩睡有詩戲呈元二十一曹長》:“退藏恨雨師,健步聞旱魃。”司馬光《祭雷道矩文》:“虜氣方沮,斂蹤退藏。” 千齡:猶千年、千歲,極言時間久長。《晉書·禮志》:“方今天地更始,萬物權輿,蕩近世之流弊,創千齡之英範。”張九齡《奉和聖製登封禮畢洛城酺宴》:“運與千齡合,歡將萬國同。”

⑤ 僂句:《左傳·昭公二十五年》:“初臧昭伯如晉,臧會竊其寶龜僂句,以卜爲信與僭,僭吉。”杜預注:“僂句,龜所出地名。”後因以“僂句”稱龜。劉禹錫《罷郡歸洛陽寄友人》:“不見蜘蛛集,頻爲僂句欺。”焦竑《焦氏筆乘續集·物名》:“僂句之地出龜,則名龜曰僂句。” 蜉蝣:亦作“蜉蝤”,蟲名,幼蟲生活在水中,成蟲褐緑色,有四翅,生存期極短。《詩·曹風·蜉蝣》:“蜉蝣之羽,衣裳楚楚。”毛傳:“蜉蝣,渠略也,朝生夕死。”郭璞《遊仙詩》:“借問蜉蝣輩,寧知龜鶴年?” 幽贊:謂暗中受神明佐助,語出《易·説卦》:“昔者聖人之作《易》也,幽贊於神明而生蓍。”高亨注:“言聖人作《易》,暗中受神明之贊助,故生蓍草,以爲占筮之用。”蘇轍《北京開二股河罷散日道場朱表》:“仰祈幽贊之功,式遏横流之禍。” 矯誣:謂假借名義以行誣罔。《書·仲虺之誥》:“夏王有罪,矯誣上天,以布命於下。”蔡沈集傳:“矯,與矯制之矯同;誣,罔……桀知民心不從,矯詐誣罔,託天以其衆。”《魏書·崔浩傳》:“〔浩〕性不好老莊之書……曰:‘此矯誣之説,不近人情。’”《資治通鑑·宋營陽王景平元年》引此文,胡三省注曰:“託聖賢以伸其説謂之矯;聖賢無是事,寓言而加詆謂之誣。”假託君命,誣陷無辜。《國語·周語》:“國之將亡,其君貪冒辟邪,淫佚荒怠……其刑矯誣,百姓携貳。”韋昭注:“以詐用法曰矯,加誅無罪曰誣。”《淮南子·氾論訓》:“篡弑矯誣,非人之性也。”高誘注:“矯,擅作君命;誣,以惡覆人也。”

⑥ 蔡:占卜用的大龜。《左傳·襄公二十三年》:“且致大蔡焉!”杜預注:“大蔡,大龜。”《漢書·食貨志》:“元龜爲蔡,非四民所得居,有者,入大卜受直。” 遊蓮有歲:事見《史記·龜策列傳》:“余至江

南,觀其行事,問其長老,云龜千歲乃遊蓮葉之上,蓍百莖共一根。又其所生,獸無虎狼,草無毒螫。江傍家人常畜龜飲食之,以爲能導引致氣,有益於助衰養老,豈不信哉!”

⑦“科之蓋有不知”兩句:意謂審判之人有所不知,而奉獻之人應該没有罪過。　無罪:没有罪過,没有犯罪。《左傳·僖公二十八年》:“公知其(叔孫)無罪也,枕之股而哭之。”韓愈《順宗實録》:“陽城聞而起曰:‘吾諫官也,不可令天子殺無罪之人,而信用奸臣。’”

[編年]

《年譜》、《編年箋注》、《年譜新編》的編年意見及理由同《錯字判》,我們的編年意見以及理由也同《錯字判》,亦即撰寫于貞元十八年冬季吏部考試之前,地點在長安。

● 蕃客求魚判(一)①

蕃客至(二),鴻臚寺不供魚,客怒。辭云:“獺未祭。”朝議:“失隨時之義。”②

對(三):沙漠賓來,供宜必備。澤梁有禁,殺則以時③。信能及於鯤鮞(四),化方行於蠻貊。彼卿之屬,得禮之中④。雖諭以象胥,或聞彈鋏;而徵諸獺祭,未可振緡⑤。既懷及物之虞(五),遂阻烹鮮之請。辭不失舊,事必有初⑥。是曰國之典常,焉用隨時之義?且駒支昧禮,信未習於華風;里革當朝(六),返有迷於夏濫⑦。矜其異俗,責在有知。合恕過求,姑懲輕議⑧。

録自《英華》卷五四七

[校記]

(一) 蕃客求魚判:《全文》作"對蕃客求魚判",體例不同,不改。

(二) 蕃客至:原本作"蕃官至",《全文》同,原本注、《全文》注作"蕃客至",語義相類,可改可不改,但聯繫下文"客怒",以改爲宜。

(三) 對:《全文》無,體例不同,不改。

(四) 信能及於鯤鮞:《全文》作"信能及於鯤鯢",兩詞有相通之處,亦有不通之處,不改。

(五) 既懷及物之虞:原本作"既懷友物之虞",句下注:"一作支,《國語》:禮之立成者爲飫飫歌名曰支以享夷狄,疑用此事。"《全文》作"既懷及物之虞",語佳,據改。

(六) 里革當朝:《全文》同,原本在"里革"下注:"見《國語》。"録以備考。

[箋注]

① 蕃客求魚判:本文不見於劉本《元氏長慶集》,但見於《英華》卷五四七,又見於《全文》卷六五二,據此補。　蕃客:古代對外國商旅的泛稱,蕃,通"番"。白居易《連雨》:"水鳥投檐宿,泥蛙入户跳。仍聞蕃客見,明日欲追朝。"熊孺登《寄安南馬中丞》:"龍韜能致虎符分,萬里霜臺壓瘴雲。蕃客不須愁海路,波神今伏馬將軍。"

② 鴻臚寺:官署名。《周禮》官名有大行人之職,秦及漢初稱典客,景帝(中元)六年更名大行令,武帝太初元年改稱大鴻臚,主掌接待賓客之事。東漢以後,大鴻臚主要職掌爲朝祭禮儀之贊導。北齊始置鴻臚寺,唐一度改爲司賓寺,主官或稱卿,或稱正卿,副職爲少卿,屬官因各朝代而異,或有鳴贊、序班,或置丞、主簿。《漢書·百官公卿表》:"典客,秦官,掌諸歸義蠻夷,有丞。景帝中(元)六年更名大行令,武帝太初元年更名大鴻臚。"顔師古注引應劭曰:"郊廟行禮讚

九賓，鴻聲臚傳之也。"《新唐書・百官志》："凡客還，鴻臚籍衣齎賜物多少以報主客，給過所。"　獺祭：謂獺常捕魚陳列水邊，如同陳列供品祭祀。《禮記・月令》："〔孟春之月〕東風解凍，蟄蟲始振，魚上冰，獺祭魚，鴻雁來。"《吕氏春秋・孟春》："魚上冰，獺祭魚。"高誘注："獺獱，水禽也，取鯉魚置水邊，四面陳之，世謂之祭。"　朝議：指朝廷的評議、决議。潘岳《關中詩》："翹翹趙王，請徒三萬。朝議惟疑，未逞斯願。"周密《齊東野語・杭學遊士聚散》："淳祐辛亥，鄭丞相清之當國，朝議以遊士多無檢束。"　隨時：順應時勢，切合時宜。《易・隨》："大亨貞，無咎，而天下隨時，隨時之義大矣哉！"王弼注："得時，則天下隨之矣！隨之所施，唯在於時也；時異而不隨，否之道也。"《國語・越語》："夫聖人隨時以行，是爲守時。"韋昭注："隨時：時行則行，時止則止。"

③ 沙漠：指地面完全爲沙所覆蓋，乾旱缺水，植物稀少的地區。阮籍《爲鄭沖勸晉王箋》："前者明公西征靈州，北臨沙漠。"李白《贈何七判官昌浩》："羞作濟南生，九十誦古文。不然拂劍起，沙漠收奇勛。"這裏借喻蕃客所居之國。　澤梁：在水流中用石築成的攔水捕魚的堰。《禮記・王制》："獺祭魚，然後虞人入澤梁。"鄭玄注："梁，絶水取魚者。"《荀子・王制》："山林澤梁，以時禁發而不税。"楊倞注："石絶水爲梁，所以取魚也。"

④ 鯤鮞：小魚。《詩・齊風・敝笱》："其魚魴鰥。"孔穎達疏引《國語・魯語》："魚禁鯤鱬。"按今本《國語・魯語》作"魚禁鯤鮞"。韋昭注："鯤，魚子也。鮞，未成魚也。"皮日休《奉和魯望漁具十五詠・網》："必若遇鯤鮞，從教通一目。""不供魚"和"獺未祭"的具體原因可能是季節未到，魚兒尚小。　蠻貊：古代稱南方和北方落後部族，亦泛指四方落後部族。桓寬《鹽鐵論・通有》："求蠻貉之物以眩中國，徙邛筰之貨致之東海。"岑參《陪狄員外早秋登府西樓因呈院中諸公》："威聲振蠻貊，惠化鍾華陽。"

⑤ 象胥：古代接待四方使者的官員，亦用以指翻譯人員。《周禮·秋官·象胥》："掌蠻、夷、閩、貉、戎、狄之國使，掌傳王之言而諭説焉！以和親之。"《舊唐書·玄宗紀論》："象郡、炎州之玩，雞林、鯷海之珍，莫不結轍於象胥，駢羅於典屬。" 彈鋏：彈擊劍把，鋏，劍把。《戰國策·齊策》："齊人有馮諼者，貧乏不能自存，使人屬孟嘗君，願寄食門下。孟嘗君曰：'客何好?'曰：'客無好也。'曰：'客何能?'曰：'客無能也。'孟嘗君笑而受之曰：'諾。'左右以君賤之也，食以草具。居有頃，倚柱彈其劍，歌曰：'長鋏歸來乎！食無魚。'左右以告。孟嘗君曰：'食之，比門下之客。'居有頃，復彈其鋏，歌曰：'長歸來乎！出無車。'左右皆笑之，以告。孟嘗君曰：'爲之駕，比門下之車客。'於是乘其車，揭其劍，過其友曰：'孟嘗君客我。'後有頃，復彈其劍鋏，歌曰：'長鋏歸來乎！無以爲家。'左右皆惡之，以爲貪而不知足。孟嘗君問：'馮公有親乎?'對曰：'有老母。'孟嘗君使人給其食用，無使乏，於是馮諼不復歌。"後因以"彈鋏"謂處境窘困而又欲有所干求。陶弘景《答趙英才書》："子架學區中，飛才甸外。不肯掃門覓仕，復懶彈鋏求通。"劉知幾《史通·忤時》："儻使士有澹雅若嚴君平，清廉如段干木，與僕易地而處，亦將彈鋏告勞，積薪爲恨。" 緡：釣絲。《詩·召南·何彼襛矣》："其釣維何? 維絲伊緡。"高亨注："緡，釣魚繩也。"左思《吴都賦》："結輕舟而競逐，迎潮水而振緡。"

⑥ 及物：謂恩及萬物。元稹《册文武孝德皇帝赦文》："溢美之名，既不克讓；及物之澤，又何愛焉！"李翺《與淮南節度使書》："翺自十五已後，即有志於仁義，見孔子之論高弟，未嘗不以及物爲首。" 烹鮮：語本《老子》："治大國若烹小鮮。"後以"烹鮮"比喻治國便民之道，亦比喻政治才能。《後漢書·循吏傳贊》："政畏張急，理善烹鮮。"李頎《贈别穆元林》："彼鄉有令弟，小邑試烹鮮。" 失舊：忘却故舊情分。《後漢書·朱穆傳》："昔在仲尼不失舊於原壤，楚嚴不忍章於絶纓。"韋良嗣《對賜則出就判》："漢詔求士，寵錫惟重；周官賜則，命數

未宏。既曰不如守官，且能辭不失舊。”　初：起始，開端。《書·伊訓》：“今王嗣厥德，罔不在初。”孔傳：“言善惡之由無不在初，欲其慎始。”柳宗元《貞符序》：“惟人之初，總總而生，林林而群。”

⑦ 典常：常道，常法。《易·繫辭》：“初率其辭而揆其方，既有典常；苟非其人，道不虛行。”韓康伯注：“能循其辭以度其義，原其初，以要其終，則唯變所適，是其常典也。”元稹《彈奏劍南東川節度使狀》：“固合撫綏黎庶，上副天心，蠲減征徭，内榮鄉里，而乃横徵暴賦，不奉典常，擅破人家，自豐私室。”　“且駒支昧禮”兩句：典見《左傳》卷三二：“我諸戎飲食衣服不與華同，贄幣不通，言語不達，何惡之能爲？不與於會，亦無瞢焉！”　駒支：少數民族氐羌之一部。《左傳》卷一：“二年春，公會戎於潜。”杜氏注：“戎狄夷蠻，皆氐羌之别種也，戎而書會者，順其俗以爲禮，皆謂居中國，若戎子駒支者，陳留濟陽縣東南有戎城潜魯地。”　“里革當朝”兩句：事見《國語·魯語》：“宣公夏濫於泗淵，里革斷其罟而棄之，曰：‘古者大寒降，土蟄發，水虞於是乎講罛罶，取名魚，登川禽，而嘗之寢廟，行諸國人，助宣氣也。鳥獸孕，水蟲成，獸虞於是乎禁罝羅，矠魚鱉以爲夏犒，助生阜也。鳥獸成，水蟲孕，水虞於是乎禁罝麗，設穽鄂，以實廟庖，畜功用也。且夫山不槎蘖，澤不伐夭，魚禁鯤鮞，獸長麑䴠，鳥翼鷇卵，蟲舍蚳蝝，蕃庶物也，古之訓也。今魚方别孕，不教魚長，又行網罟，貪無藝也。’公聞之曰：‘吾過而里革匡我，不亦善乎！是良罟也，爲我得法，使有司藏之，使吾無忘諗。’師存侍，曰：‘藏罟，不如寘里革於側之不忘也。’”

⑧ 矜：注重，崇尚。《漢書·賈誼傳》：“嬰以廉耻，故人矜節行。”顔師古注：“矜，尚也。”劉商《銅雀妓》：“魏主矜娥眉，美人美於玉。”　異俗：風俗不同。《禮記·王制》：“廣谷大川異制，民生其間異俗。”《荀子·正名》：“遠方異俗之鄉，則因之而爲通。”　有知：有知覺，有知識。《禮記·三年問》：“凡生天地之間者，有血氣之屬，必有知。”韓愈《復志賦》：“昔余之既有知兮，誠坎軻而艱難。”　過求：過分求取。楊濤

《揠苗賦》:“欲益爲謀,冀有秋之彌疾;過求生害,嗟不日而已萎。”王維《魏郡太守河北採訪處置使上党苗公德政碑》:“列郡共職,清節銷其過求;諸曹報簿,直筆破其污詆。” 輕議:隨意之論。王績《答程道士書》:“若以此見,輕議大道,將恐北轅適越,所背彌遠矣!”郭子儀《讓尚書令第二表》:“臣頃觀其弊,思革其源,以逆寇猶存,未敢輕議。”

[編年]

《年譜》、《編年箋注》、《年譜新編》的編年意見及理由同《錯字判》,我們的編年意見以及理由也同《錯字判》,亦即撰寫于貞元十八年冬季吏部考試之前,地點在長安。

●宴客鱉小判(一)①

甲饗客羞,鱉小。客怒其不敬,辭曰:“水煩,非傲。”②

對(二):燕以示懷,鱉於何有?姑宜飲德,豈誚水煩③?責外骨之不豐,顧褊心之奚甚!甲大將展禮,旋遇過求④。水潦方塗,且乏大爲。貴者壺飧苟備(三),何必長而食之⑤?我惟敬於上賓,爾寧貪於介物?小不能忍,禮何以觀⑥?儻羞南澗之毛,尚當遺味;詎勞東海之鱉,然後合歡⑦?詞未爽於少施(四),怒難信於堵父⑧。

録自《英華》卷五四七

[校記]

(一)宴客鱉小判:《全文》作“對宴客鱉小判”,體例不同,不改。

(二)對:《全文》無,體例不同,不改。

（三）貴者壺飧苟備：《全文》同，《英華》在“壺飧”下注：“一作饔飧”，各備一説，不改。

（四）詞未爽於少施：原本作“詞未爽於小施”，據《全文》改。

［箋注］

① 宴客鱉小判：本文不見於劉本《元氏長慶集》，但見於《英華》卷五四七，又見於《全文》卷六五二，據此補。　宴客：飲宴所請的客人。蔡邕《司空房楨碑》：“〔公〕享年垂老，至於積世。門無立車，堂無宴客。”劉禹錫《酬竇員外郡齋宴客偶命柘枝因見寄兼呈張十一院長元九侍御》：“渚宫油幕方高步，澧浦甘棠有幾叢？若問騷人何處所？門臨寒水落江楓。”　鱉：甲魚，俗稱團魚，爬行綱動物，形態與龜略同，體扁圓，背部隆起，背甲有軟皮，外沿有肉質軟邊。生活在淡水河川湖泊中，肉鮮美，營養豐富，血及甲可入藥。焦贛《易林・賁之頤》：“鴻鵠高飛，鳴求其雌。雌來在户，雄哺嘻嘻。甚獨勞苦，炰鱉膾鯉。”葛洪《抱朴子・博喻》：“鱉無耳而善聞，蚓無口而揚聲。”

② 饗：以隆重的禮儀宴請賓客，也泛指宴請，以酒食犒勞、招待。《詩・小雅・彤弓》：“鐘鼓既設，一朝饗之。”鄭玄箋：“大飲賓曰饗。”孔穎達疏：“謂以大禮飲賓，獻如命數，設牲俎豆，盛於食燕。”《儀禮・士昏禮》：“舅姑共饗婦以一獻之禮。”鄭玄注：“以酒食勞人曰饗。”羞：美味的食品，後多作“饈”。《左傳・僖公十七年》：“雍巫有寵於衛共姬，因寺人貂以薦羞於公。”林堯叟注：“羞，食味也。”《文選・束晳〈補亡詩〉》：“馨爾夕膳，絜爾晨羞。”李善注：“羞，有滋味者。”　不敬：怠慢，無禮。《論語・爲政》：“子遊問孝，子曰：今之孝者，是謂能養；至於犬馬皆能有養。不敬，何以别乎？”　煩：頻繁攪動，煩擾。《禮記・樂記》：“土敝則草木不長，水煩則魚鱉不大。”孔穎達疏：“水之煩擾，故魚鱉不大。”《新唐書・皇甫鎛傳》：“煩一州而致長年於君父，何愛哉？”　傲：輕慢，輕視。《左傳・文公九年》：“傲其先

君，神弗福也。”曹植《責躬詩》：“傲我皇使，犯我朝儀。國有典刑，我削我黜。”

③ 燕：通“宴”，宴飲，宴請。《詩・小雅・南有嘉魚》：“君子有酒，嘉賓式燕以樂。”鄭玄箋：“用酒與賢者燕飲而樂也。”高亨注：“燕，通‘宴’。”王讜《唐語林・賞譽》：“玄宗燕諸學士於便殿。” 示懷：表示恩德。崔元翰《奉和聖製重陽旦日百寮曲江宴示懷》：“偶聖覩昌期，受恩慚弱質。幸逢良宴會，况是清秋日。”權德輿《奉和聖製豐年多慶九日示懷》：“寒露應秋杪，清光澄曙空。澤均行葦厚，年慶華黍豐。” 飲德：蒙受德澤。謝靈運《擬魏太子鄴中集詩・曹植》：“中山不知醉，飲德方覺飽。”錢起《陪郭常侍令公東亭宴集》：“飲德心皆醉，披雲興轉清。” 誚：嘲笑，譏刺。孔稚珪《北山移文》：“列壑争譏，攢峰竦誚。”《太平廣記》卷三〇九引薛用弱《集異記・蔣琛》：“敢寫心兮歌一曲，無誚余持杯以淹留。”

④ 外骨：指龜類的甲殼。《周禮・考工記・梓人》：“外骨，内骨。”鄭玄注：“外骨，龜屬；内骨，鼈屬。”賈公彦疏：“此經外骨内骨相對，以鼈外有肉緣，故爲内骨也。”郗昂《蚌鷸相持賦》：“鷸以利嘴爲銛鍔，蚌以外骨爲堅城；鷸以蚌爲腐肉可取，蚌以鷸爲微禽可營。”此處代指鼈。 豐：豐滿，多指體態。《文心雕龍・風骨》：“夫翬翟備色，而翾翥百步，肌豐而力沈也。”伶玄《趙飛燕外傳》：“豐若有餘，柔若無骨。” 褊心：心胸狹窄。楊德裔《劾奏鄭仁泰薛仁貴逗留失機狀》：“謹按鐵勒道大總管右武衛大將軍鄭仁泰等……褊心無謀，短懷愎諫，不肅將帥，靡愛戎士，無心體國，有意徇私。”吕向《美人賦》：“妾家賤族，陋目褊心。” 奚：疑問詞，猶何，爲何，爲什麼。《史記・趙世家》：“子奚不稱疾毋出，傳政於公子成？”陶潛《歸去來辭》：“既自以心爲形役，奚惆悵而獨悲？” 展禮：猶行禮，施禮。庾信《將命至鄴》：“交歡值公子，展禮覿王孫。”劉禹錫《代裴相公賀册魯王》：“不獲展禮明庭，拜舞稱賀。”

⑤ 水潦：大雨，雨水。《禮記・曲禮》："水潦降，不獻魚鱉。"《左傳・襄公十年》："水潦將降，懼不能歸，請班師！"　爲：長成，成熟，成長。《國語・晉語》："黍不爲黍，不能蕃廡。"韋昭注："爲，成也。"董仲舒《春秋繁露・五行順逆》："恩及草木，則樹木華美，而朱草生；恩及鱗蟲，則魚大爲。"盧文弨注："爲，成也。"　壺飡：用壺盛的湯飯或其他熟食。《戰國策・中山策》："司馬子期……説楚王伐中山，中山君亡，有二人挈戈而隨其後者，中山君顧謂二人：'子奚爲者也？'二人對曰：'臣有父，嘗餓且死，君下壺飡餌之。"焦贛《易林・蹇之屯》："作室山根，人以爲安；一夕崩顛，敗我壺飡。"　何必：用反問的語氣表示不必。《左傳・襄公三十一年》："年鈞擇賢，義鈞則卜，古之道也。非適嗣，何必娣之子？"嵇康《秀才答四首》三："都邑可優遊，何必栖山原？"

⑥ 上賓：貴客，佳賓。《國語・魯語》："祭養尸，饗養上賓。"《三國志・先主傳》："先主遣糜竺、孫乾與劉表相聞，表自郊迎，以上賓禮待之。"　介物：有甲殼的動物。元稹《獻千歲龜判》："獻其介物，雖合疑年，驗以生蓍，則當有數。"俞琰《周易集説》卷三八："郭氏曰：鱉蟹蠃蚌龜，介物也。介物，甲胄類也。"　觀禮：觀看禮樂。《左傳・襄公十年》："諸侯宋魯，於是觀禮。魯有禘樂，賓祭用之。宋以《桑林》享君，不亦可乎？"杜預注："宋，王者後，魯以周公故，皆用天子禮樂，故可觀。"嵇康《聲無哀樂論》："且季子在魯，採詩觀禮，以別風雅，豈徒任聲以決臧否哉？"

⑦ 南澗：出自《詩經・召南・采蘋》："于以采蘋，南澗之濱。于以采藻，於彼行潦。"張九齡《郢城西北有大古塚數十觀其封域多是楚時諸王而年代久遠不復可識唯直西有樊妃塚因後人爲植松柏故行路盡知之》："蘋藻生南澗，蕙蘭秀中林。嘉名有所在，芳氣無幽深。"劉希夷《孤松篇》："如何秋風起，零落從此始？獨有南澗松，不嘆東流水。"　毛：指地面所生的植物，多指農作物。《管子・七臣七主》："夫

男不田,女不緇,工技力於無用,而欲土地之毛,倉庫滿實,不可得也。"齊己《題鶴泉八韵》:"冷吞雙樹影,甘潤百毛端。" 遺味:猶餘味。《文選・陸機〈文賦〉》:"闕大羹之遺味,同朱絃之清氾。"李善注:"遺,猶餘也。"韓愈《明水賦》:"竊比大羹之遺味,幸希薦於廟中。" 東海:泛指東方的大海。《荀子・正論》:"淺不足與測深,愚不足與謀知,坎井之鼃,不足與語東海之樂。"杜甫《追酬故高蜀州人日見寄》:"遙拱北辰纏寇盜,欲傾東海洗乾坤。" 合歡:聯歡,和合,歡樂。《禮記・樂記》:"故酒食者,所以合歡也;樂者,所以象德也;禮者,所以綴淫也。"焦贛《易林・升之無妄》:"二國合歡,燕齊以安。"

⑧ 少施:家族名,春秋時期魯惠公子施父之後。《禮記・雜記》:"孔子曰:'吾食於少施氏而飽,少施氏食我以禮。'"鄭玄注:"言貴其以禮待己而爲之飽也。時人倨慢若季氏,則不以禮矣!少施氏,魯惠公子施父之後。"蘇軾《書傳・梓材》:"小人以賄說人,必簡於禮,故孔子曰:'獨飽於少施氏者。'遠小人也。" 怒難信於堵父:典見《國語・魯語》:"公父文伯飲南宮敬叔酒,以路堵父爲客。羞鱉焉!小,堵父怒,相延食鱉,辭曰:'將使鱉長而後食之!'遂出,文伯之母聞之,怒曰:'吾聞之先子曰:祭養尸,饗養上賓。鱉於何有,而使夫人怒也?'遂逐之。五日,魯大夫辭而復之。"

[編年]

《年譜》、《編年箋注》、《年譜新編》的編年意見及理由同《錯字判》,我們的編年意見以及理由也同《錯字判》,亦即撰寫於貞元十八年冬季吏部考試之前,地點在長安。

● 養鷄猪判(一)①

甲爲郡守，令百姓養母猪及鷄。督郵諫其擾人(二)，不許②。

對(三)：扇以仁風，阜財爲急；教之畜擾，利俗則多③。甲位列憑熊(四)，政同佩犢(五)④。將除饑餒之患，用先蕃息之資⑤。俾爾生生，非予擾擾。二彘既侔於龔遂，五牸足驗於陶朱⑥。訓養雖勤，割烹斯利。既符孳貨，庶罔食貧⑦。使荷蓧之夫，不空爲黍。倚杖而牧，豈獨刈葵(六)⑧？人無見卵之思，俗皆掩豆而祭⑨。寔惟務本，焉用他規？且異米鹽之煩，寧懼糾繩之諫⑩。

録自《英華》卷五四七

[校記]

(一) 養鷄猪判：《全文》作"對養鷄猪判"，體例不同，不改。

(二) 督郵諫其擾人：原本作"督郵諫其擾人"，據《全文》改。

(三) 對：《全文》無，體例不同，不改。

(四) 甲位列憑熊：原本作"甲位列馮熊"，據《全文》改。

(五) 政同佩犢：原本作"政司佩犢"，據《全文》改。

(六) 豈獨刈葵：原本作"豈獨割葵"，與上文"割烹"重複，據《全文》改。

[箋注]

① 養鷄猪判：本文不見於劉本《元氏長慶集》，但見於《英華》卷

五四七，又見於《全文》卷六五二，據此補。牛、馬、羊、驢、豬、雞等家畜，是古代農業主要的輔助産業，幾乎遍及每一個家庭，由此産生官府與百姓、百姓與百姓之間的糾紛不斷，此題材在當時具有普遍的意義。元稹選擇這一題材作爲自己判文的内容，既是當時社會情況的真實反映，也是元稹關注社會民生的必然結果。

② 郡守：郡的長官，主一郡之政事。秦廢封建設郡縣，郡置守、丞、尉各一人。守治民，丞爲佐。漢唐因之。《漢書·嚴延年傳》："幸得備郡守，專治千里，不聞仁愛教化，有以全安愚民，顧乘刑罰多刑殺人。"陸游《老學庵筆記》卷五："郡守宴客，初就席，子溶遣縣吏呼伎樂伶人，即皆馳往，無敢留者。" 百姓：民衆。《書·泰誓》："百姓有過，在予一人。"孔穎達疏："此'百姓'與下'百姓懔懔'皆謂天下衆民也。"《論語·顔淵》："百姓足，君孰與不足？百姓不足，君孰與足？" 督郵：官名，漢置，郡的重要屬吏，代表太守督察縣鄉，宣達教令，兼司獄訟捕亡，唐以後廢。《漢書·尹翁歸傳》："延年大重之，自以能不及翁歸，徙督郵。"盧綸《送鮑中丞赴太原》："專幙臨都護，分曹制督郵。" 諫：諫諍，規勸。《論語·里仁》："事父母幾諫，見志不從，又敬不違，勞而不怨。"劉向《説苑·臣術》："有能盡言於君，用則留之，不用則去之，謂之諫；用則可生，不用則死，謂之諍。" 擾人：騷擾百姓。杜甫《爲閬州王使君進論巴蜀安危表》："臣於所守封界，連接梓州，正可爲成都東鄙，其中别作法度，亦不足成要害哉！徒擾人矣！伏惟明主裁之。"吴融《風雨吟》："豈憂天下有大憝，四郊刁斗常錚錚。官軍擾人甚於賊，將臣怕死唯守城。"

③ 仁風：形容恩澤如風之流布，舊時多用以頌揚帝王或地方長官的德政。潘岳《爲賈謐作贈陸機》："大晉統天，仁風遐揚。"《後漢書·章帝紀》："功烈光於四海，仁風行於千載。" 阜財：厚積財物，使財物豐厚。揚雄《法言·孝至》："君人者，務在殷民阜財，明道信義。"李軌注："阜，盛。"元稹《桐花》："中有阜財語，勿受來獻賝。" 擾：馴

養。《周禮·夏官·服不氏》:“服不氏掌養猛獸而教擾之。”鄭玄注:“擾,馴也,教習使之馴服。”王安石《雜詠八首》二:“神龍豢可致,猛虎擾亦留。”

④ 憑熊:借指地方長官,古時地方長官乘坐横軾作熊形的車,故稱。王禹偁《擬長孫無忌讓代襲刺史表》:“臣等乃位極廟堂,地分藩翰,下至憑熊之秩,盡爲尸禄之人。”許渾《酬邢杜二員外》:“熊軾並驅因雀噪,隼旟齊駐是鴻冥。” 佩犢:典出《漢書·龔遂傳》,爲歌頌循吏之辭。元稹《對父病殺牛判》:“令不惟反,政是以常。縣恐漏魚,州符佩犢。”王鉉《對借罐打破佩刀刺人判》:“鑿井而飲,方閑射鮒之泉;持刃以雄,仍均佩犢之日。”

⑤ 饑餒:飢餓。饑,通“飢”。《資治通鑑·隋煬帝大業五年》:“山路隘險,魚貫而出,風雪晦冥,文武饑餒。”崔融《代皇太子請停幸東都表》:“臣又聞關中屬縣,畿内旁州,百姓驅馳,頗多饑餒。” 蕃息:滋生,繁衍。《莊子·天下》:“以衣食爲主,以蕃息畜藏。”元稹《估客樂》:“子本頻蕃息,貨販日兼併。”

⑥ 生生:孳生不絶,繁衍不已。《易·繫辭》:“生生之謂易。”孔穎達疏:“生生,不絶之辭。陰陽變轉,後生次於前生,是萬物恒生謂之易也。”俞文豹《吹劍四録》:“因思在天壤間生生而不窮者,皆農與牛之功,其功與天地等。” 擾擾:紛亂貌,煩亂貌。《國語·晉語》:“唯有諸侯,故擾擾焉! 凡諸侯,難之本也。”武元衡《南徐别業早春有懷》:“生涯擾擾竟何成? 自愛深居隱姓名。” 彘:豬。《孟子·盡心》:“五母雞,二母彘,無失其時,老者足以無失肉矣!”《方言》卷八:“豬……關東西或謂之彘,或謂之豖。” 侔:齊等,相當。《莊子·外物》:“大魚食之,牽巨鈎……海水震蕩,聲侔鬼神。”獨孤及《故左武衛大將軍郭知運謚議》:“茂勛崇名,與衛霍侔。” 龔遂:漢代著名的循吏,事迹見《漢書·龔遂傳》:“龔遂字少卿,山陽南平陽人也……宣帝即位久之,勃海左右郡歲饑,盜賊並起,二千石不能禽……上以爲勃

海太守……遂曰：'臣聞治亂民猶治亂繩，不可急也。唯緩之，然後可治。臣願丞相、御史且無拘臣以文法，得一切便宜從事！'上許焉！加賜黄金，贈遣乘傳至勃海界……齊俗奢侈，好末技，不田作，乃躬率以儉約，勸民務農桑，令口種一樹、榆百本、薤五十本、葱一畦韭、家二母彘、五雞……吏民皆富實，獄訟止息。"　五牸：指牛、馬、豬、羊、驢五種母畜。《孔叢子·陳士義》："子欲速富，當畜五牸。"《海録碎事·畜五牸》："陶朱公曰：欲速富，蓄五牸。"　陶朱：春秋時越國大夫，佐越王滅吴之後，挂冠經商，定居陶地，自稱朱公，人稱陶朱公，後泛指大富者。《韓非子·解老》："夫棄道理而忘舉動者，雖上有天子諸侯之勢尊，而下有猗頓、陶朱、卜祝之富，猶失其民人而亡其財資也。"《太平御覽·人事部》："猗頓，魯之窮士也，耕則常饑，桑則常寒。聞朱公富，往問術焉！朱公告之：'子欲速富，當畜五牸！'於是乃商西河大畜牛羊於猗氏之南，十年之間，其孳息不可計，貲擬王公，馳名天下，以興富於猗氏，故曰猗頓也。"

⑦ 訓養：訓教養育。《宋史·岳飛傳》："將和士鋭，人懷忠孝，皆飛訓養所致。"馴養。志磐《佛祖統紀》卷二八："〔裴氏鸚鵡〕一日有憔悴容，訓養者鳴磬而告之曰：'將此去而西歸乎？'"　割烹：亦作"割亨"，割切烹調，泛指烹飪。《周禮·天官·外饔》："掌外祭祀之割亨。"桓寬《鹽鐵論·論儒》："伊尹以割烹事湯，百里以飯牛要穆公。"孳：生育，繁殖。韓愈《琴操·越裳操》："雨之施，物以孳。"柳宗元《種樹郭橐駝傳》："橐駝非能使木壽且孳也。"滋生，增益。鮑照《蕪城賦》："孳貨鹽田，鏟利銅山。"　食貧：謂過貧苦的生活。《詩·衛風·氓》："自我徂爾，三歲食貧。"馬瑞辰通釋："食貧猶居貧。"王禹偁《謝弟禹圭授試銜表》："伏念臣出自孤平，猥叨班列，雖累居近侍，而未免食貧。"

⑧ 蓧：古代耘田用的竹器。《論語·微子》："子路從而後，遇丈人以杖荷蓧。"楊伯峻注："蓧，古代除田中草所用的工具。"李商隱《贈

田叟》:“荷蓧衰翁似有情,相逢携手繞村行。” 黍:植物名,古代專指一種子實稱黍子的一年生草本作物,喜温暖,不耐霜,抗旱力極强,葉子綫形,子實淡黄色者,去皮後北方通稱黄米。儲光羲《田家雜興八首》一:“既念生子孫,方思廣田圃。閑時相顧笑,喜悦好禾黍。”王昌齡《秋興》:“苔草延古意,視聽轉幽獨。或問余所營,刈黍就寒谷。” 倚杖:拄著手杖。鮑照《代東武吟》:“腰鐮刈葵藿,倚杖牧鷄豚。”王維《輞川閑居贈裴秀才迪》:“倚杖柴門外,臨風聽暮蟬。” 刈:割取。《詩・周南・葛覃》:“葛之覃兮,施于中穀。維葉莫莫,是刈是濩。”孔穎達疏:“葛既成就,已可採用,后妃於是刈取之。”《楚辭・離騷》:“冀枝葉之峻茂兮,願竢時乎吾將刈。”王逸注:“刈,穫也。草曰刈,穀曰穫。” 葵:蔬菜名,我國古代重要蔬菜之一,可醃製,稱葵菹。《詩・豳風・七月》:“七月亨葵及菽。”盧照鄰《山林休日田家》:“耕田虞訟寢,鑿井漢機忘。戎葵朝委露,齊棗夜含霜。”

⑨ 見卵之思:典見《莊子・説山訓》:“見彈而求鴞炙,見卵而求晨夜。”高誘注:“彈可以彈鴞鳥,而我因望其求炙也……雞知將旦,鶴知夜半,見其卵,因望其夜鳴,故曰求晨夜。”《莊子・齊物論》:“見卵而求時夜,見彈而求鴞炙。”郭象注:“今瞿鵲子方聞孟浪之言,便以爲妙道之行,斯亦無異見卵而責司夜之功,見彈而求鴞炙之實也。夫不能安時處順而探變求化,當生而慮死,執是以辯非,皆逆計之徒也……時夜,司夜,謂雞也。” 豆:古代食器,亦用作裝酒肉的祭器,形似高足盤,大多有蓋,多爲陶質,也有用青銅、木、竹製成的。《公羊傳・桓公四年》:“一曰乾豆。”何休注:“豆,祭器名,狀如鐙。”張昭《漢宗廟樂舞辭》:“薦豆奉觴親玉幾,配天合祖耀璿樞。”

⑩ 務本:指務農。《管子・禁藏》:“故先慎於己而後彼,官亦慎内而後外,民亦務本而去末。”《漢書・文帝紀》:“農,天下之大本也,民所恃以生也。而民或不務本而事末,故生不遂。” 規:法度,準則。

韓愈《寄崔二十六立之》:“諸男皆秀朗,幾能守家規。”《舊唐書·陸贄傳》:“夫中夏有盛衰,夷狄有强弱,事機有利害,措置有安危,故無必定之規,亦無長勝之法。” 米鹽:喻繁雜瑣碎。《史記·天官書》:“皋、唐、甘、石因時務論其書傳,故其占驗淩雜米鹽。”張守節正義:“淩雜,交亂也;米鹽,細碎也。”《漢書·咸宣傳》:“宣爲左内史,其治米鹽,事小大皆關其手。”顔師古注:“米鹽,細雜也。” 糾繩:督察糾正。《魏書·高恭之傳》:“自頃以私鑄薄濫,官司糾繩,挂網非一。”司空圖《成均諷》:“掖庭絃吹,先罷賞於材人;司隸糾繩,次申嚴於權右。”

[編年]

《年譜》、《編年箋注》、《年譜新編》的編年意見及理由同《錯字判》,我們的編年意見以及理由也同《錯字判》,亦即撰寫于貞元十八年冬季吏部考試之前,地點在長安。

● 狗傷人有牌判(一)①

癸家養狗傷人,乙論官請償。辭云:“有牌記,行者非慎。”②

對(二):畜狗不馴,傷人必罪。有標自觸,徵償則非③。既縣迎吠之書,寧忘慎行之道④!癸非用犬,乙豈尤人!防虞自失於周身,齧噬尚貪於求貨⑤。有牌記而莫慎,則欲請庚;無標識而或傷,若爲加等⑥?徵詞可擬,往訴何憑⑦?

録自《英華》卷五四七

[校記]

(一)狗傷人有牌判:《全文》作“對狗傷人有牌判”,體例不同,不改。

（二）對:《全文》無,體例不同,不改。

［箋注］

① 狗傷人有牌判:本文不見於劉本《元氏長慶集》,但見於《英華》卷五四七,又見於《全文》卷六五二,據此補。 傷人:損傷人。李白《怨歌行》:“寧知趙飛燕,奪寵恨無窮。沈憂能傷人,緑鬢成霜蓬。”陸龜蒙《薔薇》:“倚墻當户自横陳,致得貧家似不貧。外布芳菲雖笑日,中含芒刺欲傷人。” 牌:做標誌或告示用的板。谷神子《博異志・陰隱客》:“行至闕前,見牌上署曰‘天桂山宫’,以銀字書之。”吴自牧《夢粱録・元宵》:“上御宣德樓觀燈,有牌曰:‘宣和與民同樂。’”

② 償:賠償,償還。《淮南子・主術訓》:“夫責少者易償,職寡者易守。”《百喻經・寶篋鏡喻》:“昔有一人,貧窮困乏,多負人債,無以可償。” 牌記:題有文字的板狀標誌,如匾額、牌號等。《宣和遺事》後集:“廟無牌記,其人但稱‘將軍’而已。” 行者:出行的人。《左傳・僖公二十四年》:“行者甚衆,豈唯刑臣!”鄭棨《開天傳信記》:“丁壯之人,不識兵器,路不拾遺,行者不囊糧。” 慎:謹慎,慎重。《易・頤》:“君子以慎言語,節飲食。”孔穎達疏:“故君子觀此頤象,以謹慎言語,裁節飲食。”杜甫《鄭典設自施州歸》:“名賢慎所出,不肯妄行役。”

③ 畜:飼養。應璩《與從弟君苗君胄書》:“追蹤丈人,畜雞種黍,潛精墳籍,立身揚名。”蘇軾《上神宗皇帝書》:“畜狗所以防奸,不可以無奸而畜不吠之狗。” 馴:通“訓”,教訓,教導。《晏子春秋・外篇》:“不可以道衆而馴百姓。”張純一校注:“馴,古訓字。”《史記・孝文本紀》:“今列侯多居長安,邑遠,吏卒給輸費苦,而列侯亦無由教馴其民。” 罪:懲罰,治罪。《書・舜典》:“流共工於幽

州，放驩兜於崇山，竄三苗于三危，殛鯀於羽山：四罪而天下咸服。”《吕氏春秋·仲秋》：“乃勸種麥，無或失時，行罪無疑。”高誘注：“罪，罰也。” 觸：觸犯，冒犯。王符《潛夫論·賢難》：“忠正之言，非徒譽人而已也，必有觸焉！”《新唐書·李渤傳》：“渤既以峭直觸要臣意，乃謝病歸。” 徵：求取，索取，徵取。《左傳·昭公二十五年》：“鸜鵒跦跦，公在乾侯，徵褰與襦。”韓偓《欲明》：“岳僧互乞新詩去，酒保頻徵舊債來。”

④ 縣：挂。《詩·魏風·伐檀》：“不狩不獵，胡瞻爾庭有縣貆兮？”《後漢書·徐穉傳》：“蕃在郡不接賓客，唯穉來特設一榻，去則縣之。” 迎吠：犬迎人而吠。《楚辭·九辯》：“猛犬狺狺而迎吠兮，關梁閉而不通。”王逸注：“讒佞讙呼而在側也……迎吠，拒賢人使不得進也。”《隋書·食貨志》：“人愁不堪，離棄室宇，長吏叩扉而達曙，猛犬迎吠而終夕。” 慎行：行爲謹慎檢點。《孝經·感應》：“宗廟致敬，不忘親也。修身慎行，恐辱先也。”孟郊《送鄭僕射出節山南》：“惜命非所報，慎行誠獨艱。”

⑤ 用：治理，管理。《荀子·富國》：“仁人之用國，將修志意，正身行。”楊倞注：“用，爲也。”宋祁《宋景文公筆記·考古》：“孫權用吴，諸葛亮用蜀。” 尤：責備，怪罪。司馬遷《報任安書》：“顧自以爲身殘處穢，動而見尤。”劉言史《苦婦詞》：“氣噦不發聲，背頭血涓涓。有時强爲言，祇是尤青天。” 防虞：謂防備不虞之患。杜甫《龍門鎮》：“胡馬屯成皋，防虞此何及！”陸贄《論兩河及淮西利害狀》：“事起無名，衆情不附，進退遑惑，内外防虞。” 周身：全身，渾身。杜預《春秋經傳集解序》：“聖人包周身之防，既作之後，方復隱諱以辟患，非所聞也。”孔穎達疏：“謂聖人防慮，必周於身。”保全自身。王禹偁《求致仕第二表》：“〔臣〕塵重位者三十年，處浮生者七十載，雖無功名報國，常以畏慎周身。” 齧噬：咬食。王充《論衡·商蟲》：“强大食細弱，知慧反頓愚。他物小大，連相齧噬。”劉一止

《從謝仲謙乞猫》:"昔人蟻動如鬥牛,我家奔鼠如馬群。穿床撼席不得寐,嚙噬編簡連帨帉。"

⑥ 庚:賠償,償還。《禮・檀弓》:"季子皋葬其妻,犯人之禾,申祥以告,曰:'請庚之。'"鄭玄注:"庚,古衡反,償。"李光《靖州通判胡公墓誌銘》:"同舍有取己器物者,衆詰責請庚之,謝無所失。" 標識:記號,符號或標誌物,用以標示,便於識別。嵇康《聲無哀樂論》:"夫言非自然一定之物,五方殊俗,同事異號,趣舉一名以爲標識耳!"郭彖《睽車志》卷一:"嘗夢入冥,吏引至一處,若官府,兩廡皆大屋,貯錢滿中,各以官爲標識。問之,曰:'此俸禄也。'" 若爲:怎樣,怎樣的。蕭意《長門失寵》:"不知金屋裏,更貯若爲人?"蘇軾《和沈立之留別詩二首》二:"試問別來秋幾許? 春江萬斛若爲量?" 等:等級,輩分。《管子・五輔》:"上下有義,貴賤有分,長幼有等,貧富有度,凡此八者,禮之經也。"班固《白虎通・爵》:"爵有五等,以法五行也,或三等者,法三光也。"

⑦ 徵:通"懲",警戒,懲罰。《荀子・正論》:"凡刑人之本,禁暴惡惡,且徵其未也。"楊倞注:"徵,讀爲懲。"《史記・建元以來侯者年表序》:"戎狄是膺,荆荼是徵。" 憑:根據。韓愈《進順宗皇帝實録表狀》:"今之所以知古,後之所以知今,不可口傳,必憑諸史。"依託,依仗。《文選・陸機〈苦寒行〉》:"猛虎憑林嘯,玄猿臨岸嘆。"李善注:"憑,依也。"杜甫《至後》:"愁極本憑詩遣興,詩成吟詠轉淒涼。"

[編年]

《年譜》、《編年箋注》、《年譜新編》的編年意見及理由同《錯字判》,我們的編年意見以及理由也同《錯字判》,亦即撰寫於貞元十八年冬季吏部考試之前,地點在長安。

■ 判文八十一篇(一)①

據《文獻通考・選舉考》

[校記]

(一) 判文八十一篇:元稹佚失判文所據《文獻通考・選舉考》之注文,爲僅見,没有其他版本可以參校。

[箋注]

① 判文八十一篇:《文獻通考・選舉考》:"按唐取人之法,禮部則試以文學,故曰策,曰大義,曰詩賦。吏部則試以政事,故曰身,曰言,曰書,曰判。然吏部所試四者之中,則判爲尤切。蓋臨政治民,此爲第一義。必通曉事情,諳練法律,明辨是非,發摘隱伏,皆可以此覘之……《容齋》洪氏《隨筆》曰:唐銓選以身、言、書、判擇人,既以書爲藝,故唐人無不工楷法。以判爲貴,故無不習熟。而判語必駢儷,今所傳《龍筋鳳髓判》及白樂天集《甲乙判》是也。自朝廷至縣邑,莫不皆然,非讀書善文不可也。宰臣每啓擬一事,亦必偶數十語,今鄭畋《敕語堂判》猶存。世俗喜道瑣細遺事,參以滑稽,目爲花判,其實乃如此。非若今人握筆据案,只署一字亦可。國初尚有唐餘波,久而革去之,但貌體豐偉,用以取人,未爲至論……初吏部選才,將親其人,覆其吏事,始取州縣案牘疑議,試其斷割而觀其能否,此所以爲判也。後日月浸久,選人猥多。案牘淺近,不足爲難。乃採經籍古義,假設甲乙,令其判斷。既而來者益衆,而通經正籍又不足以爲問,乃徵僻書曲學隱伏之義問之,唯懼人之能知也(張鷟有《龍筋鳳髓判》、白樂天集有《甲乙判》、元微之集亦有判百餘篇)。"元稹《酬樂天餘思不盡

加爲六韵之作》:"衆推賈誼爲才子,帝喜相如作侍臣(樂天先有《秦中吟》及《百節判》,皆爲書肆市賈,題其卷云:'白才子文章。'又樂天知制誥,詞云:'覽其詞賦,喜與相如並處一時。')。"白居易與元稹一樣,都參加了貞元十八年至十九年間的吏部乙科考試,判文是吏部乙科考試的最主要科目,每個參加考試的人都必須認真準備。白居易今存判文有一〇一篇之多,此結論也可從元稹《白氏長慶集序》"明年,拔萃甲科,由是《性習相近遠》、《求玄珠》、《斬白蛇》等賦及百道判,新進士競相傳於京師矣"得到證實,所謂"百道判",判文數目應該在百篇上下。又據"元微之集亦有判百餘篇"之語,元稹準備的判文大致應該與白居易不相上下。據此,元稹也應該有判文百篇以上,而後人收集所得,連同貞元十九年春天參加考試之篇《毁方瓦判》、《吏部乙科判文兩道》在内的三篇,僅僅得二十篇,既然稱爲"百餘篇",元稹至少有八十一篇判文散失。作爲旁證,元稹二十多年之後有《重酬樂天》提及此事:"百篇書判從饒白。"説明白居易也好,元稹自己也罷,兩人的判文都在百篇上下,才能形成互相攀比的架勢。　判文:即官府辦案的判决書。李涉《經涓川館寄使府群公》:"涓川水竹十家餘,漁艇蓬門對岸居。大勝塵中走鞍馬,與他軍府判文書。"李克用《慎選舉詔》:"近年文士,輕視格條,就試時疏於帖經,登第後耻於赴選……許令就中書陳狀,於都堂前各試本業詩賦判文。"

[編年]

未見《元稹集》採録,也未見《編年箋注》、《年譜新編》採録與編年,《年譜》僅在書後附録提及,但没有論證也没有提及數量。

元稹佚失之諸多判文,是元稹爲參加吏部乙科考試取得優異成績而事先準備的"功課"。如白居易有同類判文一百〇一篇,朱金城先生《白居易集箋校》全部編年於白居易參加吏部乙科考試前夕之貞元十八年。我們已經收集的元稹十七篇判文也編年貞元十八年吏部